Hot sur

Autores Españoles e Iberoamericanos

Laura Restrepo

Hot sur

Planeta

Obra editada en colaboración con Editorial Planeta - España

© 2012, Laura Restrepo
© 2012, Editorial Planeta, S.A. – Barcelona, España

Derechos reservados

© 2012, Editorial Planeta Mexicana, S.A. de C.V.
Bajo el sello editorial PLANETA M.R.
Avenida Presidente Masarik núm. 111, 2o. piso
Colonia Chapultepec Morales
C.P. 11570, México, D.F.
www.editorialplaneta.com.mx

Primera edición impresa en España: octubre de 2012
ISBN: 978-84-08-01961-9

Primera edición impresa en México: octubre de 2012
ISBN: 978-607-07-1420-7

Impreso en los talleres de Litográfica Ingramex, S.A. de C.V.
Centeno núm. 162, colonia Granjas Esmeralda, México, D.F.
Impreso en México – *Printed in Mexico*

A Javier, que pasa los días de su vida
en una cárcel de Estados Unidos

Ya tenemos encima al Sur, al desmadrado y temible Sur, quinientos millones de seres de piel oscura que hablan español y que vienen subiendo desde la Patagonia, se multiplican en Colombia, atraviesan Nicaragua, en México se vuelven marejada y ya son horda cuando se cuelan por los huecos de nuestra frontera vulnerable.

IAN ROSE

1

No sabían qué les iría a suceder una vez adentro, y sin embargo habían ido hasta allá, solos y a pie por la Highway 285, cosa absurda ya de por sí, eso de andar a pie a estas alturas de la vida por el sur de Colorado. El mayor de los dos muchachos se llamaba Greg y tenía veintiséis años, y el menor apenas trece, en realidad un niño al que en la escuela le decían Sleepy Joe porque se quedaba dormido en clase.

—No estoy dormido, estoy rezando —se defendía ante la maestra, que lo zarandeaba cada vez que lo pillaba con los ojos cerrados.

Wendy Mellons opina que, más que hermanos, debían de parecer padre e hijo el día en que caminaron juntos por la orilla de esa autopista, tan larga que atraviesa tres estados enteros. La cosa es que nadie invierte casi tres horas, como hicieron ellos, en un trayecto que en la destartalada *pickup* de su padre hubieran podido hacer en un brinco.

—Cumplían una orden —me aclara Wendy Mellons—. Les habían advertido de que debían llegar solos y a pie.

Andando, andando, se apartaron de la 285 para tomar el viejo camino que va de Purgatorio a New Saddle Rock, cruzaron el lecho seco del Perdidas Creek, atravesaron un rastrojo, subieron por un erial y vieron por fin la casa, pequeña, blanca, de adobe, apartada de cualquier otra construcción y oculta detrás de una valla publicitaria de Coors Golden Beer.

—Tengo sed —dijo el menor ante la valla—. Si hubiéramos traído siquiera un poco de agua...

—Mejor no hubiéramos venido —respondió el mayor.

No dijeron mucho más ninguno de los dos, cada uno encerrado en sus propios pensamientos, preguntándose cómo sería entrar en aquella casa, qué los estaría esperando adentro. A unas cincuenta yardas de la fachada había una cruz de piedra y ellos se arrodillaron al pie, aunque les inquietó ensuciar todavía más sus pantalones, ya de por sí rucios de polvo tras el recorrido, y es que al fin y al cabo llevaban puesta su ropa buena, la de los domingos y ocasiones especiales, traje de paño, camisa con corbatín y zapatos negros de amarrar con todo y calcetines. Nadie abrió la puerta de la casa de adobe, ni siquiera una ventana, tal vez nadie se percató siquiera de que ellos habían llegado, pero les habían dicho que debían esperar al lado de la cruz y así lo hicieron. Pasaron muchos minutos antes de que saliera el viejo. Caminó hacia ellos tan lentamente que el muchacho menor estuvo a punto de perder la paciencia y gritarle que se apurara. Les dijo unas cuantas cosas que ellos no comprendieron, regresó a la casa con la misma parsimonia de antes y entonces sí, empezó para ellos una espera larga de verdad. Cuando sus rodillas ya no aguantaban el suelo pedregoso, se abrió de nuevo la puerta y por ella salieron tres hombres, que se acercaron.

Se envolvían en capotes negros, las caras medio ocultas por las capuchas, y aun así los muchachos reconocieron a dos de ellos, Will, el dependiente de la gasolinera, y Beltrán, el que vendía suvenires en Ufo Gift Shop, vecinos suyos de toda la vida, y al mismo tiempo no, había algo raro, la vestimenta estrafalaria y los modales pomposos convertían a esos vecinos en extraños, unos extraños que les anunciaron con voz ajena que serían sus padrinos y que procedieron a vendarles los ojos.

—Me pusiste la venda muy apretada, Will —dijo Greg, el muchacho grande.

—No le digas Will —lo cortó Beltrán—. Si quieres dirigirte a él, o a mí, debes llamarnos Penitente Brothers.

—Entonces aflójame la venda, Penitente Brother.

Los guiaron hacia la puerta de la Morada —los Penitentes, que al parecer a todo le cambiaban el nombre, les advirtieron de que debían llamar Morada a la casa de adobe—. Cegados por las vendas, los dos muchachos avanzaron a los trompicones hasta que les avisaron de que debían golpear para pedir entrada. El santo y seña era una retahíla que ellos traían aprendida; durante días habían estado repitiéndola y tratando de memorizarla con mucha dificultad, según explica Wendy Mellons, porque el español no era su idioma, y casi que ni siquiera el inglés, más bien el eslovaco que hablaban sus padres, venidos de la región de Banská Bystrica, una pareja de inmigrantes que, pese a ser blancos, eran tan pobres y tan católicos como *the gente*, que es como se llama a sí misma la antigua comunidad de hispanos del San Luis Valley, al sur de Colorado.

—¿Quién golpea a la puerta de esta Morada? —preguntó desde adentro una voz masculina.

—No es puerta de la Morada, es puerta de mi conciencia, y yo muy arrepentido vengo en busca de clemencia —medio dijeron los muchachos entre olvidos y tropiezos, saliendo adelante a duras penas y gracias al apoyo de los padrinos, que les iban soplando al oído aquellas palabras que para ellos no querían decir nada.

—Pide entonces penitencia —les llegó el responso a través de la puerta cerrada.

—¡Penitencia! ¡Penitencia! Vengo a buscar salvación —dijeron ellos.

—¿Quién en mi casa da luz?

—Mi padre Jesús.

—¿Quién la llena de alegría?

—Mi madre María.

—¿Quién la conserva en la fe?

—El carpintero José.

Sus equivocaciones fueron pasadas por alto y el ingreso les fue permitido. Pese a tener los ojos vendados, ellos supieron que habían entrado a un cuarto pequeño por la pesadez del aire y el olor a encierro. Les ordenaron despojarse de la ropa y, como se mostraron reticentes, varias manos procedieron a hacerlo por ellos, y a cambio les entregaron unas mantas amplias, ásperas, con un agujero en medio por el cual sacaron la cabeza, y unos cordones que debieron amarrarse a la cintura. Se sintieron impotentes así, ciegos y desnudos en medio de la gente invisible que los rodeaba, y Sleepy Joe, el más chico, recordó el odio con que hacía poco había mirado a una enfermera del Samaritana Medical Center, que lo había obligado a encuerarse y a ponerse una bata verde para sacarle una radiografía. También ahora se sentía disfrazado y ridículo y quiso reírse por dentro, pero la risa interna se le fue apagando ante el soplo de miedo que empezaba a recorrerlo. Les entregaron sendas velas encendidas y les pidieron que prepararan su alma y su cuerpo porque estaban a punto de pasar al recinto de los Penitente Brothers del Sangre de Cristo. Había llegado el momento.

—Lo que aquí suceda, aquí se queda —les hicieron repetir tres veces, advirtiéndoles de que el secreto no podía ser divulgado so pena de castigo mayor. Y sin embargo a la larga todo eso ha venido a saberse por boca de Wendy Mellons.

—Tal vez deba quedarme callada de aquí en adelante —reconoce ella.

Cuando los dos muchachos traspasaron el umbral, les fue quitada la venda de los ojos y se vieron a sí mismos en un cuarto grande, mal iluminado por cirios y saturado del olor espeso del copal. Adentro se mezclaban hombres de túnica parda —los Iluminados, o Hermanos de Luz, según anunciaron los padrinos— y hombres de capote negro, los Hermanos de Sangre o Pasionarios, también llamados Penitentes. En el centro había una mesa y sobre esa mesa cuatro o cinco bultos, lo que *the gente* llama «bultos», según explica Wendy Mellons: santos tallados en madera y otras imágenes sacras. Greg, el muchacho grande, lamentó que en la habitación anterior le hubieran quitado su reloj de pulsera: ahora hubiera querido ojearlo, como si eso le ayudara a volver a poner las horas en movimiento o a comprobar que todo esto iba a terminar pronto. El humo del copal se le atoraba en la garganta y la falta de aire empezaba a ahogarlo.

Los colocaron en el centro, a ellos dos, casi los únicos de piel clara en medio de esa congregación apretada de gente mayoritariamente morena. Les ordenaron echar la cabeza hacia atrás y mirar fijamente la cruz que pendía del techo, mientras la concurrencia formaba en torno a ellos dos semicírculos, túnicas pardas a la derecha, capotes negros a la izquierda, entonando entre todos himnos que a ambos les llegaban de lejos, como entre algodones, porque en sus oídos sólo retumbaba el golpeteo de sus propios corazones.

—Repitan conmigo estas palabras para perdonar al Hermano Picador —les dijo un Pasionario.

—Hermano Picador, yo te perdono, te doy gracias y asimismo te suplico que tu mano no se mueva con ánimo vengativo y ni tampoco rencor —trataron de repetir ellos.

Ya para entonces Greg temblaba de tal manera que la cera derretida del cirio que sostenía empezó a caer en goterones sobre sus pies descalzos. En cambio el menor mantenía la compostura. Se les acercó otro Pasionario sosteniendo una caja de latón con la tapa abierta, y ellos pudieron ver que contenía un paño bordado que parecía envolver algún tesoro u objeto de valor. «Tal vez sean piedras preciosas», pensó Sleepy Joe. El Picador, único con el rostro enteramente cubierto, salvo un par de agujeros para los ojos, removió el paño y sacó de la caja una pieza de ámbar oscuro afilada como cuchilla de afeitar. Los desnudaron de la cintura para arriba, de tal manera que las túnicas quedaron colgando del cordón.

—Vamos a romper el Sello —anunció un Iluminado, y les ordenaron inclinarse hacia adelante y contener la respiración.

Greg sintió cómo la cuchilla tajaba la piel de su espalda, tres cortes a cada lado de la columna, a la altura de los omóplatos, y luego volteó la cabeza para ver qué le estaban haciendo a su hermano pequeño. Cuando notó la cantidad de sangre que salía de su espalda e iba empapando la túnica, tuvo el impulso de detener al Picador arrebatándole la cuchilla, pero los tres padrinos lo contuvieron a la fuerza.

—Estoy bien —le dijo Sleepy Joe, apretando los ojos y aguantando el castigo.

Luego les fue entregando a cada uno un látigo empapado en agua para hacerlo más pesado, y les ordenaron azotarse la espalda sobre el área de las incisiones: un lado primero, el otro después. Con una corneta y un tambor, dos Pasionarios tocaban una música fúnebre, muy lenta al principio, cada vez más rápida.

—¡Al compás, al compás! —les ordenaban para que a golpes de látigo fueran acompañando los redobles del tambor. A medida que lo hacían, el flagelo se empapaba en sangre, se hacía todavía más pesado y desgarraba la piel. Hasta que Greg se dejó caer al piso, en señal de que no podía más.

El pequeño Sleepy Joe, en cambio, parecía transportado. A partir de cierto punto se lo vio fuera de sí, entregado a la tarea de reventarse la espalda con un raro vigor, o sería convicción, o tal vez habría que decir saña, y cuando la música fue amainando, indicándole que hiciera otro tanto con el látigo, él pareció no escucharla ya, tan absorto en la ferocidad del autocastigo que desoía al Iluminado que le ordenaba detenerse inmediatamente.

—¡El niño frenético, fustigándose a sí mismo de esa manera! —recuerda Wendy Mellons.

Y mientas tanto los demás ahí, sin saber qué hacer, Iluminados y Penitentes paralizados por igual, viendo como el pequeño demonio se adueñaba de la situación, *beating the shit out of his back*, ganando protagonismo, tan poseso en medio de su arrebato que ni siquiera su propio hermano se atrevía a detenerlo por temor a ganarse un fuetazo si llegaba a traspasar el perímetro de ese látigo, que silbaba y restallaba como una culebra loca.

Una semana después, a cada uno de los muchachos le entregaban una piedra pequeña envuelta en un pañuelo bien amarrado, con indicaciones de desatarlo en soledad. Que la piedra tuviera una cruz blanca pintada en el lomo significaría admisión. Que no la tuviera, negativa rotunda y sin segunda oportunidad. Greg, el mayor, no se sorprendió cuando desató el pañuelo y encontró que su piedra no traía cruz; de alguna manera lo estaba esperando, y cabe figurar que en el fondo su reacción fue de alivio.

Sleepy Joe se había comportado de manera extraña a lo largo de toda esa semana, mostrándose huraño, comiendo poco y no permitiendo que le cambiaran las vendas de la espalda ni le curaran las llagas, ni siquiera el hermano mayor, a quien cortó en seco cuando quiso comentarle lo ocurrido en aquel lugar. De hecho no volvieron a mencionar el episodio ni siquiera entre ellos, como si nunca hubiera sucedido. Con su piedra envuelta y bien apretada en la mano, Sleepy Joe fue subiendo por una loma escarpada hasta un alto llamado Ojito de Caballo. Llevaba el paso resuelto de quien ha comprendido que de ahora en adelante tendrá un compromiso, una razón de ser, una misión por cumplir: sería el más devoto y abnegado de los Penitente Brothers del Sangre de Cristo. No desató el pañuelo hasta llegar al alto, cuando ya empezaba a anochecer. Quedó perplejo al no ver cruz en su piedra, y la examinó ansiosamente por un lado y por otro, seguro de que en alguna parte tenía que estar; tal vez fuera apenas una cruz pequeña que escapaba a su mirada, tal vez la emoción del momento, o la escasa luz crepuscular, le estuvieran impidiendo detectarla. Pero no. Tampoco hubo cruz blanca en la piedra del hermano menor.

2

Treinta años más tarde, en un bosque de arces por el condado de Ulster, en el corazón de las Montañas Catskill, al sur del estado de Nueva York, un hombre llamado John Eagles, repartidor a domicilio de comida para perros, era asesinado y su rostro era arrancado y expuesto en lo que parecía un crimen ritual. La primera persona que se dio cuenta de lo sucedido fue el joven Cleve Rose, vecino del lugar, autor de la novela gráfica por entregas *El Poeta Suicida y su novia Dorita* y director de un taller de escritura para las internas de la cercana prisión de Manninpox. Cleve regresaba a casa en su moto y le llamó la atención encontrar en medio del bosque la camioneta desocupada del señor Eagles. Se detuvo para ver qué pasaba y se fijó en el trapo rojo deliberadamente exhibido al que le habían adherido algo que en un principio tomó por una máscara. Tardó unos minutos en caer en cuenta de que aquel rostro atroz, con ojos vacíos y pelos apelmazados de sangre, bien podía pertenecer a un ser humano. Y si la camioneta era del señor Eagles, posiblemente también la cara fuera suya.

—Cleve me contó que en ese momento le vino un malestar que lo puso a vomitar en una zanja —dice Ian Rose, padre de Cleve, ingeniero hidráulico especializado en sistemas de riego y dueño de una casa de montaña por la zona del crimen—. Ya luego, cuando mi hijo se sobrepuso y se atrevió a mirar de frente aquel espanto, pensó que en medio de todo sí guardaba alguna semejanza con el pobre señor Eagles. Era la cara de Eagles en versión Halloween, así me dijo Cleve, o en versión apocalipsis zombi. Así lo dijo, lo recuerdo perfectamente. Mi hijo Cleve era autor de novelas gráficas, y si usted pide mi opinión, yo le diría que la serie del Poeta Suicida era muy aguda y divertida, pero claro, no es una opinión neutral, yo era el primer fan de casi todo lo que mi hijo hacía; casi todo, ya le digo, no todo: ciertas cosas suyas me ponían los pelos de punta. Pero en general para mí era un orgullo que él supiera llegar lejos donde yo siempre me he quedado corto. Y en todo caso sus novelas gráficas eran muy buenas, pero eso sí, de un humor sangriento; llenas de historias de muertos vivos y esas cosas, ya me entiende. Y el día en que encontró al pobre Eagles en ese estado, mi hijo Cleve quedó de veras impresionado. Y yo también. Sentí que aquello era un presagio, una especie de anuncio. Al fin de cuentas eso era justamente lo que se había propuesto el asesino con toda aquella puesta en escena: anunciarnos algo. Anunciarnos un terror que empezaba ese día, y que aún no termina. Cleve avisó a la Policía y unas horas después, cuando identificaron el cadáver, que encontraron unos pasos más arriba entre la vegetación, comprobaron que efectivamente se trataba del señor Eagles. Que era un buen hombre, eso se lo aseguro, sin enemigos conocidos. La viuda así lo confirmó cuando la interrogaron: dijo que Eagles no tenía ningún enemigo y que ella no sabía de nadie que hubiera querido vengarse de él de esa manera tan feroz. El hombre simplemente regresaba de mi casa, donde acababa de dejar el par de bultos de Eukanuba que yo le había pedido por teléfono el día anterior. Siendo un hombre fuerte, no opuso resistencia ante su asesino, o asesinos. Hasta mi casa había llegado solo; Emperatriz, la señora que me ayuda con los quehaceres, le aseguró a la Policía que no había visto a nadie en el interior de la camioneta cuando Eagles se bajó a entregarle el Eukanuba. Al parecer, de regreso, Eagles se detuvo voluntariamente, incluso quizá para recoger al que resultaría ser el criminal, que presumiblemente le habría pedido un aventón. De otra manera no se explica cómo el tipo, o los tipos, se subieron a su camioneta. Por aquí la gente no es desconfiada, ¿entiende? No tiene motivos para serlo. Si Eagles vio que alguien iba a pie por el camino, simplemente lo recogió para acercarlo al menos hasta la carretera. Es lo habitual por estos lados. Ya una vez dentro de la camioneta, el asesino lo estranguló desde atrás con una cuerda, sin darle siquiera opción de defenderse, y ya luego hizo lo que hizo, todo ese asunto aterrador con su cara.

Aunque Ian Rose en un principio no me lo dice, sé que no había vuelto a convivir con su hijo Cleve desde que se separó de la madre del muchacho tiempo atrás. Y ahora que por fin estaban juntos, tenían sus espacios claramente delimitados en la casa de montaña, una construcción grande y antigua de dos pisos con mansarda, donde habían establecido una independencia como de edificio de apartamentos: los dos pisos para el padre; la mansarda, territorio sagrado del hijo. En realidad no pasaban mucho tiempo juntos ni conversaban demasiado; apenas ahora empezaban a conocerse más a fondo y todavía la comunicación no se les daba fácil. No que les preocupara mucho a ninguno de los dos. La convivencia les había resultado más suave de lo que habían calculado, compartían el gusto por el bosque y el aislamiento, y siendo Ian pragmático y aterrizado, y Cleve en cambio artista como la madre, en realidad no se parecían el uno al otro salvo en un rasgo fundamental, único en Cleve claramente heredado del padre: ambos eran la clase de ser humano que se sabe hermano de los perros. Los tres perros, Otto, Dix y Skunko, eran el verdadero centro en esa casa. Los humanos entraban y salían, parte de su vida transcurría por fuera, de modo que allí eran el elemento transitorio. En cambio los perros permanecían, todo lo llenaban con sus carreras y sus juegos, y cuando se echaban al lado del fuego, la casa parecía estar ahí sólo para guarecerlos. Una enorme cantidad de efusividad y de afecto provenía de los perros, que todo lo olían y lo conocían y lo protegían con sus ladridos. La escoba sacaba grandes bolas de pelo de perro, los muebles olían a perro, el tapete estaba desflecado por dientes de perro y el jardín cruzado por túneles cavados por los perros. Y en contraprestación, los perros hacían de la propiedad un lugar prácticamente inexpugnable; con esa tripleta de cancerberos custodiando noche y día, no era fácil que alguien se animara a penetrar sin autorización de los dueños. En una palabra, los perros *eran* la casa, y tanto para Cleve como para su padre, regresar a casa significaba ante todo reintegrarse a la manada.

Rose padre no se cansaba de mirar al hijo con una emoción contenida que le venía de comprobar que el muchacho, su único hijo, se había ido convirtiendo en un tipo estupendo. En cuanto a Cleve, cuando se sentía sofocado por exceso de presencia paterna, se escapaba a Nueva York, a menos de tres horas de distancia en moto, se refugiaba durante algunos días en el cuarto de estudiante que rentaba en el East Village, por Saint Mark's Place, y regresaba a la casa de la montaña cuando empezaba a echar de menos la alharaca de los perros y el silencio del bosque, y también, cómo no, la compañía de ese padre que empezaba a descubrir. Así que ambos se acoplaban a la mutua compañía sin grandes tropiezos y más bien en silencio, confiados en que con el tiempo la comunicación iría mejorando.

Por eso fueron pocas las frases que intercambiaron esa noche, enrarecida por el acontecimiento inesperado y salvaje de la tarde. Padre, hijo y perros se apretaban en semicírculo frente a la chimenea prendida, mientras a sus espaldas los ventanales que daban al bosque se imponían con una negrura excesiva.

—Tal vez tendríamos que colocar cortinas —dijo Rose padre, midiendo las palabras para no confesarle al hijo la sensación de que lo ocurrido rompía algún tipo de equilibrio, o dañaba un orden.

No tenía palabras para expresarlo, era apenas un presentimiento. No había sido amigo del señor Eagles, su relación con el muerto se había limitado a darle los buenos días, recibirle el bulto de comida, pagárselo, comentar un par de cosas obvias y poco más. Y sin embargo sentía que ese crimen había roto el tejido fino de una cierta ley natural que durante años se había mantenido intacta en la montaña.

—O iluminar el jardín —dijo Cleve, cansado tras haber pasado varias horas declarando ante la Policía y los investigadores que ahora pululaban por la zona—. Creo que deberíamos iluminar el jardín.

—Un buen hombre, el señor Eagles —dijo Ian Rose, echando otro tronco al fuego.

—Quién podría odiarlo de esa manera, el pobre siempre

con su Eukanuba. Eu-kan-uba, raro nombre para comida de perros, suena más bien a espectáculo de Cirque du Soleil.

Se quedaron un buen rato en silencio, tomándose a cucharadas su sopa de papa con puerro y pendientes de cualquier reacción de los perros, que sin embargo dormían apaciblemente, como si no presintieran motivo para alterarse.

—*Good boy, good boy* —dijo Cleve, dándole golpecitos en la cabeza a uno de ellos, y aflautando la voz para imitar la del señor Eagles—. Así les decía a los perros, ¿cierto, pá? *Good boy, good boy*, con esa voz aguda que tenía. Rara, esa voz, en un tipo grandote como él. Y les daba golpecitos así, en la cabeza, sin acariciarlos, apenas golpecitos en la cabeza, como por cumplir con el cliente, o como si no quisiera que las manos le quedaran oliendo a perro. ¿Crees que en el fondo le disgustaban?

—¿Los perros? Es posible. Vivía de vecinos como nosotros, que sobrealimentan a sus mascotas con croquetas y enlatados y esas cosas. Él era un campesinote, debían de caerle mal los animales demasiado mimados de nosotros, los urbanos.

—Todavía matarlo, pero ¿arrancarle la cara? Puta vida, sólo una rata miserable puede hacer algo así. Un psicópata de mucho cuidado.

—El que haya sido debe estar todavía por ahí afuera. Aunque quién sabe, con tanta Policía...

—No nos vendrían mal unas rejas. Por lo pronto unas cortinas, pá, al menos unas cortinas, yo estoy aislado allá arriba, pero aquí abajo tú vives como en vitrina...

—Nunca hubo necesidad de cortinas, nadie arrima por aquí. Quizá iluminar el jardín. Mañana mismo instalo unos reflectores. Tiene que ser un tipo grande. Digo para dominar a Eagles, que era bien fuerte, y para arrastrar el cuerpo... A lo mejor lo hicieron entre varios, al menos dos, uno que se habría subido en el asiento delantero, el otro en el trasero. El que lo mató iba atrás, lo estranguló desde atrás. Pero para qué le arrancarían la cara —dijo Ian Rose, buscando la linterna para salir con los perros a dar una vuelta de control alrededor de la casa.

—Te acompaño —dijo Cleve, poniéndose los zapatos y corriendo detrás de su padre.

Días más tarde, Cleve comentaría así el asesinato de Eagles, en la nota que tomó a mano alzada, con estilógrafo de punta recortada, en un cuaderno de tapas de cartón mármol:

«Algo inexplicable y brutal sucedió a diez minutos de la casa de mi padre, en este pacífico rincón del mundo donde nunca pasa nada. Y justamente aquí viene a suceder lo que sucedió, al borde del camino, a pocos pasos de ese laguito de aguas oscuras que llaman Silver Coin Pond. Alguien bajó al señor Eagles de su camioneta, y no en medio de las tinieblas de una noche cerrada, no, porque debían de ser apenas las cuatro de la tarde, o sea a plena luz del día, apocada luz de otoño pero luz al fin y al cabo, y tampoco sucedió en domingo, cuando esto queda desolado, sino que fue entre semana, con cierta circulación porque a esa hora alguna gente baja al pueblo a recoger a sus hijos en la escuela y regresa. No le robaron nada, ni la camioneta, ni la billetera, nada. Y en cambio hay que ver cómo lo dejaron. Un acto de sadismo difícil de explicar. Algo así como el cuarto caso de desollamiento en el hemisferio occidental, después del despellejamiento del fauno Marsias por Apolo; del martirio de san Bartolomé, cuya piel fue pintada por Miguel Ángel en su Juicio Final, y de la personificación que hizo Burt Reynolds de Navajo Joe, el indio que ponía a ondear cueros cabelludos en la punta de su lanza. Me refiero a que al señor Eagles le arrancaron la cara. Así como suena. A esa buena persona le quitaron la cara, como si se tratara de una máscara. Y es que la cara es en realidad una máscara que cubre el cráneo, yo no había caído en cuenta hasta que vi aquello. Imposible no verlo, si el asesino lo pegó sobre un trapo, un trapo rojo de esos que todo el mundo lleva en el coche, para limpiar el vidrio y así. La cosa es que alguien, aún no se sabe quién, pegó sobre un trapo rojo y con pegante Rhino la cara que le arrancó al señor Eagles. El pote de goma lo sacaron al día siguiente del fondo del Silver Coin Pond, ya sin huellas digitales, que no se encontraron tampoco en su cara sin cuerpo, ni en su cuerpo sin cara. El trapo rojo con la cara pegada fue prendido a su vez a un tronco a la orilla del camino, como un estandarte, o un póster; en todo caso lo que hicieron fue alevosamente deliberado, está claro que si hubieran querido ocultar el crimen bastaba con hundir el cadáver en el laguito, pero no, colocaron todo para que no pudiera dejar de verlo quien pasara por allí. Inclusive quizá para que no dejáramos de verlo nosotros, los Rose: es poca la gente que aparte de nosotros circula por allí. Una cosa extraña, arrancarle al señor Eagles la piel de la cara. ¿Por qué lo hicieron? Vaya a saber cuáles fueron los motivos del asesino. Por lo general desfiguras a tu víctima cuando no quieres que las autoridades la reconozcan. Le quitas la cara a alguien, o se la tapas, cuando quieres borrarlo en vida (o en muerte, si previamente lo has matado). Alguien sin cara no es nadie, es un N.N., un anónimo, un cero a la izquierda. Como los «desaparecidos» durante las dictaduras del Cono Sur: una capucha ciega les impedía reconocer o ser reconocidos y los dejaba en el limbo. Las estrellas de la lucha libre en México esconden su identidad bajo una máscara que los vuelve míticos ante los ojos de la fanaticada, como ha pasado con el Enmascarado de Plata, con Blue Demon o con El Hijo del Santo, y la peor ofensa que un luchador puede infligirle a su rival es arrancarle la máscara y exponer ante el público su verdadero rostro, porque así lo despoja de su aura de héroe y lo devuelve a su condición mortal. El Subcomandante Marcos hace otro tanto con su pasamontañas y más o menos por las mismas razones; bueno, sumándole a eso los gajes de la clandestinidad. Al Hombre de la Máscara de Hierro, hermano gemelo del rey de Francia, lo obligaron a llevarla durante toda su vida para que nadie supiera que el rey, por naturaleza único, tenía un doble que eventualmente podría suplantarlo. Y así. Quitar o quitarse la cara, para volver al otro, o volverse a uno mismo, invisible o inexistente. Aunque también es cierto que el resultado puede ser justamente el contrario, porque el asunto trae su dialéctica. Eso lo sabe bien el asesino de Eagles, que lejos de ocultar lo que hizo, necesitaba mostrarlo. El Subcomandante Marcos, allá en las selvas de Chiapas, se hizo visible y famoso ante México y el mundo en buena medida gracias al calcetín con agujeros que le ocultaba el rostro. Ni hablar del fenómeno de V, el superanarquista, mi héroe de cabecera: la máscara que a él le oculta el rostro hoy se ha vuelto el rostro visible de millones de jóvenes en el mundo entero. Y la cara del señor Eagles, siempre discreta y desapercibida, nunca fue tan visible como cuando se la arrancaron y la expusieron. Ex-poner, poner a la vista. Pienso en una fotografía como aquella famosa de Einstein, con el pelo blanco que le flota en torno a la cabeza, o esa otra, también mundialmente conocida, en la que Picasso clava en el espectador su mirada de águila. O la de Marilyn Monroe, irradiando seducción mientras se hunde en el sopor, como si estuviera a orillas del orgasmo, del ensueño o de la muerte. Y la del Che, qué tal el rostro del Che Guevara, el chivo expiatorio más significativo de los tiempos modernos, con boina negra en lugar de corona de espinas y en trance de ofrecerse en sacrificio. ¿Qué son esas fotos, esos iconos, si no rostros sustraídos a sus dueños? Rostros desprendidos del cuerpo. Puestos a salvo de lo físico y lo circunstancial, de tal manera que valen por sí mismos y se vuelven eternos, tan poderosos en su carga simbólica que década tras década reaparecen en los muros y en las camisetas que usamos. Así también la cara arrancada al bueno del señor Eagles. Se ha ido difundiendo el rumor de que fue un acto aislado de brutalidad irracional por parte de muchachos drogados, gentes ajenas al lugar que estarían por aquí de paso y que andarían enajenados por la acción de algún ácido. Me parece que esa versión no es más que otra máscara, que servirá para que los vecinos se vayan tranquilizando y las autoridades se vayan lavando las manos. En cuanto a mí, no he podido dejar de pensar, de darle vueltas al asunto. Me intriga la teatralidad ritual del asesino. Pegar la cara a un trapo, hacer que el trapo sea rojo, exhibirla sobre un tronco ante los viandantes: una búsqueda deliberada de efecto teatral. Eso es un ritual, sí señor. Como los de antes, como los grandes gestos sacramentales de tiempos veterotestamentarios. A eso llamo yo *deep play*; o mejor dicho así lo llama Sloterdijk, y define el término como acciones rituales profundamente envolventes y de máximo estrés. Tengo la impresión de que el asesino de Eagles debe ser alguien que desdeña esta mediocridad desacralizada en que vivimos ahora, esta cotidianidad castrada y amansada que según Slavoj Zizek se compone de café sin cafeína, cerveza sin alcohol, alimentos sin calorías, cigarrillos sin nicotina, guerra sin muertos (del bando propio) y sexo sin contacto. Y sacrificio sin sangre, añadiría yo. ¿Muchachos drogados? Yo tengo otra versión. Pero por lo pronto no tengo manera de demostrarla.»

Cleve Rose no llegó a comentar con su padre sus sospechas acerca de la identidad del asesino de Eagles, porque días después era el propio Cleve quien fallecía. En un accidente de motocicleta, lejos de las Montañas Catskill, en las cercanías de la ciudad de Chicago. Otras circunstancias, otro escenario. Y sin embargo Ian Rose, devastado por la pérdida, no podía dejar de pensar que de alguna manera la muerte de su hijo había quedado sellada desde antes, desde que el asesinato no esclarecido del señor Eagles había dejado una nube negra flotando sobre esas montañas.

—Bueno, es que te llenas de sospechas. Un hecho tan brutal, en un lugar tan pacífico..., era de veras un misterio, un misterio aterrador, y los misterios te descolocan, rompen la naturalidad del día a día, y más si implican una acechanza. No sólo nosotros, todos los vecinos también quedaron mal, algunos se alejaron por un tiempo, otros pusieron rejas, o alarmas, cosas que por aquí no se habían visto antes. Y justo en medio de ese clima de miedo y de incertidumbre, viene a suceder la muerte de Cleve. Perdóneme, pero prefiero no hablar más de eso. Me siento mal, es algo demasiado íntimo como para andar comentándolo —dice Ian Rose, pero de todas maneras continúa hablando—. Mire, para la muerte de un hijo nadie está preparado, de eso no logras reponerte, y al respecto no hace falta decir más, no voy a decir nada más, todo lo que implica queda sobrentendido.

Algún tiempo después de la muerte de Cleve, un paquete llegaba por correo postal a la casa de las Catskill. Un paquete que a su padre lo estremeció desde el momento en que lo recibió, en parte porque no conocía a la remitente, ni siquiera la había oído nombrar, pero sobre todo porque el destinatario no era él, sino su hijo Cleve. Y Cleve ya no estaba, no existía, y para Ian esa muerte seguía siendo inmanejable, era una herida que no sanaba, que lo había desgarrado por dentro y no le permitía recomponerse. Y se culpaba a sí mismo y se ahogaba en esa culpa, la de haber presentido que algo estaba mal, que sobre ellos recaía algún tipo de emboscada, y sin embargo no haber impedido que la amenaza terminara por cerrarse, y precisamente sobre Cleve.

—Esa misma noche, después del asesinato de Eagles, teníamos que haber abandonado la casa, al menos por un tiempo —reconoce—. No crea que no lo pensé, pero están los perros: no es fácil encontrar dónde alojarse con tres perros, desde luego en el cuarto de Cleve en el East Village no iban a caber. Pero teníamos que haberlo hecho, fue una de esas cosas que una voz por dentro te las dice y te las repite, pero no le haces caso.

Desde la muerte de Cleve, Ian Rose confundía en sueños al niño que no había crecido con él, con el muchacho ya adulto que quiso acercársele pero estuvo a su lado tan poco tiempo. Se le confundía el Cleve niño con el Cleve mayor, se desvelaba preguntándose por qué habría permitido que Edith, su ex mujer, la madre de Cleve, se lo llevara tan lejos, por qué él mismo no había estado pendiente, cómo era posible que no se hubiera dado cuenta de que los años pasan demasiado rápido, por qué no comprendió a tiempo que en un abrir y cerrar de ojos un hijo crece y se hace libre, y en un descuido tuyo se encarama en una moto y va y se mata.

—Simplemente no podía con eso —me dice—, ésa era mi derrota. Y el paso de los meses no ayudaba. Nada rompía el silencio ni acortaba la distancia que me separaban de mi hijo. Nada. Y de repente le llega a él ese paquete por correo postal, y soy yo quien lo recibe.

Un paquete que alguien le mandaba a Cleve como si todavía estuviera vivo, y que de hecho por un instante lo revive, porque en la cabeza de su padre saltó una chispa de confusión, por un segundo lo pasado se borró de su memoria y estuvo a punto de llamarlo: «¡Baja, hijo, llegó algo para ti!» Pero enseguida se rompió el hechizo, toda la muerte de Cleve volvió a caerle encima y Ian Rose se quedó un buen rato ahí parado, incapaz de moverse, ajustando el golpe de esa pena que regresaba como un búmeran, y al final no se le ocurrió nada mejor que subir al ático, donde el hijo solía dormir. Colocó sobre su cama el paquete sin abrir y dijo en voz alta: «Esto es para ti, Cleve, te lo manda una mujer de Staten Island.»

—A lo mejor ese paquete no era nada importante —me dice—, casi seguro no era nada, una correspondencia atrasada, sólo eso. Pero yo no pude dejar de imaginar que era algún tipo de señal. Un mensaje de Cleve, ¿me entiende? Algo que le pertenecía a él, y que salía de la nada para llegar a mis manos, como si él me lo estuviera mandando. Mire, yo nunca he sido supersticioso, ni religioso, ni siquiera creo en el más allá, ni en apariciones, nada de eso. Pero la muerte de Cleve me dejó dando palos de ciego, atento a las señales. Me llenó de canas y de tics, y hasta creo que me dejó más estúpido que antes. La pena mata neuronas, ¿sabe? Eso es un hecho, de otra manera no podríamos tolerarla. A lo mejor el presentimiento con lo del paquete fue superstición, si quiere llámelo así. Pero es que ante la muerte de un ser querido no te queda otro remedio: o te resignas, lo cual es imposible, o empiezas a creer cosas, a guiarte por indicios que están más allá de la razón. Quién sabe. O a lo mejor todo fue más simple: ese paquete podía contener información sobre Cleve, alguna clase de dato que me ayudara a comprender. Algo así como encontrar una carta ajena de amor, o tener acceso al e-mail de otra persona.

El día en que llegó el paquete había empezado como otro cualquiera, y Ian Rose ya había cumplido con su rutina de todas las madrugadas: se había parado frente a la ventana de su alcoba para abarcar el paisaje en gran angular, salvo la esquina en que asomaba un tramo de carretera; desde la muerte de Cleve le incomodaba la visión de la vía, que interfería con su quimera de que vivía en un lugar al que no se podía llegar y del que no se podía salir. Había empezado el día vistiéndose sin bañarse y calzándose las viejas botas Taylor and Sons que lo acompañaban desde hacía años; les tenía cariño a esas botas, a punta de uso el cuero se había vuelto casi una segunda piel. Luego había salido a caminar con sus tres perros por el bosque. Eso le gustaba. De hecho era lo que más le gustaba, lo que seguía dándole sentido a sus días. Pasear por el bosque con Otto, Dix y Skunko le permitía olvidarse de todo por un par de horas, y él se dejaba ir, así no más, como un perro entre sus perros, por un par de horas y a veces más, en realidad cada vez más, últimamente trabajaba cada vez menos y daba unos paseos cada vez más largos. No era grave, total ya estaba retirado, vivía de una pensión, y si se aferraba al trabajo era más por gusto que otra cosa. Ya no la emprendía con grandes proyectos, se había quedado con el placer de lo artesanal y con la satisfacción de hacerle el favor a algún vecino al que se le hubiera atascado el pozo séptico, le goteara el grifo del lavaplatos o necesitara mejorar el riego de su huerto.

Como ya había empezado el frío, al regresar a casa Rose había rajado un buen poco de leña, se había pegado un duchazo con agua caliente y se había puesto lo de siempre, unos pantalones que no apretaran, una camiseta blanca y encima una camisa leñadora sin abotonar. Luego desayunó. Té con tostadas, más alguna fruta. Para ese primer té del día siempre escogía un Earl Grey con una nube; lo que su madre, que era inglesa, llamaba «una nube», o sea una gota de leche que se esponja en medio del líquido dorado; *a cloud in my tea*, así decía su madre, y así repetía él, *a cloud in my tea.*

Luego le había dado su Eukanuba a los perros —ahora el producto lo distribuía la viuda de Eagles—, con complementos alimenticios más una buena salchicha Scheiner's para cada uno, y había pasado a la sala a prender la chimenea. No dejaba de sorprenderle ese fuego ahí, domesticado en un rincón de su casa, apacible y ronroneando como un buen gato, cuando podría encabritarse si le diera la gana, salirse de madre y dejarlo a él convertido en una mierdita de huesos calcinados y ceniza. A veces Ian Rose sentía que no estaría mal, eso de deshacerse en nada, pero enseguida recapacitaba. «Se quedarían solos mis perros», pensaba, y seguía adelante con las tareas del día.

De tanto en tanto pasaba el rato recordando a Edith, su ex mujer, la madre de Cleve. De soltero, Ian Rose no había sido ningún playboy, ni siquiera un tipo desenvuelto con las mujeres, así que se sintió muy afortunado cuando Edith se mostró dispuesta a salir con él. Ante los ojos de Rose, ella era el ser maravilloso e inalcanzable que tocaba el chelo en un cuarteto universitario llamado The Emmanuel String Quartet, mientras que él, en cambio, se veía a sí mismo como un tipo manualito, un pichón de ingeniero que asistía a los conciertos de los viernes en el auditorio del campus y se sentaba entre el público a escucharla a ella. Y a mirarla, porque no podía quitarle los ojos de encima. Era de verdad un espectáculo esa mujer de cuerpo grande y fuerte, con esa cortina de pelo oscuro que le caía dramáticamente sobre la palidez de la cara mientras sus rodillas apretaban el costillar del chelo. Porque era grande, ese chelo, nada de versiones reducidas para mujeres, éste era un *full-size* en regla, con el cual la incomparable Edith producía mugidos y maullidos casi humanos que a él lo enardecían. Y no era metáfora: Edith con su chelo podía llegar a producirle erecciones. Y así pasó que Rose fue enloqueciendo por esa mujer. Pero no se atrevía a acercársele, le parecía grotesco abordarla en el camerino con un ramo de rosas o algo ridículo por el estilo.

Una vez, durante uno de esos conciertos, las manos de Rose se entretuvieron haciendo una estrellita con el papel plateado de la cajetilla de cigarros. Ahí, en la oscuridad de la platea, mientras él se concentraba en la música, o más bien en Edith, sus manos solas fueron doblando el papel hasta hacer una estrellita, y vino a pasar por casualidad que, después de la función, Rose se mete a un café cercano al auditorio y casi se va para atrás cuando ve entrar ni más ni menos que a Edith, la prodigiosa. Además viene sola. Se ha agarrado su estupenda mata de pelo en una cola de caballo, se ha limpiado el maquillaje haciendo su palidez aún más espectral, se ha cambiado el vestido de gala por unos jeans y una chaqueta de cuero. Edith entra, se sienta en una de las butacas de la barra y pide un dry martini. Rose, que conserva la estrella en un bolsillo, saca fuerzas de un whisky que se baja de un trago, se le acerca y se la regala. O sea, le regala a la violonchelista la estrellita de papel plateado. Ella le pregunta «¿quién eres tú?», y él, en un arranque de cursilería que ella terminará cobrándole años después, le responde «soy un regalador de estrellas». Enseguida se pone colorado y se odia a sí mismo por haber dicho semejante bobería, y para colmo Edith, desde la posición preponderante que le da estar sentada en la alta butaca del bar, mira el objeto insignificante que tiene en la mano y le dice, ladeando un poco la cabeza, «vaya, chico, me pones en un aprieto, ahora no sé dónde tirar esto que me has dado».

De ahí que para Ian Rose fuera un milagro que en medio de aquel oso de la estrella de papel, cuando rogaba que se lo tragara la tierra, Edith lo invitara en cambio a una copa, y no sólo eso, sino que además aceptara salir con él una semana después, y que no sólo saliera, sino que antes de un mes se hubiera enamorado de él. Así que cuando resolvieron casarse y se juraron fidelidad eterna, Rose estaba ciento por ciento convencido de lo que hacía y decidido a cumplir con sus votos hasta el final. Durante la luna de miel se desempeñó admirablemente desde el punto de vista sexual, eso hasta la propia Edith lo reconocía, y de ahí en adelante Rose se entregó en cuerpo y alma a su papel de hombre casado, y mantuvo la decisión y el entusiasmo a lo largo de sus diecinueve años de matrimonio, y cada amanecer estiraba el brazo con los ojos todavía cerrados para tocar el cuerpo de Edith, y se alegraba al comprobar que ella seguía estando ahí, a su lado. Porque Rose era la clase de hombre que nace para estar casado, y casado justamente con su mujer y con ninguna otra. Aunque Edith hubiera abandonado prematuramente el chelo, Rose se sentía en primer lugar el marido de Edith y en segundo lugar todo lo demás, padre de Cleve, ingeniero hidráulico, empleado de la firma inglesa que lo había trasladado con su familia a Colombia, donde recibía doble sueldo por tratarse de un lugar clasificado como altamente peligroso. Nunca, ni siquiera en las peores noches de desvelo, ni en las ocasiones en que por motivo de un viaje estuvieron separados, ni durante las peleas conyugales, se le había pasado por la mente a Rose que Edith pudiera concebir la relación de manera distinta a como él mismo la concebía. Para Rose estaba claro que si él era ante todo el marido de Edith, Edith era ante todo su mujer. Por eso no entendió nada esa noche bogotana en que él regresó del trabajo a casa, donde ella se había quedado en cama debido a una de esas gripas que le daban con frecuencia en esa ciudad fría y lluviosa, a tres mil metros de altura en la cordillera de Los Andes.

—¿Me trajiste el Vicks Vaporub y el jarabe para la tos? —le

había preguntado ella, y él tuvo que confesar que lo había olvidado.

Hacia la medianoche, a Rose lo despertó el ruido. Ahí estaba Edith, con un suéter rojo sobre la piyama, ardiendo en fiebre, ahogada en Kleenex y reclamándole con voz nasal que él era apenas un regalador de estrellas, para ella siempre había sido sólo eso, un triste regalador de estrellas que la había traído a vivir a este lugar imposible donde ella no iba a permanecer ni un día más. Si él insistía en quedarse, allá él, si la compañía le importaba más que su familia, allá él, pero ni ella ni el niño iban a permanecer ni un día más en ese lugar calamitoso donde en cualquier momento podría ocurrirles una desgracia.

—Estás delirando de fiebre. Cálmate, Edith, ven a acostarte, que estás con fiebre, no puedes dejarme simplemente porque olvidé el Vicks Vaporub —le había insistido Rose, e inclusive había buscado en la guía de teléfonos una farmacia abierta veinticuatro horas adonde pidió entrega a domicilio de jarabes y antigripales. Pero ella no paró de empacar hasta que repletó cuatro maletas y dos bultos.

Al día siguiente Rose se vio a sí mismo llevándolos al aeropuerto a ella y al niño, que en ese momento tendría diez años. Ante el jet de Avianca se despedirían por lo que Rose pensó que serían algunos meses, mientras él terminaba contrato con su compañía y podía regresarse a los Estados Unidos a buscarlos, pero que en realidad resultó siendo para siempre, porque al poco tiempo del distanciamiento, Edith se había juntado con un antropólogo llamado Ned y se había ido con él y con el niño a vivir a Sri Lanka.

—A Sri Lanka, ¿se imagina? —me dice Rose—. Se separó de mí porque se sentía insegura en Colombia y se instaló en Sri Lanka...

La reacción de Rose había sido de sorpresa e incredulidad. Y aún seguía un poco en las mismas, sorprendido e incrédulo, básicamente eso, pese a que la separación era un hecho cumplido desde hacía años; pese a que durante esos mismos años Edith y Cleve habían vivido con Ned en Sri Lanka mientras Rose se instalaba en la casa de las Catskill con los tres perros; pese a que durante los veranos Edith y Ned le traían al niño y

31

pasaban las vacaciones alojados en su casa, con Rose presente y con su visto bueno; pese a que durante esas semanas de verano los cuatro convivían amablemente, sin que Rose pudiera siquiera decir que sentía celos o que la pasaba mal. Pese incluso a que en gratitud por su hospitalidad, Edith y Ned le habían enviado de Sri Lanka, después de una de esas visitas, una lupa con mango de ébano que él había colocado sobre su escritorio, donde seguía estando como prueba reina de que su matrimonio efectivamente había terminado, y de que eso no tenía vuelta atrás.

Rose siempre había creído que estaría casado con Edith hasta el día de su muerte, o la muerte de ella. Y sin embargo algo, aún no sabía bien qué, pasó en algún momento, no podía precisar en cuál, y las cosas resultaron de otra manera. Y en ésas estaba Rose, pensando en Edith, o rajando leña, o prendiendo la chimenea, o preparándose un té con nube, la mañana en que llegó el paquete por correo postal, y tras recibirlo lo dejó sin abrir en el ático. Poco o nada subía Rose a ese cuarto del ático mientras Cleve estuvo vivo, porque sabía que al muchacho le gustaba que respetaran su soledad. Aunque en realidad Rose no sabía qué tan solo permanecía su hijo allá arriba; al parecer no tanto, al menos Empera, la dominicana que venía a hacer la limpieza dos veces por semana, había tratado de insinuarle que Cleve se encerraba con una chica, a lo mejor una amiga o una novia que no quería presentarle. Pero Rose había parado en seco a Empera.

—Faltaba más —le había dicho—, la vida privada de Cleve es de incumbencia de Cleve y de nadie más. En esta casa nadie se mete con su vida privada, Empera, y usted debe hacer otro tanto.

—Es verdad, ustedes no se meten con mi vida privada —le había respondido aquella vez Empera, que no era de las que se quedan calladas—, pero no por educados, sino porque les importa un cuerno.

—Y tenía razón ella —me dice Rose—, Empera lo sabía todo sobre mí, hasta el color de mis calzoncillos, y en cambio yo sabía poco o nada sobre Empera, salvo que era dominicana, que no tenía papeles y que había entrado de ilegal a los Estados Unidos no una vez, ni dos, sino diecisiete veces, mejor dicho cada vez que le daba la gana, sin que yo me atreviera a preguntarle cómo lo hacía, cómo lograba acometer esa proeza como de récord Guiness.

Ya después, tras la muerte de Cleve, a Rose empezó a dolerle horrores no saber un poco más de su hijo, no haberse acercado más a él mientras estuvo vivo, no haberlo apoyado más, no haber averiguado por sus amores; cuando ya no había remedio, le había entrado la necesidad de preguntarle a Empera lo que no había querido escucharle aquella vez.

—Cuénteme, Empera —le había pedido—, ¿usted llegó a conocer a esa muchacha que, según dice, venía en secreto a visitar a Cleve?

Pero Empera, que había aprendido la lección, no iba a dejar que la puerta le machucara los dedos por segunda vez.

—¿A qué muchacha se refiere el señor? —le había respondido secamente mientras se alejaba hacia la cocina chanqueteando con sus sandalias de plástico.

Y ahora llegaba ese paquete, y durante todo ese día Rose tuvo que ocuparse de oficios varios fuera de casa pero en ningún momento dejó de pensar en eso, en el paquete que había dejado sin abrir sobre la cama de su hijo, y al regresar estuvo a punto de subir a inspeccionarlo. Lo detuvo el escrúpulo de inmiscuirse en las cosas privadas de su hijo; si había algo que Cleve detestara era que invadieran su espacio, así que Rose padre desistió de abrirlo y más bien entró a la cocina a prepararse un sándwich. Pero enseguida lo acosó la sensación contraria: ¿no estaría traicionando a su hijo al ignorar esa señal? Le dio por pensar, ahí frente a la chimenea, mientras se bajaba su sándwich con un vaso de leche deslactosada, que tal vez no fuera tan absurdo ni tan irrespetuoso abrir ese paquete, que de alguna manera era una última señal de Cleve. Un mensaje póstumo, por ponerle un nombre rimbombante. De un tiempo para acá iban ganando terreno en la cabeza de Rose ese tipo de cábalas, o serían más bien sentimientos de culpa, o ramalazos de ansiedad que tenían que ver con el hecho de que no se resignaba a la muerte del hijo.

—De acuerdo, Cleve —dijo en voz alta—, deja no más que me coma esto y enseguida lo abrimos, a ver de qué se trata.

Quieres que lo haga, ¿cierto? ¿Me autorizas a que abra tu correspondencia privada? Supongo que sí, a estas alturas ya qué te importa.

Se trataba de ciento cuarenta hojas de algo así como papel Hallmark color rosa para cartas de adolescentes. Habían sido escritas a mano, con una letra que a primera vista a Rose le pareció claramente femenina. Estaban escritas por lado y lado y cada vez más apretadamente, como si la amanuense hubiera calculado que iba a faltarle papel para todo lo que tenía que contar.

—Mira, Cleve —dijo Rose—, parece que una chica te manda una larga carta de amor.

Quien aquello escribía no era la misma remitente, una tal Mrs. Socorro Arias de Salmon, de Staten Island, sino una muchacha que deseaba permanecer anónima y que anunciaba que utilizaría el falso nombre de María Paz. Esta María Paz escribía en primera persona para confesarle algo a Cleve, refiriéndose a él como míster Rose, y esa misma noche Ian Rose amanecía leyendo las ciento cuarenta hojas color rosa en la buhardilla, echado en la cama de Cleve, todavía vestido, con una cobija por encima, los dos perros grandes a los pies y el chiquito, Skunko, instalado a su lado.

—Tiene esa manía, ese perro —me dice Ian Rose—. Yo no le permito subirse a mi cama, siempre he sido estricto con eso, pero en cambio Cleve no. Y ya sin Cleve, la cama de Cleve era básicamente la cama de Skunko, así que no le ordené que se bajara, al fin y al cabo ahí el intruso era yo.

Quienquiera que fuera la verdadera autora, había escrito pensando en míster Rose, o sea en Cleve. La chica había puesto todas sus expectativas en míster Rose, lo había convertido en destinatario de la historia de su vida. Rose padre me pregunta si coincido, a lo mejor son apenas especulaciones suyas, no sabe mucho de eso, pero a él nadie le saca de la cabeza la sensación de que la historia de una vida es esa vida, es propiamente esa vida, que a la larga sólo existe en la medida en que hay un alguien que la cuenta y otro alguien que la escucha.

—Lo supo bien Alejandro Magno, que a todas sus empresas y batallas llevó consigo a sus historiadores, porque sabía que lo que no se narra es igual a lo que no ocurre —me dice Rose, explicándome que el hecho de que sea ingeniero no quiere decir que no le guste leer—. Yo diría que el destinatario de un testimonio de vida se convierte en una especie de conciencia ante la cual el otro despliega sus actos para que sean condenados o indultados. Al menos eso me sucede a mí cuando leo una novela, o autobiografía, sea real o ficticia. Ahí sucede una alquimia rara: mientras sostengo el libro ante mis ojos, siento que la vida de esa persona está literalmente en mis manos. Y en este caso esa muchacha, María Paz, había escogido para ese fin a mi hijo Cleve. Mejor dicho a míster Rose, y sucede que también yo, Ian, soy un míster Rose, y mientras leía el manuscrito tenía la impresión de que también a mí se estaba dirigiendo esa mujer, y que al contarme sus tribulaciones se estaba poniendo en mis manos, porque al fin de cuentas de los dos míster Rose era yo, Ian, el único que sobrevivía. Tenía que haber sido al contrario, por una canallada del destino no había sido al contrario, yo muerto en ese accidente, mientras mi hijo seguía con todo lo que le quedaba por delante de vida, con sus clases, con sus presas, con muchos números más del Poeta Suicida y su novia Dorita. Pero no había sido así. Así no había sucedido, y en ese momento yo era el único míster Rose que podía leer lo que esa mujer había escrito, revelándome cosas no sólo sobre ella misma, sino ante todo sobre mi propio hijo.

El manuscrito venía por tramos en bolígrafo de tinta azul, por tramos en bolígrafo de tinta negra, y a veces a lápiz. Las partes más borroneadas las había escrito a oscuras, según ella misma contaba, o sea después de las nueve de la noche, cuando en la prisión se apagaban las luces de las celdas. Alguna vez le había sucedido a Rose, mientras vivía todavía con Edith, que se le ocurrió a medianoche un complemento para un informe que andaba redactando, un asunto técnico para su oficina, y por no despertarla a ella al prender la lámpara había escrito un par de párrafos entre la cama, a oscuras. A la mañana siguiente se encontró con un galimatías como éstos de María Paz, puros garabatos y líneas encaballadas unas sobre otras.

La muchacha se expresaba en un inglés salpicado de español, y Rose ensayó a leer un par de párrafos en voz alta para oír cómo sonaba aquello. Le sonó bien; espontáneo y bien. Los dos idiomas se mezclaban juguetonamente, como amantes inexpertos en la cama. Rose no tenía dificultad con el español, que había aprendido durante su estadía en Colombia, no muy bien, con demasiado acento, pero algo era algo, y en cambio Edith casi nada, su fastidio por Colombia había redundado en su negativa de aprender la lengua. Cleve sí lo había asimilado perfectamente, a la manera de los niños, sin proponérselo ni hacer esfuerzo.

Del cuaderno de Cleve Rose

«A mi madre la estadía en Colombia la marcó con pesadillas recurrentes de las que despertaba gritando cosas, inclusive cuando ya no estábamos allí. Cosas como que la guerrilla nos iba a secuestrar, que los ladrones nos robaban los espejos retrovisores del carro, que los volcanes de los Andes escupían ríos de lava, que yo me tragaba unas pepitas rojas y venenosas y que tenían que llevarme intoxicado al hospital. Yo en cambio siento nostalgia desde que abandonamos ese país, aunque no sé exactamente de qué. Algo echo terriblemente de menos, algo indefinido que me hace cosquillas en la boca del estómago, tal vez ese olor intenso y húmedo a color verde que le alborotaba los sentidos al niño reprimido y tímido que era yo; o los chorros de adrenalina que disparó en mí esa pelea a machete entre dos hombres que me tocó presenciar; o será el peligro de las carreteras de montaña, los camiones que aceleraban de manera suicida por curvas cerradas sobre abismos de niebla, y los puestos de fruta agarrados con las uñas de la orilla de la carretera, para que uno pudiera comprarlas desde el automóvil. Aunque ese último recuerdo sea más de mi padre que mío, ése de las frutas exóticas, porque en realidad yo nunca quise probar ninguna, y confieso que en ese entonces, y hasta la fecha, me daba y me sigue dando miedo llevarme a la boca alimentos desconocidos. Y sin embargo recuerdo los nombres de aquellas frutas, nombres con muchas yes y aes, guanábana, chirimoya, papaya, maracuyá, guayaba, al punto de sentir mareo si los pronuncio seguido, una y otra vez como si fueran conjuro, chirimoya, chirimoya, papaya, papaya, maracuyá. Recuerdos. En español re-cordar, del latín *cor, cordis,* corazón, o sea volver a pasar por el corazón; de donde recordar la infancia podría ser sacársela del corazón, donde la traeríamos guardada. Y es que estoy convencido de que ciertos recuerdos de infancia se van apropiando de ti, se entronizan en los nichos de tu memoria como santos antiguos en una iglesia a oscuras, y desde allá despiden un brillo raro, mítico, que poco a poco va predominando sobre la demás materia mental, hasta que ellos, esos recuerdos de infancia, se convierten en tu primera y quizá única religión. No sé, siento que en el fondo de mi persona unas cuantas frutas de aquéllas echan sus destellos, y en todo caso me arrepiento de no haber tenido agallas para hincarles el diente, porque a lo mejor hubieran sido para mí como la comunión para los cristianos, que se comen a Dios en cada trozo de pan. Los nombres de esas frutas resultaban fascinantes y difíciles de pronunciar para el niño extranjero que era yo, y ya se sabe que todo mito se esconde en lo desconocido, en lo que percibimos como misterioso y nos infunde pánico y fascinación. No es que ahora le rece secretamente a un dios llamado Guanábana ni que le ofrende sacrificios a Chirimoya, no se trata de algo tan estúpido como eso, es sólo que me niego a acabar convertido en un simple occidental que deja pasar de largo frutos prodigiosos para contentarse con naranjas o manzanas. Tal vez por eso añoro mis años en los Andes, donde la vida ocurría a una cantidad increíble de metros de altura y era de por sí azarosa, y será por eso que me vuelve a la boca el sabor del arequipe, una melcocha ahumada y redulce que las sirvientas colombianas me daban a escondidas de mi madre, que me tenía prohibido comer cosas azucaradas. Pero de todos esos recuerdos el mejor, por mucho, es el de María Aleida, una morena muy hermosa que en su pueblo natal había sido coronada Reina Regional del Currulao, y que en nuestra casa bogotana trabajaba como niñera mía. Nunca aprendí a bailar el currulao, pero en cambio me quedaba claro que María Aleida era la mujer más linda del mundo, y no sólo eso, sino que además me decía «mi amor», cosa que me perturbaba mucho. Mi amor esto, mi amor lo otro. ¿Quería decir que María Aleida estaba enamorada de mí? ¿Sería posible semejante cosa? ¿Que el flacuchento tímido que era yo le gustara a la Reina del Currulao, que me llevaba por lo menos diez años y que era poseedora de la belleza más apabullante que yo pudiera imaginar? El asunto era confuso, difícil de interpretar, porque María Aleida no me decía mi amor sólo a mí, sino a todos nosotros, los de la familia Rose. Y lo que ya era enredado se enredó todavía más el día en que escuché a María Aleida chismoseando sobre mi padre en la cocina. Yo la estaba espiando —yo siempre la andaba espiando—, y ella les estaba diciendo a los demás empleados del servicio que mi padre debía de pertenecer a la CIA, porque todos los gringos que vivían en Colombia eran de la CIA aunque se disfrazaran de diplomáticos o de ingenieros. Yo estaba escondido detrás de un escaparate y me sorprendió la noticia, pero no por eso disminuyó mi admiración por mi padre, al contrario, lo hizo admirable ante mis ojos, o en todo caso más interesante; me gustó saber que era espía y no ingeniero. Eran mentiras, claro, eso de la CIA, chismes que María Aleida sólo se atrevía a decir a espaldas de mi padre, mientras que en su cara le decía mi amor. Bueno, a todo el mundo le decía mi amor. Álvaro Salvídar, el chófer, era para María Aleida un mi amor, o si no, mi rey, o también muñeco. Don Tuchas, el jardinero, era otro su mi amor. Sí, mi amor. No, mi rey. Ya voy, muñeco. A Anselma, la cocinera, le decía mi amor y le decía mi reina. Ni qué decir de mi madre, que era su principal mi reina. No sé, creo que me duele no ser ya el amor, ni el rey, ni el muñeco de nadie. Y qué bella se veía María Aleida cuando se descalzaba para enseñarme a bailar salsa o merengue, burlándose de mi torpeza y mi falta de ritmo, así no, muñeco, mira, así, así, cariño, me indicaba meneando la cadera, y yo, paralizado de amor, era incapaz de seguirle el paso. Pero es que además María Aleida a mí me decía mi negro, que en Colombia es un apelativo cariñoso que se le aplica a cualquiera, independientemente de su color de piel. Eso era lo fantástico, lo más increíble de todo, que para María Aleida yo era mi negro. Tal vez a todos ella les dijera mi amor, pero sólo a mí me decía mi negro, pese a que mi piel es casi transparente de tan blanca, y pese al desasosiego de mi madre cada vez que yo salía sin camisa ni bloqueador solar a jugar al jardín, porque te vas a freír vivo, así me decía, y si lo miras bien ésa es una amenaza horrenda, te vas a freír vivo, quizá de ahí me venga el temor a morir quemado. Ven a ponerte una camisa, Cleve, que te vas a freír vivo, así me gritaba mi madre desde la ventana, y yo me entraba a la casa sintiéndome vulnerable, blanquinoso y ridículamente menor de edad. En cambio, la sensación era de triunfo y poderío cuando María Aleida me llamaba mi negro. ¡Yo, el gran Mi Negro, Rey de la Jungla y del Currulao, a quien la bella María Aleida secretamente amaba! Ya después mi madre y yo regresamos a Chicago y no volvió a haber camiones suicidas en abismos de niebla, ni olor penetrante a verde, ni *shots* de adrenalina por peleas a machete, ni muñeco aprendiendo a bailar salsa, ni tampoco maracuyá, ni guanábana ni arequipe, y sobre todo nunca, nunca más la esplendorosa María Aleida diciéndome mi negro. Entre las internas a las que les doy clase de escritura en Manninpox, hay una muchacha que me llama particularmente la atención. En realidad me fijé más en ella desde que supe que era colombiana. Supongo que enseguida la identifiqué con María Aleida, se me ocurrió que su cara bonita debía de ser parecida a la cara ya olvidada de María Aleida, su risa y su pelo los de María Aleida, y sobre todo el color de su piel. Y no pude evitar imaginarme a esa presa libre, lejos de Manninpox, otra vez en su Colombia natal, bailando salsa y batiendo arequipe con cucharón de palo en una paila de cobre.»

El manuscrito firmado por quien se hacía llamar María Paz tenía una letra clara, de imprenta; el tipo de caracteres que utiliza alguien que se propone hacer legible su mensaje, y sin embargo a veces a Rose le costaba descifrar los añadidos comprimidos en los márgenes, y las flechas que indicaban dónde había que intercalarlos. Además faltaban varias hojas, 17 en total; la enumeración, colocada en la esquina superior derecha, se interrumpía cada tanto y pegaba saltos. Estaba claro que la autora no se lo había enviado a Cleve directamente, sino que había tenido que recurrir a uno o varios intermediarios y que el último de ellos era la tal Socorro Arias de Salmon, Staten Island. ¿Por dónde habría rodado el escrito durante el trecho del desfase? ¿Por cuántas manos habría pasado antes de llegar a las de Ian Rose? ¿A qué se había debido la demora? ¿Por qué Mrs. Socorro se decidió a mandarlo finalmente? ¿Qué había sido de las diecisiete hojas faltantes, quizá perdidas o más probablemente confiscadas? Rose no lo sabía. Lo que sí tuvo claro era que el papel color rosa, tipo esquela para adolescentes, contrastaba de manera brutal con el contenido de lo que allí venía escrito. En realidad no se trataba de una carta de amor, aunque por momentos lo pareciera. Era evidente que la autora era una muchacha latina. Colombiana por más señas. Y a Ian Rose le bastó con leer un poco para comprender que estaba presa en Manninpox, desde donde escribía la historia de su vida para enviársela a quien se había desempeñado como su director en un taller de escritura para internas. Ese director de taller de escritura había sido ni más ni menos que Cleve, su hijo Cleve, y daba la casualidad de que Manninpox quedaba a diez minutos de la casa de montaña. Lo cual no era casual, desde luego; que Manninpox estuviera tan cerca fue la razón por la cual Cleve se había ofrecido para trabajar allí y no en cualquier otra prisión del Estado. Nada es casual, nunca, como tampoco lo es que entre todas las presas con las que Cleve debió tratar, se acercara precisamente a una colombiana. Según parecía, los Andes lo habían marcado más de lo que su padre sospechaba.

Entrarle a aquel paquete había sido como abrir una caja de Pandora: los fantasmas escaparon en tropel y se le encaramaron a Ian Rose en el hombro para quedarse a vivir ahí. Cada una de las líneas escritas por esa muchacha le iba hablando de Cleve, directa o indirectamente, y leer y releer esas páginas había significado para él la posibilidad de vislumbrar instantes que no conocía de la vida de su hijo. De su vida y también de su muerte: aquí y allá Ian Rose creía encontrar indicios, imaginados o reales, de que la autora debía de tener algún vínculo con la muerte de Cleve. Algún vínculo, Rose no sabía cuál. Pero ella tenía que saber, algo tenía que saber, aunque hubiera escrito aquello antes de que Cleve muriera, aunque le escribiera creyendo que estaba vivo, aunque en realidad ya estuviera muerto sin que ella lo supiera, algo tenía que saber, y Ian Rose excavaba en sus páginas como un arqueólogo, buscando alguna huella.

La muchacha mencionaba incluso un hecho tan familiar como que en una ocasión Cleve había atropellado a un oso. Y era cierto, Cleve se había estrellado contra un oso una noche sin luna, justamente cuando regresaba en su motocicleta por entre el bosque de arces. En esa ocasión no le pasó nada, milagrosamente, y aparentemente tampoco al oso. Ya en casa y cuando se hubo serenado un poco, le explicó a su padre cómo había sucedido aquello. Le dijo que estaba muy oscuro y que tras un golpe fuerte quedó tendido en el camino, atontado, perplejo, sin entender qué fuerza invisible y sobrenatural lo había arrollado y hecho rodar por tierra. Hasta que vio moverse una masa negra a unos cuantos pies de distancia. Era el oso, que se levantaba aparentemente ileso también y se internaba en el bosque. Al día siguiente, en el desayuno, los dos Rose se engarzaban en una vieja discusión. Como había hecho ya tantas veces, el padre le insistía al hijo en que se comprara un carro. Le daría el dinero para que lo hiciera. ¿No lo aceptaba? Bien, entonces que se quedara con el Toyota de su madre. Cada vez que Edith pasaba vacaciones en casa de su ex, al partir abandonaba allí alguna pertenencia, como dejando constancia de propiedad en ese terreno aunque ya no lo ocupara. Entre esos patrimonios relegados por ella, se contaban el perro Otto, el chelo y un Toyota rojo, los mismos que Rose había acogido amorosamente y cuidaba con especial deferencia, como si fueran promesa de que algún día su dueña regresaría para quedarse.

El Toyota estaba en buenas condiciones, y al día siguiente del accidente con el oso, Ian se lo ofreció a Cleve a cambio de la moto. Pero desde luego a Cleve el cambalache no lo convenció para nada. Dijo que prefería toda la vida su motocicleta, eso fue lo que dijo, y en ella encontraría la muerte un tiempo después, ya no en las Catskill sino en las afueras de Chicago, al perder el control, estrellarse violentamente contra la barda metálica y salir volando con moto y todo. Se quebró en varias partes la espina dorsal a la caída, luego rodó más de ciento treinta pies por la pendiente que bordeaba la carretera y su cuerpo, maltratado por los golpes contra las piedras y desgarrado por la vegetación, fue encontrado abajo, entre unos arbustos. Por tratarse de una ruta poco utilizada, no hubo testigos ni cámaras de control de velocidad que grabaran lo que sucedió. Al tratarse de muerte accidental, sólo el *highway patrol* y los paramédicos se ocuparon del levantamiento del cadáver, que quedó reportado como contingencia de tránsito. Y sin embargo a Ian Rose nadie le sacaba de la cabeza que más que un accidente, la muerte de su hijo había sido el cumplimiento de una fatalidad.

—Para mí que estaba escrita —me dice—. Yo sentía que había sido un hecho previsible, posible de prevenir, ¿me entiende? Algo que yo hubiera podido impedir.

Hasta la llegada del paquete, la única posición de Rose padre ante la vecina prisión de Manninpox había sido ignorarla, y no había sido fácil. Según me dijo, necesitas mucho yoga y mucha caminata por el bosque para seguir adelante con tu propia vida cuando tienes la agonía ajena a la vuelta de la esquina.

—No es propiamente agradable tener una prisión de máxima seguridad para mujeres a unas cuantas cuadras del lugar donde duermes —me dice Ian Rose—. Si la idea de varones encerrados ya de por sí resulta perversa, la de mujeres enjauladas es directamente monstruosa.

Había comprado esa casa sin saber lo que tenía al lado. La agencia de finca raíz no se lo advirtió, seguramente a sabiendas de que perdería al cliente. Y sí, lo hubiera perdido, porque de saberlo, Rose hubiera salido corriendo a comprar propiedad en las antípodas. Pero la casa lo había enamorado a primera vista, todo en ella le había parecido a la medida de sus sueños: la belleza de los alrededores, las chimeneas de piedra, los techos altos, los espacios generosos, los pisos de tablones de roble, el silencio y la vista espléndida, y sus perros se habían adueñado enseguida del bosque que la rodeaba y ya no habían querido salir de allí. Además el precio era excepcional, así que Rose agarró la oferta al vuelo y sin investigar la razón de la ganga, que era, desde luego, la desvalorización de la zona por cuenta de la prisión. Me explica que le pasó lo que suele pasar con las gangas, que el comprador se hace el loco para que el vendedor no caiga en cuenta de la ventaja que le están sacando, mientras que el vendedor hace lo mismo con el comprador.

—Soy un tipo liberal —me aclara—, me horroriza la idea de castigar a la gente encerrándola para que la sociedad pueda funcionar. Me parece aborrecible que dos terceras partes de la población de Estados Unidos temblemos al pensar en el daño que la otra tercera parte puede infligirnos, y que una décima parte de los norteamericanos se pase la vida dentro de una jaula para que las otras nueve sintamos que podemos vivir en paz. Y, sin embargo, si alguien me hubiera dado las llaves de todas las celdas de todas las cárceles del país, y me hubiera dicho «está en tus manos dejar libres a los criminales», yo seguramente le hubiera devuelto las llaves sin hacer uso de ellas.

Lo sentía por las chicas de Manninpox, pero la verdad era que no le habría gustado encontrarse a alguna de ellas escondida en su garaje, o haciendo diabluras de noche en su cocina. Si Ian Rose no pensaba en Manninpox, era porque no sabía qué pensar. El problema lo rebasaba. La prisión se alzaba a unas ocho o diez millas de su casa, subiendo por esa carretera que interfería con su ángulo de visión cuando en las madrugadas se paraba frente a la ventana para mirar el paisaje. El solo nombre lo enfermaba, Manninpox. Nunca había visto las construcciones que la componen, pero podía imaginarlas; como todo ser humano, manejaba a priori una noción fuerte y precisa de lo que era una cárcel. ¿De dónde la sacaba? Tal vez del cine, de la televisión, de alguna lectura o pintura, de alguna que otra foto..., pero tenía la sensación de que el asunto iba más allá, que era más profundo que eso.

—La idea de cárcel está grabada tan nítidamente en nuestras mentes —me dice—, que parece que hubiéramos nacido con ella. Con la tumba pasa lo mismo. También debe ser innata la sensación de estar bajo tierra, con los terrores que eso implica. Y no es filosofía, es apenas sentido común; sabemos lo que es respirar a pleno pulmón, y sabemos lo que es contar con suficiente espacio para movernos. Por lo tanto, deducimos por la negativa lo que sería no poder hacer ninguna de esas dos cosas; podemos imaginar cómo sería ahogarnos por falta de aire, o infartarnos de claustrofobia en una cueva estrecha que nos oprima. Tumba, cárcel: son distintas manifestaciones de lo mismo.

Tal como hasta entonces había existido en la imaginación de Ian Rose, Manninpox era una serie de espacios interiores inmensos y desolados, como inventados por Piranesi, donde los seres humanos adquirían el tamaño y la condición de insectos y los ecos de sus voces quedaban resonando para siempre porque no hallaban por dónde salir. Y si no era eso, eran varios pisos de jaulas, seis o siete pisos de jaulas apretadas unas contra otras, como un zoológico vertical, con la diferencia de que a los animales se les concedía un mínimo necesario de espacio vital. El aspecto exterior sería el de una gran mole de concreto oscuro, cortada en ángulos definidos, impuesta en medio del paisaje y cercada con alambres de cuchilla y redes electrificadas. Un monumento escueto, infranqueable y abyecto en medio de esa verdura idílica de pinos, arces y abedules. Ante la imponencia del gran adefesio gris, poca cosa serían los habitantes naturales de esos bosques, como decir el oso negro, el zorro colorado o el ratón de patas blancas. Ese rincón del universo habría caído bajo la sombra de esa fortaleza de cemento en la que se hacinaban vaya a saber cuántos cientos de mujeres, impregnando el aire de su angustia y abrumando a la naturaleza con su presencia invisible pero siempre ahí.

—Antes me pasaba que cada vez que pensaba en Manninpox se me erizaba la piel —dice—, como si sus mujeres enjauladas estuvieran respirándome en la nuca. Saberlas encerradas a ellas me producía claustrofobia a mí. Por eso no pensaba en Manninpox.

Aunque a veces no pudiera evitarlo, como cuando sus perros ladraban en la noche y él sentía que le ladraban al espectro de la prisión. Y ya luego, de día, evitaba mirar en esa dirección y se olvidaba de su existencia. Lo lograba durante tres cuartas partes del año, pero cuando empezaban a caer las hojas de los árboles, se perfilaba a lo lejos su presencia renegrida como una gran quemadura en medio del bosque blanco. Ian Rose sabía que era apenas una ilusión óptica, pero de todos modos se sentía afectado. En eso no se le parecía su hijo Cleve, que no era de los que huyen o hacen la del avestruz. En los primeros días de convivencia en la casa, Cleve había intentado hablarle al padre acerca de Manninpox.

—Parecía obsesionado —me dice Ian Rose—, tanto que tuve que pedirle que parara. Le dije: «Deja esa cosa en paz, Cleve, ya es suficientemente malo que exista, como para que encima me lo estés recordando.»

Pero a Cleve ese lugar parecía hipnotizarlo. Cada vez se acercaba más en su motocicleta, bordeando la zona vigilada, y empezó a frecuentar un cuchitril llamado Mis Errores Café-Bar, que queda justo en la línea divisoria entre el mundo libre y el reducto de las internas. Rose padre sabía que Rose hijo había empezado a pasar horas enteras allá, en ese café con nombre en español.

—En español tenía que ser —dice—, semejantes resonancias de culpabilidad y arrepentimiento sólo pueden darse en español, y en católico.

Ya después del accidente de Cleve, y sobre todo a raíz de la llegada del paquete, Rose padre empezó a imaginarse a su hijo en el Mis Errores, frente a una taza de café, seguramente abrumado, o encandilado, por la contigüidad de ese agujero del fin del mundo que es toda prisión. Me cuenta que Cleve había ido creciendo como un niño retraído que se encontraba más a gusto entre los perros que entre la gente, en eso sí que se le parecía, aunque sólo fuera en eso. En el resto no. Rose padre siempre se había sentido un individuo de lo más promedio, mientras que en su hijo notaba una sensibilidad a flor de piel que le permitía detectar cosas que para los demás pasaban desapercibidas, y aun percibirlas antes de que ocurrieran. Como por ejemplo un temblor de tierra. Alguna vez, cuando vivían en Bogotá, Ian le había escuchado decir a Cleve que iba a temblar, y tal cual, unas horas después temblaba aparatosamente, aunque no en Colombia sino en Chile. Eso había dejado perplejo al padre, que no supo si las antenas premonitorias del niño fallaban, o si, por el contrario, eran tan agudas que traspasaban fronteras. En todo caso, estaba claro que una vibración tan intensa como la que despedía Manninpox no podía ser ignorada por Cleve, que había encontrado en el Mis Errores la puerta para empezar a penetrar en esa otra dimensión de la realidad, la de las mujeres que viven a la sombra. Aquello lo atraía como un imán. Se había propuesto traspasar la barrera de muros y alambradas y lo había intentado una y otra vez, hasta que logró ser aceptado como director del taller de escritura para las internas. ¿Cómo? Rose padre no lo supo. Pero suponía que hacia allá se dirigía su hijo cada vez que enfilaba su motocicleta por la carretera a la izquierda.

—Hueles a sopa fría —le decía a Cleve cuando éste entraba a la casa, ya de regreso—, apuesto a que estuviste metiendo las narices en ese lugar.

Del cuaderno de Cleve

«Me aburren los amagos de salvación a través de la escritura. Me sacan de quicio quienes juegan a que la literatura es un culto; la cultura, una religión; los museos, unos templos; las novelas, unas biblias y los escritores, unos profetas. Además, no me aguanto a los izquierdosos que pretenden "hablar por los que no tienen voz", ni tampoco a los escritores conocidos y derechosos que bajan a las mazmorras durante unas cuantas horas al mes para que América duerma tranquila pensando que al fin y al cabo no la pasan tan mal los presos en este país, que han dejado de ser tan malos para volverse un poco buenos porque alguien ha tenido la caridad de enseñarles a escribir. Hace unos años, el preso que buscaba un milagro rezaba el padrenuestro, recitaba el Talmud o pagaba un buen abogado. Ahora escribe una autobiografía. Y está bien que lo haga, siempre y cuando nadie quiera venderle la idea de que así va a ser feliz, rico y perdonado por la sociedad, que lo acogerá como a oveja negra blanqueada por el sacramento de la escritura. Ésa no es la verdad. La única verdad es que estar preso es una jodida desgracia. Y sin embargo, tengo grandes expectativas ahora que me han aceptado como director del taller de escritura para las presas de Manninpox. Tiene que haber una manera honesta de hacerlo, una manera limpia de servir de puente para que ellas puedan hacerlo por sí mismas, contar sus cosas, sacárselas de adentro, perdonarse a sí mismas por lo que sea que hayan cometido o dejado de cometer. Walter Benjamin dice que la narrativa es el lenguaje del perdón. Yo quiero creer en eso. Y me gustaría facilitar las cosas para que ellas hagan el intento.»

Al terminar de leer el manuscrito, esa misma mañana, Ian Rose bajó al pueblo, le sacó varios juegos de fotocopias y le puso uno de ellos al correo a Samuel Ming, el editor de las novelas gráficas de Cleve. Ming, que además había sido el mejor amigo del muchacho, sorprendía con su cruce indescifrable de razas porque parecía chino pero llevaba rastas, tenía un par de ojitos pequeñitos y oblicuos a lado y lado de una poderosa nariz árabe, y grandes dientes cuadrados entre labios de una finura casi femenina. Rose padre le mandó la copia del manuscrito con una nota en la que le preguntaba si veía factible publicar aquello, tal vez como testimonio, o como denuncia, o quizá incluso como novela. Un par de días después, cuando Ming le avisó de que ya le había echado una ojeada, Ian Rose condujo su Ford Fiesta hasta Nueva York para conversar con él personalmente.

—No sé qué decirle, míster Rose —le dijo Ming, y de verdad no sabía, qué pena le daba ver cómo desde la muerte de Cleve su padre parecía haberse echado diez años encima, pobre viejo, pensó, para qué acrecentar su dolor poniéndolo al tanto de esa historia oscura, y al mismo tiempo cómo no advertirle que no hurgara demasiado por ahí, no fuera a encontrar cadáveres entre el closet, así que decidió más bien hacerse el loco y ocultarle al viejo el hecho que ya desde antes estaba al tanto de la historia—. A ver, míster Rose, cómo le explico. Mire, no vale la pena darle mucha vuelta a eso. Váyase de paseo, tome un poco de sol en una playa, regálese quince días en París, hágase esa concesión a usted mismo... Y sobre el manuscrito que me envió, yo le propongo que dejemos eso quieto. Mire, está claro que a esta muchacha le gustaría que se conociera su, digamos, biografía. Y parece ser que a Cleve le hubiera gustado que la ayudáramos a lograrlo. Pero la verdad, no veo cómo, míster Rose. No es un texto acabado. Es una autora desconocida, y ni siquiera contamos con su autorización. Además no es el género que yo manejo...

Ming, a quien he tenido oportunidad de entrevistar también, me asegura que en ese momento hubiera querido advertir al señor Rose sobre los riesgos, digamos letales, que implicaría publicar ese material, pero que prefirió no avasallarlo con más drama y dejó la negativa de ese tamaño.

—Te he puesto en un brete —se disculpó Ian Rose con el editor.

—No se preocupe, míster Rose —le dijo Ming, dándole unas palmaditas en un hombro que sintió muy huesudo, y pensando que debía de ser cierto eso de que hay penas que matan.

Ya de vuelta en su casa en la montaña, Ian Rose volvió a colocar el paquete con el manuscrito sobre la cama de la buhardilla.

—Lo siento mucho, hijo. No va a ser fácil que nos publiquen esto.

3

Del manuscrito de María Paz

Ya le digo, míster Rose, América no está en ningún lado. América sólo está en los sueños de los que soñamos con América. Eso lo sé ahora, pero me tomó años descubrirlo. Y a la hora de la verdad no lo descubrí yo, sino Holly, ya sabe, Holly Golightly, mi heroína absoluta, la de *Desayuno en Tiffany's,* mi santa, mi ideal, aunque en nada me parezco a ella, o precisamente por eso, y fue usted el que me enseñó que ni siquiera la propia Holly se parece a Holly, porque Holly es en realidad Lulamae. Cuando llegó a Manhattan se volvió chic y sofisticada y se inventó lo del vestidito negro, las gafas oscuras para disimular el trasnocho, la pitillera y tal, pero la verdad es que había nacido en Tulip, el pueblito más cagado de Texas, donde se llamaba Lulamae. O sea que Holly venía siendo tan pueblerina como yo, y descubrir eso no me gustó tanto, no me convencía la idea de admirar a una chica demasiado parecida a mí. Claro que eso es según el libro que usted nos hizo leer, míster Rose, pero no según la película, y tal vez recuerde que yo le armé trifulca en clase porque me decepcionó el final de esa novela. Me pareció una estafa. Yo había visto por lo menos ocho veces la peli de Audrey Hepburn, que termina bien y uno queda contento, como volando, como soñando, pero usted nos salió con que no era así en la historia original, porque Truman Capote no había querido que al final Holly se casara, sino que se fuera. Que se fuera lejos a seguir buscando a América, sin encontrarla en ningún lado. Además, usted dijo que en el film Audrey Hepburn abría demasiado los ojos, como si no los tuviera ya suficientemente grandes.

—Pero es muy linda —la defendí yo.

—Muy linda sí, pero no hace falta que abra tanto los ojos. Quiere convencernos de que es un poco tonta, y bien que lo logra.

—Holly es más triste que tonta.

—La del libro. La del film es más tonta que triste. A Capote tampoco le gustó, opinó que no tenía nada que ver con la Holly de su novela —dijo usted, y hasta ahí nos llegó la conversa porque sonó el timbre y yo tuve que regresar a mi celda.

Pero ahora necesito pedirle un favor: no revele mi nombre verdadero. Digo, si algún día publica esto que le estoy enviando. Y perdone si le parezco muy ingenua al imaginar semejante cosa, la culpa es un poco suya, a fin de cuentas fue usted mismo el que nos dijo en clase que la vida de cualquiera merece ser contada y que los protagonistas de las novelas son seres comunes y corrientes, como nosotras. Eso nos dijo y claro, a uno la cabeza se le dispara y se le llena de ideas. De ilusiones. En todo caso ya le digo, nombres propios no. Ni de personas, ni de lugares; nada que se preste para identificarme. Póngame un nombre falso, hágame ese favor, no por mí sino por mi hermana, ella es de mente sensible y se pone mal cuando escucha cosas que no quiere escuchar. Y al fin de cuentas Holly se hace llamar Holly cuando en realidad se llama Lulamae, y si cambiarse el nombre vale para ella, vale también para mí. No sé si usted se acordará del mío, de eso hace ya bastante, o a lo mejor no hace tanto pero parece que fueran añares, y desde entonces ha habido un abismo de por medio, usted allá afuera y yo aquí adentro. Yo sí lo tengo presente a usted, no sabe cuánto; aquí en Manninpox la memoria es nuestro único juguete. Pero tanto mejor si a usted ya se le borró mi nombre, y en todo caso no me conviene recordárselo. Sólo le digo una cosa, fui bautizada con el nombre de un país. ¿Le parece raro? *It's an hispanic thing, you know*, eso de andar poniéndole a la gente nombres de países, de animales, de vírgenes y de santas, ya usted comprenderá, porque aunque es gringo tampoco se salva, no por nada le chantaron apellido de flor. Así que póngame el nombre que quiera, pero que siga siendo de país. O de ciudad, haga de cuenta Roma, o Filadelfia. O Samarcanda, por decir algo. En realidad es una herencia que me viene de familia, piense no más que mi bisabuela, la pobre, se llamaba América María. Pero se desquitó bautizando a sus cinco hijas con nombres también sacados del mapamundi: la mayor Germania María; luego, Argentina María, Libia María e Italia María, que salieron mellizas, y a la más pequeña, una mujer desdichada que con el tiempo se convertiría en mi abuela, le tocó llamarse África María, un nombre que según parece le marcó el destino. La costumbre pasó por mi madre, Bolivia María, llegó hasta mí y ni siquiera se salvó mi hermana, que es menor que yo. A los varones les ponían nombres de gente, cosas corrientes, como Carlos José, mi tío; Luis Antonio, mi otro tío; Aurelito, el marido de tía Niza; mi primo Juan de Dios. En cambio a todas nosotras nos endilgaron nombres geográficos, como si en vez de una familia fuéramos un atlas. Una tradición caprichosa, tratándose de gentes que nunca viajaron, todos ellos campesinos enraizados, hasta que mi madre, Bolivia María, se animó a alzar vuelo y se largó. Ella fue la primera que conoció mundo, los demás ni de oídas, al punto que mi tía Libia ni siquiera sabía por qué lados del planeta quedaba el lugar que le adjudicaron, y hay que ver cómo se crispó cuando alguien le reveló que Libia era un país musulmán y para rematar comunista; me están mintiendo, me quieren mortificar, decía echándose bendiciones, ella que de tan católica hubiera querido llamarse Fátima, o Belén, o en el peor de los casos Roma, pero no la Roma pagana de Nerón, sino la Roma apostólica de Pedro. Como se habrá dado cuenta, míster Rose, a todas nos acomodaron el María como segundo nombre, para que nos protegiera la Virgen, según decían. *An hispanic thing*, ya le digo, eso de endilgarles a las gentes un reguero de nombres, y sobre todo tan raros, o el mismo nombre repetido en cada uno de los integrantes de una familia, o una combinación de ambas cosas, como nos tocó a nosotras. Ya sé que es una tradición provinciana, por no decir absurda. Ni falta hace que me lo diga. Pero aun así no quisiera abandonarla, tal vez porque detrás de cada María con nombre de mapa, en mi familia ha habido una mujer fuerte y de armas tomar.

Si quiere, dígame Francia. Francia María. Algo así. Aunque en realidad mucha cara de Francia no tengo, muy sofisticado para mí, que soy de lavar y planchar. París tampoco, no quisiera ser tocaya de Paris Hilton, ese desastre de chica con nombre de hotel. Mejor algo del trópico, como Cuba o Caracas, algo que no sea mi nombre verdadero pero que se acerque. Con respecto a mi hermanita vamos a hacer otra cosa, vamos a eximirla de esa tradición familiar porque a ella viajar no le gusta, aventurarse en lo desconocido la descompone, pierde las coordenadas si la cambias de casa, o de habitación, o inclusive de lugar en la mesa. Si le corres la cama medio metro hacia allá o hacia acá, se te encarajina y te monta una pataleta. Y justo a ella le puso mi madre el nombre del país más apartado, no me pregunte cuál porque no puedo decírselo, haga de cuenta la más pifiada y refundida de las naciones, a veces pienso si el nombre no le habrá marcado el destino como a mi abuela África, y si no será por hacerle honor a ese país que mi hermanita se comporta extraño. A ella póngale más bien un nombre de flor, eso sí le gusta: las flores, las piedras, los árboles, todo lo que está sembrado, amarrado a la tierra, lo que permanece en su sitio y no se mueve ni se va. Póngale Violeta, que es una flor esquiva y temperamental. Así es ella, mi hermanita, tímida pero tremenda. Parecen cosas opuestas, tímida y tremenda, pero no lo son, combinan bien en la personalidad de la hermanita mía. Creo que Violeta le iría bien a ella porque es un nombre dulce, casi silencioso, y al mismo tiempo está apenas a una N de Violenta. Y es que también puede ser violenta, mi hermana Violeta. Muerde. Tengo sus dientes marcados en mi brazo; esta cicatriz es de un mordisco de ella. Y a mi madre dejémosle el de Bolivia, siempre pensé que ese nombre le iba bien porque Bolivia es una nación recia y sin pretensiones, una sobreviviente. Y ésa es mi madre, una sobreviviente. Claro que ya murió. Pero mientras estuvo viva, le hizo frente a la vida sin quebrarse ni quejarse. A todas las pruebas sobrevivió mi madre, bueno, ya le digo, hasta que murió.

Pero vamos sacando en limpio, como recomendaba usted en clase. Mi hermana, Violeta; mi mamá, Bolivia, y quedo faltando yo. A mí puede decirme... ¿Canadá? No, demasiado frío. Holanda tampoco, no va conmigo, no conozco a ningún holandés. Siria mucho lío, con eso del Medio Oriente. California no, muy largo y no va con el María. ¿Y si me dice Paz? Paz, así no más. O Paz María. O mejor María Paz. Me gusta, María Paz. La Paz capital de Bolivia, y yo hija de mi madre. En la novela que usted escriba yo podría ser María Paz, por una ciudad que queda arriba en las nubes, a cinco mil metros de altura. Me gusta porque de La Paz nadie habla y a La Paz nadie va.

Usted y yo no volveremos a vernos, míster Rose, así que no podrá grabar mi testimonio, como me propuso alguna vez. Mejor así, no me siento tranquila con las grabadoras, los casetes quedan por ahí rodando y vaya uno a saber. De todas maneras le pido que cuide estas hojas que le estoy enviando, para que no vayan a parar a malas manos. Tiene su ironía que le escriba estas cosas en papel rosado, pero no logré conseguir uno blanco. Yo quería un papel decente, no tan infantil, pero éste fue el que me dieron y mejor no quejarme, hubieran podido no darme nada. En todo caso va a ser conveniente que usted queme todo esto después de reescribirlo, digo, redactándolo a su manera, usted que es profesional en ese asunto. Queme estas hojas para que no quede constancia de mi letra manuscrita, que sería como decir mi firma. La verdad es que desde hace tiempo sueño con contarle mi historia, míster Rose, contársela completa, porque por pedazos ya la conoce.

No sé si recuerda el día en que nos quitaron las repisas. Eran dos repisas para cada interna, cuatro internas por celda. Unas repisitas de apenas 50 centímetros por 20, no más que eso, y aun así nunca estuvimos tan desmoralizadas como el día en que nos las quitaron. Lo llaman PRRS: Política de Renovación para el Refuerzo de la Seguridad. Sacan a relucir ese pomposo nombre cada vez que quieren jodernos. ¿Se imagina? Semejante palabrerío sólo para quitarnos unas repisas. Ahí colocábamos las pocas pertenencias que teníamos: fotos de familia, crema para las manos, alguna muda de ropa, un atado de cartas, un radiecito, un paquete de papas o de galletas, lo poco que a una interna le permiten tener. Desmantelaron las repisas y dejaron peladas las paredes, como para recordarnos que esto no es ningún jodido hogar de nadie, ni siquiera un remedo de hogar, apenas un hueco donde mantenernos encerradas. Como andaban con la obra, nos habían obligado a permanecer todo el día alejadas de las celdas, y cuando nos permitieron regresar, nos encontramos con que ya no había repisas. Todas nuestras cosas estaban ahí tiradas, sobre los catres. Habían destrozado paredes, habían requisado y lo poco que dejaron estaba tirado y revuelto, tapado de polvo. Como si fuera basura. Para ellos es importante convencerte de que eres basura, de que lo tuyo es basura porque has dejado de ser un humano. Ellos humanos y tú escoria: ése es el nombre del juego. Al día siguiente teníamos taller de escritura con usted, míster Rose, pero los ánimos andaban por el suelo. Nadie le ponía atención, usted hacía esfuerzos y carantoñas allá contra el tablero pero no lo escuchábamos, estábamos fúricas y derrotadas, con la mente envenenada y a kilómetros de allí. Hasta que usted interrumpió la clase y preguntó qué pasaba. Como si se hubiera abierto un dique, nos soltamos a renegar de nuestra jodida suerte y a quejarnos por el atropello de las repisas, y por todos los atropellos de todos los días en este antro de mala muerte y peor vida que es la prisión de Manninpox.

Usted dijo que lo lamentaba y lo dijo con sentimiento, como si lo sintiera de veras. Y luego dijo que podía ofrecernos un consuelo, uno sólo: el lenguaje. ¡¿El lenguaje?! Nosotras volteamos a mirarlo como lo mirábamos a veces, como a un niño despistado que dice cosas, y a usted se le puso colorada la cicatriz que tiene en medio de la frente, de veras es algo bien particular, esa cicatriz incolora y en forma de rayo que a veces cobra vida relampagueando en rojo rabioso, supongo que ésa es su característica más peculiar. Y como es de piel tan blanca no puede disimular, y se pone colorado a cada rato, y aquella vez trató de sacar la pata explicando que el lenguaje son las repisas donde vamos colocando todas las cosas de nuestra vida, para que nuestra vida tenga sentido. Dijo que teníamos que pensar bien cada cosa que nos sucedía para ir traduciéndola a lenguaje, y colocándola ahí, ordenada, a la vista y al alcance de la mano, porque el lenguaje es la estantería y sin lenguaje todo queda revuelto, confuso, por ahí tirado como si fuera basura. Ésas fueron sus palabras.

No voy a mentirle diciéndole que su consejo nos calmó, míster Rose, todo lo contrario, a mí se me ponían los pelos de punta cada vez que a usted le daba por predicar, en esos momentos parecía cura, perdone que se lo diga. Acaso quién creía que era para venir con su cicatriz de rayo, su naricita pecosa y sus camisitas amarillas a explicarnos a nosotras lo que teníamos que hacer. Nos daba ira que tratara de ponerse de nuestro lado, porque no, señor, al fin de cuentas ni usted ni nadie estaba de nuestro lado; allá afuera el resto del mundo y aquí adentro nosotras, solas con nuestra soledad.

Además, justo ese día andábamos como tigras por lo de las repisas. Unas repisas reales, de cemento, así, duro, de cemento duro, ¿me entiende?, de 50 centímetros por 20, o sea unas repisas de verdad, y a usted no se le ocurre nada mejor que salirnos con filosofías. Pero mire que a pesar de todo, siempre he recordado lo que nos dijo ese día. No lo he olvidado, míster Rose, eso de las repisas del lenguaje. Y así empieza lo bueno y también lo malo, porque lo que se pone en repisas queda a la vista, y a mí no me conviene que ciertas cosas se vean. Nadie se imagina por las que he pasado, y es mejor que no se imaginen.

Siempre ando soñando con que vuelvo a encontrármelo, míster Rose, *don't know when, don't know where,* como dice la canción. En todo caso sueño que me lo encuentro y que le cuento mi historia para que la convierta en novela. Algo conoce ya, por los ejercicios que le entregaba en su taller de escritura creativa. Claro que a usted eso de creativa siempre le sonó mal, opinaba que decir escritura creativa era como decir agua mojada. Me gusta imaginar que su novela sobre mí se vuelve un bestseller, que con ese bestseller hacen una película y que esa película se gana el Oscar. Y no es que aspire a la fama, a cuenta de qué; si quieren una colombiana famosa, ahí tienen a Shakira, yo en cambio apenas la interna número 77601-012, qué le vamos a hacer si ésa es la dura verdad. Tampoco voy tras el dinero y sospecho que usted menos; si quisiera hacerse millonario no andaría metiendo las narices en estos morideros. Por eso le digo, si le pagan un billetal por mi historia, bien pueda, míster Rose, dónelo a una fundación para la defensa del ciervo cola blanca, que es un dios para los indios tarahumaras y que se está extinguiendo. Fue usted el que nos habló de eso, ¿recuerda? Por poco nos hace llorar con el dramonón del ciervo cola blanca. Ya por entonces a mí me agradaba su clase, le estaba cogiendo el gusto. Sólo dos cosas apreciaba yo de Manninpox, su clase y el show del doctor House, que también era los jueves. De 2 a 4 pm su clase, y a las 7 pm episodios viejos del doctor House por la tele, y yo me pasaba toda la semana esperando a que llegara el jueves.

Mi interés al escribirle, míster Rose, es deshacerme de todo lo que sé, como quien se confiesa. Una confesión larga, larguísima, que me traiga el perdón y la calma, haga de cuenta echar baldazos de agua y desinfectante por toda la casa. En sus primeras clases, usted nos puso a hacer ejercicios para que aprendiéramos cosas sencillas, como distinguir un verbo de un sustantivo, y una vez nos pidió una lista de diez verbos que fueran importantes para nosotras. Debíamos escribirlos rápidamente, poner lo primero que se nos viniera a la cabeza, y entre los diez yo anoté «pánico». Entonces usted dijo que no podía aceptarlo porque pánico no era verbo, y yo me defendí, le reviré que sí era verbo, bueno, un poco verbo, porque el pánico no existía si yo no estaba ahí para sentirlo.

—De acuerdo —usted fue amable—, digamos que es un poco verbo, pero sólo un poco.

—No, míster Rose —me reí yo—, no me la regale. Ya entendí que pánico no es ningún verbo.

En la siguiente clase nos puso a hacer otra lista, esta vez de adjetivos, anotando enfrente la definición. Uno de los diez míos fue «paniqueado», y le puse enfrente, «comido por el pánico». Usted me preguntó si acaso estar paniqueado no era igual a «sentir pánico», y yo le contesté, una persona como usted tal vez «sienta pánico», una como yo está jodida y «paniqueada». Eso quiere decir que el miedo se le metió a uno adentro para no salir más, quiere decir que uno y su pánico ya se volvieron la misma cosa.

—Tuché —dijo usted, y me explicó que ése era un término de esgrima, *touché*, y significaba que había ganado yo.

Pero a la clase siguiente me dio el contragolpe, no se iba a quedar atrás en el contrapunteo que nos traíamos entre los dos. Se dejó venir con que había un filósofo que se llamaba Heidegger, y que ese Heidegger hablaba de la diferencia entre miedo y ansiedad. Decía que el miedo es un sentimiento frente a algo o alguien, como decir un perro que nos ladra o un policía que puede detenernos, mientras que ansiedad es un estado de ánimo frente a todo en general y nada en particular, simplemente frente al hecho de estar en el mundo.

—Según eso —preguntó usted—, ¿qué se siente aquí, en Manninpox, miedo o ansiedad?

—Miedo ante lo que enfrentamos aquí adentro —yo fui rápida para desenfundar—, y ansiedad ante lo que dejamos allá afuera.

Usted sonrió y yo supe que íbamos pegando la hebra, o sea que nos entendíamos. Perdone que se lo suelte tan de frente, pero todo eso se parecía demasiado a un coqueteo. Digo, entre usted y yo, con tanto jueguito de palabras, que si sí, que si no, que si Heidegger, que si San Putas, que si tal cosa quiere decir esto o lo otro..., no sé, a lo mejor me equivoco, pero sospecho que si nos hubiéramos conocido en una discoteca en vez de la cárcel, ya por entonces habríamos empezado a amacizarnos, como dicen en mi tierra, o a franelear, que viene siendo lo mismo; franelear es palabra de Marbel, una che que ingresó hace poco. Pero en fin, dejemos eso así, que es terreno resbaloso.

Me gusta pensar que todo lo que he vivido va a quedar guardado dentro de un sobre, y que pondrán ese sobre al correo para que vuele hasta donde usted se encuentre y así yo voy a quedar limpia y liviana, como decir hoja en blanco. Preparada para lo que venga. Por un lado yo, y por el otro, allá lejos y en un sobre bien cerrado, el pánico y el miedo y la ansiedad. Por eso me invento en sueños cómo quiero que usted narre cada capítulo, cada detalle. Prefiero pensar en todo lo que me ha pasado como si fuera una novela, y no una vida vivida. Como vida vivida está cargada de dolor, y en cambio como novela es una gran aventura. Pregunté aquí en la cárcel por su dirección, para poder enviar este paquete. Me hubiera gustado entregárselo personalmente, pero nos separaron de usted antes de que pudiera hacerlo. ¿Y su dirección? Por supuesto que no me la dieron. Quiénes somos nosotras, las internas, para andar averiguando datos de la gente normal, qué derecho tenemos, para qué querría yo su dirección como no fuera para extorsionarlo o para amenazarlo. Les dije que era para enviarle la novela de mi vida, y soltaron la risa. Qué novela ni qué cuernos, y acaso qué vida íbamos a tener nosotras, las internas.

—Y tú, ¿qué piensas relatar en tu autobiografía? ¿Vas a contar que duermes hasta las seis, comes a las siete y cagas a las nueve? —se burló de mí Jennings, la más podrida y sarcástica de las guardias.

Total, míster Rose, que me negaron su dirección. Así que tendré que ingeniarme otra vía para hacerle llegar esto; será como lanzar un mensaje al mar dentro de una botella.

Otra cosita antes de empezar: yo le voy contando, y usted va creyendo todo lo que le cuente. Las que nos hemos ganado la vida haciendo encuestas, como yo, sabemos que a la gente hay que creerla, porque en general no miente. O miente, pero no mucho. Eso es algo que no entiende el doctor House. Es mi gran favorito, ese cojo mala clase, mi gran favorito de todos los tiempos. Por ahí me informan de que en el resto del mundo ya pasó de moda, que el público está hasta el gorro de su pedantería insoportable, y es que es cierto, el hombre se cree el Putas de Aguadas. Pero en Manninpox su fama es eterna, para nosotras sigue siendo el rey, será porque vivimos un tiempo estancado y porque lo que aquí entra, aquí se queda. La cosa es que según House, la gente siempre miente. Por eso él no cree en lo que le dicen sus pacientes, ni en lo que le informan los otros médicos. Su mala leche lo hace desconfiar y anda por ahí sospechando y bregando a pillar a los demás en el engaño, porque está convencido de que toda la gente miente, a todas horas, sobre todas las cosas. Y en eso se equivoca. Aun así sigue siendo mi favorito, el jodidazo del House, pero se equivoca. En el diagnóstico de las enfermedades nadie le gana, a él no le falla el olfato y se las huele todas, pero en lo otro sí está pifiado. Lo sé porque durante años trabajé como encuestadora para una empresa de investigación de mercadeo de productos de limpieza. Claro que eso fue antes de que mi vida estallara en mil pedazos. Me gustaba mi trabajo y lo hacía bien, y una de las cosas que más lamento es haberlo perdido. Tenía que ir de puerta en puerta preguntando cosas, como ¿cuántas veces a la semana limpia usted el baño?, o ¿lava sus prendas íntimas a máquina o a mano?, o ¿considera que su propia casa es más limpia o menos limpia que la de sus padres? Ese tipo de cosas. Tal vez le suene soso, míster Rose, pero no lo era. La gente es loca por dentro, ya sabe, y el asunto de la limpieza les dispara las rarezas. Dan respuestas inesperadas, a veces hasta divertidas. En eso trabajaba yo muy a gusto, hasta que me sucedió aquello. Aquella cosa brutal que ocurrió en mi vida. A algunos nos pasa: todo va bien y de pronto cae el rayo y nos parte. No he llegado a los treinta y ya pasé por el infierno, de ida y vuelta y otra vez ida.

Y ya le digo, en mi trabajo me enteraba de cosas. Ahí vine a saber que está estadísticamente comprobado que quien responde una encuesta, por lo general está diciendo más o menos la verdad. Puede que exagere o minimice, pero dentro de ciertos límites, sin salirse del rango. Una señora de clase media baja te puede decir que viaja dos veces al año, siendo que en realidad viaja una sola vez. Pero si el lugar adonde va es la casa de su madre, en South Carolina, no te va a decir que va al Ritz en París. Por eso, míster Rose, si se anima a escribir mi historia, tiene que ser así como le digo: yo le cuento, y usted me cree. Es posible que yo le mienta un poco, que exagere, así que siéntase en libertad de moderar la cosa, o de indagar cuando vea que me callo algo importante. Puede volver al grano si me voy por las ramas, usted es el escritor y está en su derecho. Pero básicamente tiene que creerme. Ése es el trato.

Hay una novela, *El lejano mundo de Christina*, sobre un cuadro de Andrew Wyeth, un pintor americano que usted conocerá mejor que yo. Bueno, pues aquí en la cárcel vine a enterarme del tal pintor y de su cuadro cuando me leí esa novela, no una, sino tres veces. Una, dos, tres. Tres veces completas, de cabo a rabo, antes de conocerlo a usted. El autor se llama Jordan Hess y en la tapa venía su fotografía, un cabezón con un peinado absurdo, abultado a los lados y arriba pelón, mejor se hubiera rapado para dejar todo parejo, como Andre Agassi, el divino calvo; a mí qué me importa que Agassi haya confesado que aspiraba metadona, para mí sigue siendo un dios en zapatos tenis. Mientras leía esa novela que le digo, *El lejano mundo de Christina*, prefería imaginarme a Jordan Hess como Andre Agassi, y hasta enamorada de él creo que estuve. De Jordan Hess, no de Agassi, o mejor dicho de Hess pero con el aspecto de Agassi. Tengo ese problema, ¿sabe?, a veces no puedo distinguir mis fantasías de la realidad; supongo que por eso me han pasado las mil y quinientas. En todo caso me leí tres veces la novela esa, porque es una de las pocas que tienen en la biblioteca de la cárcel. Claro que no fue por eso, aunque sí, también un poco por eso, pero sobre todo por lo que significó para mí la historia de esa muchacha paralítica, Christina, que en la pintura de Wyeth se arrastra por los pastizales secos bregando para llegar a su casa, que espejea allá, al fondo, donde ella no puede alcanzarla. El artista pintó con cariño sus piernas muertas y cada uno de sus cabellos largos y negros, que flotan al viento, y sus brazos flacos. No sé si usted se daría cuenta, pero yo también tengo el pelo largo y negro, y aunque me conoció gordita, después me he puesto flaca como una gata, igual que Christina o todavía más. En el cuadro, a ella no se le ve la cara porque está como de espaldas, sentada sobre el pasto seco con su vestido rosa pálido, y yo imaginaba mi propia cara en ese cuerpo inválido, ella paralítica y yo prisionera, tan impedidas ambas pero tan resueltas, y soñaba que todo lo que le pasaba a Christina me estaba pasando a mí, y me repetía a mí misma, si ella puede, por qué yo no, si ella llega hasta esa casa que espejea a lo lejos, por qué no voy a salir yo libre.

Si le hablo de ese libro es porque gracias a él me animé a asistir a las clases suyas. Me anoté enseguida cuando anunciaron que un escritor venía a hacer un taller en el programa de capacitación para internas, y que las inscripciones estaban abiertas. Lo hice no porque creyera que podía aprender a escribir —eso me parecía un sueño imposible, un sueño que ni siquiera me había soñado—; la verdad es que fui porque quería verle a la cara a un escritor. A uno de carne y hueso. Para saber cómo eran en realidad. A lo mejor usted se parecía a Jordan Hess, o mejor aún, a Andre Agassi. Le confieso que me llevé una sorpresa cuando por fin lo vi. Tan alto, tan escuálido, tan pálido, con su relampaguito en la frente, sus pecas tan cucas y esas camisas Lacoste de manga corta, esos zapatos de lona y esos pantalones claros que le nadaban y se le hubieran caído de no ser por el cinturón apretado. Pensé que parecía recién salido de la casa de su mami, o de los prados de una universidad costosa. O de una cancha de tenis de los años treinta, eso es, de una cancha de tenis de las antiguas. Me preocupé por usted, me pareció que no tenía por qué estar aquí, enterrado en este mundo oscuro, respirando este aire podrido; me pareció que venía de demasiado lejos, que se veía limpito e ingenuo, siempre como recién duchado, que había caído aquí por equivocación y que no iba a aguantar. Usted mismo nos contó, no esa primera vez, sino a la cuarta o quinta, que hay 3,5 veces más suicidios entre los prisioneros blancos que entre los negros y latinos, porque los blancos están menos hechos a condiciones tan duras. Claro que usted iba y venía, permanecía en la prisión sólo unas cuantas horas por semana, pero aun así, entrar a este lugar es como bucear en la negrura de unas aguas profundas: una experiencia que no cualquiera resiste. Y ya luego empezaron a entusiasmarme sus clases, y hasta le perdoné la cara de seminarista recién afeitado y las camisitas amarillo pollo, que cuando no eran amarillas eran azul cielo y de vez en cuando blancas, pero siempre marca cocodrilo. Hasta chiste se había vuelto entre nosotras, y antes de cada clase le apostábamos al color de la camisa que usted llevaría puesta ese día. Yo le apostaba al amarillo y casi siempre ganaba. Lo más intrigante era el rayo ese que tenía en medio de la frente, qué hijueputa guamazo tenía que haberse dado en la mollera para que le dejara semejante cicatriz, que según yo era señal de inteligencia. Alguien con un rayo así en la frente tiene sólo dos posibilidades, o es Harry Potter, o es un as para razonar, eso fue lo que supuse desde la primera vez que lo vi, aunque otra interna, la vieja Ismaela Ayé, que es una bruja supersticiosa, hubiera regado el chisme de que su rayo significaba que usted tenía el don de la profecía. A lo mejor, no sé, tal vez como teoría no sea tan disparatada, pero en todo caso prefiero la mía porque la bruja Ayé me cae remal. Otras decían que no era un rayo sino una zeta, como la marca del Zorro. Como verá, cada quien tenía su propia interpretación.

En la empresa de investigación de mercadeo me contrataron inmediatamente, en la primera entrevista a la que acudí, cuando era una mujer libre. De eso no hace mucho pero me parece que fue en la prehistoria, o en una anterior encarnación. Enseguida me notaron las ganas de trabajar y la buena disposición. Además yo era bilingüe y el universo de encuestados incluía gringos y latinos. A la hora de la verdad tuve que lidiar con todo: negros, latinos, blancos, cuáqueros, protestantes, evangelistas, judíos, jipis. Hasta curas católicos. Seguramente me contrataron por bilingüe, pero ya luego me volví imprescindible al demostrarles que era de verdad buena en el oficio y que todo me salía bien, encuestas puerta a puerta, *focus groups, pantry check*. Y no crea que es fácil; meterse a la casa de la gente a preguntarle cosas íntimas requiere habilidad y desparpajo. Siempre estás corriendo riesgos porque andas mucho en la calle, y ya se sabe, la calle es la calle; en los sectores populares te roban y en los sectores altos te tiran la puerta en la cara. Para todo dependes de tus compañeras de trabajo, ellas son las únicas que te defienden y te apoyan. La que se corta sola va al muere, porque queda expuesta a cualquier atropello. Mis compañeras y yo éramos haga de cuenta las mosqueteras, todas para una y una para todas, y como le digo, ése es un oficio para guerreras, en el que tienes que hacerte respetar. Tienes que ser fuerte para romper la resistencia y tienes que ser zorra, muy zorra y muy rápida para encontrarle a cada quien la vuelta psicológica que permita hacer contacto. Además aprendes a ser tolerante para aguantar con calma y responder con educación a todos los no puedos, los vuelva después, los ahorita no tengo tiempo, o no estoy de ánimo, o váyase al infierno.

Usted, míster Rose, me dijo una vez que yo era inteligente. A la salida de clase me lo dijo, y para mí fue una sorpresa. Nunca, nadie, me lo había dicho antes. Que era trabajadora sí, que era avispada, que era bonita. Pero inteligente, eso no. La cosa me quedó sonando toda esa tarde, toda esa semana y hasta el día de hoy. Me gusta saber que llevo adentro una maquinita que se llama inteligencia, que la mía funciona bien, que está bien aceitada. Si le cuento cosas de mi oficio como encuestadora, es para que sepa que ésa fue mi escuela, la que me despertó la inteligencia que a lo mejor mantenía dormida. Otros hacen carrera en la universidad; yo ni el bachillerato pude terminar. Me formé en la calle como encuestadora de casa en casa. Y era la mejor del equipo, bueno, una de las mejores. Pero lo que hice bien en el trabajo, no supe hacerlo en mi propia vida. He sido menos inteligente para vivir que para trabajar. En mi trabajo todo era precisión y eficacia, mientras que en mi vida todo ha sido ensueño, deseo y confusión.

Para ser encuestadora tienes que tener buen estómago, se lo aseguro, porque a veces el interior de las casas es un mugrero repugnante, y además tienes que tener hígado, porque algunas casas esconden cosas raras, que a lo mejor te chocan profundamente. Una vez, estaba yo hablando en la puerta con el hombre que me abrió, apenas un intercambio de frases, cuando vi a una mujer que pasaba detrás de él, moviéndose por la casa. A primer golpe de ojo no noté nada, pero la segunda vez que la mujer se colocó en mi ángulo de visión percibí que tenía las manos atadas con alambre. Alambre apretado, que le tallaba la carne. ¿Se imagina? Yo me alejé de ahí horrorizada y corrí a la comisaría más cercana de Policía, donde me dijeron que eso no era asunto de ellos, que no podían hacer nada. En ese tiempo yo estaba recién estrenada en el oficio, ignorante de las reglas, y mis compañeras me pusieron en mi sitio y me cantaron la tabla: mira, María Paz, me dijeron, grábate esto en la cabeza, regla número uno: nunca, por ningún motivo, llamar a la Policía. Pase lo que pase. Tu oficio no es delatar, me dijeron, ni ser correveidile de la autoridad. Si tienes un problema nos llamas a nosotras, pero a la Policía ni se te ocurra. De todas maneras ése fue un caso raro, por lo general no vas encontrando por ahí pobres chicas amarradas con alambre.

Lo que sí ves, por todos lados, es soledad. Una soledad inmensa, sin remedio. A veces, cuando la gente te invita a entrar, sientes que te estás hundiendo en un pozo. Es una sensación casi física, la soledad es como la humedad, la hueles, se te pega a los huesos. Hay ocasiones en que piensas, dios mío, yo debo ser el primer ser humano con el que esta persona conversa en quién sabe cuánto tiempo. Y no te quieren dejar ir, míster Rose. Los encuestados a veces no quieren que te vayas. Ya has terminado con la encuesta pero te ofrecen más café, te sacan álbumes de fotos, cualquier cosa con tal de retenerte unos minutos más. Una vez una anciana me dijo, qué bueno que vino, señorita, esta mañana temprano pensé, voy a volverme loca si pasa otro día sin que yo tenga a quien darle los buenos días.

Y no crea que son sólo los pobres, los ricos también están solos. Antes de trabajar en encuestas, cuando aún no había pisado una casa de ricos, pasaba de vez en cuando por sus vecindarios y los veía a ellos desde afuera, desde la calle oscura, ellos rodeados de jardines verdísimos de pasto recién cortado, ellos allá adentro con sus luces encendidas, flotando en esos espacios interiores tan luminosos e inalcanzables, todo como de ensueño, como de Good Housekeeping, como si esas gentes ya se hubieran muerto y hubieran llegado al cielo. Esto sí es América, pensaba yo, por fin la veo, América está allá adentro, en las casas de ellos. Los imaginaba dichosos y la verdad es que no siempre, míster Rose, la verdad es que no tanto. Una de las cosas que descubres es que al fin de cuentas tenían razón en esa telenovela que nos fascinaba cuando vivía con las Nava, la que no nos perdíamos por nada del mundo: *Los ricos también lloran.*

Los casos raros pues son eso, raros, y en cambio la soledad se da por todos lados. La vez de la chica del alambre aprendí otra lección importante. Aprendí a apañármelas con lo que viera, porque mi oficio no era hacer de samaritana ni andar salvando almas. Nunca volví a buscar a la Policía, ni a meterme en los enredos de la gente. Salvo cuando vi maltrato a niños o a animales; hasta ahí llegaba mi tolerancia. Niños pringados de mugre por negligencia de los padres, perros encerrados en un patio, aullando de abandono; esas cosas. Ahí sí ponía la denuncia, al menos eso. Porque si hay algo que no resisto es el dolor o la tristeza en los niños y los animales.

Lo que tiene que ver con limpieza, tiene que ver conmigo. ¿Acaso no me eché todos esos años averiguando sobre hábitos de higiene? De higiene y también de porquería, que son las dos caras de lo mismo. Usted pensará, qué gracia tiene ir por ahí preguntándole a la gente si quita las manchas de la ropa con OxiClean o con Shout, y si compra pasta dental con fluoruro o con bicarbonato. A lo mejor le suena a tontería, a nada interesante, pero en realidad no lo era. Una vez le hice la encuesta a un diseñador gráfico. No era común que los hombres se prestaran, pero podías lograrlo ofreciéndoles bonos como estímulo. Bonos para que compraran alimentos en tal supermercado, o pagaran la gasolina en tal o cual estación. En todo caso, éste era un tipo de unos cuarenta años, divorciado. Se llamaba Paul, todavía me acuerdo, se me quedó grabado su nombre. Estábamos en la cocina de su apartamento y yo le iba haciendo las preguntas, nada especial, lo de siempre, ¿utiliza blanqueador para la ropa?, esas cosas, y el tipo me cuenta lo siguiente: me dice que un día, siendo adolescente, descubre que cada madrugada su madre retira las fundas de las almohadas de él y de su hermano y las lava. Él y su hermano metían mucha coca, y debido a la coca les sangraba la nariz. Durante la noche la sangre manchaba las fundas y todos los días la madre se levantaba antes del amanecer a lavarlas. Él suponía que su madre hacía eso para que el marido no viera las manchas, o quizá para que no las vieran ni él ni su hermano. El tipo no me supo explicar más, sólo me contó ese cuento y luego ambos nos quedamos en silencio.

En otra ocasión andaba yo en la rutina de las seis camisetas, y la entrevistada se me larga a llorar a mares. La rutina de las seis camisetas consiste en que llegas a las casas con un bolso que contiene seis camisetas de diferentes grados de blancura. Están numeradas, para que la persona las clasifique de más sucia a más limpia. El caso es que ahí estaba yo con esta señora. Joven, aria, clase media acomodada. Saqué mis camisetas y ella las iba inspeccionando una por una y me iba diciendo, ésta está percudida, ésta huele raro, esta otra se ve amarilla debajo de los brazos, la número tres no está mal, opino que la número tres es la más limpia de todas, o no, tal vez no, si uno se fija bien le ve esta manchita aquí, y aquí esta otra, déjeme mirar mejor, tal vez la más limpia sea la número cuatro. Y así. Yo creía que hasta entretenida estaba ella con el jueguito, cuando se arranca a llorar, a llorar, a llorar, y yo no hallaba cómo consolarla. Le preguntaba qué le pasa, con palmaditas en la espalda y tal, no llore así, nada puede ser tan grave. Pero ella no paraba. Cómo sería que llamé a Corina, mi compañera de trabajo, salvadoreña ella, que estaba haciendo encuestas en mi misma manzana. Cori, hermana, le dije por el móvil, vení ayudame a lidiar con un caso crítico de depresión aguda. Me quedé con la chica que lloraba mientras Cori iba hasta el *grocery store* de la esquina por un té de manzana, porque dijo que eso la calmaría. Luego regresó y mientras nosotras le preparábamos el té, la entrevistada se quita el suéter de cuello alto que trae puesto, se desabrocha el brassier, se lo quita también... y nos muestra. Tenía una mancha bermeja que le empezaba en el cuello, le cubría todo el pecho izquierdo y seguía bajando, casi hasta la cintura. Pero no era una mancha lisa, así rojita y ya está, no, eso no. Era una vaina jodida, de verdad monstruosa, la piel gruesa, apelmazada y amoratada, haga de cuenta la marca de Caín, pero berraca marca. Realmente una malformación severa, tanto que Cori y yo nos pusimos pálidas al ver aquello.

—Y esta mancha, ¿cómo se quita? Ustedes que tanto saben de manchas, ¿pueden decirme cómo se quita ésta? —nos preguntaba la mujer llorando a Cori y a mí; de repente era ella la que arremetía con el interrogatorio, uno doloroso y jodido que ni Cori ni yo hallábamos cómo responder.

Cosas así íbamos viendo, no todos los días, pero sí cada tanto. Cori me contó que le había tocado entrevistar a una muchacha que le dijo que a su novio le gustaba que ella le orinara en la boca, pero que eso no era sucio, sino excitante.

—¿Te fijas? —me dijo Cori, que era más veterana que yo en el oficio—, ¿te fijas? Cada humano tiene su manera de decidir qué es limpio y qué es sucio, en esa materia no hay regla general.

Y le repito, lo mejor de ese oficio era la amistad de mis compañeras de trabajo, y en particular de seis: Cori, Jessica —aunque Jessica trabajaba en otro lado—, Juanita, Sandra Sofía, Nicole y Margo. Y yo, claro, yo era la séptima, y las siete éramos inseparables, haga de cuenta los días de la semana o los enanos de Blancanieves. Pero mi preferida, la más cercana a mí, era sin duda Cori. Valiente, avispada, solidaria, buena trabajadora, buena amiga y con sentido del humor. Lo mejor de Cori era eso, que sabía reírse y hacerme reír. Le estoy hablando de un mujerón, eso era Cori, Corina Armenteros se llamaba, y así se sigue llamando aunque haya regresado a Chalatenango, su tierra natal. Tenía un talón de Aquiles, mi amiga Cori, uno solo: no era bonita. Entiéndame, tampoco fea, ni desagradable; simplemente no era bonita, y eso le complicaba la vida. Una vida dura, como la de todas nosotras. La habían violado cuando tenía quince años, allá en Chalatenango, y de esa violación había resultado una niña, Adelita, que se quedó con la abuela cuando Cori resolvió probar suerte en América. Adelita era todo para Cori: su hija, su vida, sus ojos, su más grande y único amor. ¡Socorro!, decíamos, huyamos, que ya anda Cori otra vez con las fotos de Adelita. Porque las desenfundaba al menor pretexto para mostrárselas al que se dejara. Cori no era mi amiga, era mi hermana. Todavía más que Violeta, que es mi hermana de sangre y la quiero como a nadie, pero con Violeta no se puede contar, y no la estoy acusando, ella simplemente es así, a lo mejor por causa de su enfermedad. En cambio con Cori yo contaba hasta la muerte, yo con ella y ella conmigo. Pero la desgracia quiso que yo no estuviera a su lado cuando ocurrió eso que la marcó y que debilitó nuestra amistad, y que fue al fin de cuentas, o al menos eso creo, lo que determinó su regreso a El Salvador.

Ni estuve a su lado, ni me comporté a la altura de las circunstancias. Ella ya lo venía rumiando desde hacía tiempo, eso del regreso; desde que la conocí soñaba con volver porque no soportaba la lejanía de su hija, la idea de no verla crecer, de no estar a su lado para protegerla en caso de necesidad. Pero lo de esa noche la empujó a tomar la decisión. Y fue por culpa mía. Lo que ocurrió esa noche. Yo le digo una cosa, míster Rose, Cori no se lo merecía. Nadie se merece un mal rato como ése, y ella menos que nadie. Verá, no era como que Cori tuviera una explosiva vida sexual. Supongo que muchos factores influían en eso: la violación tan joven, la falta de confianza en su propio físico, la vida dedicada al trabajo, todo eso hacía de ella una chica del tipo recatado: poca fiesta, poco trago, nada de cama. Greg, mi marido, le tenía aprecio; él, que me celaba hasta de las amistades femeninas, se alegraba de ver a Cori en casa. Porque ella lo sabía llevar, le hacía preguntas sobre sus tiempos de policía, le ponía conversación de política, de Vietnam, de Corea. Ya le digo, Cori era una mujer inteligente y enterada. Un día se me ocurrió hacer el intento de presentársela a Sleepy Joe, mi cuñado, el hermano menor de Greg. Ella andaba sola y él también, aunque con Sleepy Joe nunca se sabe, siempre ha sido de estado civil incierto y movedizo. Pero al parecer por esa época no tenía relaciones estables, o al menos públicas. Así que se me ocurrió la brillante idea de presentarlos. Nada se perdía con hacerle el intento al cruce, y me puse a tramar la manera de juntarlos al uno con el otro. Greg no dijo nada, ni que sí ni que no, a él le daba lo mismo, cumplió con advertirme que esas cosas no funcionaban. Es un bombón, le dije a Cori de Sleepy Joe, y a Joe le dije lo mismo de Cori. Y al menos con respecto a Joe no estaba mintiendo: a la mierda si está bueno el muchacho, propiamente un papacito rico. Blanquito pero sabroso, tipo Viggo Mortensen, de esos que llegaron de la Europa pobre, de un país que se llama Eslovaquia en su caso particular, de allá son sus padres aunque él personalmente nació en Colorado, USA, lo mismo que mi Greg. Así se lo pinté a Cori cuando le propuse la *blind date*, pero ella no sabía quién era Viggo Mortensen, nunca había visto una película suya, ni había oído mencionar Eslovaquia. Iríamos al cine los cuatro: Greg y yo, ella y Joe.

Yo tenía mis razones para querer emparejar a Joe con alguien, y eran razones poderosas. A lo mejor más adelante, más en confianza, se las explico. Por ahora, míster Rose, confórmese con saber esto: no es fácil tener en casa semejante cuñado, y menos si tu marido es treinta años mayor que tú. Cori tenía muchas reticencias, que sí, que no, que esto, que lo otro, me sacaba una disculpa tras otra, pero yo la acicateaba y poco a poco se fue entusiasmando. Como era muy desgreñada, la acompañé al salón de belleza a que le pintaran rayitos y le hicieran un buen corte. La peluquera resultó ser una portuguesa que le preguntaba *«¿scaladinho, scaladinho?»*, con las tijeras en la mano, y nosotras, sí, sí, *scaladinho*. Y ya con nuestro visto bueno, la peluquera metía tijera que daba gusto, y los mechones de Cori iban cayendo al suelo. ¿*Scaladinho*? Sí, dale, portuguesa, dale sin miedo, ¡*scaladinho*! Al final del día, como dicen por aquí, el peluqueado no quedó tan bien como esperábamos. Resultó fatal el tal *scaladinho*, poco sentador, haga de cuenta mango chupado, y mi pobre Cori se veía más feíta que antes. Pero ya no había nada que hacer, aparte de reírse del desastre. Le dije a mi amiga que, para compensar, le regalaría unos pantalones negros de regio corte y unas sandalias bien sexis de tacón alto, porque ella es de las que se aperan en la tienda del Ejército de Salvación, y si la dejaba sola no iba a tener empacho en aparecerse haga de cuenta de sastrecito café, zapato blanco tipo enfermera y bolso negro. No sabía nada de renovar el clóset, *not my Cori*, ni de tendencias o moda de temporada, porque cada puto dólar que conseguía, se lo mandaba enseguida a Adelita, allá a Chalatenango.

Escogimos un viernes para la gran cita y esa tarde salimos juntas del trabajo hacia mi casa, y ahí la sometí a una sesión de *extreme make up*. Sombra en los párpados, alargador de pestañas, delineador, máscara, polvos de arroz, perfume, brillo en los labios, mejor dicho qué no le puse, saqué cuanto potingue tenía en el cajón del tocador y de todo le eché, y para rematar le presté un par de aretes y traté de mejorarle en lo posible el *scaladinho* que le habían organizado en la cabeza.

—¿Qué tal? —le pregunté, cuando por fin le permití mirarse al espejo.

—Irreconocible —fue todo lo que dijo.

¿Y cuál fue el resultado de la conspiración? Greg tenía razón, es todo lo que puedo decir al respecto. Sleepy Joe no llegó al teatro donde daban la película, llamó a zafarse con cualquier pretexto y a avisar que nos alcanzaría directamente en el restaurante, y allá llegó, sí, pero como si no hubiera llegado: el muy patán se soltó a discutir con Greg en eslovaco, porque así eran ellos, con el resto de la gente se entendían en inglés, pero entre ellos siempre en eslovaco, que según le dije ya, venía siendo la lengua de sus padres. Y el pesado del Greg, en vez de llamarle la atención, en vez de facilitar las cosas, se puso a hacerle el juego al hermanito, y los dos se engarzaron en su bronca privada muy olvidados de nosotras, que nos desquitamos cargándole la mano a la ginebra en las rocas. La Corina me hizo reír esa noche. Como pronunciaba fatal el inglés, no lograba que el mesero la entendiera cuando le pedía un *gin*, que dicho por ella sonaba a algo así como *tzin*.

—*Please, one tzin* —decía Cori.

Y el mesero:

—*What!?*

—*Please, one tzin.*

—*What!?*

Hasta que Cori se cabreó y le ordenó, en tono ya golpeadito:

—*One ztin and tonic, without tonic!*

Nunca voy a reponerme de su ausencia. A ninguna de mis otras amigas he querido acudir en este aprieto en que me encuentro ahora, aquí jodida y encerrada dentro de este hueco, y en cambio a Corina la hubiera llamado enseguida, y sé que ella hubiera hecho cualquier cosa por sacarme de aquí, así fuera agarrar estos muros a patadas. Me consuelo recordándola, repasando los días de nuestra amistad, tan juguetona, tan divertida, tan de verdad, y lamentando lo que pasó esa noche, en parte por culpa mía. Entiéndame, a otra cualquiera tal vez no la hubiera afectado tanto, pero a Cori le lastimó el corazón. Le partió el alma, como quien dice, y le dejó moretones por todo el cuerpo. Ese viernes en el restaurante, Greg y Sleepy Joe se echan sus cervezas. Nada de interacción con nosotras, haga de cuenta la torre de Babel pero en mesa, la mesa de Babel con ellos dos sentados a un extremo discutiendo en su endiablada lengua, y nosotras dos al frente, dándole al español como locas y pasándola bien por nuestro lado, y sobre todo en nuestro propio idioma, que siempre es una ventaja. Hasta que se hace tarde, llega la hora de regresar cada quien a su casa, y el fresco de mi cuñado, que en toda la velada no ha volteado a mirar a Cori, y ni siquiera le ha dirigido la palabra, de pronto le pasa el brazo por los hombros y se la lleva. Salieron juntos del restaurante, Sleepy Joe medio la empujó al interior de un taxi y se la llevó, o sea que ella y yo no llegamos a despedirnos siquiera, ni tuve oportunidad de preguntarle qué opinaba del giro inesperado que ya sobre el final había tomado la *blind date*. Ya le digo, ella iba con sus tragos, pero nada del otro mundo. Es decir, caminaba bien y tal, aunque medio chispeada, eso sí, con ese poco de *tzin* entre pecho y espalda. Greg y yo nos fuimos a pie hasta el apartamento, que quedaba a unas cuadras de allí, y ese fin de semana no volvimos a saber más ni de Cori ni de Sleepy Joe.

—¿La llamo? —le consultaba yo a Greg.

—Déjala, mujer —me respondía—, déjala, que no es ninguna menor de edad.

El lunes Cori no se presenta al trabajo, así que a la salida voy a buscarla a su casa. Me abre la puerta y me hace entrar, pero está rara. No sé; rara, distinta. Callada y evasiva, ella que era tan alegre. Me costó arrancarle palabra sobre lo que había sucedido la noche del viernes; de hecho en ese momento no me dijo nada, tuvo que pasar tiempo antes de que me contara que Sleepy Joe la había violado.

—Lo raro es que no hacía falta —me dijo—, porque yo de todas maneras me hubiera dejado, iba dispuesta, ya me había mentalizado con todo ese maquillaje y esos pantalones apretados. Tan es así que yo misma le propuse que entráramos a mi casa. Para eso habíamos montado la cita, ¿no? Para eso me puse tacones y me eché ese poco de ginebra adentro. De eso se trataba, ¿no? *It was all about getting laid, wasn't it?* Y sin embargo tu cuñado me violó y me maltrató, no una vez sino varias, muy brutal, ¿sabes? Yo le rogaba que no más, le rogaba que parara, pero él parecía poseso, en un momento llegué a pensar que me mataba.

Eso me dijo Corina, y le confieso, míster Rose, que yo no sabía qué tanto creerle, digamos que ella no era ninguna diosa del sexo, digamos que un montón de experiencia en ese campo pues no, no tenía, y la poca que tenía había sido justamente esa violación allá en Chalatenango, cuando tenía apenas quince años. Por eso yo tenía mis dudas. La veía golpeada, eso sí; digamos que traía moretones por aquí y por allá, pero nada de heridas de sangre. El daño mayor parecía ser psicológico, y yo la estaba notando tan afectada, tan apocada, que la llevé al médico. Y ahí supe que Sleepy Joe sí la había maltratado, lastimándola por delante y rasgándola un poco por detrás. La penetró por cuanto agujero le encontró y le dejó hinchados los pechos, la boca y los genitales. Pero qué le vas a hacer, al fin de cuentas así es el sexo cuando es apasionado, eso trataba de explicarle yo a mi amiga Corina.

—Mira, chica —le decía—, a veces sucede que después de un buen polvo quedas hecha un Cristo, casi sin poder sentarte, caminando como pato y de mandíbula desencajada de tanto chupar pito. Y puede que tu parejo también salga igual, magullado hasta la nies, con los huevos a dos manos, la pija en compota, la espalda arañada, la lengua escaldada y el cuello mordido. Eso puede suceder. Pero no por eso el sexo deja de ser placentero. ¿Entiendes lo que te digo, chica? *You understand?*

—Esto fue otra cosa —me decía.

—¿Acaso no te he oído decir, a ti misma, que lo que para unos es sucio para otros es limpio? A lo mejor a ti te pareció terrible lo que a otras les parece normal...

—Esto fue otra cosa —repetía.

Yo había leído en alguna parte que una mujer que ha sido violada revive la violación cada vez que tiene sexo. Ése era el cuadro que me hacía en la cabeza con respecto a Cori, y por eso le hablaba así, como a una niña pequeña. Yo, la sabihonda, la experimentada, y ella la inocente, la ignorante, la psicológicamente damnificada.

—Usó un trozo de palo —me dijo Cori—. Un cacho de palo de escoba. Me metía un palo.

—¿Un palo? ¿Te metía un palo?

—Un trozo de palo de escoba.

Madre mía. Entonces sí era posible que aquello hubiera sido un calvario... Pero ¿qué clase de monstruo viola con un palo de escoba? ¿Qué placer puede obtener de eso? Yo no lograba entenderlo. ¿Sleepy Joe, un maníaco sexual? ¿Un impotente? No parecía, la verdad que no; no me cuadraba que fuera impotente ese monumento a la masculinidad, ni que necesitara reemplazar los atributos propios por unos artificiales. Le di vueltas a la cosa y al fin resolví preguntárselo a él directamente, y por supuesto lo negó todo.

—Tu amiga es una remilgada —me dijo—. No sabe divertirse, es una culiapretada.

Yo no hallaba a quién creer. Todo pudo haber sido producto de tus miedos, le repetía a Cori, y ella acabó admitiendo que era posible. Tal vez lo hizo para que la dejara en paz con el tema, porque no le gustaba sacarlo a relucir. Vaya a saber en qué rincón de la memoria lo archivó, y a duras penas soltaba alguna frase de cuando en cuando.

—Me parece que rezaba —me dijo uno de esos días.

—¿Rezaba? ¿Quién rezaba?

—Tu cuñado.

—¿Quieres decir que rezaba esa noche, en tu casa? ¿Antes de hacerte lo que te hizo? ¿O después?

—Al mismo tiempo. Era como una ceremonia.

—Por supuesto. Esos eslovacos son peor de rezanderos que nosotros, los latinos. Para ellos la religión es manía; se santiguan, se arrodillan, cargan el rosario en el bolsillo, de niños sueñan con ser papa y de adultos ahorran para ir en peregrinación donde la Virgen de Medjugorje. Son fanáticos, que llaman. ¿Me comprendes? Cada nacionalidad arrastra con sus taras.

—No, María Paz, no es eso. Lo que hizo conmigo fue una ceremonia fea.

—¿Una ceremonia fea?

—Lo que él estaba haciendo. Lo que estaba haciéndome. Feo, muy feo. Me refiero sobre todo al miedo.

—Ya sé, santa mía, debiste estar muy asustada, mi pobrecita niña, el error fue todo mío, por soltarte con semejante patán.

—Ese hombre sabe cómo hacer para que sientas miedo. Goza haciendo que tiembles de miedo, María Paz, durante horas. Te va llevando al límite, poco a poco, sistemáticamente. Es experto en eso...

Yo insistí en consolarla y apapacharla como si fuera una niña asustada, y a partir de ahí Corina no pudo o no quiso contarme más, seguro disgustada porque yo no le hacía eco, y ya luego no volví a verla porque renunció al trabajo y regresó a Chalatenango, El Salvador. Todo así no más, de buenas a primeras, sin previo aviso, sin darme chance de ir a buscarla, de rogarle que se quedara, que no me dejara, si éramos como hermanas, si mi mayor apoyo era ella, y yo hubiera querido explicarle que un incidente como ése no podía liquidar una amistad tan fuerte y duradera, porque esas cosas pasan y se olvidan, y la amistad queda. Pero no, no hubo caso, Corina tomó su decisión de un día para otro y eso no tuvo vuelta atrás. Una advertencia sí me hizo. En el momento del adiós, por teléfono, ya desde el aeropuerto, minutos antes de tomar su avión.

—Abre los ojos, María Paz —me dijo—. Abre los ojos y ten cuidado. Ese muchacho es enfermo, yo sé por qué te lo digo.

¿Enfermo, mi cuñadito? Pues por ese entonces, cuando andaba recién casada, yo hubiera dicho todo lo contrario, yo lo veía muy alentado. Raro sí, y zafado y fiero y pandillero, pero qué joven de barriada pobre no tiene ese perfil en América. Corina había sido mi maestra, míster Rose, negar eso sería absurdo y malagradecido. Así como usted me enseñaba a escribir, ella me enseñaba a vivir. En el trabajo, en la calle, en el trato con la gente, en la manera de comportarte en América y de entrarles a los americanos, en los compromisos de la amistad: ella la maestra, yo la aprendiz. Pero en este caso tan particular y tan delicado, el episodio que tenía que ver con Sleepy Joe, yo estaba convencida, mejor dicho sabía, que quien tenía la razón era yo. Ella la novata y yo la veterana.

Cori nunca me perdonó por no haberla creído, no haberla apoyado, no haberle dicho tenés razón, amiga, estoy contigo, ciento por ciento contigo, sé del espanto que viviste esa noche, me duele como si me hubiera pasado a mí, mi cuñado es una mierda de tipo, una basura, un triste bollo de mierda de perro, le pediré a mi marido que no lo deje volver a entrar a nuestra casa. Porque eso era lo que Cori esperaba de mí, y yo era consciente. Pero tenía mi propio parecer. A mí me fascinaba Sleepy Joe pese a sus rarezas y a sus brusquedades, ésa era la verdad. Peor aún, con frecuencia soñaba con que hacíamos el amor él y yo, y en esos sueños qué palo de escoba iba a haber, si con su propia dotación el muchacho se desempeñaba regio.

Qué le voy a hacer, a Cori ya no la recupero y en cambio tengo que seguir arrastrando mi propia vida, o sea que más vale que me esfuerce con esto de la escritura, porque contarle a usted mis cosas me produce algún alivio y me despeja un poco la mente, y es bueno que sepa que hoy por hoy esto es mi único soporte y mi Virgen del Agarradero. Así que sigo adelante con la tarea, y usted póngale atención a esta otra historia, algo que le escuché a una viuda a la que fui a entrevistar, y que me sale con que no lava las sábanas porque en ellas durmió su esposo, difunto hace siete meses, y que en las noches ella quiere reencontrarse con su olor, con su presencia en la cama. Ante eso yo no atino a decir nada, a semejante drama tenía que entrarle despacio, así que le fui preguntando con maña, y ¿cómo le hace, señora?, ¿no están ya medio mugrositas esas sábanas, después de tanto tiempo? Y ella me responde que no, que están tal como él las dejó, porque la que se lava es ella, todas las noches antes de acostarse. Cada noche se bañaba toda ella, toda hasta el pelo, y se ponía un camisón limpio, y así nunca tenía que lavar las sábanas. ¿No es increíble? Tenía razón Cori, entre lo pulcro y lo asqueroso cada quien traza su propia raya. ¿Sabe qué opinan los árabes de personas como usted o como yo, que utilizamos papel higiénico? Ellos, los árabes, se lavan bien con agua después de hacer del dos, y lo del papelito les parece una cochina costumbre occidental. Y hasta razón tendrán.

Me pregunto si usted podrá verme cara de personaje, después de enterarse de estas cosas ordinarias de mi vida. Digo, para su novela. Usted nos hizo conocer a la Lizzy de *Orgullo y prejuicio* y a la Eleonora de Poe. Ésas son protagonistas, yo soy apenas una mujer del montón, ni siquiera eso, soy apenas la número 77601-012 en el último hueco de la Tierra. Bueno, además soy alguien que ha tenido que vivir un dramonón, pero no creo que eso baste para aparecer en un libro. También me pregunto si alguien, alguna vez, podrá leer sobre mí con la misma pasión con que yo leí sobre Christina, ya sabe, la de *El lejano mundo*. Cuando le comenté que ese libro me había fascinado, usted torció la boca y me dijo que era literatura menor. Yo le contesté, de todas formas fue mi primera novela y eso para mí la hace mayor, incomparable. Hasta hoy me mantengo en mi opinión y me conformaría con ser protagonista de una novelita menor, alguien así como Christina. No aspiro a más. Me gustaría que Jordan Hess supiera que leí su libro en estado de trance, de máxima tensión, como cabe esperar de una presa que devora un libro en su celda, bueno, una presa a la que le guste leer, como a mí, porque hay otras que a los libros les tienen desprecio, o incluso temor. En todo caso, sospecho que un escritor no tiene idea de cuánto puede llegar a intimar con él un lector, o una lectora. Creo que hasta se espantaría si llegara a saberlo. Porque un libro no es sólo historias y palabras, sino que además es algo físico que uno posee. *El lejano mundo de Christina* estuvo encerrado en la celda conmigo, y acostado en la litera conmigo, y cuando me permitieron por fin salir al patio, se sentó conmigo al sol. Ese libro absorbió mis lágrimas, se salpicó de mis babas y se manchó con mi sangre; no le exagero, es verdad que se manchó con mi sangre, más adelante va a saber por qué. Yo acariciaba ese libro. Seguramente a Jordan Hess le incomodaría escuchar todo esto y a lo mejor a usted también, porque los escritores deben ver a los lectores como a fantasmas. Unas sombras por allá, lejos, sin nombre, borradas, de las que ellos nunca van a saber. Un escritor llega a una librería y pregunta, ¿cuántos ejemplares se han vendido de mi libro? ¿Doscientos cincuenta mil? Pues ya está, doscientos cincuenta mil lectores. Pero no es así. Cada lector es una persona, y cada persona es un nudo de ansiedades. Mientras leía *El lejano mundo de Christina,* yo acercaba la nariz a las páginas para oler el papel, pero también para olfatearlo a él, al propio Jordan Hess. Hubiera querido decirle que me gustaba su libro y protestarle porque el final no me convenció, ése tampoco, siempre quedo descontenta con los finales, siempre ando esperando algo más, una especie de revelación que no acaba de producirse. Me pasa que cuando termino, los libros me dejan como empezada, con la sensación de que ahí había algo importante, pero sin saber exactamente qué. Debe ser difícil, eso de rematar una novela. Me pregunto qué final irá a ponerle usted a la mía, y espero que no sea trágico. En todo caso prefiero que sea flojo a que sea trágico, eso se lo advierto de una vez.

Un día usted me hizo reír en clase, y vuelvo a reírme cada vez que recuerdo el episodio. Llevábamos varias sesiones trabajándole a un cuento que usted nos había pedido y yo ya quería terminarlo como fuera, pero mi historia tenía demasiados personajes y a cada uno de ellos le sucedían demasiadas cosas, así que no hallaba cómo.

—Léalo, míster Rose —le pedí—, y deme un consejo, dígame cómo lo acabo.

—Pues no sé, María Paz, de verdad no lo sé —me respondió usted—, esto que has escrito está realmente muy embrollado.

—Sólo dícteme un final —insistí—, porque ya estoy desesperada.

—De acuerdo. Voy a darte el consejo que para esos casos insolubles da mi amigo Xavier Velasco. ¿Tienes lápiz? Entonces anota: «Y se murieron todos.»

Pero le venía contando que yo quería protestarle a Jordan Hess, pero ¿cómo llegarle, si no lo conocía, si no sabía su número de teléfono y ni siquiera su e-mail? Al fin de cuentas lo único que tenía eran las palabras que él había escrito. Por más preguntas que le hiciera nunca iba a respondérmelas, y eso resultaba tan decepcionante como rezarle a Dios. El verdadero milagro fue que usted apareciera, míster Rose; una prisión estatal de mujeres es el último lugar donde uno espera encontrar a un escritor. Por eso le regalo esta historia, que escribí para usted. Para que la corrija si le gusta y la publique con su nombre, si no le parece mal. O al menos para que la lea; conque la lea, ya quedo yo contenta. Haga de cuenta que es uno de los ejercicios que nos ponía en clase, sólo que esta vez salió más largo que de costumbre.

Y ahora déjeme hablarle un poco de mi hermana Violeta. Linda y rara, llevada de su parecer. Distinta. A veces insoportable y a veces querible, tímida a ratos y a ratos salvaje. Yo era casi una adolescente y ella una niñita cuando pudimos por fin conocernos, o mejor reconocernos, en el avión rumbo a América. Cinco años antes, Bolivia, mi madre, se había ido para América a cumplir su sueño y a conseguir dinero, porque no le alcanzaba para mantenernos. Quería darnos una buena vida, eso decía Bolivia, y la vida buena sólo estaba allá, en América. O mejor dicho *acá*, pero es que en ese entonces, para nosotras América era un *allá* muy lejano e inalcanzable. Violeta era mi única hermana, ella con un apellido y yo con otro pero las dos con nombres de mapa, como todas las mujeres de mi familia. A ella, a mi hermana, vine a conocerla en ese avión, bueno, en realidad unas horas antes, en el aeropuerto, y ya desde ese día ella abrazaba una jirafa de peluche como si de eso dependiera su vida. En cambio a mí no quiso abrazarme, ni siquiera voltear a mirarme, aunque su madrina le dijo, dale, salúdala, que es tu hermana María Paz. Pero ella parecía no necesitar más que a esa jirafa, y no puso atención cuando le mostré la cadenita que yo traía al cuello.

—Mira, Violeta —le dije, insistiendo en que la viera—, tú traes una igual.

Y alargué la mano para agarrar la cadenita de ella, eso fue todo lo que hice, tratar de tocar su cadena para demostrarle que era como la mía, y ahí fue cuando ella, que hasta ese momento me había parecido una criatura angelical y ensimismada, se volteó como rayo y me arañó la mejilla. Pero fue un tremendo arañazo el que me pegó, si viera, me sacó sangre con las uñas, haga de cuenta reacción eléctrica de gato con rabia. Ahí vine a saber que eso era mi hermana menor, un lindo gatito casi siempre indiferente, pero feroz de repente.

Y ése fue nuestro primer encuentro. Cinco años habíamos tenido que esperar para que se diera. Bolivia no había podido llevarnos con ella a Estados Unidos porque se había ido a la buena de Dios, jugándose la suerte como indocumentada, dejándonos con la promesa de que en unos meses mandaría por nosotras, tan pronto tuviera visa, techo y trabajo. Algunas de las niñas de mi escuela, allá en mi país natal, salían a alardear con pantalones de licra tipo chicle, zapatos Nike o camisetas marca Bebe con corazones brillantes o lentejuelas plateadas. Y ni para qué preguntarles, ya se sabía de dónde venían aquellos tesoros, esto es americano, decían, me lo trajeron de Miami. Yo no tenía quien me trajera nada de Miami, ni siquiera muñecas Barbie, pero en cambio sabía que por esos lados andaba Bolivia y que un día nos iba a llevar con ella, a mi hermana y a mí, y nos iba a llenar el clóset de ropa americana. A veces yo juntaba plata para una chocolatina Milky Way. Las vendían de contrabando a la salida de la escuela y yo las saboreaba con los ojos cerrados y sin atreverme a masticarlas, pensando, a esto sabe América, lo primero que voy a hacer al llegar a América es pegarme una tracalada de Milky Ways, voy a comprarme para mí sola un paquete entero de los que vienen en tamaño mini, mis favoritos porque podías metértelos enteros en la boca y soñar con mi madre y con América.

A Violeta y a mí, Bolivia nos había dejado a cada una en una casa distinta, al cuidado de una familia distinta, en dos ciudades apartadas. No quería separarnos, pero nos separó. No consiguió a nadie que se hiciera cargo de sus dos niñas a la vez. Ya le digo, cuando ella se fue yo tenía siete años y Violeta apenas unos meses de nacida, yo hija de un hombre, Violeta hija de otro y mi madre desentendida de ambos. ¿Quiénes eran esos hombres, qué clase de bichos, de qué color sus ojos o su pelo, qué tan buenas personas serían, o tan malas? Sólo mi madre lo supo; ésos eran sus secretos. Vea cómo son las cosas, nunca he sabido nada del hombre que me dio la vida, y ahora tampoco sé mucho de usted, el que va a escribir mi biografía. Sé que una vez atropelló a un oso cuando iba en motocicleta por una carretera de montaña, lo sé porque lo contó en clase. Trato de recordar cómo eran sus manos, ¿grandes, blancas? Es de suponer que sí, sería apenas obvio, pero en realidad no lo sé. Creo que ya las olvidé, o tal vez no se las miré nunca, aunque sería raro, me gustan las manos masculinas y en Manninpox no hay mucha oportunidad. Cuando también su cara se me borra, me lo imagino con la de Andre Agassi. Espero que no le moleste.

¡Ay, Bolivia! A qué hora le habrá entrado a Bolivia el embeleco por América. En realidad nosotras también vivíamos en América: América Latina. Pero ésa no era América; la del Norte se había quedado hasta con el nombre. Bolivia me decía por teléfono, aquí las calles son seguras, hija, y los camiones recogen la basura casi todos los días y no hay quien no tenga automóvil. Eso me decía Bolivia, y me aseguraba que América olía a limpio y yo se lo creía, porque a la gente hay que creerla, y soñaba con ese olor, y con el sabor del Milky Way, y además daba por sentado que Bolivia tenía automóvil; si todo el mundo tenía uno, mi mamá por qué no. Ella llamaba todos los meses sin falta, una vez al mes, y mandaba dinero para nuestra manutención. A Violeta también la llamaba aunque al principio estaba muy bebé, y ya luego creció, pero según parece nunca quiso pasarle al teléfono. Rarezas de Violeta, digo yo, que es tan linda pero tan encerrada en sus silencios. A menos que le dé por hablar, o por gritar, y entonces nadie habla tanto ni grita tan fuerte.

Mire que ya estábamos en América y Violeta debía tener unos trece años, cuando arrancó a gritar en un museo al que la llevé un domingo. De buenas a primeras se largó a los alaridos, y todo por un cuadro que vio. De una santa. No sé de cuál pintor, en todo caso una pintura oscura y antigua. Tenía su horror, no lo voy a negar. La santa era santa Ágata y llevaba los pechos puestos sobre un plato. Blancos, redonditos y tiernos, el uno al lado del otro sobre una bandeja al parecer de plata. Se los habían cortado para atormentarla y ella los exhibía para que la humanidad tomara nota de su fe inquebrantable. La culpa fue mía, no debí habérselo explicado a Violeta. Ella me preguntó, qué lleva esa mujer en ese plato, y yo le dije la verdad siendo que he podido mentirle, he podido decirle, lleva un par de budines de coco. Claro que ella hubiera empezado a preguntar, y para quién son esos budines de coco, y por qué los lleva en ese plato, y por qué no se los come. Es la historia de nunca acabar: cuando algo la inquieta, Violeta no para de preguntar. A veces parece que por fin se olvidó del asunto y pasa un mes, hasta dos, sin que lo mencione, pero qué va, de buenas a primeras y a cuenta de nada vuelve y empieza, y por qué lleva en ese plato budines de coco. Uno ya ni recuerda de qué está hablando, pero para ella es como si nunca se hubiera interrumpido esa vieja conversación, y por qué son de coco, y por qué no se los come, y por qué son dos y no uno. Así es ella, Violeta. O se queda callada semanas enteras, o se vuelve tan parlanchina y preguntona que enloquece al más templado. Ahora que lo pienso ella, que tanto pregunta, nunca preguntó por qué le habían cortado los pechos a santa Ágata. Sólo se puso a gritar, no preguntó nada.

Bolivia decía por teléfono que América olía a limpio y yo me imaginaba unas calles radiantes, resplandecientes, casi celestiales. Antes de negar el prodigio de América, me hubiera dejado cortar los pechos. Pero lo que realmente olía a limpio era ella, mi madre. Siempre andaba bonita y fresca, como recién salida de la ducha. Aun en lo más pesado del verano, Bolivia olía a limpio y a joven. Olía a desayuno sobre mantel de cuadros en una terraza, aunque nunca tuvimos terraza, y ahora que lo pienso tampoco mantel de cuadros, y como ya le dije, el propio cuerpo de mi madre también era ajeno, había algo en él que no era doméstico sino que se movía de puertas para afuera, como una ventana que de noche queda abierta y deja expuesta la casa. Eso era Bolivia, la que se mataba por conseguir cuatro paredes y un techo que nos acogieran, y al mismo tiempo la que hacía vulnerables esas cuatro paredes, dejando la puerta abierta. Parece un enredo todo esto que hoy le escribo, pero en el fondo sólo quiero decir algo sencillo, haga de cuenta que un día entre semana, pongamos un miércoles de madrugada, ya en América, ya juntas por fin las tres, mi madre, mi hermana y yo jugando a que nos conocíamos, a que pese a todo éramos familia, digamos que sentadas a la mesa del desayuno y cumpliendo nuestro sueño, porque aunque no tuviéramos mantel de cuadros, sí teníamos jugo de naranja y Corn Flakes y vasos de leche achocolatada, esas cosas comunes que son el bienestar de una mamá con sus dos hijas, que se apuran a salir para la escuela. Cuando de pronto de la habitación a oscuras de Bolivia sale un tipo con el pelo revuelto, sin camisa, recién despertado, con el sueño todavía pesándole en los párpados. Niñas, nos dice en ese momento Bolivia con voz festiva, éste es Andrés, o éste es Nat, o éste es Jonathan, mi novio, de ahora en adelante va a vivir con nosotras y dentro de un tiempo nos vamos a casar. Andrés, o Nat, o Jonathan, acércate, *please*, échate un poco de agua en la cara que voy a presentarte a mis hijas, ésta es María Paz y ésta es Violeta, un par de chicas adorables, y aprovecho que estamos por fin reunidos para asegurarles que de ahora en adelante nos la vamos a llevar muy bien los cuatro, como una familia unida y verdadera. Ven, siéntate con nosotras, Andrés, o Nat, o Jonathan, vamos a desayunar todos juntos, van a ver qué bonito la vamos a pasar en familia. A la semana Bolivia ya estaba casada, o arrejuntada, pero a los seis o siete meses ya no estaban en la repisa las camisas ni los calzoncillos de Nat, o de Jonathan, sino que ahora teníamos los de Andrés, o los de Mike, que en su momento también desaparecían y la repisa quedaba libre para que algún otro pudiera colocar ahí su ropa. Y así sucesivamente. ¿Ahora sí entiende a qué me refiero?

Le gustaba vestirse de blanco, a Bolivia. Cuando éramos paupérrimas y después también, cuando ya no lo fuimos tanto. Si no iba de blanco, iba de colores claros: lila, azul celeste, rosado. En América trabajó catorce horas diarias, todos los días hasta la fecha en que murió, y sin embargo se las arreglaba para oler a jardín. Y se daba un lujo extravagante para una mujer como ella, el jabón Heno de Pravia, que según ella blanqueaba el cutis y dejaba la piel de seda. En la casa no podía faltar Heno de Pravia, así no hubiera azúcar en la azucarera o pan en la canasta. Cuando Bolivia se fue de Colombia dejándonos allí, a mí me dio por pensar que América olía a Heno de Pravia. Añoraba desesperadamente a Bolivia, y pensaba que América debía de oler como ella. Claro que llegando a América me di cuenta de que había cosas de Bolivia que a mí, como buena *teenager* que era, me mataban de vergüenza. Por ejemplo que ella, siempre tan peripuesta, jamás lograra entender el *casual look* americano. Haga de cuenta que su mamá, o sea la suya de usted, se le hubiera presentado a una reunión de padres y maestros con un bouquet de orquídea natural abrochado a la solapa, dígame si usted no hubiera preferido que se lo tragara la tierra. Bueno, pues a eso me refiero, a ese tipo de cosas. Con decirle que Bolivia jamás compró un solo trapo en una tienda americana, no, ella no, ¡Dios no lo quiera!, ella permaneció fiel hasta el final de sus días a un negocito de barrio donde cosían ropa a la medida y que se llamaba, así en español: Las Camelias, Prendas y Accesorios para Dama; a ver si nos vamos entendiendo.

Me da curiosidad saber cómo me va a pintar usted en la novela. Físicamente, quiero decir. Cómo me va a retratar físicamente. Ahora estamos muy lejos el uno del otro y no puede verme, y dudo que en ese entonces me haya mirado detenidamente, o siquiera que me haya mirado. En la maraña que tengo en la cabeza sí se fijó, eso lo sé, se sorprendía con mi manera de pensar, a veces mis ejercicios de escritura lo hacían reír, y yo era la marisabidilla que primero respondía a sus preguntas. Pero en mi aspecto físico, ¿llegó a fijarse alguna vez? ¿Se dio cuenta de que estaba enferma? Ya me había empezado esta hemorragia que no para. Una vez estuve a punto de desmayarme en clase, delante de usted, y creo que por momentos la pérdida de sangre me hacía alucinar. Pero disimulaba, me hacía la loca y disimulaba, no era tan difícil, en este lugar muchas parecen enfermas o desquiciadas. Y yo no iba a dejar que mis achaques me impidieran ir a clase, por nada del mundo me hubiera perdido una clase suya, ni tampoco un episodio de doctor House. Entonces tome nota, míster Rose. Lo principal de mi aspecto es esta hemorragia que me tiene ojerosa como novia de vampiro y demacrada como punketa. Lo segundo es el aire latino. Yo era una de las seis latinas que asistíamos a su curso, sólo seis; a lo mejor otras también hubieran deseado asistir, pero no hablaban suficiente inglés. Eso se nos iba volviendo drama desde que a la dirección le dio por prohibir el español, intimidándonos cuando nos escuchan hablar en nuestra propia lengua. *This is America*, te gritan, *here you speak in English or you shut up*, y hasta las guardias latinas, malparidas, vendepatrias, se hacen las locas y no te responden si les preguntas algo en español. Nosotras les gritamos vendidas y ellas nos gritan *go get fucked, you motherfucker*. Aunque aquí guardias latinas en realidad no hay muchas. Las presas somos casi todas oscuras, las guardias casi todas blancas. Y los mierdas de la dirección han ordenado que aun en la hora de visita se debe hablar inglés. Aquí las visitas son a través de vidrio y con micrófono, para que la dirección pueda monitorear todo lo que dices, y claro, si hablas en español no te entienden. Así que lo prohibieron. Prohibieron que en las visitas con los familiares se hable en español. ¿Quiénes creen que somos, acaso? ¿En qué quieren que hablemos, en griego? El vidrio te impide el contacto; ni abrazos, ni besos, ni siquiera el roce de una mano. Y ahora, además, te violentan obligándote a hablar con los tuyos en un idioma que no es el tuyo, un idioma que tu gente ni siquiera sabe hablar.

El día de visitas ya de por sí ha sido siempre delicado. A las 5 de la tarde se van los familiares llevándose con ellos cualquier ilusión de calor y de cariño, y las internas volvemos a quedar solas, libradas a nuestra fría realidad. Y unos minutos después, hacia las 5:15 o 5:20, empieza el peor momento de la vida en la cárcel, porque a las presas les da por cometer actos desesperados. Es como si quedaran vacías por dentro, todavía más desoladas que antes; como si su corazón, reblandecido por la visita de los seres queridos, fuera más vulnerable a la soledad. Y entonces muchas rondan por ahí como malevos, cometiendo actos desesperados. A veces son puñaladas. O chuzadas, violaciones, ese tipo de cosas. Pero en realidad no tanto eso, que no sucede todos los días; le estoy hablando más bien de actos gratuitos de intimidación. Imagínese que a cuenta de nada, alguien, a quien yo ni siquiera he registrado, alguien que para mí no es nadie, me pasa por el lado y me empuja, o golpea por debajo mi bandeja haciendo que mi comida salte por el aire, o me agarra el culo, o me suelta una obscenidad. No es tan grave como una cuchillada, a lo mejor ni siquiera es grave, físicamente quiero decir, pero me cala hondo, me revienta los nervios, me dispara las alarmas, porque es un mensaje claro. Un mensaje que me hace saber que esa persona me aborrece, no me soporta, se sentiría mejor si yo no estuviera por ahí. ¿Por qué? Pues porque sí, porque siente que yo le quito el aire. La sensación de asfixia es permanente aquí adentro, el aire no circula en estos espacios cerrados, por eso tienes que pelear cada gota de oxígeno contra las demás. Digamos que esa persona te ha empujado, o te ha mordido el labio. En los agarrones entre presas puede pasar que alguna le arranque el labio a otra con los dientes, es lo que aquí llaman the *swiss kiss*. Esa persona te está haciendo saber que le reduces el espacio, que tú exasperas la desesperación que ya de por sí trae por dentro. Por eso los sábados a las cinco y media, después de que se van las visitas, lo mejor es guarecerte, hacerte la invisible en algún rincón, no cruzarte con nadie ni buscarle la quinta pata al gato. Y para acabar de llenar de mierda el tarro, a la dirección le ha dado por que las visitas tienen que ser en inglés, sólo en inglés, nada de español, y a la que no hace caso le apagan el

84

micrófono, y ahí están los pobres familiares, mexicanos, portorriqueños, colombianos, que muchas veces vienen de lejos, no hablan una palabra de inglés y se sueltan a llorar de impotencia cuando les impiden hablar español con esas hijas a las que sólo pueden ver a través de un vidrio blindado. Ni las palabras quedan, ni tampoco los abrazos: toda forma de comunicación te la destruyen, y sólo queda la feroz frustración y la ansiedad en esas miradas que se cruzan de lado a lado, de esas manos que quieren tocarse con el vidrio de por medio. Yo sé lo que una visita significa para una presa, lo sé aunque a mí nunca me haya visitado nadie. Cuando estás aquí adentro, el encuentro con un ser amado es tu razón de vivir, tu sustento hora tras hora, la única ilusión de toda la semana. Y si te lo roban, lo único que quieres es morirte o matar. La prohibición del español ha sido lo peor, míster Rose, lo más duro de todo, es una arbitrariedad que te quema por dentro y te pone a hervir la sangre. Una injusticia que te revuelve las tripas. La cosa se ha sabido por fuera y gente de derechos humanos ha hecho la denuncia. Mandra X, que es vocera de nosotras las internas, se ha encargado de poner el grito en el cielo, y el escándalo anda rodando por los periódicos. Por eso, la directora de este antro se ha visto obligada a dar declaraciones. Anda diciendo que nosotras, las latinas, utilizamos nuestra lengua nativa para traficar y hacer pactos ilegales con los familiares sin que la dirección se entere, o como nos gritó la Jennings el otro día, ¿quién asegura que ustedes en español no estén dando la orden de matar a alguien allá afuera? Tu madre será sicaria, le respondió alguna, la mía es una viejecita honorable. La rata canequera de la Jennings, no sé por qué se me ocurre que sus días deben estar contados. También argumenta la dirección que usamos el español para insultar a las guardias sin que las guardias se den cuenta, imagínese, salir con ésas, aunque en ese punto no le falta razón, es verdad que en inglés a todo contestamos *yes, ma'am, no problem, ma'am, I'm sorry, ma'am, I won't do it again, ma'am*. Pero a renglón seguido les escupimos en un español de entre dientes un metete un dedo en el culo, vieja malparida, o un andá a comer mierda, pendeja asquerosa. Mejor dicho, es seguro que a las putas guardias les cae encima su buen chinga tu madre, su puteada o su madrazo, según la interna sea mexicana, argentina o colombiana, porque aquí el español se defiende en todas sus lenguas, en che, en guanaco, en chapín, en catracho, en nica y en tico, en paisa o en rolo, en costeño, en veneco, en boricua, en niuyorrican, en chicano, en chilango.

En medio de ese boleo vino a suceder, míster Rose, que como su taller era en inglés, asistir se nos volvió traición ante los ojos de nuestras propias hermanas latinas, que empezaron a acusarnos de vendidas y a querer bloquearnos el paso para que no llegáramos hasta el salón de clase. Nosotras, las seis, bregábamos a explicarles: el gringuito enseña a escribir, en qué idioma lo haga es lo de menos. No hay ofensa, les decíamos, pero les sonaba a cuento chino.

—Pues de ahora en adelante voy a dictar media clase en inglés, media en español —se le ocurrió anunciar a usted, cuando se enteró de cómo venía la mano.

—Cómo que español —se le encresparon las alumnas que hablaban sólo inglés, que eran mayoría—, pero si usted no habla español y nosotras tampoco.

—Pues sí que lo hablo —se plantó usted en plan desafiante y se soltó en un español impecable que a las latinas nos dejó boquiabiertas, de dónde diablos sacaba el gringuito tan perfecto manejo de la lengua de Cervantes, y por ahí derecho usted dictó la mitad de la clase en nuestro idioma, aunque las arias quedaran viendo un chispero.

Ya después se acabó la hora, usted se despidió y se largó y se quedó sin ver cómo las latinas nos alineamos a un lado del salón, de espaldas a la pared y erizadas como gallos de pelea: se nos venía encima la venganza del norte, la estábamos esperando desde antes de que usted se fuera, y a saber qué hubiera ocurrido allí si no se interpone una que llaman Lady Gugu, una activista radical blanca que anda con su propia escuadra predicando que es perder el tiempo agarrarnos de las mechas entre razas, y como tiene su buena chispa y sabe hacerse la payasa, anunció que también ella iba a dictar clase en español y empezó a chapurrear unas frases inventadas y dementes que rompieron la tensión y nos hicieron partir de risa a los dos bandos, quién sabe qué tanto decía esa loca con un acento americano de lo peor, decía *tu culo es un grande sombrero*, decía *buenos días enchiladas, Antonio Banderas me come el coño*, cualquier cosa iba diciendo, *mucha señorita puta, ricos tacos de mosquito, mucho gusto amigo mío*, lo que se le fuera ocurriendo, *I am very mexicana, I am pretty coconito*, y las demás quedamos neutralizadas, quietas en primera base, porque era imposible saber a quién estaba insultado la Lady Gugu, si a las blancas al hablar en español, o a las latinas al hablarlo en burla. Y así salimos esa tarde del embrollo.

Lo malo fue que, a partir de ahí, a usted no volvimos a verlo. Eso sucedió un jueves, y al martes siguiente nos anunciaron que el curso había sido cancelado. Sólo eso dijeron, que había sido cancelado, *it's been canceled*, así hacen los anuncios aquí, ése es el estilo, no se dignan aclarar quién o por qué, *it's been canceled*, lo canceló Dios o el fantasma, se canceló solo, en este lugar es así, les gusta hacernos sentir que las desgracias ocurren por sí solas y de esa manera se lavan las manos. Pero tampoco que hiciera falta que dijeran más, para nosotras las razones de su despido estaban claras.

Desde que empezaron a jodernos con el español, las internas latinas andamos como tigras, listas a arañarle la cara al que sea, nuestros corredores siempre al borde del estallido. Van a tener que cosernos la boca si no quieren que hablemos nuestra propia lengua, que, como usted mismo dijo, es al fin de cuentas lo único que no pueden quitarnos. Y ahí seguimos con el bonche, a veces quieren ponerse estrictos y a veces relajan la norma porque se dan por vencidos, pero ahí sigue la joda, y si el sábado le apagan el micrófono a alguna durante la visita, vuelve a hervir el malestar, la temperatura va subiendo y se dispara la rabia. Y lo que no tuvo vuelta atrás, míster Rose, fue lo de sus clases. Las cancelaron sin más ni más, pero yo nunca olvidaré ese jueves en que a Lady Gugu le dio por hablar español, diciendo culo y sombrero y esas tonterías. Fue un momento de euforia, míster Rose, si hubiera visto, una especie de pequeño triunfo, unos minutos de juego y chacota de latinas con blancas, una cosa muy rara por aquí; fue como si las presas de todos los colores nos pusiéramos de acuerdo para darles una bofetada en la cara a todos los que nos odian.

Pero a la noche, esa sensación se había esfumado. Cuando estás presa tienes que desconfiar de esos momentos de entusiasmo porque se dan la vuelta rápidamente, y como saltas desde más alto, pues más hondo caes. Andas con el ánimo como un yoyó, para arriba y para abajo, para arriba y para abajo, por un instante sientes que te salvas y al siguiente sabes que estás condenada. Así me pasó esa noche, después de esa clase suya que sería la última, aunque no lo sabíamos todavía. Ya sola en mi catre me cayó la causa, o sea la pálida, y lo que unas horas antes me había parecido fantástico de repente me parecía una payasada, cuál sombrero ni cuál sombrero, cuáles enchiladas, en mi vida había comido enchiladas, ni siquiera sabía de qué estarían hechas, seguramente de algo desagradable y picante como el carajo. Y además Banderas era mal actor. ¿Tanto orgullo por el español, un idioma que yo ni siquiera hablaba bien, porque lo estaba olvidando? ¿Tanto orgullo en ser latina, yo, que unos meses antes tocaba el cielo con la mano por estar casada con americano? Ya le digo, todo me pareció muy forzado. Me dio por pensar: mientras estuve en libertad, mi meta era borrarme lo latino como si fuera una mancha, y desde que estoy presa me ando volviendo una fundamentalista de la latinidad. Pero qué le voy a hacer, por un lado me sale espontáneo, es la cara que tiene mi rabia, y por otro lado lo necesito para sobrevivir, así de simple, aquí tienes que tomar partido para no quedar en sándwich en la permanente guerra entre razas.

Le decía que a la pálida, o sea al bajonazo de ánimo, las presas latinas le tenemos un nombre, *la causa*. La causa te cae encima como un baldado de agua helada, te empapa los huesos, te ahoga en desesperanza. Me cayó la causa, decimos aquí, o tengo la causa en la cabeza, o no me hables, que estoy con la causa. La causa es lo peor, te quieres morir, nada te interesa, sólo deseas estar quieta, aislada, como encerrada dentro de ti misma, como muerta en vida. La causa es introversión, más desánimo, más pesimismo: todo eso junto en un cóctel mortal. En la segunda sección donde estuve, la 12-GPU, había una cubana negra encausada, tirada siempre en su catre. Una mujer enorme, abandonada en ese catre estrecho donde apenas cabía, como una montaña que se hubiera derrumbado. Su nombre era Tere Sosa y, como no se movía, le decíamos Pere-Sosa. A las demás la causa nos llega y se nos va, pero a ella se la había tragado entera. No se levantaba ni para ir a comer, y a partir de cierto punto ni para ir al baño, se ensuciaba encima, despedía un olor que ya no era humano, como si hubiera decidido convertirse en una pila de mierda, en un montón de basura. Las guardias no podían obligarla a levantarse, ni siquiera a la fuerza, porque no hay fuerza más poderosa que la causa. Y entonces le rociaban agua con manguera y la dejaban ahí, empapada y tiritando de frío. Pero ni por ésas; mojada o cagada o muerta de hambre, a esa mujer todo le daba igual. Recién llegada yo a esa sección, todavía bisoña e ignorante de sus leyes, pasé frente a Pere Sosa y se me ocurrió preguntar qué había hecho para estar tan mal, por qué la habían detenido. Para qué habré abierto la boca, enseguida sentí el empujón, alguien que me lanzaba contra la pared echándome encima todo el peso de su robusta persona. Después vine a saber que ésa era ni más ni menos que Mandra X, una de las capos de la cárcel. Una matona machorra que lideraba una secta poderosa, según me informaron entonces.

—Óyeme bien —me dijo esa vez Mandra X, aplastándome la nariz contra su pechamenta—. No sabemos qué habrá hecho esta Tere Sosa. ¿Y sabes por qué no sabemos? Porque no preguntamos. Aquí no se pregunta, mi reina, la próxima vez que te oiga preguntando, te reviento la jeta.

El remedio para la causa es el trabajo. Trabajar sin parar, en artesanías, en lo que te dejen, repujado de cuero, tejido en crochet, fabricación de objetos de madera, lo que sea, así puedes mecerte al runrún de la rutina de tus manos y dejar que ellas piensen por ti, para que no haya en ti otro pensamiento que ese pequeñito y sin angustia que las manos saben pensar. Es la mejor contra para la causa. Pero es difícil que te dejen trabajar. Si no te tienen confianza no te sueltan las herramientas, que podrían convertirse en armas, ya sabe, así que sólo te las dan, si es que te las dan, por un par de horas y bajo vigilancia. Sólo un porcentaje pequeño de las presas goza del privilegio del trabajo manual, y ésas son casi todas blancas, porque las negras y las latinas inspiramos desconfianza. A mí me dejan hacer mochilas en fibra de poliéster, anudando la fibra con las manos. Eso me alivia y además es más factible que me lo faciliten, porque no requiere herramienta. Hacer nudos y más nudos durante horas y horas es una compulsión que puede salvarte si te ha caído la causa; al menos a mí me funciona, me tiene casi enviciada, podría anudar fibra de poliéster de aquí a la eternidad, pensando en nada. El otro recurso contra la causa es apuntarse para trapear corredores. Siempre necesitan voluntarias, porque en mi vida he visto unos pisos más brillados. A toda hora hay alguien trapeando el cemento, alguien limpiando lo que no puede limpiarse. Por más lejía que rieguen el olor siempre está ahí, siempre flota en la penumbra el hedor de los orines y el sudor y la mierda de las miles de presas que desde hace más de un siglo habitan este lugar, los miasmas de la gran cloaca que corre bajo estos pisos que todos los días trapeamos y volvemos a trapear, hasta dejar relumbrantes.

Yo, por mi parte, empecé de buen ánimo con las mochilas en fibra de poliéster y también con el trapeo, pero la hemorragia me ha ido mermando las fuerzas y cada día me derrota. Y ya me fui otra vez por las ramas. Arranco a contarle una cosa, me arrastra un viento que sopla y termino quién sabe dónde. Le estaba preguntando, míster Rose, mejor dicho me estaba preguntando a mí misma, cómo iría usted a describirme físicamente en la novela, porque en clase no parecía que nos mirara ni que demostrara interés, ni por mí ni por ninguna, si ni siquiera se mosqueaba cuando nos sentábamos en primera fila para cruzarle provocadoramente la pierna. Ya estábamos por creer que era homosexual, cuando nos habló de una novia que tenía y dijo que era maestra de niños sordomudos. A la salida nos fuimos chismoseando que vaya pareja de noviecitos santos, ella lidiando con sordomudos, y él lidiando con presas. Lo que yo creo es que usted por correcto nunca nos hizo una inspección ocular, lo que se llama desvestir con la mirada, y además ya se sabe lo quisquillosos que son los gringos con lo del *harassment*. Así que yo misma tendré que decirle cómo soy, describirle mi apariencia, por si no la recuerda.

Perdone si le parezco engreída, pero considero que soy una mujer bastante bonita. Bella no y divina menos, pero sí bonita. Tengo el pelo color café, largo y mucho. Mucho pelo, mejor dicho un pelazo. Mi pelo es mi mejor aporte, lo único en mí que no se ha deteriorado con la hemorragia y con esta vida de cárcel. Por lo demás, tengo facciones aceptables, una sonrisa seductora pero no perfecta porque nunca me pusieron *brackets*, la piel tostada, canela que llaman, y un cuerpecito agradable. Así me dijo una vez un novio la primera vez que me vio desnuda, me dijo que yo tenía un cuerpecito agradable. A mí me sonó destemplado el comentario, sobre todo en medio de la que se suponía que era una tórrida escena de amor, pero a lo mejor el hombre no quería ofender y sólo estaba haciendo una «descripción objetiva con uso comedido de la adjetivación», como hubiera aconsejado usted en clase de *creative writing*. O sea que no soy ningún hembronón, pero tampoco me falta gracia. Bueno, cuerpecito agradable tengo cuando estoy delgada, aunque no tanto como ahora, que estoy hecha un angarrio, y además le confieso que por épocas he estado gorda, pero gorda mofletuda y culona, sobre todo después de casarme; la vida matrimonial se me iba acumulando en los muslos y en el trasero. Ahora estoy muy delgada y eso me hace ver anoréxica, con los pómulos marcados y los ojos tan crecidos que parezco bicho nocturno del monte. Debido a la anemia tengo las manos trasparentes, si las pongo contra la luz me parece ver los huesos como en radiografía, y aunque me choque mi actual aspecto, creo que a Kate Moss le despertaría envidia.

Una vez, ya en América, tuve que llenar un formulario para solicitar trabajo. Estaba con mi amiga Jessica Ojeda, que como nació en New Jersey hablaba inglés mejor que yo, aunque eso no es garantía, el que yo aprendí de niña lo aprendí todo en Colombia, en el Colegio Bilingüe Corazón de María, de las Madres Clarisas, al que asistí con las Nava y donde la madre Milagros nos daba clases intensivas de gramática, pronunciación y literatura inglesa durante cinco días a la semana. Ya después llegué a América y desde los doce hasta los dieciocho años anduve rodando por puros barrios latinos donde el inglés poco o nada se escuchaba. Mi primera gran decepción al llegar a América fue que Bolivia no tuviera carro; la segunda, que en América hiciera tanto calor; y la tercera, que en América se hablara sólo español. ¿Quiere saber cuáles eran los letreros de los negocios de mi primer barrio aquí en América? Pues La Lechonería; Pasteles Nelly; Rincón Musical; Pollos a la Brasa; Tejidos el Porvenir; Pandi y Panda Ropa a Mano para Bebé; Papasito Restaurant; Cuchifrito; Sabor de Patria; Fútbol en Directo; Cigarrillos Pielroja; Consultorio Pediátrico para Niños y Niñas. Y así. Pero vuelvo a lo del formulario, ese que llenamos con la Jessica Ojeda. Ella vio que donde preguntaban «ojos y pelo», yo ponía *coffee*. «Color de pelo»: *Coffee*. «Ojos»: *Coffee*. «Piel»: *coffee with milk*. Así lo puse porque entre nosotros ese color se llama así, café, o mejor dicho varía en tres nombres, según el tono: trigueño, o sea color trigo; canela y café.

—Ésos son nombres de comida —me regañó Jessica—. Aquí no digas así porque la gente se ofende, aquí debes decir *latino* cuando te pregunten por tu *ethnic group* y *brunette* cuando te pregunten por ojos y pelo, déjate de cosas y pon que eres *brunette*, no andes llevando la contraria.

—No entiendes —le expliqué—. Los que nacimos en zona cafetera tenemos los ojos y el pelo *coffee*, o sea del mismo color del café cuando en la taza se ve oscuro y brillante, o sea del café cuando se ve de un magnífico color café, y la piel la tenemos del color del café cuando le pones leche y azúcar y te lo tomas bien caliente.

—Bueno, pues —dijo ella, queriendo transar—, entonces pon *dark brown*.

—Ningún *dark brown* —me mantuve yo—, *coffee* a mucho honor, y no se hable más.

A ver, míster Rose, qué otra cosa quiere que le diga de mí. ¿Le interesa saber si tengo señales particulares? Varias cicatrices, que aquí en la cárcel llaman *bordados*. La del brazo por mordisco de Violeta, ésa ya se la dije. Otra de operación de apéndice; la obligatoria ceja rota por porrazo en bicicleta; un lunar a dos centímetros de la comisura de la boca, del lado derecho. Hasta ahí todo normal, pero además tengo una que otra cosa inconfesable. Por ejemplo estrías en los muslos por todos los kilos que aumenté y luego perdí; demasiado vello en las piernas y un matorral color *coffee* en el pubis; uno de los huecos de las narices, o sea una fosa nasal, unos milímetros más alta que la otra, y aunque podría mentirle con que tengo senos turgentes, como en las novelas, la verdad es que apenas lleno una copa A. Aparte de eso, mido 1,65, calzo 7½, tengo las manos transparentes por la anemia, también se lo dije ya, y un par de orejas, ésas sí turgentes, que afortunadamente se disimulan bajo el pelo suelto.

Me gustaría que en su libro usted contara que la partida de Bolivia hacia América fue triste pero también alegre, porque nos bañamos juntas en la ducha con agua caliente, una cosa que nunca habíamos hecho. Me lavó la cabeza con un champú de hierbas que ella misma fabricaba en la cocina de casa, y como yo tenía el cuerpo menudo y oscuro, el de ella me pareció un prodigio, tan redondo y lleno, tan blanco y generoso. Aunque siempre fue para mí motivo de desconfianza. Yo era muy niña, míster Rose, y de la vida no sabía nada, pero sí sabía un asunto, que mi madre hacía cosas con su cuerpo. Yo no hubiera podido decir exactamente qué, pero había una acechanza que me inquietaba, sentía como que el cuerpo de mi madre no estaba guardado, no era privado sino que salía de casa, se mostraba; había algo en el cuerpo de Bolivia que a mí me fascinaba y me espantaba al mismo tiempo. Ese día ella me había planchado mi blusa de arandelas y mi mejor vestido, un *jumper* amarillo, que por entonces era mi color favorito. Bolivia sabía planchar con almidón de una manera primorosa, con eso quiero decir que la tela le quedaba fragante y fresca, como nueva. Parece ser que la cosa le venía de familia porque también la madre de ella planchaba, esa abuelita África María tan desgraciada, pobre alma en pena; según dicen ella también planchaba. Y al parecer mi madre me había enseñado a mí, creo que fue una de las pocas cosas que alcanzó a enseñarme antes de dejarnos, aunque pensándolo bien eso he debido inventármelo, nadie le enseña a planchar a una niña de siete años, sería una salvajada, una niña se quema con una plancha. En todo caso me hubiera gustado que ese recuerdo fuera cierto, y a lo mejor lo es y qué bueno pensar que Bolivia me enseñó algo, que me dejó algo suyo antes de irse para América, digamos que algo más que el tercio de coscoja que cuelga de la cadena que llevo al cuello, bueno, que llevaba, antes de que me la confiscaran cuando ingresé a Manninpox.

¿No sabe qué es una coscoja? No se preocupe, yo tampoco lo sabía y cuando me enteré no me gustó nada, enseguida metí en alcohol mi cacho de coscoja y lo dejé ahí toda la semana, yo que antes de saberlo me la pasaba con eso entre la boca, qué asco. Cosas de mi madre, la coscoja; siempre había que andarse con cuidado con mi madre. Pero tenga paciencia que poco a poco le voy explicando.

En todo caso en la fecha de la partida, Bolivia se vistió de *jeans*, zapatos planos de amarrar y camisa a cuadros, como si saliera de excursión al cerro. La miré pintarse los ojos, que eran cafés como los míos, de pestañas largas. Muchos años después también me quedaría mirándola, el día de su muerte, ella con la cabeza apoyada en una almohada de raso, entre su ataúd de madera oscura. Estaba otra vez bonita, rejuvenecida, porque en sus últimos tiempos el cansancio y las preocupaciones la iban atropellando, y en cambio ese día volvía a estar serena, como si el Heno de Pravia le devolviera la luminosidad de la piel. Me parece estar viendo cómo la sombra de sus pestañas, producida por la llama de los cirios, bailaba suavemente sobre sus pómulos, dando la sensación de que la muerte la trataba con dulzura. He visto otros cadáveres, y aunque no me dejaron asistir al velorio de mi marido, ya antes había estado en otros varios, pero nunca vi una muerta tan linda como ella. La señora Socorro y las otras comadres prepararon pavo y ensalada rusa para atender a los deudos, y comimos todos. Todos menos Bolivia, ella que había sabido arreglárselas para que nunca nos faltara pavo en los inviernos de América. En vísperas de Thanksgiving y de Navidad nos llevaba a la parroquia, donde repartían pavos gratis para que no se quedara nadie sin una buena cena en esas fechas, y nosotras hacíamos la cola y recibíamos nuestro pavo, y al otro día volvíamos a hacer la trampa, y también al siguiente, mañana y tarde, a reclamar un pavo como si no nos hubieran dado nada, y otro pavo y otro más, y la vez que mejor nos fue con esa táctica logramos conseguir hasta seis pavos en una sola Navidad.

El día de su viaje a América yo miré a Bolivia y pensé, qué

suerte la mía, tener una mamá tan linda, y al mismo tiempo me entró el desconsuelo, porque iba a estar lejos de mí toda esa maravilla radiante que era mi madre. Después bañamos a la bebé Violeta, que le había heredado la piel blanca y tenía los ojos más verdes que se habían visto en nuestro barrio, donde no era corriente esa clase de ojos, y hasta los desconocidos nos paraban por la calle para admirarlos. Mami, ¿de dónde sacó Violeta esos ojazos verdes? ¿Es ojiverde su padre? Bolivia no respondía. Cerraba la boca cuando yo le preguntaba por sus hombres. El día de su viaje, secamos a Violeta con una toalla que habíamos dejado sobre el calentador para entibiarla, le echamos talco Johnson's, le pusimos pañales limpios y un enterizo de lana baby alpaca. En ese entonces Violeta nunca lloraba, vivía como perdida en una ensoñación. Me pregunté si vería todas las cosas verdes, con esos ojos que tenía. Quise jugarle con un sonajero de llaves de plástico, las agité frente a su cara, pero no se fijó en ellas.

—Mami —le dije a Bolivia—, ¿de qué le sirve a Violeta tener esos ojos, si no miran?

—Sí miran. El médico me aseguró que no tiene nada malo en los ojos. Lo que pasa es que son demasiado verdes —me respondió, y yo quedé conforme con la explicación.

El morral de Bolivia ya estaba listo y también las cajas de cartón con nuestra ropa, y antes de salir a la calle Bolivia anunció:

—Ahora vamos a hacer una pequeña ceremonia de despedida y pronto reencuentro.

Yo, que no sabía qué era una ceremonia, quedé sorprendida y encantada cuando ella abrió tres cajitas de terciopelo azul y sacó tres dijes de metal gastado que colgaban de sus respectivas cadenitas de oro.

—¿Qué son? —le pregunté en un susurro, a sabiendas de que estábamos haciendo algo solemne, que el momento era irrepetible y que esos dijes, fueran lo que fuesen, representaban algo. En realidad esos dijes de metal oscuro y aporreado no me gustaron tanto, lo verdaderamente lindo era la cadenita dorada, pero de todos modos supe que también los dijes eran algo importante.

—Son tres piezas de una misma moneda —me respondió, y me mostró cómo al juntarlas formaban un todo.

Uno de los lados de aquella moneda no tenía nada, apenas rayones en la plata gastada, y en el otro podía verse una cruz de ocho lados con la palabra «lazareto» inscrita en el centro. Alrededor de la cruz, arriba, decía «dos centavos y medio», y abajo «Colombia 1928». Bolivia me colgó al cuello uno de los dijes, levantándome el pelo para poder abrochar la cadenita en la nuca. Le puso el segundo dije a la bebé Violeta, y se quedó con el tercero para ella misma. Por supuesto yo tampoco sabía qué significaba *lazareto*, ni siquiera se me ocurrió preguntar, debió parecerme una palabra mágica que hacía de aquel dije un amuleto protector. Años después, ya en América, Bolivia me contaría que monedas como ésa habían sido acuñadas en las primeras décadas del siglo xx para circulación restringida en los leprosorios, con el fin de evitar el contagio en el resto del país. Las llamaban *coscojas* y la figura octogonal que tenían grabada era la cruz de la Orden de San Lázaro de Jerusalén, también conocida como cruz templaria o de las ocho beatitudes. Ahí vine yo a saber qué clase de horror era la lepra, y me fue revelado el gran secreto familiar. Supe que mi abuela África María había terminado sus días comida por la enfermedad y recluida en el pueblo-leprocomio de Agua de Dios, donde se ocultó de la mirada del mundo. Ni su marido ni sus hijos volvieron a verla durante los nueve años que siguieron, hasta que les anunciaron su muerte y entonces sí la buscaron, pero sólo para acompañarla durante su entierro. Bueno, al parecer artículos de primera necesidad sí le había estado mandando sin falta su esposo, mi abuelo, que aunque nunca fue a visitarla personalmente, le hacía llegar todos los meses una maleta con comida y otras cosas, más una nota con instrucciones de que la maleta no debía devolvérsela. Según me contó tiempo después Bolivia, el abuelo prefería comprar todos los meses una maleta nueva y perderla, a estar recibiendo de vuelta ese objeto impregnado de miasmas. Entre el contenido de la maleta iba una vez una plancha eléctrica, que según se supo la abuela leprosita nunca utilizó porque prefería una de esas antiguas, pesadotas y de hierro, a las que se les embucha la panza con carbón ardiente. Con eso planchaba la abuelita África allá en su pueblo de enfermos; la carne se le estaría cayendo a pedazos, pero la ropa la cuidaba con esmero.

Mi madre era una adolescente cuando la muerte de su madre, y me dijo que llegaron a Agua de Dios cansados después de dos días de camino, que los aturdía el calor y el zumbido de los insectos porque el lugar quedaba en medio de la manigua. No los dejaron acercarse a los leprosos que asistían al entierro desde el otro lado de la alambrada. Mi madre recordaba que podía verlos de lejos, a ellos, a los leprosos, pero no sus caras, que llevaban cubiertas con harapos, y que la había estremecido la idea de que esos seres hubieran sido la única compañía de su madre durante tanto tiempo.

A los miembros de la familia, las autoridades sanitarias los obligaron a taparse nariz y boca con un pañuelo entrapado en alcohol. Al cadáver de la abuela lo incineraron junto con su colchón y otras pertenencias, y Bolivia estuvo ahí parada, rascándose los piquetes de mosquito que le hinchaban las piernas y mirando cómo las llamas se tragaban a alguien que supuestamente era su madre, pero que llevaba tanto tiempo enterrada en vida que estaba casi borrada de la memoria de sus hijos.

—¿Cómo te explico? —me dijo Bolivia—. No era que para nosotros, los niños, mi madre no hubiera estado siempre presente, sí que lo estaba, pero no como persona sino como miedo, como sombra.

Cuando el fuego se apagó y las brasas se extinguieron, la muchacha que en ese momento era Bolivia vio un brillo metálico entre las cenizas. Zafándose del control de su padre, corrió hasta el lugar donde había ardido la pira, y pese a los gritos de advertencia, atrajo hacia sí con una rama seca ese algo pequeño y brillante que había capturado su atención. Era la coscoja, que tal vez proviniera de uno de los bolsillos de la ropa incinerada de mi abuela.

—Mira, María Paz, mira cómo es la mente —me dijo Bolivia, ya en América—. El día del entierro de mi madre, la mente me llevó a imaginarla rodeada de enfermos, pero sana. Sana y con el peinado anticuado y luciendo sobre los hombros la mañanita tejida con la que aparecía en el retrato de la sala de casa.

O sea que sólo poco a poco fue comprendiendo Bolivia la verdad que a ella y a sus hermanos les habían ocultado por tanto tiempo. Después del entierro, que en realidad no fue entierro sino cremación, permitida por la Iglesia en caso de muerte contagiosa, la familia tuvo que pernoctar, de a tres por catre, en una posada a mitad del camino de regreso, y sólo ahí, en el insomnio acalorado de esa noche, Bolivia cayó plenamente en cuenta de que durante todos sus años de ausencia, su madre debía de haber sido igual a ellos, a esos enfermos que ocultaban con trapos la piel putrefacta.

¿Por qué, tantos años después, escogía mi madre justamente ese objeto, la coscoja de la abuela África, para la ceremonia de nuestra despedida? Nunca me lo explicó, y si le preguntaba me cortaba en seco con cualquier pretexto, como ¿quieres más leche de chocolate? O, prende la tele, María Paz, que ya es la hora de la novela. Así que yo sola tuve que ir buscándome mis propias explicaciones. Y le aseguro, míster Rose, que lo que iba descubriendo no era tranquilizador. Mi madre me había revelado lo que llamó el gran secreto de la familia, la enfermedad innombrable de la abuela África. Pero ése era sólo el comienzo. El verdadero secreto, el secreto detrás del secreto, tuve que deducirlo yo misma, y tenía que ver con un pozo negro y sin recuerdos. El pozo negro de los años durante los cuales mi madre y sus hermanos crecieron en ausencia de su propia madre, esa mujer desaparecida y negada, esa madre cuyo nombre el padre jamás volvió a pronunciar, esa muerta en vida sobre la cual sus hijos no podían preguntar, esa orfandad no declarada, esa ausencia de amor materno que nunca encontró explicación, esa pesadilla muda, esa intuición del horror. Ese punto ciego, de pánico y tinieblas, en la cabeza y en el corazón de unos niños a los que nadie creyó necesario aclararles nada. No puedo evitar imaginarme a mi madre de dieciséis años, la muchacha espigada y bonita que debió ser, rescatando de las cenizas del oprobio esa moneda que encerraba alguna mínima forma de memoria, o tal vez de cura, de redención. Tampoco puedo evitar recordar a mi madre, una mujer ya hecha y derecha, partiendo en tres la moneda de la abuela abandonada, para dejársela como legado a unas hijas que está a punto de abandonar.

Bolivia había pagado en una joyería para que partieran la coscoja en tres y a cada tercio le colocaran una argollita para pasar la cadena. Hasta ahí lo que ella decidió, digamos que claramente decidido; lo demás, lo que voy a contarle ahora, sucedió al azar como todo lo que me ha ido sucediendo a mí en la vida, y usted que es profesor y además escritor sabe mejor que nadie que la palabra azar significa chiripa, albur, casualidad, algo que te sucede no porque tú lo quieras, sino porque así lo quiere el destino. No crea que no he buscado en los diccionarios. Porque eso fue justamente lo que sucedió, que la palabra lazareto, grabada en la coscoja, quedó dividida así, L-AZAR-ETO, y como a mí me tocó el cacho del centro, pues el mío decía, y todavía dice, AZAR. Deduzca usted mismo las consecuencias. Piense no más en todo lo que puede pasarte a partir del momento en que tu propia madre te marca con semejante palabra, AZAR, colgándotela al cuello.

Después de nuestra ceremonia y ya cada quien con su medalla, salimos las tres a la calle, limpias y recién planchadas por fuera y llenas de presagios por dentro. A Violeta la dejamos con su respectiva caja de cartón en casa de doña Herminia, su madrina, que se haría cargo de ella. Pasó sin inmutarse de los brazos de la madre a los de la madrina y eso no nos sorprendió, ya empezábamos a intuir que Violeta era Violeta. Pero ¿qué sintió Bolivia al dejar a su beba, tan linda y tan lela, en manos de otra gente? Eso no lo supe nunca. Muchas cosas han quedado en agua de borrajas. ¿Es verdad que Violeta era así, rara, desde antes de la partida de Bolivia para América? O se volvió rara por algo que no sabemos y que pudo haber sucedido en casa de doña Herminia, donde nadie la habría defendido ni estaría allí para acompañarla. Ése es uno de los clavos ardientes que Bolivia nunca quiso tocar, siempre encontró pretexto para escurrirle el bulto a esas verdades. La leche de chocolate, la telenovela, cualquier cosa le servía para hacerse la desentendida. El pasado, nuestro pasado, el de ella misma, lo que hubiera sucedido durante los años de separación, nada de eso era tema que ella aceptara tratar. Hacía de cuenta que la página estaba en blanco: cero recuerdos, cero remordimientos. Como si nuestras vidas hubieran empezado al momento de esa segunda ceremonia, desmerecida por el calor y el cansancio, que hicimos cinco años después, ya en el aeropuerto John F. Kennedy de la ciudad de Nueva York, cuando por fin logramos juntar las tres piezas de la coscoja. Los dolores no existen si no se los nombra, ésa era la filosofía de Bolivia; para ella la tierra natal había quedado atrás. Y lo pasado, olvidado. No era mujer de nostalgias, mi madre, ni le apostaba a imposibles. Se preciaba de ser práctica; recursiva que llaman. *Pa'lante* que *p'atrás* espantan, decía, e iba cumpliendo con su empeño de sacarnos adelante sin mucha complicación. Tenía que alimentarnos y nos conseguía comida, necesitábamos techo y nos lo deparaba. Sacarnos adelante, así decía, y sospecho que nunca se dio cuenta de que salimos más bien torcidas y hacia el costado. Hay demasiadas cosas que nunca supimos, ni conversamos, y que arden dentro de nosotras con un brillo oscuro. Coscojas perdidas entre las cenizas, digo yo. Le señalo ese lado de mi madre, míster Rose, porque sé que no debe haber tapujos en lo que le escribo. Es bueno que sepa que por culpa de eso, de los silencios de Bolivia, resultó difícil crecer al lado de ella, afianzarse, hacerse adulta, y piense además que tras cinco años de distancia, llegamos aquí a convivir como desconocidas. No se tapa el sol con el dedo, ni las piezas rejuntadas de una moneda solucionaron el hecho de que ninguna de nosotras tres sabía en realidad quiénes eran las otras dos. Téngalo en cuenta cuando escriba sobre todo esto. Las cosas que callábamos nos obligaban a estar como quien dice encogidas, como guardadas dentro de una caja estrecha. A veces pienso si no sería en ese embrollo de pequeñas y grandes mentiras donde quedó refundida la cabeza de Violeta.

Es sólo por unos meses, le dijo Bolivia a doña Herminia cuando le entregó a Violeta, cuídela como si fuera hija suya, que yo sabré recompensarle. Luego bajamos las dos, Bolivia y yo, hasta la terminal. En uno de los muchos buses amarillos con franja roja que estaban allí parqueados, iba yo a viajar sola hasta la ciudad donde Leonor de Nava, una parienta de mi madre, vivía con sus hijas Camila, dos años mayor que yo, y Patricia, de mi misma edad. Les decían Cami y Pati y como su apellido era Nava, se quedaron desde niñas Caminaba y Patinaba. Con ellas viviría yo hasta volver a reunirme, ya en América, con mi madre y con mi hermana. Apretando en la mano mi tercio de coscoja, miré por última vez a Bolivia por la ventana del bus. Pensé que se veía demasiado joven con su morral, su camisa a cuadros y sin sus hijas, y por un instante tuve la sospecha de que se estaba deshaciendo de nosotras. Es sólo por pocos meses, me dijo su boca, articulando bien las palabras para que yo pudiera verlas a través de un vidrio que me impedía escucharlas. Sólo por pocos meses. ¡Y después América!

Sólo por pocos meses. Pero no fueron pocos, y tampoco fueron meses. Tuvieron que pasar más de cinco años para que yo volviera a ver a Bolivia y a Violeta.

4

Entrevista con Ian Rose

—Lo que me queda es andar por ahí, en manada con mis perros, un animal más entre los animales —me dice Ian Rose,
que ha aceptado desayunar conmigo en la cafetería del Washington Square Hotel, donde me hospedo ahora que he venido
a Nueva York a entrevistarlo para este libro.

Asegura que desde que notan su tristeza, sus perros se es-
fuerzan por ser solícitos y por estar *sonrientes* (el término es
suyo), y que ahora viven atentos a cada uno de sus movimientos, como si quisieran recordarle que pese a todo la vida vale la
pena. Casi todos los días, allá en su casa de las Catskill, Rose
sale a caminar con ellos por las trochas del bosque, en fila india y siempre en la misma alineación, que se rompe cuando
salta una ardilla o relampaguea una salamandra y ellos enloquecen, o se disparan en estampida detrás de un conejo o un
ratón de campo. A Rose le gusta ver cómo en el monte sus tres
perros se olvidan de modales, se vuelven perrunamente perros, liberan los instintos y pegan la nariz al suelo para seguir
el rastro de quién sabe qué efluvios sexuales, o se entusiasman
con cualquier cagarruta que encuentren por ahí. Los excrementos de otras criaturas son algo decisivo para ellos, me dice,
de ahí obtienen más información sobre un sujeto que el Pen-
tágono con sus espías. Cuando la caravana vuelve a la calma,
arranca otra vez detrás de Skunko, el más ordinario y despelu-
cado de los tres, el que se ha ganado el puesto de líder gracias
a su instinto casi infalible para encontrar el camino de regreso; no importa qué tan lejos o perdidos estén, Skunko se las

103

arregla para guiarlos de vuelta a casa, así sea después de un buen poco de rodeos innecesarios. Detrás de Skunko siempre va Otto, el grandullón buena gente que Rose heredó de su ex mujer, y en la retaguardia, pegada a sus piernas, la perra Dix, todos cuatro, Rose incluido, levantando al tiempo la trompa al cielo cuando olfatean el humo de alguna quema, o la cercanía del agua, y orinando contra las piedras o los troncos. Evitan supersticiosamente el recodo de camino donde apareció deshollejado Eagles, guardan silencio expectante ante el rastro de un oso o un zorro, hollan con sus huellas los mantos intactos y radiantes de nieve que se extienden por el campo, distinguen los hongos comestibles de los venenosos y se echan a descansar sobre el musgo en los claros del bosque, al abrigo del sol pálido que se filtra por entre las ramas. Así también iban esa madrugada; me lo cuenta Rose mientras compartimos té con tostadas.

—¿Me entiende? —pregunta—. Cuando murió Cleve, yo supe que a partir de ahí sólo me quedaban mis perros. Mis perros y mi bosque.

Aunque a veces sus perros se pasaban de la raya y lo metían en problemas, sobre todo la bella Dix, una hembra explosiva y jacarandosa de pelo negro azabache, hija de labradora y pastor alemán, por naturaleza loca y fuera de control, como todo bastardo nacido del cruce de nobles razas. Viejos combates la habían dejado marcada con cicatrices y lo suyo era asaltar gallineros y contribuir a la extinción de patos silvestres y otras especies en peligro, y en esas ocasiones Rose la reprendía, sí, pero de mentirillijas, en el fondo sintiéndose halagado cuando ella traía la presa en la boca y se la entregaba. Hasta que un día Dix le trajo a Lili, la gata de la señora Galeazzi, una de las vecinas. Lili era un cotonete suave y blanco que a nadie hacía mal, ni siquiera a los ratones, y al verla convertida en una mierdita, Rose tuvo en principio la esperanza de que se tratara más bien de una paloma, pero por el collar supo categóricamente que era Lili, el gran amor de la señora Galeazzi, la amplia y amable señora Galeazzi, otro cotonete blanco y blando que tampoco le hacía daño a nadie. O sea que ese guiñapo entre los dientes de Dix era en efecto Lili, y Dix la colocaba ritualmente a los pies de Rose, volteando hacia arriba unos ojos dulces y mansos que pedían aprobación.

—Hija de puta, Dix —le dijo Rose, llorando de rabia o de compasión, y ya estaba pensando cómo castigarla cuando se interpuso Cleve, que por ese entonces estaba vivo y los acompañaba a veces en las caminatas.

—No la castigues, pá —le pidió.

Para Cleve estaba claro que había algo sagrado y ancestral en ese gesto de la perra, en esa conducta ritual, heredada de sus antepasados caninos y sin embargo marcadamente humana, eso de escoger una víctima, cazarla y sacrificarla, pero no para comerla; según él, lo espléndido del caso era la ausencia de una finalidad práctica, se trataba de algo más complejo, de la ratificación de todo un orden de cosas mediante el gesto de rendirle una ofrenda al amo. ¿Qué motivaba a Dix? Cleve no lo sabía a ciencia cierta. Pero ella parecía tener claro que de esa manera sellaba un pacto con un ser superior, en este caso Rose, que ante los ojos de los demás podía pasar por ingeniero hidráulico, pero que ante los ojos de sus perros era una especie de Dios.

—Mierda, Cleve —le dijo Rose—, entiendo el propósito de la condenada perra, pero carajo, hubiera podido traerme un conejo...

—Ella siente que cuanto más preciada la presa que te ofrenda, mayor el homenaje que te rinde —dijo Cleve.

—Okey, okey. Ya que dominas el reino animal, explícale a Dix que su Dios sólo acepta conejos. Y sácame del disparadero. Si enterramos a Lili sin decir nada, vamos a ver a la pobre Galeazzi desesperada, buscando a su gata por todos lados. Y si confesamos, la junta vecinal va a exigirnos que sacrifiquemos a Dix. Nos van a decir que su próxima víctima va a ser un niño, y tus teorías no van a servir para defenderla.

Cleve lo tranquilizó asegurándole que había una tercera vía y procedió a recoger lo que quedaba de Lili: apenas una nadita con pelos. En un operativo sigiloso, colocó los restos con todo y collar sobre el asfalto justo frente a la casa de la señora Galeazzi, y los aplastó con una piedra que luego tiró lejos. Para que encontraran a Lili y pensaran que la había matado un carro.

—Si hubiera visto esa noche a Cleve, en plan bandido —me dice Rose, con una sonrisa tristona—, sólo le faltaba el antifaz. Pero yo me sentí mal con la triquiñuela. La verdad, me sentí como la mierda. Cleve no. Cleve tenía otra manera para todo. Mire, yo soy un tipo plano, soy esto que ve y no mucho más, y en cambio a mi hijo le bullía mucha cosa por dentro. Yo de ceremonias y simbolismos no sé nada, con decirle que mi mejor ritual debe ser esta nubecita que en honor a mi madre le pongo al té que me tomo. Qué quiere que haga, hasta ahí me llega la profundidad. Afortunadamente la señora Galeazzi ya consiguió otra gata, la vigila noche y día y le tiene prohibido salir de casa.

Ian Rose sabe bien que en determinadas circunstancias sus perros pueden llegar a ser temibles, y no sólo Dix, sino todos tres. Siempre juguetones y domésticos, se vuelven unas fieras si olfatean amenaza o detectan que alguien traspasa sus dominios. Sucede rara vez, pero llega a suceder, y me dice que en esas ocasiones es asombroso, y hasta admirable, ver cómo se agachan y se erizan, cómo los ojos se les ponen brillantes y oblicuos, las articulaciones se les vuelven flexibles y toda su anatomía se amolda a la agilidad despiadada de la caza. Es decir, involucionan, se transforman en segundos en los lobos que alguna vez fueron y se sueltan a actuar como jauría, con Dix a la cabeza, convertida en amazona; el gran Otto detrás, como un tanque de guerra, y Skunko, el chiquitín, hecho todo un sicario experto en tirarse a la yugular. Más de una vez Rose ha tenido que salvar del asalto de su guerrilla canina a algún incauto que se cuela en su propiedad, o incluso a algún amigo que estando en la casa hace un gesto brusco, o ríe demasiado fuerte. Claro que basta con que Rose tranquilice a sus perros, acariciándoles el lomo y diciéndoles ya está, ya está, todo bien, perruchos, todo bien, para que de inmediato ellos batan la cola, vuelvan a ser inofensivos como cachorros y exoneren a la víctima que habían estado a punto de destrozar. Que te sirva de advertencia, le dice Rose al intruso, si ése es el caso, y si se trata de un amigo, le recomienda que respire hondo, le alcanza un vaso de agua y le pide mil disculpas por el susto y el mal rato que acaba de pasar.

En esa particular madrugada, poco después de la llegada del manuscrito, Rose y sus tres perros habían salido al bosque, como siempre detrás de Skunko y sin saber bien hacia dónde, y llevaban más de dos horas de caminata cuando se toparon con una carrilera en desuso, medio camuflada entre la vegetación, y obedecieron como por instinto esa especie de mandato que imponen los viejos rieles, el de ir siguiéndolos en su recorrido desde ninguna parte y hacia ningún lado. Por ahí se fueron dejando llevar, como hipnotizados por la secuencia de durmientes resbalosos de moho, y Rose iba tratando de no pensar en nada que no fuera en cómo la distancia entre durmiente y durmiente marcaba la justa medida de su paso.

—O a lo mejor pensaba un poco en mi infancia, o quizá en la de Cleve —me dice—. Ya ve cómo es eso, las viejas carrileras nos traen recuerdos de infancia, aunque de niños no hayamos visto ninguna y ni siquiera hayamos viajado en tren.

El primer indicio de que se rompía el hechizo fue el pelo erizado de sus perros, que pararon las orejas y empezaron a actuar nerviosamente, como si olfatearan en el aire señales que no atinaban a descifrar. Poco después les salían al paso letreros que advertían *No Trespassing, Violators will be Prosecuted,* y luego reflectores potentes que destrozaban la penumbra del bosque con hachazos de luz. Rose llamó a sus perros con un chiflido para que dieran marcha atrás, y al abandonar la carrilera para retomar la trocha, se topó con una patrulla taciturna que acechaba tras un recodo, con los vidrios empañados por la respiración de los policías, que en su interior tomaban café de un termo. A los cinco minutos apareció otra patrulla, y más abajo una tercera. ¡A casa! ¡A casa ya!, les gritó Rose a sus perros, para acelerar el paso y alejarse rápido de esa zona vigilada, donde para nada le apetecía estar.

Quisieron tomar un atajo que no resultó y anduvieron perdidos por un buen cuarto de hora, hasta que fueron a salir a la carretera asfaltada, donde se toparon con la prepotencia de un retén que bloqueaba el paso hacia arriba de vehículos y peatones. Estaba custodiado por una docena de guardias tipo ciborg, vestidos de negro a lo Darth Vader, pero con máuseres en lugar de espadas de luz. Sobre el retén, un gran letrero cruzaba la vía de lado a lado, y al leerlo Rose sintió que lo recorría un escalofrío como el que debía de sentir un caminante del Medioevo al escuchar acercarse los cencerros de los leprosos. Sólo decía *Manninpox State Prison*, pero a Rose, que hacía sus pinitos en Dante, le sonó a *Lasciate ogni speranza, voi ch'entrate*.

Contra su voluntad, había estado caminando hacia Manninpox. Llevaba años eludiéndola, evitando mencionarla, ignorando su presencia, y ahora, de buenas a primeras, se daba de narices contra ella, como si un imán lo hubiera atraído hasta sus propias puertas, o como si el manuscrito aquel de la presa empezara a surtir el efecto de un encantamiento. A ambos lados de la carretera, del retén hacia abajo, había germinado una colección dispar de construcciones precarias, evidentemente destinadas al paso y la estadía de los familiares de las presas: un impersonal Best Value Inn, un restaurante grasiento que ofrecía cocina fusión y thai, un Best Burger, un Mario's Pizza, una *laundromat* y un desteñido salón de belleza, llamado The Goddess Path, que anunciaba cortes de pelo, depilación y masajes. Raro nombre, pensó Rose, eso del sendero de la diosa, sobre todo tratándose del paso de tanta chica hacia el infierno. Había además un stand de revelado de fotografías, anunciado con la gran foto deslavada por el sol de una novia empacada en metros y metros de tul. Rose se dirigió hacia la gasolinera y al entrar al *mini mart* adjunto, algo capturó su atención.

Aparte de los helados, las gaseosas, las revistas, los chicles, los snacks, los *gift cards, phone cards*, condones y demás productos de rigor en ese tipo de establecimientos, estaban expuestos para la venta una serie de objetos peculiares, digamos que fuera de serie, trabajos manuales tan elaborados como rebuscados y que parecían provenir de un submundo carente de noción estética y de sentido práctico. Se los veía aislados en un mostrador propio, bastante polvoriento, y cada uno de ellos era una pequeña pieza única de dolorosa inutilidad. Se trataba de forros para Biblia en cuero repujado; círculos de madera tallada que representaban mandalas; medallones de chaquiras con la insignia de amor y paz; funditas bordadas para teléfono móvil; llaveros con los signos del zodíaco; chuspas para la compra hechas en tejido anudado de fibra de poliéster. Las etiquetas los identificaban como artesanías fabricadas por las internas de Manninpox. Rose examinó cada uno de esos objetos con cuidado, uno por uno, sacudido por la evidencia de que aquello provenía de allá, de adentro. Se trataba de partículas de mundo hermético que habían logrado traspasar rejas y muros para llegar hasta su lado de la realidad. Lo asaltó la duda de si alguno de esos objetos habría pasado por las manos de María Paz. ¿Uno de los medallones, quizá? ¿Un mandala? ¿Una de las bolsas de fibra de poliéster? Esa bolsa azul con blanco y rojo, ¿la habría fabricado ella? A lo mejor María Paz había calmado el ansia de sus días de encierro ocupando sus manos en esa serie de nudos que aplacarían sus nervios, o la ayudarían a matar el tiempo. ¿Precisamente esa chuspa? Era una posibilidad en un millón, pero de todas maneras Rose la compró. Compró la chuspa azul con blanco y rojo, pagó por ella ocho dólares con cincuenta más *tax*. No me sabe decir por qué escogió precisamente eso y no cualquier otra cosa; hubiera podido ser un llavero de Acuario, que era su signo zodiacal, o una fundita para el celular que nunca había querido poseer. Pero eligió la chuspa, para dejársela sobre la cama a Cleve.

—Así contado suena *creepy* —me dice—, pero es que a raíz de la muerte de mi hijo, para mí todo se había convertido en señal. O en amuleto, yo qué sé. Era como si cada cosa tuviera un significado oculto que me urgiera descifrar. Me aferraba a lo que fuera, con tal de acercarme a Cleve. ¿Sí me entiende? No puedo explicarle bien. En todo caso compré esa chuspa para llevársela a él. Claro que al fin de cuentas no me animé a dejársela allá arriba en su buhardilla; ya le digo, demasiado *creepy*. En cambio la guardé en el cajón de mis calcetines. Supongo que la escondí ahí porque imaginé lo que mi hijo me hubiera dicho si me veía entrar con ese objeto. ¿Estás loco, pá?, eso me hubiera dicho. Y pues sí, yo andaba un poco loco. Bastante loco. Después de su muerte, cómo más iba a estar.

Del cuaderno de Cleve

La presa colombiana me sorprende, es jodidamente inteligente, maneja una mezcla de sentido común y chispa callejera que
me descoloca. Está realmente empeñada en aprender a escribir, según dice para poder contar la historia de su vida. No sé
qué crimen habrá cometido, y me cuesta imaginarla en ésas.
Desde luego aquí eso nunca se pregunta: no le averiguas a ninguna por qué cayó. A veces ellas mismas te cuentan, les entra
afán por confesarse y te lo sueltan todo. Pero otras son muy re-
servadas. Y es cuestión de principios no inmiscuirte: cada interna paga sus cuentas pendientes con la justicia, y de ahí en más
es simplemente un ser humano. Ni inocente ni culpable: un
ser humano, y punto. Sin embargo, cuanto más me gusta esta
María Paz, más me perturba la posibilidad de que sea de veras
criminal. Y más que una posibilidad, eso es una probabilidad;
al fin de cuentas vengo a conocerla en una puta cárcel y no en
un convento. Claro que su delito, si es que lo cometió, puede
tener que ver con droga; Colombia y cocaína, cocaína y Colombia, son palabras que van juntas. Y eso de alguna manera sería
un atenuante. Ciertamente un gran capo, un sicario de cartel,
un agente corrupto de la DEA o un banquero blanqueador de
millones serían incompatibles con mis parámetros morales,
pero ¿una linda niña con tres o cuatro años de cárcel por traerse en el avión unos cuantos gramos de coca escondidos en el
brassier? Ese pecadito podría perdonarse. ¿Voy a juzgarla yo,
precisamente yo, que de adolescente me fumé toda la hierba
del mundo, por más señas de la santa marta gold, que venía
precisamente de Colombia? ¿Voy a despreciarla a ella si ha in-
currido en narcotráfico, yo, que cada tanto me esnifo mi poco
de blanca, que además puedo comprar en plena Washington
Square, justo debajo del arco y casi en las narices de la Policía?
Eso en caso de que sea cierto que ella cayó por traficar. Pero no
sé. A lo mejor no fue por eso y su asunto es más grueso. Pero
carajo, qué linda es, qué cara tan bonita tiene esa morena... Yo
me hago el loco, hago lo posible por disimular, sería grotesco

utilizar mi trabajo para tratar de levantarme a una interna, ni pensarlo, eso sería un metidón de pata, una cagada interplanetaria. Creo que hasta ahora nadie se ha dado cuenta de lo mucho que me gusta, ni siquiera ella misma, aunque quién sabe. Y es que son unas malditas, ella y sus amigas; me miran con sorna y siento que durante la clase me comen vivo con los ojos. Son peligrosas y seductoras como unas Circes, todas ellas, jóvenes o viejas, gordas o flacas, blancas o negras. Yo un niño de pecho, y en cambio cada una de ellas es un tótem centenario. No por nada Homero describe la morada de Circe como una mansión de piedra en medio de un bosque espeso, y acaso qué otra cosa es Manninpox. Siento que la colombiana pone en mí grandes expectativas y me jode saber que voy a defraudarla, forzosamente voy a defraudarla, eso no tiene remedio por más que yo intente otra cosa. Es como si ella esperara todo de mí, cuando no está en mis manos darle nada. Me gustan esos ejercicios escritos que me entrega en clase, me hace sentir bien sentarme aquí, solo en mi buhardilla, a leer sus historias; las locuras que cuenta me ayudan a sobrellevar el silencio de esta montaña. Quisiera poder decirle que la poderosa es ella, que yo bebo de su fuerza, que es ella quien cuida de mí, allá desde su celda, y no al contrario. Podría jurar que, de los dos, quien va a sobrevivir es ella. Sus historias son medio tétricas, pero les imprime una carga humana que las ilumina, y su voz de Sherezada me va llevando de noche en noche. Qué risa, escribo «Sherezada», y el corrector automático de mi procesador cambia la palabra por «chorizada». Vuelvo a poner Sherezada, y vuelve a aparecer chorizada. De acuerdo, me rindo, tiene razón él; está tratando de llamar mi atención sobre la cursilería de la frase. Digamos entonces que la chica colombiana se ha convertido en mi chorizada nocturna.

Entrevista a Ian Rose

Al lado de la prepotencia blanca e iluminada del letrero que anunciaba Manninpox State Prison, Ian Rose vio otro, pequeño y humilde, que decía en español, en letras ya borrosas, Mis

Errores Café-Bar. El café de Cleve. Rose y sus perros habían ido a parar ni más ni menos que al café que frecuentaba Cleve. A la mierda, pensó Rose, es como si todo estuviera predeterminado. Caminó hasta la puerta y entró cual detective a la escena del crimen, como si temiera borrar alguna huella que su hijo hubiera dejado flotando por allí. Pero el lugar estaba desierto y desangelado, y en realidad no le dijo mucho. Sobre las mesas de formica colgaban los semicírculos rojos de unas lámparas plásticas cagadas por las moscas, y el hule azul en que estaban forrados los bancos había cedido por las costuras, dejando asomar tripas de espuma de caucho. Rose pidió en la barra una Cola-Cola Light para él y agua para sus perros, y sintió el impulso de ordenar además un cortado para Cleve. Era lo que siempre pedía su hijo, un cortado, y le ponía una pizca de azúcar.

—Mírelas —le dijo el barman, adelantando el mentón para señalarle a las mujeres del salón de belleza, que quedaba del otro lado de la calle, justo enfrente al Mis Errores—. ¿Las ve? No sólo te peinan, hermano, también te la pelan. Fíjese en la más alta. Antes de trabajar ahí, estuvo presa en Manninpox. Y no es la única, no crea, ha habido varias que salen libres pero que no saben adónde ir, ni a qué, porque no tienen casa ni oficio, ni familia que las quiera ni perro que les ladre. Ésas se quedan ahí, plantadas donde las sueltan. Se juntan entre ellas para compartir habitación de tarifa mensual en el Best Value, y si no están muy ajadas, se arriman al Goddess Path para trabajar de manicuras o de masajistas. Ni falta hace que le especifique qué clase de masajes, ya sabe a qué me refiero.

—En realidad no me interesa —dijo Rose, clavando la vista en su vaso y moviéndolo para hacer sonar los hielos, en señal de que no quería engancharse en ninguna conversación.

—¿Quiere ver la prisión? —El tipo insistía en ponerle tema—. Desde la carretera no alcanza a verse, la oculta el bosque, pero desde la azotea de este local sí que se ve. Es un espectáculo, se lo aseguro.

Rose le dijo que no pero el barman siguió presionando, quiso tranquilizarlo aclarándole que no iba a costarle nada, que antes sí cobraba, cuando tenía los binóculos a disposición de los clientes, pero ya no.

—Les cobraba a los turistas —seguía diciéndole el tipo, aunque Rose esquivara su mirada—. Bastante gente sube por la carretera hasta acá sólo para conocer la cárcel, y no me refiero sólo a los familiares de las presas. Le estoy hablando de personas normales, turistas que se llevan una decepción cuando se dan cuenta de que Manninpox está escondida detrás de todos esos árboles. La idea de poner en la azotea unos binóculos para la clientela fue de mi amigo Roco, bastante buena idea, se lo aseguro, nos entraba dinero extra por ese concepto. Cobrábamos un dólar por cada tres minutos de observación. Aquí donde me ve, yo soy el dueño de este establecimiento, y yo supervisaba todo y atendía el bar, mientras Roco se encargaba de cronometrar y cobrar los binóculos, y como esa atracción tenía buena demanda, el local se llenaba y subía el consumo de bebidas y alimentos. Un espectáculo. Si corrías con suerte, podías hasta ver a las presas cuando las sacan hacia el bus para llevarlas a la audiencia. El detalle humano, ¿me entiende? Las sacan en fila india, cada una atada de las muñecas, la cintura y los pies, y además encadenada a las demás, todo un espectáculo, créame, ni Houdini podría zafarse de ésa, y ellas casi no pueden caminar así, parecen patos avanzando a salticos. Es la *fish line*, que llaman, y desde aquí veías todo como en palco de honor. Ya no; eso era cuando teníamos los binóculos. Recuerdo a una presa en particular, una mujer joven, buenamoza ella, que lloraba o moqueaba y trataba de limpiarse las narices con un pañuelo que tenía en la mano, pero claro, se lo impedía la cadena, a mí me hubiera gustado ayudarla, se lo juro, de haber podido la hubiera soltado, al menos mientras se sonaba. Los binóculos eran alemanes, o sea bien finos, los compré de segunda pero estaban en perfecto estado, con todo y estuche en cuero de marrano, pero a las autoridades les dio por decomisármelos amenazando con detenerme si seguía husmeando lo que ocurría en la cárcel, y me jodieron el negocio. Pero si usted quiere subir a la azotea, bien pueda, adelante, el edificio se ve a ojo pelado, se pierde el detalle humano pero puede apreciarse el arquitectónico. Manninpox es todo un monumento, vale la pena, no se va a arrepentir. Fue construido en 1932 por Edward Branly, un genio en su época, usted no habrá visto nada parecido a lo que ese hombre fue capaz de idear, al menos no de este lado del Atlántico. Si conoce Europa tal vez sí, pero ¿en este país? ¡No señor! En este país no verá nada igual.

—Al fin acepté y subí —me cuenta Rose—. Tal vez porque necesitaba hacerlo, aunque lo negara. Tenía que ver todo aquello con los ojos de mi hijo. No fue por morbo, se lo aseguro. Supongo que los turistas soltaban el dólar por tres minutos de voyeurismo. Pero yo no. Yo acepté porque iba a conocer por fin el lugar que había acaparado la atención y la pasión de Cleve durante los meses anteriores a su muerte. Por eso acepté, porque aquello me hablaba de Cleve, y además porque allí permanecía encerrada esa chica, María Paz, y últimamente yo andaba dándole vueltas a su historia, releyendo el manuscrito y preguntándome por su autora.

La cosa es que Rose se encaramó a la azotea del Mis Errores y observó. Tuvo que reconocer que no le faltaba razón al dueño del establecimiento. Aquello no era ningún bloque uniforme y gris, como había imaginado; era todo un despliegue arquitectónico en medio del bosque, en forma de castillo europeo de estilo incierto, a medio camino entre medieval y renacentista. Ante sus ojos apareció un ostentoso castillo de piedra con muros masivos, un par de torreones sólidos, portones de arco de medio punto, ventanales estrechos con barrotes de hierro rematados en punta de lanza, balcones ciegos, capilla y foso seco alrededor. Quiso relacionarlo con algo que le resultara familiar y encontró que aquello era una suerte de réplica americana de la fortaleza de Pinerolo, donde tuvieron encerrado al desgraciado de la máscara de hierro, o una versión tipo Nuevo Mundo de la Torre de Londres. Todo el conjunto recreado con una obsesiva morbosidad por el detalle. Algo así como un Disney World del horror, y Rose pensó que sólo faltaba un hit parade con las presas levantando al unísono la pierna, como Rockettes del Radio City, pero en minifaldas de rayas blancas y negras. Para completar el cuadro de enfermiza hiperrealidad, sólo faltaba que le añadieran una visita guiada a la cámara de torturas, o un espectáculo de luz y sonido sobre un patíbulo público que resultara fascinante para la multitud. Aquello le dio la impresión de ser un museo de cera, uno en el que cobraran veinticinco dólares la entrada para adultos, quince para niños y gratis para mayores de setenta y menores de cuatro: «Visite una oscura prisión de la Edad Media, *unique experience, don't miss it!*» Con el atractivo adicional de que no estaría poblado por figuras de cera, sino por presas de carne y hueso. Vista desde afuera, la prisión de Manninpox era un *ersatz*, un *trompe-l'œil*, concebido y construido ante todo para atraer la atención, para impactar a un público, en últimas para entretener.

Rose no sabría cómo más describir aquello, ni cómo explicar la razón de ser de ese espectacular despliegue de poder justiciero y de fuerza coercitiva, esa demostración de la grandeza de los jueces, las autoridades, los fiscales, los celadores, los guardianes, los vecinos honestos y demás ciudadanos de bien, frente a la presunta insignificancia e infamia de los prisioneros. Alguien, más precisamente el Estado americano, se había tomado el trabajo y había invertido millones en construir aquel monstruo con el fin de impresionar y aleccionar. Pero ¿a quién? Difícil descifrarlo en este caso, si se tenía en cuenta que la portentosa construcción no era visible para nadie, a menos de que te encaramaras en la azotea del Mis Errores. Empezando por las propias presas, destinatarias del escarmiento, porque una vez adentro no podrían contemplar la fachada; la verían a lo sumo una vez, fugazmente, el día en que eran traídas para encerrarlas, y con suerte una segunda vez, en la fecha de su liberación, cuando Manninpox se reflejara en el espejo retrovisor del autobús que las alejara de allí.

Del cuaderno de Cleve

¿Matamos a la gente que mata para que los demás sepan que no está bien matar? La pregunta se la hace Norman Mailer, y es una buena pregunta. Ni qué decir de la práctica de exhibir el castigo de unos como espectáculo para los demás. Así somos, la humanidad civilizada presenció los últimos casos de ahorcamiento en plaza pública hace relativamente poco, ya estaba bien entrado el siglo XX cuando se registró el último, y al fin y al cabo qué tanto avance ha sido la inyección letal, esa hipocresía aséptica que exhibe al condenado tras una vidriera ante el circunspecto público, que se acomoda en un teatrino para presenciar su muerte. Y qué tanta distancia va del antiguo penitente clavado en cruz al reo de hoy, atado con correas de cuero a una camilla con los brazos extendidos, también en cruz. Me produce asco el grotesco sinsentido de Manninpox, aun como construcción; me repugna su arquitectura estrambótica y pretendidamente aristocrática. Y es que al fin de cuentas, ¿quiénes somos? *How fake can we get?* ¿A cuánta payasada o cuánta crueldad estamos dispuestos a recurrir, con tal de anclarnos en un pasado prestigioso que no poseemos?

Entrevista a Ian Rose

Ante la altura y las dimensiones de la fortificación insólita que es Manninpox, Rose encontró que el Best Value Inn y las construcciones aledañas parecían casitas de cartón, y que el Mis Errores se veía ínfimo y destartalado, un lugar realmente miserable, como si toda la desolación del mundo se concentrara en esas pocas mesas, o como si todas las moscas del mundo se hubieran puesto de acuerdo para venir a cagar en aquellas lámparas rojas de acrílico, que producían una luz tan chirle que de veras encogía el alma.

—Hoy no hay nadie por aquí porque no es día de visita, las únicas visitas son los sábados a las dos de la tarde y esto se abarrota con los familiares que vienen a ver a las chicas. En otra época los traía el tren, pero ya no hay tren, así que vienen en automóvil particular. O en taxi. —El dueño del bar iba repitiendo a espaldas de Rose una retahíla como de guía turístico—. Muchos llegan en taxi, pasan la noche en el Best Value y esperan hasta la una, cuando los recogen las *minivans* blancas de la prisión y los llevan hasta allá adentro, y da lástima verlos, los guardianes los tratan propiamente como si fueran delincuentes también ellos, no les tienen paciencia, los insultan cuando no entienden las instrucciones. Y es que la mayoría de las presas son *spics*. O *African-american*. Negras o latinas, la gran mayoría; no espere encontrar mucha blanca. Algunos familiares vienen de lejos, sobre todo de México, República Dominicana o Puerto Rico. Y Colombia. Cada día hay más presas colombianas, las agarran con droga, ya sabe, Pablo Escobar, los carteles, esa historia. A las seis de la tarde ya están los familiares aquí de vuelta, porque a las cinco termina la visita. Es una desgracia ser familiar de presa. La gente les tiene lástima a ellas pero no piensa en los familiares, que casi siempre son ancianos con niños. Mucho hijo de presa queda en manos de sus abuelos. Haga la cuenta, a los taxistas tienen que pagarles el servicio para que los traigan hasta acá, los esperen y luego los lleven de vuelta. Son mis mejores clientes, los taxistas, los que más consumen, aquí se quedan viendo un partido de fútbol por la tele, o jugando cartas, y con lo que acaban de ganar por la carrera, pueden pedir todo lo que ofrezco en la carta. En cambio los familiares a veces son plaga, ya le digo, llegan pelados después de costear el viajecito, empezando por el tiquete de avión, ¿y quién sale pagando el pato? Pues yo, quién más va a ser, porque acá en mi bar hacen antesala y ocupan mesa durante horas, usan el baño, se afeitan o se peinan en el lavabo, se quedan dormidos en los bancos y apenas si pagan lo del café o los refrescos, porque no es mucho más lo que consumen. Los peores son los poblanos, o sea los que vienen de Puebla. Llegan por docenas y traen comida de su tierra, chiles y cosas picantes y sobre todo tortillas, qué manía con las tortillas, yo tengo que prohibirles que entren con alimentos y hasta letrero colgué a la entrada con la advertencia, allá afuera puede verlo, dice «Prohibido entrar con comidas o alimentos», así en español, porque lo puse básicamente para que los poblanos se fueran enterando. Lo redactó Roco y yo pinté las letras sobre la tabla, como quien dice, él fue el autor intelectual y yo el autor material de ese letrero, que a la hora de la verdad no ha servido para mucho. Oye, señor, trato de explicarles a los poblanos, yo vender comida, tú comprarla. Desde que se fue Roco, que sabía español, es difícil que entiendan razones, se hacen los locos y piden un solo plato, pongamos por caso espaguetis con albóndigas, una sola porción para compartir entre varios, usted me dará la razón en que eso para mí no es negocio, y lo peor es que hacen a un lado la pasta, sacan del morral tortillas y frijolitos y con mis albóndigas se fabrican tacos, no hay quien les quite esa maña. Por eso me entiendo mejor con los taxistas, sí señor, mucho mejor, con los taxistas hasta conversar se puede, es bueno tratar con gente que habla tu mismo idioma y que se comporta normalmente, gente en la que puedes confiar, sabiendo que si piden espaguetis con albóndigas, se van a comer las albóndigas y también los espaguetis.

—¿Y el nombre? —preguntó Rose, recordando que alguna vez había visto mencionado ese nombre, Mis Errores Café-Bar, posiblemente en una de las historias gráficas de Cleve.

—No se lo puse yo, se lo puso Roco, sus padres son de Costa Rica. La idea fue de Roco.

Al regresar a casa, Rose escondió la chuspa de poliéster en el cajón de sus medias y enseguida subió al ático, para rebuscar entre los documentos de Cleve. Nunca antes lo había hecho, ni siquiera se le había ocurrido, le parecía una violación de su privacidad, pero ahora le había entrado la necesidad de saber más. Su cabeza quería entender en qué clase de mundo andaba metido su hijo, donde unas prisioneras pirogrababan mandalas en cuero desde sus torrejones en un falso castillo medieval. Cleve era un chico ordenado que organizaba meticulosamente sus cosas; no sería difícil dar con los papeles de sus tiempos de director del taller de escritura en Manninpox.

La tarea no le tomó a Rose más de una hora. El nombre verdadero de María Paz figuraba allí, y también sus apellidos, sus señas, su edad, su nacionalidad, hasta sus ejercicios y tareas para la clase de Cleve, páginas y páginas manuscritas con nuevos fragmentos autobiográficos que venían a completar lo que Rose había leído ya. Hasta fotos de ella podían verse en la copia de la ficha de ingreso a la prisión. Eran las famosas fotos de frente y de perfil con plaqueta numerada sobre el pecho, y mostraban a una muchacha bastante impresionante. De mirada sombría, boca grande y ceño tan fruncido que las cejas se encontraban en el centro. Así que ésta era María Paz, por fin podía verla: desafiante, despeinada y contrariada. Llevada del demonio. Esta fierita debe darles brega, pensó. Pero al mismo tiempo la muchacha atraía, Rose tuvo que reconocer que era una joven seductora, eso seguro no se le habría escapado a Cleve. Era morena, de definidos rasgos latinos y un pelo indómito que se negaba a permanecer sujeto atrás, tal como debieron ordenarle para que sus orejas quedaran expuestas en la foto. Pero ésa no era melena que permaneciera quieta, ni que obedeciera órdenes de quienes pretenden clasificar a la gente por la forma de sus orejas. Ésa era una melena que se escapaba en crenchas rebeldes como plantas trepadoras, o culebrillas que podrían picarte si te acercas. Una melena como la de Edith, pensó Rose.

—Madre mía, Cleve, qué criatura —dijo en voz alta, observando la foto—. Vaya mirada de conmigo no te metas la que tiene tu amiguita. Éste es un animal acorralado que acaba de comprender que la pelea es a muerte.

Rose acababa de enterarse de la verdadera identidad de la mujer, había visto su foto, ya conocía su aspecto y ahora necesitaba saber más. Le urgía enterarse de cuál había sido su crimen; tal vez tuviera algo que ver con la muerte de Cleve. En un primer momento, Internet no le proporcionó nada bajo el nombre real, pero no se dio por vencido y siguió buscando.

—No estoy diciendo que la culpara a ella de la muerte de mi hijo —me dice—. Mal podría hacerlo, si ella debía de estar presa cuando el accidente en moto. O sea que no. Yo simplemente me dejaba guiar por el olfato, y todo parecía indicarme que andaba tras las huellas de algo.

»¿Quiere ver la única información que encontré en Internet sobre el crimen de María Paz? —me pregunta—. Había aparecido meses antes en el *NY Daily News,* y yo la encontré a través de Google. La imprimí y aquí la tengo, si quiere léala, se refieren a María Paz como a «la esposa del occiso», y la acusan directamente del asesinato del marido. Tómela. La puede fotocopiar, si quiere. Sólo le pido una cosa: si la divulga, quite los nombres propios. Ya sé que aparecen en Internet, pero al menos que no se sepan por culpa mía, Cleve no me lo hubiera perdonado. Quite los nombres propios, reemplácelos por XXX.

Ex policía blanco asesinado, víctima de odio racial. En la noche del miércoles, en la esquina de XXX con XXX, fue encontrado el cuerpo sin vida del ex policía XXX, asesinado con arma de fuego por un presunto grupo de pandilleros motivados por el odio racial. Según reportes policiales, la víctima recibió siete impactos, uno de los cuales le alcanzó el corazón, penetrando en el ventrículo izquierdo y produciendo el deceso. Al hacer el levantamiento del cadáver, se encontró que presentaba además cinco heridas infligidas post mórtem con arma blanca, una en el pecho, una en cada mano y una en cada pie. El ex policía, de cincuenta y siete años de edad, llevaba ocho retirado del servicio público y trabajaba últimamente como celador en una empresa de encuestas de opinión. Iba desarmado y en pantuflas la noche del crimen. Antes de escapar, los criminales escribieron sobre el muro la frase *Racist pig.* XXX, esposa del occiso, fue detenida horas después en el apartamento que la pareja compartía a pocas cuadras del lugar del crimen, donde se encontró el cuchillo Blackhawk Garra II con que fue marcado el occiso, y que ahora reposa como evidencia física en custodia de las autoridades pertinentes. Dicho cuchillo había sido empacado en papel de regalo y llevaba tarjeta de cumpleaños a nombre de la víctima. La mujer, de veinticuatro años de edad y de origen colombiano, trabajaba como encuestadora en la misma empresa donde la víctima se desempeñaba como celador. Allí se habían conocido años antes, y casi enseguida contrajeron matrimonio por el rito católico. Se ha comprobado que siendo indocumentada, XXX se hizo contratar presentando en la empresa papeles falsificados y que posteriormente legalizó su situación migratoria mediante matrimonio con el policía retirado, éste sí ciudadano norteamericano y treinta y tres años mayor que ella

Mierda, las pantuflas, había pensado Rose al leer aquello. Lo que más le impresionó fue el «detalle humano», como hubiera dicho el dueño del Mis Errores. Un viejo policía que sale en pantuflas al encuentro con la muerte. Rose se preguntó si Cleve habría sabido, o al menos sospechado, que su gatita amiga era semejante asesina de sangre fría. ¡Pero si la mínima dignidad que debe deparársele a la víctima es la de morir vestido y calzado! El detalle humano. Ni qué hablar del toque escalofriante de empacar para regalo el arma homicida, dedicándosela a la víctima precisamente en el día de su cumpleaños. ¿Qué clase de bicho era esta María Paz?

—Vaya, vaya, tu colombiana es una cuchillera desquiciada... Dónde andabas metido, muchacho, con quién te mezclabas —le dijo Rose padre al recuerdo de su hijo, y volvió a sumergirse en Google a indagar sobre cuchillos del tipo Blackhawk Garra II, como el que habían encontrado en casa de María Paz empacado en papel de regalo. Y en Google apareció, porque en Google aparecía todo, y según las fotos de catálogo se trataba de un objeto repugnante, una navaja curva, automática, que como su nombre indicaba tenía forma de garra, garra que desgarra, terminada en uña que chuza y penetra. De acero negro, la asquerosa cosa, casi azul de puro afilada, con bahías en el mango para que los dedos se afianzaran en un grip perfecto, un juguetito sádico que en un abrir y cerrar de ojos debió traspasar la carne del policía, hendiendo como mantequilla la suela felpuda de sus pantuflas, la planta de sus pies y la palma de sus manos.

Era imaginable y hasta comprensible que una muchacha bonita sintiera fastidio por su marido viejo, que lo utilizara para legalizar su situación y que odiara el precio que tenía que pagar por ello, valga decir la dependencia del Viagra y otras limitaciones. Hasta ahí la cosa tenía cierta lógica. Pero ¿llegar al punto de acuchillarlo en pantuflas? ¿Juntarse con media docena de amigos oscuros y jóvenes como ella y también bailadores de salsa, para chuzar al pobre gordo hasta la muerte con una Blackhawk Garra II? Rose se sintió incómodo en su propia habitación, esa cueva amable en la que se refugiaba desde el abandono de Edith, no del todo a disgusto, la verdad, porque al fin y al cabo dormir solo tenía sus ventajas, él era persona que a la noche ronca, tose y peda, y resultaba más cómodo hacerlo sin testigos. Pero esa noche ni siquiera su alcoba le deparaba sosiego y se durmió fastidiado con toda aquella historia turbia de un policía masacrado por su propia mujer; le angustiaba horrores la posibilidad de que su hijo Cleve hubiera tenido alguna conexión con eso, aunque fuera indirecta y remota.

Lo despertó a medianoche la sospecha de que Emperatriz, la dominicana que le hacía la limpieza, pudiera odiarlo a él como había odiado esa colombiana a su marido, el ex policía blanco. Que Empera fuera amable y servicial sólo en apariencia, que le alcanzara las pantuflas con intenciones nefastas y que a sus espaldas mascullara los motivos de su desprecio por él, ese blanco que la esclavizaba por un puñado de dólares, algo por el estilo. Y luego lo asaltó una duda todavía peor: ¿habría tenido razón Edith en aquella época, al alejarse y alejar al niño de Bogotá? ¿Los habrían odiado allí todos sus sirvientes, a ellos, los blanquitos y riquitos para quienes tenían que manejar el coche y trapear el piso e ir al mercado y cocinar y lavar baños y arreglar floreros...? ¿Rose y su familia les habrían suscitado una ira secreta y una violencia inconfesable, tal como sospechaba Edith? Una cosa era segura: entre los obreros de la compañía había infiltrados de la guerrilla, dispuestos a secuestrar al primero de los jefes gringos que se descuidara. Para los Rose no había sido fácil vivir con esa espada de Damocles, y por eso Ian no había tratado de disuadir a Edith cuando ella anunció que había llegado al límite de su aguante. Y tantos años después, ya en las Catskill Mountains y hacia las dos de la mañana, en medio del desvelo y del revoltijo de sábanas, el complot latino iba creciendo a ritmo exponencial entre la cabeza recalentada de Rose. María Paz, Empera y los sirvientes bogotanos confabulaban con obreros y guerrilleros para atentar contra los anglosajones, a quienes planeaban asaltar y apuñalar tan pronto se descuidaran y se pusieran las pantuflas, o se durmieran del todo. No había defensa posible, a la civilización occidental se le estaba viniendo encima todo el Sur, el explosivo y atrasado Sur, el desmadrado y temible Sur, con sus miles de odiadores de gringos que venían subiendo en horda encabezados por María Paz y Empera, que eran las líderes de esa gran invasión que avanzaba por Panamá, atravesaba Nicaragua, se dejaba venir como tsunami por Guatemala y México y era incontenible cuando se colaba por los huecos de la vulnerable frontera americana. Los del Norte ya tenían encima a la marea negra del Sur, la tenían adentro, limpiando sus casas, sirviendo la comida en los restaurantes, poniéndoles gasolina a sus autos, cosechando sus calabazas en Virginia y sus fresas en Michigan, día tras día diciéndoles *have a nice day* con pésimo acento y sonrisa taimada... y escondiendo Blackhawks Garra II entre el bolsillo, envidiosos de su sistema democrático y dispuestos a arrebatarles sus bienes. Los buenos, que ya habían perdido Texas, California y Florida, ahora perdían también Arizona y Colorado. New Mexico y Nevada eran ya bastión del enemigo, y poco a poco irían cayendo en manos de los malos los demás estados. A menos que Ian Rose lograra reaccionar y apaciguara las embestidas de su crisis de ansiedad. Así le había dicho el médico que se llamaba aquello, crisis de ansiedad. Le habían empezado a raíz de la muerte del hijo, y para controlarlas le habían recetado Effexor XR, que a Rose le disgustaba porque lo dejaba medio atontado, y porque tenía la esperanza de que con el tiempo la cosa fuera mejorando por sí sola.

Qué calentura la mía, pensó, cambiándose la piyama empapada en sudor. Necesitaba serenarse, recuperar el punto de equilibrio. Mejor abandonar la alcoba, que había sido el congestionado escenario de su pesadilla, y pasar a la cocina, siempre más fresca, para pisar con pies descalzos las baldosas frías, abrir bien las ventanas, renovar el agua en el platón de los perros y servirse un buen vaso de jugo de manzana con mucho hielo. Regresó a la cama, pero no quería dormirse por temor a que volvieran las alucinaciones, así que prendió el televisor y se vio por enésima vez *An American in Paris*, con Gene Kelly. Luchaba contra el sueño también por otra razón: sospechaba que, si se dormía, iría a parar de nuevo a Manninpox, ese lugar que le repugnaba y que al mismo tiempo empezaba a atraparlo, como había atrapado a Cleve. Despierto podría sustraerse a su influjo pero dormido quién sabe, dormido corría el riesgo de dejarse llevar hacia allá, sonámbulo, como hipnotizado por entre el bosque, traicionado por sus propios pasos, que iban a transportarlo hasta esos muros porosos y a obligarlo a atravesarlos, a filtrarse contra su voluntad por entre la piedra, a cruzar los patios ciegos y a recorrer los corredores lóbregos, que olerían, como los circos, a una mala mezcla de meados y creolina, y sus hasta ahora nobles botas Taylor & Sons, en un alarde de empecinamiento, iban a conducirlo hasta las propias entrañas de aquella construcción, hasta su corazón ardiente, o sea las apretadas hileras de celdas, donde la respiración femenina se pegaría a las paredes como manchas de humedad, y donde la manada de leonas enjauladas estaría esperándolo, a él, Ian Rose, para lamerle la cara o para destrozársela de un zarpazo. Pese al jugo de manzana las pesadillas no cedían, y Rose no tuvo más remedio que tomarse el Effexor que había tratado de evitar ese día. El sueño lo fue venciendo hacia el amanecer, cuando quedó profundo a la mitad de *Some Like it Hot,* otro film que también se sabía de memoria. Al final no supo cómo había logrado defenderse pese a su estado de inconsciencia, ni de qué mástil se habría agarrado, como Ulises, para contenerse ante los cantos de sirena de las internas de Manninpox; el caso es que ya bien entrada la mañana despertó a salvo en su propia cama, o mejor dicho lo despertó el acoso de sus perros, que no entendían por qué a esa hora todavía no había habido ni paseo ni desayuno.

Más tarde, bajo la ducha, a Rose le vino a la cabeza una idea. Aunque «idea» no era la palabra: fue más bien el fogonazo de una imagen que lo asaltó junto con una desazón venida de atrás, de sus años en América del Sur: la figura solitaria de un hombre clavado a una cruz, un condenado a muerte. Un crucificado. Eso era; lo supo al instante. El crimen del policía no había sido motivado por odio racial, como aseguraba la nota de prensa. La frase esa, *racist pig,* bien podía estar en el muro desde antes del asesinato; grafitis por el estilo debían de abundar en un barrio multirracial y conflictivo como el de María Paz; no por nada andaban protestando los vecinos. El asunto del ex *cop* era otra cosa. Había sido una crucifixión. Una crucifixión sin cruz. Las heridas de cuchillo en el cuerpo del muerto eran las mismas del Cristo crucificado, una en cada mano, una en cada pie y la quinta en el costado. Son los estigmas, había comprendido Rose de golpe, ahí mismo, bajo el chorro de agua caliente. Sabía bien lo que eran los estigmas, había tenido que aprenderlo en Bogotá. Rose no era hombre religioso y jamás se había interesado por cosas de ésas, pero el asunto se le había vuelto apremiante a partir del momento en que su hijo Cleve, entonces de siete años y seguramente debido a enseñanzas recibidas en el colegio bogotano, les anunció que de ahí en adelante iba a ser católico, y además cura. Edith se había horrorizado, para ella había sido un motivo más para odiar Bogotá. En cambio Ian se lo había tomado a broma, hazlo si quieres, hijo, le había dicho a Cleve, tú decides, puedes ser católico si eso te gusta, siempre y cuando no llegues a Papa. Pero cuando el niño empezó a jurar que veía el Corazón de Jesús en las cortezas de los árboles, Ian Rose comprendió que el problema era serio y se propuso investigar. El Cristo que conoció entonces en las iglesias barrocas del centro colonial de Bogotá no tenía nada que ver con el buen burgués incorpóreo y ecuánime que había recibido como herencia de su familia protestante. Este Dios suramericano era en cambio un tipo de extracción popular, un héroe plebeyo que atraía a la multitud con sus desplantes melodramáticos, un pobre entre los pobres que sufría y sangraba a la par con ellos, un Señor de las Llagas, un Amo de los Dolores, que fascinaba a las multitudes con su capacidad de exhibicionismo masoquista. Le asustó que su hijo se formara en esa mentalidad, a su entender sumamente retorcida, y ésa fue una de las razones para que no se opusiera a que Edith se llevara al niño de Colombia. Y ahora, tantos años más tarde, Ian Rose creyó comprender de repente, ahí bajo la ducha en su casa de las Catskill, que a Greg, el ex policía, lo habían asesinado crucificándolo, o más o menos. Su crimen había sido un asunto ritual, ahí estaba la clave, y no racial como pretendían los periódicos. Y en todo caso, ¿por qué habría de creer Rose a los periódicos? ¿Desde cuándo se atenía a sus manejos? María Paz daba una versión distinta de los hechos, así que en toalla y todavía chorreando agua Rose caminó hasta el escritorio, sacó el manuscrito del cajón y releyó un par de veces esa parte. Ella sostenía que era inocente, y su argumentación no dejaba de sonar convincente. Pero entonces, si ése era el caso, ¿quién diablos había crucificado a su marido? ¿Una pandilla de antiblancos iracundos, como pretendía el *NY Daily*, o de fanáticos religiosos? ¿Y entonces el Blackhawk empacado para regalo que encontraron en el apartamento de ella?

Del cuaderno de Cleve

Paz: así quiere María Paz que la llame. Paz. «Mi Paz», escribí el otro día. No sé con qué derecho utilicé el posesivo con respecto a ella, que es tan de sí misma y tan de nadie más. «Mi paz os dejo, mi paz os doy», así rezaba el cura colombiano en las misas de los viernes en el colegio de Bogotá, de repente lo recuerdo, es asombrosa la cantidad de recuerdos de esa época que en estos días estoy recuperando. «Mi paz os dejo, mi paz os doy, rezaba el cura, y yo creía que estaba diciendo «mis pasos dejo, mis pasos doy», y así lo repetía a voz en cuello, sintiéndome muy sintonizado con los demás y tan católico como ellos. Y luego había allí un cántico litúrgico muy sentido que era mi favorito, que trataba del ansia del alma y que en sus notas altas decía «yo tengo *sed* ardiente, yo tengo sed de Dios». Y el neocatólico en que me estaba convirtiendo, fanático como cualquier converso, cantaba «yo tengo *seda* ardiente». Seda ardiente, así me sonaba y así lo repetía, de rodillas y con los ojos cerrados, transido de emoción, en plan místico total, al punto de que un día confronté a mis padres, que son protestantes, supongo, o no sé, a lo mejor no son nada, en todo caso los confronté al informarles que yo personalmente sería católico, apostólico y romano. Mi madre se alteró mucho, pero mi padre simplemente se rió. Y aunque nunca me volví católico —y para el caso tampoco protestante—, de todas formas sigo estando medio poseído por la sed ardiente, o la seda ardiente, y me debato contra la tendencia universal a sustituir a los dioses del Olimpo por las estrellas de Hollywood. Mala cosa, esa tendencia generalizada a desacralizar. Digo, para mí; mala cosa para mí, que aspiro a ser novelista y que estoy convencido de que en el fondo toda buena novela no es más que un ritual camuflado, cuyo único gran dilema es condena o perdón. Y que basta con escarbar en ella para encontrar entre sus personajes a la víctima y al victimario, al crucificado y al crucificador. También creo que su argumento, sean cuales sean las variantes, siempre trata más o menos de lo mismo: culpa y expiación. Pregúntenle, si no, a Fedor.

Entrevista a Ian Rose

Ya un poco más sereno, Ian Rose llegó a la conclusión de que para salir del tormento de las dudas y ahuyentar los fantasmas, la única opción era armarse de valor, tratar de lidiar de frente con el hecho irreversible de la muerte de su hijo y ponerse a averiguar sobre las circunstancias no del todo claras que la rodeaban. Me voy a enloquecer si no lo hago, pensó, si sigo así voy a ir a parar al manicomio, y quién va a cuidar entonces de mis perros. Por eso a las ocho de la mañana del miércoles siguiente estaba ordenando jugo de naranja, capuchino, panqueques con miel de arce y huevos fritos con salchicha en el Lyric Diner, el desayunadero favorito de Cleve en Nueva York, una cantina cincuentera en la avenida Tercera con la 22.

—Vas a ver, pá —le había asegurado Cleve la primera vez que lo llevó a ese lugar—. Aquí tardan sólo seis minutos en servirte todos los triglicéridos que pidas.

Y había resultado verdad, los meseros no había tardado más que eso, seis minutos precisos para traerles todo a la mesa, Cleve los cronometró para hacerle la demostración a su padre, y además eran tan eficientes como hoscos, cosa que Ian Rose apreció, porque nada le disgustaba más que esa amabilidad interesada y almibarada que había cundido por la ciudad. Pero no en el Lyric; ahí no te recibían con una sonrisa impostada ni se despedían con un gélido *have a nice day.* Los chicos del Lyric le gritaban desde tu mesa al de la cocina «¡ojos ciegos!», para una orden de huevos poché; «¡tumbados!», si se trataba de fritos volteados, o «¡destrózalos!», si los habías pedido revueltos.

Esta vez Rose estaba solo y sin mucho apetito, así que ingirió menos de una cuarta parte de la montaña de comida que le trajeron, corrió los platos con los restos hacia un lado y sacó una hoja de papel y un bolígrafo para anotar lo que en unas horas tendría que preguntarle a Pro Bono, el abogado de María Paz. Enseguida sintió que los rudos del Lyric lo fulminaban con la mirada, no les había agradado que convirtiera la mesa en escritorio, porque así como eran de rápidos para atender-te, así también te sacaban de allí con el último bocado todavía en la boca, para que el siguiente cliente ocupara tu lugar. Rose recogió sus pertenencias sin haber escrito nada en la hoja, porque aparte de lo obvio no sabía qué más preguntarle al abogado, y además qué tanto puedes preguntar en diez minu-tos, los diez minutos que le habían sido concedidos para la entrevista, en realidad casi nada, apenas *hello-goodbye* y estás fuera. Saliendo del Lyric caminó hasta Strand, donde solían vender las novelas gráficas de Cleve, y entró para chequear si todavía tenían algunas por allí. Encontró una pila de ellas en un rincón perdido, rebajadas de 12 dólares a 3,50, y sintió una punzada en el pecho. Las metió todas en un carrito y se dirigió a la caja, eran quince en total y las compraría todas, se las lleva-ría consigo y las conservaría en casa porque le había dolido verlas rebajadas y relegadas, lo había sentido como una inme-recida degradación, un prematuro empujón hacia el olvido.

—Qué bien —le dijo el cajero a Rose al ver todos esos ejem-plares del mismo libro. Era un joven flaco como un renacuajo, con un pañuelo rojo y negro amarrado al cuello y un pequeño dragón tatuado en el brazo—. Veo que usted también es fan del Poeta Suicida...

—¿Yo también? ¿Y usted también? —tartamudeó Rose, y no pudo evitar que se le humedecieran los ojos.

—Pero claro, ¡lectura de cabecera! Y créame que no soy el único, se van a decepcionar unos cuantos cuando vean que ya no tenemos existencias.

—Entonces me llevo sólo dos —le dijo Rose, pagándolos y sintiendo un calorcito grato en el pecho, justo en el punto donde antes había ardido el dolor—. Tenga, le devuelvo el resto, no quiero monopolizar.

Salió a Broadway con sus dos libros bajo el brazo y subió hasta Union Square, donde tomó el *subway* que lo llevaría ha-cia Brooklyn Heights, al despacho del abogado. En el manus-crito de María Paz, el tipo aparecía mencionado por nombre y apellido, mismos que aquí se omiten y se cambian por el seudó-nimo Pro Bono, porque según veo en esta historia todos tienen algo que ocultar y prefieren no dar la cara. María Paz hacía alusión a que su abogado defensor ya estaba retirado, y a juzgar por la fascinación rayana en el amor con que se refería a él, en un primer momento Ian Rose se había imaginado a un viejo leguleyo con ínfulas de donjuán, con peluquín para ocultar la calva y penetrante colonia masculina para tapar el olor acre de los años, para rematar con un par de zapatos negros y brillosos a lo Fred Astaire. Un fulano así, de medio pelo y tal, pero guapetón a su manera; un seductor trasnochado, un galán de antaño, un *silver haired daddy* como el de la canción, que atendería a sus clientes en un cuchitril grasiento, la clase de lugar al que suponía Rose que tendrían acceso los hispanos pobres.

—Nada que ver, Mr. Rose —le había aclarado Ming, el amigo y editor de Cleve, quien le había hecho el favor de gestionarle la cita—. Ese abogado tiene su fama. Fama internacional, además. No es ningún pintado en la pared, es de los que se la juegan fuerte.

Ming, que ya había oído hablar de Pro Bono, había complementado lo que ya sabía preguntando aquí y allá, y a través de él, Rose vino a enterarse de que en sus buenos tiempos, Pro Bono había sido la fiera sarda de los litigios mundiales por el agua, actuando como defensor de las comunidades en contra de las multinacionales que comercializan los recursos naturales. El hombre había sabido atravesarse en el camino de varios megaproyectos multimillonarios de privatización del agua, en lugares como Bolivia, Australia y Pakistán, y también en casa, en California y Ohio. Y no había sido chico pleito: Pro Bono se había especializado en patearles el culo a unos macancanes de cuidado, e incluso alguna vez, en Cochabamba, Bolivia, había sido víctima de un atentado fallido por andar de vocero de una movilización masiva de mujeres indígenas, que no iban a dejar de sacar el agua de sus pozos milenarios porque a los señores de la banca multinacional se les diera la gana imponer la privatización como condición de la renegociación de la deuda.

—Vaya, vaya —le dijo Rose a Ming—. O sea que voy a hablar con el paladín de los sedientos del mundo.

Como era de esperarse, no todo en el abogado había sido altruismo, porque los pleitos ganados también le habían reportado grandes compensaciones monetarias. Así que se había retirado a los setenta y cinco, ya cansado de aventuras filantrópicas y con los bolsillos llenos, y ante la perspectiva de quedarse en casa cultivando sus rosas, había optado más bien por dedicarse pro bono a casos menores, o sea a apoyar a cambio de nada a gentes como María Paz, que no podían costearse un defensor privado.

—Ése es el personaje —dijo Ming—. Inconfundible, además, por su aspecto físico; ya lo verá usted mismo.

—¿Qué tiene?

—Un problemita. Bueno, una particularidad. Digamos que notoria.

—Debe ser ciego. Para que le pongan la medalla al mérito, sólo falta que encima de todo sea ciego.

—No es eso.

—¿Sordomudo? ¿Cojo? ¿Labio leporino?

—Jorobado.

Jorobado. La sola palabra era tabú, y por tanto impronunciable. Hijo único, consentido y protegido por sus padres, el propio Pro Bono no se había percatado de las implicaciones de su deformidad hasta los seis años, cuando entró al colegio y los demás empezaron a señalarlo. Pero desde pequeño demostró tener recursos para defenderse. Un día se hartó de un niño que lo traía alto del suelo diciéndole camello.

—No me digas camello, ignorante, ¿no sabes que el camello tiene dos gibas, y yo sólo una? —le gritó Pro Bono, y lo tumbó al suelo de un empujón.

Ser inteligente y pertenecer a una familia tradicional y rica de la Costa Este habían sido buenos escudos contra cualquier complejo que pudiera disminuirlo como persona. Ya de adolescente, el hecho de que su defecto fuera tabú obró en él más bien como estímulo para ostentarlo sin tapujos. Nunca rehusó observarse en el espejo; por el contrario, se paraba frente uno doble para hacer las paces con ese cuerpo extraño, casi mitológico, que le había tocado en suerte. Se repetía a sí mismo la palabra «jorobado» hasta apropiársela y saberla humana, y también sus sinónimos insultantes —giboso, camello, tarado, dromedario, corcovado, chepudo, jorobeta—, hasta quitarles las púas y neutralizar la degradación que conllevaban. Repetía también los eufemismos que pretendían soslayar su condición —minusválido, especial, discapacitado—, porque sabía que más que el defecto mismo, lo que podía derrotarlo era el estigma social, el silencio encubridor y las metáforas piadosas. A través de la lectura, había desarrollado cierto orgullo en la excepcionalidad de formar parte de la familia de Quasimodo, el jorobado de Victor Hugo, del Calibán de *La Tempestad*, del Aminadab de Hawthorne y el Daniel Quilp de Dickens, y le complacía saber que Homero había destacado a Tersites dotándolo de una giba, como también Shakespeare a su Ricardo III. A ésos, sus primos hermanos, sus cofrades, la literatura había querido presentarlos jorobados y perversos, haciendo de su tara física la manifestación visible de una tara moral. Pero no era verdad, Pro Bono los conocía bien y los veía de otra manera, a todos ellos les tenía cariño, comprendía sus razones, y desde adolescente se había propuesto salir en su defensa y limpiar su nombre, dejando en claro que un jorobado no era un miserable. Él iba a demostrar con su propia vida que un jorobado podía ser un buen tipo, compasivo y solidario, útil a la sociedad.

Para María Paz, que aún no contaba con abogado defensor, el aspecto físico de Pro Bono había sido realmente lo de menos. No tener defensor en las circunstancias críticas en que se encontraba significaba para ella lanzarse a la guerra sin arma ni armadura, sin saber quién era su enemigo ni de qué la estaban acusando; peor aún, sin conocer a ciencia cierta los hechos en que estaba involucrada. Refundida entre la barahúnda de la antesala del tribunal, María Paz ni siquiera había escuchado su nombre cuando la llamaron por el altoparlante a comparecer, y se salvó sólo porque otra interna, que sí lo oyó, corrió a avisarle de que le había llegado el turno. Una vez delante del juez, no lograba entender lo que le preguntaban, en su cabeza resonaban palabras huecas, como si el inglés se le hubiera olvidado de golpe, y contestaba cualquier cosa. Se moría de los nervios, tartamudeaba, se contradecía. Y así se había ido hundiendo, hundiendo y autoinculpándose hasta un punto casi de no retorno. Y justo en ese momento, como caído del cielo, había aparecido Pro Bono, abogado veterano y reconocido, experto en las artes y mañas del oficio, y había aceptado hacerse cargo de este caso enmarañado, que parecía perdido de antemano: el de la colombiana acusada de seducir, y luego asesinar, a un ex policía norteamericano.

—*Take it easy, baby, I'll take care of you* —le había dicho Pro Bono a María Paz ese primer día, así de entrada, echándole el brazo a la espalda y dándole un apretón breve en el hombro, apenas lo suficiente para que ella se sintiera arropada por el calor de otro ser humano y recibiera como una bendición ese gesto espontáneo, que le dejaba saber que no estaba sola. Y en medio del ruido y la confusión de la antesala, habían llegado milagrosamente a oídos de ella esas palabras únicas, las que todo ser quisiera escuchar en medio de sus tribulaciones: *I'll take care of you.* Ofrecimiento generoso, poderoso, y más aún en este caso, por cuanto provenía de un desconocido que no pedía nada a cambio, un hombre de aspecto extraño pero decididamente respetable, digamos que sumamente elegante a su peculiar manera, alguien que olía a limpio y a fino en medio del denso tufo del caos reinante, un flaco estructural de esos de hueso ancho, con la cara angulosa, aire de antiguo señorío, rastro de viejos vicios abandonados, una cierta guapura mordida por los años y unos ojos amarillos y tremendos, como de garza imperial. Un jorobado, sí, también eso, un viejo caballero doblegado bajo la carga de su joroba; una persona dolorosamente disminuida en su estatura y lesionada en su condición de homo erectus por la deformación de su espalda, pero lo que María Paz percibió, en ese primer contacto, fue que acudía en su ayuda un caballero. Un hidalgo, para decirlo en castellano. Un *gentleman* que respiraba serenidad y seguridad en sí mismo y que produjo en ella una rara sensación de alivio, como si de repente se hubiera hecho ligera la carga insoportable que también ella llevaba sobre las espaldas.

Ian Rose había querido llegar puntual donde Pro Bono, no era cosa de desperdiciar su cuota de minutos en una demora, y a las 12:20 ya estaba sentado en un buen chippendale forrado en *velour* verde botella, en medio de la sala de espera de un despacho que ocupaba todo un piso en un edificio tradicional de Brooklyn Heights, un viejo *brownstone* estupendamente remodelado. El despacho había sido aperado con pesados muebles de caoba, tapetes persas sobre piso de parquet, jarrón de rosas frescas en el vestíbulo y muchos grabados de motivo hípico: ceniceros de motivo hípico, cortinas y cojines de motivo hípico, objetos varios de motivo hípico; uno de esos lugares que quieren parecer británicos y que te huelen a cuero y madera, aunque en realidad no huelan a nada. Mejor dicho, un fortín de leguleyos por todo lo alto y de vieja escuela, más de sesenta años de experiencia litigando asuntos criminales en Nueva York y otras ciudades del mundo, altísimo perfil, *assertive and aggressive*, conducta ética y profesional, con fama consolidada de manejar al dedillo la ley, comprender a fondo el sistema penal y prometer poco y lograr mucho. Semejante firma tenía por nombre tres apellidos en fila, como decir Fulano, Zutano & Mengano, siendo el primero el de Pro Bono, que era el integrante principal y más antiguo, y aunque se hubiera retirado ya, sus socios, más jóvenes que él, seguían amparándose en su prestigio y le habían respetado el uso de su oficina de siempre, la más amplia y la única con vista plena sobre el Puente de Brooklyn. Ming le había contado a Rose que este Pro Bono tenía un apartamento en ese mismo edificio, en el piso de abajo, donde se quedaba sólo cuando se le hacía tarde para manejar hasta su casa de Greenwich, Connecticut, donde vivía con su esposa, a una hora de Nueva York. Vaya tipo. Hay gente así, pensó Rose.

Mientras lo atendían, Rose se puso a releer uno de los ejemplares que traía consigo del *Poeta Suicida y su novia Dorita*. Dios mío, qué talentoso era mi muchacho, pensó, y otra vez se le escurrieron los lagrimones, que se apresuró a secar con la manga del saco.

—Me he vuelto un viejo llorón, Cleve —dijo en voz alta; pero estaba solo en la sala y no lo escuchó nadie.

Completó veinte minutos de espera, el doble de lo que le habían prometido para la entrevista, y pensó que el tal abogado en el fondo debía de ser un fanfarrón, quién se creería, como si Rose no supiera que ya estaba jubilado y sin mucho que hacer, aparte de cruzarse de brazos y calentar silla en su despacho.

—Soy Ian Rose —pudo presentarse finalmente ante el personaje.

—Ya lo sé, míster Rose —respondió Pro Bono, imprimiéndoles a sus palabras un cierto tono que Rose no percibió—. Me busca por lo de María Paz, la colombiana. Mire, amigo, no pierda el tiempo con eso, ella está bien. Bien en la medida de lo posible, se entiende, y en todo caso no hay mucho que usted pueda hacer por ella.

—Sólo quiero saber si es verdad que mató al marido —pidió Rose.

—Lo siento —dijo Pro Bono, pero a Rose le pareció que no lo sentía en absoluto—, no puedo suministrarle esa información.

Del supuesto encanto de aquel abogado, que tan gentil habría sido con María Paz, a Rose no le estaba tocando nada. Ming ya le había advertido que era muy probable que el tipo no estuviera dispuesto a romper el secreto profesional frente a un extraño. Y eso hubiera sido comprensible, pero es que además había allí una carga de agresividad que Rose no atinaba a descifrar.

—Si no es más, míster Rose, permítame acompañarlo hasta la puerta —le dijo Pro Bono, señalándole la salida.

—Usted ofreció diez minutos, abogado, y no han pasado ni dos.

—Es cierto. Podemos permanecer en silencio durante los ocho que faltan. O hablar del clima. Usted escoge.

Al parecer eso iba a ser todo. Para Rose un fracaso, una pérdida de tiempo, de alguna forma un agravio. El silencio era tenso y la atmósfera pesada. Pro Bono se había parado contra el ventanal y a contraluz se lo veía consultar, en el Cartier Panthere que llevaba en la muñeca, los minutos que faltaban para ponerle fin al *impasse*. Rose le ordenaba a su cabeza que pensara algo, pero su cabeza permanecía en blanco. Había esperado encontrar algún consuelo por parte del abogado, o al menos una guía para sus pesquisas, y en cambio lo estaban tratando como a un indeseable. ¿Quién era al fin de cuentas este Pro Bono, y qué papel jugaba en la historia? Sería muy paladín de los sedientos del mundo, pero algo olía mal en Dinamarca.

Rose no acababa de entender por qué lo echaba a patadas. María Paz decía de él cosas tan halagüeñas y le demostraba tal veneración y gratitud que Rose había llegado a sospechar que algo debía de haber pasado entre ese par, algo al margen de la relación profesional de un abogado con su cliente. Algo en el tono de ella ponía en evidencia el tipo de intimidad que no pueden disimular quienes han compartido sábanas. ¿Eso era, entonces? ¿Un lío de sábanas? A lo mejor a eso se reducía todo. Pero al ver recortada contra el ventanal la silueta del jorobado, y al caer en cuenta de que además la diferencia de edades entre el tipo y su clienta debía de ser enorme, a Rose se le ocurrió que el secreto que aquellos dos compartían tal vez no fuera de cama, aunque no dejara de ser un secreto. Pensó que Pro Bono parecía suficientemente respetable como para no andarse echando *quickies* a espaldas de los guardias. Pero algo había entre esos dos, tal vez una complicidad más sutil que el sexo, aunque quién sabe, cosas se veían. Era probable que la colombiana hubiera quedado seducida por la energía varonil que el tipo conservaba, por su costosa vestimenta de dandi, por las llaves del Aston Martin o del Ferrari que debía de tener estacionado afuera, y sobre todo por la digna solemnidad de camello viejo con que llevaba a la espalda su protuberancia.

Ya sobre el filo del *deadline*, Rose logró recomponerse lo suficiente como para jugarse una carta. Si este hombre guarda secretos, pensó, no va a querer que se divulguen, y le mencionó a Pro Bono que tenía en su poder un manuscrito en el que María Paz hacía confesiones sobre su propia vida.

—Lo menciona a usted, señor Pro Bono... —le soltó ese detalle para que el otro lo tomara como quisiera, halago o amenaza.

—¿Qué cosa?

—Un manuscrito de ella. Largo y detallado, y lo menciona a usted. Varias veces. Aquí lo traigo...

—¿Quiere hacerme el favor de prestarme eso?

—Sólo si me cuenta de qué la acusan.

Pro Bono suspiró, tomó un par de sorbos de un café que a Rose no le había sido ofrecido, hizo una mueca como de conejo, arrugando la nariz y mostrando los dientes, y después habló.

—De acuerdo, míster Rose. Usted gana. Lo que va a escuchar es *off the record* —advirtió, después de asegurarse la posesión del manuscrito y de echarle una ojeada rápida—. Bien. Voy a referirle los hechos, una sola vez. No me pida que amplíe o que repita. Si no está familiarizado con mis términos legales, no se moleste en preguntar, porque no voy a explicarle. Entienda lo que buenamente pueda y reténgalo en la memoria, porque no le permito grabar, y tampoco tomar notas. ¿Queda claro?

¡Bingo!, se felicitó a sí mismo Rose. Pro Bono había picado.

A Rose, que no sabía de términos legales, se le escapaba mucho de la retahíla que el abogado empezó a soltarle, pero de todos modos sentía que el cuadro general le iba quedando más o menos claro. María Paz, una joven colombiana indocumentada, se casa con Greg, un ex policía blanco y norteamericano, y por esa vía obtiene derecho a residencia permanente y a trabajo en los Estados Unidos. A espaldas de ella, el tipo anda enredado en el tráfico de armas, con la complicidad de otros agentes y ex agentes de la Policía; en realidad, este Greg es apenas un eslabón de lo que poco a poco se va destapando como una gigantesca red de tráfico de armas dentro de la Policía. En la noche de su cumpleaños, Greg sale a la calle y es asesinado a tiros y cuchilladas. El cuchillo, una de las armas homicidas, o que parece serlo, es encontrado en el apartamento que el matrimonio comparte, y la colombiana es detenida, interrogada y golpeada por agentes del FBI, que actuando al margen de garantías procesales y códigos humanitarios, la mantienen varios días en confinamiento, sin leerle sus derechos, sin avisar al consulado de su país ni facilitarle traductor; sin permitirle contactar a un abogado ni llamar a sus familiares. Literalmente, la desaparecen mientras la maltratan e interrogan. Ya luego la acusan oficialmente del asesinato del marido. Primero aducen que el móvil fue el odio racial, y posteriormente la versión se inclina hacia el crimen pasional. Pro Bono hace subir al estrado a cuatro vecinos que atestiguan haber visto actuar a los asesinos, tres hombres altos, todos ellos afroamericanos. Así queda desvirtuada la versión según la cual lo mató una mujer latina y corta de estatura. De todas maneras está el tema del cuchillo que ha sido encontrado en su apartamento, y que se convierte en prueba reina y objeto central de la atención de la fiscalía. Pero en realidad se trata de una prueba escurridiza. Por un lado no tiene huellas digitales ni de sangre, como si hubiera sido limpiado meticulosamente, y sin embargo está firmado en una tarjeta: «Para Greg de su hermano Joe.» No incrimina directamente a María Paz. Por otro lado, en realidad no es arma homicida: los cortes de cuchillo no son profundos y han sido hechos después de que los balazos le causaran a la víctima una muerte instantánea. O sea que el cuchillo pasa de principal fetiche de toda la investigación a ser poco a poco relegado.

—Sucede con frecuencia —le dice Pro Bono a Rose—, que una prueba que en un momento dado excita mucho a todo el mundo, se va desestimando y olvidando porque en realidad no conduce a ningún lado.

Gracias a los testimonios de esos vecinos, la colombiana es declarada inocente de asesinato agravado por premeditación y crueldad excepcional. Pero aunque las autoridades han evitado destapar el tema de la corrupción interna y el tráfico de armas dentro de la Policía, éste acaba saliendo a luz, y Pro Bono no puede impedir que a la colombiana la declaren culpable de algún grado de coparticipación, pese a que no hay mayor evidencia, aparte de haber contestado llamadas telefónicas en el apartamento y ese tipo de cosas. Le cobran también pecados del pasado, como haber trucado documentos y trabajado ilegalmente con papeles falsos. Una vez cerrado el juicio, ella vuelve a la cárcel. Pro Bono entonces le solicita al juez que reponga el procedimiento para que cumpla con el derecho fundamental a una defensa digna y suficiente. O sea: Pro Bono pide que se declare nulo ese primer juicio y que vuelva a desarrollarse desde cero. El juez accede, en realidad no puede negarse, porque es difícil imaginar un procedimiento más atrabiliario que el que le han aplicado a esa mujer. Borrón y cuenta nueva. Vuelve a haber esperanza para María Paz. Pero en tanto se lleva a cabo el nuevo juicio, debe permanecer encarcelada.

—Así que ella no mató a su marido —dijo Rose, después de esforzarse por asimilar todo lo que el abogado acababa de decirle.

—Es una bella mujer. Admirable también, en cierto sentido. Y no, no creo que haya matado a nadie.

—¿Quién lo hizo, entonces?

—No se sabe.

—¿El hermano del muerto?

—Es de raza aria, como el propio muerto. Quedó descartado desde el primer momento.

—Pero ¿y el cuchillo?

—Y dele con el cuchillo.

—Entonces no fue un crimen pasional...

—Usted especule lo que quiera y guárdese sus opiniones.

—¿Un crimen relacionado con el tráfico de armas?

—Puede ser, pero quisieron presentarlo como odio racial, primero, y luego como crimen pasional. Para tapar, amigo. Habrían hecho cualquier cosa con tal de tapar. A la Policía no le agrada que se sepa que se ahoga en mierda.

—Y ella, ¿sigue en Manninpox?

—Usted sabrá.

—¿Yo? Por qué voy a saber...

—¿Me está tomando el pelo?

—Sólo le pregunto.

—Pues desde luego en Manninpox no está.

—¿La dejaron en libertad?

—No he dicho eso.

—¿La trasladaron a otra cárcel?

—Oiga, amigo, yo supongo que usted lo sabe, y si no lo sabe, averígüelo —dijo Pro Bono, señalando su Cartier Panther para indicar que el plazo se había vencido hacía rato.

—Fue una crucifixión —atinó a decirle Rose—. Una crucifixión sin cruz. El marido fue crucificado.

—Qué le hace pensar semejante tontería.

—Una herida en cada mano, una en cada pie y la quinta en el costado. Las cinco heridas del Cristo...

—Eso del cuchillo fue apenas un detalle truculento. Una maniobra de distracción.

—Para mí que al contrario, yo diría que fue importante... ¿Y es que acaso los testigos no vieron? Lo del cuchillo, digo, ¿no vieron esa parte?

—Son cuatro miembros de la misma familia. Salen al tiempo de su edificio, presencian el crimen y vuelven a entrar; no van a quedarse ahí, como tarados, esperando que los asesinos los liquiden a ellos también. Llaman a la Policía desde su propio apartamento, que no da a la calle sino a un patio trasero, y por razones obvias no vuelven a asomar las narices. No ven nada de lo que ocurre después. ¿Conforme? Mucho gusto, entonces. Hasta otro día —dijo Pro Bono, dando por terminada la entrevista.

—Recuerde que yo mantengo el original de esto —le dijo Rose, sin saber de dónde sacaba la audacia a último instante para presionar al abogado, y abanicándose con un sobre que contenía otro fajo de papeles idéntico al que ya llevaba Pro Bono en la mano.

—¿Es un chantaje? —le preguntó Pro Bono, mirándolo con ojillos que relampagueaban de rabia.

—Digamos que es un favor que le pido. Sólo quiero que me diga dónde está ella.

—De acuerdo, usted vuelve y gana —dijo Pro Bono—. Búsquela en el hotel Olcott, 27 West, calle 72.

Rose anotó esos datos y ya se retiraba mascullando las gracias, cuando escuchó la risa que Pro Bono soltaba a su espalda.

—El hotel Olcott ya no existe —le gritaba—, lo cerraron hace años. ¡Vaya, búsquela allá, amigo, a ver si la encuentra!

Del cuaderno de Cleve

Paz dice que su trabajo es lo que más extraña de su vida antes de Manninpox. Trabajaba haciendo encuestas sobre hábitos de limpieza y las anécdotas que cuenta son bien interesantes, en el fondo están referidas a toda una jerarquización social, ética y estética del mundo según estándares de suciedad/limpieza. Yo vengo alentándola para que escriba sobre su trabajo, sobre sus encuestas, sobre la gente que conoció allí, pero ella tiene reticencias. Al principio se negaba de plano, decía que ése «no era tema». Le pregunté cuál tema «sí era tema», y me contestó que el amor. Que eran aburridas todas las novelas que no contaban una historia de amor. Eso me dijo, y supongo que en últimas tiene razón. En todo caso, poco a poco he ido logrando que escriba sobre su trabajo, la veo transformarse cuando lo hace, es como si saliera a flote el ser humano íntegro que alguna vez fue, antes de que la trituraran los dientes de la autoridad y la justicia. Durante un tiempo anduvo haciendo encuestas sobre hábitos de limpieza por Staten Island, y el otro día contó en clase una anécdota feroz que sin embargo nos hizo reír, a sus compañeras y a mí. Dijo que había estado golpeando puertas entre los habitantes de West New Briton, uno de los vecindarios más apestosos de la isla, porque colinda directamente con el megabasurero de Fresh Kills. Una de las preguntas que tenía que hacerles a esos vecinos era, ¿en un cuánto por ciento considera usted que se ha deteriorado su nivel de vida debido a los malos olores? Nos contó que en ese punto concreto, el de los miasmas, nueve décimas partes de los encuestados se sentían drásticamente afectados por el problema, y tres décimas partes lo atribuían no a la proximidad del basurero, sino a la creciente invasión de inmigrantes. Una señora le dijo que estaba pensando en mudarse porque no resistía el olor de la comida que preparaban sus nuevos vecinos, que eran de Ghana. La señora había oído decir que comían carne de gato, y aunque a ella no le constaba, de todas formas el olor que llegaba hasta su cocina le quitaba el apetito, al punto de que había perdido más de doce libras a partir del día en que esa gente de Ghana se había mudado a la casa contigua. María Paz comentó en clase que era increíble que los blancos de West New Briton se aguantaran el basurero pero no a los africanos. Le pregunté a qué lo atribuía, y me respondió, muy en su estilo, que el problema, como siempre, era el pedo ajeno, porque a nadie le huele mal el de su propio culo. Todas sus historias sobre la limpieza me dejan pensando y he estado leyendo un buen poco de teoría al respecto. El otro día inclusive me fui hasta Staten Island, porque me entró curiosidad por conocer Fresh Kills. Quería ver con mis propios ojos qué cosa era aquello. En parte porque el tema es inquietante, como ya dije, y en parte, supongo que la mayor parte, porque a mí me inquieta todo lo que tiene que ver con María Paz.

¿Acaso no dice ella que una historia es buena sólo si es historia de amor?

La cosa es que Fresh Kills no sólo se destaca por ser el basurero más grande de la historia —de hecho es el monumento ciclópeo que les gana a todos por ser más masivo que la Gran Muralla China y más alto que la Estatua de la Libertad—. Esa proeza se logró arrojando a ese terreno trece mil toneladas de basura diarias durante medio siglo, y no deja de tener su simbolismo y su truculencia que la mayor obra de la humanidad haya sido precisamente esta inconmensurable montaña de porquerías, que en últimas ha quedado allí como verdadera marca de fábrica de nosotros, los norteamericanos; como sello que legaliza nuestra propiedad sobre toda esta zona del planeta, porque oh, paradoja, cuanto más ensuciamos, más poseemos, y cuanto más poseemos más ensuciamos, y como dice Michel Serres, lo que está limpio no es de nadie, hagan de cuenta un cuarto de hotel que espera vacío entre huésped y huésped, recién arreglado y desinfectado por las camareras, y que sólo se convertirá en la habitación 15-03 del señor Fulano, o la 711 de la señorita Zutana, cuando ese Fulano o esa Zutana dejen impreso el sudor de su cuerpo en las sábanas, los hongos de sus pies en las baldosas de la ducha, sus pelos atascados en el desagüe, su ropa en las repisas, las colillas de sus cigarros en el cenicero, los empaques y recibos de sus compras en la caneca, sus babas en la funda de la almohada; porque así es la cosa: sólo poseemos lo que ensuciamos, y lo que está limpio no es de nadie. Empujando el raciocinio al extremo, concluyes que esta gran porción de tierra, cielo y agua que llamamos América está sembrada hasta los tuétanos con nuestra basura, nuestra mierda, nuestros olores y desperdicios. Por eso es nuestra, más allá de los títulos de propiedad, de las invasiones y agresiones defensivas contra las demás naciones y de los operativos de los guardias de frontera. Aquí hemos depositado la porquería que generación tras generación ha salido de, o pasado por, nuestros cuerpos; me refiero a cantidades industriales de semen, a ríos de sangre, a toneladas de Kotex, Kleenex y condones usados, y pañales desechados, y computadores y televisores desactualizados, servilletas de papel, autos viejos, bolsas de plástico y rollos higiénicos. Y sobre todo caca. Siento vértigo al imaginar esa cantidad inconcebible de caca, porque así como los tigres y los perros marcan territorio con su orina, así nosotros hemos conquistado una patria a punta de mierda. De basura y de mierda. No es exclusividad nuestra, desde luego; todos los demás pueblos de la tierra hacen igual, pero ninguno con nuestros niveles de magnificencia y abundancia. Aquí están enterrados nuestros muertos; su descomposición y fetidez abonan esta tierra, sobre cuya superficie se solidifican, en capas geológicas, las cordilleras de escoria que nuestra civilización ha ido dejando a su paso. Ergo, esta tierra es nuestra. Mis especulaciones acaban de demostrarlo. Pero además está el nombre, Fresh Kills. Aquel megabasurero se llama justamente así, Fresh Kills, valga decir matanzas frescas, porque antes de ser lo que hoy es debió haber sido matadero, es decir terreno bañado por, e impregnado de, la sangre de miles de bestias sacrificadas allí por el hombre. Como cualquier santuario de la antigüedad, desde el gran Templo de Jerusalén hasta las pirámides de Teotihuacán: teñidos de rojo y hediondos de sangre. Todo lo cual demuestra, vaya descubrimiento, que bien a propósito, bien por simple necesidad, Fresh Kills debió haber sido zona sagrada, o sea santificada mediante la sangre sacrificial, y que sobre esa tierra santa construimos nuestro templo, o sea nuestro inmenso vertedero, la catedral absoluta de la basura, la más alta y grande que en toda su trayectoria sobre el planeta ha logrado construir el ser humano. La Notre Dame de la porquería, la Sagrada Familia de la inmundicia. Y ahí está T. S. Eliot, claro, citarlo es de cajón, *what are the roots that clutch, what branches grow out of this stony rubbish…*

P.D.: Anoche me animé a echarle mi teoría acerca de Fresh Kills a mi padre, aquello de matanzas frescas, y como era de esperarse, me la echó por tierra de un pastorejo. Según él, Kills no quiere decir matanzas. Dice que el término viene de tiempos de la ocupación holandesa de NYC y quiere decir simplemente agua, o arroyo. Agua fresca, o algo así. Lástima, sonaba mejor lo mío.

Entrevista a Ian Rose

Al salir del despacho de Pro Bono, en Brooklyn Heights, a Rose le dio por atravesar el puente de Brooklyn hacia Manhattan por el paso peatonal. *Very nice,* aquello. Vista espléndida, imponente ingeniería, sol amable, bellas chicas que le pasaban por el lado haciendo jogging y le dificultaban la concentración. Mira, Cleve, dijo, cuánta muchacha bonita, y todas como de tu edad. La brisa cálida y el día radiante contrarrestaban en parte el mal sabor de ese encuentro hostil, y recapacitando Rose cayó en cuenta de que lo más duro no había sido soportar la irritación o la incomprensión del tipo —al fin de cuentas había logrado arrancarle buena parte de la información que necesitaba—; lo más duro había sido enterarse de que María Paz ya no estaba en Manninpox. Hasta ese momento no se le había ocurrido siquiera ir a visitarla, por lo menos no como ocurrencia seria, pero la noticia que acababa de darle Pro Bono lo había hecho sentir que de repente la perdía, que su rastro se le refundía, y había experimentado una de esas instantáneas sensaciones físicas de espiral hacia el vacío. En su escrito, ella confesaba que había sido en medio de todo un alivio que la registraran en Manninpox con número y foto, porque le permitía volver a existir sobre el planeta, tener de nuevo una identidad, así fuera la de una presa, y una dirección, así fuera la de una cárcel. ¿Y si salir de Manninpox le hubiera implicado volver al limbo de los desaparecidos? Era una posibilidad preocupante. Perderle el rastro a ella, significaba para Rose perder definitivamente a Cleve.

Le quedaba una segunda cita por cumplir, y se acercaba la hora. En la esquina superior izquierda del sobre de manila que Socorro Arias de Salmon había enviado con el manuscrito, figuraba su propia dirección, el número 237 de la calle Castleton, Staten Island, NY 10301, y allá le había enviado Rose una nota escueta solicitándole permiso de visitarla. A los pocos días ya estaba su asentimiento en el buzón; la señora Socorro lo recibiría en su lugar de habitación. Después de la

143

experiencia desabrida con Pro Bono, Rose tuvo que hacer un esfuerzo grande por embarcarse en el ferry color mandarina que salía de Whitehall Street, en Lower Manhattan, y que en menos de media hora lo depositaría en Staten Island, ese islote tristemente célebre porque albergaba al megabasurero de Fresh Kills.

Al vaivén del ferry, mientras sentía en la cara el roce de la niebla fría que subía del agua, Ian Rose no podía dejar de pensar justamente en eso, en el basurero que se extendía a lo largo de la costa a su mano izquierda. María Paz lo mencionaba en su escrito, contaba que había estado en Staten Island haciendo encuestas de limpieza durante la época en que desempeñó ese oficio. Justamente había sido la señora Socorro Arias de Salmon quien accedió a presentarle a sus vecinas, sirviéndole de contacto para abrir el terreno, porque era indispensable una madrina que viviera en el lugar y te recomendara, de lo contrario las puertas se cerraban en tus narices y no era posible realizar el trabajo.

La casa de la señora Socorro, una de las construidas en serie por los años veinte, era de madera añeja, de dos pisos y techo de doble agua, con un toldillo de lona amarilla sobre el porche y un pequeño jardín delantero donde crecían un par de arbustos podados en forma de cisne. Socorro, una mujer de poca estatura y cara indescriptible por anodina, llevaba puesto un conjunto beige de material sintético y brilloso y una blusa blanca de encajes. Le tendió a Rose una mano pequeñita y fría mientras con la otra esparcía aroma floral con un desodorante de ambiente, para tratar de disimular los vahos tóxicos que alcanzaban a llegarles desde Fresh Kills. El interior estaba muy limpio, como una casa de muñecas que una niña hacendosa mantuviera ordenada e impecable, y a Rose lo hizo pensar en el contraste entre la pulcritud del adentro, de lo privado, con la omnipresencia del basurero público, como si la contraposición sucio/limpio fuera sólo otra expresión de la pugna entre lo público y lo privado.

—¿Vio la Estatua de la Libertad? —le preguntó la señora.

Sí que la había visto, imposible no, si el ferry le pasaba por el lado. Enorme, la señora Libertad, con su rígida túnica color verde tiempo, o pátina de sal, lo mismo daba, y Rose había pensado que no hacía falta esforzarse por describir aquel color, porque ya no debía de quedar en el mundo nadie que no lo hubiera visto, así fuera por TV o en postales. Observando la megaestatua de perfilazo, a medida que el ferry se alejaba, le pareció que se la veía fantasmagórica y melancólica entre las ondulaciones de esa bruma lenta que la iba envolviendo y por momentos casi la ocultaba. Rose había imaginado que también María Paz habría visto la estatua emblemática, e incluso la habría visitado, comprando suvenires y hasta pagando los diez dólares que cobraban por visitar la parte de la corona, aunque según creía entender, a partir del atentado contra las Torres Gemelas tal cosa sólo podía hacerse por tour virtual. Se preguntó qué clase de símbolos serían, hoy por hoy, la Estatua de la Libertad, o Ellis Island, o aun las Torres Gemelas para una inmigrante que se venía hasta América sólo para terminar encerrada en un lugar como Manninpox.

—Bolivia y yo le hacíamos una ofrenda a Libita... —oyó que decía la voz de la señora Socorro.

—¿A quién, perdón?

—A Libita, quién va a ser, pues la estatua de la Libertad, en mi tierra le decimos Libitas a las que se llaman Libertad. En todo caso le hacíamos su ofrenda en las primeras semanas de la primavera, tirándole al mar desde el ferry un bonito ramillete de astromelias, porque al fin de cuentas Libita con nosotras se había portado como una madre y nos había abierto las puertas de América. En realidad no he vuelto a hacerlo desde que Bolivia y yo nos distanciamos, me refiero a lo de tirarle flores al mar; esas cosas tienen sentido si uno está acompañado, de lo contrario se vuelven deprimentes, dígame si no. Porque a eso vino usted hasta acá, ¿no es cierto? ¿A hablarme de Bolivia? Así me pareció entender por la nota que me mandó. Pues bienvenido a esta casa, míster Rose, Bolivia fue mi amiga del alma, haga de cuenta mi hermana, mi única hermana porque otra no tuve, en mi familia todos nacieron varones y sólo yo mujer. Como hermanas, sí señor, como hermanas fuimos yo y Bolivia... hasta que nos distanciamos por cosas de la vida, qué pesar. Pero siga, hágame el favor, siéntase en su casa y siéntese aquí en la sala, que la historia es larga y usted debe venir cansado.

—Bueno, en realidad vengo a hablarle más bien de María Paz, la hija de Bolivia...

—Pero claro, María Paz..., no me diga que le van a publicar el libro, ¡lo sabía!, ¡qué emoción! Qué bueno que le mandé todas esas hojas. Tenía muchas reservas y por eso me demoré, ya sabe, la niña revela cosas que es mejor que no se sepan, supuse que Bolivia se revolcaría en la tumba si los trapos sucios de su familia se ventilaban al sol, y sobre todo en un libro, que los lee todo el mundo, porque los hay que se vuelven bestsellers y venden millones, ¿no es cierto? Cuánto se puede ganar alguien como usted, que escribe bestsellers, ¿un millón? ¿Más? Qué tal que se saque esa lotería la muchacha, quién hubiera dicho que tenía habilidad para escribir, así que le van a publicar el libro, me alegra tanto haber tomado finalmente la decisión de enviárselo a usted. Ella lo admiraba muchísimo, decía que sus clases le habían abierto los ojos, que usted era maravilloso no sólo como maestro, sino también como escritor.

—En realidad no me admiraba a mí, sino a mi hijo Cleve —logró decir Rose, en una pausa que hizo Socorro para tomar aliento—. Mi hijo Cleve murió hace unos meses, yo soy su padre; él era escritor, yo no, y usted le envió el paquete a él, pero lo recibí yo.

—¿Así que usted no es el autor de esas novelas famosas?

—Ya le digo, ése era mi hijo Cleve. Pero él murió.

—Oh, cuánto lo siento, de veras lo siento mucho, oh, sí. Yo nunca he tenido hijos y mejor así, no hubiera soportado la pena de verlos morir. De veras lo siento, discúlpeme. Pero entonces, ¿usted no conoció a María Paz?

—A María Paz la conoció mi hijo, y desgraciadamente el que está vivo soy yo.

—Esas cosas pasan, míster Rose, lo lamento tanto. Pero si usted está aquí, debe ser porque piensa ayudarla con su libro. O me equivoco.

—No sé si pueda, en realidad mi interés es más por... —No pudo terminar la frase, porque su interlocutora ya lo ahogaba con una nueva andanada.

—Claro, claro —le decía Socorro—, usted tiene derecho a considerarlo y a pensárselo bien. Pero qué descuidada soy, me está diciendo que murió su hijo, y yo ni siquiera le he dado el pésame. Usted debe estar desolado, pobrecito, yo sé lo que significa la muerte de un ser querido, sin ir más lejos, si viera cuánto lloré la pérdida de Bolivia, que en paz descanse, y eso que no debo llorar porque los ojos se me hinchan horrores y alrededor se me pone todo rojo. Venga, déjeme estrecharlo en consolación por su pérdida, quién iba a pensar que se iba a morir un hombre tan joven, pero no me entienda mal, usted también está muy joven, es sólo que...

—Espere un momento, doña Socorro. Espere. Primero dígame por qué tenía usted el manuscrito...

—Pues porque María Paz me lo dio, desde luego. Una vez fui a visitarla a esa cárcel, una sola vez y a escondidas de mi marido, que me había advertido que no me metiera en eso, allá la hija mayor de Bolivia si quería llevar vida de forajida, allá ella si ésa era su decisión, éste es un país libre y aquí cada quien está en libertad de hacer de su capa un sayo. Pero yo no llevaba velas en ese entierro. Mi marido insistía en que yo no tenía por qué meter las narices en eso, además como extranjera no me convenía porque podían ficharme, nunca se sabe qué puede pasarle a uno si lo asocian con el hampa. En todo caso, la vez que la visité, ella me entregó el paquete, mejor dicho me lo entregaron en portería por petición de ella, eso sí, después de revisarlo muy bien revisado. Le cuento que ella estaba triste porque ya no iba a volver a verlo a usted, míster Rose, y así me lo dijo con todas las letras, que estaba muy triste por eso. Algo había pasado allá en la cárcel y habían suspendido sus clases...

—Las mías no, las de mi hijo. Él se llamaba Cleve, yo me llamo Ian, y obviamente compartimos el mismo apellido, Rose.

—Sí, claro, usted no es él, sino el padre de él, y él no es usted, sino su hijo. Ya comprendo y lo siento mucho, de veras, reciba mis sentidas condolencias, de veras, y es que en todo caso María Paz había redactado todo eso que está en el manuscrito para dárselo al hijo de usted, que era el profesor de escritura de ella, pero como a él ya no volvería a verlo, entonces me

147

dio los papeles a mí dentro de un sobre, con la petición de que yo se los hiciera llegar al hijo de usted.

—¿Hace cuánto de esto? ¿Hace cuánto le entregó los papeles María Paz?

—Oh, *heavens*, hace varios meses, en realidad hace rato, no recuerdo exactamente... Ella me pidió encarecidamente que se lo hiciera llegar lo antes posible, pero ya sabe, yo tenía mis dudas, mis temores, no es conveniente estar entregando recados de un presidiario porque no sabes en qué te estás involucrando, y además qué cantidad de groserías y palabrotas dice esa niña, suelta por lo menos dos en cada frase, vergüenza debería darle. Afortunadamente superé todo eso y le colaboré a ella con el encarguito, le invertí unos cuantos centavos a las estampillas pero lo valioso de mi parte fue ante todo la decisión, digo, la decisión de poner eso al correo pese a todo, espero que ella se acuerde de mí cuando le empiece a entrar dinero a chorros por cuenta de su libro...

—No, bueno, las cosas no son del todo así. —Rose intentaba sacarla de su error—. Todavía no lo han publicado, señora, digamos que voy a seguir intentándolo, sé que a mi hijo le hubiera gustado, y desde luego también a ella, pero aún no se ha podido hacer nada, yo creo que...

—No corre prisa, míster Rose, si está en sus manos, la cosa funciona. Me doy cuenta de que usted tiene olfato —le dijo la señora Socorro, picándole un ojo—. Mi vecina, Odile, se ha leído todos los libros del mundo y seguro los de su hijo también, yo todavía no, no soy mujer de letras, pero ahora que tengo el honor de conocer personalmente al padre del personaje, pues sí que los voy a leer, le voy a decir a Odile que me los vaya prestando, ella seguro los tiene porque no hay libro que no haya comprado, y como ella misma dice, si no lo he leído es porque no se ha escrito, y cuando usted vuelva por esta su casa, aquí los tendré para que me los firme, no importa que usted no sea el autor, sino el padre del autor, eso también es valioso.

—Cleve no escribía libros, señora, apenas novelas gráficas —dijo Rose, pero no fue escuchado.

—Y qué emoción tan grande. —Socorro no paraba—. Puedo imaginarme a María Paz ya repuestica de su dolencia y de sus problemitas legales y firmando libros hecha toda una estrella, puedo ver su foto en *People* con un titular que diga «De presidiaria a autora de éxito». Qué lástima que Bolivia no haya vivido para ver el triunfo de su muchacha. Quién la ha visto y quién la ve, ahora de escritora, ella que parecía descarriada...

No había manera de taparle la boca a aquella mujer, y Rose había pensado pasar por su casa diez o quince minutos, apenas lo suficiente para conseguir algún indicio sobre las actividades de Cleve anteriores a su muerte. Pero no, este paso por Staten Island amenazaba con irse para largo, una visita eterna, porque no había quien detuviera la lengua de doña Socorrito una vez desatada, y ahí estaba Rose, atrapado de patas y manos, pese a que aún antes de que lo invitaran a entrar ya se había arrepentido de haber ido. Empezó a sentirse mal. Le incomodó estar allí casi tanto como le había incomodado estar en la oficina de Pro Bono, y hasta sintió náuseas, como si de pronto partículas de basura de Fresh Kills le hubieran bajado por la garganta. Qué diablos hago aquí, empezó a preguntarse, si lo único que quiero es estar en mi casa con mis perros. Y se respondió a sí mismo, para poder recuperar el sentido de la realidad: hago esto por Cleve, mejor dicho por mí, para poder entender qué le sucedió a Cleve.

—A Bolivia y a mí nos gustaba ver cómo las olas se iban llevando nuestras astromelias, hasta que se las tragaban —volvía con el tema Socorro—. Eran flores sencillas, no crea que mucho más, pero lo importante era el gesto, nuestra forma de demostrar agradecimiento por estar en este país.

Mientras Rose se preguntaba cuántos años podría tener esa mujer, ¿sesenta? ¿setenta bien llevados?, ella lo hizo sentar en uno de los sillones de su pequeño living, forrados en jacquard blanco y protegidos por forros de vinilo transparente, y luego le explicó con lágrimas en los ojos que Bolivia, la madre de María Paz, había sido la mujer más esforzada y trabajadora que uno pudiera imaginar, y que no había merecido la suerte que tuvo con sus dos hijas, las dos tan bonitas, a imagen y semejanza suya, tal la madre, tal las hijas, y canturreó algo en español sujetándole a Rose las dos manos entre las suyas, tan pequeñitas y frías y de uñas rojas y largas, porque como Rose bien sabía, los latinoamericanos tocan mucho, o sea, tocan a la gente, a la otra gente, incluso a los desconocidos los abrazan y los besan porque no le temen a la piel ajena. Socorrito le soltó las manos después de un rato que a Rose le resultó excesivo, porque aunque admirara esa bonita costumbre de andar tocándose, en realidad no solía practicarla; digamos que no se destacaría como militante del movimiento Abrazos Gratis, esos chicos cariñosos y esas chicas amorosas que andan repartiendo abrazos y calor humano por las calles, entre personas que no se muestran mayormente interesadas. Y luego Socorro le preguntó si yo no querría un tintico, aclarándole que tinto le decían al café en su tierra, cosa que él sabía ya por experiencia.

—Las dos hijas de Bolivia, tan bellas pero tan desafortunadas. La mayor perseguida por la justicia, la menor enfermita de la cabeza —dijo la doña y desapareció por la puerta de la cocina para preparar el tinto, mientras Rose acercaba la nariz a sus propias manos, ahora impregnadas del fuerte perfume de la crema hidratante que Socorrito se echaba en las suyas.

Se quedó mirando en torno, medio mareado por el montón de porcelanas que había allí, ni una pared que no tuviera repisas, y ni una repisa que no estuviera atiborrada de porcelanas, esos objetos fosilizados de una impensable época pastoril, chicas con grandes sombreros de paja que acunan gansos en los brazos, parejas de enamorados que se miran a los ojos en un banco de parque, casitas de chocolate, zagales pobres pero buenos con los pies descalzos, zagalas pobres pero lindas que calzan zuecos de madera. Era extraña la sensación de estar en medio de ese pequeño mundo de porcelana, pero Rose se fue haciendo a la idea y al rato él y la señora ya conversaban como si se conocieran desde antes, dos viejas comadres tomando tintico en sendos sillones en jacquard blanco, protegido del mugre por forros de acrílico.

—Destinos paralelos —le aseguraba Socorro—, el de Bolivia y el mío, pero al mismo tiempo no tanto, no tanto, no crea, míster Rose, más bien destinos cruzados. Usted mismo juzgue, deme un diagnóstico.

Bolivia y Socorro habían nacido las dos en Colombia, en el mismo pueblo y en el mismo año. Fueron juntas a la escuela primaria de las monjas salesianas y desde el principio se hicieron amigas. Más adelante la familia de Socorro, de mejor estatus, viajó a la capital, en tanto que la de Bolivia se quedaba estancada en su rincón provinciano. Socorro terminó la secundaria y la familia celebró el evento con una fiesta de esmoquin y vestido largo en un club social.

—Me confeccionaron a la medida un traje estilo imperio en shantung de seda —le fue contando a Rose—, y me hicieron una moña de bucles, por entonces se estilaban las moñas de bucles, así muy inmensas, y lucí unos aretes de aguamarina que me regalaron para la ocasión. A todas éstas, Bolivia había decidido ponerse a trabajar, no sé si me entiende, había tenido que abandonar los estudios antes de llegar a tercero de bachillerato. Se hizo estilista, manicura y depiladora, y se contrató por las mañanas en el salón de estética D'Luxe, y por las tardes como ayudanta en una casa de modas.

Pero las vacaciones de diciembre las pasaban juntas, como cuando niñas, y no veían la hora de encontrarse en su viejo vecindario para gozarse verbenas y novenas, siempre compartiendo un sueño, el de irse algún día del país; las dos migrarían, viajarían, buscarían destino por otros rumbos, volarían muy lejos. Y el sueño se les cumplió. Ambas fueron a parar a Nueva York, aunque con más de media década de diferencia: Socorro primero y Bolivia siete años después. En Nueva York se reencontraron, ni más faltaba que no se fueran a buscar, si Socorro ya había sentado pie en América y cómo no iba a ayudar a la otra, que era su hermana y estaba recién llegada. Así que le aseguró que mi casa es tu casa, vente para acá hasta que encuentres tu propio camino, ésta es la tierra de los caminos abiertos, caminante no hay camino, todos los caminos van a Roma, no importa llegar lo importante es caminar, le dijo esas frases motivacionales y otras por el estilo mientras le cedía tres de los cajones de su propia cómoda y la ayudaba a desempacar. Hasta ahí todo bien, dos amigas que se quieren y un sueño común cumplido, pero ya luego empezaron las divergencias, los pequeños malentendidos pese a la gran complicidad, y Socorro fue soltándole como al desgaire otro tipo de refranes, cada quien en su casa y dios en la de todos, o incluso este otro, el invitado como la pesca, a los tres días apesta.

—Voy paso a paso —le aclaró Socorro a Rose—, para que usted me entienda bien. Bolivia siempre fue una mujer bella, bajita pero exuberante, de ojos soñadores y pestañas de muñeca, y en cambio yo no tanto, mi belleza es más bien interior, como dice mi marido. Usted mismo lo estará comprobando, yo nunca he sido ni soy propiamente una lindura, soy lo que se llama una mujer de intelecto.

Y sin embargo Socorro se había casado con un tipo adinerado, o al menos de buen pasar. Era plomero, hacía su oficio con profesionalismo, cobraba bien, quería levantar una familia y se enamoró enseguida de esa colombiana que le presentaron en la fila de Wonder Wheel, la rueda de Chicago de Coney Island, por ese entonces la más alta del mundo. Les tocó en suerte compartir canasta y qué miedo le habían dado a Socorrito esas alturas, cómo se tapaba los ojos y cómo gritaba, y eso le bastó a él para saber que aquella mujer estaba destinada a ser su esposa. A la segunda cita le llevaba de regalo un ejemplar empastado en cuero de *El profeta*, de Khalil Gibran, mismo que Socorrito sacó de un cajón para mostrárselo a Rose, orgullosa de la dedicatoria, que decía en tinta verde y palabra por palabra, «A Socorro que tanto me ama, firmado Marcus Clanci Salmon». A Rose le pareció extraña la dedicatoria, pensó que quizá hubiera debido decir «A Socorro, a quien tanto amo», pero Salmon tenía su propio estilo y estaba claro que le sacaba provecho, porque al tercer encuentro, durante un paseo por el jardín botánico de Brooklyn, frente al estanque japonés, salía triunfal al proponerle matrimonio a Socorro, que aceptó encantada el brillante de 0,10 quilates que sellaría su unión.

—Él era jamaiquino, yo colombiana y nadie sabe cómo lográbamos comunicarnos, porque ni él sabía español ni yo barruntaba inglés, a lo mejor por eso mismo funcionó la cosa, ya sabe cómo es eso —volvió a guiñarle el ojo Socorro—, el lenguaje de las caricias y los mimos es más hermoso que el de las razones y las discusiones, dígame si no tengo razón.

Ya a esa altura de las confesiones, Rose se animó a preguntarle por qué Bolivia, siendo tan bonita, no se casó.

—Cómo no, lo intentó por lo menos tres veces —le dijo Socorro—, pero ella siempre terminaba por salir corriendo, a lo mejor la misma belleza la perjudicó, mire usted, yo siempre estuve satisfecha con mi jamaiquino, Marcus Clanci Salmon, que así se llama; yo siempre satisfecha y orgullosa de ser Mrs. Salmon, aunque ya sabe, como apellido no es el mejor, tanto en inglés como en español viene siendo nombre de pez. Pero ¿Bolivia? No, Bolivia no, Bolivia siempre andaba a la búsqueda de algo distinto, otra cosa, alguien más. Yo nunca pude saber cuál era la insatisfacción que la aquejaba y que la hacía salir corriendo detrás de una quimera, quién sabe cuál.

Y así seguía la historia de esos dos destinos que a ratos se encontraban para bifurcarse después, Socorrito felizmente casada y Bolivia no, pero en cambio Bolivia había podido ser madre y Socorrito no.

—Bolivia tuvo sus dos hijas —dijo Socorro—, y no voy a negarle que mucho se las envidié, de hecho las quise como si fueran mías, sobre todo a Violeta, la menor; aquí venían de visita y a esa niña le encantaban mis porcelanas, podía pasarse las horas mirándolas, le gustaba limpiarlas con un trapo húmedo y yo se lo permitía, siempre y cuando lo hiciera con cuidado para que no se le fueran a romper. Claro que es un poco psicológica, mi niña Violeta, tal vez bipolar, que llaman ahora, o nerviosita, no sabría precisarle, pero en todo caso es una muñeca, hay que ver ese pelo claro y esos ojos verdes que tiene en la cara y que alumbran como dos faroles, y es apenas cosa de saber llevarla, de seguirle la corriente. Para calmarla, ¿sabe? En cambio con María Paz, la mayor, las cosas siempre han sido embrolladas, de pequeña fue rebelde y difícil, y de grande todavía peor. Bueno, digamos que es una muchacha temperamental y dejémoslo así, para no entrar a juzgar. Mi marido me lo advirtió desde un principio, ojo con la hija mayor de Bolivia, me decía, va a acabar en problemas, vas a ver, quien sale de Guatemala cae en Guatepeor, mal empieza la semana el que ahorcan en lunes. Tal vez fuera paranoia de él, ya sabe cómo vivimos los inmigrantes en este país, con tanto miedo de hacer algo mal, de portarnos indebidamente, de echarnos encima a los vecinos o a la autoridad, todo se vuelve pánico a que te desprecien y te miren feo, a lo mejor la cosa es mental, de acá arriba, ¿me entiende?, problema del coco, pero uno igual se psicosea, es inevitable, basta con que el pasto de tu jardín esté un poco descuidado para que ya sientas que te pueden deportar. Pero mire, míster Rose, no juzgue a mi Marcus, que conmigo se ha portado bien, pero eso sí, me impone condiciones y en eso es tajante y no da lugar a discusión.

Salmon se había mostrado satisfecho cuando María Paz decidió casarse con un policía americano. Le dijo a Socorro que a lo mejor la muchacha se estaba rehabilitando y aceptó invertirle una buena suma al regalo de bodas, un juego de copas de cristal checo. Pero cuando sucedió lo de la cárcel, Salmon le advirtió a su esposa que la hija mayor de Bolivia no volvería a pisar esa casa. ¿Y si ella no tuvo la culpa de lo que le pasó?, se había atrevido Socorro a preguntarle. Algo habrá hecho, había sido la respuesta definitiva del señor Salmon.

—Pero dígame, Socorro, ¿mientras estuvieron pequeñas, las dos niñas de Bolivia alcanzaron a vivir en esta casa, aquí con ustedes en Staten Island? —preguntó Rose.

—No. Bolivia tardó mucho en poder traer a sus niñas. Más de cinco años. Y cuando por fin las trajo, ella ya no vivía aquí conmigo. Pero venían de visita de tanto en tanto, a veces se quedaban durante el fin de semana, y tratábamos de pasar juntas el Thanksgiving o la Navidad. Entiéndame, Bolivia y yo seguíamos siendo amigas, pero algo invisible y fino como una espina de hielo había enfriado por dentro lo que había sido nuestra hermandad. Y ya luego ella se murió. Y tal vez yo no me he portado demasiado bien con su niña mayor, eso lo reconozco, y espero que Bolivia no me lo cobre desde el más allá —le dijo Socorro mientras miraba hacia abajo como quien se confiesa, y clavando los ojos contritamente en sus sandalias de charol—. Pero no me culpe sólo a mí, tenga en cuenta las convicciones de mi marido...

—Supongo que esta visita, el hecho de que yo esté aquí en este momento, también es algo que está sucediendo a escondidas de su esposo —le dijo Rose.

—Bueno, usted vino a revivir fantasmas que a mi esposo lo importunan..., perdóneme, pero no sería bueno desempolvar ciertos episodios que pusieron en jaque mi matrimonio, Marcus es un hombre al día con la ley, pese a su generosidad no perdona la delincuencia ni la mala conducta, nada que atente contra el orden y la seguridad, y mucho menos contra la moral.

—Pero usted misma admite que es posible que María Paz no sea culpable...

—Pero vaya a explicárselo a Marcus, que es un hombre de principios inalterables. Una cosa así no me la perdonaría jamás.

—¿Una cosa cómo?

Socorrito empezó a enredarse en las palabras, se arrepentía de su falta de carácter, se disculpaba por su sometimiento al marido, se sentía en la obligación de justificarse ante ese desconocido que había venido a interrogarla. Siempre había sido débil, le dijo, de tensión alta y salud quebradiza, qué de dolencias no la habían afligido, al menos una docena de las que figuran en el inventario del Medical Care, y por ahí derecho le fue haciendo la lista de todos sus males, enumerándolos con sus deditos finos de largas uñas en punta: cáncer de seno, sinusitis, alergias, erupciones, hipos que podían durarle semanas. Tanta visita al médico, tanto paso por hospital, tanta fatiga crónica, no la habían dejado parir ni trabajar. Y en cambio Bolivia era incansable para el oficio y fuerte como un roble, ni un día de descanso se permitía, ni una gripa en todo su historial. Pero Socorrito seguía viva y Bolivia, en cambio, había quedado muerta y enterrada antes de cumplir los cincuenta y dos. Socorrito nunca había tenido que trabajar, pero dinero no le faltaba; Bolivia, que nunca había cesado de trabajar, era de las que no logran juntar ni para el alquiler mensual. En la sala de cuidados intensivos del Queens Hospital Center, unas horas después de que a Bolivia una apoplejía fulminante le fritara el cerebro, Socorro se paró al pie del lecho de su amiga, que yacía inconsciente pero todavía viva, y le juró por la Santísima Virgen y con la mano sobre el corazón que de ahí en adelante ella, Socorro Arias de Salmon, se haría cargo de las niñas. Puedes morir tranquila, amiga, le dijo, que yo me encargo de tus hijas. Y hasta ahora le había cumplido bien, a medias pero bien, digamos que bien con respecto a Violeta y no tan bien con respecto a María Paz, y le reveló a Rose que tenía ideado un mecanismo especial de ahorros para poder seguir cumpliéndole a Bolivia con lo de Violeta cuando ya ni ella ni Mr. Salmon estuvieran vivos.

—Casi todas estas porcelanas que ve aquí son Royal Doulton —le dijo—. Valen una fortuna, mire, ésta es pieza única, por lo menos siete mil dólares le darán a Violeta por ella cuando la venda.

Bajo llave, detrás de un vidrio, tenía además media docena de Capo di Monti y le preguntó a Rose si él sabía valorarlas, si se daba cuenta de que eran originales, es decir con todo y sello de originalidad, y que estaban en óptimo estado.

—Mire, sólo con esta que ve aquí, la niña enferma de Bolivia tiene suficiente para vivir por el resto de su vida. Observe —le pidió Socorro.

Y Rose observó: era una pieza de buen tamaño, conformada por dos figuras colocadas sobre una especie de nube, una mujer y un hombre, la mujer con aire imperial, como hacer de cuenta una María Antonieta o una Madame Pompadour, en traje de arandelas y de velos, que se inclinaba sobre un mendigo que estaba hincado a sus pies. Mendigo, o en todo caso persona de ruin condición, que contemplaba con arrobo casi místico el generoso escote de la señora, se podría decir que se comía con los ojos ese par de pechos de porcelana, y en todo caso a Rose le molestó el tipo, el mendigo aquel, porque había algo abyecto en su actitud.

—Bonita pieza —dijo, porque no supo qué otra cosa decir.

—Como Marcus y yo no tenemos hijos —le explicó Socorrito con un dejo de frustración—, Violeta será heredera única de todos estos tesoros. Es una deuda que tengo con Bolivia, con mi querida Bolivia, porque no siempre me porté bien con ella, no siempre me porté bien. Por celos tal vez, o por envidia, y es que nadie es perfecto, ya se sabe, y yo menos que nadie. Y en realidad Bolivia tampoco; no era ninguna pera en dulce, mi amiga Bolivia, eso téngalo por seguro.

Aunque Socorro no lo confesara, Rose iba llegando a la conclusión de que esa mujer no podía soportar que su marido mirara tanto a Bolivia, que Bolivia fuera fértil y ella no, y que sufría al comparar su figura reducida y magra con la redondez rebosante y la sonrisa espléndida de su contrincante. Era seguro que Bolivia se había dado cuenta, percibía que algo andaba mal, no por nada con el paso de los meses la tensión se había ido haciendo más que evidente, casi tangible, según dijo doña Socorro, hasta que una noche, cuando ella y su jamaiquino regresaban de vespertina, descubrieron que Bolivia se había marchado con todo y maleta, dejándoles una notica que decía «*Love you, thank you very much for everything*, gracias y hasta siempre y que Dios les dé muchos años de matrimonio feliz». De ahí en adelante, Socorro sólo volvió a verla de cuando en vez, y de su historia y aventuras no volvió a conocer más que fragmentos. Era una sobreviviente, eso era Bolivia, una sobreviviente, se lo repitió varias veces Socorro a Rose, y éste, que recordó haber leído la misma frase en el manuscrito de María Paz, se preguntó qué significaría exactamente, y si acaso no tendría algo que ver con las diecisiete páginas que faltaban en el manuscrito de María Paz.

—¿Faltan diecisiete páginas?

Socorro quiso hacerse la que no sabía, pero se puso colorada y unas gotas de sudor le humedecieron la pelusilla oxigenada que tenía entre la boca y la nariz.

—¿Por casualidad sabe qué pasó con esas diecisiete páginas?

—En realidad no, quién sabe, a veces las cosas se pierden, ya sabe...

—Socorrito, le agradecería que me dijera la verdad.

—Entiéndame, míster Rose, esas páginas eran la parte más comprometedora de la historia, yo tenía temor de que..., en fin. Mire, señor Rose, la verdad es que las quemé.

—Las quemó.

—Sí. Confieso que las quemé. Hacían referencia a cosas íntimas y graves, que me incumben directamente. Cosas dolorosas para mí. Y otras que no recuerdo. Cosas inconvenientes para la memoria de mi mejor amiga, *you know what I mean*, y ya no insista más, señor Rose, por favor.

—De acuerdo, dejemos así. Sólo una pregunta más, la última antes de despedirme. Dígame qué la decidió a enviar por fin el escrito.

—Esa pregunta sí tiene una respuesta fácil: lo hice porque la propia María Paz me lo pidió, y no me sentí con derecho a contrariar su voluntad.

—Pero tardó mucho en poner ese sobre al correo...

—Supongo que me ganó el remordimiento, que muerde como un perro, ya sabe, precisamente por eso se llama así, remordimiento, y no me quedó más remedio que buscar la dirección suya, míster Rose, en eso me ayudó Odile, mi vecina, que lee mucho y es muy entendida, ella maneja computadora y encontró las señas suyas en esa cosa Gugu, o como se llame, y entonces sí le envié a usted el escrito, más vale tarde que nunca, ¿sí o no?

—¿No lo habrá hecho por temor a que María Paz se enterara de que no lo había hecho?

—Y qué le hace pensar eso, si van tiempos en que no veo a María Paz, desde que la visité en la cárcel no la volví a ver. Uno hace favores... En la medida de lo posible uno hace favores, a María Paz yo le regalé ni más ni menos que un abrigo de *mink* para que no pasara frío en el invierno, ¿acaso eso no cuenta?, o para que lo vendiera, si prefería, y se quedara con el dinero. No le voy a decir que ese *mink* estuviera en óptimas condiciones, pero de todos modos fue un bonito gesto de mi parte, porque ya le digo, en la medida de lo posible uno está dispuesto a ayudar. ¿Y sabe que fui quien le consiguió a Bolivia su primer trabajo aquí en USA, cuando llegó de indocumentada? Sí señor, fui yo. Yo se lo conseguí. Era un trabajo humilde, pero trabajo al fin, como mujer de la limpieza en el apartamento de una anciana que vivía en Manhattan por la 55 Oeste. Pero lo estoy aburriendo, ¿o quiere que le cuente?

—Si no se remonta a los persas, doña Socorro.

—Persas no, judíos. La señora se llamaba Hanna y era judía, y a Bolivia no le tomó mucho tiempo darse cuenta de que cuando llegaba al apartamento, la señora ya lo tenía todo limpio y en orden. Bolivia le preguntó un día, pero señora, cómo quiere que yo haga mi trabajo, si usted se me adelanta. Y la anciana le contestó, bueno, es que no resisto la idea de que alguien entre a mi casa y la encuentre sucia. Ahí comprendió Bolivia que lo que su patrona buscaba era básicamente compañía, porque no hay nada peor que la soledad, usted debe saberlo, míster Rose, así que Bolivia no volvió a preguntar y aprendió a echarle una limpieza rápida a lo que ya estaba limpio y a ordenar lo que ya estaba ordenado. Después salían juntas de paseo por Central Park, donde siempre hablaban de lo mismo: el color de las hojas de los árboles según la estación del año.

»—Yo diría que esta hoja es de álamo, y que tiene un color viridiana— apostaba la señora Hanna.

»—Viridiana no sé lo que es, yo diría que más bien verde esmeralda —opinaba Bolivia.

»—Es lo mismo, Bolivia, viridiana y esmeralda son el mismo verde. Y esta hoja de sauce llorón, ¿acaso no es verde cromo?

»—Más bien verde lama.

»—¿Qué tal verde pantano?

»—De acuerdo, señora Hanna, verde pantano.

»Y así todos los días, con sicomoros, arces, olmos, intercambiando opiniones sobre la variedad de tonos de verde, verde limón, verde menta, malaquita, y más adelante en el año se iban por las posibilidades de los ocres y los dorados del otoño, y ya en invierno no les quedaban sino el gris y el blanco.

»—¿Sabes que los esquimales distinguen nueve tonos de blanco y tienen un nombre para cada uno? —preguntaba la señora.

»—Madre mía, qué exageración, ¡nueve tonos de blanco!

»Después del paseo matutino por Central Park y ya con hambre, las dos mujeres, la colombiana indocumentada y la americana solitaria, se iban caminando del brazo hasta el Carnegie Deli, donde pedían pastrami y pepinillos o *matzoh balls*, para rematar con un *cheesecake* de fresas. Siempre pagaba la señora Hannah, y como ninguna de las dos comía mucho, venían sobrando montañas de comida que el mesero envolvía en papel de aluminio y que Bolivia se llevaba en el *subway* 7, derecho desde Times Square casi hasta la propia puerta de su casa, una habitación que compartía en Jackson Heights con una dominicana y su sobrina, quienes a su vez recibían allí mismo visitas temporales o permanentes de familiares o conocidos. Lo interesante es la cadena alimenticia que a partir de ahí se generaba, porque en esa habitación de Jackson Heights cenaron a diario un promedio de cinco personas durante cuatro meses y medio, sin que ninguna de ellas pusiera un pie en un supermercado; les bastaba con el agua de la llave y las *doggy bags* que Bolivia traía del Carnegie Deli.

»Una pésima influencia sobre Bolivia —le dijo Socorro a Rose—. Yo sé por qué se lo digo. Una pésima influencia, la de esas dos dominicanas. Se llamaban Chelo y Hectorita, y eran tía y sobrina. Aquí vinieron un par de veces, con Bolivia. Chelo era la tía, Hectorita la sobrina.

»Del sueldo que Bolivia recibía en la calle 55, casi todo lo enviaba a Colombia para el mantenimiento de sus dos hijas. Vivía con lo poco que quedaba, y el resto lo ahorraba. Pero el resto no era nada, nunca le quedaba nada para su propósito único y principal: pagarles a las niñas visas y pasajes. Para ese fin había abierto una cuenta de ahorros que no engordaba, pobre cuenta anoréxica que se vaciaba cada vez que alguna de las niñas se enfermaba, o cumplía años, y quienes las cuidaban pedían dinero extra para cubrir la emergencia.

»—No va a haber año en que tus niñas no se enfermen o cumplan años, al menos una vez al año —la puyaban las dominicanas—. Mientras sigas de sirvienta, nunca vas a ahorrar. Deja esa vaina, niña, saca los pies, tú consigues algo mejor.

»—¿Y la pobre señora Hanna? —protestaba Bolivia.

»—La pobre señora Hanna es rica. Tú eres la pobre.

»—¿Y qué vamos a comer, sin el pastrami y sin las maza bols?

»—Ahí vemos, ahí nos arreglamos.

»—Pero la señora Hanna y yo somos amigas...

»—Amigas, las güevas. A las cosas por su nombre. La señora Hanna es la señora. Tú eres la criada. Pero de aquí en adelante vas a ser maquila.

»—Maquila...

»—Te vamos a llevar con el capataz donde nosotras chambeamos. Vas a entrar a la fábrica. Y vamos a darnos un jumo para celebrar.

»Se trataba de una fábrica de *blue jeans*, uno de esos *sweat-*

shops, o reductos de semiesclavitud que supuestamente hacía mucho habían sido clausurados y penalizados en la ciudad de Nueva York, pero que en realidad seguían funcionando a todo vapor. Para que Bolivia llegara preparada a su entrevista de trabajo, las dominicanas la adiestraron psicológicamente, la tranquilizaron con gotas homeopáticas y la instruyeron en las preguntas que tendría que responder. Lo coges con suavena, le aconsejaron para que no se dejara intimidar por el carácter agrio del capataz, que se hacía llamar Olvenis y era uno de esos tipos secos y angulosos, de barba erizada, que si te rozan, te raspan; un origami de papel de lija, ése era Olvenis, el capataz.

»—Cuando te pregunte si sabes manejar máquina industrial, tú dile que sí.

»—Pero si no tengo idea —rezongaba Bolivia—, si nunca en mi vida.

»—Tú nos haces caso y le dices que sí.

»—¿Y cómo respondo, con este inglés de mierda?

»—*No problem*, el de él es peor, porque no es americano. La dueña del establecimiento sí, ni más ni menos que Martha Camps, ya sabes quién, ¿o no lo sabes? En qué mundo vives, niña, ¡Martha Camps! ¡La famosa de la tele! Pero Martha Camps ni asoma, para eso tiene al capataz, que casi no habla el inglés. Si aquí en New York el inglés se da escaso, no te hagas bola, siempre encuentras alguno que lo habla peor que tú. ¿Acaso no sabes decir *yes*? Cualquier cosa que pregunte, tú dile *yes*. ¿O te parece muy difícil decir *yes*? *Yes, mister Olvenis, yes, yes. Yes, of course, mister Olvenis, thank you mister Olvenis, thank you very much.*

»—¿Y cuánto pido de paga?

»—No le pides nada, aceptas lo que buenamente te dé, así empezamos todas, ya luego vas mejorando, y si no mejoras, te largas a buscar por otro lado. Por aquí la chamba clandestina funciona así.

»—¿Si pregunta si tengo papeles?

»—No te va a preguntar, sabe que ninguna tenemos y ahí está el detalle, en eso va el negocio, sin papeles puede pagarnos mal, o no pagarnos, depende de qué tan revuelta tenga la bilis ese mes.

»La llevaron hasta un edificio clausurado y cruzado por cinta plástica amarilla, de la que dice *police line do not cross*. Sobre la fachada, cartelones oficiales que denunciaban embargo por mora en el pago de *taxes*; al frente un muladar acumulado; los vidrios rotos y las ventanas tapiadas con tablones, y si pasabas por allí desprevenido, podías jurar que sólo las ratas y el polvo vivían en ese lugar. Aquí es, le dijeron. ¿Aquí? Ven, se entra por detrás. Atravesaron casi a oscuras un depósito de maderas adosado a la parte trasera del edificio, Chelo y Hectorita adelante, Bolivia detrás, y luego tantearon peldaño a peldaño para subir por una escalera crujiente. ¡Cristo Jesús! ¿Cuántos pisos faltan? Ánimo, niña, que van cinco y quedan cuatro, y cuando ya Bolivia no tenía alientos, escuchó el ronroneo de máquinas que provenía del fondo. Y ninguna voz humana, como si las máquinas marcharan solas. Ya llegamos, es aquí. Abrieron una puerta metálica y el golpe de luz las cegó, y cuando las imágenes se delinearon en medio del relumbrón, Bolivia pudo distinguir las presencias silenciosas de unas veinte mujeres, todas ellas jóvenes, apretadas en mesas largas, cada una concentrada en su máquina de coser como si en el mundo no existiera nada más. Parecen zombis, pensó, y apenas si alcanzó a quitarse el abrigo cuando ya la habían sentado entre dos, frente a su propia máquina. Por cada *jean* que debía confeccionar, le habían suministrado doce piezas de *denim*, seis remaches, cinco botones, cuatro etiquetas, una cremallera y una única instrucción, que el jefe le dio una vez y no le volvió a repetir: tenía treinta minutos para terminar cada *jean*. Las dominicanas le habían hecho la cuenta, treinta minutos por *jean*, veinte *jeans* por trabajadora en jornadas de diez horas de trabajo, menos fallas mecánicas, errores humanos, *lunch break*, eventuales cortes de luz y paradas a hacer pipí, para un total de trescientos a trescientos veinte pares de *blue jeans* confeccionados y empacados al final de cada día del año.

»—Madre mía —había suspirado Bolivia—, y quién anda por ahí poniéndose tanto *jean*.

»Trató de recordar las indicaciones que así en frío y en teoría le habían dado sus amigas sobre cómo funcionaba aquello, se echó la bendición, dijo por mis hijas, y con el pie derecho hundió el pedal. Para comprobar enseguida que un aparato industrial como el que tenía delante era un monstruo con vida propia, un caballo desbocado que se tragaba la tela y enredaba los hilos antes de que ella alcanzara siquiera a quitar el pie del pedal. A veces la aguja le atrapaba los dedos, pero les pasaba por encima tan rápido que cuando ella veía las manchas de sangre en el *denim* ni siquiera sabía de dónde provenían. Al tercer día Olvenis la había llamado a su oficina para hablarle fuerte, golpeado, le gritó groserías en ese inglés de él, demasiado parecido a su extraño idioma natal, y aunque Bolivia no le entendiera, bien que adivinó de qué se trataba. La estaban despidiendo por descarada, por mentirosa, porque jamás había manejado una máquina industrial. A ella la sangre se le subió a la cara y enseguida se le bajó toda de un sopetón. Se puso muy pálida, se le nublaron los ojos, los oídos le timbraron, sintió que iba a ensuciarse encima y cayó al suelo sin sentido, ahí mismo, en el piso de cemento de la oficina del capataz.

»—Hice el papelón más ridículo —les lloró esa noche a sus amigas, echada en su colchón y con compresas de alcohol sobre la frente.

»A la mañana estaba regresando donde la vieja señora de la calle 55, a pedirle perdón por haberla dejado sin previo aviso y a rogarle que le diera una segunda oportunidad. Pero la señora de la 55 ya había contratado a una chica oriental. Y en todo caso a la noche, las dominicanas traían noticias alentadoras a la habitación de Jackson Heights.

»—Te sirvió el desmayo, Bolivia —le dijeron—, a Olvenis le dio lástima y te manda decir que te recibe de nuevo, pero sólo si te encargas de la plancha.

»El planchado era el trabajo peor pagado y más duro, sobre todo por el vapor y el calor. Tenía que planchar *blue jeans* durante toda la jornada en un cuarto de dos por dos, caliente como un horno, cero ventanas y poca ventilación. Y es que las ventanas ciegas no eran casualidad, los dueños se cuidaban de que el taller no fuera detectado desde el exterior. Era verano y Bolivia se asfixiaba entre las montañas de *jeans*. A la semana creyó que se moría, a los quince días resucitaba, al mes volvía a desfallecer. Pero el recuerdo de sus dos hijas la mantenía en pie. No daba más, tomaba la decisión de renunciar pero no lo hacía, debía aguantar para traerse a sus hijas cuanto antes, costara lo que costase las iba a traer, así se cayera muerta las traería, y una vez al mes, antes de regresar a su habitación en la noche, se echaba la pasada por el Telecom Queens de Roosevelt Ave, donde docenas de colombianos hacían cola ante las cabinas telefónicas para llamar a su patria. Desde allí hablaba con su hija mayor y lloraba con ella, luego marcaba el otro número para tratar de comunicarse con su hija menor pero nunca podía, la señora que la atendía alguna disculpa sacaba, hoy Violeta no anda por aquí, o ya está dormida, o es tímida, le decía a Bolivia, tienes que comprender, hace mucho que no ve a su mamá, recuperar su confianza no te va a quedar fácil, no va a ser cosa de un momento a otro, tenle paciencia a la niña, que está confundida, tiene un lío en la cabeza, tenle paciencia que ya se le pasará.

»Y al otro día, vuelta Bolivia a la fábrica y a la plancha y al calorón desde las siete de la mañana, con media hora de receso para el *lunch break*, sólo café con leche y donas, que les traía un mensajero y ellas tenían que consumir ahí mismo, porque no les estaba permitido bajar a esa hora a la calle, y que además debían pagar de su bolsillo, el mismo menú, café con leche y donas, café con leche y donas, para todas las veinte obreras todos los días de la semana, y luego a la tarde Bolivia seguía trabajando hasta las cinco y cuarto. ¿Y qué hacía ella ahí, un cuarto de hora más que las demás?

Socorro de Salmon le contó a Rose que a eso se refería alguna de las 17 páginas que había tenido que quemar.

—Ahí en esa fábrica, después de las cinco de la tarde —le chismoseó a Rose—, cuando ya se habían ido a casa sus amigas, las dominicanas esas, y todas las demás, Bolivia ya no planchaba, la pobre tenía que ejecutar otro tipo de trabajo manual.

—¿Sobre Olvenis?

—Algo así.

—Esclava laboral y esclava sexual.

—Ésa era su desgracia.

—¿Y nunca se divertía, su amiga Bolivia? —preguntó Rose—. ¿Ni siquiera iba al cine? De vez en cuando saldría a bailar...

—Bueno, necesitaba todo el dinero extra que pudiera conseguir.

—Para traer a sus hijas a América.

—Así es. Júreme que no lo repite, pero la verdad es que en un momento crítico, Bolivia hasta llegó a ser teibolera.

—¿Qué cosa?

—Teibolera. Yo tampoco conocía la palabra, teibolera, o sea una mujer que baila sobre el teibol, o sea la mesa. Topless, que llaman, y ya sabe cómo es eso —Socorrito bajó la voz, como para susurrar un secreto—, con los pechos al aire. Bien llenos que los tenía Bolivia, con razón podía explotarlos. Y todo por traer a sus niñas a América.

—Hay algo que no me suena, Socorro —comentó Rose—. Demasiada abnegación. ¿Para qué las había dejado, en primer lugar?

—Pues no era propiamente un asunto de hambre, no era de esos casos en que la persona no tiene con qué darles de comer a sus crías. No era tan así. Allá en su pueblo Bolivia llevaba una vida más o menos, ya le digo, con una familia que la apoyaba, todas esas tías y primas con nombre de mapa, más dos trabajos y varios novios, incluyendo a los padres desconocidos de sus hijas, y modestia aparte no le faltaba mi amistad, yo contaba con recursos y de vez en cuando la ayudaba...

—Veo —dijo Rose—. No era propiamente un escenario extremo de hambre y miseria.

—Mire, señor Rose, lo que ella quería era una vida soñada. Ella salió corriendo detrás de un sueño, ¿sabe lo que es eso?

—¿Hasta el punto de dejar solas a las hijas durante cinco años?

—Así pasa.

—¿No habrá dejado a sus hijas allá lejos porque le estorbaban?

—Calle esa boca, señor Rose, cómo se le ocurre decir semejante cosa, si Bolivia se mató durante años para poder traerlas...

—Abandonar a los hijos le produce calambres de conciencia a cualquiera. Yo sé por qué se lo digo. Bolivia se castigaba trabajando noche y día, y así mataba la culpa de haberlas abandonado. Hay cosas que uno entiende porque las ha vivido. Pero estoy seguro de que esas 17 páginas faltantes decían algo más.

—Pues sí, decían algo más. Lo más horrible para mí. Esas páginas mencionaban a mi marido.

—Déjeme adivinar... ¿Bolivia y el señor Salmon? ¿De ahí su bronca contra su amiga, Socorro?

—Bolivia era una rebuscadora... Y la hija también es así. Tal la madre, tal la hija, y no son calumnias mías. Antes de liquidar al pobre policía, María Paz ya había desplumado a unos cuantos.

—¿A usted le consta, Socorro?

—Pues constarme, no me consta, pero no es difícil de adivinar. Si lo haces una vez, puedes volver a hacerlo... Como le digo no me consta, claro que esa muchacha es tremenda...

—Está hablando con rabia, Socorro, quiero entender que está sangrando por la herida, Bolivia la lastimó a usted, y usted se está desquitando con su hija. ¿No será eso? Para mí es muy importante saber la verdad: piense bien, por favor, ¿tiene bases para eso que está insinuando?

—«Bases para eso que está insinuando», madre mía, ya me suena usted a detective, me está asustando...

—Perdone, no era mi intención, sólo necesito aclarar los hechos, pero no se preocupe, es por razones enteramente personales.

—Qué tal si nos echamos otro tintico...

—Venga, otro tintico.

—¿Y si se lo enveneno?

—¿Cómo dice?

—Si le corto el tinto con tantico aguardientico...

—De acuerdo, Socorrito, envenene el tintico, pero escúcheme, el abogado de María Paz dice que ella no lo hizo.

—Eh, ave María, valiente abogado, hasta acá trajo un día a la muchacha en ese carro rojo de *sport* que tiene, yo de usted no le creía de a mucho a ese abogado, que no parece muy profesional que digamos.

—¿María Paz andaba con el abogado en un coche rojo de *sport*?

—Por eso le digo. En un coche rojo de *sport*.

Mientras trabajaba en la maquila clandestina, Bolivia había comprobado que rara vez alguien se acercaba por el cuarto de la plancha, nadie iba hasta allá atrás, así que una mañana de calor horrible, se animó a quitarse la camisa mientras trabajaba. Al otro día se quitó la camisa y la falda, y cada vez se fue volviendo más audaz, hasta que terminó planchando en brassier y cucos y ya luego nada, con el puro cuerpo juagado en sudor y el pelo chorreando.

—Teibolera al fin y al cabo —moralizó Socorro—. Mi marido dice que con eso no se juega. Los senos como los perros bravos, sólo se sueltan de noche y en casa.

Con el rociador de los *jeans*, Bolivia se echaba agua por la cara y por la espalda, y en los peores días de sofoco, llegó hasta a pararse dentro de un platón de agua fría. Se acomodó bien ahí, en el cuartico de la plancha, el único lugar donde podía estar fresca en verano. Y caliente en invierno, mientras las demás tiritaban de frío en la sala sin calefacción, y además planchar siempre le había gustado, desde niña lo hacía bien, su abuela América le había enseñado a humedecer la tela con almidón, a aromatizarla con agua de lavanda y a pasarle una de esas pesadas planchas de hierro que se llenaban con carbón ardiendo, porque la abuela se empeñaba en seguir utilizándola pese a que ya le habían regalado la eléctrica, y con esa misma plancha de hierro le enseñó el oficio a su nieta Bolivia, quien años más tarde lo utilizaría para sobrevivir en ese país de ensueño, que no por nada llevaba el mismo nombre de su abuela América, así que Bolivia, mientras dominaba los cerros de jeans en el cuartico de la plancha, recordaba a su abuela y eso le proporcionaba felicidad, y se esmeraba porque cada *jean* le quedara perfecto, mira, abuela, le decía, éste nos salió bien, sólo nos faltan cincuenta, abuela, y ahora cuarenta, y la abuela parecía responderle desde el más allá, ánimo, mi niña, no te canses todavía que ya no son sino treinta, y veinte, y diez, y ya casi vas a acabar. Ahí sola, en ese espacio pequeño y cerrado, milagrosamente privado, Bolivia podía inclusive soñar, podía darse el lujo de pensar en sus hijas, de imaginar el reencuentro, una vez y otra vez y otra vez, mil veces visionaba cada detalle del momento en que por fin volverían a juntarse y a ser de nuevo familia.

—Pero lo estoy cansando, míster, a usted lo aburren esas minucias de mujeres, que almidón, que plancha, que agua de lavanda, que máquina de coser... A usted todo eso qué le va a interesar.

—No son minucias, son cosas de trabajo, y sí me interesan. Son los trabajos que hace una persona para sobrevivir. Y no son cosas de mujeres, son cosas de humanos. Siga, Socorro, que sí me interesa. ¿Hasta cuándo trabajó Bolivia en esa fábrica?

—Hasta que murió, señor, hasta que murió. Pobre mi amiga Bolivia, ojalá haya podido descansar en paz.

—Una última cosa, Socorro. La más urgente. La verdadera razón de esta visita: ¿me puede decir dónde está ella?

—Cómo no, está enterrada en el St. John Cementery. Si quiere ir a visitarla, yo de golpe hasta lo acompaño, hace mucho que...

—Espere un momento, doña Socorro... ¿Me está diciendo que María Paz murió?

—¡María Paz no, señor! Dios nos libre. Me refería a Bolivia. Bolivia murió hace rato, ya le conté cómo, y está enterrada en el St. John. El St. John Cementery, de Queens.

—Entonces María Paz está viva...

—Pues sí, hasta donde yo sé.

—Dígame, por favor, Socorro, dónde encontrarla. Para mí es muy importante, por razones difíciles de explicar.

—Quiere encontrarla por lo del libro, ¿cierto?

—No exactamente. Pero si fuera por el libro, ¿me diría dónde está?

—Ay, mi amor, si lo supiera... Pero no tengo idea, se lo juro, ¿no le digo que la última vez que la vi fue cuando le hice esa visita a la cárcel?

—¿No dice que un día el abogado la trajo hasta acá en su coche rojo de *sport*?

—Ay, míster Rose, le pido mil disculpas, pero es mejor que se vaya yendo de una vez. Y no es por ofender. Por mí fuera, encantada de seguir con esta charla tan agradable. Pero va a llegar mi marido, ya sabe...

Durante el regreso en el ferry desde Staten Island, Rose se fue de pie en cubierta, apartado de los demás pasajeros, con la mirada clavada en la ancha estela de espuma que el ferry iba dejando en el agua color alquitrán. Se compró un talego *extra-large* de palomitas de maíz y las fue tirando al agua una tras otra sin comerse ninguna, y al final tiró también el talego y vio cómo el remolino lo engullía de un jalón. Esa noche se quedó en el cuarto de estudiante que había dejado su hijo Cleve, un dormitorio con baño, clóset y cocina compactados en menos de 80 pies cuadrados en un edificio ruinoso de Saint Mark's Place, y no habían pasado doce horas desde que se despidió de Socorro de Salmon, o mejor dicho desde que Socorro de Salmon lo despidió a él, cuando escuchó que sonaba el teléfono. Todavía no amanecía, Rose contestó entre sueños y sin saber de quién podía ser esa voz masculina que le hablaba tan a destiempo.

—¿Estaba dormido? —le preguntó la voz.

—Hasta que usted me despertó.

—Pues espabile, amigo, porque es urgente. Tenemos que salir en una hora —le ordenó alguien que Rose por fin reconoció: se trataba de Pro Bono.

Del cuaderno de Cleve

Paz se me ha convertido en una criatura perturbadora con dos cabezas, una especie de monstruo bicéfalo que me urge descifrar, para tratar de entender la maraña de sentimientos que despierta en mí. La Paz de la primera cabeza viene de un mundo lejano pero que alguna vez, allá en Colombia, me abrió sus puertas, alguien a quien yo siento parecido a mí, o igual, o incluso mejor; una muchacha ruda y dura que vive la vida con más intensidad que yo, que es más hábil para lidiar con el otro lado del tapiz, y al mismo tiempo más abierta a la alegría, alguien con quien me encantaría tener la libertad de sentarme a conversar durante horas. O ir al cine y después a cenar. O compartir cama, sobre todo eso, por qué no, qué tiene de raro desear locamente a una chica guapa así sea tu alumna, o esté presa o sea delincuente. De esta Paz de la primera cabeza puedo decir que es morena y oscura sin temor a ofender, oscura de piel y oscura ella misma por impenetrable, y por eso mismo inquietante. Es alguien que me saca del cansancio que arrastro frente a lo obvio, lo claro y limpio y codificado. Mi amigo Alan Reed, que vive en Praga, me invitó hace unos años a visitar esa ciudad, pero ven pronto, me apuraba en su carta, antes de que el capitalismo acabe de policharlo todo. A lo mejor eso busco en Paz, alguien todavía no polichado por el capitalismo. Quisiera tocar su piel, que es distinta a la mía, sentir su piel morena contra mi piel clara, enfrentarme a las amenazas y a las promesas de ese contacto, someterme a la iniciación pavorosa y casi sacra que implica. Traspasar el umbral. El *Cantar de los Cantares* habla de unirse a una mujer que es «bella, y oscura como las tiendas de Qedar». Así veo a esta primera Paz, oscura como las tiendas de Qedar, y oscura también como Otelo, a quien Yago llama el Moro (de moro viene la palabra morena), y alguna vez leí en una revista de deportes unas palabras, casi un conjuro, de Boris Becker, el tenista blanco como la leche que se casó con una mujer negra, y que confesaba maravillado que no se había percatado de cuán oscura era la piel de ella hasta el amanecer de su primera noche de amor, cuando la vio desnuda contra las sábanas blancas.

El caso de la segunda cabeza es más complicado porque está enraizado en viejos miedos y en prejuicios generalizados de los cuales no puedo decir con honestidad que yo esté del todo exento. Esta Paz de la segunda cabeza es la misma de antes, pero vista con otros ojos y con un abismo de por medio, alguien venido de un universo incomprensible y lejano de tierras empobrecidas, hambrientas y violentas, esas que salieron mal libradas del reparto. Además es alguien de otra raza, y ahí estaría la clave; alguien con un letrero en la frente que indica su raza, que no es la misma mía, y con un color diferente al mío. Alguien con quien yo temería ir a la cama porque en la intimidad podría comportarse distinto, y tendría otras costumbres sexuales y a lo mejor despediría un olor fuerte y desconcertante. Alguien que se alimenta de cosas que yo ni siquiera me atrevo a probar. Alguien con cuentas pendientes con la justicia, capaz de cometer fechorías impensables en mi caso. Otra clase de ser humano, como los que van descalzos en procesiones religiosas por las calles empedradas de su pueblo, los que cultivan maíz en una parcela para alimentar a sus innumerables hijos, los que se meten a la guerrilla y son torturados por algún dictador militar. Por si fuera poco, esta María Paz de la segunda cabeza tiene una mirada demasiado intensa que puede penetrarme, y es que en el fondo para nosotros, las gentes de ojos claros, unos ojos negros pueden encerrar algo malvado, algo tal vez bello pero también malvado, como quien dice una trampa; basta con observar a Penélope Cruz cuando anuncia rímel en una valla publicitaria, para darse cuenta de que esa clase de ojos bien podría hipnotizarte para después violarte, o al menos para robarte el celular o la billetera; se supone que un ojizarco como yo debería pensársela dos veces antes de confiarle un hijo, o una tarjeta de crédito, a una persona de ojos tan oscuros como los de mi Paz. Antes que una persona, esta segunda María Paz sería una extranjera, con las implicaciones de recelo y de rechazo que esa palabra contiene; no por nada proviene del latín *extraneo*, desheredado, o *extraneus*, externo, de la parte de afuera, extraño, raro, que no me resulta familiar. Es una *foreigner*, del latín *foras*, afuera, de fuera, alguien venido de lejos, de lo exterior. O forastera, de *foris*, puerta, entrada: alguien que permanece del otro lado de mi puerta cerrada, que no traspasa mi entrada. Y forastera del latín *foresta*, bosque, selva: alguien que viene del bosque, un ser salvaje, selvático, y por tanto ajeno a la paz y la seguridad de mi casa y de lo mío. Alguien, en fin, a quien mantenemos encerrado en una cárcel como Manninpox, a ella como a tantos miles de latinos y latinas, negros y negras, básicamente por la razón de que cumplen con las características que acabo de enumerar.

5

Del manuscrito de María Paz

Usted tenía un olor, míster Rose. Yo trataba de acercármele, no para tocarlo, no me hubiera atrevido, sino para olerlo. Usted era buena gente y se esforzaba por parecer calmado, ponía cara de todo bien y aquí no pasa nada, pero la tensión que traía por dentro se lo comía vivo y formaba alrededor suyo una zona de alarma. Creo que hubieran saltado chispas si cualquiera de nosotras, las internas, lo hubiera siquiera rozado. Se lo veía eléctrico, míster, sobre todo al principio. En las primeras clases estaba tan tenso que casi temblaba dentro de sus camisitas Lacoste. Se comprende. A cualquiera le pasa, si anda desprotegido en esta cueva de ladronas. Pero no todas lo somos, eso que quede claro, aquí las peligrosas son minoría. Pero también hay cada ficha, para qué voy a negárselo, mujeres más malas que pegarle a la mamá. Y no es sólo un dicho, hay una tal Melissa que paga de por vida por matar a su viejita dándole por la cabeza con una tostadora, mejor dicho la tostó, tostó a su progenitora, dígame no más de qué grado de maldad estamos hablando. No lo culpo por andar ensuciado en los pantalones, no crea que no lo entiendo, yo misma soy la primera en cubrirme la espalda para que no me caigan por detrás y me dañen. En todo caso, a mí me gustaba que usted oliera a mundo de afuera. Las guardias también salen y vuelven a entrar, lo hacen a diario, pero no traen enredado ese poco de aire fresco, están tan impregnadas de encierro como nosotras, y es que al fin de cuentas también ellas son prisioneras, o casi, o tal vez peor; lo nuestro al menos es a la fuerza, y en cambio lo de ellas es decisión propia. Su olor, míster Rose, me traía noticias de cosas tan fuera de mi alcance que me daba por creer que ni siquiera existían, que me las inventaba, que sólo vivían en mi añoranza. No hay ventanas en esta área restringida en que me tienen segregada desde hace una semana, ninguna ventana. En cambio en el 12-GPU, donde estaba antes y donde espero volver pronto, hay una ventana que da a la calle. Entiéndame, ventanas hay varias, pero todas interiores. Ésa es la única que da a la calle. Alta en la pared, cerca a los baños, como un ojo que mira hacia afuera, o una barquita que navega hacia allá. Pequeña, la ventana, no vaya a creer que gran cosa, y casi cegada por la reja. Pero si te encaramas en la banqueta, la ventanita te queda a la altura de los ojos y te permite ver un trozo de calle. Un recorte nada más, a la distancia, nada especial, sin transeúntes, ni siquiera un árbol, ni un letrero, apenas un trozo de asfalto y un tramo de muro, haga de cuenta una foto en blanco y negro, de esas que se disparan por equivocación, cuando no estás enfocando nada ni a nadie. Sólo eso se ve, y sin embargo siempre hay alguna interna parada en la banqueta y mirando hacia allá, los ojos escapados hacia eso que llaman mundo de afuera, la mente volada hacia un hijo, o una madre, o una casa, lo que sea, cualquier cosa amable de su vida de antes, póngale por caso un jardín, digamos una planta que regaba todos los días y que ahora debe estar seca. O un enamorado, las hay aquí adentro volando de la tusa por cuenta de algún tipo que anda de aquel lado. Y es que hasta a la más miserable algo se le queda, algo que la está esperando y que espejea en el vidrio de esa única ventana, en el 12-GPU, cerca a los baños. Siempre hay ahí una interna parada en la banqueta, y otras cinco o seis esperando turno. Si alguna se impacienta y empieza a gritarle a la que está arriba, bájate ya, cabrona, o te crees que es para ti sola, las demás enseguida la callan. Ese momento se respeta. Hay que saber aguardar con calma, señor, para poder mirar por la ventanita aquella y suspirar un rato. Observando ese retazo de calle yo me pregunto, ¿ésa será América? Mejor dicho la pregunta se la hago a Bolivia, la difunta, porque últimamente me ha dado por conversar con ella. Qué dices, madre, tú eres la que sabe, al fin y al cabo se trata de tu sueño. ¿O América es más bien esto de acá adentro?

Usted se preguntará si yo me pregunto cómo escapar. Sí, me lo pregunto. Hoy por hoy, es la única pregunta que importa. Pero rebota, no acabo de formularla cuando ya se me devuelve. Queda encerrada dentro de mi cabeza y ahí resuena y retruena, porque apunta a un propósito ciego. No hay cómo salir de Manninpox, ésa es la verdad, no hay por dónde. Por más vueltas que le dé, no logro imaginarme una huida posible. Aunque sí, sí la imagino, mis neuronas y mis células se han confabulado, van tramando algo y de alguna forma ya empezaron a ponerlo en práctica. Está claro que de cuerpo entero no podré escapar, es decir con todo y mis ojos, mi pelo, mis huesos, mi carne. Lo único de mí que puede salir es mi sangre, que corre libre y no para hasta encontrarse lejos. Y ahí va, ahí va el caminito de mi sangre, chorreando, chorreando, resbalando, escurriendo, gota a gota en busca de la luz del día, hallando agujeros por donde colarse, escabulléndose por entre las piedras, traspasando rejas y rendijas, filtrando muros, deslizándose bajo los pies de las guardias, sin pedir permiso ni llamar la atención, sin hacer sonar alarmas. Así, y sólo así, es posible para mí regresar al mundo libre. Convertida en hilo de sangre atravieso el campo, corro suavecito por las autopistas y luego bajo por el bosque hasta llegar al internado para adolescentes especiales donde se encuentra mi hermana Violeta. Desde lejos la veo sentada a la sombra de esos viejos árboles que la apaciguan y así me quedo un buen rato, yo mirándola a ella y ella mirando hacia su propio adentro, y luego me le acerco para pedirle perdón, todo es culpa mía, Violeta, le digo, voy a venir por ti, hermanita, voy a llevarte conmigo, de ahora en adelante estaremos juntas las dos para siempre, nada ni nadie se va a interponer en nuestros planes, te juro por Bolivia que te voy a cumplir, si tú me perdonas. Esa promesa solemne le haré: voy a volver por ti. Y voy a cumplirle. Sobreviviré sólo para cumplirle a Violeta. Así se lo digo y le pido que me espere unos días más, que tenga paciencia mientras corro al lugar sembrado de cruces y cubierto de nieve donde mi madre reposa, mamacita linda, le digo a ella también, vengo a pedirte perdón, ¿de qué?, no lo sé, si nada te he hecho, soy inocente de lo que me acusan, pero ya sabes cómo funciona la cabeza, la culpabilidad es grande aunque no haya culpa, así que vengo a pedirte perdón y si acaso a dejarte unas rosas y eso será todo, supongo, porque al fin de cuentas estando tú muerta no es gran cosa lo que aportas, y qué tanto puedo esperar de ti, si por mucho que te hable no me respondes. O a lo mejor, qué risa, grabo en tu lápida algo así como «Madre, no te merezco pero te necesito», la frase que lleva tatuada en un brazo Margarita, una interna peruana que es tan sentimental como tú, y aquí todas se burlan de ella por eso. Y luego sigo corriendo, hecha caminito de una sangre ya un poco más viva, un poco más liviana, hasta llegar a mi casa para abrir la ventana y dejar que entren el sol y el aire, y me quedo un rato mirando mis cosas, mi diploma de bachiller, las cartas de Cami y Pati, las fotos de cuando niñas, mis almohadones de crochet en hilo blanco, mi alcoba decorada en verde menta, mis perlas cultivadas, la caja de chocolates suizos que acababan de regalarme mis compañeras de trabajo. Y le pido perdón a mi perro Hero. Sobre todo eso, que me perdone Hero porque no sé si habrá logrado sobrevivir al abandono, le pregunto quién le da de comer desde que no estoy, ven acá perrito, le digo, ya nunca me vuelvo a ir, le aseguro rascándole la panza. Él cree lo que le digo y ya más tranquilo se echa a dormir en mi cama. Así que sí. Eso haré allá afuera, míster Rose, cuando me suelten, si es que algún día me sueltan, o cuando logre escapar: me llevaré conmigo a Violeta y a Hero y los tres juntos viviremos la vida de todos los días, o sea la buena vida. Eso es lo que haré: lo mismo de siempre. Porque aquí adentro son esas cosas normales, las de rutina, las que te matan de nostalgia. Pero no va a ser fácil. Cuando salga de aquí, lidiar con el mundo no va a ser fácil. Todo lo destruyeron los hombres que allanaron mi apartamento. Lo que tocaron, lo ensuciaron. Mearon el colchón y el sofá, echaron mis pertenencias en bolsas negras de plástico que sacaron de allí como quien arrastra muertos, arrancaron el tapete, las cortinas y los forros de los muebles, reventaron las chapas, vaciaron los cajones y dejaron mi casa rota y abierta, la entrada como puerta de bar, para que empuje y entre todo el que quiera. Pero de eso poco recuerdo, y si no lo recuerdo es porque no ha ocurrido, prefiero creer que mi casa está esperándome tal como me gustaba dejarla cuando salía en las mañanas, la cama tendida, cada cosa en su lugar, la ropa planchada, trapeada la terraza, aspirada la alfombra, el baño impecable, y lo primero que haré al regresar, bueno, lo segundo después de ocuparme de Hero, será prepararme un desayuno impresionante para calmar el hambre acumulada. Jugo de naranjas recién exprimidas, café con leche, *hotcakes* Aunt Jemima con sirope, y fruta, mucha fruta, fresas y duraznos y manzanas y papaya y mango y chirimoya, y además un par de huevos pericos a la colombiana, bien batidos y con picadito de tomate y cebolla, y *bagel* con queso crema, y también pan recién tostado con mantequilla y *peanut butter*. Y un buen vaso de Coca Light con mucho hielo. ¿Todo eso? Sí, todo eso. Voy a poner todo eso en una bandeja con carpeta de las bordadas a mano que heredé de Bolivia, y voy a tomar el desayuno en la cama, como a veces los domingos, sin afán ni sobresalto, en piyama y viendo viejas temporadas de *Friends* por la tele. Y otra cosa. Cuando salga de aquí, ¿iré a buscar a Greg? A Sleepy Joe, ¿quisiera volver a verlo? Buenas preguntas. Le confieso la verdad: creo que la respuesta es no. Ni lo uno, ni lo otro. Ni siquiera pienso en el reencuentro con Greg o con Joe. De ellos a duras penas me acuerdo, tal vez porque les echo la culpa de muchas cosas. Mi memoria se ha vuelto caprichosa, míster Rose, se queda con lo claro y borra lo confuso, se apega al pasado y rechaza lo reciente, y según me parece, se va liberando de lo que encuentra chocante o incomprensible. A Greg y a Sleepy Joe será mejor dejarlos donde están, tragados por la niebla. Todo el caudal de mi pensamiento, o casi todo, se va hacia mi hermana Violeta, ella copa por entero mis recuerdos, los del pasado y los del porvenir. Estoy en deuda con ella, ¿entiende? Con Violeta. Una deuda grande, enorme, aplastante. Tengo que sacarla de ese internado para adolescentes autistas donde la dejé contra su voluntad. Tengo que salir de aquí, de Manninpox, para cumplirle a Violeta. Y ojo, míster Rose, que todo este plan no es imposible. Digo, mi plan de escape. Aquí donde me ve, creo que ya he empezado a ejecutarlo. Según todo indica, deshacerme en sangre es un hecho que se va cumpliendo.

Es como si me hubieran quitado un tapón y por ahí me fuera vaciando. Como si al no poder salir de estos muros, hubiera decidido salirme de mí misma. Pero no piense que me gusta la idea de morirme. He tratado de impedir la hemorragia, no crea que no, con compresas, drogas, brujerías, yoga, conjuros, oraciones, hasta algodones entrapados en árnica y jengibre. De nada vale. Empecé con este drama recién llegada a Manninpox, en el comedor, a la hora del almuerzo. Me habían asignado puesto fijo en una de las mesas, que son largas, para ocho o diez reclusas, y a lado y lado tienen bancos sin respaldo. Ese día terminé de comer, me paré con mi bandeja y me dirigí hacia la esquina donde debemos entregarla antes de que suene el timbre, y estaba yo en ésas cuando me pareció notar que las demás se abrían, apartándose de mi camino. Ya me habían advertido de que uno de los momentos traicioneros aquí adentro es cuando caminas con tus dos manos ocupadas sosteniendo la bandeja y pueden aprovechar para caerte. Si alguna quiere joderte, es el momento indicado, te chuza de costado y después se refunde entre la montonera. No sé si usted llegó a saberlo, pero a la Piporro (¿se acuerda de ella, la Piporro, que asistió a su taller un par de veces?), bueno, pues la Piporro iba con su bandeja cuando le perforaron la pleura con el mango afilado de una cuchara plástica. Nada por el estilo me estaba pasando a mí, más bien la angustia me vino al contrario, cuando noté que las otras se hacían a un lado y me dejaban pasar. Sentí que me miraban con asco y pensé, me van a pegar. Ésa fue la sensación que tuve. En la cárcel esas intuiciones te vienen de golpe, como una descarga. La certeza del peligro es física, el aviso te lo da tu cuerpo y no tu mente. Por ese entonces yo todavía vivía pendiente de los ojos de las otras, me aterraba que me miraran con odio, o que me miraran demasiado. Necesitaba ver cómo me miraban para saber qué esperar. Con el paso de los días aprendes que los ojos interesan menos que las manos. Lo que no debes descuidar en ningún momento son las manos de las demás, porque de ahí viene la agresión. Ojo con la que traiga las manos atrás, o en los bolsillos. El verdadero peligro está siempre en las manos.

Eso todavía no lo sabía yo, ni había hecho amigas que me defendieran. No tenía aliadas ni formaba parte de las bandas y mi hermandad con Mandra X todavía no empezaba, o sea que andaba sola y librada a mi suerte.

Ya me habían prevenido contra ella, contra Mandra X. Es la jefa de las que derraman leche, me dijeron. Yo me imaginé cualquier cosa, ¿las que derraman leche? Me sonó a algo sexual, pero más bien de varones. Ya luego pude verlo con mis propios ojos. Haciéndose las pendejas, derramaban su cartón de leche en el piso del comedor. Las Nolis: así les dicen a las chicas de Mandra. Son su clan, sus *buddies*, la secta de sus elegidas. Ibas a servirte y todo estaba encharcado en leche, las mesas, los bancos, las bandejas. Al principio pensé que lo hacían por joder, y ya después supe que era su manera de exigirle a la dirección que reemplazara la leche ordinaria por leche deslactosada. Por los pedos, ¿entiende? Aquí las celdas son de a dos, de a tres y hasta cuatro, muchas reclusas tienen rechazo a la lactosa y si la toman se les infla el buche y ahí empieza el torpedeo, o sea les produce flatulencia. ¿Se imagina lo que es pasar la noche encerrada en un cuarto de 8 × 9 pies con otras tres viejas que se pedorrean? Una cámara de gas, y perdone el mal chiste. De Mandra X decían además que era marimacho y que si alguna llegaba a gustarle, se la cogía por las malas o por las buenas. Eso decían; a mí no me constaba. Le había visto, eso sí, su tamañazo de mujer grandota; en Manninpox la que se empeñe con el *workout* y se imponga disciplina puede volverse un toro sin salir de la celda, con una rutina diaria de lagartijas, barras, sentadillas y abdominales. Era el caso de ella, de Mandra X, tan fornida que uno sospechaba que hasta un par de huevos debía de tener colgando. Y era rara. Rarísima, si la viera, más rara que un perro a cuadros. También me contaron que encabezaba la resistencia aquí adentro. Que era una guerrera, lo que aquí llaman guerrera, o sea una interna de choque. La que pone la cara ante la dirección para plantear las exigencias cuando las presas se alborotan y se desbordan. Todo eso había escuchado decir, pero hasta ese momento sólo me había topado físicamente con ella la vez del corredor, cuando se me vino encima por andar preguntando alguna cosa. También decían que las Nolis hacían pactos de sangre. Que tenían sus teorías. Que manejaban un rollo, como quien dice una filosofía propia, y practicaban ritos y hasta sacrificios. Eso decían, de ella y de su grupo, y a mí eso me sonaba bien y mal, mal por unos lados y bien por otros, sobre todo porque yo andaba indefensa y me urgía afiliarme a algo. Porque aquí la solitaria las paga y pueden forzarla a cosas feas, por ejemplo ser la mujer de alguien. O la criada de alguien. De ahora en adelante tú eres mi mujer, te dice alguna de las machorras, y si no reaccionas sacándole los ojos, te convierte en su esclava sexual. O viene una cacica y te comunica, oye, tú, vete enterando, de ahora en adelante eres mi sirvienta. O le rompes los dientes, o de por vida le lavas la ropa, le tiendes la cama, le pasas dinero, le consigues cigarros, le limpias la celda, le escribes las cartas para sus hijos o sus novios. Hasta a cortarle las uñas de los pies te obliga, y a hacerle la manicura. O también la miné, que aquí llaman el cunni. Todo eso puede sucederte, si andas desafiliada. Pero en todo caso yo les huía a Mandra X y a sus Nolis, para que no me violaran ni me forzaran a participar en sus vainas satánicas. Como que había otras opciones por considerar, como las Children of Christ, que meten un ácido que se llama *angel dust* y andan viendo a Cristo, pero por ser hermandad negra no iban a aceptarme. Están también Las Netas, pero son portorriqueñas, y Sisters of Jamiyyat Ul, para musulmanas, y el Wontan Clan, donde sí que menos, porque agrupa extremistas de la supremacía blanca.

Me fui dando cuenta de que Mandra X era una institución aquí adentro y que pertenecer a su grupo era algo conveniente. Y hoy día pertenezco. Bueno, más o menos, tampoco crea que soy de las fanáticas. En todo caso ella se ha vuelto mi protectora y consejera, mi hermana, mi *brotha*, y yo su *sweet kid*, su protegida. Una de sus protegidas, porque tiene varias. Con Mandra X nadie se atreve: ni la autoridad, ni las blancas, ni las negras. Y yo tampoco, claro; con ella hay que andarse con tacto. En cosas de amores es impositiva, celosa, arrecha, infiel, donjuana, jodida, calculadora, mejor dicho tiene todos los defectos de un mal hombre, y otros tantos. En cambio en camaradería es firme como una roca. No hay amante más peligrosa que ella, ni socia más solidaria. No voy a decirle que es mi amiga, ella no es amiga con nadie, ella se parapeta en su autoridad y no deja que se le igualen. ¿Cómo le dijera? Mandra X es una fortaleza dentro de la cárcel, un refugio para sus protegidas, un terror para sus enemigas, un novio para sus queridas, una líder para sus seguidoras.

Una vez le dije que me sentía muy sola. Fue una ingenuidad de mi parte.

—¿Sola? —me contestó con voz de puño y me soltó una arenga—. ¿Qué coños quieres decir con que estás sola, si has pasado a engrosar las filas de la tercera parte de la población de Estados Unidos, que es la que está tras las rejas? ¿Sola? ¿Así que muy solita, mi coño triste, mi muerdealmohadas? Pues espabila, pendeja, porque haces parte de la cuarta parte de toda la población penitenciaria mundial, que se encuentra aquí, en Estados Unidos.

Ahora sé que aquí no debes decir tonterías ni dejarte llevar por sentimentalismos. He ido aprendiendo a soportar mis días, algunos malos pero otros no tanto. A veces la hemorragia se detiene. Desaparece casi por completo por una semana o más, como si se hubiera cerrado la llave de mis venas. Entonces siento que la vida vuelve, que recupero la energía, y hasta la alegría, quién lo creyera, alegría pese a todo. En esos días me alimento bien, trato de recobrar fuerzas, hago ejercicio, escribo páginas y más páginas, hasta me tranquilizo pensando que en algún momento todo se va a aclarar y voy a salir de aquí, y que voy directo donde Violeta, y me entretengo soñando que compraré una casa con jardín para ella, para Hero y para mí, vaya a saber con qué dinero, aunque en realidad no importa, en los sueños el dinero no existe.

Y Mandra X, ¿quién es Mandra X, de dónde sale? Nadie lo sabe, ella no suelta prenda. Es blanca pero habla español, es varón pero tiene cuca y tetas, es justiciera y *writ writer* y sabe todo lo que puede saberse de leyes, echa pestes contra esta justicia norteamericana, dice que es la peor y más corrupta del planeta. Pero se la conoce al dedillo, imagínese, décadas aquí encerrada estudiando el Código Penal, buscándole el pierde, descubriéndole fisuras y recursos. Por eso puede darle asesoría legal a quien se la pida. Pero con respecto a ella misma todo ese conocimiento de nada le ha valido, porque está condenada a perpetua y de eso nadie, ni ella misma, ha podido salvarla. No admite preguntas sobre su persona ni se anda con chismes, y sin embargo todo lo sabe. Es la memoria viva de este lugar; según ella, el olvido y la ignorancia son los peores enemigos de una presa. Mire mi caso. Las cosas más duras que me suceden, son las primeras que se me olvidan. A partir de la noche del cumpleaños de Greg, mi marido, he vivido una cadena de horrores, pero llevo un borrón donde debía estar ordenada la secuencia de los hechos, como diría usted, organizados y a la vista en sus correspondientes repisas. Pero no, yo no. Yo guardo puro dolor, pura confusión y zonas de niebla. Mandra X no transige con eso, no me lo tolera. Me obliga a escribir sobre lo que me ha sucedido, y a repasarlo, a encararlo, a sacar consecuencias. Ella archiva datos tuyos que tu propia memoria ha borrado, y luego te los devuelve, obligándote a mirarlos de frente. Te confronta con tu propia historia. Eso aquí adentro es raro, aquí todo está programado para separarte de ti misma, para dividirte en dos y trapear el piso con las dos mitades.

A usted le consiguieron un reemplazo, míster Rose, una señora con mucho título que ocupó su puesto a las dos o tres semanas de su partida. Allá nos presentamos las que habíamos hecho el taller con usted, no crea que por traicionarlo, sólo por darle continuidad a lo que nos había enseñado. Bueno, pues la tal señora arrancó hablando de metas, de propósitos, de estímulos, de logros y de avances, según ella todo era una carrera luminosa y posible hacia la superación, parecía que estuviera dirigiéndose a honorables aspirantes a un doctorado en Harvard y no a unas presas rejodidas, recagadas por la suerte, sin más avance que un par de pasos a la redonda ni más meta que darse de narices contra una reja. Qué lata con las metas, qué jodencia con la autoayuda y la autosuperación, quieren emborracharte con eso y esperan que te lo creas. Bueno, pues esa doctora que trajeron para reemplazarlo a usted, míster Rose, era la propia reina de la autobasura, y para rematar se dejó venir con una advertencia según dijo sumamente seria: escriban sobre lo que quieran, chicas, nos dijo, el tema es libre, ustedes pueden escribir sobre lo que se les pase por la cabeza, lo que les venga en gana, cualquier cosa es bienvenida, salvo lo que ocurre dentro de esta cárcel. Eso queda estrictamente prohibido. No admito escritos sobre la vida de la cárcel, episodios de la cárcel, críticas o quejas sobre lo que pasa aquí.

—Oiga, señora —le preguntamos—, ¿usted dónde cree que vivimos nosotras? ¿Le parece que andamos de farra por la ciudad y que a Manninpox sólo venimos para entregarle tareítas sobre lo bien que la pasamos afuera?

Una imbécil, la señora. Dijo que había muchos otros temas, que podíamos escribir sobre nuestros recuerdos de infancia, sobre la vida que llevábamos antes de la prisión, nuestros seres queridos, nuestros sueños, las cosas constructivas y los recuerdos positivos. Le dijimos que nosotras con lo constructivo y lo positivo hacíamos supositorios, y no volvimos a su taller. Al menos yo no volví, y otras cuantas tampoco. Por ahora, mi asesora en la escritura es Mandra X. Ella me obliga a pensar en serio, a aprender nuevas palabras, a decirle a las cosas por su nombre. A lo mejor es cierto que no hay mal que por bien no venga, porque aquí en Manninpox he tenido los mejores profesores de mi vida: usted, míster Rose, y Mandra X. Ella no tiene familiares que la visiten, sólo gentes de derechos humanos y otras defensorías de internas que pasan a verla y a tramar cosas con ella; supongo que Mandra X es su contacto aquí adentro. Trabaja para ellos, creo, o quizá sea al revés.

En todo caso fue ella, Mandra, la que me conectó con mi divino abogado, mi santísimo abogado, mi protector capaz e inteligente, mi viejo querido, qué haría yo en esta vida sin él, y así se lo digo a él cada vez que puedo, usted es el hombre de mi vida, le digo, y él sólo se ríe, consíguete uno de tu edad, me responde, uno que ande derecho, y no un viejo garabato como yo. Pero si usted es el que me gusta, le digo, usted y sólo usted, siempre tan a tono con su propio estilo, siempre fiel a sí mismo, diferente de todos los demás, y más digno y elegante que cualquiera. *Hi, baby*, me dijo la primera vez que me vio, ahí en medio de ese tropel que se arma en la antesala de Tribunales.

Así sin más me dijo, sin conocerme siquiera, *hi there, baby,* un saludito cariñoso, generoso, juguetón, y yo me solté a llorar como una magdalena. Porque de buenas a primeras volvía a sentirme persona, ya no una criminal al borde del patíbulo, sino una simple persona en problemas que merece ser ayudada. Desde entonces el viejo se ha convertido en mi defensor, mi amigo, mi consuelo, mi aliado, mi poderoso abogado, y en él deposito todas mis esperanzas. Dice que va a sacarme de aquí, cada vez que nos vemos me lo asegura. Y yo le creo, me aferro a sus palabras como si fueran el padrenuestro. Aunque claro, ¿qué es un padrenuestro, más allá de una retahíla de palabras?

Mandra X no es de las que andan diciendo dónde nacieron ni dónde vivieron, ni qué clase de vida, ni qué les dolió, ni qué pie se les torció. Cuando aún era libre, ¿tendría marido, o mujer? Misterio. ¿Alguna vez tuvo hijos? Por ahí corre una historia que mejor no repito. Mandra X. ¿Qué clase de nombre es ése, como de bicho, como de robot, como de medicina contra la jaqueca? Un mamarracho de nombre, para un mamarracho de vieja. Así pensaba yo al principio, antes de conocerla. Sus tatuajes y sus rarezas darían de qué hablar, si alguien se atreviera. Y mire que aquí casi todas se rayan. Rayarse quiere decir tatuarse, en la cárcel se le dice así y de todo se ve en esa materia, corazones partidos o atravesados por dagas, nombres de hombre y de mujer, rosas, Cristos, Santas Muertes, Niños Dioses. Un tatuaje es el único lujo y el único adorno que una interna puede permitirse, y entonces dele a pintarse, ojos en los hombros, telarañas en las axilas, lágrimas en las mejillas, mariposas, calaveras, dragones, pajaritos, retratos del ser amado, Miquimauses, Betibups, autorretratos. Todo lo que se le ocurra, hasta iniciales en la planta de los pies y garabatos en las nalgas. Hay las que se llaman a sí mismas artistas y son expertas en rayar, tienen montado negocio con tintas y agujas y no crea que les va mal, hasta agenda manejan para concertar citas, clientas no les faltan porque aquí todas son aficionadas a utilizar su propia piel como cuaderno. Unas se escriben poemas en los muslos, o consignas revolucionarias. Una que se apoda Panterilla se mandó rayar una estrofa entera de *Imagine,* de John Lennon, de arriba abajo en la espalda, y Margarita, la peruana que le digo, tiene escrito en su brazo eso de «Madre, no te merezco pero te necesito». Y es que en Manninpox tu cuerpo es tu única pertenencia, no pueden impedir que hagas con él lo que quieras. Por eso muchas lo chuzan, lo atraviesan con ganchos, lo cortan, lo rayan. Las hay que llegan hasta la mutilación voluntaria, algunas lo hacen, y Mandra X es la capitana en ese terreno. A mí eso me estremece, me deja sin habla. No puedo digerir que alguien por voluntad propia llegue a amputarse un dedo, como pasó el otro día en un pabellón de blancas. Pero Mandra no desaprueba. Opina que son gestos de libertad y soberanía, y que lo que estando en libertad puede ser malo, o incluso atroz, en el encierro de una prisión adquiere el signo contrario. Así dice ella, y yo la escucho. Dice que en las circunstancias nuestras, las orgías, los pactos de sangre y hasta el propio suicidio pueden ser actos de resistencia.

—Entonces deja que me desangre —le pido yo, cuando el cansancio por la anemia me pone dramática—. Dale, Mandra, digamos que es un acto de resistencia.

Pero ella me obliga a pararme. Me consigue algún remedio y me hace firmar cartas a la dirección exigiendo atención médica calificada e inmediata.

—Déjame —le ruego—, aquí estoy bien, quisiera descansar un rato.

—Te estás entregando —me sacude. Del patio me trae nieve dentro de una bolsa plástica, la anuda bien y me la pone en el vientre, para detener la sangre.

Su banda, mejor dicho la nuestra, se llama el Noli me tangere; por eso nos dicen Las Nolis. Es una frase en latín, *Noli me tangere*. Se la dijo Jesús recién resucitado a María Magdalena y quiere decir no me toques. No te acerques, déjame en paz, conmigo no te metas. Ya ve, se aprenden cosas. Hasta en latín. Ahora que soy una Noli, sé el significado de palabras como choque, soberanía, libertad, rebeldía, derechos, resistencia. Bueno, también aprendí la palabra clítoris, me da vergüenza reconocerlo pero así es, ¿se imagina?, años y años dele que dele al botoncito ése, sin saber siquiera cómo se llamaba. Pero volviendo a lo de antes: yo no tengo tatuajes. Ni uno solo, en ninguna parte del cuerpo. Escribo pero sólo en papel, muchas hojas de papel porque es mucho lo que tengo por decir. A lo mejor si no lo hago en mi propia piel es por terror a las agujas. A veces pienso que me gustaría hacerlo; sería más valiente de mi parte, más audaz, más para siempre. Pero ¿y si luego me arrepiento? ¿Si me parece una babosada lo que el día anterior me sonó extraordinario? Supongo que el mismo temor siente usted, míster Rose, cuando publica sus cosas. Aquí hay una interna a la que le tatuaron en el hombro una frase, «valor en la vida». Pero le pusieron ambas palabras con B grande, así que tendrá que andar con su balor en la bida hasta el día de su muerte. Piense por ejemplo en Greg y en Sleepy Joe, que son eslovacos de origen y que van marcados por un tatuaje en el pecho que dice «Relámpago sobre Tatras». ¿Relámpago sobre Tatras? ¿Y qué demonios es eso? Yo no, muchas gracias. Me quedo con el papel y el lápiz, así al menos puedo borrar, o tachar, tirar a la basura y empezar de nuevo. Mandra X me da ánimos, me cuenta que Miguel de Cervantes andaba encerrado en una celda cuando inventó a don Quijote. Aparte de usted, míster Rose, ella es la única que sabe que yo escribo, y a ella le consulto mis dudas de ortografía y de todo tipo. Usted era un maestro complaciente, transigía con cualquier cosa, todo me lo celebraba, y en cambio ella no me deja pasar una, me reta, me exige que enumere por escrito cada uno de los episodios vividos y que los describa en detalle, aunque quemen, aunque ardan. Pero a mí se me olvidan, no sé si será por la anemia.

—No recuerdo, Mandra —me disculpo—, ese pedacito no lo tengo claro, no sé bien qué pasó en ese momento.

—Eres una mujer y actúas como una niña —me dice y se larga.

¿Los tatuajes de Mandra X? Son diferentes. Haga de cuenta culebras azules que le cruzan la espalda, le abrazan la panza, le bajan por los muslos y las pantorrillas entreverándose como un enredo de sogas. Se alargan hasta sus pies y le recorren los brazos hasta llegar a los dedos. Su piel es como una de esas láminas de venas y arterias que vienen en los libros de anatomía, pero según algunas que creen conocerla no se trata de venas y tampoco de arterias, sino de ríos, todos los ríos de Alemania con sus respectivos nombres, haga de cuenta un mapa, ¿de su tierra natal? Difícil creer que Mandra X pertenezca a otro lugar que no sea esta cárcel, aquí llegó antes que todas y aquí seguirá cuando las demás ya no estemos. Según esas versiones, su piel tan blanca es un mapa vivo que ilustra el curso de los ríos. O a lo mejor ella descubrió que son la misma cosa las venas de su cuerpo y los ríos de su país. El Rin, el Alster, muchos otros que no recuerdo, y el más importante y gordo, el que le baja a Mandra por la espina dorsal, el Danau.

—En español es Danubio —dice ella.

—Ah, sí, el Danubio —le digo yo—. Greg, mi marido, me habla de ese río, pero para él se llama Dunaj.

—No hagas caso, tu marido era eslovaco y por eso decía Dunaj. Pero el río se llama Danau y tu marido está muerto. Lo mataron.

Yo cambio de tema enseguida. Andan diciendo que a Greg lo mataron en la noche de su cumpleaños. Pero yo no acabo de creerlo. Si también dicen que lo maté yo, y yo no lo hice, cómo quieren que les crea.

—Oye, Mandra, y ese Danubio, o Dunaj, o Danau, que te corre por la espalda y te baja hasta allá abajo, ¿se te mete por el agujerito del culo? ¿Es ésa su desembocadura? Y una vez adentro, ¿las aguas de ese río encuentran cauce en tus venas? —me gustaría preguntarle pero no me atrevo, mejor me quedo con la duda, no vaya a ser que ella se sulfure y me deje sentada del trompadón.

Y ya me fui otra vez por las ramas. Lo que quiero acabar de contarle, míster Rose, es lo que pasó ese día en el comedor. Las demás se mantenían a distancia, como si se hubieran puesto de acuerdo en trazar un círculo en torno mío. Yo era el motivo de la bronca colectiva, eso estaba más claro que el agua, pero no sabía por qué. Sentí mareo y la vista se me borroneó. ¿Alguna vez ha estado a punto de desmayarse? Pues haga de cuenta, ésos fueron mis síntomas. Pensé, me voy a caer. Aquí mismo me caigo y me van a patear entre todas. No, no me caigo, carajo, me ordenaba a mí misma, sea lo que sea, no me caigo. A medida que avanzaba, la masa de mujeres se abría a mi paso. Entregué la bandeja en medio de ese silencio que precede a la descarga. Pero el golpe se hacía esperar. Al pasar junto al banco donde había estado sentada pude ver que había quedado vacío; se habían retirado mis vecinas de mesa y en mi lugar había un charco de sangre. Mierda, me chuzaron y no me di cuenta, fue lo primero que me vino en mente. Algo me habrían enterrado, un chuzo, un cuchillo, algo tan afilado que ni había sentido. Eso pensé, pero enseguida comprendí que no. Me pasé la mano por detrás y supe que tenía el uniforme empapado en líquido tibio. Me miré la mano y la vi roja. Era la hemorragia. Nadie me había chuzado, la sangre me salía sola.

¿Ha visto por televisión cómo los tiburones enloquecen ante la sangre y se abalanzan? Pues aquí adentro pasa lo contrario, ante la visión de la sangre el instinto de las presas es apartarse, mantenerse lo más lejos posible del contagio. Yo sola con mi sangre y las demás mirándome con asco. Y en ese momento, ¿quién cree que aparece? Pues esa que llamaban Mandra X, hasta ese momento para mí una especie de monstruo, se para a mis espaldas y camina detrás de mí. Y así salimos del comedor, yo adelante y ella detrás, ocultando mi ropa manchada de la vista de las otras.

A lo mejor me conviene pertenecer a su secta, falta ver si me acepta y si no me cobra el favor en especie, me dije a mí misma cuando ya el susto había pasado. Extraña, la experiencia: mi propia sangre me señalaba y al mismo tiempo me protegía. ¿La razón? El horror que tanto presas como guardias sienten ante la sangre ajena. En este lugar que hierve de violencia, donde lo inhumano es ley, no hay sin embargo nada que inspire tanto pavor como la sangre humana. Todo lo han vivido estas mujeres, no hay horror que no conozcan, la calle las ha iniciado en lo peor, y lo que no han aprendido allá vienen a aprenderlo adentro. Toda inmundicia toleran, el vómito de las borrachas, los orines de las incontinentes, la roña de las mendigas, la prostitución dentro de la propia cárcel. Aquí toda suciedad es aceptable, o más bien la suciedad es tu elemento, las palabras soeces, *dirty words*, *filthy talk*, amenazas, insultos, agresiones, locura, gritos. Todo se tolera menos la sangre, que marca el límite del aguante. La sangre ajena es tabú.

Una sola gota es suficiente para el contagio, una sola, y aun así la sangre no se contenta con asomar gota a gota, sino que se empoza en charcos en medio del patio o de los corredores. Cada quien trae por dentro litros de sangre que puede estar contaminada, que muy probablemente esté contaminada, y es ley llevarla bien guardada dentro del cuerpo. Allá cada quien si se consume en su propia infección, problema suyo, a nadie le incumbe, siempre y cuando no andes por ahí esparciendo el contagio. En la sangre está la plaga. En Manninpox al sida le dicen así, la plaga; la llaman por su verdadero nombre en vez de esconderla bajo una sigla. Y yo voy flotando como en el limbo, drenada de mi sangre, que forma a mi alrededor un foso protector. Inspiro odio pero también miedo; mi sangre me está matando y me está salvando. Escucho que Mandra X se ha puesto a cantar. Canta con voz de hombre una canción melancólica que se llama *Luz de luna,* yo quiero luz de luna para mis noches tristes, así va la letra, según dicen es una especie de himno de las lesbianas, y como Mandra le pone a la cosa un aliento profundo, todas las que la escuchan, lesbianas o no, sienten deseos de ser abrazadas. Algunas lloran porque la canción les recuerda que existe la luna. Aquí nunca la ves; cuando asoma en el cielo, ya desde hace rato estás encerrada en tu celda.

Ahora me tienen otra vez en *solitary confinement* y no puedo saber si afuera llueve o hace sol, si es de día o de noche. El tiempo sólo existe en el reloj redondo que me mira desde el fondo del pasillo, y que al fin y al cabo es como si no estuviera, total si nada cambia, si todo se repite, qué voy a ganar con estar consultándolo. Mejor dejar que él solo dé sus vueltas y más vueltas, si aquí el tiempo no existe, no sirve para nada, el tiempo es sólo espera de algo que no llega. Digamos que aquí las horas corren hacia atrás, hacia el pasado, y que no pasan los minutos, sólo pasan los recuerdos.

Todos los recuerdos, que para mí son muchos. Demasiados, diría yo. Se van acumulando unos sobre otros hasta que no caben conmigo en mi celda, ocupan mi espacio, se chupan mi aire, me roban la paz. O salgo de todos ellos, o me salgo yo y los dejo ahí dentro. Y es que aquí en Manninpox he tenido que cambiar, he cambiado tanto que me he convertido en otra persona, no sé si mejor o peor, en todo caso distinta. ¿Y qué hacer con el tropel de recuerdos de esa otra María Paz, la de antes? ¿En qué rincón de mi cabeza los guardo? ¿Dónde caben, a qué archivo pertenecen?

Me refiero, por ejemplo, al recuerdo del día en que Bolivia por fin nos mandó llamar para que nos viniéramos a América. Ya tenía ella en el bolsillo ese objeto mágico tan deseado, ese pasaporte a la felicidad que es la *green card*, que a la hora de la verdad ni siquiera es verde, pero que hoy por hoy viene siendo el Santo Grial. Años después ella misma me contó cómo había hecho para conseguirla, su *greencita card* de su alma. La citaron para un martes y duró horas preparándose. Se bañó con su Heno de Pravia, se maquilló con más esmero que de costumbre y se echó perfume detrás de las orejas y aquí en las muñecas, donde el pulso late. Ella, que era rellenita y rozagante, se forró ese día en un suéter con escote en V, dejando que asomara apenas la raya entre los pechos. Sí, señor, mi madre era una mujercita de poca estatura y mucha voluptuosidad, cosa que siempre supo aprovechar. Yo sé que de vez en cuando, o a lo mejor con frecuencia, Bolivia utilizó su cuerpo para salir adelante en América, eso nunca me lo confesó pero yo bien que lo sé, lo sé y se lo aprendí y le aseguro que he sido una alumna aventajada, ella tenía un dicho que yo repito: «La necesidad tiene cara de perro.» Supongo que así soy yo, como un perro que hace lo necesario para sobrevivir, nada más que eso, pero tampoco menos. Para qué engañarnos, la verdad es que en América un recién llegado tiene que batirse a muerte y se jode bien jodido si no echa mano de todas sus herramientas. Lo hacía Bolivia, lo hacía Holly Golightly, por qué no voy a hacerlo yo. Y a propósito tengo una duda, míster Rose, una pregunta que no alcancé a hacerle. Es sobre Holly. Me gustaría que me aclarara qué era ella al fin y al cabo, ¿amante del Sally Tomato, *escort* de caballeros, o puta simplemente? A lo mejor las tres cosas juntas y revueltas.

Cuando Bolivia tuvo trabajo pasable y estable, pudo dedicarle todas las energías a legalizar su situación. Juntó los dos mil dólares que necesitaba para el abogado y después de mucho papeleo y mucho trámite, recibió la convocatoria para presentarse. Durante meses venía preparándose mentalmente para la prueba máxima, estudiando, leyendo, aprendiéndose de memoria la lista completa de los presidentes de Estados Unidos con sus respectivas esposas; las diez enmiendas del *Bill of Rights*; los cincuenta estados de la Unión con sus capitales; la población y el idioma de los siete *Common Wealths* y Territorios y no sé cuantas cosas más que alguien le dijo que le preguntarían, y que al fin de cuentas no le preguntaron. Y hubo un detalle. Antes de viajar a América, Bolivia había sido fan y seguidora de Regina Once, una dirigente espiritual y política colombiana que a mi madre le parecía muy admirable, poseedora de poderes increíbles y maestra en muchas ciencias. Esta Regina Once en mi opinión era una embaucadora, dominaba a las gentes con la fuerza de su mirada y las hacía votar por ella para los cargos públicos, utilizando una fórmula que llamaba correr las luces. Correrle las luces a una persona consistía en mirarla fijamente, pero no a los ojos, ahí estaba la clave, porque según les decía a sus discípulas, mirada con mirada se neutralizan, si tú miras al otro y el otro te sostiene la mirada, la cosa termina en empate, por eso lo efectivo es clavarle el rayo de tus ojos en un punto medio entre los suyos, para abrumarlo con tu poder mental hasta obligarlo a cumplir tu voluntad. Desde el momento en que Bolivia se sentó frente al funcionario de migración, le clavó la mirada en medio de los ojos a la manera de Regina Once, como quien dice le corrió las luces para penetrarlo y ganarlo para su causa, porque él tenía en las manos un *folder* con toda la información y de él dependía el sí o el no que le marcaría el destino a ella, y de paso también a nosotras, sus hijas.

—¿Cómo entró usted a Estados Unidos? —fue lo primero que le preguntó el tipo.

—Ilegal —respondió ella de frente, echándole con los ojos rayitos intensos.

—¿Cómo ha vivido todo este tiempo?

—Ilegal.

—¿Ha trabajado?

—Sí, señor.

—¿Acaso no sabe que está prohibido por la ley?

—Sí, señor, sí lo sé, pero no tenía opción.

El hombre seguía preguntando esto y lo otro sin ninguna conmiseración, sin demostrarle simpatía, más bien por el contrario, con la suficiencia de quien se siente con derecho a piso por haber llegado antes, y ella firme ahí, sin dejarse intimidar, consciente de su suéter forrado, de su cara bonita y de propia fuerza interior. Le habló al tipo en *spanglish*, pero entiéndame, míster Rose, me refiero al *spanglish* de Bolivia, que siendo yo niña me hacía poner colorada de vergüenza y que nunca pasó de ser un español con un *Ok*. por aquí y un *thank you* por allá, muchos *Ohs!* y *Wows!*, aleteo de pestañas y señas con las manos. Pero fíjese cómo era el truco de mi madre, la corrida de luces, que llamaba. Mientras le contestaba al de migración, iba repitiéndose mentalmente una frase, una frase, una frase, mi madre concentrada, poderosa, resuelta, dándole al tipo en el entrecejo con la descarga de esa sola frase, como quien dispara una flecha, para que él sintiera que estaba recibiendo una orden que tendría que obedecer: Dame la *green card*, hijueputa, dame la *green card*. Dame la *green card*, hijueputa, dame la *green card*. Y el hombre se la dio.

—De ahora en adelante pórtese bien —le dijo—, no más irregularidades, porque va presa.

Bolivia salió de ahí a ponerle flores a una foto de Regina Once, aunque yo creo que más que embrujamientos, lo que le funcionó fue la honestidad con que respondió. Ya con su *green card* plastificada, se dedicó a trabajar todavía más de lo que había trabajado sin ella, y si usted me pregunta de qué murió, tan joven, mi madre, yo tengo que responderle que se reventó trabajando. Pero además de *green card*, ya tenía trabajo medio estable y casa donde meternos, así que pudo enviarnos los pasajes de avión y los documentos para que nos dieran visa americana. Tanto esperar ese momento que nunca llegaba, y de buenas a primeras Bolivia me anuncia por teléfono que ya. Por fin había llegado el momento de reunirme con ella en América.

—¿Ya? —fue todo lo que atiné a decirle.

Me aseguraba que sí, que ya mismo, y ponía una voz que a mí me sonaba rara, supongo que una voz quebrada por la emoción. Este miércoles que entra, decía y sollozaba, ¡este miércoles voy a estar en el aeropuerto con los brazos abiertos! Así decía, voy a recibirlas a ustedes, mis niñas, ¡mis niñas! Dios santo y bendito, ¡mis dos hijas al fin! ¿Puedes creerlo, María Paz, puedes creerlo? Y luego volvía y le daba las gracias a Dios.

—¿Y el colegio? —le pregunté—. ¿Puedo terminar este semestre aquí en mi colegio?

—¿No te pone feliz la noticia? —dijo, porque seguro se daba cuenta de mi desilusión.

—Sí, Bolivia, me pone feliz.

—¿Me dices Bolivia? ¿Ya no me dices mami?

—Sí, mami, te digo mami y me pongo feliz —le mentí.

Entiéndame, míster Rose, hasta ese momento sí había sido cierto. Hasta ese momento lo que más quería yo era reunirme con ella y conocer América. Durante los primeros cuatro años me hubiera vuelto loca de la dicha al recibir esa noticia, porque la había estado esperado día a día, hora tras hora, con mi cacho de moneda colgado al cuello, escondiéndome en el garaje de la casa de las Nava para escribirle a Bolivia cartas eternas mientras lloraba a mares. Pero últimamente me sentía cómoda diciéndole mami a Leonor, la dueña de la casa donde vivía; que me perdone Bolivia por eso, dondequiera que esté, que me perdone. Además, ya no desmentía en el colegio a las que creían que Caminaba y Patinaba eran mis hermanas; al contrario, fomentaba esa confusión. Es que hay cosas. Alguien me vino con el chisme de que en América Bolivia trabajaba, o había trabajado, limpiando casas, y eso a mí me no me gustó. Luego me dijeron que planchaba ajeno, y me sonó fatal. Yo me la imaginaba manejando su automóvil nuevo por unas grandes avenidas con palmeras, y ahora me salían con que andaba de sirvienta. Mientras tanto Leonor de Nava era una señora que podía pagar una sirvienta, y hasta dos, la de la cocina y la de la limpieza, ¿entiende la diferencia? Y además era viuda de suboficial del ejército, recibía una pensión vitalicia y los fines de semana podíamos ir al club militar, un motivo de orgullo y de prestigio allá en Las Lomitas, el barrio en que vivíamos. Y en cambio mi madre trabajando de planchadora, o de sirvienta. Trabajos humildes pero al fin y al cabo en América, me dirá usted, pero yo le respondo: mejor cabeza de ratón que cola de león. Aunque ese dicho no pinta el cuadro completo, porque la verdad es que mi madre en América era cola, pero de ratón. Será por eso que yo me sentía más persona diciéndole mamá a Leonor de Nava, y hermanas a Caminaba y Patinaba, y por eso ya andaba medio en otra cosa cuando por fin me entregaron el tiquete de avión que me enviaba Bolivia para el reencuentro en América. Yo ya había cumplido los doce años, me había venido la regla, era la mejor alumna en la clase de inglés, tenía amigas a montones y aunque todavía no iba a fiestas con muchachos, practicaba pasos de merengue y salsa y era fan de Celia Cruz, de Fruco y sus Tesos, de Juan Luis Guerra y los 4.40, y me la pasaba alisándome el pelo con secador y cepillo redondo y luego colocándome por toda la cabeza rulos de los grandes. Y además me había enamorado de Alex Toro, un muchacho del barrio que se pagaba los estudios trabajando como mensajero nocturno en Drogas La Rebaja. Leonor preguntaba a los gritos desde el baño, ¿para qué otra botella de alcohol? O ¿quién toma tanta aspirina? O ¿quién compró más Merthiolate? Y había sido yo. Llamaba a La Rebaja y pedía cosas a domicilio, sólo para ver a Alex Toro. Él se echaba la carrerita en su bicicleta, me traía de regalo cómics de Condorito y yo le prestaba discos de Roberto Carlos, no era más lo que hacíamos pero a mí me parecía que eso era amor, el amor de mi vida, y por eso me cayó en reversa la gran noticia de que por fin América. Como le digo, no era que ya no soñara con Bolivia y con América. Pero ese sueño se me había ido volviendo justamente eso, un sueño. Un sueño lejano. Bolivia se me había convertido en algo así como la Virgen Santa, y América en algo así como el Cielo. Pero mi tierra firme eran Caminaba y Patinaba, Alex Toro, las clases de inglés, el club militar los fines de semana y la salsa y el merengue por la radio en las tardes, después del colegio.

A lo mejor tener un sueño y tener una decepción son la misma cosa, las dos caras de la moneda, el sueño que viene primero y la decepción que llega después. Y así gira la rueda, vuelta a empezar una y otra vez, del sueño a la decepción, de la decepción al sueño. Parece una tontería, pero toma años aceptar que en la vida no avanzas en línea recta sino que te agotas en círculos. Es el tipo de cosa que he tenido que aprender estando presa, porque aquí todo se ve intenso, más intenso que afuera, como cuando de niño te daban un cuaderno para colorear y en vez de pasar el lápiz así por encima, suavecito, te daba por reteñir, así decíamos, reteñir, y quería decir que mojabas en saliva la punta del lápiz para que el color saliera fuerte, brillante y parejo. Reteñido. Aquí en la cárcel las cosas se ven así, reteñidas. Aquí en Manninpox he venido yo a entender que si mi madre fue cola de ratón, mi papel en esta historia ha sido dar paso todavía más para abajo, hasta hundir a la familia en la categoría cagarruta de ratón.

Todas las mañanas a las siete, a menos de que llueva o te tengan en aislamiento, nos sacan a un patio interior que llaman O.S.R.U., *Open Space Recreation Unit,* no sé si usted llegó a verlo, creo que hasta allá nunca entró. Por arriba tiene cielo abierto, por abajo piso de cemento y sólo mide 42×15 pasos, contados uno a uno. En realidad un espacio putamente apretado para las 130 o 150 presas que lo compartimos, pero no importa porque ahí ves el cielo, un glorioso rectángulo azul, y te llega el aire, tus pulmones se inflan de aire libre y puedes respirar por fin. En invierno el patio amanece cubierto de nieve y es como un milagro caminar antes que nadie sobre esa alfombra intacta, tan blanca y blanda, tan resplandeciente y caída del cielo, y dejar ahí la huella de mis pies. Desde niña me fascina la nieve, que vine a conocer aquí, en América. Ya se lo he dicho, Colombia es trópico y en el trópico no hay invierno. A Bolivia le preguntaba por teléfono, siempre que me llamaba a casa de las Nava, dime, mamá, dime cómo es la nieve. Como helado de limón, me contestaba. Con todo y todo, desde la primera vez me llamó la atención ver a todas las internas dando vueltas alrededor de ese patio. Caminando rápido, rápido, en círculo, al pie de esos muros de piedra que las encerraban, usted ya sabe cómo es esto aquí, un ridículo castillo de Drácula con muros de piedra reforzada, sin una ranurita siquiera que te permita soñar con escapar. Y ahí estaban todas, cien o ciento cincuenta mujeres dando vueltas, unas detrás de las otras, de a dos en fondo, de a tres, en sentido contrario a las manecillas del reloj, como sonámbulas atrapadas en su propio sueño. Aquello no parecía cárcel sino manicomio. Y sin embargo antes de una semana yo estaba en las mismas, también yo posesa por el afán de dar vueltas, sin poder detenerme siquiera a preguntarme para qué lo estaba haciendo. Es como si necesitaras quebrar el encierro. Lo que te empuja a caminar en círculos, creo, es la urgencia de salir de allí. Haga de cuenta un tigre enjaulado. Los animales en el zoológico, ¿los ha visto? Dan vueltas y vueltas pegados a la reja, circundando el espacio que los atrapa. Nosotras jamás podremos traspasar los muros de ese patio, a menos de que se derrumben por obra y gracia de unas trompetas como las de Jericó. A la mujer araña que logre trepar hasta arriba la esperan focos de luz y aullidos de sirenas, rollos de alambre de púas, enjambres de cuchillas y redes electrificadas que la van a chuzar, a tajar, a cortar en pedazos, electrocutándola y quemándola hasta que caiga de vuelta al suelo hecha un guiñapo. Por eso mismo damos vueltas, creo. Tal vez con esto de dar vueltas pegadas a los muros, lo que buscamos sea cercar lo que nos cerca, encerrar lo que nos encierra. Dicen que el que llega a una isla, tarde o temprano se emperra en darle vueltas. Lo llaman *rock fever*. Nosotras también enfermamos de *rock fever* aquí adentro en Manninpox, y ahí nos tiene a todas, todos los días en lo mismo.

A lo mejor ya es hora de explicarle por qué me encerraron aquí. Claro que tanto como explicarle no va a ser posible, porque no acabo de entenderlo ni yo misma. Sólo puedo contarle que mi cadena personal de equivocaciones en América empezó cuando me enamoré de un policía. O cuando no me enamoré de él suficientemente, porque no voy a mentirle, míster Rose, enamorarme, no me enamoré. Como quien dice morir de amor, pues no, eso no me sucedió. Me pregunto si usted estará locamente enamorado de esa chica que atiende sordomudos; yo pensaría que sí por la manera como se refirió a ella, pero con los norteamericanos uno nunca sabe, tienen la maña de hablar como si estuvieran ante las cámaras, aquí no importa qué se diga, siempre y cuando se diga con una sonrisa y un *have a nice day*. Qué mal me cae el *have a nice day*. Ni te conocen, ni les importa un cuerno qué sea de tu vida, te puedes caer muerto delante de ellos y de todas maneras te sueltan el *have a nice day* con una sonrisa prefabricada.

Voy a poner el asunto de esta manera, para que en su novela sobre mí quede preciso: mi perdición fue casarme con Greg, ex policía, norteamericano, demasiados años mayor que yo. Trabajaba en mi empresa como celador diurno. O tal vez mi error fue quererlo, porque a Greg no lo habré amado, pero sí lo quise. En sus tiempos debió ser un cabrón, un hijo de puta de los que revientan a patadas a los latinos y a los negros, o a lo mejor no, nunca me quedó claro, en todo caso estaba reblandecido cuando la vida lo puso en mi camino, ya viejón y cascado, con una media sonrisa que era su bandera blanca, la que utilizaba para decir no más guerra, yo me rendí hace rato. Además era viudo, ésa fue la clave, que el hombre era viudo, el tipo de viudo con aire de huérfano que parece suplicar que aparezca una buena mujer que se haga cargo. Tenía empaque de haber sido un toro, pero venía doblando la esquina y tiraba a buey cansado. Un tipo amable, créame, de barriga cervecera y zapatos negros siempre recién lustrados. Pero lo que me atrajo de él, se lo confieso aunque suene feo, es que era alto, blanco, angloparlante y rubio; bueno, rubio es un decir, rubio en sus buenos tiempos, porque últimamente andaba calvo. Me conquistó que se pusiera la cachucha azul y blanca de los Colorado Rockies para sentarse a comer, que le echara medio frasco de kétchup a todo y que creyera que si uno era colombiano, seguramente conocía a un amigo suyo que vivía en Buenos Aires. Alguien así era mi *dream come true*, justamente lo que yo andaba buscando desde los tiempos en que masticaba Milky Ways soñando con América. Yo ya había tenido varios novios US latinos, más uno hondureño y otro peruano, pero ésa sería la primera vez, en todos esos años, que un gringo-gringo se fijara en mí con propósitos serios, como diría Bolivia, o sea con otro interés aparte de cama y jarana. Póngase usted a pensar, míster Rose, lo que para una muchacha latina y pobre significa estar por una vez en la vida, ya no del lado de las minorías violentas y los *superpredators*, sino del lado de la ley y el orden y de los CSI *special victims unit*.

Un martes iba yo hacia la oficina con treinta y ocho en-

197

cuestas diligenciadas, siendo que debía entregar cuarenta. Me faltaban dos y eso era un drama, porque sólo nos pagaban por trabajo completado, cheque a contra entrega de planilla llena. Antes de entrar, alcancé a encuestar por teléfono a un contacto, cosa prohibida porque toda encuesta debía hacerse personalmente y en el respectivo lugar de residencia, es decir que nosotras sólo elaborábamos encuestas presenciales, pero esa vez se trataba de una absoluta emergencia, por lo general yo diligenciaba bien mi trabajo, digamos que demasiado bien, nada de procedimientos rutinarios como hacía la mayoría de mis compañeras. Yo no, yo me empeñaba a fondo en cada entrevista poniéndole al asunto bríos de reportero y preguntando más de la cuenta, por chismosa, supongo, o porque me entusiasmaba con los cuentos de la gente. Le confieso ese pecado, me gusta meter las narices en las vidas de los demás, enterarme de lo que pasa en los dormitorios y las cocinas, bueno, y ahora, por las circunstancias, sobre todo en las celdas. Desde niña tengo la maña de inmiscuirme en las conversaciones privadas, trato de entender los sueños de la gente, y sus miserias, y me fascinan las historias de amor de la vida real y las sigo como si fueran telenovela. La cosa es que ese día ya había logrado yo conseguir una encuesta más, había completado 39, pero todavía me faltaba una para las 40. Entré al bar de la esquina a desayunar, un bar que quedaba justo en diagonal a nuestras oficinas, muy preocupada porque por primera vez iba a presentar un trabajo incompleto. Pedí café y tostadas en la barra, ¿y a quién veo? Pues a Greg, el celador. Ahí parado estaba el viejo con su taza de café en la mano, dándole trozos de sándwich de jamón y queso a su perro Hero, un animalito mutilado que era la mascota de todos nosotros, los empleados de la compañía. Greg es mi hombre, me dije, me lo está mandando el cielo, y me le acerqué, modosita, con el formulario de la encuesta. Nunca antes habíamos conversado, digo, aparte de darnos el *have a nice day* y de intercambiar tal o cual frase sobre la salud de Hero.

—Le pago otro sándwich a Hero si me respondes unas preguntas —le propuse.

—¿Sobre qué?

—Pues sobre tus hábitos de limpieza, sobre qué va a ser.

—No son muchos —me dijo, pero me fue respondiendo un punto tras otro con honestidad, casi con humildad, y así fue como empecé a conocerlo. Me contó que antes de entrar a la Policía no se duchaba diariamente.

—¿Semanalmente, entonces?

—Digamos que un par de veces a la semana. En cambio en la Policía me exigían ducha diaria con agua helada.

—¿Nunca te duchas con agua caliente, o tibia?

—Eso es para *sissies*, para mariquitas —me dijo, y a renglón seguido me confesó que no sabía nadar, de chico le había tenido terror al agua por haber crecido en Colorado, donde su padre era jornalero en las plantaciones de cebada cervecera de la Coors.

—¿Y qué tiene que ver?

—Tiene todo que ver, no había mucha agua por allá, y la que había se utilizaba para regar la cebada.

Además su madre opinaba que el agua era peligrosa porque abría los poros y por los poros abiertos se colaban al cuerpo las infecciones y las enfermedades. La señora sólo había tomado dos baños de cuerpo entero en toda su vida y se preciaba de eso, porque para ella la limpieza no era cosa de baño sino todo lo contrario, pensaba que si uno no estaba sucio no tenía para qué bañarse, y que alguna enfermedad inconfesable debían de esconder los que se bañaban tanto, porque de otra manera no se explicaba.

—Entonces según tu madre —le dije—, los más limpios son los que menos se lavan.

—Algo así.

—Dices que tu madre se dio dos baños de cuerpo entero. ¿Recuerdas en qué ocasiones?

—El primero, el día del bautismo, a los once años. En su pueblo natal bautizaban a los niños sumergiéndolos en el Dunaj.

—¿Y qué cosa es el Dunaj?

—El Dunaj, ¡el Dunaj! ¿Acaso no lo sabes, niña? El Dunaj es el río más grande del planeta.

—Para ríos grandes, el Amazonas. —Yo salí en defensa de lo mío—. El Amazonas, que corre por mi tierra. Pero a nadie se le ocurre meter a una niña en el Amazonas para bautizarla, se la tragan las pirañas. Dejemos eso así, cada quien tiene derecho a pensar que su propio río es el más grande. Dime más bien cuál fue el segundo baño que tomó tu santa madre.

—No lo sé. No recuerdo que me lo haya contado, en todo caso fueron sólo dos, de eso estoy seguro, se lo escuché decir varias veces. A mis hermanos y a mí nos lavaba por partes, pies y manos, cara, orejas y cuello, pero no nos metía en una bañera; eso según ella era para leprosos y enfermos de la piel.

—No te preocupes, Greg —le dije, porque me pareció notar congoja en su voz, como si esos recuerdos no fueran gratos.

En realidad no faltaba mucho tiempo para que yo descubriera que el problema no era sólo la madre. También el propio Greg, ya de adulto, era refractario al baño. Algunas de mis compañeras de trabajo se jactaban de que sus maridos se lavaban sus partes antes de hacer sus cosas en la cama, y se duchaban después. Ése no iba a ser mi caso: ni antes, ni después. Pero en ese momento todavía no me enteraba y empecé a aplicarle esa fórmula de consolación que consiste en que cuando alguien te cuenta un episodio triste de su vida, tú le sales con otro todavía más triste de la tuya propia.

—A todos nos pasan cosas parecidas —le dije con golpecitos en el hombro—, mira que la tía Alba, Alba Nava, cuñada de Leonor de Nava, la madre de mis casi hermanas, era una señora rica, sin hijos, que vivía en una casa enorme.

—¿Quién vivía en una casa enorme?

—Pues Alba Nava, la cuñada de..., en fin, no importa, una señora rica allá en mi pueblo, yo nací en un país que se llama Colombia. En todo caso esta Alba Nava mantenía muy arreglada su casa enorme, con una pileta de azulejos a medio camino entre la sala y el comedor, una pileta para peces, sólo que dentro no había peces, ni siquiera agua. Permanecía desocupada toda la semana salvo los miércoles, el día en que mis medias hermanas y yo acompañábamos a Leonor de Nava a visitar a Alba, su cuñada. Entonces la pileta se llenaba, pero con nosotras tres.

—¿Cuáles tres? —preguntó mi Greg, que era de los que andan pensando en otra cosa.

—Pues nosotras tres, yo con Cami y Pati Nava, a las que llamábamos Caminaba y Patinaba, un chiste en español que ni trato de explicarte. A nosotras tres, las tres niñas, nos metían los miércoles dentro de esa pileta.

—¿En el agua, con los peces?

—Ya te dije que no había agua ni peces. Lo que quiero que captes es que la tía Alba nos hacía meter ahí, en la pileta vacía, mientras duraba la visita. Para que no le ensuciáramos la casa, ¿*capish*? A la hora del té nos traía tres tazas de *cocoa* y galleticas saltinas con mantequilla y mermelada, que teníamos que comernos ahí mismo, en la pileta, cuidando que ni una miga fuera a caer por fuera.

—Es una historia bastante triste —dijo Greg.

—Lo que te quiero decir es que es tan desagradable ser sucio como ser demasiado limpio.

La fórmula del consuelo debió surtir efecto, porque dos semanas después el hombre me estaba proponiendo matrimonio. Enseguida le respondí que sí, sin pensarlo dos veces, y a mí misma me dije, María Paz —sólo que no María Paz, sino mi verdadero nombre—, ya la hiciste, muchacha, y me autofelicité con palmaditas en la espalda, me dije *have a nice day*, María Pacita linda, coronaste al fin, te vas a casar con gringo y vas a entrar en América ahora sí de verdad, así que de ahora en adelante *have a very nice day every fucking day of the rest of your life*. Y es que mi madre había logrado llegar a América, pero nunca había logrado entrar en América. Violeta y yo crecimos en América, pero también para nosotras era como si nos hubiéramos quedado en la puerta, sin poder pisar ese *hall* enorme y luminoso que se abría unos pasos más allá. Habíamos llegado, pero todavía no estábamos. Porque llegar a América no es aterrizar en Phoenix Arizona o en Dallas Texas, ni terminar *high school* con honores y ni siquiera hablar inglés sin acento. América está escondida dentro de América, y para penetrar hasta allá no basta con la visa ni con la tarjeta Visa, con la *green card* ni con la MasterCard. Todo eso ayuda, pero no es definitivo. Para mí, Greg sí significaba el acceso por la puerta grande. Por fin iba a ser yo cien por cien americana. ¿Sabe lo que eso significaba en materia de papeles? Bolivia había logrado sacar la *green card* para ella, pero se la habían negado para nosotras, las hijas. Finalmente logró que a Violeta le regularizaran la situación, con el apoyo de un instituto de salud mental que dio fe de que la niña era autista y no podía ser deportada porque no podía valerse por sí sola. Pero yo me quedé por puertas. Bolivia quería hacerme pasar a mí también por emproblemada mental, pero no me dejé. Así que me comporté normal en las pruebas psicológicas y en la evaluación salió que yo no tenía nada. A Bolivia le habían dado su *green card* cuando la pidió por las buenas, pero los tiempos eran otros cuando yo solicité la mía, y me la negaron. Por eso tuve que usar papeles falsos cuando entré a trabajar de encuestadora de artículos de limpieza. Aquí es fácil conseguirlos, tal vez usted no lo sepa, pero el tráfico de documentos falsificados en Estados Unidos es un negocio multimillonario, el problema es que te pillan y vas a dar a la cárcel. Pero yo estaba salvada, el matrimonio con Greg me iba a dar papeles en regla y derecho a residencia y a trabajo. Me iba a casar con gringo, qué más podía pedir, me iba a casar con todas las de la ley y con blanco norteamericano.

Claro que después vine a saber que en realidad era eslovaco. Greg: eslovaco. De Eslovaquia, un país que yo hasta ese momento ni siquiera sabía que existía, y que todavía hoy confundo con Estonia y con Eslovenia. Greg era nacido en América, pero de sangre eslovaca. Su padre, ese jornalero de la cebada en Colorado: eslovaco. Su madre, esa señora que no se bañaba: eslovaca. Cómico todo, al fin de cuentas. Después de tanto sufrir por sentirme extranjera, vine a descubrir que si escarbas un poco, todo americano acaba siendo otra cosa, viene de otro lado, siente nostalgia de no sé qué pueblo en Japón, o en Italia, o de alguna montaña del Líbano. O de Eslovaquia. En cuanto a Greg, su mayor nostalgia era la *kapustnica*, una sopa típica de col fermentada, y su orgullo era saber prepararla como lo hacía su madre, y como lo había hecho su abuela, y antes su bisabuela, y de ahí hacia atrás hasta Eva. Greg y su *kapustnica*. Para mí una pesadilla, porque como le dije no me gustan las comidas raras, los revueltos con sorpresas, a ver con qué me sale esta vez la cuchara en esta pesca milagrosa, nada peor que esas sopas que son como el mar, turbias y llenas de bichos. Eso no va conmigo. Necesito saber exactamente qué me estoy comiendo, si es arroz, arroz, si son frijoles, frijoles. Porque mi lengua es un ser miedoso que se esconde en su cueva y que se aterra cuando lo enfrentan a sabores fuertes y a texturas raras. Todo el miedo que no tiene mi persona, lo tiene mi lengua. Me le mido a lo que sea, menos a un bocado que no reconozca. En eso andábamos a la par, Greg y yo; él también le tenía fobia a las comidas desconocidas y sospechosas, pero claro, a la *kapustnica* no la clasificaba en esa categoría, para él la *kapustnica* era lo máximo, lo único, la reina de las sopas y la octava maravilla. Alguna vez intenté preparar un plato típico de mi tierra sólo para que él lo probara, para que se enterara un poco de dónde venía yo. Le hice un ajiaco bogotano con todo y sus tres clases de papas, bueno, logré conseguir dos clases de papa en un mercado de productos colombianos y reemplacé la tercera, nuestra papa criolla, que es pequeña, amarilla y muy sabrosa, por la papa pálida y dulzona de Idaho, pero ni cuenta se iba a dar Greg, lo mismo le hubiera dado, y en vez de las guascas, que es una hierba nuestra que se le echa al ajiaco, le puse unas hojas de marihuana, también colombiana y más fácil de conseguir por acá que las guascas. Por lo demás, todo en orden y según la receta, la mazorca, el pollo, las alcaparras, la crema de leche y el aguacate. Cociné con emoción, casi con lágrimas en los ojos, se lo juro, es toda una ceremonia eso de preparar tu propia comida en tierra extraña, es algo patriótico, como cantar el himno o izar la bandera, sientes que eres tú misma, tus antepasados, tu identidad, lo que está hirviendo en esa olla. La cosa es que me pasé todo un sábado consiguiendo los ingredientes y luego la mañana del domingo preparándolos, y hasta me tomé el trabajo de explicarle a Greg que se trataba de un plato precolombino, y luego tuve que explicarle también qué cosa era precolombino.

—Es algo que nos viene de nuestros ancestros indígenas —le dije.

—Ya veo —asintió—. Algo azteca.

—Bueno, azteca no, no exactamente, haz de cuenta más

abajo en el mapa, vas por Centroamérica y bajas hasta la América del Sur, ¿me sigues? Aunque te sorprenda hay tres Américas, la del Norte, la Central y la del Sur, y no sólo la del Norte, que es la tuya. Los aztecas son de México. Nosotros los colombianos somos chibchas. Yo, chibcha y no azteca. No es lo mismo.

—Pero casi —me dijo.

En todo caso mi ajiaco fue un fracaso. Greg apenas si lo probó, un par de cucharadas no más porque le vino un ataque de hipo, y me dijo cosas ofensivas que yo realmente no me esperaba, yo que siempre disimulo cuando se trata de su *kapustnica*, que me parece espantosa pero no se lo digo a la cara, y en cambio él es de los que van soltado de frente cada barbaridad, y me dijo que mi ajiaco era una comida muy primitiva, cómo le parece, míster Rose, el rústico del Greg diciéndole primitivo a lo mío.

—No es primitiva —quise aclararle—, es ancestral, que es distinto, así que respeta, ya te expliqué que esta sopa la venimos preparando desde antes de Colón, o sea desde los tiempos de los pueblos precolombinos, que en muchas cosas eran más avanzados que los europeos.

—¿Ah, sí? —me retó—. Dime una sola cosa en la que ustedes fueran más adelantados que los europeos, una sola, en sopas desde luego no. En Europa esto que preparaste sería un potaje de los que toman en invierno los campesinos pobres, cuando ya se les agotaron todos los alimentos y en la despensa no les quedan más que papas.

Hubiera podido argumentarle que las papas eran originarias de América, que sin América sus tales campesinos no hubieran podido comer ni siquiera papas, pero mejor me mordí la lengua para no revirarle, y eso que también hubiera podido preguntarle que si le parecía muy manjar de reyes su vulgar sancocho de coles fermentadas. Pero me refrené. En realidad siempre me refrenaba, para no provocarlo. Mi Greg era un tipo tranquilo, casi que aletargado, pero cuando se enfurecía, me soltaba su amenaza mayor. La sacaba a relucir con facilidad, como quien desenfunda: decía que haría que me quitaran la *green card*, porque gracias a él me la habían otorgado.

Con ese chantaje yo me apocaba, me volvía mansa, agachaba la cabeza y le aguantaba hasta que dijera que el ajiaco colombiano era asqueroso, porque en el fondo eso fue lo que dijo, que le producía un poco de asco, y lo que produce asco se llama así, asqueroso. Ya le digo, míster Rose, Greg era un tipo apacible pero había cosas que lo descontrolaban, y el tema de las comidas era una de esas cosas. No sé por qué la comida suscita tantas susceptibilidades, tal vez porque tiene que ver con lo que llevas por dentro, entre las tripas, y también con lo que cagas, es decir con lo que te recorre entera de la boca al culo, lo que te entra por el agujero de arriba y te sale por el de abajo, o sea lo que verdaderamente eres, hablando en plata blanca.

No se me preocupe, míster Rose, no crea que me estoy yendo por las ramas si me demoro contándole estas cosas, al contrario, por ahí vamos directo al punto que usted seguramente está esperando, la razón por la cual vine a parar a una cárcel en USA. Pensará que la *kapustnica* no tiene nada que ver, pero sí tiene. Tiene todo que ver, casi que está en el corazón del problema. Yo sé que usted no sabe por qué me metieron presa, lo sé porque en la primera clase nos preguntó a cada una nuestros nombres y nada más; dijo que lo que hubiéramos hecho o dejado hacer, o la razón por la cual estuviéramos ahí dentro, era asunto exclusivamente nuestro con la justicia. Eso dijo. Y añadió que en eso usted no llevaba arte ni parte y que no hacía falta que le aclaráramos nada. Y ya casi llego al grano. Por donde vamos, vamos bien, pero antes deje que le hable un poco de Hero, el perro que andaba con nosotros para todos lados, cuando no en casa, en el trabajo con mi marido. Mutiladito, Hero, como la Christina de la novela aquella. Malogrado de las patas traseras, igual que ella, porque según parece lo utilizaban para detectar explosivos plásticos en Alaska, donde todavía quedan independentistas que ponen bombas. Y los independentistas le explotaron las patas a Hero, que debido al accidente andaba en un carrito especial que le confeccionó el propio Greg, cuidando que le pesara lo menos posible y que no le hiciera peladuras en ningún lado. La parte damnificada de Hero encajaba bien en el carrito, que impulsaba con sus patas delanteras, y como si nada, nunca vi un perro más ágil ni más alegre, más enloquecido por correr detrás de la pelota, y aunque se la tiráramos cien veces, él siempre quería otras cien. De resto era sólo un perrito como otro cualquiera, qué quiere que le diga, de tamaño normal, supongo, antes de que lo volvieran medio perrito, y de tres colores, negro con amarillo y un poco de blanco en el hocico, y nosotros lo adorábamos. La Asociación de Protección de Perros Policías Retirados lo había condecorado por servicios caninos a la patria y se lo había entregado en adopción al bueno del Greg, que quiso conservarle el nombre que traía desde Alaska, Hero, pese a que yo siempre fui partidaria de cambiárselo. No me quedaba claro que nuestro Hero hubiera peleado del lado de los buenos, sospechaba que los independentistas alaskanos podían tener algo de razón en sus reclamos, como los cuatro hermanos de Alisette, mi amiga portorriqueña, todos ellos combatientes de la causa Puerto Rico Libre. Y en cualquier caso, yo hubiera preferido para Hero un nombre sin tanta historia, como Tim o Jack, o a lo mejor Lucero. Así se llamaba el caniche toy de las Nava, Lucero.

Durante doce horas diarias, de ocho de la mañana a ocho de la noche, permanecían Hero y Greg a la entrada del edificio donde trabajábamos, requisando bolsos, pidiendo papeles, otorgando pases, siempre cordiales los dos, y bonachones. Greg y su perrito. El perrito y su carrito. Y yo, que me había desgastado anteriormente en unos cuantos amores tormentosos y de final destemplado, me dije a mí misma, María Paz, muchacha, es hora de pensarse mejor las cosas, este eslovaco no es ningún Adonis, ni tampoco es un americano auténtico, pero bastará con que te sea tan fiel como a su perro. ¿Quién era en realidad Greg? Para mí, siempre un enigma. ¿Un policía bueno? Pero ¿qué tan bueno? Nunca lo supe. Él juraba que no era racista, pero sí que lo era. Si veía a una blanca con un negro decía que debía de ser prostituta, y si veía a un negro manejando un auto costoso, opinaba que lo había robado. Y sin embargo se casó conmigo, que soy latina y morena. Por la iglesia, en una ceremonia en la que no faltó nada. Hubo sacerdote y monaguillos, azucenas, rosas blancas, torta de tres pisos, canapés variados, *hot and cold buffet* que incluía langosta, vestido de novia con velo y coronita de azahares, y hasta anillo de circonio que parecía de diamante. Porque Greg así lo quiso, yo nunca fui muy practicante, y en cambio él era tan católico que hasta colgó el crucifijo en nuestra alcoba matrimonial. Toda la fiesta la pagó él con el dinero de su jubilación, la iglesia, la recepción, la luna de miel en Hawái, hasta su propio atuendo pagó, un esmoquin azul rey con pajarita al cuello y faja de raso bien ajustada color vino tinto para disimular la panza, no sé si me entiende, y también mi vestido de novia salió del bolsillo de Greg, y el vestido de mi hermana Violeta, que sería la madrina, y hasta el de las damas de honor, cuatro de mis compañeras de trabajo. Bueno, como Bolivia no vivió para verlo, yo le había pedido a Violeta que fuera mi madrina. Pero al fin no quiso, a último momento se negó a asistir y nos dejó metidos con un vestido largo de shantung color almendra que le habíamos mandado hacer a la medida, compañero del mío, que no era en shantung sino en encaje pero también color almendra. Pero en fin, Violeta es capítulo aparte y requiere muchas explicaciones, así que de ella mejor le hablo más adelante, sólo tenga en cuenta desde ahora que ella es el corazón de toda mi historia. Pero por el momento sólo le digo que yo hubiera preferido casarme en un acto sencillo, definitivamente más privado; no crea que me sentía como un ángel de Charlie paseándome por las playas de Hawái con un viejo barrigón como mi Greg.

Nuestra relación empezó con todas las de la ley, porque así lo quiso él. Y a mí me convino, desde luego, porque después de tanta angustia y tanto esfuerzo, por fin lograba conseguir la ciudadanía americana. Póngase en mis zapatos. A partir del momento en que mi madre murió, la única persona que se hacía cargo de Violeta era yo, y a mí podían deportarme en cualquier momento. ¿Ahora sí entiende por qué faltó poco para que me arrodillara en el Apple Croimbi, la noche en que Greg y yo nos citamos ahí para ir después al cine, y él se sacó del bolsillo la cajita de terciopelo negro por fuera y raso blanco por dentro, haga de cuenta un ataúd en miniatura, y dentro de la cajita venía el circonio engastado en oro blanco? No sería de Tiffany's, míster Rose, como le hubiera gustado a Holly Golightly, pero para mí como si lo fuera. Generoso siempre, mi pobre Greg. Tenía sus ahorros, el hombre. En casa nunca nos faltaba para la comida ni los servicios, y desde que nos casamos todos los meses pagábamos el alquiler por anticipado. Tampoco que fuera muy alto lo que teníamos que pagar; caraduras tendrían que ser para cobrar más, si el barrio es bien deprimido y el edificio bien deprimente, le estoy hablando de una de esas zonas del *white flee*, mejor dicho por ahí hacía mucho que no se veía un carapálida, mi Greg era una rareza de museo entre tanto moreno, negro, mestizo y mulato, en realidad él siempre se sintió entre nosotros como mosco en leche, no veía la hora de que nos largáramos de ahí, sólo estaba esperando que le saliera su jubilación para irnos al carajo, a ese pueblo de blancos pobres donde tenía su casa, donde la mosca en la leche iba a ser más bien yo. Lo que estoy tratando de decirle es que mi barrio era deprimido pero en serio. Con decirle que alguna vez, años atrás, el propio dueño quiso quemarlo para cobrárselo a la aseguradora, y se hubiera salido con la suya si los bomberos no se lo apagan antes de tiempo, y hasta el día de hoy el primer piso sigue deshabitado y con los muros ennegrecidos por la chamusquina. Pero mi apartamento era otra cosa. Entrar a mi apartamento era como llegar a otro mundo. Recién pintadito, acogedor, dotación completa de electrodomésticos, persianas en buen estado, tapete blanco. Mi apartamento yo siempre lo mantuve reluciente, Bolivia diría que como tacita de plata. Y Greg me colaboraba, tenía su caja de herramientas y siempre estaba pendiente de reparar cualquier daño. Lo último que alcanzó a hacer, mi pobre viejo, fue ampliar el *barbecue* de la terraza dizque para que cupieran más hamburguesas y más mazorcas, un detalle de su parte. Un detalle medio inútil, la verdad, porque nunca invitábamos a nadie, salvo a Sleepy Joe, y ése se invitaba solo. Lo que quiero que sepa es que hasta eso teníamos en mi apartamento, azotea con *barbecue*, diga si no es la propia *American way of life*, y además una vista esplendorosa desde allá arriba, creo que con binóculos hubiéramos podido divisar el Empire State. Bueno, lo que veías a ojo pelado era nuestro barrio extendido a todo el rededor, una visión no tan estimulante, ya le digo, un sector medio deprimidón, o deprimidón y medio, pero en todo caso teníamos *barbecue*. Sólo que nunca llegamos a estrenar la remodelación que le hizo Greg.

Tenía sus cosas, mi marido. Manías de ex policía, pero de ex policía católico. Pertenecía a una confraternidad de agentes retirados que se llamaba El Santísimo Nombre de Jesús. Así, tal cual, *The Most Holy Name of Jesus*. Allá me llevaba el primer domingo de cada mes a recibir la comunión y luego a desayunar con sus antiguos colegas, los policías católicos, y yo me sentaba ahí, callada, a escucharlos conversar sobre cómo había que actuar en la vida para no ofender el santísimo nombre de Jesús. Aparte de eso, tres o cuatro veces al año asistíamos a ceremonias nocturnas en las que ellos se premiaban los unos a los otros, por el valor, la constancia o el mérito. El mérito, la constancia o el valor. En esas ocasiones Greg se enfundaba su uniforme, que pese a las remodelaciones ya casi no le entraba, y yo me recogía el pelo en una moña y me vestía de largo. Las ceremonias culminaban en cenas bailables con fuegos artificiales en las que yo parecía la hija de la más joven de las parejas presentes, y Greg me exhibía, orgulloso. En verano asistíamos con la misma comparsa a un picnic conmemorativo en alguno de los parques nacionales, y eso era más o menos todo. Pero era obligatorio, no podíamos saltarnos esos rituales, mi Greg no perdonaba la hostia consagrada de los primeros domingos, ni los sándwiches en los parques nacionales, ni los canelones gratinados de las cenas bailables.

¿Por qué se casó conmigo, y no con una blanca? Primera respuesta, obvia: porque yo era joven y bonita. Dudo que una blanca joven y bonita hubiera encontrado estímulo en casarse con un tipo como él. Pero además le tenía terror a los cuernos y las blancas jóvenes le parecían muy putas. Y no era que tuviera mal concepto de las putas. Había pertenecido a una *anticrime unit* de policías vestidos de civil, de los que andaban por la calle, infiltrándose. Los elementos más jodidos y descontrolados de toda la institución, digo yo, pero sólo se lo digo a usted, no lo hubiera dicho delante de Greg. Una sola vez fue rudo conmigo, él, que siempre se mostraba manso y delicado. Una sola vez, y por el motivo más inesperado. Debían de ser las ocho o nueve de la noche, yo estaba estirada en el sofá, viendo una película que acababa de alquilar en Blockbuster, y él llegó a casa en plan amable, como siempre, preguntándome qué quería para la cena, porque como le digo, él era el que cocinaba. O sea, hasta ahí todo bien. Pero se le desfiguró la cara cuando se dio cuenta de cuál era la peli, una con Nick Nolte, que salía de bigotito y pelo engominado haciendo de policía maldito. *Q & A* se llamaba, ¿la recuerda? Nada especial, una trama demasiado enredada, yo hacía rato le había perdido el hilo y apenas miraba las imágenes, pensando en otra cosa. Bueno, pues Greg se abalanzó sobre el televisor para apagarlo, sacó a la brava el disco y ahí mismo se fue a devolverlo a Blockbuster, gritando que no iba a permitir que esa cosa permaneciera un minuto más en su casa. Que a propósito, no era su casa sino mi casa, y todos los muebles eran míos, comprados por mí, empezando por el televisor; el único aporte suyo era el crucifijo, que yo me hubiera ahorrado, ese hombrecito ensangrentado y colgado de una cruz no era una visión estimulante. Y aquí se preguntará usted, míster Rose, por qué Greg no tenía casa propia pese a su pensión de policía retirado, más su sueldo de celador. Sí que la tenía, una casa de tres cuartos, dos baños, estudio, garaje y jardín en un pueblo cercano, donde según los planes nos iríamos a vivir en unos años, todavía no, no podíamos abandonar la ciudad porque en el pueblo no había trabajo y con la sola pensión de él no alcanzaba, sobre todo por la escuela especial, sumamente costosa, que yo le pagaba a Violeta, y además porque yo no quería dejar mi trabajo, ya le conté lo mucho que me gustaba. En todo caso, aquella vez de *Q & A* Greg salió dando un portazo con la película en la mano y yo quedé desconcertada. Ya después regresó con su personalidad de siempre, trayendo una pizza de Sbarros' y unas Coor's enlatadas. Mientras comíamos, me pidió disculpas y se justificó diciendo que no resistía la morbosidad de la gente que se goza las historias de policías malos.

—Piensan que un policía corrupto es muy divertido —dijo—. Celebran que los policías maten y se hagan matar. Son unos hijos de puta, esos directores de cine que se llenan los bolsillos hablando de sangre derramada, cuando ni siquiera saben a qué huele.

—¿A qué huele? —le pregunté.

—Tiene un olor metálico. Y a veces suelta vapor, como si conservara algo de ese calor de la vida que al cadáver ya se le escapó.

Pero lo que venía contándole, míster Rose, es que trabajando en su *anticrime unit*, Greg aprendió a valorar a las prostitutas. Me decía que habían sido sus mejores aliadas, porque eran las que verdaderamente sabían todo lo que ocurría en la calle, las que mejor conocían las redes y los manejos del hampa. Por eso las estimaba. Pero claro, no hubiera querido caer en las redes de una de ellas. Greg tenía en muy alta estima el sacramento del matrimonio, se casó por lo católico con su primera esposa, de la que no sé mucho, y luego conmigo repitió la fórmula. Supongo que calculaba que las latinas, al ser tan católicas, éramos menos inclinadas a poner los cuernos, algo así debió ser, o quizá influyó que de niño creció en una comunidad de hispanos. Claro que conmigo se equivocó. No porque lo engañara, no, ni pensarlo, aunque ganas no me faltaron.

Y alto ahí, porque le estoy mintiendo. La verdad es que yo sí engañé a Greg, míster Rose. Lo engañé de mala manera. A usted tengo que confesárselo aunque me duela, porque si omito el dato, no va a entender la que se armó después. Yo sí me acosté con mi cuñado. Y no una vez; mil veces. Ya está. Ya salió. Ya se lo dije. ¿Entiende ahora por qué dudaba yo del cuento de Corina, ese asunto de la violación? Pues porque yo sabía cómo era el desempeño del muchacho en la cama, me lo sabía de memoria y no tenía queja al respecto, sino todo lo contrario; por ahí no venía el problema. Y sin embargo ese asunto era un mal rollo, mala cosa andar con dos hermanos al tiempo, pésimo invento. ¿Y ahora sí comprende mis razones para querer traspasarle Sleepy Joe a Cori? Yo necesitaba librarme de él, míster Rose, sacármelo de encima, echarlo de mi cama para siempre antes de que volara mierda al zarzo. Todo ese enredo del adulterio ya me estaba pesando demasiado, vivía temblando del susto de que mi marido nos pillara, y eso era lo de menos, lo peor era la culpa que me comía viva. Pero sola no podía hacer nada, me derretía con sólo ver al buenón de mi cuñado, la decisión y la voluntad se me caían a los pies tan pronto el muchacho entraba por la puerta de mi casa. Tampoco me atrevía a contárselo a nadie, así que no se me ocurrió mejor idea que cederle el amante a mi amiga, a mi mejor amiga, como diciéndole sin decirle, sálvame, Cori, líbrame de este enredo, quédate tú con él. Evidentemente la cosa era un disparate, una pésima iniciativa de mi parte, y tal como era de esperarse, salió mal por todos lados. Primero aparece Corina con la historia de la violación, del palo de escoba, todo ese horror. Pero ¿cómo iba yo a creerla, si conocía de sobra a Sleepy Joe en la cama? Yo y mi cuñado. Mi cuñado y yo. Lo que teníamos entre los dos no era juego de niños, de acuerdo; era sexo del bravo, *hot stuff*, mayores de veintiuno, *full frontal nudity*, alto voltaje, pornografía, como quiera llamarlo; todas las posiciones y las trasgresiones, todo lo que quepa imaginar. Pero pese a los berrinches y el pésimo genio de Joe, nuestra relación de catre siempre se había mantenido dentro de los límites de los derechos humanos, por así decirlo, y de la violencia consentida y moderada.

A Sleepy Joe el episodio del *blind date* con Cori lo puso frenético, y le desató la locura furiosa que ya de por sí cargaba por dentro. Greg me contó, meses después, que era justamente eso lo que discutían en eslovaco en el restaurante aquel. Joe le echaba en cara la falta de respeto hacia él, el insulto, la indignidad, quién sabe qué más. Qué crees que soy, le gritaba a Greg, y mientras tanto Cori y yo ahí sentadas, justo enfrente, sin sospechar siquiera que éramos las causantes de la gresca. Qué crees que soy, ¿un pobre prostituto?, gritaba Sleepy Joe, ¿crees que me entrego a cualquiera?, ¿ah?, dímelo a la cara, hermano, ¿eso es lo que crees? Armó todo un numerito. Pobre mi Greg, que tuvo que aguantárselo. Afortunadamente se pelearon en eslovaco; eso nos dejó por fuera a Cori y a mí, que seguimos con la ginebra en las rocas como si nada. Tarde vine yo a enterarme de que a Joe lo había ardido y humillado todo el asunto. Supongo que no le cayó bien que yo, su novia, dispusiera de él, endosándoselo a otra. Me hubiera gustado explicarle esto a Cori, disculparme con ella, conversar estas cosas a las claras, confesarme mi sucia maniobra. Pero ya se había ido para Chalatenango y no me había dejado su dirección. A lo mejor el maltrato a Corina fue la forma que encontró Joe para cobrarme la mala pasada. Tal vez fue su venganza contra mí. Mucho más cruel la venganza que la ofensa, tal como cabía esperar de Sleepy Joe, para quien no vale la ley del ojo por ojo y diente por diente. Por un solo diente que le tumbes, te baja todos los tuyos de un puñetazo y te saca los dos ojos con un lápiz. Y todavía cabe una pregunta más. ¿Por qué esa manera indirecta de hacerme saber que estaba lastimado? Por orgullo, seguramente. Y porque así es él, Sleepy Joe, lleno de rencores y de mensajes cifrados.

Desde el propio día en que empecé con esto del adulterio, desde ese mismísimo día anduve buscando la manera de ponerle fin. Haga de cuenta, míster Rose, que usted dispara dos flechas al mismo tiempo y en sentidos opuestos. Así andaba yo, atrapada en la infidelidad y al mismo tiempo aborreciéndola. Quería zafarme y no podía, y cuanto más lo intentaba, más amarrada quedaba. Mi pasión por mi cuñado iba creciendo al tiempo con mi arrepentimiento. Al inicio de todo esto, Greg era mi principal motivo para tratar de acabar con Joe. El temor de que Greg se diera cuenta. El estallido de Greg, si llegaba a enterarse; el fin de nuestro matrimonio; la pérdida de la *green card*; la pelea a muerte entre los hermanos; el juicio final. Pero después de lo sucedido a Corina, mi principal motivo para querer acabar con Joe pasó a ser el propio Joe, que siempre me había inspirado un poco de miedo, pero a partir de ese momento, ese miedo se me fue volviendo pánico. Porque yo conocía bien a mi cuñadito en la cama, y es cierto que podía dar fe de sus habilidades, pero también de su ladito perverso.

Si Greg se equivocó conmigo, fue porque no le resulté muy católica que digamos. Y fiel sí que menos. Todo lo contrario de su primera esposa, de quien no sé casi nada, porque a él poco le gustaba hablarme de ella. Sólo sé que aceptó usar la argolla de oro blanco que había pertenecido a su suegra, misma que años después Greg me daría a mí, el día de nuestro compromiso, con la añadidura del circonio engastado; misma que me quitaron aquí en Manninpox cuando me enchiqueraron, y no me la han devuelto. No que me haga falta, la verdad sea dicha. Aquella joya no era del todo mía; cuando me llegó, ya había pasado por demasiadas manos.

¿De qué otra cosa rara puedo hablarle yo a usted, qué otras señales que hubieran hecho prever lo trágico del desenlace? Bueno, en casa había armas, pero en qué casa de ex policía no las hay. Unas cuantas pistolas, o serían revólveres, no las diferencio y en todo caso nunca las toqué, ni siquiera reparé en ellas. Greg las mantenía bien aceitadas y eran su orgullo porque, según decía, habían sido sus armas de dotación. Le encantaba ojear catálogos de armamento y estaba suscrito a varias revistas que leía en el baño, pero no *Playboy* ni *Penthouse* ni por el estilo, a mi Greg lo entusiasmaba otra cosa. Se encerraba en el baño con *Soldier of Fortune*, la biblia de los mercenarios, o con *Corrections Today*, el abc en materia de innovaciones en seguridad carcelaria, lo sé porque él me las mostraba, quería que compartiera su entusiasmo, y es que al fin y al cabo ése era su mundo, sus suvenires del oficio, sus nostalgias de juventud. Sus cosas. Cada quien tiene las suyas. Y yo a Greg se las respetaba porque era un buen hombre. Digamos que un hombre que sentía por mí un amor ansioso, desbordado, propio de viejo por mujer mucho más joven. Me consentía como a una hija y yo me dejaba consentir, aunque me asfixiara un poco su exceso de afecto. En relaciones anteriores con hombres de mi edad ya había conocido yo suficientes desplantes, y el amor de Greg me resultaba un oasis. Y después de su muerte, si es que está muerto, vengo a darme cuenta de que vivir con él fue un privilegio, porque es el único hombre que me ha querido en serio, o que me sigue queriendo, si es que está vivo. Salvo esa tontería que le cuento de *Q & A*, la pelea por esa película, nunca tuve un contratiempo con Greg. Las cosas marcharon bien desde que nos casamos, hasta la noche de su cumpleaños número cincuenta y siete.

Y vuelvo a la *kapustnica*. Una noche a mediados del otoño, Greg y yo preparábamos la cena en casa, una cena muy especial porque era su cumpleaños. Cincuenta y siete años cumplía. Mejor dicho la cena la estaba preparando él, porque él cocinaba, yo no, y además ese día yo había tenido que trabajar en el otro extremo de la ciudad y estaba regresando tarde, muy formal y cumplida con ramo de rosas en una mano y un *six pack* de Coor's en la otra. Quedé agitada después de subir los cinco pisos del edificio, porque vivimos en el último y sin ascensor, y al entrar al apartamento Hero me salió al encuentro y como siempre empezó a darme vueltas alrededor. Usted no sabe, míster Rose, cuánto extraño a mi perro Hero, si al menos me dejaran traerlo sería más llevadero este encierro. Tengo que contenerme para no llorar cada vez que escribo sobre Hero. Pero vuelvo a esa noche. La noche de mi mal, como dice la canción. Tan pronto entré al apartamento, me envolvió la nube, el vaho y olor que salía de la olla de la *kapustnica*, que llevaba horas hirviendo; Greg se había tomado el día libre para dedicarse a eso. Los vidrios de la casa estaban empañados, aquello era un baño turco de col fermentada, y en medio de un rimero de ollas sucias estaba él, parado frente a la estufa, con el cucharón en la mano. Llevaba puesto el mandil que usaba para cocinar platos especiales y se veía cómico, se lo juro, hasta ternura me dio verlo así, de cachetes colorados, el poco pelo que le quedaba todo sudado y la panza forrada por el mandil, que era de esos que tienen pintados dos círculos arriba y un triangulito más abajo, simulando las tetas y el pubis de una chica curvilínea. Greg se ufanaba de su mandil, le parecía un chiste estupendo, un golpe de ingenio a la altura del gremio selecto de los machos aficionados a la culinaria.

Me gusta imaginar que usted cocina, míster Rose, y que prepara para su chica platos antiguos de su tierra, o de la tierra de sus padres, o de sus abuelos. Como aquí no tengo acceso a internet, no he podido averiguar nada sobre el origen de su apellido, Rose, pero me gusta creer que es de un país lejano donde las rosas se dan salvajes, y donde sus abuelos sabían preparar una sopa espesa de puerros con papas, o un cabrito al horno con romero; un país que ellos debieron abandonar en barco porque la guerra y el hambre habían acabado con los puerros, las papas y los cabritos, sólo quedaban las puras rosas y de eso no se alimenta nadie, y por eso imagino que cuando usted le prepara a su chica la sopa de papa, o el cabrito al horno, lo hace en memoria de sus abuelos y adorna la mesa con un vaso de rosas. No sé, me gusta imaginar eso, ya sabe, aquí hay tiempo de sobra para echar globos.

—*Hi, sweetheart*, qué bueno que llegaste —me gritó Greg desde la cocina la noche de su cumpleaños, y se notaba que de veras se alegraba de verme, siempre se alegraba de verme, el bueno del Greg, y me decía así, *sweetheart*, y a mí me sonaba a película de Sandra Bullock. De vez en cuando ponía voz temblorosa para cantarme una viejera de canción de un tal Nelson Eddy, según me explicaba, y que decía *sweetheart, sweetheart, sweetheart*, así, por partida triple, porque a veces trataba de ser romántico, mi Greg.

—La *kapustnica* está casi lista y es una obra maestra, me quedó como nunca —me dijo—, y eso que no pude conseguir chorizo de Cantimpalos, el mejor sustituto que he encontrado por aquí, tuve que comprar uno ordinario pero ni se nota la falta del Cantimpalos, ven acá, *sweetheart*, prueba y verás. ¿Y? ¿Mejor con el Cantimpalos, o mejor así? En fin, qué le vamos a hacer. Algún día te llevaré a mi país para que pruebes la *kapustnica* con chorizo del nuestro, del auténtico chorizo ahumado de mi tierra. Mientras tanto a conformarse. Dale, *sweetheart*, la mesa, ve a poner la mesa, ¿te acordaste de traerme la cerveza? Bien, entonces saca las copas, para que le hagan honor a esta *kapustnica* prodigiosa.

—¿Cerveza en copas, Greg? Qué basto.

—Y para qué tenemos copas, entonces, si nunca las usamos.

Cerveza en copa de vino, chorizo de Cantimpalos, chorizo ahumado o concha su madre, a mí me daba lo mismo, y si quiere que le diga la verdad, míster Rose, por mí mejor sin chorizo de ninguna clase, y sin col, ni costillas de marrano, ni cebolla blanca ni ajo, pero claro, eso no fue lo que le dije esa noche a Greg. Por fortuna no se lo dije, al menos murió convencido de que yo apreciaba sus esfuerzos culinarios.

—¿Viene Sleepy Joe? —le pregunté. Sleepy Joe, como ya le expliqué, es el hermano menor de Greg—. ¿Le pongo plato en la mesa?

—Sólo dos puestos —respondió Greg—, uno para ti y otro para mí, y el platón de Hero.

—Ni se te ocurra darle *kapustnica* a Hero, ya sabes que le suelta el estómago —le advertí mientras arreglaba las rosas en un florero.

—Le doy un poquito, nada más. Para que la pruebe. No le pongas plato a Sleepy Joe, siempre jura que viene y al final nos deja metidos —me dijo mientras se limpiaba las manos, restregándolas en el par de tetas pintadas en el mandil.

Ésa es la última imagen de Greg que conservo en la memoria.

Le di un trozo de queso a Hero, lo subí a la azotea para que se echara la última meada del día, lo liberé de su carro, volví a bajar con él cargado en brazos y lo deposité en su cama favorita, que era por supuesto la nuestra. Luego pasé a la sala comedor y estaba sacando de su caja las copas de cristal, el regalo de bodas que me había dado Socorro, la mejor amiga de mi madre, cuando escuché que sonaba el teléfono y que Greg tomaba la llamada desde la cocina. Unos minutos después, sentí que a mis espaldas se ponía la chaqueta y abría la puerta de entrada.

—¿Adónde vas? —le pregunté sin voltear a mirarlo.

—Acaba de llamar Sleepy Joe.

—Le pongo plato, entonces.

—No, sólo quiere que baje un momento.

Imaginé que Sleepy Joe querría darle un regalo de cumpleaños a Greg, o al menos un abrazo. No me extrañó que prefiriera no subir, últimamente las cosas andaban un poco tensas entre ellos, y aunque por lo general no peleaban en casa, por evitar hacerlo delante de mí, yo sabía que afuera se engarzaban en discusiones cada vez más frecuentes. Bueno, a veces también lo hacían en casa, pero en eslovaco, así que no me pregunte de qué iba la cosa, porque yo no entendía nada. En todo caso Greg quedaba molesto y agitado después de esas peloteras, pero yo no lograba arrancarle palabra y me quedaba sin saber qué había pasado.

—¿Por qué pelean? —le preguntaba, medio temiendo que yo fuera la causa.

—No te preocupes —me decía—. Es un viejo pleito familiar, un asunto de una herencia, allá en Eslovaquia. Algún día habrá que ir a reclamarla y entonces vendrás conmigo, será nuestra segunda luna de miel.

Yo no tenía ningunas ganas de ir a Eslovaquia, me la imaginaba helada y desolada y perdida en el pasado de los tiempos, y en todo caso me resultaba mejor mantenerme al margen de esas trifulcas. Son pasajeras, pensaba, cosas de hermanos. Al fin de cuentas ellos dos se querían, no podían vivir el uno sin el otro, y hasta tenían la costumbre de rezar a dúo, también en eslovaco, o a lo mejor en una lengua todavía anterior, porque entonaban lo que a mí me parecían cánticos antiguos y venidos de lejos, cómo le dijera, más guerreros que religiosos, o al menos así me sonaban. Lo hacían todos los días a las 6 en punto de la madrugada. El ángelus que llaman, y que según me explicaron es la celebración del misterio de la encarnación. Tremendo misterio, para mí pavoroso, según el cual Dios, arrepentido de los errores que ha cometido en la creación, se encarna y se hace hombre, baja a la tierra para sufrir como cualquier humano, para conocer en carne propia el sufrimiento que él mismo les ha impuesto a los humanos y para ser humillado y azotado y torturado en una cruz de una manera atroz, o sea para echarse encima un sufrimiento todavía peor que el de cualquier humano, al fin y al cabo Dios es Dios y su dolor es infinito porque es divino. Vaya misterio. ¿Y por qué no más bien, si todo lo puede, por qué no en vez de hacerse hombre, no vuelve dioses a sus criaturas, le ahorra a todo el mundo el sufrimiento y se lo ahorra a sí mismo? Eso le preguntaba yo a Greg, y Greg me respondía, no pienses tonterías, niña, sin sufrimiento no hay religión y no hay religión sin sufrimiento. En fin. Misterio es misterio y no hay quien lo resuelva. En todo caso los dos hermanos rezaban en la azotea, nunca adentro del apartamento, que es pequeñito y de techos bajos, digamos que acogedor pero apretujado, porque según Greg, la azotea era una catedral con el cielo por bóveda. Así decía mi Greg, que a veces soltaba frases bonitas, no sé de dónde las sacaba. Una catedral con el cielo por bóveda. Y no le faltaba razón. Cuando estás arriba, en la azotea de mi edificio, te parece que te sopla en la cara un viento venido de otros lados, es como si te salieras de este barrio desolado, lo miraras desde arriba, y aunque sólo son cinco pisos de altura, pudieras verlo pequeñito, allá abajo, porque aquí arriba tú estás en otro mundo, y te escapas a soñar con ciudades lejanas y desconocidas, a soñar con que ves las estrellas aunque en realidad no las veas, y te llegan el olor del monte y el ruido del mar, digo, aunque no sea cierto puedes soñar con eso, con que tu vida se hace grande y se hace libre, sin un techo que te aplaste ni unas paredes que te constriñan. Creo que por eso la azotea era el lugar preferido de mi hermana Violeta, el único que la serenaba, y también el lugar que Greg y Joe utilizaban para rezar su tal ángelus cada madrugada y luego todos los santos días durante la Semana Santa, Greg llevando la voz cantante por derecho de primogenitura y Joe haciéndole el responso. A mí en realidad eso no acababa de convencerme. Los vecinos van a pensar que aquí vivimos puros musulmanes y nos van a mirar con desconfianza, les advertía a los hermanos, pero es que aparte de sus rezos y sus cantos hacían sonar una campanita como de escuela, y yo temía que fueran a despertar al barrio, y para colmo prendían velas y quemaban sahumerios. Pero ni caso me hacían, mis advertencias les entraban por un oído y les salían por el otro. Seguían en lo suyo como si nada, fidelidad a sus tradiciones por encima de todo, cada día a las seis en punto de la mañana, llueva o truene, porque ellos a sus oraciones les ponían mucha pasión, como también a sus trifulcas. Aunque más Sleepy Joe que Greg. Greg era un tipo domado por los años, en cambio Joe es un exaltado, o como dicen en los noticieros, un fundamentalista. Cuando discute parece dispuesto a matar y a morir, y cuando reza..., cuando reza es todavía peor. Siempre he sentido desconfianza hacia las gentes demasiado piadosas y rezanderas, esas que adoran a Dios por encima de todas las cosas. Me producen escalofríos los que se arrodillan y besan el suelo, los que se flagelan, los que se arrastran y se sacrifican por el Señor y veneran a sus santos y sus ángeles. Sleepy Joe es uno de ésos, y cuando le entra la ventolera se transforma, le sube una fiebre fría y se vuelve otra persona. Así es él, un tipo violento y místico que sabe combinar ambas cosas sin ponerse colorado. Quiero decir que cualquiera de las dos le nace espontáneamente, y a veces las dos al tiempo. Greg no era tan así. Compartía fanatismo religioso con su hermano, eso desde luego, y hacían planes para ir juntos al santuario de la Virgen de Medjugorje, me refiero a esa clase de fanáticos anticuados, pero al menos Greg al rezar no ponía la misma cara de loco trasfigurado. Joe sí, y sé por qué se lo digo, ya le confesé que lo he visto hacer ambas cosas, fornicar y rezar. Y dormir y buscar pleito, eso también, porque sin duda el hombre tiene su bipolaridad, pero sobre todo es aficionado a dormir, eso es lo suyo, dormir desde que amanece hasta que anochece. En realidad creo que en esta vida no hace mucho más. A mí me da miedo verlo cuando le entra el arrebato místico, se lo juro, míster Rose. Imagínese un tipo de aspecto ruso, musculoso todo él, con sus tatuajes raros y su camiseta arremangadita, de piernas como de piedra, áspero de arriba abajo, de olor ácido, haga de cuenta Viggo Mortensen en *Promesas del Este*, así de recio y de buenotote, como quien dice pavorosamente masculino, demasiado tal vez, y también demasiado blanco, de un ario agresivo, no sé si me entiende, y ahora imagíneselo reconcentrado, en éxtasis, rezándole rosarios en eslovaco a la que llama Santísima Virgen María, madre y señora, reina de cielos y tierra, que es como decir su propia madre pero potenciada a la enésima, todavía más temible y poderosa que su madre y enorme como el universo. Si viera al Sleepy cuando anda en ese trance: se le saltan las venas del cuello, la piel se le eriza y se le voltean los ojos, como a un epiléptico. Bueno, tanto no, pero casi. Venas saltadas, ojos en blanco y un estremecimiento por todo el cuerpo: así de recalcitrante es su devoción. Ya le digo, así fornica Sleepy Joe, así discute y así ora, y da como miedo mirarlo cuando está en cualquiera de esas tres cosas, siempre como al borde de algo más, siempre a un paso del berrinche bipolar.

Greg lo quería con amor de padre, en el buen sentido y en el malo. Lo mimaba demasiado y le soportaba desplantes, y al mismo tiempo lo sermoneaba a toda hora y por cualquier cosa, como si fuera un menor de edad. Recuerdo el descontrol que le entró a Greg un domingo en que regresábamos de misa y encontramos a Sleepy Joe sentado a la mesa de la cocina y jugando con el chuchillo de la carne, pasándolo con la mano derecha por entre los dedos de la izquierda, rápido, rápido, chuzando la mesa con la punta del cuchillo entre dedo y dedo, cada vez más rápido, y justo cuando Greg le ordenó que dejara ese maldito juego, a Joe le falló el tino y se cortó. No mucho, pero alcanzó a salpicar de sangre la mesa y Greg le gritó imbécil, le gritó tarado, qué no le dijo esa vez, me dañaste la mesa de la cocina, pendejo de mierda, le dijo, mira cómo la dejaste con ese cuchillo, llena de agujeros. Y mientras tanto el otro callado, chupándose la herida que se había hecho entre el anular y el meñique.

Estos dos se pelean mucho porque se parecen mucho, pensaba yo y lo sigo pensando; supongo que Greg se hizo policía como hubiera podido hacerse criminal, y que Joe se volvió un bueno para nada de la misma manera en que hubiera podido hacerse policía. Pero no, no estoy siendo justa con Greg, que es un tipo tranquilo, y en cambio Sleepy Joe carga una rabia por dentro que se lo come vivo y se le sale hasta por las orejas. Siempre he creído que si no es asesino en serie, es por pereza: prefiere echarse a dormir y evitarse el esfuerzo. Nos decía que era camionero y aunque yo nunca le vi el camión, no tenía verdaderos motivos para dudar de su palabra, como no fuera por lo del sueño. Si de veras fuera conductor, ya se habría destutanado en alguna carretera por caer profundo sobre el manubrio. Cuando recién me casé y Greg se mudó a mi casa, Sleepy Joe empezó a visitarnos con frecuencia, cenaba con nosotros y se quedaba a dormir en el sofá de la sala. Por lo general dormía casi todo el día. Se echaba sus cervezas, eructaba largo y sonoro, como un bebé satisfecho, se despatarraba en el sofá de la sala frente a la tele y quedaba tan profundo, durante tantas horas, que parecía que se hubiera muerto. Un muerto espléndido, la verdad sea dicha. Yo aprovechaba su sueño para observarlo, la cara medio oculta bajo el brazo doblado y expuesto el cuerpo poderoso, apenas mecido por la respiración. Un joven león en la mansedumbre del reposo. Claro que Greg lo veía de otra manera. Opinaba que Joe había sido desde niño la clase de persona que si no está rabiando y maldiciendo es porque está dormido, y si no está dormido es porque está tramando alguna maldad contra alguien. En el fondo yo lo sabía, no puedo afirmar que no me diera cuenta, pero no lo decía en voz alta; si se me hubiera escapado, Greg hubiera salido inmediatamente en defensa del hermano.

—Déjalo, es joven —lo justificaba—, puede tomarse la vida con calma.

Después de los rezos de las seis, Sleepy Joe dormía la mañana entera, hacía un receso para devorar lo que hubiera en la nevera, volvía a dormirse hasta la media tarde y ya luego permanecía despierto hasta que el cielo aclarara de nuevo, porque, según él, hombre precavido no debe dormir a oscuras. Para mí que era miedo físico, creo entender que en la oscuridad se le paralizaba el corazón y que no se atrevía a cerrar los ojos para que no lo acogotaran vaya a saber qué fantasmas. Alguna vez se lo dije, Joe, tú matas la noche con el ruido de la tele para no sentirte solo, y él debió responderme con alguna de esas cochinadas que soltaba con su boca morada, y no estoy exagerando, tenía las encías y los labios morados, idénticos a los de Greg, los dos hermanos eran esa clase de gente que va por ahí con las encías visibles y los labios gruesos y amoratados, mejor dicho con demasiada boca en medio de la palidez de la cara, una boca que se te impone aunque tú no quieras mirarla tanto, y en todo caso puedo imaginármelos a los dos de niños, allá en Colorado, compartiendo cama con los demás hermanos como sardinas en lata, Greg dormido como un bendito y Joe en cambio terriblemente despierto, un eslovaquito con los ojos abiertos bajo unas cobijas burdas y carrasposas, contando el paso de los miles de minutos y millones de segundos que faltan para que amanezca, sin atreverse a llamar en su auxilio a su madre, esa señora que no los bañaba y que a la primera luz del día los sacaba al patio, en verano o en invierno, vestidos o en calzoncillos, para que la acompañaran rezando el ángelus. O a lo mejor era ella la propia fuente del pánico, la pesadilla era ella, la madre, bien puede ser, yo al menos me alegro de no haber conocido a esa suegra y me produce escozor tener que usar la argolla matrimonial que fue de ella.

La cosa es que, cuando estaba en mi casa, Sleepy Joe se preparaba para sus desvelos nocturnos apertrechándose de latas de cerveza Coor's, Malboro light y unos caramelos mexicanos muy picantes que comía por cantidades, según él para dejar de fumar. Se llamaban Pica-limón y venían envueltos en unos papelitos rojos con verde; al regreso del trabajo no me quedaba difícil adivinar si Sleepy Joe había estado de visita, me bastaba con ver los ceniceros repletos de colillas y los papeles de Pica-limón regados por el suelo.

—Comes docenas de esos Pica-limón para dejar de fumar —le decía yo—, pero sigues fumando como un demente.

—Como Pica-limón para dejar de fumar y fumo para dejar el Pica-limón —me respondía con sorna y me echaba una de esas miradas que solía echarme, unas miradas lentas, pastosas, que se me quedaban pegadas al cuerpo.

Desde la media tarde hasta la madrugada, Sleepy Joe dejaba el sofá, que según él estaba recalentado, para apoltronarse en la mejor silla, una *reclinomatic* imitación cuero que daba masajes. Prendía el televisor y no se quitaba las botas al apoyar las patotas sobre una mesita de vidrio que yo había conseguido para la sala.

—Vas a quebrar la mesa, cerdo —lo retaba Greg—. Al menos quítate esas botas, tíralas a la basura, andar con botas de cocodrilo es cosa mafiosa.

Yo en cambio no le decía nada, para no molestar; me gustaba que Greg supiera que hacía lo posible para que el ambiente en casa fuera amable. Le soportaba casi todo a Sleepy Joe; lo único que me sacaba de quicio era que le diera Pica-limones a Hero. El pobre perrito empezaba a toser, a echar baba y a hacer unas muecas como de vampiro, arrugando la nariz y mostrando todos los dientes. Yo corría a darle pan para que se le pasara el picor, mientras Sleepy Joe se doblaba de la risa.

—¿Qué te ha hecho el animal para que lo atormentes así? —le reclamaba yo.

—¿Qué me ha hecho? —respondía él, con los ojos llorosos por las carcajadas—, ¿qué me ha hecho? Pues pasar con su puto carro por encima de tu alfombra blanca, le tienes prohibido que ensucie tu alfombra y no hace ni puto caso, lo castigo por eso, bien merecido lo tiene, y además me río de él un buen rato, qué hay de malo en reírse un rato.

—Tú les tienes miedo a los perros y por eso les haces daño, eso es lo que pasa, que eres un cagón, en el fondo no eres más que un niño asustado, hasta Hero te mete pánico...

—A esa mitad de perro de porquería yo no le temo, lo detesto. Ese bicho tendría que estar muerto. Lo que me da es hueva, ¿entiendes?, me aburre sobremanera que ande por ahí con medio cuerpo apenas. ¿Qué se creen Greg y tú? ¿Muy samaritanos? ¿Acaso no ven que es una payasada querer salvarlo, porque el pobre preferiría estar muerto? Cuando ese animal te mira así, fijo y a los ojos, te está rogando que acabes con esa mitad que por error quedó viva. Un día de éstos lo voy a liquidar de un manotazo.

Y lo peor era que Sleepy Joe no hablaba por hablar, había algo en el tono de su voz, o en la expresión de su cara, que te hacía pensar que de verdad creía en todas esas barbaridades. Siempre me llamó la atención su odio hacia los más débiles. Simplemente los aborrecía, a lo mejor porque le hacían de espejo. A Sleepy Joe lo conocí en un restaurante, donde Greg lo citó precisamente para presentarle a su novia, a la mujer con quien se iba a casar, o sea a mi persona. Y así, a primer golpe de ojo, me pareció rabiosamente guapo pero medio soso. El tipo que según mi marido iba a ser mi cuñado me pareció un fanfarrón, me chocó su manerita de mirar para otro lado en actitud sobrada de mero macho que no se quita el sombrero, como haciéndote el desplante de yo a ustedes me los trago enteros y escupo la pepa. Y para colmo no habló casi, y cuando habló, fue sólo con Greg y en eslovaco. En todo caso esa vez no logró causar en mí una buena impresión. Como le dijera, me pareció un tipito guapito y cabeza hueca, no más que eso, y ahí hubiera quedado la cosa si al salir los tres del restaurante no hubiera conocido el otro lado de su personalidad. Por ese entonces las calles se habían inundado de *homeless*, había haga de cuenta una epidemia, *homeless* dormidos en los andenes, *homeless* borrachos, *homeless* tocando la armónica o pidiendo limosna. Entonces se nos acercó uno particularmente desbaratado, sin dientes, apestoso, una cosa apenas viva y sin dignidad, mejor dicho una piltrafa, alguien a quien la vida le había galopado por encima dejándolo hecho trizas. El infeliz se hacía el payaso y llevaba un cartel que decía, *Kick my ass for one dollar*. Greg y yo le pasamos de largo tratando de no mirarlo, y en cambio Sleepy Joe se le fue derecho, a negociarle la patada por medio dólar. Te doy cincuenta centavos, basura, no mereces más. Así le dijo. El pobre hombre aceptó el trato, agarró sus monedas y se agachó, todavía riéndose, o haciéndose el que reía, y entonces Sleepy Joe le propinó en el culo un patadón brutal, totalmente desproporcionado, que lo tiró de cara contra el asfalto. Greg y yo ya íbamos como a media cuadra de distancia pero de todas formas alcanzamos a ver la escena, y yo quedé temblando. Pero ni por ésas me di cuenta cabal de la perla de cuñadito que me había tocado en suerte. Después empezó a frecuentar nuestra casa pero ya en plan tranquilo, sacando lo mejor de sí mismo, que tampoco era gran cosa, ya se lo he dicho, pero al menos se contenía a la hora de salir con patanadas. Pero eso sí, se desbocaba con las palabras. Soltaba cataratas de monstruosidades, por lo general amenazas contra cualquiera que le pareciera débil, o tonto, o perdedor, o pobre, o indefenso, o incapacitado. Éste tiene cara de víctima, decía de un vecino muy gordo que apenas si podía subir las escaleras del edificio.

—Muérete de un infarto, gordo perra —le gritaba cuando lo veía—, hazle al mundo el favor de morirte.

Esa clase de personas con defectos o problemas lo sacaban de quicio y lo ponían en un estado de sobreexcitación muy rara. Una vez bajé con él a comprar Pizza To Go en la esquina, y a la dependienta, una mujer torpe que no se apuraba, la llamó maldita perra bastarda. Así era él, desmedido. Sentía un odio ciego por los mendigos, por ejemplo; creía que había que limpiarlos de la faz de la tierra. Cuando empezaba a decir esas cosas, se emocionaba; recuerdo que una vez lo vi enardecido, temblando, mientras contaba que los espartanos tiraban a los niños deformes por un acantilado. Otro caso: Sleepy Joe no podía quitar los ojos de la pantalla cuando transmitían las Olimpiadas Especiales. Pero no por admiración hacia esos atletas tan esforzados, sino por deseos de acogotarlos, de sacudirlos y cobrárselas todas, como si fueran culpables de algo. Hasta de los bebés decía que eran aborrecibles. Claro que no siempre era así. Había días en que parecía un tipo más o menos normal, hasta simpático, siempre seductor, que de vez en cuando soltaba buenos chistes y era generoso a la hora de hacerme regalos, de los que pedía con tarjeta de crédito en las promociones televisivas de *It has to be yours*. Y había otros días en que se lo veía muy exaltado, muy ofuscado, haga de cuenta fuera de sí. No sé, a lo mejor yo lo juzgaba demasiado duro, y en realidad sólo se trataba de un pobre adolescente tardío, lleno de agresividad por cuenta de sus muchas inseguridades y miedos. No sé. En todo caso yo había empezado a verlo con otros ojos a raíz de lo que pasó con mi amiga Cori, el episodio aquel del palo de escoba, esa vaina tan rara y tan fea. Y no podía olvidarme de la advertencia que ella me hizo justo antes de partir, abre los ojos, María Paz, abre los ojos y ten cuidado, que ese muchacho es enfermo. Eso me había dicho Cori, ésas habían sido sus últimas palabras antes del adiós, y yo no las olvidaba. Y cuando Sleepy Joe empezaba con su retahíla de salvajadas, yo lo detestaba y lo agarraba a cojinazos para callarlo. O lo dejaba ahí solo, y me encerraba en mi cuarto.

—Vuelve acá, culo lindo, vuelve aquí con papi. ¡Si era sólo un chiste! —me gritaba desde la sala.

Pero yo no lo encontraba chistoso. Delante de Greg, Sleepy Joe nunca se hubiera atrevido a darle Pica-limón a Hero, ni a mirarme a mí de esa manera o hablarme en ese tono; en el fondo le tenía pavor a su hermano mayor. Y no por nada. Si se hubieran ido a las manos, seguramente Greg habría salido ganando. Sleepy Joe era más que nada finta y empaque, mientras que Greg, pese al deterioro y los achaques de la edad, seguía siendo una formidable bestia bípeda. Me di cuenta de eso un domingo en que les dio por apostar plata echando pulsos sobre la mesa de la cocina. Greg lo fue derrotando tiro tras vez con una facilidad sorprendente, le ganó veinte dólares y le dejó el brazo derecho resentido.

¿Cuáles eran los shows de TV favoritos de mi cuñado? Ninguno. Que yo recuerde, no veía ningún show. Ni serie, ni reality, y noticiero sí que menos. Ni siquiera deportes o porno. Se quedaba prendido toda la noche adivine de qué, adivínelo, no le queda difícil porque acabo de decírselo. La pasión de Sleepy Joe eran esos programas de televentas tipo «*It has to be yours*», que promueven hasta el cansancio toda suerte de productos milagrosos y los mandan a domicilio dondequiera que vivas,

Asunción, Managua, Miami, *you name it*, no hay ciudad del continente que no tenga en pantalla el número telefónico correspondiente, sólo tienes que anotarlo rápido porque en un abrir y cerrar de ojos ya están promoviendo otra cosa. Sleepy Joe quedaba hipnotizado ante el quemador de grasa que te deja sílfide en dos semanas, el microondas ecológico que no consume electricidad, la faja modeladora que te quita lo que te sobra y te pone lo que te falta, la escalera que se transforma en cama, la cama que se transforma en clóset, la crema facial que te hace el lift y te deja de quince sin pasar por cirugía. A veces yo me sentaba con él, y si se me ocurría abrir la boca para comentar que algo de lo que anunciaban me llamaba la atención, Sleepy Joe enseguida me lo regalaba. Lo pedía a domicilio, lo pagaba con tarjeta de crédito y a más tardar en una semana ya lo teníamos en casa. Por lo general se trataba de implementos para el hogar. Una vez me regaló una aspiradora para extraer del aire los pelos del perro, y en un diciembre encargó un Papá Noel de luces intermitentes que ocupó media sala, porque venía completo con trineo y con renos.

—¿Sabes por qué anda Santa con tanto reno? —me preguntaba—. Pues porque se los come. En las noches de invierno, cuando el viejito no encuentra qué comer, prende un fuego y asa a uno de sus alegres renos. Los otros, mientras tanto, lloran al compañero. Y si el viejito necesita hembra humana desesperadamente y no hay ninguna en esas inmensidades, se sirve de uno de sus alegres renos. Entre tanto los otros miran y ríen solapadamente.

A mí me intrigaba Sleepy Joe. Medio me asustaba, medio me fascinaba. En todo caso me extrañaba que un camionero tuviera billete para tanto regalo, más todas las telecompras que hacía para sí mismo, sobre todo productos sofisticados y caros para evitar la caída del cabello, como aceite de castor, células de placenta y ungüentos amazónicos, porque según decía a lo que más miedo le tenía en la vida era a quedarse calvo. En alguna ocasión se interesó por mi trabajo, y le propuse que le haría una encuesta *multiple choice*, para mostrarle de qué se trataba.

—¿Cuál de los siguientes olores te fastidia más? —empecé, y ya iba a leerle las opciones a, b, c o d, cuando me cortó en seco.

—¿Quieres saber qué cosa apesta? —dijo—. Apesta mi propia vida, y la de todos los que vivimos en este muladar.

A mí me chocó esa frase. Era cierto que vivíamos en un barrio de clase media baja, en una de las zonas bravas de la ciudad, y que nadábamos en basura cada vez que los recogedores entraban en huelga. Hasta ahí era cierto. Pero el apartamento lo había alquilado yo cuando estaba todavía soltera, lo había amoblado con mi dinero, lo mantenía pulcro y brillado como una tacita de plata y era mi mayor orgullo. Arriba tenía azotea con asador para los domingos, y un cuartico de depósito en el sótano, porque el edificio era relativamente nuevo. Dejé pasar por alto la respuesta de Sleepy Joe como si no se tratara de nada personal, la anoté en mi formulario, en los renglones destinados a comentarios adicionales, y cuando fui a pasar a la siguiente pregunta, él me dijo casi con rabia que aún no había acabado de responder la primera.

—Apesta no tener dinero —dijo—, el dinero todo lo limpia, la pobreza es hijueputamente sucia. La gente como tú compra detergentes, jabones, pomadas, creyendo que con eso va a vivir mejor. Pura mierda.

—Mira quién habla —reviré—. Eres tú el que se la pasa en ésas, te hipnotizan los anuncios de televisión, te ofrecen cualquier tontería y es como si recibieras el mandato de adquirirla.

—Vivimos hundidos hasta las tetas en la inmundicia —me dijo con fanatismo, y vi tanta fiereza en sus ojos que hasta miedo me dio—, todo es roña, grasa, costra, pringue —dijo señalando alrededor con un movimiento circular de la mano, como si se refiriera al universo entero.

—Tal vez el mundo sea una porquería —le dije, molesta—, pero hazme el favor de decirme qué ves sucio en esta casa, como no sean los papelitos de tus caramelos, que tiras al piso en vez de tener la decencia de colocarlos en el cenicero, donde no caben, claro, porque los repletas de colillas.

—Todo es asqueroso —dijo—, dondequiera que pongas los ojos, ves porquería. Sal a la calle, agarra un palito, cualquier palito, y haz un hueco en la tierra. Luego te arrodillas, te agachas bien agachadita, cara a tierra y culo al aire, y miras por entre el hueco que acabas de hacer. ¿Qué ves? Ves un océano de mierda. Esta ciudad, todas las ciudades, flotan sobre mares de nuestra propia mierda. Cada día depositamos nuestra cuota, puntualmente. La enviamos allá abajo desde el escusado, por las cañerías, por las cloacas. El sistema no falla. Juiciosamente almacenamos mierda allá abajo, así como los bancos almacenan oro en sus bóvedas. Llevamos siglos almacenando mierda. Dale, tú sigue fregando por arriba, arregla bien tu apartamentico, trágate la mentira, límpiate bien la piel con cremas y lociones, utiliza mucho papel higiénico cada vez que cagues, quédate muy satisfecha con tu higiene personal. Pero yo te voy a decir una cosa, una sola: la única verdad es que bajo los pies no tienes sino mierda. Cuando un volcán estalla, ¿sabes qué sale?

—Ríos de lava.

—*Wrong answer.* Márcalo ahí, en tu formulario, pon que no entiendes nada de nada. Cuando un volcán estalla, saltan ríos de mierda. De mierda iracunda, incandescente. ¿Te queda claro? Como una diarrea, eso es. Una diarrea cósmica. La tierra se encabrona y estalla en una diarrea en la que nos ahogamos.

—Eres repugnante —le dije, me retiré con asco de su lado y fui a sentarme a una silla enfrente—. Eres un cerdo, Joe, un auténtico y asqueroso cerdo. Basta con que digas cualquier cosa para que asome por tu boca toda la inmundicia que te bulle en la cabeza.

—Esta vez acertaste. Soy un cerdo, sí. ¿Y sabes qué comen los cerdos? Comen mierda. Andan por ahí hociqueando mierda para tragársela. Te crees muy marisabidilla, pero hay verdades que nadie te ha contado. ¿Sabías que tres cuartas partes de los seres vivos son coprófagos?

—¿Son qué cosa?

—Coprófagos. ¿No sabes lo que es? ¿Acaso no conoces al escarabajo pelotero? No me digas que en tu país no hay de eso, a mí me han dicho que por allá todos son tremendos comemierdas. Anota la palabra ahí, en tu pequeño formulario sabihondo: coprofagia. Anótala para que te la aprendas. Tres cuartas partes de los seres vivos: coprófagos. Quiere decir que se alimentan de caca, así, *munch, munch, munch, yummy, yummy,* se la tragan y se relamen, los hijos de puta. Toma nota, ¡tres cuartas partes! Escribe esto que te voy a decir y apréndetelo de memoria, copris, heliocopris, onitis, oniticellus, onthophagus eucraniini argentinos, canthonini australianos... Ya lo sabes, no tires la cadena del escusado después de depositar en él tus cositas, porque estarías desperdiciando manjares. Y no me vengas con cuentos, vete con tus encuestas donde otros más ingenuos. Yo no soy de ésos. Desde chico sé bien cómo son las cosas. En la secundaria tuve un amigo que soñaba con incendiar su cochino vecindario, armaba fuegos entre las canecas de la basura, quemaba llantas, andaba siempre por ahí jodiendo con fósforos, decía que un día iba a hacer una pira inmensa, un incendio universal, para darle una buena lección al mundo entero, así decía, y para acabar de una buena vez con toda la mierda acumulada durante siglos. Que se cuiden todos los malditos cerdos, porque les voy a quemar el culo con un volador de siete truenos. Eso decía mi amigo.

—¿Y ese amigo no serías tú mismo? —le pregunté.

—Ya te dije que era un amigo —respondió—, un compañero de la secundaria.

Pese a sus groserías y sus rudezas, Sleepy Joe no era alguien que me disgustara del todo. Más bien al contrario, tendía a gustarme. Físicamente, quiero decir. Y lo que sí me disgustaba era precisamente eso, que me gustara. Cómo le dijera, Greg se me iba volviendo cada día más viejo y en cambio Sleepy Joe era como estar viendo a Greg, pero de joven. Tenían estatura y facciones similares, pero Joe exhibía el cuerpazo en unas camisetas licradas que se arremangaba con todo cuidado en forma de rollito sobre el bíceps, y usaba unos *jeans stretch* que invitaban a adivinarle el culo y las piernas, para no hablar del paquete, que se le marcaba por delante de manera provocadora. Era evidente que se cuidaba mucho, debía desvivirse en el gimnasio y pasar muchas horas en las cámaras bronceadoras, sabe Dios dónde haría todo eso, debía de ser en su otra casa, la que tuviera lejos de la mía, aunque siempre lo negó; aseguraba que para él no había otro arraigo que los moteles de carretera, para qué quiero más, suspiraba haciéndose el desamparado. A mí me entraban unos deseos locos de abrazarlo, de protegerlo, de abrigarlo, y él se daba cuenta, claro que se daba cuenta, y aprovechaba.

—Para qué quiero más —repetía mirando con ojos de ternero recién destetado—, de día tengo mi camión y de noche necesito poco, me basta con un televisor, una cama y un bar abierto 24/24, y eso lo encuentro en cualquier motel de carretera.

Pero no sabía mentir, resultaba imposible creerle, era evidente que lo único que de verdad tenía a mano era a su hermano Greg, que le pasaba dinero cada vez que estaba en aprietos. O sea permanentemente. Un vividor de mujeres, un abusador de la bondad fraterna, un niño asustado que rezaba para matar sus miedos, un guapetón bueno para nada, sin oficio ni beneficio: eso es Sleepy Joe, poco más que eso. Y sin embargo cuando venía a visitarnos y salía del baño con el pelo empapado y la toalla a la cintura, yo no podía quitar los ojos de su espléndido *six pack*, dorado con rayos UVA. Ya le digo, Sleepy Joe en toalla era un dios, y yo tenía que morderme los labios para contenerme. Para mi desgracia la tentación era permanente porque el hombre se duchaba mucho, por lo menos dos veces al día, una por la mañana y otra por la noche, y si hacía calor, a veces también a media tarde. Las broncas entre los hermanos eran frecuentes por eso; después de quince o veinte minutos de duchazo, Greg agarraba a golpearle en la puerta del baño, gritándole que si acaso iba a pagarnos los servicios. Y hasta razón tenía, por toda el agua y la luz que el condenado se estaba gastando. Y ni por ésas cerraba la llave Sleepy Joe, sino que desde allá le gritaba a mi Greg que era un cerdo, un sucio marrano. Y razón no le faltaba, la verdad, porque mi Greg era muy reacio al baño.

Curioso cambalache del destino, pensaba yo cuando veía a mi cuñado pasar medio desnudo y echando vapor por los poros. Curioso cambalache: ese cuerpo, precisamente ése y no otro, es el que hubiera querido yo tener a mi lado en la luna de miel, cuando me paseaba al sol por las playas hawaianas. Sleepy Joe se daba perfecta cuenta de la situación, y le sacaba jugo al triángulo. Un triángulo eléctrico que vibraba peligrosamente cuando él estaba en casa: un hombre viejo, su mujer joven, su hermano joven. Pero ahora que le menciono el *six pack* de Joe, tengo que hablarle también de su cruz de doble travesaño, porque en esa cruz por poco muero crucificada. Una vez estábamos Sleepy Joe y yo sentados en el sofá de la sala..., pero espere, ese capítulo todavía no, porque sucede más adelante. No tengo remedio, sigo dando brincos y desordenando el cuento. No importa, después el orden lo pone usted mismo, míster Rose, cuando vaya a publicar este relato.

Lo raro era que Greg ni cuenta se daba, ingenuo él, meter un adonis en casa y pensar que su joven esposa no iba a mirarlo. Greg, que de todos sospechaba, que con todos me celaba, que al llegar a casa me armaba escenas si durante el día me había visto conversando con alguno en la oficina, así fuera amigablemente. Y qué de amenazas con hacerme quitar la *green card* si seguía siendo tan puta. Ningún hombre escapaba de las falsas sospechas de Greg, ni el tendero, ni el vecino, ni el agente de seguros, ni sus propios compañeros de retiro, ni mis amores del pasado, ni el médico y menos el ginecólogo. Mi marido se torturaba imaginando que con todos ellos yo hacía cosas, o podía llegar a hacerlas, con todos salvo con uno, el único que a mí me interesaba: su portentoso hermano. Y sin embargo frente a Sleepy Joe, mi Greg nunca tuvo una sospecha, ni un mal pensamiento, sólo regañifas fraternales, afecto paternal e instinto de protección, mi pobre Greg, sólo eso, y mientras tanto entre el muchacho y yo, puro chisporroteo y relámpagos sobre Tatras.

Me estremecía sentir que Sleepy Joe me observaba. Greg debía marcar tarjeta en la empresa todos los días a las ocho en punto de la mañana, pero como mis horarios de trabajo eran flexibles, yo me daba el lujo de salir del apartamento un poco más tarde. Durante esa diferencia de tiempo —veinte minutos, media hora, una hora a lo sumo—, Sleepy Joe y yo permanecíamos solos, y podía suceder que él se quedara parado, sin decir nada, en la puerta del dormitorio, mientras yo me peinaba o me abrochaba la blusa.

—¿Necesitas algo? —le preguntaba yo, mirándolo por el espejo.

—Nada, no necesito nada —me respondía con ganas y con sorna, como diciendo te necesito a vos, jodida perra.

Y Greg ni sospechas. Será justamente por eso que a la larga acabé en la cama con Joe, el único hombre al que podía acercarme sin la amenaza de perder mi *green card*. Acabé en la cama con él, desde ya lo confieso, me revolqué de placer y toqué el cielo con las manos haciendo el amor con él no una vez, ni dos, ni tres, sino muchas, y para colmo ahí mismo, en el mismo dormitorio matrimonial que compartía con Greg, en el mismo colchón y sábanas, bajo la mirada del mismísimo Cristo colgado a la cruz.

Y ya que le menciono mi dormitorio, aprovecho para describírselo, porque es mi gran orgullo. Desde antes de casarme tomé la decisión de decorarlo con primor y sin reparar en gastos. Escogí el verde menta para la colcha y las cortinas, tejí a mano media docena de cojines en croché blanco para organizarlos contra la cabecera, compré una flamante cama *full double* con colchón ortopédico, y en eso me equivoqué, porque resultó tan ancha que apenas quedaron dos pasadizos estrechos a lado y lado, afortunadamente no tan estrechos como para que no cupieran las dos mesitas de noche, en madera blanca, al igual que la cómoda, y dos lamparitas que daban una luz íntima y cálida, con pantalla de cristal color ámbar, tipo campana, de ésas de flequillo de chaquiras por todo el borde. Sobre la cómoda, un gran espejo para poder maquillarme a la luz del día, porque el bañito no tenía ventana y Bolivia siempre advertía, si te maquillas con luz artificial, quedas como mamarracho. Ya después, cuando Greg se mudó conmigo, instaló en la pared, a la cabecera de la cama, ese crucifijo que yo aborrecía porque era muy realista, muy ensangrentado, un objeto de pesadilla que se iba de patadas con la decoración, no sé si me explico, una antigualla desagradable que nada tenía que ver con la colcha y las cortinas en verde menta que yo había escogido para alegrar mi vida.

Cruz de doble travesaño sobre monte azul de tres crestas. Así me explicaba Sleepy Joe el tatuaje que llevaba en medio del pecho, algún símbolo de Eslovaquia debía de ser, algo de su tierra natal, y debajo de la cruz, en letras góticas, una leyenda, «Relámpago sobre Tatras». Mi Greg llevaba exactamente el mismo tatuaje, cruz de doble travesaño sobre monte azul de tres crestas, y la misma leyenda, «Relámpago sobre Tatras». Igual que Sleepy Joe, la llevaba en medio del pecho. A ninguno de los dos le gustaba hablarme de eso, pero yo me daba cuenta de la importancia religiosa, o patriótica, que tenía para ellos. ¿Era la marca de una logia, o de una organización rebelde? ¿Tenía que ver con un lugar de origen, o más bien con alguna hermandad, o mafia? Me quedé sin saberlo. A Sleepy Joe le gustaba contarme que les había mandado tatuar esa misma cruz en la nalga a sus dos esposas, pero reducida, así, en pequeñito, del tamaño de un pulgar. Matonerías de Sleepy Joe, desplantes de camionero. Si es que era cierto que era camionero. Decía que sus dos novias, o esposas, o amantes, trabajaban en sitios nocturnos, algo así como pubs, o bares, o antros, y me mostraba fotos de ellas que cargaba en la billetera, y yo lo odiaba por eso y al mismo tiempo me obsesionaba y le exigía detalles, no podía contenerme y le hacía preguntas que me atormentaban, cosas del tipo, pero ¿ellas saben la una de la otra?, ¿saben de mí?, ¿y de las tres, cuál es tu preferida? Y otras tonteras por el estilo.

—¿Acaso qué tienen mejor que yo? A ver, dime, ¿qué tienen que yo no tenga? —Era mi inquietud más insistente.

—Me dejan dormir de día y no me joden por eso.

El tema se nos había vuelto motivo de conflicto permanente, tanto que a veces parecía que me interesaran más las novias de Sleepy Joe que el propio Sleepy Joe. En fin, supongo que así funcionan los celos, te montan en un pugilato ciego con alguien que ni siquiera conoces, y por eso te entra semejante afán por dominar cada minucia de tu rival, por conocerla con pelos y señales; sólo así puedes calcular las posibilidades que tienes de vencerla. Por cuenta de mi cuñado, yo andaba trompeándome en un ring fantasma no con una contendora, sino con dos al tiempo. La una se llamaba Maraya, y era una chica disco. A juzgar por su fotografía, hubiera sido bonita si no tuviera la nariz gruesa y los dientes delanteros chuecos y separados, para no hablar de la cara de no haber dormido en meses, ni de las ojeras de enferma: para mí que era drogadicta. Pero tenía un cuerpazo, imposible negarlo, era una de esas mujeres a las que se les da el milagro de mantenerse flacas donde no conviene engordar, y rellenas donde no conviene adelgazar. Al menos eso parecía a juzgar por la foto, donde lucía top negro de spandex, *hot pants* en piel de leopardo, botas de plataforma, un gorrito marinero y unas candongas enormes. Bailaba en el Chiki Charmers, un bar para camioneros a la orilla de la carretera, en medio del campo, a doce millas al norte de Ithaca, estado de New York. Route 68 por más señas. Según Joe, esa Maraya se especializaba en baladas de los años setenta, porque el Chiki Charmers montaba espectáculos temáticos según la hora de la noche, y ella se ocupaba de striptease y karaoke sobre temas lentos como *She's got a way* de Billy Joel, *Tonight's the night* de Rod Steward o *Three times a lady* de los Commodores. Como yo le jalaba la lengua para sacarle detalles, Sleepy Joe me contó que en el contrato de su tal Maraya estaba estipulado que cada noche tenía que salir vestida a tono con esa época, la de los setenta, que era la de Travolta en *Saturday Night Fever*, cuando le hacían locamente al baile y al *workout* para sacudirse el estrés de una semana de trabajo. Ésa era la actitud que ella debía representar en el escenario, y para alardear del cuerpazo tenía que usar ropa ceñida en lycras y lúrex y pantalones plateados de satín elástico, y estaba obligada a usar zapatos de plataforma para parecer seis pulgadas más alta de lo que era en realidad, y hacer piruetas y monerías en el tubo mientras se iba quitando las minifaldas, los *hot pants* y los bikinis en crochet, o al menos eso creo, porque eso era lo de los setenta.

¿Le sorprende, míster Rose, que se me haya grabado cada detalle, hasta el más tonto? Ya sabrá por experiencia que nada taladra más en la memoria que los celos. La segunda esposa de Sleepy Joe se hacía llamar Wendy Mellons, hablaba español, tenía hijos de otros hombres, era bastante mayor que Maraya, y también mayor que yo, y más alta y más gorda, y evidentemente mucho mayor que el propio Joe, eso desde el vamos, aunque él se negara a reconocerlo. De tetas *extreme* y culo formidable, según él; según yo, una abuelita jamona, una diva pasada de temporada. Trabajaba de *barwoman* en un establecimiento llamado The Terrible Espinosas, en Cañon City, por Conejos County, al sur de Colorado Springs, en el estado de

Colorado. Ni más ni menos que la tierra natal del par de hermanos eslovacos; sería por eso que Sleepy Joe la quería tanto. Esta Wendy Mellons debía de ser para él una segunda madre, de otra manera no se entendía por qué iba a estar enamorado de una abuelita tan parecida a la de Caperucita.

—Tus dos novias son un par de putas —le decía yo.

—Qué quieres que haga —me contestaba—, si las esposas honradas como tú no me dan bola.

Y nos reíamos del asunto. Cómo no, si al fin de cuentas también yo era casada y no estaba en condiciones de exigirle a él la fidelidad que no iba a darle. Claro que con Joe la risa duraba poco, era apenas un rayo de sol entre los nubarrones de un día de tormenta, porque enseguida le volvía una rabia que era como arcadas de vómito negro.

—Párate ya —le pedía yo después de hacer el amor—. Tenemos que vestirnos y arreglar esta leonera, que ya va a llegar tu hermano.

Quién dijo miedo. Ni que le hubiera mentado la madre. Que si acaso él no tenía derecho a dormir un poco después de un buen polvo, que si yo era una triste puta que me paraba enseguida a lavarme lo que los tipos me habían derramado entre las piernas. Nunca tuvo límite, Sleepy Joe, para decir cosas ofensivas. Era lo que se llama un tipo rudo. Pero no la clase de tipo rudo pero en el fondo bueno. No. Más bien la clase de tipo rudo, pero en el fondo malo.

—¡Largo de aquí! —le gritaba yo en medio de mi angustia, y no sabía a qué temerle más, a que Joe me sentara de un mangazo, o a que Greg me pillara en ésas.

Y enseguida me ponía a limpiar, a limpiar como loca, a no dejar ni un pelo, ni una baba, ni una arruga en una sábana, ni el más minúsculo de los espermatozoides por ahí flotando, ni rastros de lo que acababa de pasar, ni siquiera el recuerdo de tanto deseo y tanto sexo y tanta rabia que había habido en esa cama, y corría a abrir las ventanas de par en par y a rociar la casa con spray ambiental, y a echarme a mí misma perfume detrás de las orejas y desodorante íntimo entre las piernas. A último minuto alcanzaba a bajar los calzoncillos de Joe, que habían quedado colgando de los pies del Cristo de la cabecera, al que le rogaba, ay, Jesusito lindo, tú que moriste en cruz, cierra esos ojos, di que no has visto nada, perdóname el pecadote y júrame que me guardas el secreto.

De tanto en tanto Sleepy Joe desaparecía semanas enteras, e incluso meses. Durante esos períodos no volvíamos a saber nada de él, no recibíamos una llamada, ni una señal de vida, nada; era como si se lo hubiera tragado la tierra. Cualquier día regresaba yo a casa del trabajo y ahí estaban otra vez los papelitos rojos con verde de Pica-limón regados por el piso de la sala, los ceniceros taqueados de colillas y el propio Sleepy Joe, en persona, echado en el sofá y absorto en algún programa de televentas. ¿Dónde andabas? ¿Qué te habías hecho? ¿Por qué no llamaste? ¡Creíamos que estabas muerto!, etc., eran preguntas y protestas inútiles, porque él nunca contestaba ni explicaba. Así como desaparecía, así también volvía a aparecer, haga de cuenta Casper, el fantasmita amistoso. Una vez sí me dijo algo. En uno de esos regresos. Venía con una banda negra en la manga, de ésas de luto, y le pregunté quién se le había muerto.

—Maraya —me respondió—. Vengo de su entierro.

—¿Maraya? ¿Tu Maraya? ¿La Chiki Charmer, la que baila como Olivia Newton-John pero en cueros?

—Calla, coño, por qué mierda te burlas de los muertos.

—¿Se murió en serio?

—Nadie se muere en chiste.

—Sentido pésame, entonces... De veras, Joe, lo siento mucho, no sé qué decirte, qué vaina, pobre Maraya, ¿y cómo murió?

—Dentro de un jacuzzi.

—¿En un jacuzzi?

—Vivía en un cuarto alquilado con terraza y jacuzzi. Se metió al jacuzzi un lunes por la noche, ahí se murió y no la encontraron hasta el jueves por la mañana.

—¿Quieres decir que estuvo ahí, a los borbotones en el agua caliente durante sesenta horas?

—Al final estaba tan blanda que la carne se le desprendía del hueso, como cuando cocinas un puchero.

—No seas asqueroso, Joe, calla esa boca, no quiero ni imaginar aquello, es la peor atrocidad que he escuchado en mucho tiempo. Hasta yo, que la odiaba, me aterro con lo que le pasó a la pobre, sesenta horas en agua hirviendo es algo que no le deseo a nadie, ni a mi peor enemiga. Pero cómo pasó, por qué no se salió a tiempo, tal vez murió dentro del jacuzzi de sobredosis y ya luego ahí quedó hasta volverse sancocho, siempre te he dicho que debía ser drogadicta.

—La mataron.

—¿Dentro del jacuzzi la mataron? ¿Y quién pudo hacer eso?

—No se sabe, uno de sus clientes.

—¿Presentaste la denuncia en la Policía? ¿Agarraron al criminal?

—La Policía no se interesa por una mujer como ella.

—¿Y a ti quién te avisó...?

—Sus amigas.

—¿Sus amigas te avisaron que alguien la había matado?

—Sus amigas me avisaron y yo fui y pagué el entierro.

—El entierro de lo que quedaba de ella... Hiciste bien, Sleepy Joe, me parece justo, al fin de cuentas fue tu mujer durante no sé cuántos años...

—Eso no tiene que ver. Pero en todo caso le organicé una ceremonia como se merecía.

—¿Por lo católico?

—Le puse un dado en cada ojo.

—¿Un dado, o un dedo?

—Un dado.

Todo el cuento era tan grotesco que casi suelto la risa; afortunadamente me contuve porque él parecía realmente afectado, o digamos más bien que estaba alelado, hablando como para sí mismo, sin mirarme siquiera.

—¿Y para qué hiciste eso? —le pregunté—. Eso de ponerle un dado en cada ojo.

—Cosas entre ella y yo. Ella hubiera entendido —dijo.

—¿Un ritual eslovaco, algo así?

—Saqué toda su ropa de los cajones.

—Toda esa lycra y ese spandex, toda esa tela psicodélica que fosforescía con la luz negra...

—¿Y eso qué tiene que ver? Eres una idiota, María Paz. Por eso nunca te cuento nada, porque no respetas, porque hablar contigo es lo mismo que nada. Vete a la mierda.

—Discúlpame, Joe. Discúlpame, ¿quieres? Fue un comentario inocente, nada más que eso. Y ahora sí, cuéntame.

—...

—¿No quieres hablarme? Estabas diciendo que sacaste la ropa de ella de los cajones. Se comprende, si vivía en un cuarto alquilado, habría que devolver ese cuarto. Algo así, ¿cierto?

Yo me devanaba los sesos tratando de hallarle la lógica a sus historias, pero era imposible, era como si su cerebro funcionara con otro código.

—Dividí su ropa en cuatro montones —me contó al rato.

—Bien hecho —dije yo, porque no supe qué más decir; con él siempre había que andar cuidándose de no decir algo impropio. Impropio según criterios que sólo él conocía; por eso era tan difícil atinarle.

—Y puse cada montón en una esquina del cuarto —dijo.

—¿Y por qué cuatro montones? ¿Para repartir sus cosas entre sus cuatro mejores amigas, tal vez?

—Quemé el primer montón, el segundo lo regalé, el tercero lo metí junto al cadáver dentro del ataúd, y el cuarto lo rifé.

—Pues sí. ¿Y quién se ganó esa cuarta parte que rifaste?

—Desconocidos. Gente que nunca supo comprenderla ni apreciarla.

—Eso pasa, a veces. Muy triste, sí. ¿No había familiares presentes?

—No tenía familiares.

—¿Llevaste pianista para que tocara en su entierro?

—No seas ridícula. No entiendes el significado de lo que sucedió. Yo trato de decirte las cosas, María Paz. En serio, yo trato. Es más, necesito decirte las cosas. Pero es perder el tiempo, porque tú nunca vas a entender.

—Tal vez si tú me explicas... Sobre todo la parte de los dados en los ojos, es la que más trabajo me da...

Pero desistió de tratar de que yo entendiera, y yo desistí de tratar de entender. Después sacó de la billetera las fotos de Maraya, las quemó, tiró las cenizas al escusado, soltó el agua, se echó a dormir y durmió durante tres días seguidos. Al mes cumplido dejó de usar la banda negra en el brazo, y a su novia difunta nunca más volvió a mencionarla. Yo me animé a contarle a Greg que habían asesinado a una de las novias de su hermano, al fin de cuentas Greg había sido policía, alguna opinión tendría al respecto. En realidad yo nunca hacía eso, o sea nunca, o casi nunca, le transmitía a Greg algo que me hubiera contado Sleepy Joe, para que no se preguntara a qué hora hablábamos tanta cosa. Pero la muerte de esa muchacha me inquietaba, todo era demasiado raro y escabroso en esa historia y yo andaba soñándome pesadillas con esa carne humana tan cocinada que se desprendía del hueso, con los dados en los ojos, con la rifa de la ropa de la pobre difunta y todo ese horror, así que se lo conté a Greg. Pero omitiendo los detalles, claro; sólo le conté que habían asesinado a una novia de Joe.

—Puta, al fin y al cabo. Las putas andan con canallas, hasta que uno de esos canallas las mata —dijo Greg, y ése fue todo su aporte.

Yo sabía bien que Sleepy Joe era un loco furioso, y cada vez más: cada vez más loco y cada vez más furioso. Le disparaban la bilis las cosas más raras. Era muy mañoso, y ay del que se atreviera a contradecirle las mañas. No le gustaba mezclar cosas. En el plato de la comida, por ejemplo. Cada alimento tenía que estar bien separado de los demás, o lo hacía a un lado con asco. Que el arroz no se le mezclara con la verdura, que la carne no se le untara de papa, y así. Insistía en que era asqueroso mezclar las cosas, pero nunca me explicó por qué. Un día me dio por regalarle un suéter de lo más chévere, de lana con apliques de cuero en los codos y en los hombros. Madre mía, quién dijo miedo. Por poco me lo tira por la cabeza. Que acaso quién era él, me dijo, para ponerse ropa mezclada. Por qué mezclada, me atreví a preguntarle, qué quieres decir con eso. Mezclada de lana y cuero, idiota, ¿no te das cuenta?, sólo a ti se te ocurre regalarme esa porquería, pídele perdón a Dios por hacer cosas sucias. Yo me quedaba atónita cuando le daban esos arrebatos, ¿qué tenía que ver Dios con el maldito suéter? Al rato Sleepy Joe se arrepentía, y se me venía con besos y arrumacos a rogarme que lo disculpara. Esa vez en particular acabó aceptando el regalo, pero sólo cuando le demostré que podía arrancarle los apliques de cuero sin que pasara nada. Así está mejor, dijo, pero igual, nunca se lo puso.

Yo sabía bien, mejor que nadie, que andar con Sleepy Joe era jugar con fuego. Pero qué iba a hacerle, si él era mi vicio. En su divino pecho la cruz de doble travesaño se veía imponente, casi pavorosa, como un símbolo oscuro de vaya a saber qué, mientras que entre las tetorras que le habían crecido a Greg, se veía poco menos que patética. Sé que de joven, por la época en que se mandó tatuar, Greg tenía el mismo pecho atlético que ahora exhibía su hermanito, a lo mejor más dorado aún, más fornido y recio, porque de los dos, Greg era el más alto y más ancho de espaldas. Pero con los años, su cruz de doble travesaño había tomado el aspecto de un triste poste de luz que capotea el vendaval entre la niebla de unos cuantos pelos blancos. Y el monte azul de triple cresta le remarcaba el rollo de grasa de la sobrepanza. Y en cambio en Sleepy Joe... Hasta me soñaba yo, dormida y despierta, con esa crucecita que el muchacho traía tatuadita en su pecho. Mierda, cómo me gustaba, y cada día más. Relámpagos sobre Tatras, que Dios me perdone por las ganas locas que le traía a mi cuñado.

—La *kapustnica* tiene que hervir doce minutos más, sólo doce minutos por reloj, y le bajas el fuego al mínimo. Pero ojo, no la tapes porque se ahúma y se echa a perder. O no, mejor olvídate, no te metas para nada con mi *kapustnica*, que antes de doce minutos ya estoy de vuelta —me indicó Greg desde la puerta, la noche de su cumpleaños número cincuenta y siete ya le conté, míster Rose, que mi Greg se disponía a salir esa noche por la llamada que Sleepy Joe acababa de hacerle. Enseguida Greg chifló llamando a Hero para que lo acompañara, pero el perrito ya estaba sin su carro y escuché su quejido impotente.

—Déjalo, ya está acostado —le dije a Greg, todavía parada de espaldas porque andaba atareada colocando los cubiertos en la mesa. No sé si me escuchó o si ya se había ido.

Como pasaron los doce minutos y aún no regresaba, le bajé el fuego a la olla sin cubrirla, tal como me había indicado, y aproveché para comerme a escondidas un sándwich de queso suizo con mayonesa, porque venía muerta de hambre y la *kapustnica* me hacía poca ilusión, o ninguna. Apenas si me tomaría algunas cucharadas del caldo durante la cena, haciendo de lado todos los trozos sólidos, y tan pronto Greg se descuidara, yo le diría que iba a la cocina por pan, o por agua, y vaciaría el resto de mi plato de vuelta en la olla. Siempre había sido así con la *kapustnica*, salvo la primera vez, todavía de novios, cuando me tomó por sorpresa y tuve que zampármela íntegra para no defraudar al que dentro de poco, bendita la hora, sería mi esposo.

Pasaron diez minutos más y Greg no regresaba, así que entré al dormitorio con la idea de arreglarme un poco para agasajarlo, total era su cumpleaños y hacía meses me veía siempre con la misma ropa, un sastre azul marino que la empresa nos imponía como uniforme de trabajo, pobre Greg, yo siempre el mismo sastre, todos los días, salvo sábados y domingos, cuando me quedaba en casa en sudadera. Aprovecharía que él había tenido que salir para darle una sorpresa a su regreso, me pondría un *strapless* negro entallado y un collar de perlas, que aunque fueran cultivadas darían el toque clásico que andaba buscando, un look impecable y perfecto tipo Audrey Hepburn, y no más de pensarlo me fue saliendo *Moon river*, así cantada suavecito como lo cantaba ella asomada a la ventana, *Moon river, wider than a mile, I'm crossing you in style some day*. Y mire qué casualidad, míster Rose, el que acaba contando la historia de Holly es un escritor joven, como usted; o a lo mejor no es casualidad sino todo lo contrario, y en el fondo yo lo ando buscando a usted sobre todo para imitar a Holly.

En todo caso le confieso que esa noche mientras me arreglaba me puse a cantar la canción de Holly, y por qué no, si al fin y al cabo ése también era mi sueño, *in style some day. Some day, some day,* y por qué no *in style* ese mismo *day,* o sea esa misma *night,* la del cumpleaños de Greg, aunque claro que mi Greg, pobre gordo mío, se parecía más a Sally Tomato, el gánster que le paga a Holly, que a Paul Varjak, el escritor guapísimo que escribe sobre ella cuando ella ya se ha ido. Eso según el libro; en la película es distinto porque el escritor acaba casándose con ella, y cuando dije en clase que prefería ese final, usted lo pensó un poco y luego me respondió, no sé, no sé, sospecho que para Varjak recordar a Holly y escribir sobre ella es una manera todavía más intensa de amarla. *Wow!*, qué gran frase, míster Rose, usted a veces hablaba muy bonito.

Esa noche, mientras esperaba que Greg regresara, me cambié los zapatos de patonear por unas sandalias de tacón alto y exageré la nota con un maquillaje retro, como el de Holly. ¿Recuerda esa raya negra, gruesa, que ella se hacía en el párpado? Bueno, pues así mismo me la hice yo y me quedaron unos ojazos, y luego me eché Anaïs Anaïs, mi perfume favorito en ese entonces. Me agarré el pelo en la coronilla con una pinza, para dejarlo caer un poco a mechones, así al desgaire, y haciendo a un ladito a Hero, me encaramé en la cama para alcanzar a mirarme de cuerpo entero en el espejo.

Vaya sorpresa la que me llevé. ¿Conque igualita a Audrey Hepburn? ¿Así que Holly Golightly en persona? Lo que vi en el espejo fue un moscorrofio. El *strapless*, que de soltera me quedaba bien, ahora se me veía apretujado. Parecía yo un tamalito oaxaqueño, con los muslos y la panza forradazos, y por si fuera poco, al estirarse hacia lo ancho el vestido se acortaba y dejaba ver mis rodillas, antes lindas y huesudas y ahora rellenas, impresentables. El escote, que antes quedaba justo en su sitio, ni muy muy, ni muy poco, ahora bajaba demasiado haciéndome ver vulgar, parecidonga a Bolivia aunque no tan bonita como ella, más bien como Maraya o Wendy Mellons, o al menos así me vi a mí misma en ese momento. ¡Vaya look clásico! Valiente estilacho el que me había organizado. Ya sabía yo que había engordado durante el año y medio de vida tranquila con Greg, pero nunca había imaginado que fuera tanto. Mierda, dije. Sin darme cuenta a qué hora, había pasado de ser Holly Golightly a ser una gorda *housewife*. Me desenfundé rápido el *strapless* antes de que alguien, aparte de Hero, me viera con eso puesto, lo embutí en el último rincón del clóset y me resigné al sastre azul marino que traía puesto, con el que al menos podía disimular los kilos. Chao, Holly, otra vez será. Los tacones altos sí me los dejé, y en lugar de las perlas cultivadas, me até al cuello un pañuelo de seda fucsia que salía bien con el tono del pintalabios. Qué diablos, pensé, da igual, al bueno del Greg de cualquier forma le parezco despampanante.

Volví a la sala y miré el reloj: habían pasado treinta y cinco minutos desde que él había salido por la puerta. Ojalá no esté peleándose con Sleepy Joe, pensé, ese muchacho es capaz de amargarle el cumpleaños. Miré con ojo crítico la mesa que había puesto hacía un rato y me pareció que el mantel estaba arrugado, ya le dije que soy fanática de la plancha, me exasperan las arrugas, es una manía que heredé de Bolivia y a lo mejor también de mi abuela África y que la vida de cárcel no ha logrado curarme. Como aquí no hay plancha, humedezco el uniforme por las noches y lo estiro bien sobre el piso, debajo de mi cama, para que amanezca alisado; cualquier cosa con tal de no andar por ahí con la ropa fruncida y ajada. En todo caso, pensé, tal vez alcanzo a echarle una pasadita de plancha al mantel antes de que regrese el cumpleañero, y me puse a retirar platos, cubiertos, copas, candelabro, canasta del pan, todo lo que con tanta meticulosidad había colocado antes. Instalé la tabla de planchar, planché el mantel rociándolo con Blue Violet Linen Water Spray, tal como hacía Bolivia, lo tendí de nuevo sobre la mesa del comedor, volví a colocar todo como estaba antes, y miré el reloj. Greg llevaba fuera más de una hora. Me acordé de apagar la *kapustnica*, que empezaba a secarse, me desplomé en el sillón *reclinomatic* de la sala, lo gradué en masaje suave y recién entonces caí en cuenta de lo cansada que estaba. Me quedé dormida sin saber a qué horas, y cuando desperté ya eran las once y cuarto de la noche. ¡Las once y cuarto! Y de Greg, ni señales.

Le marqué a su celular, cosa que por lo general no hacía porque a él no le gustaba que lo interrumpiera cuando andaba en sus cosas, pero esa vez el telefonazo estaba más que justificado, algo tenía que haberle ocurrido, Greg no era la clase de persona que deja abandonada una *kapustnica* sin una razón de peso. Marqué su número y a que no adivina, míster Rose, qué cosa sonó desde nuestra habitación. Pues esa musiquita que me crispa los nervios, la de *Mamma Mia*, de Abba, justo en esa parte en que dice *I've been cheated by you since I don't know when, so I made up my mind, it must come to an end.* Greg la había escogido como *ringtone* para su celular, era ridículo, qué tenía que ver con él esa canción melcochuda y esos vestidos blancos y brillantes, como de ángeles tontos, que se pusieron los cuatro Abbas cuando la grabaron, ¿recuerda ese video tan primitivo, el de Abba cantando *Mamma Mia*? La rubia y la morena, las dos de blanco, y sobre todo los dos tipos, no sé si serían sus maridos, con esas sonrisas y esos peinaditos cursis de peluquería, ¿qué tenía que ver todo eso con un policía rudo y peludo como mi Greg? ¡Y cómo me sobresaltaba yo cada vez que aquello arrancaba a sonar! Me parecía que Greg había escogido justo ese *ringtone*, y no cualquier otro, para echarme en cara mi asunto con Joe. Eso de «me vienes engañando desde hace no sé cuánto, ya me decidí, esto debe terminar», ya se imaginará, míster Rose, que me parecía directamente dirigido a mí, una advertencia, un llamado de atención, un «ya lo sé, perra, lo sé todo y un día me vas a pagar tamaña traición». Por eso, cada vez que timbraba el celular de Greg yo pegaba un brinco.

—Cambia esa maldita tonada, Greg —le pedía yo—, búscate algo serio.

Pero él siempre respondía lo mismo, si a mí me gusta, por qué la voy a cambiar. En todo caso esa noche a las once pasadas, digo, la noche de su cumpleaños, no resistí más la espera y marqué el número de su celular. Lo hice porque ya era demasiado tarde, algo anormal tenía que estar pasando. Pero la única respuesta fue Abba con su *Mamma Mia*, que sonó desde mi cuarto, donde despertó a Hero, que empezó a ladrar. Nada que hacer, Greg ni siquiera se había preocupado por llevar consigo el celular.

Algo le habría pasado. A menos de que se estuviera repitiendo el viejo cuento del hombre que le dice a la esposa que va a la esquina por cigarrillos y no regresa nunca. Pero nadie dura todo el día cocinando una sopa si sabe que antes de comérsela va a abandonar la casa. Bajé los cinco pisos hasta el primero, salí a la calle, recuerdo que soplaba mucho viento, un viento frío que traía olor a comida china, y caminé un par de cuadras hacia la derecha del edificio y luego hacia la izquierda, pero no vi nada. Entonces me latió que justo en ese momento Greg podía estar marcándome al fijo y subí al apartamento saltando de a dos los escalones, porque mi edificio no tiene ascensor. A lo mejor me había llamado mientras yo estaba fuera, ¿o mientras dormía en el sillón? ¿Me habría dormido tan profundamente que el teléfono no me había despertado? Sería muy raro pero podía ser, más raro aún era que Greg tardara tanto sin avisar, no era para nada la clase de tipo que hace esos desplantes, y menos en una fecha importante. Ya estaba de veras angustiada cuando timbran a la puerta y corro a abrir, segura de que es él, aunque en realidad no tan segura porque él no timbraba, tenía llave y abría sin avisar, eso fue siempre un problema durante mi rollo con Sleepy Joe, porque nunca sabía cuándo iba a irrumpir Greg y a atraparme como quien dice con las manos en la masa. En todo caso abrí a la puerta y pues no, no era Greg. Era Sleepy Joe.

Traía un gorro de lana encajado hasta las cejas y venía en camiseta tipo esqueleto con sus brazos portentosos al aire, aunque afuera soplara todo ese viento. Así era él, ya le conté que a Sleepy Joe le gustaba exhibirse, hacer alarde de sus encantos, y por eso no me extrañó que viniera en esa facha.

—Hola, Culo Lindo —me dijo y me pellizcó el trasero.

—¡Suelta, bicho, ahora no! —le dije disimuladamente, convencida de que detrás de él iba a aparecer mi Greg.

Hubiera sido apenas lógico puesto que andaban juntos, o al menos de eso estaba convencida. Pero no. Detrás de Sleepy Joe no venía nadie.

—¿Y Greg? —le pregunté.

—¿Greg?

—Sí, Greg, tu hermano...

—Greg, claro, Greg. Estuve esperándolo y no se presentó.

—¿Cómo que no se presentó? —le dije—. Si salió de aquí a buscarte...

—Pues ya ves, no apareció.

—Qué dices, si tú le telefoneaste y él salió a buscarte...

—No sé, nunca apareció.

Noté algo muy raro en Joe. Se esforzaba por parecer tranquilo, por hacerse el fresco, pero estaba alterado. Más que eso: estaba trastornado. Temblaba. Él que ya de por sí es blanco, esa noche venía transparente, como si hubiera visto un espanto.

—Me estás mintiendo —le dije—. ¿Dos horas lo estuviste esperando?

—Lo esperé un buen rato y ya luego me entretuve por ahí —me dijo con una sonrisa nerviosa, de medio lado, que no supe cómo interpretar.

—Quieto con las manos —le dije, porque seguía tocándome—. ¿No ves que estoy preocupada?

—Cálmate. Cálmate ya, nada de histeria. —Más que un consuelo, era una orden.

—Te digo que Greg salió a tu encuentro cuando lo llamaste y aún no ha regresado.

—Calma, te digo, no quieras enloquecerme, porque lo logras.

Era cierto, me di cuenta de que el hombre estaba al borde del estallido, así que opté por bajarle el tono. Además seguía inquieta por Greg pero ya no tanto, Joe había empezado con los chupetones en la nuca y las frases sucias al oído y le digo la verdad, míster Rose, nunca he podido resistírmele al bastardo, no sé qué tiene que me hace perder el seso. Será testosterona, supongo, juventud y testosterona, es haga de cuenta un plato suculento cuando uno anda muerto de hambre. Pero en fin, para qué le explico si ya me entiende, y además es demasiado tarde, de qué sirve entender cuando ya la fatalidad nos cayó encima. Si me extiendo en aclaraciones es por remordimiento, por esa culpa que me carcome, comprenderá que no era bonito ni generoso de mi parte, mi Greg desaparecido en el día de su cumpleaños y yo contenta con su demora y aprovechándola para gozarme un rato a su hermanito guapo. Pero todo era raro, nada cuadraba, todo era muy raro esa noche. Había algo extraño también en Joe, hasta en la forma descuidada en que me tocaba, como si tuviera la mente en otra cosa. Porque él será vago y perezoso para todo, menos para el sexo, en ese campo siempre se empeña a fondo y es muy aplicado. Pero esa noche no. Estaba irreconocible esa noche.

—¿En qué piensas? —le pregunté.

No respondió, entró a la cocina y se tomó unas cuantas cucharadas de *kapustnica* fría, directamente de la olla.

—¿Te la caliento? —le pregunté, y él me apercolló contra la pared, apoyándome el paquete en la entrepierna.

—Sí, me la calientas —dijo pero no era cierto, porque la tenía floja. Él, que siempre la lleva dura y parada, esa noche la tenía floja.

—A ti te pasa algo —le dije—, ahora sí estoy segura. ¿Tiene que ver con Greg?

—Calla y apúrate —fue todo lo que dijo—. Calla y apúrate, que no hay tiempo. Y quítate esos tacones de puta barata, ponte unos zapatos cómodos y un buen abrigo. Rápido.

—¿Vamos a salir a buscar a Greg?

—Eso mismo, vamos a buscar a Greg. Andando, tenemos los minutos contados. ¡Hola, Colorado, viva amigos míos de Río Huérfano! —gritó, pasando en segundos del bajonazo a una euforia que me sonó artificial, o más bien rebuscada. Una vaina bipolar, que llaman. Así gritó, en español, echando la cabeza hacia atrás y soltando un aullido tipo mariachi que hasta me asustó.

—Dime de qué se trata —le pedí—. Tú estás tramando algo.

—Nos llegó la hora, Culo Lindo, ¡nos largamos de aquí para siempre! ¡Cucurrucucú paloma!

—Qué tanto dices....

—Nada. Ve por el abrigo. Pero antes dame una Coca-Cola light. Pero ya, ¿me oyes? Ya, ya, ya, moviendo el trasero. Una Coca light. Ésa no, idiota, ésa es normal. Light, te estoy diciendo, ¡light! No me hagas repetirte cien veces cada cosa, la normal tiene azúcar y esto va a quedar más pegajoso que caramelo chupado. —Otra vez cambiaba de ánimo y empezaba a enervarse en serio; era rápido para encresparse cuando no complacían enseguida sus deseos.

Y que se saca del bolsillo una puñaleta y que me la muestra, pero la retira cuando yo estiro la mano para agarrarla.

—Quieta ahí —me advierte—, mirar y no tocar.

—Por qué andas con eso.

—Por nada. Se la traje a Greg.

—¿De regalo de cumpleaños?

—Eso mismo. De regalo de cumpleaños.

Yo las armas las detesto y ésta era un puñal de los peores, una vaina negra y fea, de pandillero o de atracador, pero no se me hizo raro ni sospeché demasiado, total era frecuente que el par de hermanitos se pasaran un domingo entero manoseando armas, era su fascinación, hay hombres que tienen morbo por los fierros y ése era el caso de ellos, así que apenas normal que esa noche Joe saliera con una puñaleta para Greg como regalo de cumpleaños. Yo fui hasta la alcoba, me cambié los zapatos y regresé a la cocina con el abrigo en un brazo y Hero en el otro.

—Estoy lista —anuncié—, vamos a buscar a Greg.

Joe estaba limpiando el cuchillo con su pañuelo entrapado en la Coca-Cola light, luego lo secó con una servilleta de tela, lo envolvió así no más, en la misma servilleta, y lo colocó en lo alto de la estantería.

—Enseguida bajo —me dijo, y arrancó a subir por la escalerita que va a la azotea—, espérame ahí, quieta. No te muevas de donde estás. Y suelta ese perro, no lo vas a llevar.

Hero como que entendió y me dio las quejas con la mirada. Mientras esperábamos, pensé que el regalo se veía mal, así que nada se perdía con envolverlo bien, para que pareciera un obsequio de verdad. Fue una de esas cosas que se nos ocurren a las mujeres, que somos detallistas. Detallistas, así se le dice a esa babosada, y me dio por traer un par de pliegos de papel de seda, tijeras y una bonita cinta azul. Y envolví la puñaleta, tuve ese detalle. La envolví con cuidado de no tocarla para no ensuciarla, para no estamparle la huella de mis dedos después de todo el esmero que Joe había puesto en dejarla limpiecita. En dos minutos la tuve lista, con moño de cinta y todo. Contra la puerta de la nevera, entre un poco de fotos y otros recuerdos, había pegadas con imanes viejas tarjeticas de Navidad, de esas que dicen «De... Para...». Yo las conservaba todas, por sentimental, supongo, o por esa maña heredada de Bolivia de que nada se tira porque algún día puede ser útil, y toda basura se guarda y se recicla, o simplemente se deja ahí, amontonada, llenando cada cajón de la casa. Busqué una tarjeta que dijera «Para Greg de Joe». Por ahí tenía que haber alguna... ¡Y la encontré! Justo lo que necesitaba, «Para Greg de Joe», de puño y letra del propio Joe. Greg se iba a conmover con el detalle, así que prendí la tarjeta en el paquete y lo escondí en el más alto de los estantes, pensando en que si Joe lo veía se iba a burlar, o a encolerizar, así que mejor bajarlo sólo para entregárselo directamente a Greg. En ésas, Joe empieza a hacer ruido arriba, en la azotea. Unos golpes secos, como martillazos, y luego se suelta a maldecir, como era su costumbre cada vez que se descontrolaba, y otra vez arranca con el golpeteo, pero a trancazos fuertes, como si le estuviera dando a un muro con un mazo. Qué cosas gritaba mientras tanto es algo que no sé, no lo recuerdo exactamente, o será que no alcancé a escuchar bien, pero sí me di perfecta cuenta de que se había cabreado, algo lo había puesto fúrico, y yo, que le temía a sus rabietas, fui a refugiarme en mi alcoba. Me senté al borde de la cama y me puse a acariciar a Hero, para tranquilizarlo. Temblaba, el animalito, cada vez que se nos venía encima la cólera de Joe. Y ahí fue cuando escuché el portazo. No, en la azotea no: en el piso donde yo me encontraba. Un portazo fuerte y violento; el golpe de la puerta de entrada cuando la azotaron contra la pared. Al principio pensé que Joe se habría largado, tirando la puerta tras sí. A veces lo hacía, así, intempestivamente. Pero luego escuché voces. Voces masculinas, desconocidas, y supe que varios hombres acababan de penetrar a la brava en mi apartamento.

Tiempo después, no sé cuánto, tal vez a dos o tres meses de mi ingreso en Manninpox, en esas primeras semanas en que andaba tan confundida, me encontré una mañana con que durante la noche las Nolis habían pintado un grafiti en la pared del corredor. Adivine, míster Rose, con qué lo habían pintado, no es tan difícil. Pues con la única pintura que tienen a mano, su propia mierda. Aparte de su propia sangre, claro, pero eso sólo en casos desesperados. Este grafiti decía «De mi piel para adentro mando yo». Me pareció típico de ellas, tratar de concientizar con cosas de ésas, y lo que sentí fue rabia, las desprecié por cursis, por andar predicando vainas rebuscadas. Es que en esta olla podrida se cocina de todo, desde las más revoltosas hasta las más abyectas, desde las de pata al suelo, que no tienen ni donde caerse muertas, hasta unas cuantas hijas de rico que se permiten cada extravagancia. Como Tara, una ex modelo ya cincuentona pero todavía buenona que tuve un tiempo por compañera de celda. Juraba que ése era su nombre de pila, Tara, y le decíamos Tarada porque era más boba que las gallinas. Sabrá Dios a qué se dedicaba su amante para tener tanto dinero, o sería ella la rica, no sé, la cosa es que desde afuera el tipo le mandaba de todo, cremas, lociones, esmalte de uñas... Y un spray de olor a pino que era mi desgracia, porque cada vez que alguien hacía del dos en el escusado de acero inoxidable que tenemos empotrado dentro de la celda —ahí sin más, como un trono, en medio de la celda y a la vista—, cada vez que alguna se sentaba y hacía popó, enseguida Tara sacaba su spray de pino para matar el olor, rociaba chorros de eso y puta madre, qué asfixia, mejor no lo hubiera hecho, haga de cuenta ese chiste viejo, parecía que alguien hubiera cagado en el bosque. La cosa es que el amante le hacía llegar de todo a Tara, hasta unos dichosos pellets de soya para aplicación subcutánea. ¿Me lo puede creer? Yo ni los había oído nombrar, a los tales pellets de soya. Son unos superproductos finísimos de belleza que vienen en bolitas y que esa Tara sabía injertarse a sí misma con Gillette debajo de la piel, a la altura de la cadera; una cortadita minúscula, adentro el pellet, a cerrar con micropore, y ya. Para regenerar las hormonas, reactivar el deseo sexual y rejuvenecer la piel. Cada pellet costaba 280 dólares, y su amante sobornaba a las guardias para que le hicieran llegar a ella su capsulita mensual, o bimensual, no recuerdo, en todo caso su pellet de soya le llegaba puntual, para que no tuviera que interrumpir el tratamiento. Y mientras tanto las locas de las Nolis escribiendo con mierda en las paredes sandeces como ésa, «de mi piel para adentro mando yo». ¿Así que sí? ¿De mi piel para adentro mando yo? Nada más falso. Ahí sí que pura mierda. Tal vez Tara todavía tenga piel, esté donde esté tal vez conserve la piel gracias a sus cremas y a sus pellets de soya. Pero mi historia es otra. Mi piel ya no es mía, yo me quedé sin piel, yo soy una que anda en carne viva. Bueno, es un decir, no me interprete al pie de la letra, lo que pasa es que desde que los tipos me jodieron ando como ardida, como si todo me quemara. Me refiero a los del FBI que allanaron el apartamento la noche del cumpleaños de Greg.

Uno de ellos, al que los otros llamaban Birdie, se encerró conmigo en el baño. Me tiró al suelo y me hacía daño mientras me preguntaba dónde estaba el dinero. El dinero, gritaba, el dinero. Quería saber dónde estaba no sé qué dinero.

—El único dinero que hay aquí es el de la Virgen de Medjugorje —le dije.

—¿Qué cosa?

—Como que se aparece, la Virgen de Medjugorje...

—Cállate ya, no digas estupideces.

—Pues sí, yo tampoco creo en eso, pero mi cuñado y mi marido son muy católicos y andan juntando dinero para ir en peregrinación hasta su santuario —soltaba yo a borbotones, muy nerviosa y hablando por hablar.

—¿Qué cosa?

—El santuario de la Virgen de Medjugorje, queda en Bosnia, o eso me han dicho, mi marido y mi cuñado andan ahorrando para ir a ver el milagro, pero si quiere coja el dinero, quédese con él, no hay problema, está en la cocina dentro de un tarro...

Pero eso no era lo que buscaba Birdie, que me calló de un sopapo y se puso como loco, se le saltaron los ojos y empezó a darme unos golpes en la cara que me dejaban viendo estrellas. Yo había creído que era apenas un dicho, o algo que sale en los cómics, eso de ver estrellas cuando te pegan, pero esa noche descubrí que era real. A cada golpe, yo quedaba viendo negro y en esa negrura destellaban puntos de luz, como estrellas. Ahí supe que no es cuento: cuando te pegan fuerte en la cara, ves las estrellas. Y ese Birdie me seguía gritando, los ciento cincuenta mil dólares, *you bitch*, los ciento cincuenta mil dólares, no te hagas la zorra. Y yo ni puta idea, ¿de qué ciento cincuenta mil dólares me hablaban? Claro que se los hubiera dado, si los tuviera.

Los tipos se tomaron la *kapustnica* de Greg, echados como cerdos en los muebles de la sala. Pusieron en la tele una de vaqueros con el volumen a tope, y mientras el Birdie me interrogaba, los otros merodeaban, olisqueaban, desocupaban cajones, todo lo pateaban, se iban tragando lo que encontraban. Yo preguntaba por Greg. ¿Y mi marido? ¡Díganme dónde está mi marido!, gritaba, o quería gritar pero no me oían, o me oían y no me respondían. No te hagas la zorra, me decían, y seguían insistiendo en que les entregara el dinero. Me tenían en el baño con las manos atadas. Pero le advierto, míster Rose, que esa noche para mí está borrada, no tiene carne ni realidad, es haga de cuenta una nebulosa que sólo por momentos se despeja. En mi memoria resuenan todavía sus voces, eso sí, los oigo reírse, pero todo lo demás es vago. Creo que a ratos me dejaban sola. Tal vez porque ese Birdie se cansaba de matonearme, o porque se alejaba un rato para recuperar fuerzas y empezar de nuevo. Todo lo recuerdo mal, incomprensible, como si hubiera sucedido hace cien años, o como si le hubiera ocurrido a otra persona. Salvo el frío del baldosín. Sé que me hacía temblar el frío del baldosín mojado, tal vez con los orines de ellos, porque era fuerte el hedor. Olía a macho encabritado y olía también a mi propio miedo, y recuerdo haber tenido el cuello tronchado contra el borde de algo, el escusado tal vez, o la bañera. No les gustaba la sopa, eso les oía decir, pero se la tomaban, y también la cerveza, y yo sabía que todo lo dejaban sucio, los platos sucios, las copas rotas, el mantel manchado, las huellas de sus zapatos en mi alfombra blanca.

Aunque recordando mejor, yo no tenía grandes temores sobre lo que pudiera sucederme a la larga. El que nada debe nada teme, dicen en mi tierra, y nunca me había metido en nada, y además ya con papeles en regla no veía de qué podían acusarme, tan era así que ni siquiera creía que fueran a sacarme de mi casa. Les exigía que me mostraran orden de allanamiento, orden de arresto, algún papel que los autorizara a hacer lo que estaban haciendo, y estaba claro que no tenían nada de eso. Así que durante todo ese rato estuve bregando a convencerme a mí misma de que debía aguantar con serenidad. Calma, me decía a mí misma, ante todo calma, esta pesadilla va a pasar y todo va a volver a ser como antes. Tal vez por eso ni gritaba ni lloraba durante el interrogatorio, no quería que se oyera el escándalo por el edificio. Y mire cómo es la cabeza, en medio de aquella escena, mi cabeza se preocupaba por la alfombra de la sala. Es de no creer. Y lo peor es que todavía pienso en ella, en mi alfombra blanca, debo estar loca. Más loca que esa señora que entrevisté una vez, la que me dijo que no resistía que le desordenaran las mechas del tapete, y que cada vez que alguien caminaba sobre su tapete, ella se iba detrás, agachada, alisando las mechas con la mano para que volvieran a quedar todas hacia el mismo lado. Sin que ella se diera cuenta, en mi formulario la catalogué como híper, o fanática absoluta de la higiene, que era precisamente lo que perseguíamos, reunir una buena lista de hipers, que sirvieran de *target* para una aspiradora multiservicios que absorbe las partículas de polvo del aire, y los pelos de gato, y también hasta al gato si se le atraviesa, la Miele S5 Callisto Canister, que era precisamente la aspiradora que patrocinaba esa particular encuesta. Así estaba yo, igual de híper, sufriendo por mi alfombra cuando lo que me urgía saber era dónde estaba Greg, por qué no llegaba, qué le habría sucedido, y les preguntaba a ellos, díganme dónde está mi marido, qué le hicieron. Porque mi única esperanza en ese momento era que Greg apareciera, pobre mi Greg, tan enamorado de mí y yo tan enamorada de su hermano, pero era a él a quien me urgía ver ahora, para mis adentros rogaba que Greg entrara por la puerta, que les mostrara su credencial de ex policía y que todo se arreglara, todo bien de nuevo, el orden restablecido, el error aclarado y punto final a la pesadilla.

¿O no? Cabía otra posibilidad, pero era demasiado aterradora. ¿Qué tal que todo esto fuera obra del propio Greg, que se habría enterado de mis engaños y me enviaba estos matones para que me dieran mi merecido? ¿Serían amigos suyos estos matones? ¿Cómplices suyos en lo que me estaba pasando? ¿Era ésta la venganza de Greg, que caía sobre mí como castigo divino? La sola idea me heló la sangre. Pensé que podría aguantar cualquier cosa, menos que Greg se enterara de los cuernos.

Y a Sleepy Joe, ¿lo habrían agarrado los tipos estos? ¿Lo tendrían atado en algún otro lugar del apartamento? ¿Lo estarían interrogando también a él? No me atrevía a preguntar, no me convenía hacerlo. Tal vez él había alcanzado a escapar, seguramente por la azotea, o estaría arriba escondido y era mejor no alertarlos. A los tipos ésos, mejor no alertarlos. Si Joe había escapado, volvería pronto con ayuda. Llamaría a Greg, le contaría lo que estaba pasando. Y Greg seguro vendría a socorrerme, porque no sabría nada del asunto de mi adulterio con su hermano. Claro que también podía ser que Sleepy Joe se hubiera quedado dormido allá en la azotea, y que ni cuenta se hubiera dado del allanamiento.

—La torta no se la coman, es para el cumpleaños de mi marido —les rogaba yo a los tipos del FBI, pero ellos ni puto caso.

—Ya no hay cumpleaños que valga —me decían, y se comían la torta directamente de la bandeja y a manotadas, sin ocuparse siquiera de cortarla en tajadas para servirla en platos. Los muy cerdos. Parecía que no tuvieran afán de ir a ningún lado, se habían instalado a sus anchas, parecía que ellos fueran los dueños de casa y yo la intrusa.

Hasta que Birdie me sacó vendada de mi apartamento y me llevó a algún lugar, donde siguieron los interrogatorios, los golpes, los insultos y las zarandeadas, ahora más brutales que antes. Cuando terminaron conmigo, creo que varios días después, me sacaron de eso que debía de ser una comisaría de Policía y me trasladaron en bus, encadenada como perro rabioso. Por el camino alcancé a ver árboles, extensiones enormes de bosque, y por momentos pensaba que me iban a tirar en medio del bosque y me acordaba del cuento de Pulgarcito, que intenta salvarse dejando el camino sembrado de migas de pan que luego se comen los pájaros. Ya luego vi el letrero que decía Prisión Estatal de Manninpox, y supe lo que me esperaba. Al llegar estuve no sé cuánto tiempo sin bañarme, porque no me llevaban a las duchas. Tenía el pelo hecho un asco, todo apelmazado. Me habían obligado a desvestirme y se habían llevado mi ropa. El anillo de matrimonio me lo habían quitado y también la cadena con mi tercio de coscoja. Me hicieron poner un uniforme de tela muy delgada, una miseria de trapo para el frío que estaba haciendo, y en las noches me daban una cobija, una sola, tan corta que los pies me quedaban por fuera. No me dieron ropa interior. Yo hubiera pagado un millón de dólares por unos pantis, aunque sólo fuera eso, unos pantis para no sentirme regalada, sin pudor, en manos de esa gente, ellos unos dioses y yo una piltrafa. Sentía que el viento se me colaba por la entrepierna y me helaba por dentro. De la gente que me conocía, Greg, mis compañeras de trabajo, el propio Sleepy Joe, ninguno sabía que me hallaba detenida, ni dónde, porque no me habían permitido avisarles.

En algún momento me tomaron la foto, la famosa foto de frente y de perfil de los presos, y me adjudicaron un número, el 77601-012. Le aseguro, míster Rose, que en ese momento sentí que a lo mejor me salvaba. Al menos ya tenía un número, estaba anotada en algún registro, y si un día Violeta preguntaba por mí, le dirían que no era culpa mía si no había vuelto a visitarla. Si me desaparecen, pensaba, tendrán que darle cuentas a alguien, se abrirá una investigación sobre esa 77601-012 que figura en alguna parte.

La foto que acababan de sacarme sería mi garantía de sobrevivencia.

6

Del manuscrito de María Paz

La oscuridad, ¿cómo era? Aprieto bien los ojos y la imagino profunda y aterciopelada. Tampoco recuerdo cómo sonaba el silencio. Me tapo los oídos para recordarlo, pero se me esconde detrás de un enjambre de zumbidos. Son cosas que ya olvidé, porque aquí en la cárcel a todas horas hay luz y ruido. Si algo añoro, es la calma de un momento largo y negro en que no suene nada en mi cabeza. Usted nos contó que vive en la montaña, míster Rose, así que debe conocer la verdadera oscuridad y el silencio de verdad. Nos contó también que desde su casa se ve Manninpox, y yo me pregunto si de vez en cuando mira hacia acá. Si desde su casa se ve Manninpox, quiere decir que desde Manninpox se ve su casa. Bueno, se vería, si hubiera por dónde asomarse.

El problema con mis ratos de soledad es que están demasiado llenos de Violeta. De mi hermana Violeta. Puedo pasar por alto cosas decisivas que tienen que ver conmigo, como los cargos que pesan en mi contra, y en cambio me enredo en angustias que tienen que ver con ella. ¿Habrá comido, o dejado el plato intacto? ¿Andará melancólica en estos días de lluvia? ¿Habrá dejado la maña de arrancarse mechones de pelo? Desde que nació, ando pendiente de ella. Durante el tiempo en que estuvimos las dos solas en Colombia, yo en una ciudad y ella en otra, intenté varias veces llamarla por teléfono pero nunca pude hablarle. Durante semanas me olvidaba de ella, pero de pronto recordaba que en alguna parte tenía una hermana pequeña y me caía encima como una nevera el peso de ese deber pendiente. Pese a todo, a mí me había ido bastante bien en la vida, mejor de lo que cabía esperar. Supongo que lloraba mucho por Bolivia, y quién no, hasta los cachorros y los terneros lloran la ausencia de la madre, todo el mundo sabe que madre no hay sino una. Todo el mundo menos yo, que en realidad tenía dos, porque Leonor de Nava cumplía bien ese papel, por lo menos mejor que Bolivia. Pero además en Las Lomitas yo era una niña entre niñas, una más al lado de Cami y Pati, digamos que era más hermana que hija, y ahí estaba mi felicidad. Pero ¿y a ella, Violeta? ¿Cómo le iba a esa bebé abandonada que era Violeta? No lo sé y sospecho que tampoco la propia Violeta lo sabe, y si lo sabe, no va a contarlo.

—Violeta no olvida —dice a veces.

—¿Qué cosa, Little Sis? ¿Qué es lo que no olvidas? ¿Hay algo que Violeta no quiere recordar? —le pregunto, pero no responde.

Siempre que yo la llamaba, allá en Colombia, su madrina me decía lo mismo: Violeta no quiere pasar, es pequeña y la asusta el teléfono, mejor mándale un saludito conmigo. Caminaba, Patinaba y yo hablábamos por teléfono el día entero, si por algo nos peleábamos era por eso, porque alguna agarraba la bocina y no la soltaba, y en cambio a mi hermana Violeta la asustaba el teléfono. Qué le vamos a hacer, pensaba yo como para olvidarme de ella, o para librarme de la obligación de buscarla, y además Bolivia me aseguraba por larga distancia que la nena estaba bien y que las tres nos veríamos muy pronto. Alguna vez traté de advertirle que las cosas con Violeta no marchaban tan bien como ella creía. Le dije, ayer quise hablar con la niña y escuché la voz de su madrina que la llamaba, Venga, Violeta, venga, contéstele a su hermana, qué desgracia con esta niña, otra vez está ahí metida, lleva toda la tarde ahí metida y no hay quien la saque. ¿Me estás escuchando, Bolivia? Te estoy contando que la madrina de Violeta dijo ayer que la niña llevaba toda la tarde ahí metida. ¿Metida dónde?, me preguntó mi madre. No sé, Bolivia, metida en algún lado, o detrás de algo, un mueble, una puerta, no sé, el problema es que ha estado ahí toda la tarde. En esa ocasión, como en otras parecidas, Bolivia pronunció su frase favorita, la que más me sacaba de quicio, la que estuvo repitiendo hasta el día anterior a su muerte: No te preocupes, no pasa nada. No pasa nada, esas tres palabras resumían la filosofía de mi madre.

Ahora también llamo a Violeta, lo hago todas las semanas a pesar de las colas que se forman frente al único teléfono disponible en este pabellón. Pero con ella nada es fácil. Sé que está resentida conmigo, que no me perdona haberla enviado interna a ese colegio tan lejos de casa, y sé que tiene razón al odiarme, yo misma me odio por haberlo hecho. La cosa es que pasa al teléfono, pero no me habla. Permanece callada al otro lado de la línea y a mí sólo me queda cantarle la canción de la serpiente de tierra caliente que cuando se ríe se le ven los dientes, ésa y otras de *Cri Cri el grillo cantor* que a ella le gustaban de niña, y así me paso diez minutos, o doce, cantándole *Cochinitos dormilones, Cleta Dominga* o *Conejos panaderos,* hasta que quemo todos los minutos de la tarjeta. Pero no crea que Violeta es boba, o retardada. Por el contrario, Violeta es tremenda. Rara, pero tremenda, y con la particularidad de no tragar mentiras. Ella sabe perfectamente que si la llamo no es para decirle las cosas como son, sino que le oculto que estoy presa, le oculto lo que pasó con Greg, le oculto un montón de hechos, que en cierta forma también me oculto a mí misma, con la diferencia de que a mí las mentiras me ayudan a vivir, mientras que a ella la ahogan. Todos vivimos mintiéndonos los unos a los otros, a veces más y a veces menos, a veces por maldad y otras por piedad. Lo dice el doctor House y tiene razón: la verdad cruda no es algo que se estile, no figura en los manuales de la buena educación. Pero las cosas no funcionan así para Violeta, ella ni dice mentiras ni quiere escucharlas, la marean las palabras a medias y los dobles sentidos; eso me han explicado los psicólogos, que Violeta no sabe interpretar evasivas o insinuaciones. Por eso, cuando le hablo desde Manninpox, se paraliza y se queda callada. O no me pasa al teléfono y eso es lo peor, ahí me derrota, me deja mal toda la semana.

—No más. Big Sis se calla. Big Sis se calla —me dijo cuando empecé a dar rodeos y a inventarle historias para evitar revelarle la verdadera. Desde entonces no ha vuelto a decirme nada.

Y aun así, no me atrevo a confesarle la verdad. No es fácil decirle a tu hermana menor que te has metido en un lío de la *madonna* y que es posible que no puedas ir a verla en mucho tiempo, o tal vez no se lo digo precisamente por lo contrario, porque en el fondo estoy convencida de que en cualquier momento despierto y se desvanece este castillo del horror, este lugar inverosímil, como sacado de un cuento de hadas, pero de los macabros. Y enseguida voy por ella a su colegio en Vermont, y me la llevo conmigo, y nos vamos las dos juntas a algún lado, todavía no sé cuál, y le voy a prometer solemnemente que no voy a tener novios que opinen que vivir con ella es un infierno. Aunque es verdad, es un infierno. Y aun así. Violeta será un desastre pero es mi hermana, yo la quiero montones y ella me hace mucha falta. Cómo se repite la historia, o mejor dicho cómo la repetimos estúpidamente y sin darnos cuenta. Violeta y yo siempre sobrábamos en casa cuando Bolivia traía a vivir a uno de sus novios. Para la parejita de enamorados, mi hermana y yo nos convertíamos en el pegote, el problemita que jodía el romance de su mamita bonita, tan joven pero con unas hijas tan grandes y tan entrometidas. Siempre que Bolivia vivía con un hombre, nosotras sobrábamos en su casa, éramos las arrimadas, las que no tenían que ver con el paseo, el principal obstáculo para la felicidad de los recién casados. Y luego se muere Bolivia y yo quedo encargada de Violeta, y me da a mí por vivir con un tipo, me lo traigo a casa y automáticamente Violeta se convierte en pegote. La historia que se repite. Ya le digo, el problema es que no escarmentamos. La pasamos fatal, y luego le hacemos lo mismo al siguiente, como quien dice nos vamos pasando la pelota de mano en mano. Por eso mandé a Violeta interna a ese colegio especial, bien al norte, en Vermont. ¿Me entiende? Yo quería ser feliz, y ella era un pegote. Supongo que hice igual que Bolivia: también a mí me entró el embeleco de la felicidad. Es un gran error, ¿sabe? La base de todos los líos y las desgracias es empezar a soñar con esa vaina. La vida no está hecha para eso, y punto. Y no es que le esté diciendo que he sido desgraciada, no es eso, supongo que hay muchos que la han pasado peor. Pero de ahí a tratar de ser feliz, hay un salto que no conviene dar. O a lo mejor yo simplemente quería salirme de mi caja cerrada, con eso de mandar a Violeta lejos. Mírelo de esta manera, durante tantos años, ¿quién fui yo? ¿Qué recuerdos tengo de mi adolescencia? La verdad no muchos, yo era una caja cerrada. Yo era la que cuidaba a Violeta, no mucho más que eso. Mientras Bolivia trabajaba, mientras Bolivia le apostaba al amor, mientras Bolivia fracasaba en el amor y volvía a apostar, yo era básicamente la que cuidaba a Violeta. Una vez Mike me mandó a comprarle cigarrillos. ¿No le he contado quién fue Mike? Por ahora no importa, digamos que uno de los novios de mi madre. Yo debía de tener once años, tal vez doce, Mike nos había invitado a Bolivia, a Violeta y a mí a uno de sus viajes de negocios y eso se había convertido en todo un acontecimiento. Yo nunca había estado en un hotel así y no sabía que pudiera haber en el mundo algo tan lujoso, un hotel de dos estrellas que a mí me parecieron todas las estrellas del firmamento, y en el último piso encontramos máquinas de refrescos y hielo, y nos alojamos en dos cuartos unidos por una puerta, cada cuarto con su propio televisor y su propio baño, y en cada uno de los baños, frasquitos con crema y champú. Mejor dicho el paraíso. Pero el detalle es que el hotel quedaba frente a una gran avenida de mucho tráfico y varios carriles, mejor dicho una autopista. Yo bajé con el dinero que me había dado Mike, pregunté en el bar por la marca que él fumaba pero no tenían, salí del hotel, pregunté en otro lugar y tampoco, en otro más y nada. Alguien me dijo que podía conseguirlos enfrente y yo hice lo que el instinto de conservación me dictaba que no hiciera: cruzar el *highway*. No quería presentarme en la habitación sin los cigarros, no sé, supongo que al fin de cuentas Mike no me caía tan mal, y en ese momento estaba locamente agradecida con él por habernos llevado a ese lugar maravilloso. En todo caso no tuve problema, atravesé la avenida al tiempo con otra gente y no pasó nada. Compré los cigarrillos, intenté regresar, y cuando me di cuenta estaba debajo de un carro. Abrí los ojos y ahí estaba yo, caída debajo de un carro, con la nariz a un palmo de su panza metálica y el vestido aprisionado por una de las llantas delanteras. Un oriental que debía de ser el conductor se había puesto en cuatro patas, se asomaba, me veía y gritaba.

Aparte de su cara oriental y de la barriga negra del carro, empecé a ver piernas y zapatos y supe que alrededor se iba formando una conmoción. Escuché que se acercaba una sirena de ambulancia. *It's a girl*, decía una voz de mujer, *she is dead*, decía, *she is dead*. Y entonces entendí que ésa era yo, yo era esa *girl* que estaba *dead*. Pero no me dolía nada, no sentía nada, así que zafé de un tirón la falda de mi vestido, agarré la cajetilla y las monedas, que habían quedado ahí tiradas, me escabullí de debajo del carro, me paré lo más rápido que pude, corrí a lo que me daban las piernas sin permitir que nadie me atajara, y así corriendo y sin mirar a los lados atravesé los carriles que faltaban, escuchando los frenazos justo a mi lado. Entré al hotel y me escondí detrás de unas matas hasta que dejaron de buscarme, y luego entré al baño del lobby. Ya le digo, yo debía de tener doce años. Me eché agua en la cara y me la sequé con una toalla de papel, enjuagué la parte de mi falda que había quedado debajo de la llanta y la sequé con el chorro de aire caliente, me peiné como pude y me revisé en el espejo por todos lados para asegurarme de que no se veía nada raro. Al rato regresé a la habitación, le entregué los cigarrillos y las vueltas a Mike... y no dije nada. En realidad de eso nunca he dicho nada, aunque hasta el día de hoy sigue pasando ante mis ojos con la claridad de una película. Y si ahora se lo cuento a usted, míster Rose, es para que entienda que yo no era nadie. Yo no era nadie y a mí no me pasaba nada, porque si eres nadie no te pasa nada. Lo mío no contaba y no valía la pena contarlo, así de fácil. Y no crea que sufría por eso, simplemente me parecía normal.

Será por eso mismo que tampoco ahora le cuento a nadie que estoy presa, y menos que menos a Violeta. No sé. O será más bien por vergüenza que le oculto la verdad. A ella nunca le gustó que yo anduviera con Greg, y con Sleepy Joe menos. Le parecía ridículo el montaje de mi matrimonio, porque es muy zorra, la Violeta, no se le escapa nada. Era como si supiera desde un principio que todo mi asunto con los dos eslovacos carecía de fundamento, que iba de mal en peor y que terminaría como terminó. Condenada Violeta, yo a tratar de ser feliz, y ella a no dejarme. Es un testigo implacable, la maldita; no la convencía la telenovela que yo andaba montando, y supongo que en el fondo a mí tampoco, y por eso me fastidiaba sobremanera tenerla ahí, presente a toda hora, recordándomelo. No era que me lo dijera, o que hiciera reclamos o advertencias, eso no; ella tiene sus propias maneras, y son muy cabronas. Sabe buscarse la formita de irlo exasperando a uno y de empujarlo hasta el límite, por ejemplo empezaba a orinarse noche tras noche en la cama, o se paseaba desnuda por la azotea, o se sentaba en un rincón a arrancarse el pelo a mechones. A Sleepy Joe se la tenía jurada. Creo que Greg no le caía tan mal, al menos a él no le casaba pelea, aunque tampoco era fácil. Greg es policía, ya sabe, policía de los pies a la cabeza, con una noción cuadrada de la ley, aunque por debajo de cuerda no haga sino violar esa mismísima ley que tanto pregona. Pero eso es otro problema, lo del tráfico de armas, del que aquí vine a enterarme, porque créame que antes no sabía nada. Pero le estaba hablando de otra cosa. Le decía que de todas formas los códigos disciplinarios de mi Greg eran estrictos, y él sentía que Violeta se burlaba de ellos. Por ejemplo le decía:

—Violeta, no sigas jugando con esa copa, que vas a quebrarla, ¿te das cuenta de que vas a romper esa copa?

—Sí —le respondía ella, sin dejar de hacer lo que estaba haciendo.

Greg lo tomaba como desacato, cuando sólo era la manera particular en que Violeta respondía, ya le digo, ella entendía las frases a la letra, las insinuaciones no le entraban en la cabeza. O por ejemplo sonaba el teléfono, ella contestaba y oía que preguntaban, ¿está Greg?

—Sí —decía y colgaba.

—Pero ¿por qué no me avisaste, niña? —rugía él.

—¿Por qué no me avisaste? —repetía ella.

—¡Pero preguntaron que si yo estaba!

—Violeta dijo que sí.

Un día Violeta estaba tratando de amarrarse unos patines y no lo lograba.

—Te ahogas en un vaso de agua —le dijo Greg, y se dispuso a ayudarla.

—Idiota —le dijo Violeta, pegándole con furia en el brazo—. Violeta no cabe dentro de un vaso de agua.

Greg no podía entender que no había ofensa, que simplemente ése era el lenguaje de ella, su manera de no entender comparaciones. Una vez, estando Bolivia todavía viva, mandó a Violeta a la esquina por clavos y canela, para hacerle una Maizena que a la niña le gustaba. Porque ése es otro drama, Violeta no acepta sino comida blanca: arroz, espaguetis, leche, clara de huevo, pan de trigo, helado de vainilla, es decir pura comida simple y blanca; se vomita si le das cualquier otra cosa. Esa vez Bolivia quería prepararle la Maizena, que por supuesto también es blanca y que se pone a hervir en mitad leche, mitad agua, con azúcar, clavos y canela.

—Ve a comprar clavos y canela —le dijo a Violeta, y le dio unas monedas.

Violeta le trajo la canela y también los clavos, pero clavos de acero, clavos de clavar con un martillo en la pared. ¿Me entiende? A ella le dicen traiga clavos, y ella trae clavos. Punto. Porque no sabe interpretar, porque no conoce de matices. Y Greg, medio mongo también él, nunca supo interpretar que Violeta no sabía interpretar. Y ella tampoco ayudaba; si el hombre llegaba cansado, ella se ponía a gritar hasta enloquecerlo, o se perdía por el barrio y él tenía que salir a buscarla. A diario cosas así. Pero ya le digo, el pleito primordial de Violeta no era con Greg. Era con Sleepy Joe.

Increíble, cuesta entender por qué Violeta se empecinaba en joder a Sleepy Joe, en sacarlo de casillas precisamente a él, que es tan malo. Lo de él es un impulso de hacer daño, una urgencia de maldad, posiblemente inconsciente, yo diría que hasta infantil, o sea un gusto por el dolor ajeno como el que a veces experimentan los niños cuando les sale el ladito perverso. Sólo que Sleepy Joe es un niño con perversidad adulta. Mejor dicho un adulto malo, maloso, maldadoso, así es Sleepy Joe. O así era, no sé qué habrá sido de su vida, desde que estoy aquí encerrada no mantengo contacto con él. Tal vez la distancia me ha ayudado a comprenderlo mejor, a pillarme cómo funcionan sus mecanismos. La cosa es así, míster Rose, o al menos eso creo entender ahora. Mire y verá. Al que ya tiene una fisura, a ése le cae Sleepy Joe para quebrarlo, por la pura satisfacción que le produce arrastrarlo hasta el borde, y porque herir a los demás le produce cosquillas en los huevos y pálpito en las sienes. A Hero tenía que dañarlo porque estaba mutilado, a Violeta tenía que enfermarla porque ya estaba enferma, a Cori tenía que violarla porque ya había sido violada. Sleepy Joe necesitaba desquitarse con ellos, pretendía aplastarlos como si fueran insectos, él un dios y ellos unos insectos a sus pies. Él por fin fuerte, todopoderoso; el problema es que sólo lo logra en comparación con los débiles. Algo hay en él que lo hace sentirse el llamado a reventar la cadena por el eslabón más débil, quizá para no reventar él mismo, porque él mismo debe ser, a la hora de la verdad, el eslabón más débil de todos. Así era Sleepy Joe, y así debe ser todavía. Haga de cuenta un pollo con un ala quebrada. Pero no un pollito bueno, sino un hijueputa pollo. Con un ala quebrada. No sé cuándo se produjo en él el daño, seguramente en la infancia, como todos los daños irreparables. Parecía un muchacho muy lastimado. Y no sólo del alma, también del cuerpo, si viera cuántas cicatrices tiene en la espalda.

—¿De qué son? —le pregunté muchas veces, siempre que estábamos en la cama, le acariciaba la espalda y mis manos se topaban con todas esas huellas en la piel, una al lado de la otra, como cuentas de rosario. Las marcas de la vida, las llamaba él, y de ahí nadie lo sacaba.

A veces Sleepy Joe se dormía bocabajo, sin camisa, y yo aprovechaba para observarlas. Eran cicatrices pequeñas pero muchas, una constelación donde la piel se abultaba, más brillante que en el resto de la espalda.

—¿Cómo te hiciste esto? —volvía yo a preguntarle.

—Son las marcas de la vida —salía con lo mismo y seguía durmiendo.

Y sin embargo fíjese, la Violeta no se dejaba de él. Ella también se inventaba maneras de martirizarlo, como que competían en eso de las maldades. Ella se daba cuenta de que él era un tipo atemorizado, y lo agarraba por el lado flaco. Sabía por ejemplo que el muy pendejo les tenía miedo a los perros y para fastidiarlo metía en la casa gozques callejeros, animalitos de

nada, pulgosos de rabo entre las piernas, pero que a él lo amedrentaban y lo ponían histérico. Y también otras cosas, maneras que se ingeniaba ella de molestarlo. Como la pasión de él
eran los programas de televentas, Violeta se le atravesaba delante de la pantalla, y si el otro medio la tocaba para hacerla a
un lado, ella lo mordía hasta arrancarle el pedazo. Porque es
una fiera cuando se enfurece y tiene una fuerza de los mil demonios, mi hermana Violeta; ahí donde la ve, tan frágil y delgada. Nunca le ha gustado que la toquen. La primera ley si
quieres andar con ella, es que no debes tocarla, ni siquiera
para acariciarla, y abrazarla sí que menos, reacciona como si la
hubieras quemado con un cigarro. También tenía otras formas más ingeniosas de asustar al pobre Sleepy Joe, la mosquita
muerta de la Violeta. Sabía que él le tenía pánico a dormir,
aunque contra su voluntad se quedara dormido a cada rato.
Pero nunca a oscuras. No le gustaba dormir en la oscuridad de
la noche, y por eso de día andaba medio sonámbulo. Odiaba
el mal sueño que llega de noche, que en español tiene un nombre feo, pesadilla, suena a quesadilla, pero que en cambio en
inglés se llama *nightmare*, yegua nocturna, una hembra brillante y negra que vaga solitaria y despavorida por la inmensidad
de la noche. Violeta se aprovechaba de eso, porque ella, en el
caos de sus horarios, no hace diferencia entre el día y la noche, y anda por la oscuridad como Pedro por su casa.

—Anoche vino la yegua negra. Violeta la vio —decía, y Sleepy
Joe quedaba psicoseado, porque sabía que Violeta nunca miente, no por buena, sino por ignorante de los mecanismos del
engaño, así que la visita de la tal yegua tenía que tener algo de
verdad, y él es un hombre muy supersticioso.

Y no lo culpo, algo hay en las incoherencias de Violeta que
las vuelven proféticas. Corina andaba con el temor de que
Sleepy Joe le hiciera algo a ella, a mi hermanita Violeta, una
muchacha tan linda y aparentemente indefensa, y tan ignorante de la sexualidad aunque ya se hubiera desarrollado
como mujer. Como mujer hermosa, santo cielo, porque qué
linda que es la maldita, y qué alboroto de hormonas el que
lleva por dentro. Yo no estaba tan segura de que Violeta no
supiera qué estaba haciendo cuando se bañaba desnuda en la

alberca, a sabiendas de que Sleepy Joe andaba por ahí. Para mí que lo provocaba, que lo toreaba a propósito, porque ésa era otra de sus maneras de atormentarlo. En todo caso no quise quedarme de brazos cruzados, esperando a ver quién tenía la interpretación acertada, si Corina o yo. Fuera lo que fuese, de ninguna manera me gustaba, y opté por matricular a Violeta en el colegio de Vermont.

Tampoco crea que era una tortura, míster Rose, no estaba mandando a la niña al matadero; en realidad se trata de un colegio espléndido, con profesores especializados, supercostoso, con *full* instalaciones a la orilla de un bosque. Por fortuna de eso se encarga Socorro de Salmon, la amiga de Bolivia; ella le paga las mensualidades a Violeta, dice que es un compromiso que tiene con mi madre, una deuda pendiente. En muchos sentidos creo que mi hermana está realmente mejor allá en su colegio, ella que siempre odió la ciudad. Imagínese lo que es, para alguien que no aguanta el contacto físico, tener que andar entre la montonera comprando tiquetes de metro, aguantándose las filas, el *transfer*, el viaje de pie, los recorridos eternos, el ruido, los túneles hediondos, la gente que se sube, la gente que se baja, la que te empuja o te roza. En el colegio tiene en cambio todo el verde, y el cielo, y los árboles y la paz del mundo, y allá le enseñan a no ser tan egocéntrica y a convivir con los demás, mejor dicho a comprender a los demás, que es algo que ella no sabe hacer, y que además la tiene sin cuidado. En el fondo no es mala opción, para nada mala, ese colegio para adolescentes especiales de Vermont. Se especializa en casos como el de Violeta, y la comprenden y la van llevando, eso es muy importante, tenga en cuenta que ella nunca pudo con las escuelas normales, donde arañaba y mordía a sus compañeros y a veces ella misma volvía toda aporreada. Sea como sea, no me perdono a mí misma por haberla enviado interna a ese lugar; me come viva el remordimiento.

No sé sí ya va entendiendo, míster Rose, por qué me agarró esa rebeldía tan enorme contra Violeta. Yo quería vivir mi vida, ¿era mucho pedir? Por fin una vida propia, con derecho a ocuparme de otra cosa que no fuera Violeta, Violeta, Violeta. Lo mío frente a ella siempre ha sido angustia. Angustia y amor, o amor y angustia, no sé qué va primero, en todo caso así fue desde el principio: yo con mi pegote al lado desde el avión que nos trajo juntas a América. Algo rarito le noté desde ese primer día, después de cinco años de no verla, pero pensé que quizá sólo fuera una niña malcriada, ya sabía yo que la gente demasiado linda, como ella, se daba el lujo de ser caprichosa. Para empezar, ella se había presentado al aeropuerto de jirafa de peluche y eso a mí me pareció fatal, a esa edad ya se me había despertado el sentido del ridículo y sentí que al entrar al avión los demás pasajeros nos echaban esa mirada de oh, Dios, que no se me sienten junto estas chicas con jirafa, ya sabe, esa mirada, la que se ganan los que regresan de México con sombrero mariachi, o de Disney con orejas de Mickey. Por fortuna no nos tocó nadie al lado. Ella dejó que yo le abrochara el cinturón de seguridad, pero no me respondió cuando quise hablarle del automóvil nuevo que tenía Bolivia.

—¿Sabes quién es Bolivia? —le pregunté.

—¿Sabes quién es Bolivia? —me devolvió la pregunta.

—Bolivia es tu mamá, y está esperándote en América.

—Es tu mamá, y está esperándote en América.

—Y a ti también.

—Y a ti también.

—Eso, muy bien. Bolivia es la mamá tuya y mía, y nos está esperando a las dos. Con muchos regalos. En América.

No era cierto que Violeta estuviera asustada por ser la primera vez que viajaba en avión, como me había advertido doña Herminia; Violeta simplemente no estaba, ni asustada ni nada, era alguien ausente que me ignoraba, hasta que intenté quitarle la jirafa y entonces empezó a gritar.

—¡Tenemos que ponerla arriba! La jirafa, Violeta. No puedes llevarla en el asiento, ya dijo la azafata que las pertenencias personales había que guardarlas en los compartimentos de arriba, son las leyes de la aviación —trataba de explicarle yo, que antes de Manninpox fui siempre respetuosa de la ley, y no entendía por qué ella no soltaba ese bendito peluche, si estaba claro que debíamos contribuir a la seguridad del vuelo.

Yo sabía bien lo que era un accidente aéreo porque un par de años antes, cuando tenía diez, un DC4 había caído en plancha sobre nuestro barrio. Se habían matado los pasajeros y también mucha de la gente que estaba abajo, sobre todo almorzando en un merendero que se llama Los Alegres Compadres. Nuestras vidas quedaron marcadas por ese accidente, la única cosa importante que había pasado en toda la historia de Las Lomitas. Algunos de los muertos eran gente conocida, incluso una niña de nuestra misma escuela, y durante meses estuvimos viviendo como en película, con los perros entrenados que buscaban cuerpos entre los escombros y el cordón de Policía alrededor de la zona del siniestro, una palabra que no habíamos escuchado antes, siniestro, y que de repente se puso de moda. Todo había sido conmoción, la Cruz Roja, los entierros, los novenarios, los noticieros de televisión, que nos convirtieron por unos días en el centro del mundo, y sobre todo la sensación de triunfo de nosotros, los vecinos que hubiéramos podido morir, y en cambio habíamos sobrevivido de milagro.

Los de Las Lomitas éramos clase media baja, o sea que sólo viajábamos por carretera, y en otros barrios menos deprimidos nos salieron con el chiste de que ésa había sido nuestra única oportunidad de morir en accidente aéreo. Quién iba a saber en ese momento que un par de años después, yo sería la primera persona del vecindario que volaría en avión. Por eso no iba a permitir ahora que Violeta me aguara la fiesta por negarse a colocar su jirafa en el compartimento de arriba, como ordenaba la azafata.

—Escucha lo que te dicen, Violeta, ¿o acaso no oyes? —la retaba yo—. ¡Puede ser muy peligroso!

Ya desde entonces hacía parte de mi personalidad rendirle pleitesía a la autoridad, una maña que se me quitó aquí en Manninpox, y sobre todo a la autoridad uniformada, tal como demostré más adelante al casarme con un ex policía. Y esa azafata de mi primer vuelo, con su uniforme azul añil y su pañuelito rojo al cuello, debió parecerme propiamente la dueña del cielo. Me fascinó su estilo seguro y severo de andar por el pasillo trayendo jugos y dando órdenes, tanto que juré que algún día yo también sería azafata. Afortunadamente no se me cumplen esos sueños, porque un tiempo después vi *Pretty Woman* con Julia Roberts y juré que sería prostituta. Forcejeé un buen rato con mi hermana por lo de la jirafa, pero ella armaba tal escándalo que al final desistí.

—De bebé no llorabas, ¿cuándo aprendiste a dar esos alaridos? ¿Acaso nadie te ha enseñado a hablar? —le dije, y hasta la zarandeé un poco.

Al fin y al cabo me daban superioridad sobre ella la diferencia de edad, el inglés que había aprendido en el colegio, el brassier Ensueño copa doble A y los zapatos de charol con tacón muñeca que Leonor de Nava me había permitido estrenar para la ocasión. Para no hablar de la colección de cómics de Tribilín que Alex Toro me había regalado la tarde anterior, al despedirnos, pero que yo había tenido que dejar atrás porque no me cupo dentro de la maleta. Llegué a la conclusión de que no acababa de gustarme esta hermana tan histérica que me había tocado en suerte, y que en cambio echaba mucho de menos a Caminaba y a Patinaba.

Pero cómo no querer a Violeta, si era tan blanca y tan linda, con su pelo largo y ondulado y con esos ojos verdes que parecían joyas, como si en esa carita perfecta alguien hubiera incrustado un par de piedras de luz, que no miraban hacia afuera sino hacia adentro. Haga de cuenta una Alicia perdida en sus propias maravillas, así era y sigue siendo mi hermana Violeta, y ya luego al rato me arrepentí de haber sido brusca con ella. Mal comienzo para una vida nueva, pensé, y traté de ponerle conversación sobre otros temas, pero ella nada, ni soltaba la jirafa ni soltaba palabra, retiraba inmediatamente su brazo si el mío llegaba a rozarlo, y yo estaba demasiado cansada para lidiar con tantas susceptibilidades. Para tomar el avión, que salía al mediodía de la capital, había tenido que levantarme antes del amanecer y viajar varias horas en bus con Leonor, y a eso súmele la conmoción por la despedida y la expectativa por lo que me esperaba, así que me quedé dormida y por el momento no supe más de Violeta.

Me despertó un tufo ácido, desagradable. Era olor a orines, y salía de ella. Abrí los ojos y vi que apretaba la jirafa entre las piernas, pero me tomó un rato comprender que se venía reventando de ganas de orinar, y que en vez de preguntar por el baño, se había orinado en la jirafa. Y ahora la jirafa estaba entrapada, era un asqueroso bicho de peluche que goteaba amarillo, así que se la quité de un manotón, y ella volvió a gritar.

—La tripulación se va a enterar de que te orinaste y se va a armar la grande, si no te callas se cae el avión, cállate ya, histérica, orinetas —la insultaba yo, y ella más gritaba.

»Vamos al baño, nena —intenté la opción persuasiva— aquí, dentro del avión, hay baño con agua y todo, vamos a lavarte a ti y a lavar tu jirafa, mira que nos van a devolver si llegamos así a América, allá todo es limpio y tú hueles a orines; Bolivia me ha dicho que allá no aceptan gente mugrosa.

Afortunadamente ella estaba incómoda en su silla mojada y se dejó convencer, caminamos hasta el final del pasillo y entramos las dos al mismo baño, donde quedamos tan apretadas que casi no logro cerrar la puerta. Milagrosamente Violeta ya no gritaba. Se bajó los pantis y se sentó en la taza, pese a que yo le advertí que no lo hiciera, porque Leonor de Nava me había enseñado que en baño ajeno, las mujeres deben orinar paradas y sin tocar la taza. Pero Violeta se veía tranquila ahí dentro, ese gabinete tan pequeño no le pareció mal, se instaló en la taza como en un trono y por primera vez me miró a los ojos.

—Cierra bien la puerta —me ordenó, y en ese momento supe que ella podía hablar bien cuando se le daba la gana.

Lavé la jirafa en el aguamanil con el jabón líquido y luego traté de quitarle el olor con la crema de manos y la colonia que había allí, para los pasajeros, en frasquitos bien ordenados sobre una repisa, todo pequeñito, como en la casa de los tres ositos. Me gustaron mucho esos frasquitos y si no me los eché al bolsillo fue por temor a que me detuvieran por ladrona en América. Leí en el espejo un letrero que decía «Por cortesía con el siguiente pasajero se ruega dejar el baño tan limpio como lo encontró», y eso me pareció de lo más civilizado y americano, y después de exprimir la jirafa lo mejor que pude, «por cortesía con el siguiente pasajero» me dediqué a fregar y a secar con papel higiénico todo el baño hasta dejarlo «como lo había encontrado», y todavía más limpio que eso. La nena se veía por fin tranquila, ahí resguardada como en una cueva, apretadas la una contra la otra sin que ella protestara, sin que su piel resintiera el contacto con la mía. Ahí empecé a entender que a Violeta la desconcertaban los espacios grandes, abiertos, y que por el contrario, la personalidad se le suavizaba cuando estaba en pequeños lugares donde se sintiera protegida por los cuatro costados.

Ya luego volvimos a los puestos, nos trajeron la comida en bandejas individuales y yo quedé maravillada con lo bien organizado que estaba todo, era increíble ver cada cosa en platico aparte, cubierto con papel aluminio; el vasito de plástico en una esquina, en la otra los cubiertos, la servilleta entre bolsita de celofán, y lo mejor era la hamburguesa que vendría adentro con papas fritas a la francesa y leche malteada, porque ésa sería nuestra primera comida americana de verdad, verdad. Qué desencanto cuando vi que era apenas pollo con verduras, ensalada y gelatina, lo mismo, idéntico, que me daban casi todos los días allá en Las Lomitas, en la casa de las Nava. Pero no, nada iba a empañar mi ilusión: me consolé pensando que si era pollo americano, debía de ser un pollo extraordinario.

Ésa fue la primera vez que me pasaron comida en bandeja; la última vez estaba ya en *solitary confinement*. A veces alguien, o algo, reaparece como de la nada, cae del azul y te hace sentir que se cierra un ciclo, que algo que empezó hace tiempo ya está terminando, o sea que algún *maktub* se está cumpliendo, como dice mi amigo Samir. Así sea algo tan tonto como una bandeja plástica. Me tenían encerrada en una celda donde todo era gris, sin luz del día. Las paredes, la puerta metálica, el catre, el piso de cemento, el escusado de acero inoxidable, todo gris, gris, gris, sin noción del tiempo porque me habían quitado el reloj, y sin ver absolutamente a nadie, ni a mí misma porque no había espejo. Ni siquiera podía verle la cara al ser humano que abría la escotilla para pasarme la bandeja con comida. La bandeja entraba, la bandeja salía. Tres veces al día. Sólo me daban una cuchara de plástico, supongo que para que no pensara en cortarme las venas. Precauciones inútiles; después vine a saber que se puede hacer un punzón a partir de una cuchara, inclusive una de plástico; es lo que las internas latinas llaman chuzo, o manca. Cucharas, lápices, pinzas para el pelo y otros objetos inofensivos de la vida diaria, aquí se convierten en armas.

Y la bandeja que entraba, la bandeja que salía, pero yo no veía quién me la entregaba. Al principio me desgañitaba, ¿hay alguien ahí? *Somebody there?* Mi marido es policía, gritaba, déjenme llamar a mi marido. Pero nadie contestaba. Me dio por pensar que a lo mejor me había muerto y que la muerte era ese lugar gris donde yo no sabía de nadie y nadie sabía de mí. Día y noche con un tubo de neón que zumbaba y que yo hubiera querido apagar para poder descansar, o al menos para quitarme de los ojos ese gris tan insistente, cambiarlo por una oscuridad bien negra. Pero no. Si cerraba los ojos, veía la luz sucia y rosada que se filtra por los párpados, y si los abría, ahí estaba el gris, todo gris en torno a mí. Siempre me traían la misma comida, exactamente la misma, tres veces al día: un vaso de styrofoam con café con leche y una dona. Antes me encantaban las donas, y acabé odiándolas. Café con leche y dona, café con leche y dona. Hasta que una mañana en la bandeja del desayuno venía además una naranja. ¡Una naranja! No podía creerlo. Me pareció un milagro, era como si de repente entrara el sol a mi celda. Esa naranja brillaba como si estuviera viva, se lo juro, míster Rose, y me hizo saber que yo misma estaba viva también. Por esa naranja pude recordar cómo era el color amarillo, que ya se me estaba borrando. Yo pensé, el sol es como esta naranja, y brilla allá afuera. No puedo verlo, su luz no me alumbra ni me calienta, pero eso no quiere decir que el sol no siga estando allá, y en cualquier momento también yo voy a estar allá afuera, y voy a sentarme al sol y a sacarme de encima toda esta humedad y este encierro, y ya nunca jamás volveré a comer ni una sola dona. Es que en la cárcel, donde no tienes nada, cada objeto que cae en tus manos se te vuelve religioso, haga de cuenta una medalla, o un escapulario, así se trate apenas de un lápiz o un peine. Lo aprietas en la mano, te aferras a él, lo tratas como si tuviera alma. Así me pasó con mi naranja. Se me hacía agua la boca de sólo mirarla, pero si llegaba a comérmela la iba a perder, y ella era mi única compañía en ese hueco. La conservé entera hasta que amenazó con pudrirse y entonces sí, me la comí antes de que fuera tarde. De todas maneras guardé la cáscara, que siguió despidiendo olor durante un tiempo y ya luego lo perdió.

Pero no perdió el color, así que pude conservar ese trocito de amarillo.

Luego vendría mi primera noche fuera del *solitary confinement*, ya en un pabellón con otras presas. Me trasladaron tarde en la noche y me quedé mucho rato mirando, a través de la reja, ese corredor iluminado y largo al que daban las rejas de todas las celdas. Era agradable poder ver más allá de la pared de enfrente, una alegría para los ojos poder mirar lejos y hacia el fondo, una buena cosa comprobar que el mundo era más grande que un dado. Ya luego me acosté, me dormí enseguida y soñé con ese mismo corredor, que se me apareció como una estación de metro, y las celdas como vagones que pasaban rápido. Me desperté con un buen sabor en la boca. Pensé, si estoy en el metro y éste es uno de los vagones, quiere decir que va a echar andar y me va a llevar a algún lado.

Al día siguiente me permitieron bañarme, por primera vez en quién sabe cuánto. Fue un duchazo corto pero con agua caliente y jabón. No sería Heno de Pravia, el favorito de Bolivia, pero bajo la ducha las estuve recordando, a ellas dos, mejor dicho a nosotras tres en ese tiempo, cuando ese tiempo todavía duraba. Estuve recordando el cuerpo redondo y bonito de mi madre, y el cuerpito de lagartija de la bebé Violeta, y mi propio cuerpo moreno y menudo, una casi nada al lado de Bolivia. Maktub, pensé, *maktub*, mejor así, mucho mejor, mejor que Violeta haya estado en Vermont, que se haya ahorrado el allanamiento, los gritos de los tipos, la insistencia de sus preguntas y los golpes que me dieron y que seguramente le hubieran propinado también a ella; qué bueno que no vio cómo bajaron de la azotea sus objetos favoritos entre bolsas negras. Qué bueno. En medio de todo, había sido una suerte que Violeta hubiera estado donde está, allá en su colegio en Vermont, sentada en un jardín, a salvo, donde nadie puede alcanzarla ni dañarla, tejiendo canastos de mimbre en clase de manualidades y aprendiendo qué quiere decir la risa, y qué son las lágrimas, y los abrazos: todos esos exabruptos que la otra gente llama emociones y que a ella tanto la despistan y perturban.

Cuando le hablo de Samir me refiero al hombre que en mi vecindario vendía *baklaba, halvah, mamoul* y otros dulces árabes, el mismo que me contó que a ellos les parece mal que los occidentales nos limpiemos con papel higiénico. Greg desconfiaba de este Samir, pero a mí me gustaba porque era dulce como las golosinas de miel que él mismo preparaba, y porque cada vez que yo pasaba por su tienda me llamaba *Ai-Hawa, you are my Ai-Hawa*, me decía, eres el aire que respiro. Samir me contó que en su lengua hay esa palabra, *maktub*, que quiere decir que todo ya está decidido y escrito, todo, todo, desde el principio. Aquella mañana bajo la ducha, la primera vez que en Manninpox me permitieron bañarme, yo traté de no pensar en nada, salvo en los días bonitos de mi niñez, los de mi primera niñez, la de antes del viaje de Bolivia. No pensar en nada, dejar que mi cuerpo pensara por mí, que se concentrara en el agua caliente. Pero no pude evitar que mi cabeza volviera a Samir y su *maktub*. Pensé que tal vez todo estaba ya *maktub* desde entonces, desde ese día en que se despidió de nosotras Bolivia, cuando éramos unas niñas. Todo ya desde entonces *maktub*, todo lo que ahora se estaba cumpliendo.

Éste es un capítulo escrito a las carreras, míster Rose, seguro usted ya se dio cuenta de eso. Pero es que pasa una cosa: este capítulo será el último. Y no porque haya agotado todo lo que tengo por contarle, qué va, si vamos apenas en los inicios de la historia de nosotras tres en América, la historia de Bolivia, Violeta y yo, este drama que en mi diario bauticé *Mujercitas en Queens*, cuando recién nos mudamos a ese barrio y en el colegio me estaban haciendo leer *Mujercitas*, de Louisa May Alcott. Si ahora estoy escribiendo a contra reloj es porque hoy, siendo sábado, viene a visitarme Socorro Arias de Salmon, la amiga de mi madre, y he decidido entregarle esto para que me haga el favor de ponérselo a usted al correo. Ha sido una decisión desesperada y de última hora, apenas ayer me avisaron de que ella había solicitado autorización para visitarme, y me preguntaron si aceptaba. Va a ser la primera visita que reciba aquí en Manninpox, y probablemente será la última, al menos en mucho tiempo, así que se me ocurrió la idea, un poco suicida, de mandarle a usted este escrito con ella. Entiendo que es un carisellazo, un todo o nada: o arriba a destino, o se pierde para siempre. Y hasta ahí llegaría todo este esfuerzo, para no hablar del sueño de ver mi historia convertida en novela. Espero que sea una buena jugada, míster Rose, y que Socorro logre dar con su dirección. Quién sabe. Crucemos los dedos y... al agua, patos. En todo caso tampoco hay mucha opción. Anda corriendo el rumor de que en otros pabellones ya han empezado las redadas de seguridad, y que van celda por celda llevándose lo que encuentran. Se dice que esta vez están muy quisquillosos y más estrictos que nunca. Y una sola cosa es segura: yo no voy a esperar a que me caigan y me quiten mis papeles. Lo que sea, menos eso. Prefiero correr el riesgo con Socorrito. Eso está decidido. *Maktub* también por ese lado.

Ya en este momento me quedan dos horas apenas, y tengo que decidir qué escojo para contarle. ¿Cómo puede caber todo el resto de mi vida en dos horas de llenar a las carreras unas cuantas hojas? Creo que lo mejor será seguir en orden, como si nada fuera a pasar, como si tuviera todo el tiempo del mundo por delante. Digo, seguir con el cuento de nuestra llegada a América y los primeros pasos de nuestro sueño americano, y ya luego parar donde sea, cuando se me agote el tiempo. Será lo mejor.

Habíamos quedado en que Violeta y yo comíamos pollo con verduras en el avión que nos trajo, mejor dicho en que yo me comía todo, lo de ella y lo mío, porque ella no probaba bocado. Entre tanto Bolivia la estaba pasando mal, lo sé porque después me contó muchas veces la historia de cómo tuvo que enfrentarse a las mil y quinientas el día de nuestra llegada. Unos meses antes, digamos ocho meses antes, ella había caído en cuenta de una cosa. En realidad una cosa evidente, que si no la había visto era porque no quería verla: con lo poco que ganaba, y lo mucho que se le iba enviando dinero a Colombia para sus hijas, y pagando techo y comida para sí misma, nunca iba a poder juntar suficiente para traernos. Así de sencillo. ¿Qué fue lo que de repente la hizo caer en cuenta? Eso no lo sé. La cosa es que un buen día dejó de engañarse con cuentas alegres y aterrizó en la verdad, y esa verdad era dura, era una verdad cabrona. Llevaba ya cuatro años trabajando como esclava en Nueva York, sin ahorrar lo necesario y viviendo de esperanzas, haciéndose la loca, dejando pasar los años, y de pronto esa realidad la golpeó como una cachetada, dice que se sentó en la placita de Alicia en el Central Park, ésa en que está ella con sus compañeros de *tea party*, el sombrerero, la liebre y tal. Era el lugar adonde ella quería llevarnos el primer día de nuestra llegada, lugar muy lindo que también yo conocía, al menos en foto, porque Bolivia me había mandando una que se había tomado allí. Por detrás de la foto decía, y todavía dice, «A mis hijas, vamos a reencontrarnos aquí». Desde el mismo día en que la recibí, la guardé en la billetera, donde debe estar todavía, y aunque la billetera me la quitaron al entrar aquí, ya me la devolverán algún día y ahí seguirá estando esa foto, de una Bolivia muy joven, con gorra y bufanda de lana roja, parada al lado del gato que sonríe. La cosa es que ahí, en ese mismo lugar, volvió a sentarse en algún momento y se dio cuenta de que no, no lo lograría, podría trabajar otros cuatro años, y cuatro más, guardando cada centavo, y ni aun así lo lograría. Y entre tanto el tiempo seguiría pasando, sus niñas seguirían creciendo y lo que había empezado siendo una separación provisional se transformaría definitivamente en abandono. La perspectiva era aterradora, la de dejarnos solas a nosotras, sus hijas, y aunque esto que viene nunca me lo dijo, yo sospecho que más que la idea en sí misma, a Bolivia la espantaba la posibilidad de llegar a acostumbrarse a ella. O sea, me pregunto si en ese momento, ahí sentada al lado del gato, Bolivia no comprendió que estaba ante una disyuntiva: o regresaba a Colombia, o renunciaba a nosotras. Y me duele pensar que al menos por un momento debió optar por lo segundo, por quedarse sin nosotras en América. Si así sucedió, en todo caso rectificó enseguida, y empezó a barajar soluciones intermedias. Como buena colombiana que era, sabía bailar, era un crack de la salsa, y el mambo y el merengue. Y los domingos por la tarde iba con sus amigas, dos dominicanas que se llamaban Chelo y Hectorita, al Palladium Ballroom, en la West 53 con Broadway, donde no faltaba quien le pagara en taquilla el boleto de entrada y si acaso un par de tragos adentro. Ahí había conocido a algunos tipos que se encantaban con ella. Seguía siendo linda, mi madre, aunque la vida de asalariada ya por entonces le hubiera marcado las piernas con várices, y sacado patas de gallo alrededor de los ojos, y enrojecido la piel de las manos y despellejado los dedos. Pero seguía siendo una mujer llamativa y llena de vida, que sabía arreglárselas para no pasar desapercibida y que tenía justo lo necesario para brillar allí, en el Palladium Ballroom: Bolivia sabía bailar. Entre los caballeros que asistían a ese salón los domingos había un venezolano rico que se llamaba Miguel y que se había hecho célebre por una frase que andaba repitiendo: no me digas Miguelito, a mí llámame Mike. Este Miguelito, o Mike, se fijó en Bolivia y poco a poco se le fue acercando con lo que ella llamaba proposiciones serias, léase llevársela a vivir con él a Spanish Harlem. Y tenía un buen piso, ese Miguelito que se hacía llamar Mike, lo sé porque tiempo después Violeta y yo también iríamos a parar a su casa. Era un piso amplio y luminoso, con *wall to wall carpet* color vino tinto, muebles caros y hasta un piano de cola blanco que habían metido allí vaya a saber por dónde, y además para qué, si nadie lo tocaba. Mike era un tipo alto y siempre falto de aire porque no dejaba de fumar aunque desde niño padecía de asma, un asma severa que parecía asfixiarlo a todo momento. Usaba un sombrero Panamá de paja fina y ala ancha, pantalón y zapatos blancos, camisa de palmeras y una panza portentosa.

—¿Por qué tienes que andar disfrazado de costeño? —le preguntaba Bolivia cada vez que salían juntos a la calle.

—No te equivoques —le respondía él—. No me disfrazo, me visto de lo que soy.

En el fondo siempre me cayó bien este Miguelito, llamado Mike; en todo caso mejor que tanto fantoche que tuvimos que aguantar después. No se puede negar que éste tenía su personalidad. Era dueño de un negocio de embalajes, y supongo que ésa fue la razón principal por la cual Bolivia le dio el sí, en uno de esos domingos del Palladium Ballroom. Ya luego me explicaría cuál había sido su raciocinio: si este hombre me sostiene, voy a poder ahorrar la totalidad de mi sueldo y ahí sí, juntar lo necesario para traerme a las niñas. Y dicho y hecho, o sea *maktub*. El nuevo apartamento le pareció un sueño, más lindo de lo que había imaginado, y en cambio la convivencia con su nuevo novio le resultó más difícil de lo sospechado.

Hasta que no duermes al lado de un asmático severo, no calculas hasta qué punto las noches pueden ser un tormento, tanto para el enfermo como para la acompañante. O sea que cuando ya estaba sellado el trato, Bolivia vino a descubrir que para este Mike la cama no era un mueble para acostarse, sino que se sentaba en ella con la espalda en ángulo casi recto contra una pila de almohadones, a roncar como una morsa si lograba dormir y a silbar de asfixia cuando respiraba despierto, o sea serenata corrida con ronquidos o silbidos, por una cosa o por otra, y ella a veces sentía compasión de ese hombre y su falta de aire y trataba de ayudarlo poniendo a hervir hojas de eucalipto, alcanzándole el Ventolín Inhalador, dándole masajes en la espalda y rogándole que dejara el cigarrillo. Otras veces, las más según me dijo, lo veía como una grande y estorbosa máquina de hacer ruidos y hasta ganas le daban de ahogarlo, de una buena vez y con la almohada. No perdonaba que por culpa de él pasara tan malas noches y tuviera que luchar al día siguiente, en la fábrica, contra una modorra que por momentos le cerraba los ojos pese a tener en la mano la plancha caliente. Total, que mi madre soportó durante siete meses el drama respiratorio del venezolano y a cambio pudo ahorrar todo lo que necesitaba, más otro poco que le vino de ñapa. Nos envió los pasajes, nos dijo por teléfono que nos esperaba, y diez días antes de nuestra llegada, abandonó a Miguelito llamado Mike, sin darle muchas explicaciones. Según versión de la propia Bolivia, mientras le servía el primer café de la mañana le dijo, Chaíto, Mike, esta noche no vuelvo, me voy a vivir con mis hijas, que están por llegar. Ya le había advertido ella de que el trato sólo duraba hasta que el avión de sus hijas aterrizara en el aeropuerto de Nueva York. Y adiós para siempre, así sin más; esa misma tarde Bolivia subarrendaba dos piezas con baño dentro de un apartamento de colombianos, lejos de Spanish Harlem, más bien por los lados del East Village, que por ese tiempo venía siendo bajos fondos.

Sus compañeros de vivienda resultaron ser muchachos solteros y simpáticos, estudiantes según le dijeron, y ella lo creyó, o le convino creerlo, porque en cualquier caso el dinero no le hubiera alcanzado para nada mejor. Así era la mentalidad de ella, de mi madre: si no tengo dinero para otro sitio mejor, quiere decir que el mejor sitio es éste que tengo. No sería grande ni bonito, ni seguro ni tranquilo, ni tendría *wall to wall carpet* ni piano de cola, y al fin de cuentas tampoco era independiente, porque compartía entrada y cocina con esa otra gente, pero ella estaba contenta, me decía después, porque al fin tenía un lugar propio para vivir con sus hijas. El dinero que había ahorrado le alcanzó además para comprar en un remate de segundazos tres camas sencillas con sus colchones, una mesa con cuatro butacas, un televisor en blanco y negro y todo un rollo de tela de cuadritos. Con esa tela cosió ella misma, a mano, colchas para las camas, fundas para los almohadones, cortinas para las ventanas y un mantel con servilletas.

—Habían quedado muy pizpiretos mis dos cuartos —me dijo—, como casa de muñecas. Y yo estaba dichosa, muy satisfecha de tener un lugar bonito donde recibirlas. Sólo le faltaba un gran florero en medio de la mesa, y las sábanas y toallas que había dejado donde Mike.

Nuestro avión llegaba un lunes a las ocho de la noche y Bolivia había pedido licencia de trabajo por toda esa semana, para poder pasearnos y mostrarnos nuestra nueva tierra americana. Ese lunes, mientras nosotras nos preparábamos para tomar el avión en el aeropuerto de Bogotá, ella se levantaba a las seis para terminar de pespuntear las colchas, luego limpió el lugar hasta dejarlo reluciente, después bajó al mercado, trajo galletas, frutas, huevos, cereal, Maizena de la colombiana, refrescos y el ramo de flores, y ya cerca del mediodía se fue hasta su antigua casa en Spanish Harlem a recoger su equipaje, porque hasta ese momento no había tenido tiempo para hacer la mudanza. Cuando volvía al Village en un taxi, cargada de trastos y cajas, notó desde lejos un escándalo de sirenas por su cuadra, y al acercarse más, vio que el revuelo de patrullas era justo frente a su edificio. Ella, que siempre fue listilla, le pidió al taxista que se detuviera en la esquina, se bajó y entró a la tienda de alimentos a averiguar qué pasaba. En esa tienda todos los empleados eran chinos, salvo un colombiano que se había hecho amigo de ella.

—Piérdase, mija —le dijo el paisano—, piérdase, que están allanando su apartamento.

—Pero ¿por qué?

—Pues por qué va a ser, por lo de siempre, por droga. Piérdase, mija, pero ya, antes de que la agarren a usted también. ¿Dejó adentro papeles, algo que la identifique?

—No, los papeles los llevo aquí, en la cartera. Pero adentro están mis muebles, las cositas para las niñas, voy a asomarme a ver si recupero lo mío, yo le explico a la Policía que con eso de la droga no tengo nada que ver —resolvió Bolivia, que siempre fue aventada.

—No, mija —la retuvo el paisano—, por encima de mi cadáver, yo a usted no la dejo asomar por allá.

—¿Y mis cosas? ¿Y mis niñas?

—Suerte tienen sus niñas de que alguien esté esperándolas en el aeropuerto esta noche, por poco llegan y no hay nadie porque a la mamá se la llevaron a la guandoca. Dele gracias a Dios y piérdase, mija, ¡pero ya, qué espera!

Sus demás pertenencias venían dentro del taxi, y el taxista, que maldecía de lo lindo por la demora, ya estaba desocupando el baúl del carro y dejando las cosas de Bolivia tiradas en la acera.

—¿Y ahora qué hago? —le preguntó ella al paisano de la tienda—. Dígame qué hago con mis cosas, ahí tiradas y sin tener dónde meterlas.

—Venga, déjelas aquí abajo mientras se organiza en algún lado, en la bodega hay espacio.

Bolivia no sabía cómo agradecerle, mi Dios se lo pague, así se dan las gracias en Colombia, y arrimó sus trastos en un rincón de la tienda y salió a pie a buscar alojamiento, porque en unas horas llegaríamos nosotras, sus hijas, y ella no tenía dónde llevarnos; acababa de quedarse sin casa. ¿Y cómo iba a confesarnos que no teníamos ni dónde dormir? Tanto prometernos una vida buena en América, tanto hacernos esperar ese gran momento. Pero dónde iba a encontrar mi madre alguien que le abriera la puerta. En esa ciudad inmensa tenía que haber aunque fuera una persona, una sola, pensaba ella, que se compadeciera y le dijera véngase, comadre, instálese y traiga a sus niñas que aquí todos vamos a estar bien, donde caben dos, caben tres, y donde caben tres, caben cuatro, no es sino rendir con agua la sopa. Ésas son las cosas que se dicen en Colombia a manera de bienvenida. Pero en Nueva York nadie se las dijo, dieron las seis de la tarde y Bolivia todavía no encontraba lugar, así que tuvo que suspender la búsqueda para correr al aeropuerto por nosotras.

El avión aterrizó puntual y de golpe Bolivia nos vio, sus dos niñas ahí paradas y casi irreconocibles por los cinco años pasados, muy distintas la una de la otra, yo más morena de lo que ella me recordaba, ya casi una adolescente pero todavía niña, y con mucho pelo, demasiado pelo, indómito y revuelto, eso me diría después ella, me dijo que a primer golpe de ojo, yo le había parecido más pelo que niña, y que me vio observando lo que había a mi alrededor con ojos hoscos y cara de pocos amigos. Eso me aseguraba ella, pero para mí que era más bien cara de recién despertada después de haber dormido casi todo el vuelo.

—A Violeta la miré desde el otro extremo del Gate, y no sé qué le vi —me diría Bolivia, años más tarde—, pero le vi algo. Muy linda, mi niña, eso sí. Pero rara.

Tengo que quererlas a las dos por igual, se juró Bolivia a sí misma mientras se nos iba acercando, tengo que quererlas a las dos por igual, ni una gota más a una que a otra. Y no sé si lo logró. Me parece que no. Siempre he sentido que mi madre quiso más a Violeta. Tal vez para protegerla, pero no sólo eso; algo tenía la niña que yo no tenía, una magia en medio del berrinche, que hacía que pese a todo a Bolivia le quedara más fácil ser madre de ella que ser madre mía. Quién sabe. De todas formas, entre nosotras tres nada se daría espontáneo, todo tendría que ser aprendido de a poco; después de cinco años cada una por su lado, Bolivia iba a tener que acostumbrarse a ser nuestra madre, nosotras a ser sus hijas, y Violeta y yo a reconocernos como hermanas. Teníamos mucho por aprender, a veces pienso que demasiado, o tal vez demasiado tarde. En todo caso no iba a ser fácil.

Ya en ese punto, la historia de ese día empata con mis propios recuerdos: un hervidero de gente y de maletas en ese aeropuerto, mucho calor, Violeta descontrolada y yo de un genio negro, tal vez debido al cansancio y al aturdimiento. ¡María

Paz!, ¡Violetica!, ¡María Pacita!, ¡Violeta!, la señora de pelo ondulado y labios rojos que venía corriendo hacia nosotras, gritando nuestros nombres, resultó ser nuestra madre, y cayó de
rodillas para abrazarnos, y nosotras la abrazamos a ella, aunque creo que Violeta no quiso. Supongo que yo sí, pero con
extrañeza. Cinco años de no ver a Bolivia, cinco años de hablar con ella por teléfono, la habían convertido para mí en
una voz sin cara, y en el momento del encuentro, ahí en el aeropuerto, sentí que esa voz que me era tan familiar estaba saliendo de la cara equivocada; yo no lograba hacer coincidir la
voz y la cara, no sé si me explico.

Bolivia, por su parte, que había luchado como una leona
para llegar al reencuentro con sus hijas, vivía ese instante
como un triunfo personal, el final de un largo camino, una
especie de meta imposible que se hacía realidad tras un esfuerzo sostenido y monumental. Una victoria, sí, pero pírrica,
porque ahí estaban las niñas, pero ¿adónde llevarlas? Hasta
ese momento, cada vez que Bolivia se había dado por vencida,
cada vez que caía rendida de cansancio, o que no daba más
porque no le quedaba una gota de fuerza en el cuerpo, cada
vez que eso le sucedía, volvía a animarse con la idea de que algún día nos iba a ver, así, tal como nos estaba viendo en ese
instante, ahí en ese *Gate* del John F. Kennedy. Salvo que a Violeta no se la imaginaba tan rara, y a mí no acababa de recono-
cerme en esa muchachita de piel oscura y demasiado pelo que
en nada se le parecía, como si no fuera hija suya, y que en cambio le devolvía el recuerdo del hombre que en esa ocasión la
había dejado preñada, y que según supe por Socorro de Salmon, porque mi madre de eso no hablaba, era marinero en
un barco pesquero de bandera peruana, tenía la mitad de la
sangre india y la otra mitad negra, había llegado a la costa pa-
cífica colombiana persiguiendo un banco de atún, se había
enrumbado y emborrachado con Bolivia día y noche durante
una semana y luego había seguido de largo, tras otro banco de
atún. Y no había vuelto nunca. Ése era mi padre, y Bolivia pensó en él apenas me vio a mí, ahí en el aeropuerto.

—Te pareces a tu padre —me dijo esa vez, y ya no volvió a
mencionármelo.

Así, tal como estaba sucediendo, se había imaginado Bolivia el momento del reencuentro con sus hijas, así, tal cual, salvo que en sus sueños salíamos del aeropuerto las tres de la mano, como en película, hacia una casa bonita con colchas y cortinas de tela de cuadritos y flores en la mesa, donde las dos niñas nos sorprendíamos con novedades fantásticas como el aire acondicionado y un televisor a control remoto. Pero en la realidad real no tenía nada para ofrecernos, ni siquiera eso, y no encontraba las palabras para confesarnos lo que estaba ocurriendo. Quiso ante todo que no nos diéramos cuenta, y poniendo cara de no pasa nada, paró un taxi sin tener idea de qué dirección indicarle. Mientras el chófer acomodaba nuestras maletas dentro del baúl, ella pensaba, me quedan dos minutos para decidir adónde vamos, me queda un minuto, me queda medio. Me saturaba a mí de abrazos y de besos y trataba de dárselos a Violeta, que no se dejaba, y a todas éstas el taxista la apuraba, y ella no sabía qué decirle.

—¿Adónde va, señora?

—¿Cómo dice?

—La dirección, lady, no me ha dicho la dirección. Dónde quiere que la lleve.

—Siga por aquí, que ya le digo. Siga, siga por aquí, que yo le voy indicando, cruce por aquella calle, siga derecho otro poco —respondía Bolivia sólo por decir algo, por mantener el coche en marcha, por matar tiempo mientras se le ocurría alguna idea, y mientras tanto rezaba, ayúdame, Diosito lindo, ayúdame, ilumíname, dime adónde llevo a estas niñas a pasar la noche.

—¡Aquí! —dijo por fin, frente a un hotel.

Mejor dicho un hotelucho, un hueco de mala muerte que olía a rancio, con sábanas sucias, tapete manchado, muebles con quemaduras de cigarro y una única ventana que daba contra un muro negro. ¿Qué sentía yo, a todas éstas? No recuerdo, supongo que cansancio. Aquello debió parecerme muy por debajo de las expectativas. Ya había sido de por sí un desencanto comprobar que Bolivia no tenía ningún carro, pero ese hotel de mierda sí rebasó la copa para la preadolescente con pretensiones en que me había convertido donde las Nava. En todo caso, cuando Bolivia despertó, al otro día muy de madrugada, yo ya estaba lista, tenía lista a Violeta y las maletas empacadas y cerradas.

—Vístase, mamá, que nos vamos de aquí —le anuncié a Bolivia.

—Pero adónde, hija.

—A América —le dije—. Todavía no hemos llegado.

—Pero si esto es América, mi linda —me dijo.

—No me mienta, mamá, esto no es América.

Entonces ella hizo una llamada y un poco más tarde las cosas ya habían mejorado, porque estábamos desayunando en un apartamento grande y elegante, con tapete color vino tinto y un piano blanco, donde un señor barrigón que hablaba español y se llamaba Miguelito pero nos pedía que le dijéramos Mike nos ofrecía arepas de maíz, frijoles negros, queso llanero rayado y café con leche. Al rato me asomé por la ventana de ese apartamento y vi en la calle algunos letreros, que decían, en español, Chalinas Bordadas, Pollos a la brasa, Cigarrillos Pielrroja y Las Camelias, Prendas y Accesorios para Dama. Habíamos llegado. Ahí con Miguelito, en esa calle de Spanish Harlem, habríamos de pasar nuestros primeros años en América.

Y ya, míster Rose, ya se va acercando la hora. Allá le va esto, a ver si le llega, como un mensaje que se arroja al mar en una botella. Tengo la mano entumida de escribir a las volandas, y me da tristeza, no crea que no, porque es como si me estuviera despidiendo de usted. Gracias por su compañía, contarle todo esto ha sido una forma de tenerlo cerca, hasta ganas me dan de decirle que en estos últimos tiempos usted ha sido para mí como la naranja *aquella*, porque me recuerda que afuera brilla el sol y que a lo mejor también yo voy a estar allá, afuera, y que todo va a pasar, como pasan las pesadillas cuando uno despierta. Son las once y cuarenta, según el reloj del corredor. La cuenta regresiva está por terminar. A las dos empiezan las visitas; desde la una y media tenemos que estar nosotras, las internas, en la sala esperando a los visitantes; a las doce menos cuarto timbran para el almuerzo y yo tengo que acudir aunque no tenga apetito. Me quedan apenas cinco minutos para decirle las últimas cosas. Cinco minutos, de a reglón por minuto, serían al menos un párrafo, un último párrafo para darle un buen final a nuestra novela. Pero mi mano ya no da más y la cabeza se me ha puesto en blanco. Si alguna vez ve a Violeta, si la conoce, dígale que lo primero que haré al salir de aquí, lo primerísimo, será ir a buscarla. Dígale que voy a salir de aquí, como sea, para poder cumplirle. Dígale que a pesar de todo, la quiero. Dígale que lo siento mucho, que me perdone y me espere, que voy a ir por ella. Y qué más, Dios mío, qué más puedo contarle, míster Rose, en el minuto que me queda. Póngale usted un buen final a esta historia. Pero que sea bonito. Se lo recomiendo, ya sabe que odio los finales depresivos. Invéntese algo, usted sabe de eso, al fin y al cabo es su oficio. No me haga quedar mal ante los lectores, no permita que yo les inspire lástima. Chao, míster Rose, acaba de sonar el timbre para el almuerzo, de veras fue bueno conocerlo. A lo mejor volvemos a vernos algún día, aunque no me hago ilusiones al respecto. Todo dependerá de *maktub*, o sea de lo que está escrito. Y ahora sí, chao.

7

Entrevista con Ian Rose

Rose no acababa de ducharse cuando sonó el timbre y tuvo que salir mojado y en toalla a abrirle la puerta a Pro Bono, que estaba llegando al estudio de Saint Mark's antes de lo acordado. Claro que «acordado» no es la palabra, me dice Rose. En realidad hasta ese momento no habían acordado nada, Rose estaba dormido cuando contestó al teléfono hacia las cuatro o cinco de la mañana, y escuchó entre brumas que Pro Bono le daba una orden. Ése es su estilo, dar órdenes, yo con él no acordé nada, me aclara. Pro Bono le había dicho que se alistara porque tenían que salir. Pero no le había aclarado adónde. Y había colgado. En todo caso me levanté, me dice Rose, supongo que para ver qué pasaba, y ya luego le abrí la puerta, yo todavía en toalla y él en cambio hecho un figurín.

Ya desde esas horas a Pro Bono se lo veía tan peripuesto o más que el día anterior. Impecable la camisa, blanca y *crispy*; corbata Hermès en seda pesada; traje cortado a su peculiar medida en *flannel* oscuro con raya de gis; toque clásico y limpio de colonia Equipage; Cartier Panthere en la muñeca; argolla matrimonial en el anular izquierdo y anillo con escudo de familia en el meñique contiguo. Demasiado elegante, según criterio de Rose. En eso, sólo en eso, se veía que la joroba hacía mella en su personalidad, por demás arrolladora. Era como si tuviera que echarse encima todo el armario y parapetarse detrás de grandes marcas para compensar la deformidad. Rose lo hizo seguir, le ofreció un té y al igual que el día anterior, sintió que el personaje lo intimidaba. Pro Bono era

287

un prepotente, me explica, un tipo irritable y al mismo tiempo paternal, o paternalista, no sé, en todo caso una mezcla que Rose no sabía manejar.

—Se trata de María Paz —le dijo Pro Bono, obviando el saludo y fulminándolo con sus ojos amarillos.

—Eso supuse —dijo Rose.

—Es grave.

—Qué tan grave.

—Grave.

—¿Algo que pasó anoche?

—Viene pasando desde hace tiempo, pero me enteré recién anoche.

—¿Qué le hace pensar que yo puedo ayudarle?

—Tenemos que estar en Manninpox antes de las 9:15. Usted conoce el camino porque vive al lado.

—¿Cómo sabe que vivo al lado? —preguntó Rose, que el día anterior le había dejado a Pro Bono el teléfono y la dirección del estudio de Saint Mark's, pero ninguna seña de la casa en la montaña.

—En mi oficina todo lo averiguan.

Rose trató de explicarle que no pensaba regresar ese día a las Catskill porque tenía asuntos pendientes en la ciudad, pero Pro Bono, que no era persona de aceptar un no por respuesta, simplemente no lo escuchó, dio por sentado que Rose adelantaría el viaje y cortó la discusión.

—Me lo dijo así no más, adelante su viaje, amigo —me cuenta Rose—, así sin más, como si yo fuera su empleado, y para colmo llamándome amigo cada vez que quería darme una orden. Pro Bono era esa clase de persona. Y a mí me chocaba mucho que me dijera amigo, por qué iba a decirme amigo si no éramos amigos, un día me mandaba a freír espárragos y al día siguiente ya estaba haciendo las de Paris Hilton y me nombraba su *New Best Friend Forever*. Esa clase de tipo, acostumbrado a manejar a los demás a su antojo.

Pro Bono le informó de que había recibido una llamada de Mandra X, y Rose supo enseguida de quién le estaban hablando. María Paz la mencionaba en su escrito y a él ese nombre le había quedado sonando, Mandra X. ¿Un homenaje a

Malcolm X? ¿Un homenaje a Mandrake? En todo caso una criatura escalofriante, a la que sin embargo María Paz decía tenerle gratitud, y al parecer hasta cariño.

—Mandra X no es persona que hable por hablar —dijo Pro Bono.

—¿Y qué dice Mandra X? —preguntó Rose.

—Dice que urge encontrar a María Paz, de lo contrario se va a morir.

—Todos nos vamos a morir.

—Esto es serio.

—Asunto de vida o muerte, ¿eh? Y pretende que yo crea que usted no sabe dónde está María Paz... —dijo Rose.

—Hace bastante no sé nada de ella. Por eso lo necesito a usted.

—Lo único que yo sé es lo que leí en el manuscrito que le pasé a usted ayer.

—Ya deje de hacerse el loco, Rose, María Paz me habló de usted. Aunque se ve que la chica es fantasiosa, me hizo creer que usted era joven.

—Y a mí que usted era guapo.

—Ayúdeme a ayudarla, Rose, esa niña es su amiga y debe de estar metida en un lío. En uno nuevo, quiero decir. No la decepcione ahora. Ella confía en usted, me lo dijo varias veces.

—¿Ella confía en mí? Pero si no me conoce... A menos que... Ya veo. Creo que empiezo a entender. Usted, señor, vino aquí pensando que yo soy Cleve Rose.

—Usted me dijo que era Cleve Rose.

—Yo no le dije que era Cleve Rose.

—Cleve Rose, el profesor de escritura de María Paz...

—*Sorry, wrong guy.* Parece que en su oficina no siempre averiguan bien. Yo le dije que era Rose, pero no que era Cleve.

—No entiendo.

—Cleve Rose se mató, señor. Yo soy Ian Rose, su padre.

—¿Cleve Rose se mató?

—¿No lo sabía, usted que todo lo sabe?

—¿Y usted es su padre?

—Es lo que acabo de decirle, que no soy Cleve sino Ian. Y no conozco a María Paz.

Pro Bono se desconcertó con esa noticia y pareció perder por un momento el control de la situación, él, que era tan locamente seguro de sí mismo.

—De malas, señor —le dijo Rose—. Mi hijo ya no puede ayudarlo.

—Entonces usted.

—Yo sí que menos.

—Pero usted me buscó ayer para preguntar por ella... Y además tiene esos papeles que ella escribió...

—Porque la cadena de equivocaciones ya va para larga. Esos papeles le llegaron a Cleve, y no a mí. Pero Cleve ya estaba muerto, y los recibí yo.

Sabiéndose atrapado de antemano, Rose de todas maneras intentó poner un par de condiciones antes de salir hacia Manninpox con Pro Bono. Una, que le explicara de qué se trataba. Y dos, que no le siguiera diciendo amigo.

—Una, no puedo explicarle, porque ni yo mismo sé —dijo Pro Bono—. Y dos, de acuerdo, amigo, no le digo amigo. Lo espero abajo.

Ya instalados en el automóvil de Rose y saliendo de Manhattan por el Lincoln Tunnel, Rose quiso saber por qué iban en su coche y no en el de Pro Bono.

—Por ahí supe que usted tiene uno mucho mejor —dijo Rose—. Uno rojo, de sport, que lo hace muy popular con las mujeres.

—No es rojo, es negro.

—Socorro dijo que era rojo. Socorro, esa señora de Staten Island, la amiga de la madre de María Paz.

—Un mal bicho, esa Socorro. Maneje con pinzas lo que ella le diga. Mi coche es negro. Un Lamborghini negro.

—Y si tiene un Lamborghini negro, ¿qué diablos hace en este Ford Fiesta azul?

—Digamos que me retiraron la licencia de conducción. Por reincidencias en exceso de velocidad.

—¿Y sólo por eso necesita que yo lo lleve hasta Manninpox? ¿No podía contratar un chófer?

—O sea que el famoso míster Rose que le daba clases de escritura a María Paz era hijo suyo... —Pro Bono cambió de tema.

—Así es.

—Y lo mataron.

—No dije eso, dije que se mató.

—¿Está seguro?

—Segura sólo la muerte, como dicen los cartujos.

—¿Cómo sabe que se mató y no que lo mataron?

—Quién iba a querer matarlo. Cleve no tenía enemigos, señor. Mi hijo era un buen muchacho.

—Todo el que se mete con María Paz se gana enemigos.

—Cleve sólo fue su profesor, nunca se metió con ella.

—Eso cree usted. Mire, Rose, mejor concéntrese en manejar. ¿Nadie le ha explicado que cuando la raya blanca es continua no se debe rebasar?

Rose bajó las ventanillas a ver si el viento frío ayudaba en algo. Lo enervaba tanta orden, lo enervaba no saber de qué iba el asunto, lo enervaba la colonia del personaje, que llenaba el carro de olor a caballo. Al igual que su despacho, la persona de Pro Bono estaba impregnada de un olor supuestamente aristocrático que tenía que ver con caballos, pero no caballitos de los que pastan por ahí en el campo, más bien olor al cuero de la montura de un caballo de salto. Rose tenía un amigo rico aficionado a la hípica que le había confesado lo que pagaba mensualmente por mantener a su campeón, y a él le había parecido un escándalo, era más de lo que gastaba en sí mismo. Y este señor Pro Bono olía a esa clase de caballo y daba demasiadas instrucciones sobre el tráfico, pare, cuidado con ese carro, ojo que el semáforo está en rojo, váyase arrimando a la derecha, cuidado.

—¿A quién le quitaron la licencia, a usted, o a mí? —protestó Rose—. Deje que yo maneje.

—No lo hace bien.

—¿Prefiere bajarse? Todavía estamos a tiempo. Lo arrimo a una parada de bus y me devuelvo a mi casa a seguir durmiendo. Si manejo mal es por culpa suya, me alteran sus comentarios.

—De acuerdo, yo me callo y usted se concentra.

—Digamos más bien que usted se calla y me escucha —dijo Rose, saliendo por un desvío del *highway*, estacionando el carro, soltando el timón y encarando a Pro Bono—. Mire, abogado, no me queda claro qué busca usted, pero le puedo decir qué busco yo. De todo esto, lo único que me interesa es saber qué le pasó a mi muchacho. Entienda eso. Usted, María Paz, esa Socorro, todos los demás me la pelan. Mi único interés es entender qué le pasó a Cleve. No sé qué tenga eso que ver con María Paz, a lo mejor nada, pero por ahora ella es la única pista que puedo seguir. Y ahora dígame qué lo hizo cambiar conmigo de ayer a hoy.

—Hoy lo necesito para encontrar a María Paz.

—Lo llevo hasta Manninpox, y ahí termina mi colaboración.

Siguieron camino en silencio y un par de horas más tarde abandonaban las arterias principales para desviarse por una carretera vieja que ondulaba por la montaña entre los árboles. Todo parecía espléndido allá afuera, en ese final de otoño. Las bandadas de ocas contra el cielo azul profundo, el aire delgado entre los troncos ya casi desnudos, los colores quemados del paisaje, el olor a tierra mojada. Es lo mismo de todos los años, Cleve, exactamente lo mismo, y sin embargo tendrías que verlo, hijo, asombra como si nunca hubiera habido un tiempo tan lustroso, pensó Rose, y como no pudo evitar sentirse mejor, intentó hacer un poco las paces con el personaje que venía adormecido a su lado, dolorosamente encogido bajo su giba y sin embargo apacible, despojado por fin de su coraza de altanería, reducido a su verdad de pobre viejo que durante quién sabe cuántas décadas, ocho por lo menos, había tenido que andar por el mundo con ese peso extra a la espalda.

—¿Quiere inclinar un poco la silla? —le preguntó Rose cuando el otro abrió los ojos—. A su derecha, abajo, está la palanquita, tal vez quede más cómodo.

—La comodidad no se hizo para mí, amigo —dijo Pro Bono y volvió a cerrar los ojos. Pero al rato, ya más despierto, le preguntó a Rose—: ¿Sabe qué es lo mejor de mi Lamborghini?

—Todo —dijo Rose—. Todo debe ser bueno en un Lamborghini.

—Lo mejor es el asiento del conductor, hecho expresamente a mi medida. En *carbon fiber fabric*. La Casa del Toro me lo acondicionó especialmente. Todo un Lamborghini Aventador LP 700-4, *the relentless force*, hecho para que un lisiado como yo pueda andar por ahí a 200 millas por hora. Qué opina.

—Qué quiere que opine, que con razón le quitaron la licencia. Oiga, abogado, yo venía pensando... Mandra X, o sea Mandrax... ¿Sí ve? Mandrax, el barbitúrico. Esas capsulitas azules con blanco que hace mil años se pusieron de moda en las discotecas, las recuerda, ¿no? De acuerdo, usted no es del tipo discotequero.

—¿Filicidio con Mandrax? Pudo ser. ¡Bien, Rose! A lo mejor usted es más vivo de lo que parece.

—No espere mucha viveza de mí, abogado. Yo soy un tipo quebrado por la pena, eso es todo.

Mandra X, verdadero nombre Magdalena Krueger, cumplía cadena perpetua en Manninpox y era en efecto de origen alemán, como sospechaba María Paz: había nacido en el punto donde se juntan dos ríos menores para dar lugar al Danubio. Como le sucedió a Cristo, de sus primeros treinta años de vida no se supo nada, hasta que hizo su aparición en la historia al entregarse a las autoridades de Idaho tras asesinar a sangre fría a sus tres hijos. En su momento, el caso había suscitado polémica y escándalo de prensa, con el repudio de la opinión pública y la movilización en su apoyo de ciertas organizaciones humanitarias y pro eutanasia. La condenaron a tres cadenas perpetuas y por tanto a permanecer tras las rejas durante esta encarnación y las dos siguientes. ¿Qué volteretas legales la llevaron de un juzgado de Idaho a una prisión en el estado de Nueva York? Eso no se lo explicó Pro Bono a Rose, sólo le dijo que Mandra X había venido a parar a Manninpox y que ahí permanecía desde siempre y para siempre. Una atenuante la había salvado de la pena capital: según el expediente, las víctimas, sus hijos trillizos, padecían una conjunción apabullante de malformaciones de nacimiento, como ceguera, sordera y retraso mental. La mujer se consagró a ellos hasta que cumplieron los trece años de edad, y en ese momento tomó la decisión de eliminarlos con sobredosis de narcóticos. A los tres el mismo día, todos al tiempo, tomando las precauciones necesarias para que no sufrieran ni se percataran de lo que estaba ocurriendo. Simplemente los dormí, los dormí para siempre, declaró después ante la prensa, con una serenidad que algún reportero calificó de pasmosa.

Mandra X había declarado ante el juez que desde que los niños nacieron, había sabido que llegaría el momento en que para ellos la vida iba a dejar de ser viable. Ella personalmente era fuerte y contaba con una herencia familiar que le permitía mantenerlos sin necesidad de trabajar fuera de casa, pero los niños no podían asistir a ninguna escuela, y como no distinguían entre el día y la noche, siempre había al menos uno despierto y exigiendo atención. Cuidarlos era una labor extenuante, el dinero de la herencia se fue agotando y el subsidio del Estado no alcanzaba. El año en que los niños cumplían los doce, a ella le diagnosticaron cáncer de vejiga. Se curó con un tratamiento intensivo pero quedó obsesionada con la idea de reincidir. Ante todo no quería morir dejándolos solos.

No hizo ningún intento de encubrir su crimen ni de ocultar los cadáveres. Al contrario. Colocó a los niños debidamente amortajados sobre sus respectivas camas y, antes de entregarse a las autoridades, se ocupó de que los servicios fúnebres quedaran pagados. Todo lo previó y se las ingenió para dejarlo arreglado de antemano, sendos cajones de tamaño adecuado, carros mortuorios, velatorio con cirios y coronas, cremación, acuerdos y permisos para que las cenizas fueran transportadas hasta Alemania y arrojadas al Danubio desde un cierto puente de su pueblo natal. Ya una vez condenada y en prisión, Mandra X estableció contacto con Pro Bono y con las organizaciones humanitarias que la habían respaldado, y en su celda se dedicó al ejercicio físico y al estudio del derecho penal norteamericano.

—Mandra X. Medea X —le dijo Pro Bono a Rose—. Medea, la colérica, la feroz, la burlada. ¿Sabe qué le hace decir Eurípides? La hace gritar: «¡Morid, malditos hijos, pues nacisteis de mí, una madre funesta!» Al principio me temblaban las rodillas cuando me enfrentaba a ella.

—Como a Clarice Starling frente a Hannibal Lecter —dijo Rose.

—¿A quién?

—Nada.

—Ya luego nos hemos vuelto cómplices; supongo que entre monstruos nos entendemos.

—De todas maneras hay una cosa que no entiendo, esa amiga suya...

—Ojo, no dije amiga, dije cómplice —corrigió Pro Bono—. Mandra X no cultiva amistades.

—De acuerdo. Esa cómplice suya mató a sus hijos por miedo a morir ella misma de cáncer y a no poder cuidarlos...

—... pero de eso hace veinte años y sigue viva. —Pro Bono completó la frase—. ¿Ése es su reparo?

—Reparo no, quién soy yo para juzgar.

—Entiendo su punto, supongo que ella debió morir inmediatamente después, para que las notas amarillistas salieran redondas. Pero no pasó así, el cáncer no retornó, ella cometió ese error de cálculo. ¿Cree que deberían reconsiderar y condenarla a muerte por eso?

—¿Matarla porque no murió? No parece sensato.

Mandra X había apoyado a María Paz y le había enseñado a sobrevivir en prisión. María Paz se había vuelto otra persona desde que Mandra X la acogió en su grupo, Las Nolis. Les decían Las Nolis, pero el grupo, o la secta, tenía su nombre completo en latín: Noli me tangere.

—Suena raro, latinajos en la cárcel —me dice Rose—, pero así se llama, y por qué no, en un castillo medieval por qué no van a hablar en latín. En todo caso Noli me tangere quiere decir no me toques, es una cosa bíblica. Parece ser que al principio Las Nolis se equivocaron con María Paz, la vieron medio tonta, debilucha, una cosita bonita. Según Pro Bono, ella misma se encargó de demostrarles que tenía madera.

Las seguidoras del Noli me tangere se guiaban por un credo elemental de supervivencia y respeto. Hasta ahí, lo concreto. Pero Mandra X era zorra vieja y sabía que el asunto no le funcionaba si no le ponía su misterio y su culto, su ceremonia y su retórica. En la cárcel, como también fuera de ella, pero sobre todo en la cárcel, la forma era indispensable para que hubiera contenido. Sin actitud no había significado, y sin ritualidad no había compromiso.

—¿Una militancia política? ¿O una secta religiosa? —le preguntó Rose a Pro Bono.

—Más sencillo que eso.

Mandra X se había inventado la manera de cohesionar mujeres de distintas edades, clases sociales, niveles de educación, religión, color de piel, perfil psicológico y ético, inclinaciones sexuales, todas ellas con una sola cosa en común: estaban presas. Eran inquilinas del último gueto. Mandra X les proponía algo semejante a un pacto de esclavos para que no dejaran de ser humanas en condiciones inhumanas de vida. Y además eran todas latinas, ése era el otro factor común. Siendo ella misma aria, se había convertido en cabeza del clan latino. Pro Bono no sabía bien cómo había llegado a consolidarse en esa posición, pero sí que se había impuesto a tarascazos, a punta de fuerza y carisma, y porque había vivido muchos años en América Latina y hablaba español. Además era veterana, más antigua que casi todas las demás en Manninpox, donde se había formado como dirigente en derechos humanos, según un estilo muy personal. Circulaba una leyenda negra en torno a su crimen, y también a su filosofía y a sus métodos.

—María Paz escribe sobre sacrificios colectivos en Manninpox —dijo Rose—. Habla de orgías entre las Nolis...

—¿Qué sabe de todo eso la linda María Paz? —dijo Pro Bono.

—Sacrificios cruentos —insistió Rose—. Dice que corre sangre.

Según Pro Bono, todo el asunto era difícil de entender si uno no se ubicaba en el contexto de impotencia, encierro y extrema privación de esas mujeres, para quienes sus propias heridas eran lo único verdaderamente suyo. Se las infligían a sí mismas sin que nadie pudiera impedirlo. Sus cicatrices eran marca, su marca, la que ellas mismas elegían, a diferencia del número que les asignaban, la celda en que las encerraban, el horario que les imponían, el uniforme que les chantaban. En cambio había algo que nadie podía quitarles: su propia sangre, su sudor, su mierda, sus lágrimas, su orina, su saliva, su flujo vaginal.

—Algo es algo —dijo Rose.

—Todo eso me recuerda a una mística holandesa del siglo XIV, Liduvina de Shiedam —dijo Pro Bono.

—No conozco —dijo Rose, pensando que seguramente Cleve sí habría sabido de quién se trataba.

—Liduvina de Shiedam. Una mujer extraña, entre mística y loca. Se solazaba en su propia descomposición, se aplicaba a sí misma tormentos y se entregaba con gusto a la enfermedad y a las infecciones, hasta que se transformó en un desecho, en una piltrafa. Tuvo que convertirse en basura viviente para encontrar su propia identidad. Leer sobre ella me ha ayudado a entender a Mandra X y a sus Nolis. Mire, Rose, las cosas allá adentro son de otra intensidad —iba diciendo Pro Bono, mientras Rose observaba cómo el arco bajo de la luz del otoño doraba el paisaje—. Oiga esto, amigo, si me va a acompañar allá adentro, tiene que cambiar de códigos. Allá adentro hay otro mundo, que exige pensar de otra manera.

—No sé si vaya a acompañarlo hasta allá, abogado. Más bien hábleme de María Paz.

—María Paz es otra cosa. María Paz es una persona normal, si tal cosa existe. Su paso por Manninpox fue toda una experiencia, que la endureció, sin duda, y la hizo madurar. Yo fui testigo de ese proceso, que sin embargo no alcanzó a transformarla en lo que llamarían carne de cárcel.

—O sea que María Paz no es como la santa esa —dijo Rose.

—En realidad las demás tampoco, no del todo, no hay que forzar la comparación. Mandra X y sus chicas reivindican su propio dolor, pero también su alegría. Quieren sentirse vivas porque sufren y lloran, pero también porque cantan, se masturban, escriben, hacen el amor. En el fondo, lo que Mandra X divulga es que en la cárcel se puede llevar una vida plenamente humana, si se lucha por eso con suficiente empecinamiento.

—María Paz dice que se tasajean la piel y se cortan las venas.

—También eso, y por qué no, si se da como libre elección.

—Dice que manchan las paredes con excrementos.

—Pintan grafitis con mierda. O con sangre. ¿Y con qué más van a hacerlo? No es como que tengan brocha y pintura a mano. Ya le digo, no las juzgue fuera de contexto. Lo que a usted y a mí puede parecernos asqueroso, para ellas tiene otro valor. Investigue un poco sobre Sade y Pasolini, hablan del círculo de la mierda y el círculo de la sangre.

Círculos de mierda y sangre, eso tenía sentido para las Nolis, que en cambio rechazaban la lavandina y la creolina, que borraban la huella humana, reduciéndolas a ellas a una existencia de fantasmas. Había que partir de la base de que ni siquiera la ropa o las sábanas que usaban les pertenecían; eran lavadas, desinfectadas y repartidas a quien le cayeran. Pero las Nolis no eran perita en dulce, dijo Pro Bono. Se daban sus mañas y ganaban una que otra batalla, siempre podían embadurnar algún muro con su mierda, tirar al piso la comida y cantar a grito pelado cuando las luces ya estaban apagadas. O armar un infierno allá adentro, quemando colchones y rompiéndole la madre al que se atravesara.

—Lea a Jean Genet —dijo Pro Bono—. Fue un criminalazo y sobre estas cosas escribió como nadie, oiga lo que dice: «Los piojos eran valiosísimos para nosotros, porque se habían convertido en algo tan útil para atestiguar nuestra insignificancia, como lo son las joyas para atestiguar el éxito.»

—Ya voy entendiendo —dijo Rose—. Así que los piojos. Voy a leer a ese Renet.

—Genet —corrigió Pro Bono y arrancó a hablar como para sí mismo, un viejo que se entrega a la vieja maña de clavar el rollo sin importar si lo escuchan o no, y por ahí se fue derecho, montado en su propio impulso, citando a Sade, a Sacher-Masoch, a Roudinesco, y ventilando anécdotas de Erzsebet la Sangrienta, Gilles de Rais y el Conde de Lautréamont, la santa Liduvina, las demás mártires de la cristiandad, la secta asesina de los nizaríes, las viudas negras, los genios de lo oscuro, los exégetas del autoflagelo y los príncipes de la perversidad.

Del cuaderno de Cleve

Buscando algo sobre la historia de las prisiones norteamericanas, di con este librito, reimpreso en 1954 por Yale University Press, y me lo leí de una sentada. Se trata de la biografía de un bicho raro, Edward M. Branly, el arquitecto que entre 1842 y

1847 construyó Manninpox, una de las primeras grandes cárceles del país, junto con Sing Sing, Auburn Prison, la Cherry Hill Penitentiary de Filadelfia y New Jersey State Prison. Todas ellas con el denominador común de ser imponentes y rimbombantes por fuera, y oprobiosas por dentro. Ahí mismo me lo eché todo, las 156 páginas, sin parar ni para servirme un café. Me urgía saber qué clase de bicho podía ser ese que a sangre fría y a lo largo de cinco años había planeado meticulosamente la manera más eficaz de mortificar a las dos mil mujeres que permanecerían encerradas en Manninpox. Quería saber quién era el hombre que con celo profesional y fruición de artista había concebido cada miserable detalle. Como las ranuras alargadas que hacen las veces de ventanas, calculadas para dejar pasar a duras penas un hilo de luz. Como la ausencia de ventilación, que obliga a las presas a vivir bajo la permanente sensación de ahogo. Como el deficiente sistema de alcantarillado y desagüe, que hace que flote en el aire el hedor de los orines y la mierda que se van acumulando año tras año. Como las jaulas diseñadas para dos presas y que sin embargo tienen el tamaño de un clóset. Como el cabezazo de hacer de las jaulas vitrinas, para que cualquier movimiento pueda ser observado desde el exterior y cada presa sepa que en todo momento es objeto de escrutinio. Como la adición de celdas de aislamiento, por si tu comportamiento en las ordinarias deja que desear, y de otras todavía peores, las de castigo, por si no te comportas en las de aislamiento. Como el golpe recio y seco de las rejas al cerrarse, pensado expresamente para que retumbe por los pasillos, como diciéndoles a todas que están jodidas, que se olviden del mundo de afuera, porque el encierro es irreversible. O como los baños, sin puertas ni mamparas para que quede a la vista el uso de duchas y escusados, con el fin de evitar, según palabras del propio Branly, «actos de violencia o asaltos sexuales, más cualquier otro tipo de movimientos prohibidos o inmorales». El ángulo más peculiar de la mentalidad del arquitecto este, el que más me sorprende, tiene que ver con el contraste entre la mezquindad y lobreguez del interior de la construcción, y el despliegue de grandeza de su exterior. O para decirlo en sus propias palabras, «la gratificación estética de un concepto arquitectónico sublime». ¿Utilizar el adjetivo sublime para referirse a un lugar de abandono y sufrimiento? ¿Qué clase de imbécil puede solazarse con la idea de una prisión sublime?

Aunque propiamente imbécil no fue el tal Edward Branly; entre diseño, construcción y comisiones, ganó con Manninpox una suma desopilante que hoy equivaldría a unos doce o trece millones de dólares. Y si no era imbécil, entonces tenía que ser sádico. Uno se lo imaginaría de niño, teniendo que crecer al lado de un padre abusador y de una madre buena a quien el padre borracho golpeaba hasta dejarla sin sentido, algo tortuoso por el estilo, o quizá el padre obligaba a la madre a prostituirse para pagarle la botella de whisky que consumía cada noche, en todo caso un niño maltratado que de adolescente se divertiría encerrando al gato en un baúl y de adulto se convertiría en un torturador de mujeres, pero uno timorato, incapaz de hacerlo directamente y que por tanto se contentaba con ser autor intelectual de las mil maneras de mortificarlas confinándolas, degradándolas, reduciéndolas a guiñapos. Algo así. Para mí que sólo esa clase de degenerado podía concebir un adefesio moral como Manninpox. El librito gris me demostró que estaba yo muy equivocado.

Edward Branly fue, muy por el contrario, un prohombre respetado y admirado en su tiempo, hijo a su vez de otro ciudadano ejemplar. Practicante de lo que se llaman «impecables costumbres», Branly Jr. se convirtió en adalid de progreso y reforma según un modelo justo y liberal, y su cárcel fue acogida en su momento como obra memorable y contribución decisiva para «mantener en alto la dignidad, autoestima y sentimiento de poder de una sociedad», para citar al adulador que escribió el libro. O sea que Manninpox no fue vista como aberración sino todo lo contrario, como institución punitiva pero a la vez reformadora e inclusive redentora, pilar de una democracia que depara merecido castigo a quienes se desvían. Y tampoco fue Manninpox excepcional; apenas uno de una serie de castillos del horror, decisivos, monumentales, imposibles de olvidar, siempre presentes en la conciencia de una nación que debe tener claro lo que le espera si opta por la senda equivocada. *This is progress, this is civilization. We have arrived!*, proclamó textualmente el funcionario que inauguró Manninpox en presencia del propio Branly, a quien le fue entregada una botella de champaña para que la reventara contra la piedra fundacional.

Desde que conozco Manninpox por dentro, desde que la frecuento todas las semanas, no puedo dejar de pensar en ese mundo de encierro que coexiste como una sombra con el nuestro, el de las puertas abiertas y el aire libre, donde habitamos los demás sin darnos cuenta siquiera de lo que eso significa. Y desde que conozco a María Paz no puedo dejar de preguntarme qué vueltas del destino hacen que una persona como ella tenga que vivir de ese lado de las rejas, mientras que una persona como yo puede vivir de este lado. Todo parece tan dolorosamente arbitrario. Por momentos, sólo por momentos, siento que la distancia desaparece y que los muros no existen. El otro día, ella se me acercó con dos hojas de papel, de las de bloc amarillo, en las que había escrito un ejercicio que les pedí en clase. En el momento en que me las entregó, mi mano rozó la suya y un corrientazo me recorrió el cuerpo. Me pareció que el contacto se prolongaba más de lo estrictamente necesario, que el instante se detenía en el tiempo y que durante ese instante, ella y yo estábamos juntos, tocándonos, sintiéndonos, comunicándonos. Y excitándonos un poco también, hay que decirlo, o al menos a mí me pasó. Pero lo decisivo fue que mientras duró ese roce de las manos, ella y yo estuvimos juntos y del mismo lado de la reja. O mejor aún, juntos en un mundo sin rejas. Apenas por un instante. No sé si ella habrá sentido lo mismo, a lo mejor ni cuenta se dio, pero no, no fue así, claro que sí se percató, la muy perversa debió pillarse mi azoro y aprovechó para convertirme en hazmerreír del grupo.

—Uy, míster Rose, se le puso rojo el rayo —me dijo con respecto a la cicatriz que tengo en la frente pero apostándole al doble sentido, ese ridículo jueguito picarón tan popular entre las internas, que se retuercen de risa como colegialas si uno dice tornillo porque entienden falo, o si uno dice tuerca porque entienden vagina, etc., etc., y así hasta el cansancio.

—Se me pone rojo, sí —traté de salir airoso del pitorreo—, y cuidado porque quema, como el de Harry Potter.

Entrevista con Ian Rose

—Y usted que ha leído todos los libros, ¿conoce éste? —le preguntó Rose a Pro Bono, sacando de la guantera del carro un librito de pasta gris y pidiéndole que lo ojeara—. Lo encontré en la biblioteca de mi hijo. Es la biografía de Edward Branly, el hombre que...

—Edward Branly..., me suena... —interrumpió Pro Bono—. ¿El inventor de la telegrafía sin hilos?

—Otro Edward Branly, el inventor de nuevas maneras de atormentar mujeres.

—Y qué le extraña —dijo Pro Bono, después de leer un poco el libro así por encima—, con esta mentalidad se construyó la América de entonces, y en esta misma mentalidad se apoya la América de hoy.

—Y a usted, ¿no le repugna? —le preguntó Rose.

—¿A mí? Sí. Por eso soy defensor, y no fiscal.

Manninpox era una prisión antigua. Más tenebrosa que las nuevas, seguramente, pero también más difícil de controlar. Eso les daba a las internas margen de maniobra para protestar y para agruparse en torno a ciertas ideas, por ejemplo, lo sucio es humano y nos pertenece, lo limpio es inhumano y es herramienta de nuestros captores, en realidad un credo ancestral que rebeldes como los del Sinn Fein habían sabido revivir, convirtiendo las huelgas sucias en su herramienta. Pro Bono era autor de un buen paquete de teorías al respecto, que había publicado en varios artículos. Según él, las llamadas gentes de bien le tienen pánico a la mugre, a la sangre y a la muerte. Los considerados decentes le harían el juego a una civilización que les ofrece la inmortalidad como utopía, y de ahí su obsesión con la seguridad, personal y nacional. De ahí su obcecación con la juventud, la dieta, el *keeping fit and active*, la cirugía plástica, la salud, la limpieza extrema, los antibióticos, los desinfectantes, la asepsia. Están convencidos de que América puede hacerlos inmortales y esconden la enfermedad, la suciedad, la vejez y la muerte, para negarles existencia. La utopía americana, según Pro Bono, sería ni más ni menos que la inmortalidad. ¿En qué clase de gente nos hemos convertido, se preguntaba en sus artículos, que pretende vivir ignorando la muerte? Era lugar común decir que el sueño americano consistía en vivir para poseer. Error, según Pro Bono. Había que invertir la ecuación: poseer para vivir. Poseer para no morir. La inmortalidad sería la verdadera utopía americana. A diferencia de los buenos hijos de vecino, las Nolis asumían la muerte con todos sus rituales. Ésa era su lucidez, su superioridad sobre los demás.

—¿Así que María Paz no participaba de eso? Digo, de esas cosas de sangre —le preguntó Rose.

—María Paz era en sí misma un sacrificio vivo. En un medio donde se valora y se exalta la inmolación, ¿qué mejor símbolo que María Paz, la inocencia personificada y sometida al desangre?

—Por este desvío se llega a mi casa. —Rose señaló hacia la izquierda cuando llegaron a la intersección con un camino estrecho y empinado, oscurecido por una vegetación más densa—. Entrando por ahí, a unos quince minutos hacia arriba, se llega a una lagunita que llaman Silver Coin Pond. A la orilla hay una roca grande, y al lado un arce más alto que los demás. Hace un tiempo, ahí apareció pegada la cara de un hombre que se llamaba John Eagles. Se la arrancaron y la pegaron a la corteza de ese árbol. Esa muerte dejó imantada esta montaña. Pesa sobre la gente. Y también sobre el paisaje; no se quita con nada.

—¿Quién hizo semejante cosa? —preguntó Pro Bono.

—No se sabe. Las autoridades dicen que fue gente de fuera que andaba drogada, pero los vecinos se lo achacan a las fugitivas. Los de aquí creen que las presas de Manninpox se escapan y que rondan por el bosque haciendo maldades. Cada vez que sucede cualquier contratiempo, los vecinos dicen que fueron ellas. Una gallina perdida, un incendio en un establo, un ruido en la noche, una bicicleta robada. Todo se lo achacan a las fugitivas. Por aquí son un mito. Uno trata de razonar con la gente, explicar que quién va a poder escapar de esa fortaleza blindada, pero no hay caso. La gente cree que ellas se escapan, y les tienen miedo.

—¿Cuándo sucedió eso? Lo del tipo de la cara arrancada.

—Unos días antes de la muerte de mi hijo.

Al rato les cerraba el camino la mole de Manninpox. El lugar indeseable por antonomasia, la pesadilla de las noches de los buenos vecinos del lugar, la nube de sus días soleados, el punto negro en su espléndido paisaje. Rose, que venía dudando si entrar o no, en ese momento supo que no había escapatoria: si alguna pista había sobre la muerte de Cleve, estaba encerrada allá adentro. Pro Bono, que jugaba de local y conocía los procedimientos, le tramitó un gafete de visitante profesional, haciéndolo pasar por ayudante suyo, y le avisó que ante Mandra X lo presentaría como lo que era, el padre de Cleve Rose, antiguo director de uno de los talleres literarios. Aquélla no iba a ser una visita ordinaria; Mandra X gozaba de régimen especial, podía atender interlocutores entre semana, incluyendo representantes de la prensa, en recinto privado y sin presencia de guardias, según disposición del Senado para ciertos internos con reconocido liderazgo en derechos humanos de la población carcelaria.

Los encerraron bajo llave en lo que llamaban Conference Hall, un recinto de techos opresivamente altos que tenía por mobiliario cinco mesas metálicas con cuatro sillas cada una, suficientemente distanciadas entre sí como para que las conversaciones no se cruzaran. La única mesa ocupada era la suya, y Rose sintió que no podía existir en el mundo un lugar más desolado. Para mitigar la angustia quiso saber hacia dónde estaría su casa, en qué dirección, pero aquel recinto no tenía ventanas, ninguna ventana, no era posible orientarse. Debían de estar bajo el nivel del suelo, al menos a Rose le había dado la impresión de que habían ido en descenso por la larga rampa de acceso. Se estremeció de frío, lamentó haber dejado dentro del automóvil su abrigo y a falta de él se subió el cuello de la chaqueta y se la abotonó. Le extrañó sentir corrientes de aire. Por algún lado debían de colarse a ese lugar hermético, haciendo que aquella soledad fuera insoportable. Los chiflones entraban pero no así la luz del día, ni un gramo de luz de sol, el lugar estaba alumbrado por tubos de neón colocados arriba en el techo, desde donde esparcían una especie de fluorescencia granulada que rompía el espacio en una miríada de puntos vibrantes. Rose trató de detectar algún ruido humano, una tos, unos pasos, algún rastro de vida que llegara de lejos, pero no lo logró. En cambio escuchó timbres apremiantes como la voz de Dios, y golpes metálicos que bajaban a sus oídos desde diversos ángulos, una vez y otra vez, golpes secos y sordos de rejas al cerrarse, o sería apenas el eco de viejos golpes. Dios mío, pensó. Y se metió las manos heladas a los bolsillos para tratar de calentárselas.

—No sé qué me dio en ese lugar —me dice Rose—, supongo que un ataque de claustrofobia. Empecé a sentir que se me cerraba el pecho. Era una opresión jodida, para peor del lado izquierdo, tanto que me pregunté si no sería el corazón. Lo único que quería era salir de ahí. Como le digo, el salón era espacioso, pero yo sentía que todo ese espacio tan frío y tan vacío se encogía sobre mí. Y nadie venía, nadie abría la puerta, nada. Ahí seguíamos solos y bajo llave en lo que me pareció una eternidad, aunque en realidad hayan sido sólo quince o veinte minutos. Pero yo sentía que se habían olvidado de nosotros.

Finalmente hizo su aparición Mandra X. La escoltaban guardias a lado y lado, pero sin tocarla; era evidente que conservaban cierta distancia. A juzgar por lo que le habían dicho del personaje, Rose esperaba que irrumpiera resoplando fuego y rompiendo las tablas, como un toro bravo al ruedo. Pero no fue así. Mandra X fue entrando lentamente, fría y majestuosa como una reina de hielo, calculando cada paso, balanceando la masa musculosa, midiendo distancias y peinando el lugar con la mirada, con la boca apretada y los brazos flexionados, ligeramente apartados del cuerpo.

Aunque Pro Bono le había aconsejado discreción, y advertido que ante todo no se quedara mirándola fijamente y con la boca desencajada, como solía suceder, Rose no pudo evitar mantener clavados los ojos en ella desde el principio hasta el final. Una criatura totémica, eso era Mandra X. Un ser superior a la naturaleza, o inferior a ella, de quien no podías saber si era dios o demonio, hombre o mujer, templo sin estatuas o estatua sin templo. En eso había logrado transformarse tras años y años encerrada en una celda, sin mejor plan que reinventarse a sí misma chuzándose, cortándose, pintándose, clavándose agujas y perforándose, en versión contemporánea de las Liduvinas de otros siglos. Se había metamorfoseado a sí misma mediante todas las modalidades de lo que llaman intervención voluntaria sobre el propio cuerpo, y los tatuajes la rayaban de arriba abajo sin perdonar un palmo de piel, como si un niño armado de crayola azul se hubiera ensañado contra ella. Tenía los lóbulos de las orejas alargados y desprendidos de la cara. Las pestañas ausentes y las cejas borradas le daban el aspecto inhumano de un Mazinger Z. Y luego estaba el pelo cortado al cepillo y cruzado por líneas de máquina de afeitar, como un Nazca en miniatura. Más las narices agujereadas; el labio superior bífido y la lengua bifurcada; las mejillas, el cuello y las manos marcadas con escarificaciones. Y si eso era lo que asomaba, qué no ocultaría esa mujer bajo el uniforme, Rose no quiso ni imaginarlo, pero no pudo evitar recordar que según María Paz, Mandra X se había hecho inyectar los pezones con tinta y tatuar una corona de rayos alrededor de cada uno, como dos soles negros en medio del pecho. Y el olor que despedía... No propiamente olor a santidad, pensó Rose, más bien como esos *homeless* que te tumban con su tufo cuando pasan por el lado. Manejaba bien su montaje y su teatralidad y era muy consciente del efecto que causaba, como de sibila délfica pero a lo bestia, y no buenamoza y ojiverde, como la pinta Miguel Ángel en el techo de la Capilla Sixtina, sino una sibila esperpéntica, grotesca pero de alguna manera sublime, como debieron ser realmente las sibilas.

—Con decirle que en la frente tiene tatuada una frase, *«I have a dream»* —me dice Rose—. ¿Se imagina? Ahí en esas mazmorras vive una criatura que se atreve a soñar, a levantar las banderas del viejo sueño. Francamente. No sé, espeluznante. De veras. Otros llevan camisetas con *slogans* como «Solterito y a la orden», *«I love NYC»*, *«Fuck y'all»*, *«Ban nuclear now»*. Ella no, ese monstruo se tatuó *«I have a dream»* en toda la frente. Con razón Pro Bono me había dicho que Manninpox parecía existir sólo para contenerla a ella, a Mandra X, el minotauro de ese laberinto de piedra. Y la cosa es que no entró sola. Venía acompañada por otra interna del mismo tamaño de ella, o a lo mejor hasta más grande, no sé, pero le juro que yo no me di cuenta, yo sólo podía mirar a ese... ser, esa especie de toro rayado de azul. Ni siquiera noté que había entrado con otra interna, hasta que las dos estuvieron sentadas frente a nosotros. En silencio. Pro Bono se había olvidado de advertirme de que Mandra X no habla directamente con la gente de fuera, sino que siempre lo hace a través de una intermediaria. Tal vez para que no la incriminen, el motivo no lo supe, la cosa es que nunca llegué a escucharle la voz. De tanto en tanto le susurraba al oído algo a la otra interna, que era la que se comunicaba con nosotros. Después Pro Bono me dijo que a esa la llaman la Muñeca. Precisamente por eso, porque es haga de cuenta un muñeco de ventrílocuo. Y como le digo, de la boca de Mandra X no salió ni una palabra. Nada. El Minotauro sólo nos miraba. No se había sentado a la mesa, sino a cierta distancia, y nos miraba. Así como para empezar, la Muñeca le hizo una pregunta a Pro Bono, refiriéndose a mí. Le preguntó, ¿usted confía en ese tipo? «Ese tipo» era yo. ¿Y sabe lo que respondió Pro Bono? Pro Bono respondió, en realidad no lo conozco. Increíble, eso fue lo que dijo, en realidad no lo conozco, ahí está pintado ese tipo, *my new best friend forever* me negaba delante del monstruo así sin más ni más, y yo ahí, queriendo que me tragara la tierra. Si prefieren me salgo, dije, como si pudiera salirme por esa puertota metálica cerrada con llave, pero en todo caso lo dije, si quieren me salgo, y me fui parando, y entonces Pro Bono les explicó que yo era el padre de Cleve Rose, y a una orden de Mandra X, la Muñeca me indicó que me quedara donde estaba.

Rose supuso que eso significaba una especie de bautizo; Mandra X estaría dándole el visto bueno y él en reciprocidad debía aceptar su mandato. Imposible no hacerlo, por lo demás, si estaba claro que de los cuatro presentes, ella era el alfa, el macho dominante, la que indicaba por dónde y hasta cuándo. Enseguida la Muñeca empezó a hablar de María Paz. A contarles una historia de los días que María Paz había pasado en Manninpox. Dijo que cuando las internas antiguas la vieron por primera vez, lo que comentaron fue «ésta no la logra».

A Manninpox van a parar dos clases de gentes. Al primer grupo pertenecen las que asumen la responsabilidad de sus acciones, las que reconocen que sí, que cometieron un crimen y les vale madres, y sueltan de frente un yo lo hice y qué, lo hice y aquí estoy pagando, y cuando termine de pagar me largo y no vuelven a verme el pelo. Ésa es una clase. La otra clase dice no, yo no lo hice, soy inocente, esto es una injusticia y los bastardos que la cometieron van a terminar pagándola. A éstas las mantiene vivas y activas la indignación y las ganas de matar y comer del muerto. Pero María Paz estaba en una tercera categoría, la de las condenadas por su propia cabeza, las que no cometieron delito pero de todos modos se sienten culpables. Estaba jodida desde antes de empezar, porque la hundía el pequeño fiscal que llevaba dentro, un detractor implacable que no la dejaba dar un brinco.

—Enseguida reconoces a una víctima, hay algo que la delata, es como si estuviera marcada —dijo la Muñeca, siempre bajo supervisión de Mandra X, que contemplaba la escena como desde un pedestal, helándole a Rose la sangre con su silencio.

—Cuantos más signos victimarios posee un individuo, más posibilidades tiene de atraer el rayo sobre su cabeza. La frase no es mía —dijo Pro Bono—, es del maestro René Girard.

Rose escuchaba todo, y no decía nada. No se atrevía a mirar a Mandra X a los ojos pero no paraba de observar las líneas azules que le recorrían los brazos, y se preguntaba qué querrían decir. Serán venas, pensaba, venas tatuadas sobre las otras venas. Pero luego vio que cada línea tenía un nombre, un nombrecito escrito paralelamente en letra diminuta, como en los mapas, y aunque no pudo leerlos, porque hubiera tenido que ponerse las gafas, recordó que María Paz contaba en su escrito que el enjambre de líneas azules que le recorría el cuerpo a Mandra X era la red hidrográfica de Alemania.

—La teoría del rayo es cierta, los hay por ahí con el rayo en la cabeza —me dice Rose y me habla de Luigi, un niño de su vecindario durante la infancia.

Ese Luigi, flaquito y unos años menor que él, era a todas luces una víctima reconocible, un pobre cagón, un mocoso triste a quien su mamá le gritaba y le pegaba. Y Rose también, claro que Rose también, no era sino oír llorar a Luigi para que se despertara en él una vocación de crueldad que antes no conocía, al caído caerle, algo así, una rara exacerbación, o mejor decir excitación, que tomaba posesión de su persona cada vez que oía chillar a Luigi. Y eso que Rose jamás había sido un *bully*, más bien todo lo contrario, los matones del colegio se habían burlado de él hasta el cansancio, Rose podía hacer suyas las palabras que al respecto había dicho Obama, *I didn't emerge unscathed.* Y sin embargo una pulsión casi sexual lo había llevado a patear a Luigi, a hacerlo berrear, a contribuir él también a joderlo simplemente porque ya estaba jodido, simplemente porque su madre, al golpearlo, se lo había regalado, poniéndolo a disposición de su superioridad. Luigi era un *loser*, un despreciable sufridor, y Rose sentía que maltratarlo era lícito y además inevitable: sus lloriqueos eran una invitación a la maldad.

Las demás presas creían que María Paz convocaba a la desgracia con su propensión a bajar la guardia, con su manera de refugiarse en un repetido no sé, no recuerdo, no entiendo, y con su forma púdica de estirarse la falda del uniforme, como si le quedara corta. Las internas antiguas se decían entre ellas, ésta tiene cara de mártir y está regalada: un juicio en el que casi nunca erraban. Manninpox reconocía a las débiles, a las perplejas, a las derrotadas. Y se aprovechaba de ellas. Se les bebía la sangre. Y en el caso de María Paz eso no era del todo metáfora: su sangre goteaba caliente sobre esas piedras heladas.

Al principio María Paz vivía en las nebulosas y era incapaz de contarse a sí misma su propia historia, incompetente a la hora de juntar las piezas del rompecabezas para armar un todo. Durante sus primeras semanas en Manninpox, ni siquiera lograba dilucidar cuál había sido su punto de quiebre. Hablaba de sus propias cosas como si le hubieran ocurrido a otra persona. La primera vez que Mandra X conversó con ella en privado, María Paz se quejó de que no le habían dado pantis. Al ingresar a la prisión, cuando le quitaron su ropa y le suministraron el uniforme, no le habían dado pantis. La dejaron sin ropa interior y eso la mortificaba horriblemente, se quejaba de eso como si fuera su drama único y principal, andar por ahí sin pantis, expuesta y violentada. Tal vez con pantis esta mosca muerta vuelva a ser persona, había pensado Mandra X, y le había conseguido dos pares, para que pudiera lavar uno mientras usaba el otro. Eso pareció calmar un poco a la novata, que venía de aguantar mucho; después de un careo a los sopapos, la habían confinado en el calabozo por varios días, vaya a saber cuántos, la propia María Paz no lo sabía, había perdido la cuenta. Se comprendía que anduviera turulata después de lo que había soportado, pero se iba a hundir si no reaccionaba.

—Ni siquiera le informaron del asesinato del marido, y si le informaron, ella no registró el dato —me dice Rose—. Tuvo que contárselo Pro Bono, más de un mes después de ocurrido.

—¿Usted sabía, abogado, que María Paz estaba preñada? —le preguntó la Muñeca a Pro Bono—. No lo sabía, ¿cierto? Embarazada, ¿entiende? O cómo quiere que se lo digamos, con humo en la cocina, cargada, con el muñequito adentro. ¿Boquiabierto con la noticia? Pues sí, estaba putamente preñada, *fucking pregnant.*

—En realidad no lo sabía —reconoció Pro Bono después de unos segundos de silencio, y por su tono Rose supo que no haber estado al tanto lo hacía sentir mal—. Ella nunca me lo dijo.

Ah, no, qué le iba a decir, si María Paz nunca dice nada, y menos si le duele. Pero así era, estaba preñada. Aunque de eso hablara poco, porque era incapaz de reconocerlo, incluso de reconocerlo ante sí misma. Según la visión que de ella se tenía dentro de la prisión, María Paz era un manojo de confusión, un jodido nudo de nervios. Cada vez menos, eso se lo abonaban, poco a poco se había ido despertando, agarrando cancha, porque en Manninpox la que no espabila va al muere, camarón que se duerme se lo lleva la corriente, pero al principio la veían como una nena, pura negación y tembladera.

—Supongo que usted tampoco sabe que ella perdió el crío durante la paliza que le dieron los del FBI —le dijo la Muñeca a Pro Bono—. Ni idea, ¿cierto? ¿Y sabía que la hemorragia le empezó por eso? No, usted no lo sabía. La princesa esas cosas no las cuenta. Porque duelen. Entonces mejor cerrar la boca.

Mejor no contar, por ejemplo, que las guardias ya ni toallas sanitarias querían darle, echándole en cara que había agotado su cuota de Kotex y la de todo el pabellón. Pero María Paz era de las que creían que bastaba con no mencionar las cosas para que no hubieran pasado.

—Tonto yo, no haberlo sospechado —me dice Rose—. María Paz bien podía haber estado embarazada, claro, con tanta actividad de catre y tanto novio. Y sí, claro, la golpiza que le dieron cuando la detuvieron tenía que haberle ocasionado un aborto, todo era tan de cajón, cómo no haberlo intuido. Creo que debió dolerle ese niño malamente abortado vaya a saber en qué sótano de qué comisaría, en manos de qué sádicos. Ella, tan incapaz de formular un raciocinio del tipo es culpa de ellos, los que me maltrataron, conozco bien el cuadro, también yo pertenezco a esa familia. Ella debió hacer de ese hijo malogrado un nuevo motivo de golpes de pecho, una cantinela de por mi culpa, por mi culpa mi hijo no pudo nacer, por mi culpa no pude ser madre, por mi culpa mi hijo no era de Greg sino de Joe, o al revés, por mi grandísima culpa no era de Joe sino de Greg.

Rose dice haber caído en cuenta de una característica general del manuscrito de María Paz: se detiene en lo inmediato o se extiende en el pasado, dejando en el aire, como una neblina, lo más comprometedor y complicado. Pero claro, también podía ser que María Paz sí hubiera hablado sobre su embarazo, y que ese fragmento se hubiera perdido con las páginas faltantes.

—¿Usted sabía, abogado, que como la hemorragia no paraba, a María Paz la enviaron a un hospital adjunto a Manninpox, donde le hicieron un legrado? —seguía preguntándole la Muñeca—. Un dizque legrado, señor, así lo llamaron. No, usted no lo sabía, María Paz no se lo contó; ella no es capaz de representar el cuadro completo, ella ve su propia vida llena de huecos, como un jodido queso gruyère. La gente piensa cosas, ¿cierto? La gente tiene ideas. Iniciativas, que llaman. Y al hijo de este señor aquí presente, al profesor Rose, se le ocurrió poner a María Paz a escribir sus cosas. Para que tomara conciencia, que llaman. Ingenuo su hijo, señor Rose. Buena persona, pero inocente.

—Mi hijo era un excelente profesor y aquí hizo lo que pudo —saltó Rose, que ante la ofensa a su muchacho dejó a un lado la inhibición.

Los problemas de María Paz no habían parado ahí. Según la Muñeca, o según Mandra X a través de la Muñeca, la atención médica que se les prestaba a las internas de Manninpox era un oprobio, sobre todo la ginecológica. Las presas enfermas eran trasladadas al pabellón especial de un hospital público cercano, donde por supuestas medidas de seguridad, se las segregaba en un ala custodiada y se las encadenaba a un catre. Se las obligaba a esperar horas, o días, y finalmente se las atendía con la zurda, sometiéndolas a un diagnóstico burdo y a tratamientos inadecuados. Nadie se preocupaba por explicarles nada. ¿Qué padecían? ¿Qué medicinas les estaban dando? De eso la propia presa nunca se enteraba; actuaban sobre ella como si fuera un objeto. Con María Paz no habían hecho excepción. Le practicaron un legrado y aparentemente se recuperó, la sangre paró y ella fue devuelta a su celda. Pero un par de semanas más tarde la hemorragia reapareció, aunque no tan fuerte como antes. Pero cada día aparecían en su ropa interior manchitas color granate, como recorderis de que el daño seguía estando adentro. Mandra X la presionaba para que se concentrara en el juicio que la esperaba, que se preparara, que repasara los argumentos de su defensa, que tuviera clara la cronología de los hechos, que no cayera en contradicciones, que no agachara la cabeza. Pero María Paz se negaba a aterrizar, se hacía la loca y se perdía en sueños ajenos a la evidencia, fantasías sobre esa casa con jardín que según decía iba a comprar.

Rose me comenta que el retrato de María Paz que le pintaron en la cárcel no lo convenció del todo, le pareció que esas mujeres no acaban de entender su psicología. Por ahí no es la cosa, me dice. A raíz de lo que había leído, creía saber un poco cómo era ella, aunque por supuesto en Manninpox no se atrevió a contradecir, porque no toreas a un par de dragones si los tienes enfrente. De María Paz no debías esperar ideologías, creía Rose; no había que censurarla porque no fuera combativa, ni altiva, ni echada para adelante, como seguramente esperaba Mandra X de sus militantes. María Paz se las arreglaba con otros métodos, según Rose más discretos, pero no menos eficaces. La necesidad tiene cara de perro, reconocía ella misma en su escrito, y Rose empezaba a entender que precisamente en eso debía de consistir su código personal de conducta. Él conocía bien a los perros, había podido observar su manera peculiar de ir supliendo poco a poco las carencias con dosis infinitas de humildad y paciencia, y al mismo tiempo con una astucia y una convicción que los convertían en los más listos de los animales. Así iba María Paz por la vida, sin hacerle el asco a nada y al mismo tiempo sin morder ni ladrar, o sea sin declaraciones ni aspavientos, más bien avanzando en diagonal. Con nadadito de perro. Rose había visto nadar a sus perros. No sería crol, ni mariposa, ni espalda, sino un meneo sin estilo, apenas el necesario para avanzar manteniendo la cabeza fuera del agua, pero tan efectivo y perseverante que les permitiría cruzar el Canal de la Mancha si les diera la gana. A María Paz, Rose la adivinaba en las antípodas de la actitud retadora y guerrera de una Mandra X. La veía pragmática, comedida, acostumbrada a no pedir más de la cuenta, a no exponerse más de lo necesario, a moverse más bien por debajo de cuerda, lenta pero segura, ocupándose de cada cosa a la vez, sin desgastar sus neuronas en filosofías ni dilemas. Mandra X era una agitadora, una líder, una rebelde con causa. María Paz no. Una sobreviviente, había dicho ella misma con respecto a Bolivia, su madre, y Rose pensaba que otro tanto podría aplicársele también a ella; también María Paz era una sobreviviente, y a lo largo de su vida debía de haberse vuelto experta justamente en eso, en arreglárselas para sobreaguar sin hacer olas, como los perros.

Un día habían ido las guardias por María Paz a la celda, para llevársela hacia los tribunales. Había llegado el momento decisivo del juicio. Mandra X la había visitado minutos antes y la vio echándose bendiciones y rogándoles a los santos que le devolvieran la libertad para poder ir por su hermana Violeta. A la mierda los santos, le dijo Mandra X, déjate de rezos y olvídate por ahora de esa Violeta, la que debe salvar el pellejo eres tú, ve allá a romperle la madre a los malparidos que te tienen presa, los santos no tienen nada que ver en esto, aquí la cosa es confiando en tus propias fuerzas. Y cuando María Paz se alejaba ya por el pasillo hacia el autobús que iba a conducirla, encadenada como Houdini, a la sala de audiencias, Mandra X todavía alcanzó a gritarle una cosa más: vas a salir de aquí porque eres inocente, ¿me oyes?, eres inocente y vas a salir libre.

Pero no había sido así. María Paz había regresado a su celda con una condena de quince años a cuestas. Unas semanas después, la tragedia se aliviaba un poco, cuando Pro Bono solicita ante el Tribunal Superior la anulación del juicio, que según sus palabras, no había asegurado el derecho a una correcta defensa. Puesto en palabras de Rose, había sido una mierda de juicio, una parodia infame, una secuencia de canalladas. ¿Y qué sucede? Pro Bono logra su cometido y el tribunal dicta la orden de reposición. Es invalidado ese juicio, y a esperar hasta el nuevo. Borrón y cuenta nueva, aquí no pasó nada, volvemos a empezar. Pro Bono solicita que entre tanto se le conceda libertad condicional a su defendida, pero en eso no tiene el mismo éxito y su petición es denegada. María Paz debe permanecer en prisión; Manninpox va a mantenerla resguardada para evitar una posible evasión.

Por esa época se opera el mayor cambio en ella, y sus compañeras de prisión presencian cómo de adentro le va surgiendo otra persona. La ven ir madurando, fortaleciéndose, alejándose de la María Paz despistada y derrotada que se había enfrentado al primer juicio en condiciones lamentables de entrega e indefensión. El apoyo de Pro Bono y la solidaridad de Mandra X, sumados a la expectativa de una segunda oportunidad, le infunden presencia de ánimo, energía y hasta sentido del humor. Se duerme en las noches con la esperanza de ser declarada inocente y se despierta en las mañanas con la sensación de que a la vuelta de la esquina está su libertad. Le da por leer todo lo que cae en sus manos y se entusiasma con el taller de escritura de Cleve. Sólo de tanto en tanto le viene un bajonazo, lo que las internas latinas llaman causa, sobre todo cuando su hermana Violeta se niega a pasarle al teléfono. Por lo demás, María Paz permanece activa y de buen ánimo, y se la pasa consultando el diccionario, aprendiéndose las conjugaciones de los verbos y las reglas gramaticales, empeñada en mejorar su inglés escrito para dejar testimonio de lo que ha tenido que vivir.

Pero no todo está saliendo a pedir de boca. El Tribunal Superior, que debe determinar la fecha para el inicio del nuevo juicio, la aplaza una y otra vez. ¿Por qué razón? Rose no entiende bien, Pro Bono ha tratado de explicarle una serie de razones que él sería incapaz de repetir, la minucia se le escapa. El problema tiene que ver con trabas legales, con putadas del fiscal, con condiciones insuficientes, con ires y venires en las negociaciones entre Pro Bono y la parte acusadora. Los meses van pasando y el nuevo juicio se va convirtiendo en un espejismo. Y aunque la mente de María Paz aparentemente resiste la incertidumbre y la tensión que aquello implica, no sucede lo mismo con su cuerpo, que empieza a fallar de nuevo. María Paz somatiza el asunto, y la hemorragia, que reaparece más fuerte que antes, va minándole severamente el ritmo vital.

Mandra X y las Nolis intentan lo poco que está a su alcance para detenerle el quebrantamiento definitivo, remedios caseros que ante la anemia crónica resultan desesperados e insuficientes, cosas como relajamiento con yoga, alimentos frescos, ocho a diez vasos de agua diarios, té de hierbas aromáticas, suplemento de hierro, supresión del café, baños fríos de asiento.

—A muchas internas todo eso les sonaba a babosada y preferían otros métodos —les dijo la Muñeca—. Me refiero a hechizos, supersticiones, esas huevonadas.

Unas se iban por la magia blanca y otras por la magia negra, de todo se daba ahí dentro: candomblé, vudú, conjuros, palo mayombe, misas y hasta exorcismos, un aquelarre completo según la Muñeca. Mandra X le hacía la guerra a esas fantasías porque todo lo irracional le repugnaba, nada de rezos ni de sahumerios ni de velas encendidas a las vírgenes y a los santos, a todo eso le tenía casada la guerra. Pero el ambiente estaba caldeado. El pabellón había aprendido a apreciar a María

Paz. Algo tenía esa niña que le permitía ganarse a la gente, era una seductora natural, y empezaron los rumores de que Mandra X la estaba dejando morir. Y según la Muñeca, la propia Mandra X reconocía que de alguna manera era cierto, lo suyo eran paños de agua tibia para la gravedad de la enfermedad. Como iban, iban mal.

Entre las latinas había una vieja, Ismaela Ayé, que se coronaba como reina madre de cuanta brujería. Era la única que había ingresado a Manninpox antes que Mandra X, o sea que las dos rivalizaban en antigüedad, y también en lo demás: enemigas declaradas desde el primer día. Pero esa Ismaela Ayé llevaba ya años en retirada. Según su propia versión, su declive había empezado cuando las guardias le decomisaron un tarro con tierra santa, una tierra del Gólgota, aseguraba, que era su fuente de poder sobrenatural.

—Pendejadas —dijo la Muñeca—, a Ismaela Ayé la había ido arrinconando Mandra X, ésa es la verdad, a ella y a toda la superchería tercermundista, a todo el catolicismo de caverna y demás devociones de pacotilla, qué tarro ni qué tarro, qué tierra del Gólgota ni qué niño envuelto, Mandra X había empujado a Ismaela a un lado, convenciendo a las demás de tomar conciencia, de actuar racionalmente, de no dejarse joder ni por la autoridad, ni por su propia ignorancia.

Con la crisis de salud de María Paz, Ismaela se vuelve a crecer, a ganar presencia regando chismes contra Mandra X, convirtiéndose en la fuente de la maledicencia y haciendo que de su celda salgan especies, como que una asesina de sus propios hijos no puede entender el valor sagrado de la sangre. Ismaela Ayé se arranca a citar el Éxodo y los Hebreos para inculpar a Mandra X, y aprovecha las circunstancias para ir promoviendo la gloria de la sangre vertida, la sangre del Calvario que cae en copa celestial y otras extravagancias por el estilo, que en el fondo tienen acogida y quedan sonando por el pabellón.

A su vez, Mandra X sabe que por ahora lleva las de perder, porque la crisis de María Paz pone en evidencia sus limitaciones. Las demás internas la juzgan, dudan de sus resultados, esperan el desenlace. A lo mejor Mandra X podría afianzarse de nuevo en la supremacía deshaciéndose de Ismaela Ayé, difícil no le quedaría, bastaría con un capirotazo, si la vieja es apenas un manojo de huesos envueltos en pellejo reseco. Pero el tiro saldría por la culata, sería como admitir la derrota, así que Mandra X opta por una línea conciliatoria y trata de apaciguar a Ismaela. Pero entienda, abuela, le dice, entienda que esta María Paz no es ningún Jesucristo, es apenas una criatura enferma. Pero la vieja no cede, sabe que lleva la sartén por el mango. Nada que hacer, las teorías de Mandra X y las prácticas de las Nolis sobre el dolor como redención y las heridas como consigna suenan mal ante el hecho real de que María Paz se les está muriendo. Mandra X queda entre la espada y la pared: entre la negligencia de las directivas de la cárcel y el fanatismo que se desata entre las internas. Ha tenido que ablandarse hasta el punto de recetar tés de hierbas, ejercicios de yoga y baños de asiento, y eso va minando su imagen y su ascendiente. En cambio la popularidad de la vieja Ayé sigue en ascenso y el pabellón de latinas abre los oídos a sus sermones, que aseguran que todos somos Cristo y toda sangre es sagrada, que si con sangre Moisés roció el libro, que si la sangre de Yemayá viene de las sombras, que si el cordero selló el pacto, que si el sacrificio abre las puertas de no sé qué y no sé cuánto. Una mezcolanza grotesca, les dijo la Muñeca a Pro Bono y a Rose, esa Ismaela tenía el cerebro reblandecido y ya no se acordaba de nada, todo lo revolvía y lo juntaba, lo que no sabía, se lo inventaba, y lo que no inventaba, se lo soñaba. Y sin embargo, de la noche a la mañana había logrado venderle sus cuentos a muchas, arrastrándolas a una borrachera de supersticiones y de esperanzas sobrenaturales.

—Un retroceso de décadas —dijo la Muñeca—, una vuelta a la jodida Edad Media, eso era lo que se vivía en el pabellón. María Paz moribunda en el centro de la atención y Mandra X impotente, mirado cómo la chica se le moría en las manos y sin poder hacer nada, porque todos sus recursos estaban agotados.

María Paz cada vez peor, física y moralmente. Mandra X la veía entregada, hablando sin parar de su hermana Violeta con una sonrisa bobalicona en los labios, como si ella misma fuera la primera en comprender que lo mismo daba, porque ya a esas alturas ni el divino putas podía salvarla. Hasta que la presión había llevado a Mandra X a ceder, y tuvo que permitir que Ismaela Ayé tomara posesión de la enferma y practicara sus trucos en ella.

—Dejar que la vieja intentara lo suyo —dijo la Muñeca—, ése fue el último recurso de Mandra, ya no podía hacer más.

Lo primero que ordena Ismaela es que bajen a María Paz del camastro al suelo y la coloquen en cruz. Bocarriba, el cuerpo recto y extendido, los brazos perpendiculares al torso. Para cruzarle la suerte, ésa es la fórmula que la vieja se saca de la manga porque, según ella, la cruz es un umbral, una puerta, un cruce de caminos, y ante el poder de la cruz, la mala suerte tuerce su rumbo, agarra para otro lado y deja de cebarse en la víctima. ¿Y le funcionó el método?

—Funcionó, cómo no, funcionó para la puta mierda —dijo la Muñeca—. A la media hora de estar ahí, extendida en el suelo, a María Paz le da un patatús y se truena. Cae en estado comatoso y la vimos prácticamente muerta. No reaccionaba. Y a todas éstas la vieja, ¿arrepentida? ¿Haciendo confesión pública de su error y su ignorancia? ¿Reconociendo su culpa? Nada de eso. Ismaela Ayé seguía tranquila, orgullosa, diciendo a diestra y siniestra que sus métodos habían empezado a surtir efecto, que la mala suerte de María Paz había quedado truncada y que de ahora en adelante se encauzaría por buen rumbo. Mandra X la encaraba, ¡pero si la mataste, vieja podrida! Pero ella como si nada, asegurando campante que así tenía que suceder, primero la enferma tocaba fondo para luego empezar a ascender, a salir del pozo; tenía que vislumbrar las tinieblas para luego regocijarse en la gloriosa luz del Todopoderoso. Ése era su discurso. Y María Paz como muerta.

Cómo sería la cosa, que la dirección de la cárcel por fin reaccionó; no tuvo más remedio que trasladarla otra vez al hospital, esta vez en coma. A los cinco días, María Paz regresa caminando por sus propios pies. Ha superado el coma, y aunque viene demacrada, está viva y despierta, y hasta sonriente, y les cuenta a las demás que le han inyectado antibióticos y antiinflamatorios en dosis para caballos. Y sólo pasan cuarenta y ocho horas a partir del momento de su regreso del hospital, cuando le sucede la cosa más inesperada: sin dar razones ni explicaciones, la dirección de la cárcel le notifica que el tribunal le ha concedido la libertad condicional hasta el nuevo juicio. Puede irse para su casa.

Dicho de otra manera: le han concedido a María Paz el beneficio de llevar su juicio en libertad, algo que rara vez sucede, salvo si se dan condiciones extraordinarias, como cuando se trata de un preso notable que esté en la mira de los medios por su prestigio o arraigo en la comunidad. O de un individuo considerado de conducta intachable, y, sobre todo, de alguien que demuestre solvencia y ofrezca garantía económica. María Paz no cumple con ninguno de esos requisitos, su perfil es todo lo contrario. Y sin embargo, le notifican que puede salir.

¿Irse? ¿Para su casa? Sí, para su casa. ¿Podía salir de Manninpox, libre de polvo y paja? Tanto como eso, no. Le conceden libertad condicional y queda bajo régimen vigilado hasta el nuevo juicio. Pero puede salir, irse, *out*, patas pa qué te quiero. María Paz no puede creer lo que oye, cómo es posible que de repente le vengan con semejante noticia. Que recoja sus cosas inmediatamente, le ordenan. Son las siete de la noche y las internas ya están recluidas cuando las guardias la apuran para que salga de allí. Pero ella no reacciona. Se sienta en su catre, los pies descalzos en el piso de piedra, y se queda ahí, con la mirada atónita, envolviéndose en su manta como si fuera un escudo.

—¡Que te vayas, carajo! —le grita Mandra X desde la celda de enfrente—. ¿Acaso no oyes? Te están diciendo que sales.

—Pero cómo así. —María Paz no entiende nada. No siente nada. Y si algo siente, es pánico. No se atreve a moverse, como si se tratara de una trampa para declarar su fuga y pegarle un tiro por la espalda.

—No preguntes —le dice Mandra X—, no preguntes nada, sólo lárgate.

María Paz medio se viste, algo empaca en una caja que le han dado, no alcanza a recoger todas sus cosas, se le quedan los recortes que ha pegado a la pared, no le dan chance de recuperar las pertenencias que le ha prestado a las otras, no le permiten despedirse, darle un abrazo a nadie. La sacan por el corredor, azorada por la noticia y sostenida en pie por la tanda de remedios que le han inyectado. Ella voltea la cabeza para mirar atrás, como preguntando, o suplicando; como si más que a la libertad, la llevaran a alguna clase de castigo. Al verla pasar, sus compañeras de cautiverio se alinean contra las rejas de sus respectivas celdas y aplauden. Aplauden a su paso. Primero tímidamente, unas pocas. Después todas, en una ovación cerrada. *You made it!*, le gritan. ¡Lo lograste! ¡Los jodiste! *You made it, kid!*

Con respecto a la manera particular en que María Paz habría vivido ese momento inesperado y decisivo de su vida, el instante fulminante en que le abren las rejas y le anuncian váyase, Rose cree que aquello tuvo que ver con la palabra «despertar». En su escrito, ella repetía una y otra vez que todo el capítulo de su encarcelamiento no era real, sino más bien una alucinación, un paréntesis improbable que tarde o temprano tendría que cerrarse para que la normalidad pudiera seguir su curso. Rose me dice que, a su entender, justamente por eso ella nunca había llamado desde la cárcel a sus amigas, a sus compañeras de trabajo en las encuestas de limpieza, a las que consideraba cómplices y confiables. No las llamó, ni siquiera las puso al tanto de su situación, para no difundir la alerta ni centrar la atención en ese episodio para ella ilusorio y pasajero. Día tras día, ahí en Manninpox, hora tras hora, María Paz había estado esperando que la pesadilla terminara. Si de repente y a cuenta de nada la habían arrancado de su casa y llevado presa, así también, de repente y a cuenta de nada, le avisaban de que quedaba libre y podía volver a casa. Pese a que la libertad que le ofrecían era frágil, porque el verdadero juicio seguía pendiente, ella debió vivir el instante como el fin de la pesadilla, el tan esperado instante del despertar. Rose me hace notar que así es como suceden las cosas en los sueños: arbitrariamente, repentinamente, sin secuencia lógica, sin causa ni consecuencias. Simplemente así.

A partir del día en que María Paz salió de Manninpox, pasaron varios meses sin que Mandra X y sus Nolis volvieran a saber de ella. Hasta ahora. De nuevo tenían noticias, y las noticias no eran buenas. Por eso habían llamado a Pro Bono, y Pro

Bono a su vez había recurrido a Ian Rose, o más bien a Cleve Rose, y en su defecto había arrastrado a su padre. Y ahí estaban ellos, y Mandra X les anunciaba a través de la Muñeca que las noticias eran malas. Volvió a insistirles en que a las presas de Manninpox no les informaban sobre las enfermedades que padecían, no les mostraban los exámenes de laboratorio, si es que se les hacía algún examen, ni les decían cuál era su diagnóstico médico, si es que lo había, para no hablar de radiografías, si es que se las tomaban.

Y ahora llegaban al meollo de la historia. Hacía algunos días, a una cierta interna paralítica la habían dejado sola y desencadenada en la enfermería apenas unos minutos, suficientes para que ella le echara mano a la carpeta con su historial clínico, que por descuido habían dejado a su alcance. Rápidamente se sentó encima de la carpeta con los papeles y la sacó escondida en la silla de ruedas, debajo del trasero. Junto con su carpeta, se le habían venido otras cuantas, que pertenecían a otras presas, y una de esas carpetas fue a parar a manos de Mandra X; se la ofreció la presa paralítica a cambio de veinte dólares, porque sabía que le iba a interesar. Era el historial clínico de María Paz, que por casualidad se encontraba entre los demás. Mandra X había abierto aquel sobre y había encontrado un informe médico, mismo que ahora la Muñeca se sacaba del seno y se lo entregaba por debajo de la mesa a Pro Bono, pidiéndole que lo leyera, cosa que Pro Bono hizo y después se lo pasó a Rose.

—Y si las requisas son tan intensas —le pregunto yo a Rose—, ¿cómo fue posible que la Muñeca se escondiera ese informe entre el seno?

—Dicen que Neptuno está sembrado de diamantes —me responde—. ¿No le ha llegado ese chisme?

—Hasta donde yo sé, en Neptuno sólo sopla el viento —le digo.

—Pues ahora se sabe que en Neptuno hay montañas de diamantes.

—¿Y?

—Vaya usted a extraer un diamante de Neptuno, a ver si puede. Lo mismo sucede con los pechos de la Muñeca, que son como un par de montañas. Entre esas montañas puede esconderse cualquier cosa, que ahí nadie la encuentra.

Según ese informe médico, el cuadro del aborto de la interna 77601-012, o sea María Paz, no se había solucionado correctamente, y se había presentado en consecuencia una infección ascendente del tracto genital. Una endometritis por una práctica no aséptica al hacer el curetaje. Esa endometritis había sido tan grave que había producido un shock séptico, es decir una infección severa. La disminución del flujo sanguíneo, sumado a presión arterial baja, había llevado a la mala irrigación, a consecuencia de la cual los órganos vitales empezaron a funcionar mal, y era improbable que la paciente pudiera volver a quedar embarazada.

—Pero eso no es todo, todavía no han escuchado lo peor. Dentro del sobre venía también una radiografía. Una radiografía fechada. Según la fecha, fue tomada la última vez que María Paz pasó por el hospital, es decir pocos días antes de que la dejaran salir de Manninpox. Miren esto —les dijo la Muñeca, pidiéndole a Pro Bono el lápiz que tenía en la mano y dibujando algo sobre la tapa de la mesa—. ¿Qué ven aquí?

Rose trató de interpretar aquel dibujo pero no pudo saber qué era, apenas un garabato, una especie de vasija invertida con unos churumbeles a los lados, que le recordó a la boa constrictor que devoró un sombrero y que fue dibujada por Saint-Exupéry en *El principito*, el libro favorito de Cleve cuando niño.

—Qué es —insistía la Muñeca—. Digan qué ven aquí.

—¿Una mariposa? —preguntó Rose tímidamente.

—No. No es una mariposa. ¿Y usted, abogado? Díganos usted qué ve.

—Tal vez una... ¿flor? —aventuró Pro Bono.

—Es un útero, señores —dijo la Muñeca—. Aquí están los ovarios. Y aquí, a lado y lado, las trompas de Falopio.

—Estos dos confunden las trompas de Falopio con las de Eustaquio —dijo Mandra X y se rió, sobresaltando a Rose y Pro Bono, que se timbraron en su silla ante lo inesperado de esa frase, que de improviso rompía el gran mutismo de la sibila, y se quedaron pasmados ante lo incomprensible de esa risa, porque tan bueno no era el chiste. Según me asegura Rose, eso fue lo único que dijo Mandra X durante toda la entrevista, el solo aporte que produjo, que por alguna razón a ella misma le pareció cómico, y cuando abrió la boca para reírse, ahí fue cuando Rose pudo verle bien la lengua bífida, que aleteaba eléctrica allá al fondo de su cueva.

—¿Acaso no lo ven? —insistía la Muñeca—. Es un útero.

—Un útero, claro —dijo Rose, avergonzándose de su propia obsecuencia.

—Si eso es un útero, mi abuela es una bicicleta —dijo Pro Bono.

—Su abuela será bicicleta y su madre también, pero lo que les estoy mostrando es un jodido útero. El útero de María Paz. Y ahora fíjense —dijo la Muñeca, dibujando con el lápiz una cosita minúscula en medio del supuesto útero—. Miren aquí, donde les estoy señalando con la punta del lápiz. ¿Qué ven ahora?

—¿Un feto? —dijo Pro Bono.

—Ningún *fucking* feto.

—¿Un tumor? —preguntó Rose.

—Ni mierda de tumor. Es una pinza. Así como lo oyen. En la radiografía se ve perfectamente, ahí está la jodida pinza más clara que la *fucking* luz del día, pero la radiografía hubo que desaparecerla, a la dirección no le gusta que le saqueen su enfermería. Ahí en el útero, claritica, silueteada perfectamente, sin lugar a confusión, ahí se veía eso que les digo: una pinza quirúrgica. De las pequeñas, una cosita de nada, así en forma de U, una jodida U metálica, chiquita pero traicionera, matadora, ahí metida entre la cuchufa, jodiéndole a María Paz todo por dentro. Mírenla, pues. Aquí se las vuelvo a pintar. Esa pinza está en el útero de María Paz, y eso es lo que nos urgía decirle, abogado, para que se lo haga saber a ella. No puede andar más tiempo con eso adentro, porque eso debe de ser lo que la está desangrando.

—¿Y cómo diablos fue a parar ahí...? —preguntó Pro Bono.

—Cómo diablos fue a parar ahí —repitió la Muñeca—. Ésa es la pregunta. ¿Cómo cree que fue a parar ahí? A ver usted, señor —le dijo a Rose—, dígame usted, cómo fue a parar ahí la pinza. ¿Ni idea? Pues al principio nosotras tampoco entendíamos. Nos costó hacernos una composición de lugar, que llaman, hasta que Mandra X logró armar la secuencia completa.

Según la cronología que expone la Muñeca, María Paz sufre un aborto involuntario a raíz de su detención, y los bestias de Manninpox la llevan al hospital para hacerle un legrado. Se lo hacen mal, con negligencia, y luego vienen todos esos meses de hemorragia intermitente, que se van agravando hasta que ella entra en coma. Ahí se la llevan de nuevo al hospital y la devuelven antes de una semana sin haberle hecho mucho, aparte de un bombardeo masivo de antibióticos que detienen temporalmente el proceso infeccioso. Porque aunque no se lo dicen, además le han tomado una radiografía... y en la radiografía descubren la pinza. La pinza que ellos mismos le habían dejado adentro, por desidia, por descuido, meses atrás, cuando le practicaron el legrado. ¿Qué hacer? Pues operarla y sacarle ese objeto que la está matando, que es el origen de sus males y que lleva meses ahí dentro por estupidez de ellos; eso tendrían que haber hecho, porque eso hubiera sido lo lógico. Pero en Manninpox nada es lógico, o lo es según una lógica infame. En ese momento María Paz ya está tan mal, en estado tan crítico, que ellos deben haber calculado que podría quedárseles en la operación. ¿Y cómo iban a justificarlo?

Cuando la detuvieron y la interrogaron, la habían maltratado hasta hacerla abortar, le habían practicado descuidadamente un legrado dejándole adentro una pinza, y ahora se les podía morir en la mesa de operaciones cuando trataran de sacársela. Y aun en el caso de que no se les muriera, estaban expuestos a una denuncia y a un escándalo. Y ante eso, ¿qué hacen las autoridades de la cárcel? De alguna manera arreglan la cosa con la justicia y la dejan ir. La dejan en libertad. Ésa es la solución que encuentran. Si se va a morir, o si pretende denunciar, pues que sea por fuera, cuando la responsabilidad no les caiga encima a ellos.

—Por eso sale María Paz de Manninpox —dijo la Muñeca—. Por eso estos hijos de puta la dejan salir. Para que no se les muera aquí adentro.

—Y yo que estaba por creer que el milagro lo había hecho la cruz de Ismaela Ayé... —dijo Pro Bono, pero nadie se rió.

—El milagro lo hizo la pinza, señor... —lo aleccionó la Muñeca.

—Pues sí —dijo Pro Bono—. La pinza es la única explicación.

—Tiene que buscar a María Paz —le dijo la Muñeca—. Ella tiene que saber esto y hacerse operar de inmediato.

—Va a estar difícil —suspiró Pro Bono.

—Arrégleselas, abogado. Desde aquí adentro no es mucho lo que nosotras podemos hacer. La vida de María Paz está básicamente en sus manos.

Con la vida de María Paz básicamente en sus manos, como había sentenciado la Muñeca: así salieron esa mañana Rose y Pro Bono de Manninpox.

—Es prácticamente imposible —dijo Pro Bono.

Imposible y todo, no les quedaba más remedio que encarar la tarea inmediatamente, o al menos proponérselo, como mínimo empezar por discutir sobre posibles contactos, proponer lugares, buscar alguna manera de hacerle llegar el mensaje. Pero a ninguno de los dos se le ocurría mucho; nada distinto a recurrir a la señora Socorro de Staten Island.

—Habrá que intentarlo, aunque sea una vieja mentirosa —dijo Rose—. Tal vez María Paz haya vuelto donde ella...

Todavía le dolía la mano que la Muñeca le había triturado cuando se despidió, y Rose se la llevó a la nariz para olfatearla, esa vieja maña suya que Edith le criticaba tanto, la de olerse la mano después de estrechar la de alguien. De parte de Mandra X no había habido despedida de mano; ni siquiera había habido despedida. Así como no les habló, así tampoco se les acercó en ningún momento. Cuando consideró terminada la entrevista, se paró y se salió del recinto tal como había penetrado en él, solemne, imponente, impenetrable y apestosa, como la Reina de Saba.

De pronto le cayó encima a Rose un gran cansancio, y le propuso a Pro Bono que fueran a su casa, a pocos minutos de allí, para comer algo y reposar antes de regresar a Nueva York, así de paso él podía saludar a sus perros y chequear que estuvieran bien. Pero Pro Bono prefirió tomarse un café en el Mis Errores; no tenemos tiempo, dijo.

—¿Y si ponemos un aviso en los diarios? —sugirió Rose.

—¿Ah, sí? —se burló Pro Bono—. ¿Algo así como «Tienes una pinza adentro, nena», en los titulares del *New York Times*?

Y ahí Rose estalló. Si querían contar con él, iban a tener que empezar por explicarle. ¿Qué diablos había pasado con María Paz? ¿Por qué no podían encontrarla? ¿Qué había sucedido en ese juicio? Rose no iba a mover un dedo hasta que no le aclararan, ahí había algo demasiado raro, dijo, algo definitivamente confuso y turbio, a él no iban a seguir tomándole el pelo. O le explicaban, o estaba fuera.

—Y le vamos a explicar, Rose, por supuesto que sí —le aseguró Pro Bono, palmeándole la espalda—. Tiene toda la razón, si usted va a estar involucrado en esto, merece todas las explicaciones del caso. Y todo se lo vamos a aclarar, bueno, en la medida en que yo mismo lo tenga claro, que tampoco es gran cosa. Pero sí, tranquilícese que yo le explico, sólo que con calma, amigo, tiene que ser poco a poco. Vamos por partes, como dijo el descuartizador. No pretenda que le despache en dos frases lo que es toda una historia endemoniadamente complicada. Primera aclaración: si vamos a buscar a María Paz, tiene que ser con una discreción absoluta. De lo contrario le hacemos un gran daño. Nada público, nada ruidoso. Tenemos que hallar la manera de que sólo ella reciba el mensaje.

—Eso no es ninguna aclaración —protestó Rose—, eso es una advertencia.

—De acuerdo. Vamos a intentarlo de nuevo. Pero coloquémonos in situ. Hay que ambientar este asunto. Vamos a ver: son las once y diez de la mañana, todavía hay tiempo. Hágame un favor, Rose, lléveme un momento en su carro a un lugar que debe estar por aquí cerca —pidió Pro Bono, y le pagó el par de cafés al dueño del Mis Errores.

»¡Oríllese aquí, a la izquierda! —le ordenó a Rose al poco rato, ya entre el carro y de camino.

—¿Dónde?

—Aquí, en este motel. Sólo un momento. Creo que sí, éste era. ¿A ver? Déjeme ver... Sí, éste debió ser. Blue Oasis Motel, ya está, no recordaba el nombre, no sé cómo pude olvidarlo. Blue Oasis, ya está, eso era todo.

—¿Necesita baño? ¿Quiere comer algo?

—No, hombre, no. Devuélvase, lléveme otra vez a Manninpox.

—No entiendo qué estamos haciendo.

—Le estoy aclarando, ¿no era eso lo que quería? Por ese Blue Oasis Motel pasé con María Paz cuando la soltaron de Manninpox. Yo era el único que la esperaba a la salida de la cárcel, ¿sabía eso? Yo. El único.

Estaba lloviendo la tarde en que a María Paz le dieron el alta, y Pro Bono ya llevaba un buen rato esperándola en su coche. Le habían anunciado su salida para las cinco, él ya había cumplido con todo el papeleo, se había hecho oscuro y todavía nada. Los guardias de la entrada iban envueltos en capotes de caucho negro y se movían como sombras contra los haces de luz, proyectando siluetas blancas sobre el pavimento mojado. Resguardado entre su Lamborghini y a la luz de una linterna de lectura de recarga solar, Pro Bono trataba sin éxito de entrarle a la última novela de Paul Auster. Nunca antes había estado en Manninpox después de las tres o cuatro de la tarde y no conocía la dimensión sobrenatural que adquiría la prisión en el silencio inmenso de la noche. Las figuras encapuchadas se le antojaban frailes, y la mole de piedra un monasterio macabro. Ya iban a dar las ocho cuando se abrió una pequeña puerta lateral. Y entonces la vió salir, solitaria y frágil bajo la negrura emblanquecida por los reflectores.

—Fue un momento bastante inolvidable —le confesó a Rose—. La vi acercarse por entre los miles de gotas de agua que soltaban destellos al atravesar los haces de luz, como si sobre ella estuviera cayendo confeti de plata.

Ya con ella a su lado dentro del coche, Pro Bono le pregunta si le gustaría ir a cenar para celebrar su libertad. Ella no lo escucha, tampoco lo mira, parece tener todos los sentidos cerrados salvo el tacto, y pasa la yema de los dedos por las superficies como reconociendo la textura de un mundo blando, amable, tibio, ya casi borrado de su memoria. Pro Bono le repite la pregunta y ella asiente con la cabeza. Pero así no, dice, no quiere llegar a Nueva York toda mojada y oliendo a cárcel. Entonces él le propone parar en un motel de la carretera para que se bañe y se arregle un poco, no va a tomarles más de veinte minutos, alcanzan a llegar a la ciudad para una bonita cena de medianoche. Pero lo que ella de verdad quiere es pegarse un buen baño, echarse encima una catarata de agua caliente que le despeje la pesadilla, que la bautice de nuevo, la limpie, le saque de encima todo ese montón de cárcel; que no le quede encima ni una sola partícula de Manninpox, ni siquiera entre las uñas. Y como si de pronto recuperara la voz, se suelta a decir cosas, a ella misma le da risa estar hablando tanto, más que secuestrado recién liberado, dice recordando un dicho de su tierra. Le confiesa al abogado que no ve la hora de encerrarse en un baño, lleva meses duchándose en montonera y en este preciso momento lo que más anhela en el universo mundo es encerrarse en un baño limpio, sumergirse en un buen poco de agua caliente, sin ojos encima que la anden morboseando ni guardias que la anden chuzando, y diciéndole adiós para siempre a ese triste hilito de agua destemplada al que tenía derecho apenas dos veces a la semana, con la espalda adherida al frío del baldosín. Qué dicha no tener que bañarse nunca más como el hombre araña, o sea pegada a la pared. Quiere en cambio agua caliente y nubes de vapor, y luego secarse con buenas toallas, grandes y afelpadas, y poder tirarlas al suelo y pisarlas, toallas blancas y sin huecos, suaves, grandes, secas, sobre todo eso, que no estén húmedas, no puede creer que en el mundo exista una cosa que se llama toallas secas. Dice también que le gustan los frasquitos de champú, de acondicionador y de crema que hay en los baños de los hoteles. Así que paran en uno cualquiera, el primero que se les atraviesa en el camino.

—El Blue Oasis Motel... —dijo Rose—. Para usted era importante recordar el nombre, ¿no es así, abogado?

—Decisivo. Cosas fuera de serie suceden en los moteles, amigo. Nabokov hace que Humbert Humbert lleve a Lolita a uno que se llama The Enchanted Hunter. ¿Número de habitación? La 342. Inolvidable. ¿Y dónde trascurre *La noche de la iguana*, de Tennessee Williams? En el Costa Verde Motel.

—¿Qué hotel aparece en una canción de los Eagles? —se

animó a preguntar a su vez Rose—. El hotel California, *this could be heaven or this could be hell.* Y en *Leaving Las Vegas,* ¿en qué motel se encierra Nicolas Cage a tomar trago hasta morir? En el Desert Song Motel. Y ésta que viene es suya, abogado, se la regalo: ¿en un baño de cuál motel monta Alfred Hitchcock el asesinato de una secretaria en *Psicosis...*?

—¿El Bates Motel?

—Correcto, el Bates Motel. Lo que es la memoria, conserva el Bates Motel y borra el Blue Oasis...

—Soy hombre casado, amigo.

—Comprendo.

—Aunque en realidad esa noche no pasó nada digno de ocultar.

—Salvo que estuvo en un motel con una chica. Que además era su clienta.

—Estuve y no estuve. Estuve, sí, pero no como usted cree. Digamos que yo me puse a ver un poco de televisión mientras ella se bañaba. Encerrada en el baño. No fue más.

—Dónde se sentó usted a ver la televisión, ¿en la cama?

—Pues sí, en la cama, dónde más, aquello era una habitación, no una sala de cine.

—Y ella, ¿se sentó también en esa cama?

—Es posible, no puedo jurar que no, tal vez se sentó en esa cama, sí.

—En esa cama, ¿estuvieron los dos en posición horizontal?

—Oiga, yo nunca podré estar en posición horizontal, el horizonte es una línea recta, ¿y acaso no me ve?, yo soy un garabato. Pero sí, nos acostamos juntos en esa cama, y sí, yo la abracé, y sí, inclusive nos tapamos con las cobijas.

Aun así, Pro Bono conserva la ropa puesta. Nunca se desnuda delante de nadie, ni siquiera de Gunnora, con quien lleva casado cuarenta y dos años. En realidad ya ni siquiera se desnuda delante de sí mismo: ahora de viejo evita mirarse de cuerpo entero al espejo, para evitarse el disgusto.

—¿Quiere que crea que se metió en esa cama con su traje de paño y su reloj caro y sus zapatos finos? —preguntó Rose.

—Bueno, algunas cosas me habré quitado, pero otras ciertamente no.

María Paz necesita conversar, necesita que la quieran, que la consientan, que le aseguren que todo va a salir bien. Está maravillada con el buen colchón, abre y cierra la cortina con el control remoto, sube y baja la luz con el *dimmer*, anda descalza por la alfombra mullida, se estira en la cama *king size*, besa las sábanas nuevas, abraza el montón de almohadas que le huelen a limpio, le cuenta a Pro Bono que en Manninpox tenía que dormir apoyando la cabeza sobre el brazo porque durante meses no le habían asignado una almohada, y cuando al fin pudo conseguir una, prefirió no usarla porque estaba asquerosa y olía mucho a grasa. Pro Bono insiste en llevarla a un buen restaurante en Nueva York, a festejar esas primeras horas de libertad con una estupenda cena y una botella de champaña. Pero ella dice que se siente bien ahí, le da flojera salir, para qué van a ir a otro lado si afuera está lloviendo y en cambio esto está tan bueno, no sea malito, abogado, quedémonos aquí donde estamos.

—Apuesto a que en ese momento usted la invitó a reclinar la cabeza sobre su hombro —dijo Rose.

—No recuerdo.

—¿No recuerda? Eso quiere decir que sí.

—Por televisión estaban pasando un capítulo viejo de su programa favorito.

—Entonces fue ella la que prendió el televisor, y no usted...

—Ella prendió el televisor, y no yo.

—Y qué vieron, ¿*House*?

—No sé qué habrá visto ella, algo de médicos.

—*House*, en su escrito cuenta que le gusta el doctor House. Ella veía *House* y usted le acariciaba el pelo, que tenía mojado, primero por ese asunto del confeti de plata, y segundo porque acababa de lavárselo con los frasquitos de champú del motel.

—Lo tenía seco, se lo había secado con el secador. Si su próxima pregunta es si hicimos el amor, la respuesta es no.

—Eso mismo dijo Clinton, *I did not sleep with that woman*.

—No caigamos tan bajo, seré jorobado, como Ricardo III, pero no villano. Y además tengo mi orgullo, no me expongo a situaciones en las que me vería más grotesco de lo que soy. Le estoy contando lo que sucedió, Rose, ni más ni menos. Esto es una confesión voluntaria, ¿entiende? De pronto sentí necesidad de contarle a alguien algo que nunca le he contado a nadie, qué sentido tendría mentirle. De eso que usted está pensando no hice ni la menor insinuación, y ella a mí menos.

Pro Bono no logra relajarse, ahí dentro de ese cuarto ordinario. Le escuece la conciencia, no deja de pensar en su esposa, le molesta el olor a desodorante floral que inunda el ambiente, le aterra la posibilidad de que esta bonita chica le pida desempeño en la cama y él no esté a la altura. En todo caso no acaba de sentirse cómodo, así que le habla a María Paz del Balthazar, el bistró francés a donde le gustaría llevarla; la verdad es que la joroba lo acompleja hoy más que nunca y necesita ponerse a salvo, siempre ha sido hombre de lucirse más en la mesa que en la cama, se sabe más un gourmet que un donjuán. A ella el nombre del restaurante que él propone le suena a Rey Mago. ¿Y qué se come ahí?, pregunta, y él responde, yo personalmente me inclino por el *filet mignon au poivre*. Ella: y eso qué es. Él: un buen trozo de carne a la brasa con salsa de pimienta. Ella: ¿muy picante?, no me gusta la comida picante. Él le está diciendo que puede pedir cualquier otra cosa cuando la tanda de comerciales termina, vuelve a empezar *House* y ella queda absorta en la pantalla. Al final del programa está muerta de hambre y dice que no es capaz de esperar hasta esa carne con pimienta, por qué no piden algo mejor al *room service*. Ya para entonces Pro Bono se ha relajado y se ha indultado a sí mismo, y por qué no, acaso qué tiene de malo, mirándolo bien es un momento irrepetible, la ocasión amerita, la chica es joven y bella y encantadora, viene del infierno y ahora está contenta, por qué no darle gusto con algo tan sencillo, toda la situación es de un candor delicioso y además es cierto que afuera llueve a cántaros. Pues sí, qué demonios, dice Pro Bono, pidamos al *room service*, dale, María Paz, escoge lo que quieras. Al rato aparece una mesa con ruedas cubierta por un mantel blanco y repleta de cosas, todas las que María Paz ha ordenado por partida doble: sopas de pollo, sándwiches club con papas fritas, ensaladas caprese y *pays* de manzana con helado de vainilla. Pro Bono le sugiere vino pero ella prefiere Coca-Cola helada, así que con Coca-Cola helada brindan por su libertad.

Libertad condicional, precisa ella con la boca llena de sánd-wich club. Y según Pro Bono, eso es básicamente lo que hacen en ese cuarto de motel, ella comer y él mirarla comer.

—Ni que la hubiera llevado al Maxim's de París —le contó a Rose—. Se devoró todo aquello, lo de ella y lo mío, yo casi no probé bocado, y enseguida se arrebujó entre las cobijas y se durmió, como un hurón en su madriguera. Un sueño profun-do, sin sobresaltos, y así hubiéramos podido seguir hasta la no-che siguiente, o hasta la semana siguiente, no sé si usted lo comprende, amigo Rose, pero allí estaba sucediendo algo pa-recido a la felicidad.

Y como no hay felicidad que dure para siempre, Pro Bono debe regresar a su casa, donde seguramente ya cundió la alar-ma; al fin de cuentas es un tipo casado, padre de una hija y abuelo de una nieta, así que llama a su Gunnora, *hello, dear*, tengo un problemita aquí tratando de sacar a un preso, pero estoy bien, no te preocupes, después te explico, ya sabes cómo son estos trámites. Y antes del amanecer, ya vuela con María Paz en el Lamborghini negro rumbo a Nueva York. Ella va ale-gre, y él también.

—¿Conversaron mucho durante el trayecto? —preguntó Rose.

—Poco, porque ya no llovía y ella quiso bajar las cuatro ven-tanillas del carro y yo le di gusto, aunque el clima no se prestaba.

María Paz se suelta el pelo al viento y pone la radio a todo volumen. ¡Vamos, Thelma!, anima al abogado, y como él no le entiende, le explica que se trata de una película. Usted es Thelma, le dice, y yo soy Louise. Pro Bono la lleva hasta Staten Island y la deja frente a la casa de esa señora Socorro, una es-pecie de tía suya, según explica María Paz. Luego viene un mo-mento difícil. Un duro final de fiesta.

—¿El momento de la despedida? —preguntó Rose.

—El del segundo parto. Salir de la cárcel y regresar a la vida real es para todo preso un parto más difícil que el del na-cimiento. La cárcel infantiliza, te vuelve dependiente, todo te lo quita y a la vez todo te lo resuelve.

Todavía en el automóvil, María Paz le lanza a Pro Bono un SOS con la mirada. Con la mirada apenas, sin decir una palabra, le dice que la aterra que la deje sola, ahí abandonada en medio de la nada. Pero a él no le queda más remedio que hacerse el loco y voltear los ojos hacia otro lado. Arréglatelas, pequeña, piensa. Va a ayudarla en el juicio, hará lo posible por sacarla adelante en el terreno penal, pero por ahora más lejos no puede ir, ella tiene que entender que para él la relación con ella es apenas un *sideline*, su verdadera vida corre por otro lado, la que ha construido ladrillo a ladrillo y a salvo de cualquier contingencia, una vida exitosa pese al hándicap de la joroba, pese a eso un buen matrimonio, una bella familia, una trayectoria profesional brillante. Está claro que un hombre como Pro Bono no puede arriesgarse pasándose de la raya, ni siquiera por una chica inocente y bonita como María Paz. Antes de arrancar, se queda un momento mirándola caminar hacia la casa. Desde la puerta, María Paz le dice adiós con el brazo. *Bye, Thelma!*, le grita, y él le responde, ¡Adiós, Louise!

—¿No volvió a verla después? —le preguntó Rose.

—Pero claro que la vi después, varias veces, pero ninguna como aquella noche del Blue Oasis... Yo era su abogado defensor, amigo, y se venía el juicio, cómo no iba a verla.

La libertad le sentaba estupendo y se la veía radiante, le decía Pro Bono a Rose, ahí instalado, al parecer sin afán, frente al Mis Errores, como si no tuvieran que ir a ningún lado, en plan confianzudo y confidencial, y Rose no acababa de entender por dónde venía la mano, el viejo petulante de pronto contándole sus secretos y comportándose como compinche de secundaria, ¿y es que acaso no tenían que salir a investigar, como en *The Wire*, porque había una chica que iba a morir con una pinza adentro? Y sin embargo Pro Bono ahí, instalado en su Ford Fiesta y echando chismes, como si hubiera resuelto quedarse a vivir en ese carro.

Tras salir de la cárcel, María Paz se había dedicado a cumplir religiosamente con la visita al *parole officer* y después iba a ver a su abogado, siempre cargando con su perrito entre un rebozo que se terciaba a la espalda. Había podido recuperarlo milagrosamente: Hero había sido entregado a una sociedad protectora de animales y allá lo encontró, sano y salvo, esperándola. Como el animal no caminaba, ella no se atrevía a dejarlo en casa por temor a no poder regresar y a abandonarlo de nuevo; ya había sucedido una vez, podía volver a suceder.

Pro Bono no sólo la prepara para el juicio, sino que además le cumple la promesa de acompañarla personalmente a comprar ropa buena, para que se presente como una princesa ante el juez. Le asegura que el aspecto es decisivo en esos casos porque los jueces no escuchan razones, están hartos de escuchar razones y toman su decisión más bien a partir de un golpe de ojo, o inclusive de olfato. Pro Bono la lleva a Sacks Fifth Avenue. María Paz protesta, no está para nada convencida, se queja de que en esa tienda todo es carísimo y poco juvenil. Muy señorero, según dice. Así tienes que verte, trata de explicarle Pro Bono, como una señora, una señora bonita y elegante. Y sobre todo una señora inocente; los jueces tienden a creer que las señoras inocentes son las que visten ropa costosa. Finalmente logra convencerla y compra para ella un traje sastre de un buen paño oscuro, una camisa blanca, zapatos de tacón moderadamente alto y un bolso Gucci que le cuesta un dineral. Según él, se ve muy bien, la niña, pero en cambio ella, que se observa en el espejo de frente y de perfil, opina que como no se trata de ir a un velorio, le hace falta un poco de color. No puedo presentarme así, le dice a Pro Bono, mire cómo me vistió, de luto cerrado, como si del juzgado saliera directo al patíbulo.

Pro Bono escucha aquello y se le hace un nudo en la garganta.

—No era un caso fácil —le dijo a Rose—. No estaba tan claro que ese juicio lo fuéramos a ganar. Pero me quedé callado y le compré un bonito pañuelo Ferragamo, para que llevara al cuello ese día. ¿Sabe de qué color?

—¿Qué cosa?

—El pañuelo que le compré.

—Ni idea. ¿Tiene importancia?

—De todo lo que le he contado, es lo que más importa. Era un pañuelo color rosa. Más exactamente rosa de Francia, ése es el nombre preciso para ese tono. Ella se lo envolvió al cuello y quedó preciosa, su piel se veía muy suave y morena contra la seda clara, y el pelo negro le relucía admirablemente. Tenía razón ella, ese toque de color marcó la diferencia.

Cuando se despiden, Pro Bono le da a María Paz suficiente dinero para que vaya a un buen salón de belleza a que le recojan atrás el pelo, porque la melena suelta puede ser contraproducente. Demasiado llamativa, le explica. Le aconseja que no se maquille demasiado, que no se pinte de rojo los labios, ni las uñas, nada. Discreción ante todo, le dice, no basta con ser inocente, también hay que parecerlo.

—Pero ya, basta de cuentos —dijo de golpe Pro Bono, incorporándose en su silla y mirando el reloj, como si recuperara el sentido del tiempo y saliera de su ensueño.

—Sí, de acuerdo, absolutamente de acuerdo —dijo Rose—, vamos al grano, explíqueme ahora sí en qué está María Paz.

—Tengo que decirle algo, Rose, espero que no se lo tome a mal. Vamos a ver: lo que pasa, amigo Rose, es que en estas dos semanas que vienen no voy a estar en Nueva York.

—¿Qué quiere decir con eso?

—Tengo que irme a París.

—¡A París! ¿Y qué tiene que hacer en París, justo en este momento...?

—Me voy a París... de luna de miel.

—¿Luna de miel? —Rose no podía creer lo que oía—. ¿De qué luna de miel me está hablando?

—Bueno, en realidad segunda luna de miel. Me voy con Gunnora, mi esposa. Le juro que la idea no fue mía, ella se ha empeñado en esto, quiere que la lleve a París a una segunda luna de miel.

—Es una broma, ¿cierto?

—Desgraciadamente no.

—¿Y acaso no hay que buscar a María Paz?

—Usted va a tener que hacerlo, Rose. Durante estas dos semanas. Son dos nada más, y ya luego yo retomo la tarea y seguimos juntos. Además no lo dejo solo, va a estar acompañado por un profesional en el asunto, alguien de toda mi confianza.

—Sigo sin entender. ¿Primero me engancha, y luego me suelta en banda? ¿Y cree que yo me voy a hacer cargo del enredo? *Fuck you*, Pro Bono. Ahora entiendo por qué me llamó, ahora sí entiendo, a usted nadie le quitó ninguna licencia de conducir, eso era mentira, usted necesitaba un huevón que lo reemplazara, para poder lavarse las manos y largarse para París. Mejor dicho le caí del cielo, yo era justamente el imbécil que necesitaba. Jódase, Pro Bono, no voy a caer en su trampa.

Era tal la indignación de Rose que el corazón le latía con furia, le palpitaban las venas de la frente y se le atoraban las palabras. Le dio la espalda al viejo y se quedó mirando por la ventanilla. Necesitaba serenarse, entender el enredo en el que andaba metido. Ante todo necesito pensar, pensó, pero ningún pensamiento claro llegaba a su cabeza. Las palabras de Pro Bono seguían cayéndole encima como una catarata, aturdiéndolo cada vez más.

—Lo último que yo quisiera en este momento es irme para París, créame —decía Pro Bono—. Yo estimo a María Paz, ¿me comprende, Rose? Me angustia lo que pueda sucederle. Pero son sólo dos semanas. Dos semanas es todo lo que le pido, y después emprendemos la búsqueda juntos. Cálmese, Rose. Desde el principio debí advertirle, discúlpeme. Mire, yo a María Paz la quiero bien, y la respeto, y la he apoyado mes tras mes sin descuidarla nunca. Cuando todo parecía perdido, yo permanecía a su lado. Usted es nuevo en esta historia, Rose, pero yo no. Yo me la he jugado por esa muchacha, más de lo que usted cree. Y ahora sólo pido dos semanas de receso.

—¿Niega que me llamó porque necesitaba reemplazo, a sabiendas de que me iba a dejar clavado?

—Dos semanas, Rose. A lo mejor ni siquiera pasa nada durante estas dos semanas, no creo que encontremos a María Paz antes de un mes. Si es que la encontramos. Pero por lo pronto necesito ocuparme de mi mujer. Hace dos años vengo aplazando este compromiso con ella. Dos años es mucho para una mujer que es casi tan vieja como yo. A Gunnora la mantiene en pie la ilusión de este viaje. Ya tiene los tiquetes de avión, ya pagó el hotel en París, ya compró entradas para *Le nozze di Figaro*, su ópera favorita, ya...

—¿Tanta culpa siente frente a su mujer? ¿Qué pecado está pagando, abogado? ¿Esa noche que pasó en un motel con María Paz? ¿O es que hubo otras noches como ésa? ¿O es que en esa noche sucedió más de lo que me contó? ¿Qué pasa, está enamorado de María Paz? ¿Eso es? Sí, eso debe ser, usted está enamorado de María Paz y para compensarle a su esposa, va a llevarla a París.

—No siga, Rose, no diga cosas que no tienen sentido. Está muy alterado, se comprende, no podía ser de otra manera. Pero son dos semanas, ayúdeme. —Pro Bono dejó contra el parabrisas del carro de Rose una tarjeta con el número de su teléfono móvil—. Llámeme cuando quiera, cuando necesite, día o noche, voy a estar pendiente. Además no queda solo en esto, lo dejo en las mejores manos. William Guillermo White, el mejor investigador de mi despacho, tiene instrucciones de acompañarlo 7/24.

—¿7/24?

—Siete días a la semana, veinticuatro horas al día.

—¿Entonces para qué engancharme a mí? ¿Por qué no dejar que su investigador investigue solo?

—Porque sólo usted tiene ciertas pistas que nos pueden llevar a ella.

—¿Yo? ¿Yo qué tengo que ver con María Paz?

—Usted nada, pero su hijo sí.

En ese momento Rose escuchó el ruido de un motor y volteó a mirar. Y ahí estaba, como un espejismo. Poderoso, elegante, negro azabache y relumbrante, como su perra Dix: un coche de sport, que acababa de llegar y de parquearse justo detrás de ellos. Un Lamborghini. ¿El de Pro Bono? ¿Otra movida fríamente calculada del jodido viejo? Del Lamborghini se bajó un tipo alto y pasado de peso, de unos treinta o treinta y cinco años, facciones agradables, *five o'clock shadow* a mediodía y cables que le salían de las orejas y lo conectaban a alguna i-cosa que llevaba en el bolsillo. Vestía un traje convencional de ejecutivo en buen paño oscuro, melena descuidada hasta los hombros, cero corbata, *t-shirt* de Nirvana bajo una camisa blanca abierta, y, asomados bajo la bota del pantalón, un par de *sneakers* doble suela de goma que le resortaban el caminado y le añadían un par de pulgadas a su ya considerable estatura.

—William Guillermo White —dijo el hombre, tendiéndole la mano a Rose.

—¿Quién diablos?

337

—William Guillermo White, trabajo como asistente en la firma del abogado. Si quiere llámeme Buttons, así me dice todo el mundo.

Rose se distrajo un momento con el recién llegado, y cuando vino a caer en cuenta, Pro Bono ya se había bajado del Ford y salía disparado en su Lamborghini, alejándose como una exhalación y dejando tras sí una estela de aire inquieto.

—No... puedo... creerlo... —dijo Rose, con pausas entre palabra y palabra, y más para sí mismo que para el tipo que tenía parado al lado—. No puedo creerlo. O sea que eran mentiras, a ese sinvergüenza no le sacaron ningún boleto por exceso de velocidad...

—¿Boleto por exceso de velocidad? —se rió Buttons—. No sea ingenuo. Boletos sí, pero para la ópera, eso es lo que tiene mi jefe. Lección número uno: nunca confiar en un burgués que lleve en el bolsillo boletos para la ópera.

—No me diga que usted se vino hasta acá, manejando dos horas y media, sólo para traerle el coche a su jefe; no me joda, hermano, usted sí está muy jodido, eso es lo que se llama ser chupamedias —gruñó Rose, descargando la bronca contra Pro Bono en el pobre recién llegado, que venía muy risueño.

—Un poco chupamedias, supongo que sí, pero la oportunidad de manejar un Lamborghini de éstos no se te presenta todos los días, y además vine básicamente para hablar con usted, señor Rose. Por órdenes de mi jefe, claro; ya usted lo dijo, soy apenas un chupamedias, o sacamicas, si prefiere.

—Y además deja que le digan Buttons, ¿por qué coños le dicen Buttons?

—Siempre ando tironeando de los botones de la camisa, hasta que los arranco. Tengo esa maña. Entre muchas, claro. Y después me los meto a la boca. Me gusta chuparlos, ¿ve? Así. —Buttons retrajo los labios para mostrar un botoncito blanco que apretaba entre los dientes delanteros—. Buena cosa, chupar botón. Calma los nervios. Además me sé una retahíla de chistes sobre botones. ¿Quiere oír uno? Un tipo le pide a otro: ¿podrías llamar el ascensor?, y el otro grita, ¡Ascensor! Entonces el primero le dice, así no, idiota, con el botón. Y el otro se acerca a la boca un botón de la camisa y le susurra, ¡Ascensor!

—No es un chiste de botones, es un chiste de autistas.

—Bien dicho. Mejor echémonos unas hamburguesas en aquel antro, que muero de hambre.

Las pidieron para llevar y acabaron comiéndoselas con papas fritas y Budweisers en casa de Rose, rodeados de perros.

—¿Usted cree que su jefe está encaprichado con esa María Paz? —preguntó Rose, en realidad no supo para qué, tal vez para evitar que Buttons le echara más chistes de botones. Acababan de pasarle demasiadas cosas, todas contradictorias entre sí, y su cabeza había entrado en corto y se había quedado en blanco.

—Encaprichado no —dijo Buttons—, yo diría que mi jefe está enamorado, *at his old age.* Hay un amor vistoso al que se le ponen palabras, un amor que se dice y se hace. No me refiero a ése. En cambio hay otro amor que no se sabe, ni se dice, ni se hace, simplemente pasa, sin que el enamorado se dé siquiera cuenta, ni haga mucho al respecto. Me refiero a esa clase de amor.

—Y sin embargo se va para París cuando ella más lo necesita.

—Quiere ir a París, y se va para París. Así son los ricos, señor Rose. Tienen prioridades, ¿entiende? Eso lo llevan en el ADN.

—¿Y acaso Pro Bono no defiende a las indígenas bolivianas, y a los sin agua, y a no sé quién más?

—Sí, y también a María Paz. Pero Gunnora es Gunnora. Gunnora, su hija, su nieta, su casa en las afueras, su biblioteca, París, su Lamborghini, su jardín de rosas..., todo eso pertenece para él a otra esfera de la realidad. La esfera prioritaria de la realidad.

—No sé, no me cuadra. Yo empezaba a tener otra imagen de Pro Bono, hasta llegué a pensar que era un abogado distinto a los demás...

—Y no se equivocaba, señor, eso también es cierto, piense que el hombre se va apenas por dos semanas, tampoco es como que haya desertado para siempre; en dos semanas ya estará aquí, otra vez a la cabeza de la cruzada pro María Paz. Y volveremos a perderlo cuando Gunnora cumpla años, o cuando monten *Las bodas de Fígaro* en La Scala de Milán.

—¿Qué pasó en ese juicio, Buttons? Eso es lo quiero saber.

—Yo también, señor Rose. Quisiera saberlo y no lo sé, le aseguro que no. Para que me crea, puedo contarle lo que vi personalmente ese día; de ahí para adelante no sé nada.

El juicio tendría lugar a las 11:30 de la mañana, en la Bronx Criminal Division, en la 161 Este, adonde Buttons llega con su jefe dos horas antes. Es costumbre de Pro Bono presentarse con mucha anticipación; no es de los que se arriesgan apostando contra el reloj. Ni Pro Bono ni Buttons han desayunado, así que bajan a la cafetería. De pasada Pro Bono compra los diarios, y luego pide en la barra un café, un poco de fruta y un *muffin*. Buttons pide pizza y refresco. Se instalan en una mesa apartada y comen en silencio, al jefe no le gusta que le conversen ni lo distraigan en los momentos previos a un juicio, necesita concentrarse. Intercambian apenas un par de frases, según cree recordar Buttons. Pro Bono le cuenta que ha dormido bien, que está fresco y descansado, que la pelea de esa mañana va a ser a muerte, pero que confía en que pueden ganarla. Buttons tiene más dudas, pero básicamente está de acuerdo: las acusaciones contra María Paz son bastante vagas. Ya luego se despiden. Buttons tiene que salir a ocuparse de otras cosas, y deja a Pro Bono en ese lugar, leyendo la prensa. En ese momento, María Paz no ha llegado todavía. Pero no es de preocuparse, hay tiempo de sobra.

—Y eso fue todo —le dijo Buttons a Rose.

—No es mucho —dijo Rose.

—En realidad casi nada. Pero es todo lo que sé. Volví a ver a mi jefe a la tarde, ya en la oficina. Ahí me contó que María Paz nunca había aparecido. Estaba tan desorientado como yo al respecto; no teníamos idea de qué podía haber sucedido.

—Y ya no volvieron a verla...

—Hasta el sol de hoy.

—Muy extraña, toda la historia de ella. Increíble, también. O sea que a su manera, ella logró escapar de Manninpox. Increíble. Digo, con lo de la pinza y tal. Como sea. Al fin de cuentas logró escapar...

—Puede decirse que escapó, sí —dijo Buttons—. Pero ¿quién sabe? A partir del momento en que evade el juicio, María Paz se convierte en prófuga de la justicia, y se desatan a perseguirla la Policía estatal, el FBI, la Interpol (por ser extranjera), la DEA (por ser colombiana), y la CIA. Para no hablar de la jauría hambrienta y sin escrúpulos de los cazarrecompensas. Eso si está viva, claro. ¿Sabe cuántos presos han logrado escapar en los Estados Unidos de 2001 al presente? Un total de veintisiete. No más. Y de esos veintisiete, ¿sabe cuántos fueron recapturados?

—Ni idea.

—Póngale.

—¿Doce?

—Veintiséis. De un total de veintisiete, veintiséis fueron recapturados. Eso quiere decir que en una década, sólo uno logró escapar definitivamente.

—Dos, con María Paz —dijo Rose, y brindó por ella alzando su lata de Bud.

—Mi jefe me pidió que investigara —dijo Buttons, ya acabando de comer, mientras se limpiaba la boca con la servilleta de papel y le echaba el último trozo de su hamburguesa a uno de los perros.

—¡No! —gritó Rose—, no les dé comida así. Están enseñados a comer sólo en su platón, no hay que malcriarlos.

—¿Oyó lo que le dije? Mi jefe me pidió que investigara.

—¿Y?

—Tengo algunas cosas. Fuertes. Sobre la muerte de su hijo.

—Las autoridades pertinentes dijeron que había sido accidente de tránsito. Caso frío y cerrado.

—Son burócratas. No les interesa. Creo que yo tengo algo.

—No sé si estoy listo —dijo Rose, que vivía anclado en la muerte de su hijo, pendiente de cualquier señal que le ayudara a entender lo insondable e irreversible del hecho, y que sin embargo cerraba los ojos y echaba para atrás, despavorido, cada vez que se acercaba a una pista concreta—. Entiéndame, es demasiado para un solo día. Por lo pronto voy a dar una vuelta con los perros. Queda en su casa, Buttons, haga lo que quiera. Después hablamos —dijo Rose, y salió. Se sentó un poco en el porche de su casa, para acariciar a sus perros y no pensar en nada. Skunko se echó a sus pies, Dix le mordisqueaba las faldas de la chaqueta y Otto se rascaba una oreja. ¿Por qué se rasca así este perro? Ojalá no se le haya vuelto a infectar el oído, pensó Rose, agradeciendo el frío viento otoñal que le golpeaba la cara y le despejaba la cabeza. O serían más bien los efectos del Effexor que acababa de tomarse.

—¿Quiere que hablemos de la muerte de su hijo? —le preguntó esa noche Buttons mientras atizaba el fuego en la chimenea. Como no tenía coche para regresar a Nueva York, había aceptado la sugerencia de Rose de quedarse a dormir.

—Fui corriendo a la morgue cuando me llamaron para la diligencia de reconocimiento del cadáver —fue diciendo Rose—. Iba rezando, que no sea él, que no sea él, todavía convencido de que no podía ser Cleve. Y de alguna manera tenía razón, ése que estaba ahí muerto no era Cleve, no podía serlo, estaba tan lastimado y tan quieto... Ése no podía ser mi muchacho. Y al mismo tiempo sí era, pese a lo extraño de su cara desfigurada, casi irreconocible, por los golpes y las heridas, ahí estaba esa cicatriz en forma de zeta en medio de la frente. Ése era Cleve, mi único hijo, y ese cuerpo maltrecho y lastimado era lo único que me quedaba de él, y ya después no lograban apartarme de su lado. Necesitaban cerrar el local, o irse para sus casas, o guardar a los muertos, lo que fuera, pero no podían deshacerse de mí. Yo quería quedarme con Cleve. En algún momento había entrado Edith. No supe cuándo, no la sentí. Hacía unos años había regresado de Sri Lanka y se había radicado con Ned en Chicago. Para allá iba Cleve en su moto cuando se mató, quería asistir a la fiesta de aniversario de su madre y de Ned, no sé cuántos años de casados cumplían, ni siquiera sé si se habrían casado de verdad, sospecho que no, porque Edith y yo nunca llegamos a divorciarnos. Y ahí delante de mí estaba Cleve, mi hijo Cleve, cubierto por una sábana. A su derecha estaba parada Edith. Y a la izquierda yo. Una cosa sé decirle, Buttons. Una sola: a partir de ese día, los muertos fuimos tres. Usted me ve caminar, trabajar, comer hamburguesa. Todo eso lo sigo haciendo, pero no quiere decir nada. Me quedó muy claro durante el entierro, cuando Edith y yo pudimos mirarnos por fin a los ojos y ambos supimos que nos habíamos muerto los tres. Hasta ahí llegué yo, lo que ha venido después no tiene importancia, ha sido cosa de aguantar y dejar que el tiempo pase. Y cuidar a mis perros, eso sí, ellos me necesitan vivo. En realidad lo que vino después fue la culpa, montañas de culpa, de arrepentimientos, de azotes contra mí mismo por haber dejado que sucediera lo que sucedió. Una culpa enloquecedora, se lo juro; hasta pastillas tuvo que recetarme el loquero para que no perdiera la chaveta definitivamente.

—¿Quiere hablarme de eso?

—Es largo.

—Tenemos toda la noche.

Rose no sabía por dónde empezar. Tal vez por el día en que Cleve, de diez años, había saltado a una piscina vacía tras la separación de los padres. Aparentemente había saltado a sabiendas de que estaba vacía, se había dislocado el hombro y fracturado el húmero y se había abierto la frente por un golpe fuerte en la cabeza. No podía decirse que hubiera sido un intento infantil de suicidio, la piscina no era suficientemente honda, hasta un menor de edad podía darse cuenta de eso. Pero sí había sido un claro llamado de atención, que les dejó ver a los padres que tenían un hijo sensible, más vulnerable de lo que habían percibido. De ahí en adelante, una zeta en la frente del niño fue señal de que en esa familia rota había un eslabón débil por donde la resistencia podía quebrarse. Años después, cuando un Cleve ya adulto había expresado su decisión de irse a las Catskill a vivir con su padre, Rose supo que recaía sobre él una responsabilidad enorme, que entró en contravía con el asunto de la moto. Para la generación de Cleve, motocicleta tal vez quisiera decir transporte, diversión, deporte, chicas bonitas y con suerte algo de sexo. Para Rose, en cambio, decir motocicleta era decir extremo peligro, riesgo de perder la vida, accidente garantizado, ese tipo de histeria paterna. Así se lo advirtió al hijo hasta el cansancio, suscitando peleas y malos genios de parte y parte, desde el momento en que Cleve se presentó en casa con esa Yamaha, hasta el propio día en que se mató en ella.

—Era un animal de cuatro cilindros y cuatro carburadores, con doble árbol de levas en la culata —le dijo Rose a Buttons—. Tragaba gasolina como una bestia y era imbatible en carretera, pero cero maniobrable en emergencias porque era larga y pesada y de poco radio de giro. Todos los días se lo decía yo a Cleve. Sin embargo, él no le veía ningún pero, él la veneraba, andaba locamente enamorado de ella. Lo tenía hipnotizado, la tal Yamaha. La limpiaba, la abrazaba, vivía chequeándole el filtro del aire, los carburadores, el aceite, las bujías. Le invertía una fortuna en gasolina de alto octanaje. Aquello era amor ciego, compenetración total del hombre y la máquina. Y ahora póngase en mis zapatos. Mi única tarea importante en esta vida era impedir que Cleve reincidiera en eso que había intentado a los diez años. Antes piscina, ahora motocicleta. Lo único que yo tenía que hacer era impedirlo, y fallé. Punto. No hay más que decir.

—No fue culpa suya, señor Rose, no se martirice así. Ojalá fuera tan fácil. Yo estuve averiguando. Cleve se mató en una carretera secundaria que corría paralela a la Interstate 80, faltándole hora y media para llegar a Chicago... Esa tarde llovía, y...

—Todo eso lo sé de sobra —lo cortó Rose—. Llovía y Cleve se salió de la carretera con todo y moto.

—Me dijeron que su hijo era un piloto experimentado, no era ningún novato que no supiera lidiar con un poco de agua caída del cielo. La cosa es que no está claro si el accidente sucedió porque el pavimento estaba mojado, o más bien porque lo forzaron a salirse de la carretera. Piénselo así: aun en el caso de que Cleve hubiera perdido el control de la moto, pudo haber sido porque huía de alguien que lo perseguía. Se habría dado cuenta de que venían por él... —dijo Buttons—. Es imposible saberlo porque no hubo testigos ni radar, ni investigación criminal. El caso sólo fue atendido por el Highway Patrol y los paramédicos, y el dictamen forense indica muerte instantánea por traumatismos varios debido a pérdida de control de la moto, por una combinación de exceso de velocidad y lluvia. Se sabe que la lluvia aumenta enormemente las posibilidades de pérdida de control de una motocicleta, así que a esos casos no les queman mucha neurona, el dictamen sale casi automáticamente como simple accidente. No acordonaron ni cuidaron la escena del crimen, pisotearon el barro, dejaron colillas, eliminaron pruebas sin darse cuenta... Porque no lo consideraron caso criminal.

—No fue un caso criminal. Y deje de mascar botón, Buttons, hace un ruidito que me enerva.

—De acuerdo —dijo Buttons, y escupió el botón—. No tomaron ninguna precaución... pero tomaron fotos. Muchas fotos. Aquí las tengo, en mi Mac. ¿Quiere verlas? Son... difíciles. Si quiere le sirvo un trago primero...

—Está bien así.

—Fíjese en ésta. Nos permite ver claramente el cuerpo, tal como lo encontraron. Tiene ciertas heridas de espinas...

—Pero claro que tiene heridas de espinas, si rodó por entre matorrales y zarzas espinosas —dijo Rose, pasando apenas la mirada sobre las imágenes que aparecían en la pantalla, como haciéndose el que las veía y en realidad sin verlas—. Voy a pedirle un favor, Buttons. No me haga revivir esto, si no es por algo que valga la pena.

—De acuerdo. Vamos paso a paso. Mire aquí. Cleve no lleva casco. El casco aparece más abajo, aquí puede verlo, en esta otra foto.

—Usted me está torturando con perogrulladas. No tiene casco porque se le cayó el casco, qué otra razón puede haber.

—Que alguien se lo haya quitado.

—¿Y para qué? Para robárselo no, ahí lo dejaron. Se le cayó, hombre, no le dé más vueltas a eso.

—Es un buen casco, un Halo Helmet Full Face de máxima seguridad, de amarrar con doble correa y doble anillo; si amplío la imagen se ve claramente. Un casco de éstos no se zafa así no más, y su hijo no era persona de andar con el casco suelto, y menos por carretera y lloviendo. Para mí que después del accidente alguien le quitó el casco.

—Pudo quitárselo él mismo —dijo Rose, agarrándose la cabeza a dos manos—. Si no murió enseguida pudo quitárselo él mismo, siempre me dijo que ese casco le apretaba.

—Pudo ser. Hay muchas cosas que no sabremos, demasiadas. Pero volvamos a las heridas de espina. Mírelas aquí, en la frente de Cleve. Son diecinueve. Diecinueve heridas pequeñas que le van marcando la frente de lado a lado, casi equidistantes, casi en línea recta. Y ahora mire esta rama de acacia espinosa que aparece al lado del cuerpo. ¿Ve que está curvada? Si aumentamos el tamaño al 300 por ciento, podemos ver que en algún momento esa rama tuvo los extremos atados entre sí; mire, aquí en este extremo todavía se ve la hilacha de corteza con que debió estar amarrada.

—¿En forma de anillo?

—O de corona. Y ahora mire lo que pasa si usamos Photoshop —dijo Buttons, trasladando en la pantalla cierto segmento de la rama hasta colocarla sobre la frente de Cleve—. Concuerdan, ¿sí ve? Las espinas de la rama cazan exactamente con las heridas que su hijo tiene en la frente. Si hoy día tuviéramos acceso a esa rama, es seguro que encontraríamos en ella rastros de sangre de Cleve.

—¿Una corona de espinas? —preguntó Rose, que se había puesto muy pálido.

—¿Está bien, señor? Venga, recuéstese un poco. Tome aire. Espere aquí. Creo que de todas maneras voy a traerle ese trago —dijo Buttons, y cuando regresó a la sala con un par de whiskys en las manos, vio que Rose se había puesto de pie; ya no estaba desmadejado y su expresión ya no era desencajada. Por el contrario, parecía entero y pavorosamente sereno.

—Respóndame un par de preguntas, Buttons. Sólo diga sí o no. Mi hijo no se mató, sino que lo mataron.

—Eso me temo, señor.

—¡Sí o no, Buttons!

—Sí.

—Y lo torturaron.

—Creo que le quitaron el casco para enterrarle en la cabeza esa corona de espinas.

—¿Todavía estaba vivo cuando se lo hicieron?

—Imposible saberlo, ya a estas alturas. Pero yo diría que no, al parecer murió instantáneamente al caer, y alguien le habría encajado después esa corona de espinas. Una especie de ritual, algo así, no lo sabemos a ciencia cierta. Pero sabemos otras cosas, señor Rose. Mientras usted paseaba con sus perros, yo anduve por aquí, mirando un poco por la casa y los alrededores. Le pido perdón por eso, pero creo que era necesario. Llamé por teléfono a la viuda de Eagles, el hombre de la cara arrancada. El teléfono aparecía en los bultos de comida de sus perros. Ella me dijo algunas cosas. Y luego rebusqué en el ático. El ático era la habitación de Cleve, ¿no es así? Eso está claro. Ahí encontré un par de artículos de mujer. Maquillaje, algo de ropa.

—Y por qué no, si mi hijo tenía novias, o amigas, que venían a visitarlo.

—También podían ser de María Paz. Va a decir que fuerzo la mano... Pero es que hay más. Afuera, en un claro del bosque, detrás de la casa, ahí está clavada una cruz de palo, a lo mejor usted sabe a qué me refiero... ¿Nunca la ha visto? Y con razón, en realidad pasa desapercibida, es una cruz hecha a mano alzada, se diría que a la carrera, apenas dos palos amarrados con cabuya. Pues yo supuse que podría estar señalando una tumba, o algo por ese estilo, y escarbé un poco por ahí. Sólo encontré esto, esta cajita que al parecer contiene cenizas. Pero también esto otro —dijo Buttons, y le entregó a Rose una medalla de bronce que colgaba de una cinta percudida y atacada por el hongo—. Lo que quiero que sepa, señor Rose, es que el peligro está cerca. Por aquí ha estado, merodeando. A lo mejor ha entrado a esta casa.

Rose observó la medalla de bronce por un lado y por el otro.

—Creo que ya sé cómo encontrar a María Paz —dijo.

8
—

En hojas sueltas escritas por María Paz

Aquí me tiene, míster Rose, ya fuera de Manninpox pero todavía dando vueltas por América, como quien dice saltando matones. Eso de «saltando matones» era una de las muchas frases colombianas de Bolivia, yo nunca hubiera dicho algo así, pero pasan los días y pasan cosas y yo cada vez hablo más como ella. Saltando matones, en medio de todo, viene bien al caso porque eso es justamente lo que ando esquivando, matones, pero entiéndame: de los que matan. Y con todo y todo sigo haciéndole las tareas a usted, cada vez que puedo me siento y escribo, como para ponerlo al día, míster Rose. Como si fuera cierto que algún día voy a volver a verlo y a entregarle estas hojitas sueltas, para que las añada al larguero que le mandé desde Manninpox. Como verá, no me olvido de usted, y eso que no ha sido fácil. Digo, sobrevivir. No ha sido fácil desde que salí de la cárcel.

No me atreví a regresar de una vez a mi apartamento porque allá había sucedido todo eso, ya sabe, todo eso que sucedió allá, se me encogía el alma de pensar en volver a entrar a ese lugar, y al mismo tiempo tenía que buscar a Hero. Decidí ir espiando mi barrio poco a poco, ir llegando por etapas, siempre temiendo qué podría encontrar, o más exactamente a quién me podría encontrar, y con eso quiero decirle que no estaba lista para darme de narices con Sleepy Joe. Empecé a caminar por ahí, por los alrededores de mi edificio, pero sin acercarme demasiado, a ver si encontraba algún conocido al que le pudiera preguntar. Sobre todo por Hero, ¿me entien-

349

de? Lo primero era saber dónde estaba mi perro. Me parecía que la gente me señalaba, ahí va, mírenla, la recién salida de la cárcel, la asesina del marido, la amante del cuñado, vaya uno a saber qué más chismes se habían regado por ahí. Pero lo extraordinario fue que una vecina me dio noticias de Hero, y eran noticias alentadoras. Me dijo que la Policía lo había recogido y entregado a una institución defensora de animales, donde a lo mejor yo podría recogerlo, si es que algún día salía libre. ¿Se habrían apiadado de mi perro al verlo lisiado? A lo mejor sabían que era héroe de guerra, y el mundo no está tan mal como para que a un patriota reconocido y condecorado lo dejen morir de hambre.

Mi principal problema era (sigue siendo) la falta de dinero, así que por las noches me quedaba en casa de Socorro de Salmon, la amiga de mi mami. A ella le había entregado en Manninpox el manuscrito para usted y ella me confirmó la entrega, me dijo que se lo había puesto correctamente al correo, cosa que me alegró mucho, y me ha dado por soñar que usted ya lo leyó todo y por eso sigo con la tarea, escribiendo donde puedo y como puedo para completarle mi historia, ya le dije alguna vez que no me gustan las novelas con finales aguados, o lo que es peor, las novelas sin final, que dejan al lector viendo un chispero.

Pero la quedada donde Socorro no era nada agradable, parece ser que su marido no quería saber de mí. Se llama míster Salmon, también él inmigrado, y es un huevonazo olímpico de esos que todavía creen que en América tocaron el cielo con las manos y se desviven por hacer buena letra para que no vayan a expulsarlos del paraíso; le estoy hablando de uno de esos chupamedias superagradecidos y superarrodillados que son más papistas que el papa, no sé si me explico. En todo caso Socorro me daba posada pero a escondidas del marido, y también de los vecinos, claro está, y del mundo entero, porque la señora padecía de los nervios y le salían erupciones por tenerme ahí. Hipos, alergias, qué no le daba. Culillo, se llama eso, o cagazo. Culiarrugaos o culifruncidos les dicen en Colombia a los que andan cagados del susto, y así son esos dos, la parejita Salmon, él con sus adulterios y su doble moral, ella con sus brotes y sus rasquiñas, y yo acorralada en el sótano de su casa, arrumada contra la lavadora como si fuera ropa sucia. Y la pobre mujer haciéndose un ocho con todas esas toallas higiénicas que yo manchaba, porque sigo sangrando, no tanto como antes pero siempre un poco, y figúrese no más, al fin y al cabo la pobre Socorro, realmente, piense que tenía que tirar todo eso en la basura de las casas vecinas porque qué iba a decir su marido si lo veía, cómo explicarle semejante cosa siendo que desde hacía añares ella era la menopausia en persona, mejor dicho una menopausia de moña de bucles, erupciones en la piel y uñas pintadas de rojo, eso es ella, la señora Socorro.

No señor, eso no era vida, valiente plan, salir de una celda para ir a parar a un escondite, y lo peor de todo era que a casa de Socorro no podía llevar a mi perro, ya no veía la hora de ir a reclamarlo, pero para dónde me lo iba a llevar, mejor me armaba de valor y me instalaba de una buena vez en mi propia casa, yo y mi perro y algún día también mi hermana. Aunque mi casa estuviera desahuciada, o acordonada, o la hubieran quemado como la vez pasada, no me importaba, por alguna ventana podría colarme y que pasara lo que tuviera que pasar. Al menos ya me habían informado de que seguía vacía, el dueño no la había vuelto a alquilar, no es tan fácil encontrar inquilinos decentes en estos días y por esos barrios de porquería. No creas que te estoy echando, me decía la Socorro, vieja taimada, y por debajo de cuerda dichosa ella de librarse de mí. De despedida me regaló tremendo abrigo de *mink*, eso hay que reconocérselo, medio apolillado y tal, eso sí, pasadísimo de moda y con el forro desgarrado, un vejestorio de abrigo que olía berracamente a moho, haga de cuenta como para Grace Kelly cuando se fue en trasatlántico a convertirse en princesa de Mónaco. Pero qué caramba, qué tanto quejarme, al fin y al cabo *mink* es *mink*, o acaso no. Supongo que la pobre Socorro me lo dio para calmar su conciencia, para no echarme a la calle con las manos vacías. Me dijo que era para el frío, o para que lo vendiera y me quedara con la plata. ¿Para el frío? Cómo no, moñito, mucho que iba yo a andar por ahí como Cruella de Vil, a ver si los ecologistas me rociaban con spray por andar despellejando animalitos del Señor. ¿Y venderlo?

Eso sí que menos, quién me lo iba a comprar, como no fuera el príncipe Rainiero. ¿Se imagina la figura? ¿Yo, regresando de la cárcel sin un centavo y envuelta en pieles? En medio de todo era cómico. *Maktub*, ya sé que la suerte está *maktub*, o sea escrita en algún lado, pero el hijueputa que la escribió sí que tiene sentido del humor. Y en todo caso allá llegué a mi vecindario con todo y mi Hero, mi pedazo de perrito divino de mi corazón, que se había pegado el alegrón de la vida al verme, no se sabía quién aullaba más en el reencuentro, si él o yo, una escenita como para romperle a uno el corazón.

No fue fácil volver, puta vida, hasta pánico me estaba dando, ahora la culifruncida era yo. Le juro, míster Rose, que me sentía como un lázaro recién resucitado y todavía apestando a mortecino. El encierro en la cárcel es duro, pero también es duro volver a asomar las narices. Ya me iba dando cuenta de lo endemoniado que iba a ser regresar a mi mundo, que ya no debía de ser el mismo de antes. Y que además ya no era mío, cómo iba a serlo, si todo lo mío se había acabado. Y ahí viene un día que nunca se va a borrar de mi memoria, yo con mi Hero bien abrazado, yo temblando y él también, como si se diera cuenta, o a lo mejor esperaba encontrar a Greg y temblaba de emoción, y en el fondo a mí me pasaba lo mismo, y cómo no, si apenas ese día venía a darme cuenta cabal de su muerte. Todo lo de antes había sido tan irreal, empezando por eso, por su muerte, apenas una noticia que yo no había sabido si creer o no. Y ahí voy yo, subiendo despacio por las escaleras de mi viejo edificio y reconociendo los viejos olores que desde siempre flotaban en cada piso. Olor a chamusquina en el primero, desde los tiempos en que el dueño quemó el inmueble para sacarle indemnización a la aseguradora. Olor a meados de gato en el segundo. Olor a desinfectante de pino en el tercero, y a colillas frías en el cuarto. Yo había optado por llegar tarde en la noche para evitar el contacto, no me daba la gana encontrarme con los demás inquilinos, cruzarme con sus miradas acusatorias o interrogantes, ahí está la mujer del quinto, la del escándalo, la del muerto, la del allanamiento, la que estuvo presa y ahora regresa. No quería que me miraran con desconfianza y menos con lástima, no quería ser ésa, la del drama, y en realidad tampoco quería ser ninguna otra, mejor dicho no quería ser nadie, lo bueno hubiera sido eso, no ser nadie, hacerme la invisible y entrar como un espíritu. Afortunadamente por allí no apareció ni un alma, ni siquiera ese niño que siempre se sentaba en el tramo de escalera entre el segundo y el tercero, ni siquiera ese niño siempre callado estaba ahí esa noche, ya se habría dormido, o su familia se habría mudado, y el edificio estaba desolado. Y yo también, otro fantasma, y mi Hero medio fantasma, los dos volviendo a casa. Sólo que volviendo no, apenas llegando; no se puede decir que volviéramos porque a qué, a quién, si nada quedaba de lo que teníamos, ruinas apenas, escombros, astillas, un dolor hondo en el pecho y unas punzadas de desilusión. Aunque en realidad todo estaba igual, y hasta raro me iba pareciendo comprobar que, salvo yo, todo lo demás seguía como siempre. Las baldosas rucias del piso, los pasamanos metálicos de color gris descascarados, la pobre luz de los pocos focos que no estaban fundidos. Me detengo en el último trecho de escalera antes de llegar al quinto, para sacar del bolso las llaves. Voy a entrar a mi territorio. ¿Y quién sale a recibirme? Un frío húmedo que se me abraza las piernas y unas bocanadas de aire que se cuelan por algún vidrio roto, y ahí es cuando caigo en cuenta de que no necesito ninguna llave, llaves para qué, si las cerraduras de mi casa han sido voladas y la puerta golpetea contra el quicio dejando que el viento entre y salga, haga de cuenta puerta de cantina. Eso mismo.

¿Y qué se veía allá adentro? Pues un hueco. Un auténtico *shit-hole*, que llaman por aquí. Sin agua, ni electricidad ni teléfono, porque claro, los habían cortado por falta de pago. Los muebles destrozados, mugrero y mal olor por todos lados. Como las cerraduras estaban voladas, no había forma de asegurar la puerta por dentro y eso me dejaba a disposición del que pasara, como si estuviera en medio de la calle. Increíble, en Manninpox todas esas rejas y llaves y candados para que yo no abriera ninguna puerta, y ahora ni una triste chapa para poder cerrar la de mi casa. Ya le digo, al autor del *maktub* le gusta hacerse el chistoso. Medio depre todo aquello, o depre y medio, pero qué quiere, no me iba a sentar a llorar, si venía de lo peor y se suponía que ahora empezaba el capítulo bueno, como quien dice «van pal cielo y van llorando», y ahí le dejo de regalo otro dicho de Bolivia.

Arréglatelas como puedas, me di la orden a mí misma, y me puse manos a la obra. Encontré un cable de extensión y me hice mi instalación, pirateando la electricidad de una toma del corredor común y llevándola hasta mi apartamento. Hacía un frío del carajo, sin calefacción ni un cuerno, pero yo sabía que el sótano del edificio era un tiradero de cosas inservibles, y algunas no tanto; ahí se acumulaban montañas de chécheres, ya se sabe cómo son los gringos, y aun los gringos pobres, que usan las vainas un año y después las desechan. Así que me bajé a escarbar a ver qué encontraba, y me pillé un calentador que no parecía tan destrozado y hasta arriba me lo subí cargado, y preciso: funcionaba, el hijueputa. No mucho que digamos, no que botara un calorón asfixiante, pero sí suficiente para sobrevivir, aunque sólo de noche; de día tenía que desmontar la toma pirata, para que los vecinos no protestaran.

¿Y del agua qué? Pues con balde, mijo, como en las visitas a la familia del campo: el que va cagando, va bajando al río y a subir con el baldado hasta la letrina. Así me tocaba a mí, sólo que a que falta de río sacaba el agua de una llave que había abajo. No crea que por aquí eso es algo del otro mundo, cuánta gente no malvive en estos barrios sin tener dinero para los servicios, aquí usted pasa de largo y ve todo más o menos normal, pero anímese a entrar, eche un ojito detrás de las fachadas, para que vea lo que es miseria. ¿Y quiere saber cómo me las arreglaba con la comida? Pues más que nada de caridad, en comedores comunitarios: buena sopa caliente, una fruta, a veces pasta, un cartoncito de leche..., en realidad no estaba mal; comparando con Manninpox salía bien librada. Y la dormida. Bueno, pues para dormir nos instalábamos Hero y yo en una colchoneta de caucho espuma que conseguí abajo en el sótano; tuve que improvisar en ese rubro porque los cabrones del FBI habían destripado el colchón y todos los muebles.

Ahora el olor. Era lo más difícil de soportar. Comida podrida fuera y dentro del refrigerador, apagado por falta de electricidad. No había manera de librarse del tufo, aunque me eché todo un día fregando con esponjillas metálicas y un pote *king size* de Ajax que tuve que comprar, porque los que teníamos los habían volcado por el suelo; creerían que era cocaína, supongo. Entiéndame, míster Rose, no quiero quejarme, no corresponde, sería una falta imperdonable de proporciones, pero le juro que a veces hasta echaba de menos Manninpox, ahí al menos tenía luz y agua, y comida asegurada. Y si me pongo a quejarme ahora, qué voy a dejar para después; para todo eso que vino después y que fue mucho peor que lo de antes.

Una noche voy llegando tarde a mi casa y descargo a Hero, que a todos lados llevaba conmigo entre un rebozo terciado, sin desampararlo ni de noche ni de día, por si acaso. Dejo a Hero en el piso y busco a tientas la extensión eléctrica, para instalar la luz. Ya faltan pocos días para mi juicio y quiero creer que todo va a salir bien, que voy a lograr restablecer mi identidad de persona libre, voy a volver a trabajar como encuestadora de hábitos de limpieza, a ganar un sueldo, a reactivar mi tarjeta de crédito, a pagar los servicios cortados, a reemplazar o arreglar poco a poco los muebles destrozados, a limpiar el lugar de mugre y de recuerdos. Hacerle la limpia, como quien dice, y disponerme a olvidar. Cuando menos me lo esperaba me habían dejado salir de Manninpox, la vida me estaba dando una segunda oportunidad, no era cosa de desperdiciarla, y si el destino me había perdonado, también yo iba a tener que perdonarme a mí misma. A lo mejor me animaba a pedir un préstamo hipotecario para comprar el apartamento, con suerte me lo concedían, algún programa para la rehabilitación de ex presidiarios tenía que existir en un país democrático como éste. Claro que por esta casa ya nadie se aparecía, ni siquiera la Policía; era como si el sitio se hubiera borrado del mapa, ya ni el dueño pasaba a cobrar la renta, a lo mejor se había muerto, o había dado esto por perdido y lo había abandonado, cuántos lugares abandonados no habría en ese vecindario dejado de Dios; después del *white flee*, ahí habíamos ido quedando puras gentes de color, mejor dicho de todos colores. Entonces podía ser apenas cosa de tomar posesión de mi apartamento y volver a poner todo en orden, quién quita que fuera fácil, organizarme un sitiecito humano donde llevar una vida buena, una vida ordenada, decente, independiente. Y llamaría a mis amigas, mis compañeras de encuestas, daría una cena para ellas y les contaría las cosas tan extrañas que me habían sucedido últimamente, pero lo iba a ser como quien cuenta una película vieja, de esas que por casualidad se vieron alguna vez por la tele y casi no se recuerdan y pronto se van a olvidar del todo. Y después sí. Iría por mi hermana Violeta; ése sería el verdadero inicio de nuestra nueva vida. Sacaría a Violeta del internado, y qué ganas de saber qué cara iba a poner ella cuando le mostrara cómo le había arreglado el cuartico de la azotea, el que siempre le había gustado, su refugio en la altura, y la llevaría de la mano al baño que le habría construido para ella sola, hasta de pronto con todo y jacuzzi. Ya no vas a bañarte en el lavadero, como hacías antes, le iba a decir. Y ojalá Violeta me hiciera caso y no armara escándalo, Violeta que odiaba ducharse en el baño y en cambio tenía la maña de enjuagarse a cielo abierto en el lavadero, sin agüeros para el frío y sin dársele nada pasearse en cueros por donde podían verla, aunque yo me cansara de repetirle, no eres más una niña sino una mujer, una bella mujer, tienes que cuidarte.

Pero todo eso sería después, todo eso era apenas el sueño que yo iba construyendo, hasta la luna de alto, mientras aquí en la tierra vivía entre escombros. Por el momento tendría que resignarme a darle tiempo al tiempo, sin desesperarme ni deprimirme ni olvidar el orden de prioridades; por el momento tenía que sobrevivir de la mejor manera posible en esa casa deshecha, y centrar todas mis energías en el juicio, que cada día estaba más cerca.

Y en ésas andaba esa otra noche en que entro a mi casa, dejo al perro en el suelo y estoy buscando a tientas una vela, cuando me tropiezo con la colchoneta esa, la que me había subido de los depósitos porque los del FBI habían destrozado el colchón de mi cama, mi pobre colchón que para colmo apestaba a meados, lo habrían orinado los gatos, o los propios tipos del FBI, esa patota de patanes. Yo que me tropiezo con la colchoneta y que me pregunto, qué hace aquí esta vaina, a la mañana la había dejado en el dormitorio y no así, como está ahora, atravesada frente a la puerta de entrada, de veras es raro, y mi primer impulso es agarrar a Hero y salir corriendo. Ojalá lo hubiera hecho, míster Rose. Ojalá.

Pero no lo hice, por esas cosas de la vida no obedecí la voz del instinto. Ahora que reconstruyo, no entiendo por qué no salí corriendo, si estaba tan claro que había algo raro. Supongo que no lo hice porque al fin y al cabo todo era muy raro por aquellos días, y una rareza más entre tantas ni quitaba ni ponía; ya estaba yo vacunada contra rarezas y sorpresas. Debí de pensar que los gatos habrían entrado a merodear y a revolver en busca de comida, total ya andaban como Pedro por su casa en esa tierra de nadie. También Hero se alarmó, y empezó a gruñir. Más claro no canta un gallo, o habrá que decir más claro no gruñe un perro, y sin embargo yo no capté el mensaje. En últimas creo que si no salí corriendo, fue básicamente porque no tenía a donde ir. ¿Correr hacia dónde? Mejor quedarme ahí.

De una patada aparto la colchoneta, cojo una vela y ando buscando a tientas los fósforos para prenderla, cuando me agarra por detrás un brazo y me trinca. Fuerte, feo. Y una mano grande me tapa la boca. Me soplan en la nuca una respiración caliente y agitada, y contra las nalgas me aprietan una... cosa de hombre. ¿Horrible? ¿Desagradable? ¿Aterrador? Pues claro que sí, fue un momento atroz, al principio muy atroz y ya después no tanto, no tanto y no del todo, porque ya yo empezaba a reconocer esa mano, ese olor, esa respiración, eso otro. ¿Ya adivinó de quién le estoy hablando? Si le apuesta a Sleepy Joe, está en lo correcto.

Al parecer ya estaba ahí, esperándome en lo oscuro, acurrucado en algún rincón y en silencio. No sé cuánto tiempo llevaba ahí. Es incluso posible que visitara el lugar con alguna frecuencia, y que se quedara a dormir ahí de vez en cuando. Y yo que entro esa noche, y él que me cae encima y me trinca. Al principio casi me infarto, y ya después menos. Entiéndame, míster Rose, al fin de cuentas Sleepy Joe había sido mi encoñe y esas cosas no se borran, puedes arrinconarlas, incluso completamente, o enterrarlas bajo una montaña de olvido, pero cuando menos lo esperas vuelven y te asaltan. Y así fue en este caso particular, tal cual, mi antiguo amor me asalta por detrás y ahí estamos otra vez en las mismas, hasta vergüenza me da confesarlo. No le digo que todavía lo amara, no daba para tanto, más bien todo lo contrario. Yo sabía mejor que nadie qué tan cabrón podía llegar a ser Sleepy Joe. Un truhán, eso era, un malnacido y un mala clase, pero a su hermano no le había hecho nada. Sleepy Joe adoraba a su hermano, míster Rose, yo estaba segura de que no había movido un dedo contra Greg. Sleepy Joe no era el asesino. Y en cambio seguía siendo un papacito rico, para qué se lo voy a negar, y yo con esas ganas contenidas que me traía desde Manninpox, esa seca tan prolongada, esa abstinencia a punto de explotar. Yo con hambre y el muchacho ahí, como decir un pastel en la puerta de un orfelinato. Pero la cosa no era como usted se la está imaginando, porque antes había mucho por hablar. Estaba claro que lo único que él quería era cama, que andaba en busca de un buen revolcón, así de entrada, pero yo necesitaba hablar. Me urgía saber qué había ocurrido con Greg, qué sabía Sleepy Joe de su asesinato, y del lío en que yo andaba hundida hasta el cogote. ¿Qué papel tenía en todo eso Sleepy Joe? ¿Hasta qué punto estaba implicado? ¿Estaba enterado del dichoso tráfico de armas? ¿Sabía quiénes habían matado a Greg? ¿Por qué carajos nunca había ido a visitarme a la cárcel? ¿Cómo era posible que me hubiera abandonado en el peor momento de mi existencia? ¿Cómo era la historia ésa tan oscura del cuchillo, el que yo acabé empacando para regalo, como una idiota? Mejor dicho un tropel de preguntas, de desconfianzas, de rencores, de recelos... y de odio. Porque en el fondo era físico odio lo que sentía contra él, un odio jarocho y revuelto con reproches, y es apenas normal que hasta la peor calentura se enfríe en esas circunstancias. Apenas normal. Pero normal no es palabra que le vaya bien a Sleepy Joe. Él quería cama, o colchoneta de caucho espuma a falta de cama; eso y nada más. Pero yo no.

Y un poquito sí también. Porque Sleepy Joe sería muy malo, pero madre mía, qué bueno estaba. Ven para acá, Culo Lindo, me decía, ven para acá que después hablamos, te juro que después hablamos y te explico todo lo que sé, pero ahorita no, Culo Lindo, qué te pasa, no desperdicies este regalo que aquí te traigo listo y desenfundado, así me decía el gran coqueto, y yo podía comprobar que sus palabras eran sumamente ciertas. Y él que empieza a comerme el cuello a besos. Y yo que me voy perdiendo en su cuerpo y en su olor, y un poquito no quería, y un poquito sí. Cada vez más sí que no.

Y en ésas me suelta una pregunta rara. Digo rara para alguien que está en medio de un arrebato pasional.

—Tú tienes esos ciento cincuenta mil, ¿no es cierto? Dime que sí, mi amor, dime que sí los tienes —me pregunta Sleepy Joe en medio del arrumaco.

—¿Cuáles ciento cincuenta mil? —le respondo, alejándolo de mí de un empujón—. No me jodas, Joe, si casi me matan por eso, por unos tales ciento cincuenta mil que yo qué coños voy a tener, ni siquiera sé de qué se trata, a ver si me explicas de una vez.

—De acuerdo, Culo Lindo, de acuerdo —retrocede él, tratando de apaciguarme para volver a lo de antes—, tú tranquila, mi amor, no te alteres, sigamos así en lo nuestro y después hablamos.

Yo necesitaba pensar un poco, poner pausa para asimilar lo que estaba pasando, bajarle la fiebre para no ir a cometer una gran insensatez. Y como todavía estábamos a oscuras y hacía frío, logré convencerlo de que saliéramos un instante al corredor, a enchufar la extensión eléctrica. Pero él seguía en el acoso, dispuesto a no dejarme reflexionar, así que la fiebre no bajó, por el contrario, subió unos grados más. Aunque no; creo recordar que las cosas no fueron tan así, me parece que le estoy mintiendo, míster Rose. Tal vez la escritura no sea un buen recurso para contar asuntos íntimos, o tal vez yo no debería estar contándoselos precisamente a usted; en todo caso esta historia no está saliendo clara. Lo confuso de los sentimientos que uno lleva por dentro es que nunca son lo que parecen, siempre son otra cosa distinta, y yo aquí le estoy asegurando que lo mío en ese momento por Joe eran físicas ganas, y claro, eso es un poco cierto, pero otro poco es muy falso, porque en últimas lo que yo sentía era urgencia desesperada de regresar a algo o a alguien después de un largo viaje, y el cuerpo conocido y alguna vez amado de Sleepy Joe podía parecerse a una casa, a un lugar donde te reciben con un abrazo.

Pero no deje que yo lo confunda con mis enredos psicoló-
gicos, míster Rose, de todas maneras esto que le estoy contando es una escena erótica. Y ahora viene otra confesión, todavía
más difícil, más cursilona todavía. Tiene que ver con una debilidad femenina. La verdad es que yo tenía un terrible complejo por estar tan flaca. La última vez que habíamos hecho el
amor yo pesaba unas buenas 44 libras más, y Sleepy Joe no era
tipo que valorara el raquitismo, no era de los se precian de llevar sílfides a la cama, y de mi cuerpo siempre había dicho que
le gustaba porque le proporcionaba bastante de dónde aga-
rrarse. Y ahora yo venía hecha un angarrio, estaba en el hueso
y no quería que él lo notara, que fuera a sentir que mis principales atractivos se habían esfumado. Y se me ocurrió una idea.
No sé si en ese momento o un poco después, en todo caso se
me ocurrió una idea, digamos que no tan buena. Espérame
aquí, le digo a Joe con voz sensual, así en plan seductor, espérame aquí, enseguida vengo.

Sleepy Joe se queda en la sala mientras yo me meto a mi alcoba y me quito la ropa. Toda la ropa. Mi espejo de luna está
roto; lo han destrozado, eso también, durante el allanamiento.
Pero queda un buen trozo colgando del marco, y ahí me miro.
Donde antes había un físico relleno y agradabilito, como alguien me había dicho alguna vez, ahora hay un cuerpo flaco,
demasiado flaco. Pero lo grave es que eso no es lo grave. Lo
peor no es la pérdida dramática de peso. Me fijo más bien en
otra cosa: se me nota el sufrimiento. Tal vez eso es lo que
Sleepy Joe no debe percibir: que yo he sufrido. Lo que necesito ocultar de él no es tanto la flacura, sino el dolor y el cansancio que llevo encima. La persona que aparece en el espejo está
mascada por las vacas, o pasada por la máquina trituradora.
Todo lo que me ha sucedido me ha dejado el alma vuelta gelatina, y algo me dice que Sleepy Joe no debe notarlo. ¿Por qué?
No sé bien, me pareció muy antiafrodisíaco, digo, quién iba a
querer echarse un polvo con alguien tan apaleado. Creo que
en ese momento pensé que no estaba yo muy seductora que
digamos; al menos con la ropa puesta el abatimiento se notaba
menos, y sin ropa toda mi verdad saltaba a la vista. Pero ahora
que se lo cuento, míster Rose, ahora pienso distinto, estoy se-

gura de que la verdadera razón fue otra, yo no quería que Sleepy Joe me adivinara el descalabro, porque iba a cobrármelo caro. Iba a ensañarse contra mí. Iba a aprovechar mi debilidad para hacerme daño. Mostrarme desnuda ante él era como perder mi coraza y exponerme. Pero ya le digo, eso lo pienso ahora, esa noche estaba en otra cosa, y el paso siguiente fue soltarme el pelo y agachar la cabeza para cepillármelo todo hacia delante, todo, todo, hacia delante, y después de un solo golpe tirarlo hacia atrás, para que me cayera sobre la espalda con buen volumen y se viera esponjado, ¿si me entiende? Y luego me puse el abrigo de *mink* que me había regalado Socorro, por fin le encontraba algún uso al tal abrigo, y me lo chanté sobre el puro pellejo, así escurrido de los hombros, bien desnudota debajo. Viejo truco femenino, ese de apantallar a un tipo apareciéndosele *nude in fur*, a lo Marilyn Monroe; sobre todo muy recursivo a la hora de camuflar defectos físicos, en este caso mi demasiado adelgazamiento, que Sleepy Joe no fuera a notar que yo andaba flaca como una gata. Para no hablar de la hemorragia, claro; ante todo que no se pillara ese detalle, que no fuera a sospechar que yo andaba con la regla, porque ahí sí, se me iba todo el *sepsapil* a la mierda, no había nada que lo horrorizara más que la sangre menstrual, ya dije que a ese hombre nadie le ganaba en materia de mañas y prejuicios. Así que me empeloté, encima me chanté el *mink* y salí a probar suerte. Mi Greg, con su afición por las canciones de antaño, guardaba un video en el que Eartha Kitt cantaba *Santa Baby*. En ese video está desnuda la Kitt, o eso parece, y se arropa con un *mink* blanco, y pobre mi Greg la imitaba con una toalla en vez de estola y haciéndose el payaso, mostrando los hombros mientras le montaba un numerito de karaoke a la canción, que habla de una chica que seduce a San Nicolás para que le traiga un convertible azul: *Santa baby, I'll wait up for you dear, so hurry down the chimney tonight*. Bueno, pues haga de cuenta. Pero primero déjeme espantar a Greg de la memoria, míster Rose, y ahorita le sigo con la historia. Es que no sabe cuánto me pesa el recuerdo de Greg, su triste muerte, y todos esos cuernos que le puse, no hay derecho, pobre mi viejo. Y pobre yo también, ahora sin su amor y sin su compañía.

En fin. Ahí vamos de nuevo. Yo que me le voy acercando a Sleepy Joe con mi *mink* terciado, haciéndome la muy seductora, taratatá, una sexy gatita que avanza suavemente y paso a paso por el corredor, tarareando la canción de Eartha Kitt y dejando deslizar bien despacito el abrigo por mi espalda... Y lo que sucede es que el bestia de Sleepy Joe, en vez de fijarse en mí, de pronto cae en cuenta de que yo poseo un abrigo de *mink*. Píllese mis palabras, míster Rose: Joe cae en cuenta de que yo poseo un abrigo de *mink*. Y se pone como un demonio.

—¡Zorra! —me grita—. ¡Tú tienes el dinero! ¡Cogiste los ciento cincuenta mil! ¿De dónde, si no, sacaste ese abrigo? ¡Lo compraste con ese dinero, maldita zorra, confiésalo!

Increíble, para Sleepy Joe ese abrigo fue la prueba de que yo tenía el dinero, lo estaba desperdiciando en lujos y le estaba mintiendo. Y ahí empezó a ponerse violento, y a zarandearme para que le dijera dónde lo escondía. Abría inmensa la bocota muy cerca de mi cara y me gritaba, ¿dónde tienes el dinero, perra? ¿Ya te lo gastaste todo? ¿No dejaste ni un poquito para mí? No me bajaba de zorra y de perra. ¿Ni un poquito para tu papito? ¿Ah, perra? ¿Ni un poquito? Me tenía agarrada por el pelo y me lo jalaba tanto que me lastimaba. No puede ser, pensaba yo, no puede ser que la vida se repita, antes había sido Birdie, el del FBI, y ahora Sleepy Joe, los dos maltratándome por lo mismo, con la diferencia de que Sleepy Joe no llegaba a abofetearme, me matoneaba pero no me golpeaba, eso que quede claro, míster Rose: Sleepy Joe, el hampón, el malandro, no llegaba a pegarme, mientras que los del FBI, que eran supuestamente *Law & Order*, me habían dado una soberana paliza. Pero hay que reconocer que las dos escenas tenían su paralelismo, y pensar que tanta jarana, antes y ahora, era por un dinero que en mi vida había visto, ciento cincuenta mil dólares del alma, puta madre, si yo hubiera tenido ciento cincuenta mil dólares en el bolsillo ninguno de estos patanes me habría vuelto a ver ni en las curvas, ya me habría largado hacía mil años para Sevilla, Sevilla en primavera toda florecida de azahares, la ciudad que yo nunca había visto pero que siempre soñaba, yo en Sevilla, donde esos brutos ya no podrían ponerme la mano encima, y trataba de pensar en eso, sólo en eso, trataba de concentrarme en Sevilla y sus azahares mientras Sleepy Joe me sacudía y me gritaba, sacando pecho y alardeando superioridad, exhibiendo estatura, alzándome a gritos para que yo temblara ante su voz gruesa y poderosa. Todo ese despliegue de hombría para que yo me achicara a sus pies como un gusano, me encogiera hasta desaparecer. Qué quería el hijueputa, ¿que le pidiera perdón? De acuerdo, le pido perdón entonces, se la mamo si eso es lo que quiere, cualquier cosa con tal de que no me reviente la cara, y ya estaba yo a punto de pedirle perdón de rodillas. Pero perdón, ¿de qué? Perdón de nada, qué carajo, si nada había hecho, ni siquiera había visto la plata esa, y tocado sí que menos. Pedir perdón por puro cansancio, para salvarme, para que el bestia sintiera que ya había ganado, que el *round* era suyo, que acaban de coronarlo campeón, que yo era una nada a su lado y que no valía la pena seguir agrediendo. Pedir perdón para que el macho contuviera el ataque.

Pero no, hasta allá no quería yo llegar, pedir perdón hubiera sido entregarme, doblarme, humillarme, y pues no, no me daba la gana, ¿acaso no venía de sobrevivir en el propio infierno? Allá había tenido que aprender a defenderme de fieras de verdad, no era cosa de dejar que ahora me derrotara un pobre huevón de mierda. ¿Y si le hacía el *swiss kiss* y le arrancaba el labio, a ver si dejaba de gritar? La verdad era que en Manninpox yo nunca había practicado el *swiss kiss*, sólo lo conocía de oídas, más seguro jugármela con una más fácil, así que le encajé un cabezazo brutal en toda la nariz, que sonó crac, como una ramita que se quiebra, y cuando veo el desconcierto con que el idiota se lleva las manos a la cara bañada en sangre, me digo, ¡ahora, María Paz, ahora o nunca! Y me escabullo, como quien dice fácilmente: así flaca y desnuda como estoy logro zafarme suavecito, resbaladito, escurriéndome del abrigo como una culebra de su antigua epidermis. Y ahí queda el tipo con esas pieles apolilladas en la mano, más sorprendido que otra cosa y con la cara bañada en sangre, hasta que tira el abrigo a un lado para salir corriendo detrás de mí, pero se enreda en la extensión eléctrica y se va de trompa al suelo, y como es tan grande cae como un armario, haciendo un ruidajón y dejando el apartamento de nuevo a oscuras. Si hubiera visto ese porrazo, míster Rose, la forma ridícula en que cayó como una plasta, en medio de todo fue para risas, lástima no haber tenido cámara para filmarlo. Inolvidable su aullido cuando se da el segundo guamazo de la noche en esa pobre nariz que ya tiene hecha pomada. Eso me da tiempo para correr hasta mi alcoba, y ahí me escondo detrás del colchón apestoso, que está parado contra la pared, dejando abajo un ángulo donde apenas quepo. Y ahí me quedo esperando, protegida por la oscuridad y escuchando cómo el tipo va por la casa buscándome a tientas y bramando. Pero ninguna noche es eterna, y la luz empieza a entrar por la ventana. Está amaneciendo. Una como bruma pálida invade la habitación, y como es espesita en un primer momento no alcanza a colarse hasta mi escondite, pero poco a poco se va haciendo líquida, hasta que me deja expuesta; basta con que Sleepy Joe se asome para que me pille, ahí encogida detrás del colchón, como un triste ratón cagado del susto.

Pues no, así no va a ser la cosa. En vez de empanicar, me voy llenando de calma. Si ya no hay nada que hacer, me digo a mí misma, pues tampoco queda nada que temer. Si Joe me va a encontrar, mejor que me encuentre de pie y en guardia. Entonces dejo el escondite, saco del clóset el bate de béisbol que Greg conservaba desde la adolescencia, lo agarro bien asido, firmemente, con ambas manos, y me coloco estratégicamente detrás de la puerta, afianzando los pies en el suelo. Me planto bien plantada, para poder descerrajarle el bate en la cabeza tan pronto traspase el umbral. Ya escucho el taconeo de sus botas amarillas. Ya se acerca. Si va a hacerme daño, entonces que aguante todo el daño que yo puedo hacerle a él. Greg me había hecho ver mil veces su video favorito, el de *Los veinte mejores home runs de todos los tiempos*, que traía entre otros *highlights* el batazo glorioso de Kirk Gibson en el Dodgers Stadium, y la carrera increíble de Bill Mazeroski en la World Series, y la actuación más estelar de todas, una que de tanto mirarla hasta yo me había aprendido de memoria, la de Robert *Bobby* Brown Thompson el 3 de octubre de 1951, cuando compite por los Giants y contra los Dodgers por el título de la Liga Nacional, y le caza el lanzamiento al *pitcher* Ralph Branca y le da a esa bola con alma, vida y cojones para mandarla al mismísimo carajo, y por ahí derecho se jala el *home run* más célebre de todos los tiempos... Pues así igualito me veía yo a mí misma, ahí, detrás de la puerta, con mi bate bien agarrado y lista para pegar el hijueputa batazo que va a sacar al cretino del Sleepy Joe volando por la ventana y lo va a clavar de cabeza en el asfalto, para que quede como lo que es, una mierdita, una piltrafa que van a pisar todos los que pasen, como si fuera otro desecho más en las calles de mi barrio.

Y vaya fracaso. Qué desastre de beisbolista resulto. Entra Sleepy Joe y en dos minutos me quita el bate.

—Hora de rezar, Culo Lindo —me dice con la cara toda embarrada en babas y en sangre, y como la voz le sale gangosa por esa nariz rota, el pobre suena más abatido que furioso.

—Pues dale —le digo—, súbete a la azotea y échate tus rezos, que aquí te espero.

Mucho que me iba a hacer caso. Ahí mismo me agarra del brazo, me lo dobla a la espalda con una llave de jiu-jitsu y me obliga a subir hasta la azotea por la escalerita. Obvio, está amaneciendo, la hora en que los hermanitos eslovacos se dan a los rezos. Una vez arriba, Sleepy Joe se quita el cinturón y con él me amarra al riel del pasamanos, así, desnuda como estoy y con las manos atrás.

—A ver si me dejas rezar tranquilo, zorra traicionera —me dice.

—Tengo frío, Joe —me quejo.

—Calla, perra, o te caliento a guantazos.

—Pero por qué me amarras...

—Para que no te vayas.

—No me voy a ir, quiero estar contigo...

—Perra embustera.

En realidad nunca antes había visto lo que hacían el par de hermanos en la azotea a la hora de los rezos, porque no me dejaban subir, decían que era cosa de hombres. Esta vez puedo ver cómo Joe prende cirios, extiende trapos, trajina con una campanita, saca Biblia, incienso, no sé qué otros objetos, y lo va colocando todo meticulosamente sobre una tela roja que ha extendido en el piso, como si fuera picnic. Se nos viene una misa muy berraca, me digo.

—Ya deja el juego, Joe —le pido—. Ven, cariño, suéltame las manos. Por lo menos tápame con algo, no me dejes así que está cayendo el fresco. Y no te acerques tanto al borde, *baby*, no vaya a ser que te caigas —le digo en plan meloso a ver si lo conmuevo, pero está tan absorto en su ceremonia que ya ni me pela.

»Ven, Joe, dame un beso. —Ya no sé que más inventar—. Dale, suéltame, no seas malito, deja que te cure esa nariz, pobrecito *baby*, ¿te duele mucho? Y por qué no más bien volvemos abajo, si estábamos tan rico...

—Calla, puta, que estoy en otra cosa —me dice sin mirarme siquiera.

Y es cierto, definitivamente está en otra cosa, en un viaje astral o quién sabe qué mierda, es como si de pronto fuera un habitante de otro mundo. Ahora anda uña y mugre con Dios y nada más le importa. Mientras tanto la ciudad duerme todavía allá abajo, y yo tiemblo de frío. ¿Qué puedo hacer? ¿Gritar, despertar al vecindario, pedir ayuda, armar un alboroto? Gran idea, bien pensado. Sólo que también lo piensa Joe, que interrumpe su misa, se me acerca y me amordaza con un pañuelo, y hasta ahí me llega el plan de emergencia. Luego el loco se aleja unos cien pies y se arrodilla justo al borde del vacío, porque no tienen barandal las azoteas en cemento de los edificios pobres como el mío: el despeñadero es el límite. Un viento venido de lejos barre el escenario, apaga los cirios y me sacude el pelo. Abajo la ciudad va despertando poco a poco, y a mí me cuesta reconocer a mi cuñado. Hace un rato era un macho que ardía en testosterona, y ahora quiere parecer una especie de ángel que arde en luz divina. Se mueve en cámara lenta, algo a medio camino entre obispo y maestro de yin yoga, y empieza a salmodiar, primero en voz baja, con la cabeza gacha y recogido sobre sí mismo, como un gran feto que flotara en el líquido amniótico de la primera mañana. Luego va subiendo el volumen. Se endereza y deja caer dramáticamente la cabeza hacia atrás y empieza a convulsionar, o algo parecido, como si estuviera recibiendo corrientazos. Le sacude el cuerpo una especie de epilepsia, pero moderada, digamos más bien que un *petit mal*, no voy a saber yo de eso, con todos los institutos de salud mental a los que he tenido que llevar a mi hermana Violeta.

Y ahí empieza Sleepy Joe a cantar en dos tonos, primero uno y después el otro. Para el primero se saca de la garganta una voz enorme y grave, como la de Greg, tal vez; si cierro los ojos puedo sentir que es el propio Greg el que está ahí, dándole al gregoriano. Puta vida, pienso, ya me tiene alucinando este incienso, no por nada huele como la marihuana. ¿Qué pretende este hombre con todo esto? ¿De qué se trata este teatro amargo? ¿Añora al hermano muerto? ¿Lo convoca? No es por nada, pero yo empiezo a sentir escalofríos. Y luego ya no es más la voz de Greg la que sale de su garganta; ahora es una vocecita delgada, casi infantil, la que va salmodiando las respuestas. ¿La voz del propio Sleepy Joe, de niño? ¿Los dos hermanos otra vez juntos y rezando? Ay, mamita, qué es esto tan pavoroso, me erizan la piel esos lamentos, no sé, deben ser cantos muy antiguos y venidos de Eslovaquia, pero tan incomprensibles, puta madre, relámpagos sobre Tatras. Y en medio de todo, la escena tiene su imponencia, no voy a decir que no: se ve poderosa la silueta de Sleepy Joe recortada contra la ciudad. Notable, el patán de mi cuñado convertido en un sacerdote oscuro y medio desnudo, con la cara ensangrentada y la sangre que le escurre hasta el pecho y baña el crucifijo que lleva tatuado. Extiende los brazos como si quisiera abarcar al universo y descuelga hacia atrás la cabeza, y ya nada es para risas, esto me está horrorizando.

Su espalda se tensa, tan arqueada que en el pecho el costillar se le marca como una bóveda. Empiezo a psicosearme, no sé, en todo caso por un instante hasta me parece que Sleepy Joe despide calor y brillo. Tal vez arde; da la impresión de que el aire a su alrededor se ha vuelto inflamable. Se le brotan las venas del cuello y aprieta tanto los puños que puedo adivinar cómo las uñas se le entierran en las palmas. ¿Será verdad que tiene vaya uno a saber qué poderes sobrenaturales? Greg a veces me decía que su hermanito tenía poderes, que estaba imbuido del Espíritu, pero yo por supuesto nunca le puse bolas, si yo sabía mejor que nadie que el verdadero poder de su hermanito iba muy por otro lado. Pero ahora que lo veo en estos desplantes místicos, hasta dudas me surgen. No puede ser, me digo, déjate de pendejadas, María Paz, qué poderes ni qué niño envuelto, si es apenas el huevón de tu cuñado haciendo monerías entre un poco de baldes desfondados, tinacos oxidados y láminas de latón. Pero la verdad es que ese hombre con la cara bañada en sangre que celebra un rito antiguo, por momentos me parece que es algo más que un hombre.

Claro que no, yo sé que no. No es más que un loco de mierda. *He's not the devil, he's just a man.* Es una frase que he escuchado en alguna película y que ahora se me viene a la cabeza. Me hace bien, esa frase, me tranquiliza un poco, *not the devil, just a fucking man.* Me lo digo y me lo repito, este Sleepy Joe es como el coyote, misterioso pero pendejo. Un pobre miserable, jodido y reventado. Pero así como está, sacudido por esa especie de orgasmo cósmico, con los ojos en blanco y volteados hacia el cielo, madre mía, así inspira respeto. Se lo juro, míster Rose: *more than a man.* Como si unos cimbronazos de alto voltaje lo hubieran transformado, así empieza a parecerme en cierto momento, y en ese cierto momento voy entendiendo ciertas cosas. Siento que Corina está a mi lado y de repente la comprendo, ahora sí te creo, Corina del alma, perdóname la torpeza. ¿Esto fue lo que viste, Cori? ¿Por esto huiste, para salvar tu vida? ¿Esto te mató las lombrices del susto? ¿Este miedo que ahora siento fue tu mismo miedo? ¿Estos gritos que se me atragantan son tus mismos gritos? Ay, Bolivia, mamacita linda, tú que estás en los cielos, y ay, Corina, mi buena amiga, tú que estás en Chalatenango, tengan piedad de mí, sálvenme de este demente.

Algo ha sucedido, puedo percibir que ese tipo vulgar que ha sido mi enamorado, ahora es dueño de una fortaleza horrenda. Es un ser pavoroso, hacia adentro y hacia afuera: infunde pavor y a la vez el pavor lo devora, su fe no es otra cosa que pánico elevado a una enloquecedora potencia. Es la primera vez que lo veo así, en plena metamorfosis. Pero ya conocía los indicios. Los percibía cada vez que hacíamos el amor. Lo normal era que Sleepy Joe anduviera por la vida medio dormido, falto de iniciativa, desplanado, indiferente y amodorrado, un paquete de músculos subutilizados. Pero en la cama, en cambio, era capaz de sacarse de adentro un voltaje sorprendente.

—Si le pusieras al trabajo la misma cantidad de energía —le decía yo siempre—, ya estarías millonario.

Y es que en materia de sexo, todo en él era mucho y muy grande y duraba una eternidad; había en él una especie de exceso que a mí me hacía pensar en un macho cabrío, un animal en celo, un sátiro, algo no del todo humano, unos monos hipersexuados e hiperactivos en un zoológico al que llevé una vez a Violeta, que se hacían la paja ahí en su jaula y cogían como locos, y que a Violeta la dejaron boquiabierta. Vámonos, le decía yo y la jalaba del brazo, vámonos, Violeta, a ver otros animales más lindos. Pero Violeta no se movía de allí, ve tú, me respondía, yo quiero ver esto.

En los arrebatos de rabia que a cada rato llevaban a Sleepy Joe a querer acabar con todos y con todo, ahí también había adivinado yo a este otro Joe que por fin ahora estaba viendo claramente. El monje de la azotea ya no era mi cuñado, ni mi novio, ni mi amante, ni el hermanito de Greg, ni tampoco el pobre Joe, el bueno para nada, el dormido, el solitario, el falso camionero. Esto de ahora era otra cosa, un poseso afiebrado, un lunático, un sacerdote siniestro, un payaso asesino. Este hijo de la gran puta es capaz de matarme, pensé; de pronto lo vi claro. Como mínimo me empala con una escoba, como a Corina.

Había unos clavos por ahí tirados y me puse a tratar de acercar alguno con el pie, poquito a poco, con mucho disimulo. Hasta que tuve uno a mano y con eso empecé a aflojar el nudo de la correa, haciéndole con mañita, con paciencia, poco a poco. Era el momento de jugármela al todo o nada: Sleepy Joe andaba volando, como quien dice *stoned* con la presencia divina, y como el nudo ya iba cediendo, le pegué un buen tirón a la correa, logré zafarme y me tiré como pude escaleras abajo.

No iba a cometer el error de antes, no más la bobada de esconderme dentro del apartamento, eso sería atorarme en la ratonera; esta vez agarré mi abrigo de *mink* y mis zapatos, que estaban en el piso de la sala, y también la billetera de Joe, que en un golpe de astucia alcancé a sacar del bolsillo de su chaqueta, y corrí directo a la puerta de entrada. Salí al corredor, bajé volando los cinco pisos... ¡y a la calle! Me arropé bien en mi abrigo para que no se notara que por debajo andaba empelota, y al rato ya estaba perdiéndome por los laberintos del metro.

¡Pero Hero! Carajo, otra vez había dejado atrás a Hero, no lo había visto por ahí cuando salí en estampida, y ponerme a buscarlo en ese momento hubiera sido suicida. Pero pasara lo que pasase, esta vez estaba decidida a rescatarlo. Varias estaciones más adelante dejé el metro y tomé un taxi. Usted se preguntará, míster Rose, por qué no llamé a la Policía para denunciar a Sleepy Joe. ¿Quiere saber por qué? Porque la Policía es el enemigo, ésa es la principal diferencia entre la gente como usted y la gente como yo: ustedes tienen a la autoridad de su lado, nosotros siempre la tenemos en contra. Si hubiera recurrido a la Policía, así en *parole* como estaba, *ex con*, desmechada, en cueros y de *mink*, ¿se imagina adónde habría ido a templar, míster Rose?

—Lléveme lejos —le dije al taxista.

—¿Adónde?

—Lejos.

Después de dar varias vueltas ni sé por dónde, le doy al taxista la dirección de mi casa y le indico que estacione ahí cerca, ocultándose detrás de unos contenedores de basura, a media cuadra de mi edificio. Observo un poco al tipo. Es un camaján salido del África profunda, de pocas palabras y malas pulgas. Éste es el mío, me digo. Tiene calle, pienso, éste no se arruga. Y por dinero no habrá problema, acabo de encontrar trescientos dólares en la billetera de mi cuñadito.

—Si no le molesta, voy a esconderme aquí —le digo al taxista, hundiéndome entre la silla trasera y el respaldar de la delantera, y aceitándole la mano con un billete de cien—. Usted va a subir al quinto piso de aquel edificio, y me dice si hay alguien ahí. Entra al apartamento, revisa por todos lados, el baño, la cocina, todo. Si no ve a nadie abajo, sube a la terraza. Sólo tiene que echar un vistazo, viene y me avisa.

—¿Cómo entro?

—La puerta no tiene llave. Es que no quiero encontrarme con el borracho de mi marido, ¿sabe?, cuando toma me casca. No es nada raro, no se preocupe...

—No estoy preocupado —me corta el hombre; al parecer esa clase de trabajitos hacen parte de su rutina.

—Si se cruza con él, sólo pídale disculpas y dígale que se equivocó de piso.

—Yo sé cuidarme, *miss*.

—De acuerdo. Aquí lo espero.

A los diez minutos baja el taxista, fresco como una lechuga. *He's in there alright*, me dice, ahí está en la terraza, es un rubio alto.

—Entonces vamos a esperar a que salga. Yo sigo aquí abajo, y usted echa ojo. Tengo otros cincuenta para usted, gáneselos fácil, sólo avíseme cuando vea salir al rubio.

—*There goes the son of a bitch* —me dice el taxista, tres cuartos de hora más tarde, señalando hacia la puerta de mi edificio—. Ése es el tipo que vi arriba.

Y sí, ése era. Con las manos en los bolsillos y la cabeza hundida en el cuello de la chaqueta, Sleepy Joe salía caminando hacia abajo por la avenida, hasta perderse de vista.

—Espéreme aquí —le pido al taxista. Mi plan es entrar de volada al apartamento, rescatar a Hero, sacar algo de ropa, sobre todo la que Pro Bono me ha regalado para mi juicio, que ya está encima, y largarme de ahí para siempre.

¿Hero?, empiezo a llamarlo. ¿Hero? ¡Hero!, le grito, ven acá, perrito, dónde estás, mi precioso, dónde te metiste, ven con mamá, no tengas miedo, ya se fue Joe, ya no está por aquí la fiera. Pero mi perro nada que aparece. Lo busco debajo del sofá, detrás de la nevera, en la bañera, en los clósets, y nada. En algún lado tiene que estar, siempre sale a perderse y se esconde bien escondido cuando Sleepy Joe anda cerca. Pero no lo veo por ningún lado y no es tan grande mi apartamento, no hay tanto donde buscar, rápidamente se me agotan las posibilidades. Entonces subo a la azotea, ya muy extrañada y como por no dejar, sé que ahí no puede estar, así mutiladito Hero no puede subir esas escaleras.

El sol ya se ha instalado de lleno en la plancha de concreto, y por ahí regados veo los restos de la tal ceremonia que hace un rato celebraba Sleepy Joe. Cachos de vela, pegotes de cera, unos cuantos trapos que el viento arrastra, el hilito de humo de lo que queda de incienso. Poco más. Ahora que le cuento esto, míster Rose, se me viene a la cabeza la imagen de una discoteca estupenda en la que estuve una vez. Con Sleepy Joe, una noche que Greg pasó por fuera porque tuvo que viajar al pueblo donde tenía su casa, a atender un problema de goteras que le habían arruinado la alfombra. Sleepy Joe y yo aprovechamos su ausencia para salir a bailar. La iniciativa fue mía, yo puse el dinero y escogí el lugar, una discoteca que se llama Le Palace y que resultó ser el sitio más espectacular que yo había visto en mi vida. Le juro que esa noche me sentía en otro mundo, con esa música a todo trapo que me penetraba y me vibraba por dentro, y esa patota extravagante que volaba con éxtasis y tomaba agua a lo loco, las mujeres mostrando las tetas, los travestis envueltos en plumas y lentejuelas, las parejas flotando en un despliegue increíble de rayos láser y juegos visuales de *high tech*. Cuatro pisos de música en vivo, risas de gente despreocupada, y yo nadando en luz como si estuviera dentro de un estanque y debajo del agua, sin saber si esos prodigios de veras los vivía o me los estaba soñando. Sobra decirle que la pasé dichosa, aunque Sleepy Joe estuviera de pésimo genio y fuera una ranga para bailar. Pero se me cayó un arete. Eran unas candonguitas de oro que me gustaban mucho y en medio del agite se me cayó una, pero no caí cuenta hasta llegar a casa. Así que a la mañana siguiente tuve que regresar a la disco, ya sola, para ver si podía recuperar mi candonga. El lugar estaba cerrado pero los empleados me permitieron entrar mientras buscaban mi candonga, y yo quedé lela. No podía creer lo que estaba viendo. A la luz del día, todo el hechizo de la noche anterior se había hecho trizas, haga de cuenta el mundo de Cenicienta cuando suenan las doce campanadas. El tal Le Palace era apenas unos galpones vacíos de lo más desangelados, la verdad un sitio medio tétrico, todo silencioso y destartalado, con los muebles cubiertos de polvo, las paredes mal pintadas de negro, las cortinas desgarradas, un tufo asfixiante a colilla y basura por los rincones. A la luz del día, a eso quedaba reducido mi paraíso nocturno.

Ahora, en la azotea de mi edificio, yo miraba con la misma desazón lo que quedaba del gran ceremonial de mi cuñado. Qué desolación, qué poca cosa, haga de cuenta pedazos de juguetes rotos, ésa fue la sensación que tuve, restos de un juego de niños. Toda la escena no había sido más que un remedo pobre y absurdo de un verdadero ritual. ¿Y ése había sido el horror? ¿Ésa la pesadilla tenebrosa? Le juro que me sentí ridícula, míster Rose, avergonzada de tanto fantasma que había alimentado en mi cabeza. ¿De dónde había salido ese miedo injustificado, que apenas un par de horas antes me tenía paralizada?

Hasta que descubro aquello, y la sangre se me congela en las venas. Fue tan aterrador lo que vi, que las piernas se me aflojaron y me caí al suelo. Tuve que taparme la boca para ahogar el grito que sin embargo se me escapó, quebrado, casi cómico, uno de esos alaridos femeninos de mala película de terror. Y entonces sí, lo que experimenté fue un terror visceral, absoluto.

Vi a Hero. Sleepy Joe lo había clavado a la pared. Al perrito. Sleepy Joe había clavado mi perrito a la pared, allá arriba, en la azotea. Ahí estaba Hero clavado, desangrado, muerto ya.

Quedé doblada en dos, como si me hubieran encajado una patada en el estómago. No podía del dolor, del horror, de la angustia, y temblaba, míster Rose, temblaba como una azogada. Cuando pude reaccionar desclavé a mi animal, le lavé las heridas, le besé el hociquito, lo acaricié mucho rato, llorando, y luego metí sus restos dentro de una funda de almohada.

Del cuaderno de Cleve

No había vuelto a saber nada de María Paz desde que me pidieron la renuncia al taller de escritura en Manninpox. Pero pensaba mucho en ella, o mejor dicho todo el tiempo. Andaba enganchado en su olor, enredado en su pelo, soñando con sus ojos, deseando locamente sus piernas. Quién sabe si podría volver a verla, y la duda me estaba matando. Cuando busqué la manera de visitarla en la prisión, me informaron de que ahí ya no estaba. Sus antiguas compañeras no supieron decirme nada; aparentemente no tenían noticias. Y de repente un día, temprano por la mañana, estoy conectado a Facebook y me salta en la pantalla una de esas solicitudes de amistad. Siempre las rechazo, me aburren esas intromisiones de extraños, pero ésta decía «Juanita quiere ser tu amiga», y yo ni idea quién podría ser Juanita, pero en todo caso su nombre era latino y enseguida pensé que detrás de esa Juanita podría estar María Paz. ¿Instinto? No. ¿Premonición? Nada de eso, simplemente amor desesperado. Cuántas veces antes no habría yo contestado al teléfono seguro de que sería ella, y nada. Cuántas veces no habría seguido a una mujer por la calle pensando que podía ser ella, y nada. Y ahora otra vez. Me saltó esa solicitud de amistad y enseguida sentí que por ahí detrás podría asomar ella. Y así fue. Esta vez sí. Era ella.

Me andaba buscando a través de una amiga suya, la tal Juanita que me contactaba. Por esa vía nos pusimos una cita para esa misma tarde en el Central Park, y como yo andaba por las Catskill, volando de la ilusión y de los nervios como un quinceañero, por poco me mato en la carretera con tal de llegarle a tiempo. El reencuentro fue en un lugar propuesto por ella, la plazoleta de Alicia, la del país de las maravillas, en el corazón del parque.

No puedo decir que ese primer momento haya sido efusivo. Nada que ver con un encuentro de película romántica. Algo no funcionaba, algo se había quebrado y las cosas no eran ya como en Manninpox. Yo llevaba semanas pasándome por la memoria, como disco rayado, cada uno de esos instantes de complicidad, esos sobresaltos disimulados, esos corrientazos de atracción prohibida que se habían dado en la cárcel entre ella y yo. Y aquí nada de eso, ni remotamente. En medio del parque y a plena luz del día, en ese lugar de juegos infantiles, ella tan libre como yo, ya sin guardias, impedimentos ni reglamentos, la cosa había perdido su magia. Éramos un par de extraños, ella ya sin su uniforme, bien arreglada, con el pelo más largo, unos aretes vistosos y bastante maquillaje, a lo mejor más linda que antes, no sé, en todo caso mucho más delgada. Y en todo caso extraña, como si se hubiera apagado esa belleza cruda que me había atraído tan rabiosamente en Manninpox. Ausente, ésa sería la palabra; era como si estuviera ahí sin estar. Alguien alelado, o despierto sólo a medias. Me dio la sensación de estar viendo a un recién resucitado, un ser que proviene de otro plano de la realidad y no acaba de aterrizar en éste. Yo trataba de convencerme de que la mujer de mis sueños y esta desconocida que ahora tenía enfrente eran la misma persona, pero no, no empataban. Intenté darle un abrazo, a ver si el contacto físico rompía el hielo, pero ella no se dejó, me cortó en seco y yo me sentí fatal, equivocado, ridículo, fuera de lugar. Ya después me contó la manera sorprendente y casi milagrosa como salió de Manninpox, y ahí pude entender mejor por dónde venía la mano. Esta mujer logró volver de un lugar sin retorno, pensé; acaba de regresar del inframundo y el mundo todavía le es ajeno.

¿Y qué primera impresión habré causado yo en ella? Tampoco muy buena, supongo. Debí de parecerle de lo más común, ya sin el aura de profesor de escritura, con mi chaqueta de cuero raído y mis botas de enduro, que son blancas porque las compré de segunda y tuve que resignarme a ese mal color, y que aparte de blancas son abultadas, como si las hubiera fabricado la NASA para andar por la luna. Para no hablar de la fea raya roja que el casco me deja en la frente, porque me talla un poco. Hay motociclistas que tan pronto se quitan el casco, se esponjan un poco el pelo con la mano y ya está, quedan fantásticos. Yo desde luego no soy de ésos, cuando recién me saco el casco parezco húmedo y despistado, como un pollo acabado de salir del cascarón.

Lo primero que María Paz me preguntó, tan pronto me vio, fue si había recibido su escrito. Y yo ni idea, ¿qué escrito? Uno larguísimo, me dijo, había durado días y días allá en Manninpox trabajando en eso para mí. Que yo no supiera de qué me estaba hablando la decepcionó profundamente, la dejó mal, se notaba que había puesto el alma en el empeño de escribir su historia y la noticia de que había desaparecido le cayó como un golpe bajo, una nueva pérdida después de tantas, y yo me sentía como un tonto insistiéndole en que podríamos buscarlo, reclamárselo a esa señora de Staten Island a través de la cual, según me dijo, me lo había enviado. ¿Y por qué lo mandaste con esa señora, y no con tu abogado?, le pregunté, y me respondió que se venía una requisa, corría la voz de que estaban barriendo con todo, ella tenía pánico de que le decomisaran sus hojas y no tuvo más remedio que recurrir a la primera persona que se le presentó.

En todo caso la cosa estaba tensa, ahí en el parque. Tal vez había demasiada expectativa de parte y parte, y a la hora de la verdad pocos resultados. O tal vez mi carga de expectativa no era compartida por ella; en todo caso era como si el anticlímax se hubiera precipitado antes de que se diera el clímax. De pronto parecía que de la vieja empatía no quedaba mucho. La conversación andaba en reversa, cada frase era un parto, una extracción con fórceps, y eso por parte mía, yo aportaba todo el esfuerzo y la pujadera, y mientras tanto ella impertérrita: callada y ausente. Y yo ahí, echando el bofe, como jugando ping-pong yo solo y contra mí mismo. Qué diferencia con los momentos aquellos después de clase, la contención delante de las demás internas, el sobresalto frente a las guardias, las indirectas entre ella y yo, los jueguitos de palabras, la seducción camuflada, la botadera de corriente, la pulsión sexual en circunstancias extremas. Mejor dicho un coqueteo ilícito de todo el carajo ahí en esa cárcel, o al menos así lo había vivido yo, y en cambio ahora todo era plano, tristemente antiorgásmico. Por fin teníamos la oportunidad de decirnos todo lo que antes habíamos tenido que callar, pero era como si ya no quisiéramos decir nada. María Paz estaba definitivamente rara. Había tanto abatimiento en su expresión, tanta tristeza. Yo trataba de abrirme camino con el interrogatorio de rigor: ¿cuándo saliste de Manninpox?, ¿te declararon inocente?, ¿andas en libertad condicional?, ¿cómo has estado desde entonces?, ¿pudiste reencontrarte con tu hermana? Pero preguntas elementales como ésas parecían aturdirla, o aburrirla, no sé, en todo caso las dejaba pasar sin hacerles siquiera el intento. Y si le preguntaba por su estadía en la cárcel después de mi retiro, me respondía con un gesto de displicencia, todo eso se lo conté ya, en mi escrito, el que se perdió, ahí estaba todo.

Mañana es mi juicio, me dijo de golpe, y ahí se me encendió el bombillo, vísperas del juicio, claro, ésa es la raíz del problema, imposible peor momento para intentar una *romantic connection*. Le dije que con razón estaba preocupada, y cómo no, no era para menos.

—No es por el juicio —me reviró.

—¿Entonces?

—Se perdió mi escrito, ¿le parece poco? ¿Sabe cuántos días estuve en ésas? ¿Sabe cuántas horas, con unos lapicitos de mierda del tamaño de un pucho? Hasta a oscuras escribía yo, no me joda, míster Rose. Yo soñando con que usted iba a leer eso algún día, yo lambiéndole a las guardias, a ver si me facilitaban cualquier trozo de papel, y ahora esa mierda va y se pierde, todo ese trabajo para nada, y usted viene y me dice que no me preocupe.

—María Paz, de veras lo lamento, yo más que nadie, pero no te pongas así conmigo, no es culpa mía.

—Pues sí es culpa suya, y si no de quién. Usted fue el que me metió el embeleco en la cabeza —me dijo dándome la espalda, y por ahí derecho sacó del bolso unas hojas escritas, las rompió en pedazos y las tiró a un bote de basura.

—¿Qué haces? —le grité—. ¿Qué rompiste?

—Los capítulos nuevos que le traía. Total para qué, si ya se jodió todo.

Vaya numerito el que me iba armando. Ahí en pleno parque, un berrinche inesperado de nena malcriada con todo y destrozo de manuscrito, en un gesto teatral como de Moisés rompiendo las Tablas de la Ley. Si yo mismo no hubiera sido escritor, o aspirante a ello, no hubiera comprendido la desazón de quien había dejado los hígados en cada una de esas páginas, y qué digo en cada página: en cada párrafo, en cada línea... Y más en las condiciones tan rudas en que ella las había escrito, la ilusión tan grande con que lo había hecho. Así que me hizo el desplante de destruir aquello, o mejor dicho se lo hizo a sí misma, y ambos quedamos mustios, estremecidos, como de luto.

Me tomó un par de minutos reaccionar, pero lo hice. Me lancé al bote de basura, cual voluntario de la Cruz Roja, al rescate de los trozos sobrevivientes de aquel escrito. Algunos se habían untado de yogur orgánico, otros de taco turco, los más suertudos de helado Van Leeuwen.

—Deje así, míster Rose —me decía ella—, no se ponga en ésas.

Pero a mí nadie me detenía. Seguí escarbando sin asco y sin miedo hasta que logré recuperarlos casi todos, y aunque retaceados, pegotudos y arrugados, los capítulos de mi chica salieron del bote básicamente vivos, y susceptibles de cirugía reconstructiva. Así que los metí dentro de una bolsa plástica, también encontrada en la basura, y los atesoré en el bolsillo de mi chaqueta. Me hubiera gustado que, tras mi proeza, ella me hubiera mirado con reconocimiento y admiración, como Lois Lane al soso de Kent cuando finalmente descubre que es Superman. No fue así; en realidad María Paz no se mostró muy emotiva al respecto.

—Para qué se puso —fue todo lo que me dijo, pero yo sospecho que en el fondo el gesto debió conmoverla.

Al rato le pregunté, ¿quieres que vaya?, y me dijo ¿adónde? Pues a tu juicio, María Paz, me gustaría acompañarte... Y ella aceptó, sin pasión pero aceptó, y seguimos ahí, como dos extraños, yo proveniente de un mundo bueno y fácil, ella venida de una cadena de dramas; yo con un futuro asegurado, ella con el destino pendiendo de un pelo; ella sentada en el hongo de bronce que está al lado del Sombrerero Loco, yo de pie, mirándola por entre las orejas del Conejo Blanco. Y los dos entrampados en ese diálogo de sordos. O de mudos, supongo, porque no era mucho lo que lográbamos articular. En todo caso yo ya estaba exhausto. Mejor dicho derrotado, a esas alturas casi seguro de que me lo había inventado todo y el tire y afloje ahí en Manninpox había sido unilateral, apenas producto de mi fantasía. Ya como por no dejar, se me ocurrió preguntarle, *why is a raven like a writing desk?*, el acertijo sin respuesta que plantea el Sombrerero Loco en el libro de Carroll. Supongo que lo dije porque al fin de cuentas estábamos precisamente en ese lugar. Y María Paz me supo contestar. Dijo *I haven't the slightest idea*, igual que Alicia. Tenía que haberse leído el libro al menos un par de veces, porque enseguida supo de qué se trataba y produjo la respuesta exacta, *I haven't the slightest idea.* ¡Bingo! Aquello fue mágico, ésa fue la conexión, la llave de la puerta hasta ese momento cerrada.

Y entonces sí, nos reímos, como si de golpe nos reconociéramos. Y nos abrazamos. Santo cielo, qué abrazo el que nos dimos, aquello sí fue un abrazo, de los buenos, de los largos, dos personas que por fin son una sola por obra de cuatro brazos que estrechan, que aprietan, que encuentran, que ya no quieren soltar. Su cara hundida en mi pecho, mi cara hundida en su pelo, un abrazo presentido, por mucho tiempo esperado, un abrazo desde siempre y para siempre. Lo que quiero decir es que nos dimos el abrazo de la vida, no sé si me explico.

Y ya todo entre nosotros empezó a marchar como antes, pero mucho mejor que antes; podría decirse que entrábamos a esa segunda etapa de una trama, la que los novelistas gráficos llamamos *Things go right,* y que viene después de *Conflict begins* y antes de *Things go wrong.* Por ahora empezábamos a volar juntos en la beatitud del *Things go right,* y ella me dijo que quería conocer algo mío, algo de mi mundo, porque yo había compartido el suyo en los días de Manninpox y en cambio ella del mío no sabía nada, salvo lo que había podido imaginar a partir de los pocos datos que yo soltaba por ese entonces.

—Podemos hacerlo después —le dije—. Por ahora lo urgente es que descanses y te prepares...

—Tal vez no haya un después —me dijo—, quiero hacerlo ahora.

Entonces le pregunté si le gustaría visitar a Dorita y ella se mosqueó, porque pensó que me refería a mi novia. Le expliqué que Dorita no era novia mía sino del Poeta Suicida y que ambos eran los protagonistas de mi serie de novelas gráficas, y le propuse visitar juntos Forbidden Planet, en Broadway con la Trece, una tienda de manga y anime, cómics retros y modernos, objetos de cultura pop, figuras japonesas, *T-shirts* y *hoodies,* donde tanto los vendedores como los clientes habituales eran amigos míos y entusiastas de mis novelas. Le expliqué que Forbidden Planet era un cielo para *nerds,* un rincón nostálgico con olor a infancia perdida, donde los niños que ya no lo éramos conseguíamos juguetes. Es uno de mis lugares de culto y una gran vitrina para mi *Poeta Suicida y su novia Dorita*, le dije, y ella aceptó ir a condición de que antes comiéramos algo.

Entramos a la primera cafetería del Upper East Side que se nos cruzó por el camino, pedimos omelettes de espinacas con ensalada y ella empezó a contarme, ya con pelos y señales, la manera inverosímil como salió de Manninpox y el tropel de cosas que le venían ocurriendo desde entonces. Todo aquello era muy fuerte y yo creí que ella iba a soltarse a llorar mientras hablaba, pero no fue así, mi chica estaba más allá de las lágrimas. Del juicio que iba a tener lugar al día siguiente no decíamos nada, ni una palabra, como si mencionarlo fuera desafiar a la suerte. Pero el tema tenía que salir, era malsano seguir evitándolo.

—Lo único importante en este momento es el juicio —dije, consciente de que no era una gran frase. Pero ella se mantuvo firme y no contestó.

En cambio me habló mucho de Sleepy Joe, su cuñado, y me confesó que había sido a la vez su amante. Insistió tanto en ese sujeto que me hizo sentir mal, por momentos parecía que sólo se interesaba por él. Y vaya historia la que me contó, una versión folklórica y espeluznante del drama de Paolo y Francesca, el par de cuñados que se hacen amantes y son arrojados por Dante al infierno. Sólo que a esos dos los había matado el marido, mientras que aquí el marido era el muerto. Según la descripción que María Paz me iba haciendo del cuñado, yo podía imaginármelo machista, maltratador de mujeres, ultracatólico, inculto, violento... y hasta ahí no más: un matón ordinario. Hasta que lo vi. Hablando del rey de Roma, y él que se asoma.

En un primer instante lo vi en los ojos de María Paz, mejor dicho vi el centelleo de pánico en los ojos de ella, que estaba sentada de ese lado de la mesa, mirando hacia la puerta de la cafetería. Yo de este lado, mirando hacia el fondo del local. De repente ella ve ese algo, o ese alguien, que aparece a mis espaldas, y se le van los colores de la cara. Yo volteo a mirar en dirección a la puerta y veo entrar a un macarra guapetón y mal encarado, huraño y hostil, de raza aria y contextura musculosa y elástica, farolón él, fantoche, embutido en *jeans* pitillo, de ésos tan pegados a las piernas que hay que metérselos con bolsa plástica, ostentando un cinturón de hebilla pesada con actitud de querer quitárselo para agarrar a todo el mundo a correazos. El tipo evita mirarnos pero es evidente que ya nos ha visto, pasa de largo y se sienta a unos veinte pasos de nuestra mesa, dándonos la espalda.

—Es él —me dice una María Paz que ya va agarrando su bolso para salir corriendo—. Me está siguiendo.

—¿Él? —le pregunto, aunque ya había adivinado—. ¿Cuál él...?

—Pues él, Sleepy Joe —susurra su nombre como si fuera un maleficio, y yo, que me pongo muy nervioso, sólo atino a recomendarle a ella que se calme. Le sugiero que disimule, que ante todo no deje que el miedo se le note.

¿Qué te hizo ese tipo que te pone así?, le pregunto varias veces pero ella no me responde, se hace la que sigue comiendo pero no logra bajar bocado, es evidente que no las tiene todas consigo. Yo observo al sujeto desde mi ángulo de visión, que sólo me lo muestra de espaldas. Veo cómo se pasa a cada rato la mano por el pelo cenizo y sución, como para cerciorarse de que no se le haya descompuesto su peinadito James Dean, modoso y anticuado. Lleva una chaqueta retro de carreras, sesentera, de nylon satinado y puños abrochados, con parches bordados de Castrol y Pennzoil en las mangas. Golpetea nerviosamente el suelo con el tacón de su bota y todo su ser trepida con el taconeo, como si estuviera enchufado a la corriente. No puedo verle la cara ni estudiar su expresión porque el ángulo no se presta, hasta que él voltea la cabeza hacia mí, como buscando mi mirada. Y ahí me encuentro con esos ojos suyos, inexpresivos, putamente fríos. Unos ojos sin afecto. En ese momento comprendo que hay en él algo más que pinta de matón de barrio o de bueno para nada: percibo una fuerza interna muy oscura. Este pobre diablo puede llegar a ser el propio Diablo, pienso.

—Qué vibra tan tenebrosa la que se trae el malparido —empiezo a decirle a María Paz, pero ella se para y se larga sin esperar a que yo termine la frase.

Conmigo detrás, tratando de alcanzarla, ella sube casi corriendo hasta Lexington, traspasa las puertas giratorias de una megatienda que resulta ser Bloomingdale's, va hacia el fondo como alma que lleva el diablo y cuando vamos atravesando la sección de zapatos de mujer, logro agarrarla por el brazo y detenerla para preguntarle qué está pasando.

—¿Por qué te persigue? —le pregunto.

—Porque quiere un dinero que cree que tengo y no tengo. En parte por eso, y en parte porque me quiere a mí.

Lo que sigue es buscar mi moto y tratar de perdernos de aquel cafre: una secuencia rápida y derrapada, María Paz y yo dando vueltas frenéticas en moto por la ciudad, sintiendo que la bestia nos pisa los talones y refundiéndonos por entre callejones y pasadizos para embolatarle el rastro. Y entre tanto yo tratando de que María Paz me explique, me ponga al tanto de tanta amenaza y tanto misterio. Ahora me caía encima como un balde de agua fría la comprensión de que a diferencia de lo que sucedía entre los muros de Manninpox —donde los crímenes que ella hubiera podido cometer no eran de mi incumbencia—, aquí afuera, en las calles de Nueva York, venía yo a encontrarme con el paquete completo: la chica y sus circunstancias. La chica y su pasado. La chica y su verdadera historia, la que no había querido contarme en los ejercicios escritos que me entregaba en clase. Y yo empeñado en llamar a la Policía para denunciar al tal Sleepy Joe, y ella empeñada en que no.

—Si ese hijo de puta te está acosando —le decía yo casi con rabia—, ¿por qué coños no lo entregas de una buena vez?

Pero ella se negaba, sin explicarme ni justificarse, y yo trataba sobre todo de convencerla de que pasara la noche conmigo en mi estudio, donde podría cuidarla. Le propuse que yo dormiría en el suelo y ella en la cama para que descansara bien, que al día siguiente temprano le prepararía el desayuno, le hablé de un buen duchazo que la dejara como nueva, le ofrecí llevarla en mi moto al Bronx Criminal Division, donde según me dijo tendría lugar el juicio, y escoltarla sana y salva hasta la propia puerta de la sala de audiencias. Pero por algún motivo ella se negaba.

Increíble, lo que son las mujeres. Según acabó confesándome, la razón por la cual no podía quedarse conmigo esa noche era de lo más peregrina, en últimas sólo se trataba de la ropa nueva que tenía guardada en otra parte y que quería lucir durante el juicio. Vamos por esa ropa y luego te llevo a mi casa, le rogaba yo, pero ella le ponía al asunto mucha dificultad y mucho problema, y no había manera de convencerla. Estaba ranchada en que no.

—Si mañana todo sale bien, nos vamos después del juicio en su moto adonde nos dé la gana —me prometió—. Pero si todo sale mal..., pues eso, todo sale mal.

Esa frase me iba a quedar sonando toda la noche, y no iba a poder pegar los ojos por andar soñando con los lugares adonde iba a llevarla si todo salía bien, desde playas secretas y cabañas en el monte, hasta Praga o Estambul o Santorini o Buenos Aires. Aunque todos esos sueños se iban a ver ensombrecidos por el mierda de Sleepy Joe y la amenaza que representaba; ya tendría yo que pedirle explicaciones a ella, exigirle que me pintara el cuadro completo, para no andar por ahí dando palos de ciego en medio de semejante maraña que parecía ser su vida.

Como me aseguró que tenía dónde pasar la noche a salvo, acabé dejándola ir contra mi voluntad. Tuve que contentarme con asegurarle que al día siguiente iba a estar ahí sentado, en primerísima fila, para infundirle ánimos, porque no pude impedir que se bajara de mi moto y descendiera por las escalinatas de la estación del metro hasta las entrañas de la ciudad. No me había dejado un número de teléfono, ni una dirección, ninguna señal para poder buscarla en caso de urgencia. Que para qué, me había dicho, si en unas horas íbamos a vernos en el tribunal.

Al día siguiente llegué antes que nadie a la sala de audiencias, hecho todo un dandy de saco y corbata, y me senté en primera fila, tal como le había prometido a ella. Un par de funcionarios entraban a instalar un micrófono, a mover unas sillas, a no sé qué más, y cuando volvían a salir sus pasos quedaban resonando en el recinto vacío. María Paz todavía no llegaba. Ya luego fue apareciendo otra gente, guardias, el juez, el fiscal, un viejo muy particular que supuse sería su abogado... todos, menos ella. Pasaban los minutos y ella no llegaba. Yo volaba de los nervios, los demás estaban inquietos y miraban el reloj. Y ella nada que llegaba. Yo me comía las uñas y me agonizaba, y ella no llegaba.

Nunca llegó. Aunque suene increíble, María Paz no llegó. Por alguna razón, no se apareció por allí. No compareció a su propio juicio, obligando al juez a declararla reo ausente, a ordenar su captura y a soltar a toda la fuerza pública en su persecución.

¿Qué mierda había pasado? Era la cosa más insólita que me había sucedido en la vida. Me daba en la cabeza contra las paredes. Me devanaba los sesos barajando hipótesis y tratando de encontrarle justificación a semejante desastre: 1) Sleepy Joe encontró a María Paz y la mató. 2) Sleepy Joe encontró a María Paz y la secuestró. 3) María Paz se alejó de mí y buscó a Sleepy Joe porque en el fondo sigue enamorada de él, y optaron por huir juntos del país. 4) Alguien más quería evitar a toda costa que María Paz rindiera testimonio y la liquidó. 5) Como en las películas, María Paz se dio un golpe en la cabeza y perdió la memoria. Desde el momento en que abandoné la sala de audiencias, esas y otras explicaciones empezaron a dar vueltas y vueltas en mi cabeza, enloqueciéndome.

Hasta que me acordé de las hojas escritas que el día anterior ella había roto y tirado a la basura y regresé volando a Saint Mark's, entré corriendo a mi estudio, saqué los retazos del bolsillo de mi chaqueta de cuero, los despercudí lo mejor que pude, los distribuí sobre mi escritorio y me puse a empatarlos y ensamblarlos con cinta pegante, como quien arma un rompecabezas. Pero uno de vida o muerte, y por poco no lo logro por la manera desastrosa en que me temblaban las manos. Se me hizo noche organizando más o menos aquello, digamos que apenas lo suficiente para medio leerlo. La historia que allí estaba escrita era alarmante, como todo lo de esa mujer, pero a la hora de la verdad no arrojaba luces concretas sobre lo que hubiera podido llevarla a evadir el juicio.

Nada que hacer. Me había quedado sin pistas. María Paz se me había refundido de nuevo en el universo mundo, y yo no tenía más opción que esperar, día y noche, a que me entrara un nuevo mensaje de Juanita por Facebook, o me llegara alguna otra señal de vida. Si es que María Paz estaba todavía viva. En los momentos de optimismo, me la imaginaba convertida en prófuga, escondida vaya a saber en qué hueco y buscando contacto. Contacto conmigo, o al menos ésa era mi esperanza, aunque también podía ser que a esas alturas ella ya estuviera paseándose en bikini y tomando margaritas por Puerto Vallarta, abrazada al criminal de Sleepy Joe. Y mientras tanto yo desesperado, chequeando el correo a cada rato y revisando la prensa por si aparecían noticias de su arresto, o incluso de su muerte. Cualquier cosa era posible y yo andaba mal, desconcertado, desconcentrado, sin apetito y consumido por la ansiedad.

Del cuaderno de Cleve

Escribo esto a la carrera y ya desde las Catskill. Esta tarde tengo que salir para Chicago y antes quiero anotar la secuencia de los hechos recientes, ahora que por fin he podido reconstruirla. No quiero dejar pasar ni un día más, para que no se me olviden los detalles. Qué le voy a hacer, serán perversiones del oficio, pero no puedo impedir ver a María Paz como heroína de mi próxima serie de novelas gráficas; ante todo la poesía, como dijo Hölderlin. Pero en fin, la mano viene como sigue.

Tras nuestro reencuentro en la plazoleta de Alicia el día anterior al juicio, María Paz se baja de mi moto y se dirige a algún lugar en Queens, donde se pone a salvo de Sleepy Joe en casa de su amiga Juanita, ex compañera de encuestas, quien le tiene guardada la ropa que quiere vestir para presentarse al tribunal. Esta Juanita la actualiza en los chismes pasionales y laborales, garantiza que duerma bien y que desayune abundante, la ayuda a arreglarse y la despide en la puerta con un abrazo. Suerte, mi reina, le dice. No irá a acompañarla al juicio porque no puede faltar al trabajo, pero esa noche la espera en el Estrella Latina, *best place in town*; van a echar la casa por la ventana para celebrar el triunfo.

—¿Puedo llevar a un amigo? —le pregunta María Paz.

—Así que hay amigo, ¡qué bien! ¿Y cómo se llama?

—Se llama Rose.

—¡Ajá! Mucha tortilla en esas cárceles de mujeres... Entonces el amigo es amiga...

—Es gringo, tonta. Rose es su apellido.

—*Is he cute?*

—Ya juzgarás por ti misma. Si es que no me enchiqueran otra vez.

María Paz llega a la West 161 con suficiente anticipación. Al bajarse del taxi se le encarama la falda angosta y nota que el taxista, un tipo de turbante, aprovecha para mirarle las piernas. Ya una vez afuera, ella se compone el sastre, se da un toque de saliva con la punta de los dedos en un mechón que se empeña en caerle sobre la frente como no corresponde, porque siguiendo instrucciones de Pro Bono se ha templado el pelo hacia atrás, agarrándolo sobre la nuca en una moña escueta. Que se ve muy distinguida, le ha dicho Juanita, que parece andaluza. Una andaluza orejona, dice María Paz, señalando las orejas que se le asoman a lado y lado, según ella como aletas de tiburón. Es un bonito día, de sol frío y cielo azul, pero ella siente que lleva una nube negra sobre la cabeza. Esto no promete, piensa, pero de todos modos se lanza con paso resuelto a través de la plaza que lleva al edificio central de la Bronx Criminal Division. Camina hacia allá valerosamente, aunque sospecha que se trata de una valentía absurda, porque la lleva a la perdición. Y aun así no se detiene. Lo que haya de ser, que sea; ella está lista. En el fondo le da igual. Hoy tendría que ser su día. Si hay justicia en este mundo, todo tendría que salirle bien, pero quién ha dicho que hay justicia en este mundo. Ha pensado mucho al respecto y ha concluido que eso de la justicia es un mal invento, apenas una pantomima que monta la sociedad para salir del problema, una especie de teatro que nada tiene que ver con esclarecer la verdad. Querría sentirse fuerte, optimista, bonita, segura de sí misma. Su abogado es el mejor de la ciudad y el sastre oscuro que lleva puesto se le ve estupendo, ella misma se asombra al ver el reflejo de su silueta esbelta en los ventanales. Increíble, piensa, por fin me parezco aunque sea un poquito a Holly, he tenido que pasar por el infierno para parecerme en algo a ella. Se aferra a su bolso Gucci de dos mil dólares como si fuera un escudo protector, y se hace a la idea de que el pañuelo rosa que lleva al cuello es parte de victoria. Contra su pecho cuelga el tercio de coscoja que le regaló Bolivia cuando partió para América, y en el anular izquierdo tiene el anillo de matrimonio que le dio el difunto Greg; se los han devuelto ambos al salir de la prisión. Pero siente que hoy sus dos amuletos no irradian, están apagados, por más que los frota no tienen poder. Deséame suerte, Gregorio, le dice a Greg, tú sabes que yo no te maté, no vayas a desquitarte ahora por lo de los cuernos, mira que bien caros los he pagado ya. Ayúdame, mamita linda, le va diciendo a Bolivia mientras atraviesa la explanada, si estás aquí conmigo tienes que ayudarme. Se ha preparado tanto como se preparó su madre años atrás, cuando se presentó ante el funcionario de migración que le otorgó la *green card*, y quisiera creer que también esta vez las cosas van a salir bien. Sería apenas justo que salieran bien, tanto esfuerzo no puede haber sido en vano, tanta lucha por conquistar América no puede terminar en tragedia. Vamos, Bolivia, dame tu fuerza, ayúdame, mamita, que éste es tu empeño, no me desampares ahora, no permitas que tu sueño acabe en pesadilla.

¿Mami? ¿Greg?

Nada.

¿Mami? ¿Greg?

Nadie contesta.

Hoy mis muertos están muertos, piensa María Paz.

Lleva días estudiando a conciencia el dossier que le ha pasado Pro Bono con indicaciones sobre lo que tiene que decir y lo que tiene que callar. Podría repetir de memoria todas esas palabras que sin embargo no son suyas, nada de lo que va a decir en esa corte es lo que piensa de verdad. Pro Bono le ha explicado que el resultado depende en buena medida de ella misma, de su actitud, de su capacidad de irradiar una luz clara, trasparente, confiable. Va a estar difícil, piensa ella, difícil eso de irradiar luz clara con este hijueputa ánimo tan sombrío. Porque en el fondo sabe que la van a reventar. ¿Qué puede esperar del veredicto de gente que no la conoce, que no la quiere, a quien no le importa? ¿A cuenta de qué va a esperar que se haga justicia, ella, que en carne propia ha experimentado tanta arbitrariedad? Debería estar optimista, se lo ha dicho Pro Bono y se lo he repetido yo, o sea Cleve Rose, también conocido como míster Rose. Y sin embargo ella sólo siente cansancio, un cansancio enorme, pesante, sin solución.

—Hace tanto que no decido nada por mí misma —se ha quejado ante su amiga Juanita—, todo lo deciden otros por mí. La vida me va empujando sin consultarme, me lleva por donde quiere sin darme opción de elegir.

Hoy su suerte va a ser jugada a cara o sello, y sabe que salga cara o salga sello, el mundo va a seguir igual. Y al fin y al cabo qué tiene que ver ese juicio con ella, si ella va a desempeñar apenas el papel de espectadora en lo que ocurra allí; serán los demás quienes decidan y ella tendrá que acatar. Por lo pronto, sigue atravesando la explanada hacia la puerta principal. Después de franquear la entrada, tendrá que pasar por el detector de metales, someterse a requisa, mostrar la citación, atravesar el gran vestíbulo y buscar la sala que le corresponde. Pero antes de llegar allá, tiene de repente la impresión de que la miran desde lo alto.

Lo que experimenta es apenas un sobresalto leve, una intuición vaga, así que no le presta atención y sigue adelante. Pero persiste la sensación de que alguien la mira, alguien que clava en ella una mirada intensa, intencionada, algo así como un llamado mudo que la obliga a voltear hacia arriba la cara. Y ve a Pro Bono, su abogado, que se inclina sobre la balaustrada del segundo o tercer piso. Ella está a punto de saludarlo con la mano, pero se contiene. La expresión del abogado no es familiar, es más bien pétrea, premeditada, urgida, como si llevara rato haciendo fuerza para que ella volteara a mirarlo. ¿Por qué no la ha llamado, si ni siquiera hubiera tenido que gritar para atraer su atención? No, Pro Bono sólo la mira, madre mía, cómo la mira, una mirada que asusta, y cuando ve que por fin ha capturado su atención, le hace un cierto gesto mínimo que dura apenas un segundo, y que a ella le hiela la sangre. Disimulando para que nadie más note, porque sólo ella entre la multitud debe percibir la señal, Pro Bono se pasa rápido el índice derecho por el cuello, de izquierda a derecha sobre el gaznate, en señal de degollina. El mensaje es contundente y María Paz enseguida lo capta: estás jodida, le están diciendo, no hay nada que hacer. Ahora Pro Bono niega con la cabeza. Con un imperceptible vaivén de la cabeza le está diciendo que no, que no se acerque más, y con la mano ejecuta un ademán seco y minúsculo que ordena distancia: vete, le está diciendo con esa mano, vete antes de que sea demasiado tarde, aléjate inmediatamente de aquí. Y de nuevo la advertencia imperativa, que no deja lugar a vacilaciones: el índice que corta el gaznate. Todo está perdido, le está diciendo Pro Bono. Vete, María Paz, huye, es ahora o nunca.

Mientras arriba Pro Bono disimula aflojándose el nudo de la corbata, como si simplemente ésa hubiera sido su intención al llevarse la mano al cuello, abajo en la plaza a María Paz se le revuelve el estómago, como si todo el desayuno que le ha dado Juanita pugnara por salir, Rice Krispies incluidos, y jugo de naranja y tostadas y huevo tibio. Se le acalora la cabeza, se le desboca el corazón, se le dilatan las pupilas, se le congelan las piernas. Va a tener que dar media vuelta y emprender la marcha atrás en medio de ese lugar que es un hervidero de espías, agentes secretos, soplones, guardias, policías. Ella desacelera pero evita parar en seco, eso sería delatarse, así que se controla, endereza la espalda y llena los pulmones de aire, distensiona la expresión y se obliga a dar unos cuantos pasos más hacia adelante, como si nada. Luego improvisa un gesto teatral dirigido a la concurrencia: se pega un golpecito en la frente con el dorso de la mano, como si de pronto cayera en cuenta de que algo se le ha olvidado. Se hace la que busca dentro del bolso algo que no encuentra y pone cara de soy una idiota, cómo pude dejar eso en el carro, ya mismo me devuelvo a recuperarlo. Aparenta seguridad en sí misma e incluso sonríe un poco, como diciendo miren no más, qué boba soy, no traje esa cosa que era clave. Cae en cuenta de que está ensanchando y encogiendo las aletas de la nariz, esa maña de hiperventilar que ha cogido en Manninpox y que repite cada vez que la angustia le corta el aire. Se esfuerza por respirar normalmente y gira los 180 grados, le da la espalda al edificio y empieza a alejarse, consciente de que cualquier movimiento en falso será su perdición. Ante todo no debe voltear a mirar hacia atrás. Se ordena a sí misma: no mires hacia atrás, o te vuelves estatua de sal.

Contra lo que podría esperar, la invade de repente un entusiasmo irracional y le recorre el cuerpo una oleada inusitada de energía. Ahora sí, se dice a sí misma, ahora sí depende enteramente de mí. Ya no tendrá que jugar en cancha ajena, por fin está librada a sus propias fuerzas, y en sus propias fuerzas sí puede confiar. Siente que acaban de abrirle la puerta hacia un nuevo plano de la realidad, y le entran de golpe la sed de vida y las ganas de libertad que hacía mucho no lograba experimentar. Vamos a ver, cabrones, reta al mundo, vamos a ver quién puede más, ustedes o yo. Ténganse de atrás, hijos de puta, lo que es a mí no me vuelven a agarrar.

Serenidad y control, ésa es la combinación clave en estos momentos decisivos en que deja atrás la plaza y se dirige hacia los parqueaderos. Alarga un poco las zancadas pero sin soltarse a correr, intentando un caminadito rápido y brioso como de top model en pasarela. Debe de parecer alguien que simplemente ha dejado algo en su coche y se apura a recuperarlo. Ya está en el estacionamiento. Eso significa que ha superado la parte más difícil; atrás ha quedado el terreno minado.

Y justo en ese momento le entran unas ganas inusitadas por volver a casa. De repente echa de menos las Navas, añora a Bolivia, necesita a Mandra X, quisiera abrazar a Violeta, acariciar a Hero, tener una moneda para llamar de un público a Corina. O estar agarrada de la mano grande y segura de Greg. O de la mano de su padre, quienquiera que haya sido; hasta aquel desgraciado marinero peruano que debió ser su padre se le cruza de golpe en esa película paralizante. ¡Si con sólo cerrar los ojos pudiera volver a casa! La ha invadido una oleada repentina de nostalgia, un bajonazo traicionero de adrenalina, un autogol que la deja drenada de fuerzas y le pone las piernas de trapo. Donde unos minutos antes había decisión, ahora se esponja una blandura sentimentaloide que no ayuda para nada. Pero el trance crítico sólo dura un instante, porque enseguida le cae como rayo una revelación: ¿Casa? ¿Cuál casa? ¿A qué coños de casa quiere volver, si hace mucho no tiene casa, si en realidad nunca la ha tenido?

Semejante iluminación no la derrota. Más bien por el contrario, le despercude todo ese algodón y esa babosada que aturden y debilitan. En la cabeza se le conecta en cambio una canción de Juanes que últimamente pasan mucho en videoclip, Juanes de overol naranja, como un preso gringo, que le canta al oído «ya no tengo que explicar, ya no tengo quién me juzgue». Y sí, pues sí, piensa María Paz, tiene mucha razón ese *baby*, yo tampoco tengo nada que explicar, mejor dicho nada y a nadie, y acaso cuántos Juanes eres, si yo no veo sino uno, y allá voy detrás de ti, Juan o Juanes, y están locos de remate los que creen que van a juzgarme, hasta risa me dan, allá que se queden sentados esperando, y su puta sentencia que se la metan por donde les quepa, porque lo que es yo, yo ya no tengo nada que explicar. Nada ni a nadie. Ni tengo que rendir cuentas. No hay amor que me detenga ni odio que me cierre las puertas, ya me puedo ir soberanamente al carajo porque pase lo que pase, gano. Caiga cara o caiga sello: yo gano.

Ya tiene todos sus poderes otra vez bajo control y va a salir adelante, pa'lante que pa'trás asustan, como decía su madre; abran paso que ahí va María Paz, la *Colombian Wonder Woman, fucking them all and blasting them into pieces*. Saca del bolso las llaves de la puerta inútil de su casa y las bate como si fueran las del coche que está a punto de abrir. Las filas de automóviles que se alinean ante ella le parecen obstáculos que tiene que salvar, que puede salvar, que ya está salvando. Pasa de largo la primera fila, la segunda, la tercera. A sus espaldas alguien se acerca, un varón a juzgar por el golpe recio de sus pasos. ¿Viene por ella? Cada vez lo tiene más cerca, ya casi encima. María Paz escoge un carro color rojo cereza. Decide que ése va a ser el suyo porque ese color le gusta y le inspira confianza, y actúa como si el carro le perteneciera. Sobre el capó deja caer despreocupadamente el bolso, lo abre, saca unas gafas oscuras, se las pone y se da media vuelta para encarar al tipo que viene detrás.

—¿No tendrá un cigarrillo? —le pregunta.

El tipo se saca del bolsillo una cajetilla de Malboro, le ofrece uno, se lo prende con un Zippo y sigue de largo.

Entonces, y sólo entonces, mientras se hace la que fuma procurando no toser, María Paz se atreve a mirar por primera vez su reloj: aún faltan diez minutos para las 11:30, hora del juicio. Todavía no habrá sonado la alarma, todavía no le habrán soltado los perros, le quedan por lo menos veinte minutos antes de que la echen de menos y empiecen a buscarla. Permanece donde está mientras espera a que su corazón recupere un ritmo normal. No importa arder por dentro en ascuas, siempre y cuando por fuera se vea fresca, sin prisa, derrochando actitud de mujer bonita, bien vestida y de gafa oscura que se fuma tranquilamente un cigarro en el parqueadero recostada contra su automóvil, acaso qué tiene eso de raro, es apenas natural que no quiera fumar dentro de su coche para no impregnarlo de olor a tabaco, los que pasen por enfrente no verán nada fuera de lo común, apenas una mujer que ahora aplasta con desenfado la colilla contra el asfalto, una mujer como otra cualquiera, una secretaria tal vez, o una abogada, alguien que a lo mejor trabaja en una de las oficinas del tribunal; de ninguna manera una ex presidiaria de Manninpox, ésas no son tan bonitas ni llevan bolsos Gucci de dos mil dólares.

En un rincón de su memoria se alumbra por un instante el recuerdo escurridizo de un sueño que ha tenido la noche anterior: una vagina grande, de tela, desprendida de cualquier cuerpo, cosida sobre sí misma y redonda como una pelota. Por la ranura de esa vagina brotan varias criaturas felpudas como conejos, aunque no son conejos. Alguien le advierte que una de esas criaturas está enferma y ella enseguida la detecta, porque es la que late más fuerte. La anida entre las manos y se tranquiliza sabiendo que el animalito, o lo que sea, está a seguro ahí donde está. Le pone por nombre una palabra de tres letras que nunca antes ha escuchado, *AIX*. El animalito responde cuando ella lo llama por ese nombre. Y hasta ahí llega el recuerdo del sueño, que estalla enseguida y se desvanece, como una pompa de jabón. Pero María Paz retiene ese nombre y, antes de abandonar el parqueadero para lanzarse a la calle, lo escribe con el dedo sobre la pátina de mugre del coche color cereza: *AIX*.

A último momento descubre que a cierta distancia está estacionado el Lamborghini de Pro Bono. Tiene que ser ése, es inconfundible, sería demasiada coincidencia que hubiera otro igual por allí. Su primera reacción es alcanzarlo y esconderse debajo hasta que el abogado aparezca, preguntarle qué pasó, qué lo motivó a desconvocarla, saber por dónde viene la mano, contar con él para escapar, apoyarse en él, ampararse bajo su ala. Pero enseguida rectifica: no hace falta preguntarle nada a Pro Bono, sólo creerle y escapar, él tendría sus razones, y sus razones debían de ser suficientes. Tampoco puede comprometerlo, el viejo ya se ha arriesgado a fondo, no puede implicarlo más. No, se ordena a sí misma, de aquí en adelante estoy sola, de aquí en adelante todo depende de mí. Lo único que tiene que hacer, por ahora su única responsabilidad, es perderse en la ciudad de Nueva York, que se abre ante ella como un mar.

Abandona el parqueadero, se va refundiendo entre los transeúntes de Melrose Avenue y toma el primer autobús que se detiene en una parada. Se baja varias cuadras más adelante, no sabe dónde, y camina todo lo rápido que le permiten la falda estrecha y los zapatos de tacón. Ante todo necesita pies ligeros, y cuando pasa frente a un quiosco de chucherías chinas, no duda en perder unos minutos comprando un par de zapatillas de tela que ahí mismo se calza, guardando los tacones en el bolso por si los necesita más adelante. Ha visto películas en las que el bueno se cambia al vuelo la ropa para que no lo reconozcan los malos que vienen persiguiéndolo, así que se quita el saco oscuro y queda en camisa blanca, y luego suelta los ganchos que le sujetan la moña y deja que le caiga sobre la espalda todo ese pelo que tiene, largo y negro como el de la Virgen del Carmen. María Paz conoce bien a los habitantes de Nueva York, sabe que unos cuantos van por sus calles apurados, elegantes, delgados, vestidos de negro o gris charcoal y hablando en buen inglés, mientras que todo el inmenso resto anda por ahí como en feria: una gran parranda de tercermundistas disparatados y vistosos. Y si hasta hace un rato ella necesitaba aparentar pertenencia al grupo selecto de los estirados, ahora le conviene refundirse entre la multitud anónima. Así que en otro mercadillo se prueba un conjunto de gorro, bufanda y guantes en lana verde, roja y amarilla, un adefesio de combo, el tipo de cosa que usan sólo ciertos caribeños, curiosamente sólo cuando hace calor. Se mira al espejo que le alcanza el vendedor ambulante y se ríe de sólo pensar en lo que hubiera dicho Bolivia si la hubiera visto así, Bolivia siempre tan comedida en su aspecto, tan de colores claros para no ofender, ni qué decir de lo que hubiera opinado Socorro de Salmon, siempre tan muerta del susto de no pertenecer, y sobre todo lo que hubiera opinado ella misma unos años antes, la propia María Paz, cuando el terror al mal gusto no la dejaba ni respirar y su principal empeño era no parecer *youlatina*, disimular el acento, esconder la nacionalidad, vivir explicando que no todos somos narcos, no todos terroristas, no todos ladrones ni integrantes de la mara Salvatrucha o de las FARC. Ya con ese gorro colorinche embutido hasta las cejas, y esa bufanda compañera en vez del pañuelo de seda que ya se quitó, y en las manos esos guantes tan fachosos y en los pies esas chinelas chinas y a la espalda esa orden de arresto y esa mala fama y ese pasado judicial, ya qué carajos, con todo eso encima a quién va a convencer o a impresionar. Ya no tiene la obligación de complacer a nadie, ni de obedecerle a nadie, ni de llegar a tiempo a ningún lado, ni de hacer buena letra, ni de adquirir nada, ni de cancelar cuotas, ni de estar al día en los pagos, ni de rezar los domingos, ni de ser buena esposa, ni tampoco buena amante, ni de sacar notas altas, ni de ser la más bonita ni la más flaca, ni de comparecer ante el juez ni de pasar ninguna prueba: nada de eso, nada de nada. Puta madre, piensa, encasquetarme este gorro colorinche ha sido el acto más libre de mi vida. Aunque claro, sobra el Gucci, que disuena horrible, nada tiene que ver con el nuevo look que las circunstancias exigen. Debería dejarlo por ahí tirado, hacerse la loca y abandonarlo, o regalárselo a alguien que pase. Pero ahí sí, todo Nueva York voltearía a mirarla. Sería un escándalo mayúsculo, incluso en una ciudad acostumbrada a todo, menos a que la gente ande despreciando Guccis. Y además qué caramba, por qué va a perder ese regalazo que le hizo Pro Bono, y no, pues no señor, no va a perderlo, cuándo más en su vida va a tener una cosa tan preciosa, con ese cuero de mantequilla, y ese olor a Italia, esas hebillas pesadas y ese tamaño perfecto, que se amolda a su cadera tan amorosamente.

En uno de los varios metros que toma ese día, alguien a su lado lee el *Daily News*, y ella alcanza a ver las fotos y a leer los titulares. Gran despliegue. A la derecha de una de las páginas centrales, Greg muy joven, rubio, apuesto, con su uniforme de Policía. A la izquierda, Greg vuelto mierda, tirado en una esquina en un gran charco de sangre. Más abajo otra foto de Greg, esta vez con Hero: conmovedora. Y hay una foto más, oscura y pequeñita: de la propia María Paz. La que le han tomado en Manninpox, desmelenada, con pinta de leona en celo, con todo y ficha de presidiaria sobre el pecho. Basta con un vistazo general para tener claro el mensaje: Colombiana Perversa vs. *Good Cop* Americano. Pro Bono siempre le ha dicho que los jurados son muy susceptibles a los vaivenes de la opinión pública, y este despliegue publicitario debe tenerlos con el espíritu patriótico exacerbado. A María Paz no le queda difícil atar cabos, y cree intuir por qué su abogado ha sabido de antemano que el veredicto va a ser adverso. Debió alarmarse con lo que vio en los diarios, piensa, y habrá optado por darme la voz de aviso. A lo mejor fue así. O a lo mejor no, pero al menos ella ya tiene una hipótesis.

Después pasa un buen rato refundida entre las montañas de gangas de un almacén de baratijas, toma otro autobús y al bajarse se mete a un cine. Hacia el atardecer se deja atraer por una música andina que sale por las ventanas de una escuela pública. Se trata de una kermés con degustación de platos típicos, y María Paz compra su boleto de entrada. En medio de quenas, charangos, anticuchos, ceviches, pisco sours y danzas incaicas, se mezcla con los asistentes hasta bien entrada la noche. Ahí mismo, entre la comunidad peruana, conoce a una familia que la cree recién llegada a la ciudad y le ofrece alojamiento por esa noche. Con la orquesta ya cansada, la concurrencia baila unos cuantos valsecitos más y brinda con los últimos pisco sours, porque los organizadores están a punto de anunciar el fin de la fiesta. Los músicos guardan sus instrumentos y se retiran, y María Paz mira su reloj. Son las once y veinte de la noche. Dentro de diez minutos va a cumplir sus primeras doce horas como prófuga de la justicia.

A esa misma hora, en otra esquina de la ciudad, yo me desespero sin saber nada de ella. Y tendrán que pasar casi siete semanas para que mi incertidumbre encuentre paliativo, un sábado por la mañana, cuando recibo mensaje de Juanita. Por fin se manifiesta la loca de la María Paz; al menos está viva.

El mensaje dice así: «Dos paticos frente a Dorita.» Mierda. No está fácil de descifrar. Dos paticos frente a Dorita. Nada más. Dos paticos frente a Dorita. ¿Se trata de algún estanque de patos en el Central Park? ¿Del Two Ducks Hostel, un roñoso *Bed and Breakfast* por la West 35 Street? ¿La sede del Ugly Ducking Presse, por la calle Tercera en Brooklyn, porque alguna vez mencioné en Manninpox que participo en las actividades de esa casa editorial? ¿O será más bien la Pekin Duck House, en Chinatown? Nada hace mucho sentido, hasta que me suena la flauta. Lo de «dos paticos» puede tratarse más bien de la manera colombiana de aludir al número 22, que semeja dos paticos que avanzan en fila hacia la izquierda. Quizá no se trate de un lugar sino de una hora, las 22. «Donde Dorita» es más fácil de adivinar, existe una sola Dorita que conozcamos tanto ella como yo. Al parecer María Paz me está citando a las diez de la noche en Forbidden Planet, en Broadway con calle 13, adonde iba a llevarla la noche del reencuentro, antes de que se nos atravesara Sleepy Joe, para mostrarle la colección de números de mi novela gráfica, *El Poeta Suicida y su novia Dorita.* Tiene que ser eso, y si no es eso, no sé qué más podrá ser. ¿O será acaso una fecha? ¿El día 22 de este mes? Opto por creer que se refiere más bien a la hora. En Forbidden Planet, entonces, a las diez de la noche. Pero entonces ¿de qué día?

Ese sábado la esperé allí desde las 9:30 p.m. casi hasta la medianoche, y nada. El domingo tampoco apareció, ni el lunes. El martes se me hizo un poco tarde, iba llegando a las 10:20 cuando creí verla parada en la puerta del local. Pero llevaba con un gorro inverosímil embutido hasta los ojos y el resto de la cara envuelto en una bufanda compañera, así que sólo cuando estuve a su lado pude cerciorarme de que en efecto era ella. De antemano había tomado yo la decisión de esconderla en mi casa en la montaña; era de lejos la mejor opción. Tenía que sacarla enseguida del perímetro urbano, por donde andarían buscándola con lupa, y de hoteles ni hablar, son lugares vigilados donde te exigen documentos y te reportan a la menor sospecha. A ella ni siquiera le consulté, no era momento para asambleas ni deliberaciones, apenas le hice señas de que se encaramara detrás de mí en la moto y ahí mismo arrancamos. Sólo le confesé nuestro destino cuando ya íbamos por la carretera. Ella no dijo ni que sí ni que no, sólo preguntó dónde quedaban mi casa y mi montaña, y no supo si reírse o llorar cuando le dije que justamente al lado de Manninpox.

No sé cómo explicar lo que a partir de entonces viene ocurriendo. Digamos que estamos viviendo como en un sueño, escondidos los dos en mi ático, asumiendo la cosa de una manera bastante infantil, como dos niños desde su casita del árbol, porque hacemos caso omiso de lo que sucede en el mundo de abajo, que anda erizado de amenazas. Digamos que por lo pronto nos cagamos en las amenazas. Y que las amenazas se cagan en nosotros, porque nos mantienen arrinconados como hormigas fumigadas. Todas las furias de la nación apuntan contra María Paz; yo todavía no entiendo cómo este encanto de chica ha logrado convertirse en blanco de tanto macho encabronado, agentes de la CIA y la DEA, policías, migras y *bounty hunters*, todo un pelotón encabezado por la alimaña del Sleepy Joe, que en estos momentos debe andar bramando en su cueva porque le arrebataron su presa. Pero María Paz no quiere hablar de nada de eso. No menciona su pasado y su futuro menos; creo que la reconforta sentirse mecida como en una barca en medio de un mar sin tiempo. De nuevo ella y yo flotamos en el bliss de un *Things go right*. Siete meses atrás pasamos por uno muy efímero, que duró apenas un par de horas; después caímos en un largo y angustioso *Things go awfully wrong*, y ahora volvemos a la beatitud de los días felices. Como heroína de novela gráfica, María Paz es complicada: con ella la trama no responde a ningún esquema predecible.

Todo esto es extraordinario, ultramundano, muy intenso. Y al mismo tiempo es tan irreal, esto de asumir los días haciendo caso omiso de lo que pasó, ignorando voluntariamente las consecuencias, dejando que alrededor nuestro se acabe el mundo. Y ojalá ése fuera sólo un decir. Pero empieza a haber síntomas; un nuevo *Things go wrong* se va anunciando con señales feas, putamente feas. Hace cuatro días se cometió en esta montaña un crimen horrendo, una cosa de veras innombrable, al hombre que nos trae la comida de los perros no sólo lo mataron, sino que le arrancaron la cara. La Policía sigue buscando a los culpables y mantiene la zona patrullada noche y día: buena cosa por un lado, por cuanto restablece la seguridad, y mala cosa por otro, porque a nosotros dos nos recluye aquí arriba de manera todavía más claustrofóbica que antes; ahora sí es cierto que María Paz no debe ni asomar las narices, o todo el operativo de seguridad se le va a voltear en contra.

Pero de nada de esto he querido hablarle a ella, porque para qué; por lo pronto no veo razón para alterarla. Aquí arriba está resguardada, alejada de cualquier amenaza, ignorante del alboroto que afuera tiene a todo el mundo en conmoción. María Paz necesita reposo. Ante todo tiene que reponerse de lo que ha tenido que soportar, pasarla bien, dejarse mimar, comer mucho, dormir más, permitirse un poco de paz. Así que los temores y las conjeturas me las guardo para mí solo.

Por lo pronto no quiero que se rompa esta burbuja de felicidad, ciega, sorda, excluyente y autosuficiente en la que los dos flotamos. Como ando de vacaciones no tengo que salir a nada, aquí en la buhardilla nadie nos molesta y pasamos juntos las veinticuatro horas del día, siete días a la semana, salvo un par de horas en las noches, cuando bajo a cenar y a conversar con mi padre, más que nada para disimular. Y ya luego vuelvo a subir, trayendo conmigo una buena provisión de comida y de bebida.

María Paz es efusiva y generosa a la hora de hacer el amor, pero no he logrado que acepte dormir abrazados. Después del amor se atrinchera, me da la espalda replegándose sobre sí misma como un caracol, y no me queda más remedio que contentarme con la compañía esa sí incondicional de Skunko, al que le ha dado por echarse entre los dos, y resignarme a mirarla a ella durante horas. Me asombran su mata de pelo negro, que invade las almohadas, y sus pestañas largas y sedosas como arañas patudas. Me detengo en la curva de su hombro, en la oreja saltona que ella tanto odia, en el resplandor suave de su piel, en el vello de su nuca, en las ondulaciones de su respiración, en los pantis blancos de algodón que usa, más grandes que los de cualquier otra chica que yo conozca, unos maxipantis carcelarios, la verdad, o más bien de orfelinato, que distan mucho de ser sexis y que sin embargo me excitan, como todo lo suyo. Ahora sí puedo hacer mías las palabras de Boris Becker, que dijo haber caído en cuenta de lo oscura que era su mujer cuando vio por primera vez su cuerpo desnudo contra las sábanas blancas.

Ni María Paz ni yo nos preguntamos qué va a pasar el día de mañana, cuando forzosamente tengamos que bajar de aquí para enfrentar la realidad. Cuando le pregunto cómo logró sobrevivir a partir del momento en que huyó del Bronx Criminal Division, me dice que gracias a la gente de buena voluntad. Y me habla de los peruanos que conoció en la kermés; de un templo budista por Hunts Point, donde le dieron refugio; de un capo mafia de Mott Haven que le expidió un salvoconducto para desplazarse por su territorio; de un soltero rico de Park Slope que le permitió quedarse en su *penthouse*. Me habla también de momentos de pánico, de noches de soledad, de ocasiones en que se salvó por un pelo, de esquinas de mal agüero, de la traición de una amiga. Y también de un par de hermanas de El Barrio que hacen tamales para venta a domicilio y que a cambio de techo y comida la contrataron para amasar la harina de maíz.

—Yo nunca había comido tanto tamal —me dice.

—¿Y por qué no te fuiste del país...? —le hago la pregunta obvia.

—Por Violeta. Por mi hermana Violeta. No puedo dejarla aquí. No puedo irme hasta que no logre llevarla conmigo.

En realidad todo esto lo supe durante las primeras noches que pasamos juntos aquí en mi ático, cuando ella hablaba a borbotones hasta bien entrada la mañana, enhebrando episodios inconexos de su epopeya. En una noche particularmente fría me reveló por fin las circunstancias de la muerte de Greg, su marido. Me habló largo y tendido y al parecer sin tapujos, y no sé cómo llegamos a una escena gótica en la que su amiga Corina tenía que lidiar con un palo de escoba. De eso también me habló, pero se andaba con rodeos cada vez que nos acercábamos a la participación de Sleepy Joe en los distintos episodios, como si quisiera minimizar la culpabilidad del tipo. Así que tuve que ponerme enérgico y exigirle claridad al respecto, le dije que no podía engañarme porque yo sabía más de lo que ella creía. Le confesé que había recompuesto aquel escrito que ella había roto en el Central Park, y que por eso estaba al tanto de hechos claramente brutales por parte de Sleepy Joe, como los interrogatorios a ella y la muerte de su perro. Como única respuesta María Paz permaneció callada, y desde entonces no ha querido volver a hacerme confidencias, como si se le hubiera secado el impulso, o prefiriera olvidarse. Conversamos mucho, sí, pero siempre por los lados y tirando a lo impersonal. Ella me hace preguntas sobre lo divino y lo humano, y en cambio no permite que yo le pregunte nada. La veo flotar en una especie de estado de gracia e inocencia, como una ninfa del bosque, no sé, o como un nenúfar, un cervatillo, una odalisca. Le han pasado demasiadas cosas, demasiado graves, en muy poco tiempo, y es comprensible que no quiera aturdirse descifrando las malas jugadas del destino. Supongo que prefiere dejar en blanco la cabeza y desconectada la voluntad, algo así, como si hibernara para recuperar fuerzas y prepararse para lo que se le viene encima. En realidad no sé, prefiero no saber, tampoco yo quiero pensar en eso. Pero al mismo tiempo me inquieta horrores lo que ella pueda estar ocultándome.

Mientras ella duerme me quedo pensando, más desvelado que el carajo. Siento a mi lado su aliento dulce y su respiración suave, y me pregunto quién será en realidad esta mujer tan llena de oscuridades y secretos. La mezo por el hombro para despertarla, porque me entra urgencia de hacerle una pregunta. Una sola.

—¿No me estarás mintiendo? —le digo.

—Tiene que creerme, míster Rose —me responde, medio dormida.

—Dime por qué. Por qué tengo que creerte...

—Porque a la gente hay que creerla —dice, se enrosca más apretadamente sobre sí misma y sigue durmiendo.

No puedo dejar de pensar en su retorcida relación con su cuñado/amante. He sacado en limpio una breve lista de las inclinaciones de ese personaje, como son dormir de día, las novias de prostíbulo, su obsesión con María Paz, los caramelos picantes, las compras inútiles por televentas, y sobre todo la orquestación de rituales cruentos. He leído que si lo incruento es meramente simbólico, o sustitutivo, lo cruento, por el contrario, implica el derramamiento de la sangre de una víctima sacrificial. Salvo los toros en el ámbito hispánico, y en el resto los *fight clubs* y los campeonatos de *ultimate fighting*, hoy día en Occidente se practican poco este tipo de degüellos concebidos como espectáculo, tipo circo romano, porque a la gente le aterra y le asquea la sangre y sólo la acepta cuando aparece en pantalla, donde no huele, mancha ni contagia. Lo peculiar de Sleepy Joe es el salto atrás, al rito primitivo y brutal. Y así. Poco a poco voy comprendiendo una que otra cosa. El problema es que mi investigación no pasa de ser amateur, y en realidad se atiene más que nada a la metodología sugerida en un blog que encontré por casualidad y que se llamaba *Killing softly and serial*. Por eso pensé que sería conveniente una opinión más calificada, y dejé a María Paz sola en mi ático por un día para pasar por Nueva York, supuestamente a entregarle un material a Ming, mi editor, pero en realidad para preguntarle por Sleepy Joe, a quien él desde luego no conoce, ni siquiera de oídas. Pero me urgía saber qué caracterización podría armar a partir de los datos que yo le suministrara.

El caso es que Ming colecciona de todo y es experto en mil cosas, preferiblemente estrambóticas. Es *connoisseur*, por ejemplo, de variedades de caviar, de antiguos tocados nupciales africanos, y de esos suntuosos y feroces guerreros que son los peces betta. Pero de todas sus pasiones, a la que más tiempo le dedica es a los cómics *noir*. Aparte de ser editor de un buen número de ellos, Ming posee una colección asombrosa de ejemplares de culto que ha ido encontrando por el mundo. Y el que sabe de eso, sabe de asesinos. Los cómics *noir*, originalmente inspirados en *Sin City*, de Frank Miller, y con frecuencia dibujados en blanco y negro, constituyen un género erizado y electrizado, como inyectado con anfetas, por lo general misógino y escatológico y centrado en criminales sádicos, maniáticos y asquerosos, y en detectives decadentes y viciosos. No es mi género, desde luego: mi poeta suicida y su chica son hermanitas de la caridad al lado de los monstruos del *noir*.

Le conté más o menos a Ming lo que había ido conociendo de Sleepy Joe, sus delirios de quemar y destruir masivamente, los dados en los ojos del cadáver de una ex novia, el ritual con un palo sobre Corina, el ritual con cuchillo sobre su hermano muerto, el episodio escalofriante del perro.

—No creo que sea un asesinote —me dijo Ming—, más bien un asesinito. Uno tímido, irresoluto. Al menos por ahora, aunque quizá se anime más adelante. Su ejecución ceremonial es burda, pero a falta de finura en el detalle, le sobra convicción. Por lo pronto amenaza y agrede pero no mata, o mata animales pero no humanos. Aunque ojo, que puede ir agarrando vuelo a medida que la pulsión se haga más fuerte. Debe de haber algo de necrofilia, supongo. Este Sleepy Joe manipula cadáveres, ejecuta ritos sobre cadáveres: el de la ex novia, el de su hermano. Es posible que al perro lo haya clavado sólo después de matarlo.

—¿Quieres decir que tortura cadáveres?

—No creo que entienda sus rituales como tortura, más bien como purificación, o incluso glorificación. Tal vez hace las paces con el muerto a través del ritual; puede ser su forma de pedirle perdón, fíjate que corta con cuchillo el cuerpo de su hermano, con quien seguramente se identificaba. Greg, el hermano mayor, su ídolo, posiblemente el único ser que desde niño lo cuidaba y se preocupaba por él. Sleepy Joe debía de adorarlo.

—Sí, lo adoraba pero se le comía a la esposa, valiente amor.

—Ahí está, lo adoraba hasta ese punto, píllate el detalle, puro mecanismo de sustitución; al adueñarse de su mujer, se coloca él mismo en los zapatos de su hermano, se convierte en su hermano. Y hace de María Paz el objeto ardiente de su deseo. Y luego María Paz no quiere saber más de él. Al alejarse, ella lo está privando de las cosas que le son fundamentales: lo castra al dejarlo sin cama, le niega la identificación con el hermano y para colmo le quita el dinero, esos 150 *grand* que deben ser una suma desopilante para él, no me jodas, para él y para cualquiera. A ella la agrede pero no la mata. Porque sería acabar con su desiderata, y el tipo no es tonto. Pero la agrede hasta el límite, y va destruyendo a los seres que ella ama. La va dejando sin nadie, ¿entiendes? Ahí está el mensaje que le manda: «En este mundo no me tienes sino a mí.» No me has dicho que andes con ella, Cleve, pero lo adivino. Y si es así, ten cuidado. Te estás atravesando en el camino de ese Sleepy Joe, un bicho complicado.

—¿Puedes trazarme un esbozo de su modus operandi? —pregunté.

—Joder, modus operandi tendrá Jack el Destripador; este huevón apenas tiene mañas —dijo Ming.

Entonces le conté sobre Eagles y le hablé de mi sospecha de que eso también fuera obra de él.

—Tiene su marca de fábrica: ritual sobre el cadáver —me dijo Ming, mientras alimentaba con larvas de mosquito al iridiscente y azulado Wan-Sow, el mejor de sus bettas—. Querría decir que la pulsión lo está llevando a una escalada superior. Querría decir también que el tipo se va acercando, Cleve.

Si Sleepy Joe es el asesino de Eagles, quiere decir que lo tenemos encima. Aunque es muy improbable que permanezca merodeando por aquí; desde la tarde del crimen, el lugar es un hervidero de patrullas. Los policías hacen presencia en nuestra casa al menos dos veces al día; van llamando de puerta en puerta para preguntar si todo está en orden. Eso viene siendo para nosotros una barrera de protección contra Sleepy Joe, y al mismo tiempo es la peor de las amenazas, porque si descubren a María Paz, la hacen papilla. O sea que nos protegen los que pueden liquidarnos, puta situación la nuestra, tan doble y complicada. Como le hacen decir los Cohen a George Clooney: *«Damn, we're in a tight spot!»*

Por lo pronto aquí tengo a María Paz a mi lado, en este refugio que es la mansarda, y ella es mi única realidad. Devora sándwiches de queso mientras ojea mis libros dejándolos sucios de grasa, por largos ratos no hace nada, se echa encima toda el agua caliente de la ducha, cepilla a Skunko, se pinta las uñas de los pies. Luego oye mis discos, se acuesta en mi cama y ve unos realities que a mí me parecen fatales pero que ella no se pierde por nada y que luego me cuenta capítulo por capítulo y al detalle. Al levantarse hace aeróbicos según instrucciones de una tal Vera en un programa que se llama *En forma con Vera*; enseguida desayuna con ración doble de helado; más tarde se viste con mi ropa, si es que no se queda todo el día en piyama, y se entretiene hurgando entre mis cajones y desordenando mis cosas. Se sienta al lado de la ventana, escondida tras la cortina, para espiar a los venados que arrasan con nuestro jardín y a los alces que vuelcan la caneca de la basura buscando comida. Y se la ve serena, liviana, yo diría que radiante, en todo caso muy hermosa. Y yo ando locamente enamorado de ella.

Pero vivo alerta y con los pelos de punta. Le dedico muchas horas a psicoanalizar al tal cuñado, a hacer una disección de su personalidad. Por razones obvias, desde un principio me ha interesado más su historia que la del propio marido, y eso que el marido es el asesinado. Pero tráfico de armas me suena a asunto vulgar, un capítulo más de la corrupción de siempre, de todos modos me caen mal los policías y cualquier porquería que me cuenten sobre ellos me parece posible y hasta probable. En cambio he llegado a algunas conclusiones interesantes sobre Sleepy Joe. Por ejemplo, que debe haber pasado toda su infancia cagado del susto. Por lo general esa clase de matones han sido a su vez matoneados, abusan porque han sido abusados, etc., eso lo sabe cualquiera que lea cómics. Imagino que en su caso viejos terrores de infancia deben resurgir en el adulto, llevándolo a una ritualidad enferma y distorsionada, seguramente como conjuro contra sus propios pánicos. María Paz me ha contado que siendo Sleepy Joe un niño, la madre lo obligaba a rezar una oración llamada los Mil Jesuses, que consistía en repetir ese nombre un millar de veces seguidas. Jesús, Jesús, Jesús, Jesús. Desde luego no debía de ser el mejor plan, mil jesuses son una cantidad exagerada de jesuses, cualquiera se chifla un poco si lo tienen durante horas de rodillas repitiendo Jesús en eslovaco. También me ha contado que en la alcoba de esos niños, Greg, Sleepy Joe y los demás hermanos, colgaba de la pared un cuadro grande del Niño Jesús clavado a una cruz blanca. No el Jesús adulto, no, sino el Niño Jesús.

Crucificado. Una cosa tan enferma como un niño crucificado. Yo no hubiera podido pegar los ojos con ese cuadro en mi cuarto, eso como mínimo, pero a lo mejor no me hubiera vuelto un monstruo por eso. Quién sabe qué más le habrá pasado a él, a raíz de qué le habrá nacido la afición por el mal, tiene que haber algo más, al fin y al cabo ser hijo de una madre que reza demasiado no te convierte automáticamente en clavador de perros a la pared. Lo más obvio sería buscarle raigambre cristiana a sus perversiones, pero quizás el drama tenga menos que ver con el cristianismo y más con los Cárpatos, su región de origen, unas cordilleras que yo imagino lúgubres y amenazadoras, macizos de roca cortados a pico y abismos de vértigo, con parajes helados y una historia patria surcada por crueldades y carnicerías cotidianas. En realidad de Eslovaquia no sé nada, ni siquiera podría ubicarla con precisión en el mapa, pero así me la imagino durante mis insomnios. Y me da por pensar que hasta allá debió extender sus dominios Vlad Tepes, el conde Drácula, empalador insaciable y aficionado a tomar la cena en medio de la agonía de las docenas de turcos que mandaba ensartar por detrás. ¿Y acaso Sleepy Joe no presenta una cierta vocación dracúlea? Corina y el palo de escoba: ¿no es fácil hacer asociaciones?

Pero ésas son apenas especulaciones sonámbulas, intoxicación de películas de terror. Lo único cierto es que hora tras hora va creciendo el asco que el tal Sleepy Joe me produce. Soy el tipo de persona que no resiste el sufrimiento animal. Confieso que a veces me siento un poco como Brigitte Bardot, con su obsesión maniática y exclusiva por el bienestar de las focas. No transijo con quienes practican el maltrato a los animales en cualquiera de sus formas, y por eso soy vegetariano. Ahora, ¿clavar un perrito a la pared? Hay que ser un malparido sádico muy cabrón para hacer algo así. Ya con eso bastaría para disparar mi odio, y eso es sólo la punta del iceberg. Si hay algo que no aguanto en esta vida, es a un macho que maltrate a una mujer. Grado de tolerancia cero, y ni hablar si es a la mujer que amo. Ése es el límite de mi aguante.

Y sin embargo hay un ángulo en él que me llama la atención, una esquina de su personalidad, una sola, que me produce cierta envidia: su don de la ritualidad, que parece auténtico. Ese pobre pendejo, analfabeto y brutal, conserva intacto el sentido arcaico de lo sagrado. O como mínimo es un hijo de puta muy inspirado. En ese bastardo vibra la cuerda tensada de una convicción, pensé el otro día, y corrí a escribir la frase para no olvidarla; de tanto trabajar en novelas gráficas me ha quedado la maña de pensar así, en viñetas. Todo lo voy traduciendo a expresiones impactantes que quepan en un globito. Algo arrastra a Sleepy Joe más allá de sí mismo. Algo lo arranca de su circunstancia empujándolo hacia épocas más oscuras, más densas, de alguna manera más verdaderas. Desde la seguridad de mi cama, en las noches intuyo lo que María Paz tuvo que comprobar a la brava en esa azotea, amarrada y aterrada, desnuda y temblando de frío, mientras observaba cómo su cuñado oficiaba aquella ceremonia.

Ella sabe bien cómo es la cosa. Y después de tantos días de silencio al respecto, esta madrugada me soltó una frase que no he sabido cómo interpretar. No sé si va en defensa de su cuñado y en contra mía, o viceversa: me advirtió de que a Sleepy Joe yo no debía subestimarlo.

—Odiarlo sí, despreciarlo también, lo que quiera, míster Rose —me dijo—, pero no lo subestime.

—De acuerdo —le dije, bastante molesto—, voy a tener cuidado, no me agrada la idea de quedar clavado a la pared. Para no hablar de un palo de escoba en el culo.

Desde antier le avisé de que hoy tendríamos que separarnos por unos días, muy pocos, porque viene el aniversario de mi madre y Ned, y les he prometido a ambos que iré a Chicago para estar presente en su fiesta. Me aterra la idea de dejar aquí a María Paz sabiendo que Sleepy Joe ya viene golpeando tan cerca, y al mismo tiempo me parece más arriesgado aún tratar de sacarla de aquí por entre el cerco de policías. Pero no puedo dejar de asistir a la celebración de ese jodido aniversario, mi madre me mata, anda bastante rasquituerta desde que decidí venirme a vivir con mi padre y no asistir a su fiesta ya sería el remate. En medio de todo, aquí arriba María Paz está segura; ésta es una casa de blancos más o menos ricos, o como mínimo del promedio para arriba y por tanto libres de sospecha, los patrulleros tienen claro que deben protegernos y no importunarnos, y no van a meterse con ella a menos de que a ella le dé por asomar las narices. Le advierto mil veces de que no debe hacerlo, por lo que más quiera, no debe hacerlo, no, no, no. No asomarse a la ventana, no bajar jamás la escalera, no dejarse tentar por el jardín, de la puerta de la calle ni hablar, bajo riesgo mortal.

—Mírame a los ojos, María Paz, prométeme que no vas a hacer ninguna locura mientras yo no esté —le digo, y trato de tranquilizarla—. Sólo van a ser cuarenta y ocho horas contadas por reloj, cuarenta y ocho horas de sensatez por parte tuya, no es más lo que te pido, en un abrir y cerrar de ojos voy y vuelvo en la moto, piensa que sólo voy a estar ausente esta tarde, el día de mañana y la mañana de pasado, apenas el tiempo de la ida, el de la celebración y el del regreso, tú no enloques mientras tanto y no cometas acciones desesperadas, sólo espérame, María Paz, ¿me oyes?

—¿Y si a usted le pasa algo? —me pregunta, abriendo mucho unos ojazos negros en los que yo quisiera saltar de cabeza, perderme en el agua profunda y oscura de esos ojos, olvidarme de Edith y de Ned, a la mierda su aniversario, ya celebrarán otro el año entrante, pero no, imposible, no puedo, Edith me mata, si me preguntaran a quién le temo más, a Edith o a Sleepy Joe, tendría que reconocer que gana mi madre por varias cabezas.

—No me va a pasar nada —le aseguro a María Paz.

—Las motos son bichos traicioneros...

—Me parece estar oyendo a mi papá.

Voy a dejarle a ella comida suficiente y una resma de papel, por si se anima a escribir de nuevo. A manera de despedida temporal, anoche hicimos el amor y luego nos bañamos juntos en la ducha, yo bregando a abrazarla bajo el chorro de agua caliente y ella escabulléndose de mis brazos, mojada y escurridiza como una nutria.

—¿Así que *AIX*? —le pregunté.

—¿Qué cosa?

—*AIX*. Dijiste que así se llamaba la criatura de tu sueño, esa que salía de una vagina de tela. ¿Acaso no era *AIX*? —dije, y escribí las tres letras con el dedo en el vidrio empañado de vapor.

—¿Y si su padre sube? —me pregunta, todavía tratándome de usted porque se niega a pasarse al tú, o incluso a decirme Cleve; pese a tanta intimidad, para ella sigo siendo básicamente míster Rose, su profesor de escritura creativa.

—Mi padre va a andar estos días por Nueva York. Además nunca sube, ya lo sabes. ¿Te irás a aburrir?

—Cómo me voy a aburrir, si estoy en el cielo.

Su frase no podía ser más amorosa y risueña, y sin embargo a mí me produjo angustia. Aunque la propia María Paz no se dé cuenta, aquí está tan encerrada y privada de libertad como en Manninpox, sólo que unos cuantos acres más abajo.

—¿Y por qué no empiezas de nuevo con tus memorias? —le sugiero—. Te dejo mi *laptop*, ya sabes usarlo, y ahí hay papel suficiente por si prefieres a mano...

—Uy, no, míster Rose, repetir mis memorias no, demasiado largas. Eso ya se perdió, y mejor que siga perdido. Una cosita sí, antes de que se vaya —me dice y me entrega una caja pequeña de madera que saca de su morral y que contiene las cenizas de su perro Hero, revueltas con la medalla al valor que le otorgaron en Alaska.

María Paz quiere enterrar las cenizas y quedarse con la medalla, pero la medalla cuelga de una cinta azul y la cinta azul está toda pegoteada con las cenizas, así que le sugiero que mejor enterremos todo eso junto, dentro de su caja. Ella acepta con la condición de que lo haga en un claro del monte que puede verse desde la ventana de mi cuarto. Ahora más tarde voy a darle gusto, antes de salir para Chicago. Voy a organizarle a Hero unos funerales de héroe de guerra, con todo y música de Wagner. Voy a pirograbar su nombre en una tablita y voy a señalar el lugar de su R.I.P. con una cruz que haré amarrando dos palos. Aunque pensándolo mejor, no voy a pirograbar ningún nombre en ninguna tablita, sería una pendejada andar dejando pistas por ahí para que luego venga la Policía a averiguar, o qué tal que mi padre vea la cosa y le dé por preguntar quién es ese Hero, de qué héroe se trata. Nada de eso, sólo entierro la cajita, le organizo a la carrera su cruz y ya, nada de Wagner ni de primores, voy fatal de tiempo, le prometí a mi madre que no me iría en la moto de noche, y si sigo así no le voy a cumplir.

P.D. Acaba de pasar algo abajo que quiero dejar reseñado. Una pequeña revelación de bolsillo. Ya me había despedido de María Paz, de los tres perros y también de mi padre. Voy hacia el garaje por una pala, para cumplirle a María Paz con lo del entierro. Pero paso un instante por la cocina para agarrar un Gatorade y ahí veo a Empera, que está preparándoles la comida a los perros. Trae encajados los audífonos de su iPod nano con la música tan alta que no se da cuenta de que estoy ahí, así que me detengo un momento para observarla un poco; siempre he sospechado que los perros no son seres de su predilección. Tal como yo sospechaba, no les hace ninguna fiesta, ni mucho menos los acaricia, pero en cambio les prepara su comida con cuidado, y a cada uno le pone sus vitaminas y suplementos alimenticios en el correspondiente platón. No siente afecto por los animales, eso está claro, ya lo sabía yo desde antes, pero tampoco los maltrata ni los desatiende, eso era lo que yo quería saber, y quedo tranquilo con lo que veo.

—Buenos días, Empera —le digo a sus espaldas, cuando ella todavía no me ha visto, y por poco se infarta del susto que le pego—, me alegra saber que usted no clava perros a la pared.

—Santo Dios bendito, niño, pero qué cosas dice, y yo por qué iba a hacer semejante barbaridad, los perros serán apestosos, pero son criaturas de Dios.

—Oiga, Empera, usted que sabe tanto de la vida, dígame qué tiene en la cabeza un tipo que mata a un perro clavándolo a la pared.

—¿Un tipo que mata a un perro clavándolo a la pared?

—Exactamente.

—Bueno, pues eso es una atrocidad. Lo que ese tipo tiene en la cabeza es locura de la peor, y más vale que lo encierren en un manicomio. ¿Clavar con clavos a un perro, como hicieron con mi Señor Jesús? Eso es herejía, joven Cleve. ¡Cómo van a clavar a una sucia bestia como si fuera el Hijo de Dios! Morir clavado es privilegio del Altísimo, eso no está reservado para cualquier mortal, y menos si es irracional. Eso que usted me cuenta es herejía, téngalo por seguro. Para mí que el tipo que hizo eso se cree Dios.

—¡Gracias, Empera! Es lo que quería escuchar —le digo, y me devuelvo a saltos hasta mi altillo. Necesito ver una cosa, de repente me ha entrado urgencia de consultar un cierto libro, y tiene que ser ya, no lo puedo dejar para el regreso, tiene que ser ya mismo, aunque mi madre me mate por llegar de noche.

—¿Y? —me pregunta María Paz, que anda pegada a la ventana, pendiente de los funerales de su Hero—. ¿Todavía no?

—Es el paso siguiente —le digo, besándola—. Primero tengo que anotar algo.

Sé exactamente dónde está cada uno de mis libros en mi estantería, podría dar con cualquiera casi con los ojos cerrados, y más si se trata de Borges, a quien siempre ando leyendo y volviendo a leer. Pero mierda, no está donde debe estar, y enseguida sospecho de ciertas hierbas. Le pregunto a María Paz, y ella saca el libro de debajo de la cama. Se trata del segundo tomo de las obras completas de Borges, y ya con él en la mano no me queda difícil encontrar la parrafada que necesito, doy con ella rápidamente, toda subrayada como está, con mis anotaciones al margen. Página 265. Se trata de un comentario de Borges al *Biathanatos,* de John Donne. Leo con cuidado la nota que yo mismo puse al margen hace un par de años, y que dice así: «*Biathanatos,* uno de esos libros improbables y malditos que de tanto en tanto echan su sombra sobre la humanidad, como el Apocalipsis del falso Juan Evangelista, o el *Necronomicón* que Lovecraft inventó pero nunca escribió.» Según Borges, el propósito del *Biathanatos* es revelar que la muerte de Cristo fue en realidad suicidio. En consecuencia, la historia entera de la humanidad, a. C. y d. C., no sería sino la megapuesta en escena de un deicidio autoinducido y espectacular, aceptado por el Hijo y propiciado por el Padre, quien habría creado cielos, tierra y mares con el único propósito de ambientar el tormento de la cruz sobre un imponente patíbulo cósmico. Y si es cierto que Cristo ha muerto de muerte voluntaria, según dice Borges que dice Donne, entonces, y aquí viene la cita textual de Borges: «Ello quiere decir que los elementos y el orbe y las generaciones de los hombres y Egipto y Roma y Babilonia y Judá fueron sacados de la nada para destruirlo. Quizá el hierro fue creado para los clavos y las espinas para la corona de escarnio y la sangre y el agua para la herida.» Ahí está. *Old man* Borges da en la clave, como siempre, y detrás de Borges, Donne. Me están regalando el corolario, la cereza del pastel. A partir de este párrafo sólo tengo que dar la vuelta del perro y regresar a Sleepy Joe.

El resultado es sorprendente. Más que sorprendente, deslumbrante. Si Borges tiene razón, y si antes de Borges tuvo razón John Donne, cada uno de esos pequeños crímenes rituales, o remedos de crímenes, debe significar para Sleepy Joe un paso más hacia el gran ritual, el definitivo, la culminación de toda su ansiedad, la liturgia apoteósica que con tanta insistencia anda persiguiendo: la de su propia inmolación. El homicidio de sí mismo, eso debe ser lo que en últimas busca este Sleepy Joe. Cómo logras despistar, cabrón, le digo, qué bien sabes disfrazarte, el muy estúpido de ti, analfabeto y rudimentario, vil matón de barriada, fanático del *indoor tanning* y de andar exhibiendo el *six pack*, y al mismo tiempo qué de estertores sublimes te sacuden por dentro, cabrón. Te tengo pillado, maldito bastardo, ahora sé que con tus minicrímenes aspiras a la perfección. Lo que le hiciste con el palo a Corina, los cortes post mórtem con cuchillo a tu hermano, el martirio del perrito Hero, quién sabe qué otras perversiones de las que todavía no me he enterado... Dale, hijo de puta, sigue ascendiendo por tu escalera, ánimo, que todavía te faltan muchos peldaños, adelante compañero, supera tu propio nivel, no te detengas hasta la victoria, dale con ganas, sigue como vas. Tu última víctima vas a ser tú mismo.

9

Entrevista con Ian Rose

En el bosque, al lado de la casa, Buttons había encontrado y desenterrado una caja con una medalla y unas cenizas, me dice Rose. ¿Y sabe de quién eran? No de un humano, sino de un animal: de Hero, el perro de María Paz. La medalla se la habían otorgado por vaya a saber qué acciones heroicas, supuestamente en Alaska.

Rose supo por Buttons quién había matado a ese perro y cómo, y ante sus ojos las piezas empezaron a encajar. La verdad era que estaba envuelto en una historia de horror que un lunático había desencadenado. El asesinato de Cleve era un hecho, y no un hecho aislado: Rose no podía seguir negándolo, el dolor no debía obnubilarlo, no hasta ese punto. Iba a tener que actuar, y además tendría que hacerlo solo. Era un asunto demasiado hondo y personal, me dice, no de la Policía, no de Pro Bono ni de nadie, sólo mío, de mi sola incumbencia, porque Cleve era mi hijo y a él se lo debía. Ahí estaba Buttons y su oferta de ayudar, pero a Rose no lo convencía y empezó a sacarle el cuerpo, al fin de cuentas no sabía quiénes eran ellos, Pro Bono y su asistente, o qué papel jugaban realmente. Desconfiaba de todo el mundo, le parecía ver complicidades por todos lados.

La medalla desenterrada dejaba una cosa en claro: María Paz tenía que haber estado metida en esa casa al menos en una ocasión, sin que Rose se enterara, en algún momento entre la muerte del perro y el asesinato de Cleve. Si es que no estaba allí todavía... Rose se dedicó a buscarla por toda la propiedad.

Le entró obsesión malsana por su presencia, que presentía aquí y allá, como si fuera la de un fantasma, y revisaba una y otra vez los mismos lugares aunque todo indicara que el rastro estaba frío. Pero ahí tenía que haber estado, quién sabe cuánto tiempo, seguramente con la complicidad del propio Cleve y de los tres perros, que nunca la delataron. Ya no se podría contar con la versión de Cleve, era demasiado tarde para ponerlo contra la pared, y los perros habían sido testigos mudos. Pero María Paz habría necesitado el apoyo de una alcahueta más, alguien para quien su visita no habría pasado desapercibida, porque ese alguien metía las narices en cada rincón de la casa.

—Emperatriz, la mujer de la limpieza —le digo a Rose.

—Empera tenía que haber conocido a María Paz. Cuando vi esa medalla, tuve la certeza de que había conexión entre ellas, era imposible que María Paz hubiera estado allí, permanecido allí, comido allí, sin que Empera se enterara. Conmigo la cosa era distinta, por respeto a mi hijo yo nunca había querido inmiscuirme en sus asuntos, la mansarda era territorio liberado y yo no me asomaba por allá. ¿Pero Empera? Empera siempre ha sido muy entrometida. Y ya sabe cómo son las cosas con ustedes, los latinos, lo digo sin ofender, cuando viven en el extranjero se comportan como clan, se tratan todos con todos, se abrazan y se besan y se hacen íntimos a primera vista. Mantienen un pacto de solidaridad con los del terruño, aunque el terruño se extienda desde el Río Grande hasta la Patagonia, diga si no es así. Algo tenía que saber Empera del paradero de María Paz, poco o mucho, mucho o demasiado, y fuera lo que fuese, yo necesitaba sonsacárselo. Pero tenía que andarme con tacto porque, como le digo, no sabía quiénes podrían estar involucrados en la muerte de mi hijo, directamente o como cómplices, desde María Paz hasta la propia Empera. También era posible que yo figurara en la lista de las siguientes víctimas, y no sólo yo, también mis perros, y por qué no, si el asesino mataba personas y perros, y yo me debatía entre irme de allí con ellos para ponernos a salvo, o quedarme en la casa hasta saldar cuentas. Opté por quedarme. Me sentía capaz de soportar cualquier cosa, menos dejar escapar a quien había lastimado tanto a mi muchacho.

Durante años Rose había dado por descontada la presencia de Emperatriz en su casa, sin preguntarle mayor cosa ni voltear a mirarla mientras ella hacía su oficio. Apenas si la escuchaba ir y venir por los cuartos, siempre acompañada por el chancleteo de sus soris plásticos y por el tintineo de sus zarcillos aparatosos. No tenía idea de qué podría pensar Empera de la vida, si tendría cuarenta años o sesenta, si era casada o viuda o cuántos hijos habría parido. En realidad de ella sólo le había interesado saber que era cumplida y responsable y que alimentaba a Otto, Dix y Skunko cuando él se ausentaba. Le llamaba la atención lo meticulosa que era en materia de limpieza. Empera veía mugre por todos lados, hasta en lugares donde a nadie se le ocurría mirar, y no quedaba tranquila hasta no erradicar la última mota de polvo. Se tomaba aquello como reto personal, como si no quisiera dejarse derrotar por la suciedad del mundo, y siempre andaba pidiendo dinero a Rose para productos de limpieza. Se sabía de memoria los comerciales de televisión, ponía fe ciega en ellos y si Rose se descuidaba, se soltaba a recitárselos para convencerlo de que había que correr a comprarlos, tal líquido para despercudir, tal blanqueador para la ropa, Mr. Clean, Tide, Cottonelle *toilet paper*. Una vez se le había aparecido con un producto que quitaba manchas de mora, dizque porque una de las camisas blancas de Rose tenía manchas de mora.

—Pero Empera —le había dicho él—, yo debía de tener veinticinco años la última vez que comí moras.

—Pues desde esa época deben estar esas manchas en su camisa —le contestó ella.

Me dice Rose que la barrera entre él y su empleada tenía que ver con la cantaleta que ella se traía con los perros. Se quejaba todo el día de que ensuciaban y soltaban pelo, se echaban pedos tóxicos, dañaban los muebles con sus babas y además llevaban en el intestino parásitos que volvían ciegos a los humanos.

—Aunque me quede ciego no voy a salir de mis perros —le advertía Rose, evitando voltear a mirarla.

Seguramente Empera habría leído cuanta carta encontraba en los cajones de su patrón, aparte de controlar sus recibos y estar al tanto de sus gastos y deudas. Debía de medir en la botella cuántos dedos de bourbon había consumido la noche anterior; por las manchas en las sábanas constataría sus sueños húmedos; se enteraría de sus enfermedades por los remedios del botiquín, y no sería raro que conociera hasta su clave de e-mail. Ni su madre, ni la propia Edith, y a ratos ni siquiera él mismo, sabrían de Rose todo lo que Empera debía de saber. Pero ¿quién era en realidad esa mujer? ¿Se podría confiar en ella?

—Recordé que Empera había tratado de advertirme sobre la presencia de alguien extraño en casa, o por lo menos me había venido con el chisme de que Cleve subía a una amiga a la mansarda —me dice Rose—. Y recordé también que esa vez yo mismo le había ordenado que se callara. Eso de alguna forma la exoneraba, pero yo seguía en la duda y no quería dar un paso en falso. Existía una persona fuera de toda sospecha, ésa sí, y además unida a la familia por lazos de afecto, a quien Rose podría consultar: se trataba de Ming, el editor.

—No se enrede con demasiadas hipótesis, señor Rose —le dijo Ming cuando Rose lo visitó en su apartamento de Chelsea, por segunda vez desde la muerte de Cleve, ahora para exponerle el mapa angustiado y confuso de sus especulaciones—. Ésta es una historia asquerosa pero simple, y con un asesino cantado: Sleepy Joe. Cleve creía lo mismo que yo.

—¿Hablaste de eso con él? —quiso saber Rose.

—Sí, de hecho sí. Él tenía en la mira a ese Sleepy Joe.

—De acuerdo —dijo Rose—. Sleepy Joe. Pero ¿quiénes son sus cómplices?

—Si me permite una opinión, es más sano creer que la gente es inocente hasta que se demuestre lo contrario. Vaya paso a paso, no se deje abrumar por todo el paquete. Por lo pronto tiene que encontrar a María Paz. ¿Quiere que lo acompañe en sus averiguaciones, señor Rose? Yo podría arreglar aquí un par de cosas, buscar quien atienda a mis bettas, y...

—No, Ming. Esto es algo que debo enfrentar yo solo. Pero gracias, es bueno saber que cuento contigo.

—Júreme que me busca si las cosas se ponen muy feas.

—Creo que voy a necesitar un arma, Ming. No pienso matar a nadie —Rose más o menos mintió—, es sólo por precaución.

—Tengo algunas. Pero son básicamente piezas de coleccionista... —dijo Ming, y sacó de un armario una pistolita que le entregó a Rose, explicándole que se trataba de una Remington Double-Derringer calibre 44.

—Parece de juguete —dijo Rose, comprobando que le cabía en el bolsillo—. ¿Y funciona?

—Lo dudo —dijo Ming, señalando el nombre que venía grabado sobre el barril, Claro Hurtado, uno de los guardaespaldas de Pancho Villa—. No debió funcionarle mucho a Claro Hurtado ese 23 de julio de 1923, cuando lo acribillaron en El Parral, Chihuahua, junto con su jefazo. También tengo esto —añadió, sacando del armario una catana que, según aseguró, era la Hattori Hanzo utilizada por Beatrix Kiddo en *Kill Bill.*

—¿Es verdadera, o de utilería? —preguntó Rose.

—Tiene el filo afeitado y la fabricaron ultraliviana, para que pudiera blandirla Uma Thurman.

—Parece de *fiberglass...*

—Pero igual chuza —dijo Ming, colocando otras rarezas sobre la mesa.

Rose se fijó en un arma negra, sólida, sin adornos ni pretensiones, que le inspiró confianza. Y ésta de quién era, preguntó.

—No tiene gran historia, o sólo la tiene para mi familia, porque la heredé de mi padre, y mi padre a su vez de su padre, y así más o menos hasta la noche de los tiempos. Es una Glock 17, calibre 9. Un animal severo y sereno. De gatillo duro, eso sí, pero a cambio carga 17 cartuchos y dispara rápido. Para ésta puedo darle munición, conservo media caja, y si quiere le enseño a cargarla.

Rose guardó la Glock y la caja de cartuchos en la guantera de su coche y regresó a su casa de la montaña, resuelto a convocar a Empera a un tribunal de Inquisición. Le pidió que se sentara frente a él y empezó a bombardearla a preguntas, pero tal como era de esperarse, Empera resultó hueso duro de roer, y cuanto más la apretaban, más retrechera se mostraba. No reconocía nada y ponía los ojos en blanco cuando le mencionaban a María Paz, respondiendo de manera altanera que ella de eso no sabía nada, que no se metía en nada, que no era asunto suyo. Rose no lograba sacarla de ahí, aunque le juraba que no se trataba de perjudicar a María Paz ni de meterla en líos con la justicia, más bien todo lo contrario. Sólo cuando le expuso detalladamente el drama de la pinza en el útero, Empera pareció aflojar un poco y musitó un indolente «voy a ver qué puedo hacer».

—Pero no prometo nada —advirtió—, y de paso le recuerdo, señor Rose, que hace dieciéis meses que no me reajusta el sueldo.

—Vamos a arreglar eso, por el reajuste no se preocupe —le ofreció Rose—. Pero ¿puedo contar con usted?

—No garantizo nada, sólo le estoy diciendo que voy a ver.

Me dice Rose que se le había vuelto imperativo encontrar a María Paz, para lo de la pinza, sí, pero sobre todo porque confiaba en que tarde o temprano ella lo llevaría hasta Sleepy Joe. Porque algo muy fuerte y desconocido había empezado a crecer dentro de él, algo que ya no era tanto el dolor por la pérdida, sino más bien, de alguna extraña manera, un sustituto de ese dolor. Una especie de consuelo, tal vez el único posible.

—No sé si ya le comenté que nunca me ha llamado la atención todo ese asunto de la venganza —me dice—. Siempre me ha parecido un sofisma de distracción, un engaño de lo más pegajoso, un deporte nacional odioso y absurdo. Miles de películas, series de televisión, montañas de novelas, propaganda y venta de armas, toda una industria multimillonaria que se alimenta del ansia de venganza que obsesiona a la población de este país. A mí no. Nunca me ha interesado. Y sin embargo, algo dentro de mí empezó a tener ese sabor a partir del momento en que pude ponerle cara al canalla que había torturado y matado a mi hijo. Ahí empecé a soñar con hacérselas pagar. Una a una. Quería verlo vuelto mierda, matarlo a golpes con mis propios puños, quería verlo sangrar, gritar de dolor, pedir perdón. Quería escupir en él, cagarme en él, liquidarlo.

Noche y día, siempre ahí: una lava movediza que dibujaba y desdibujaba la imagen incandescente de su hijo Cleve. Cleve erizado de espinas, como un Nazareno o un puercoespín. Cleve, objetivo de una trama macabra. Cleve, chivo expiatorio de algún asqueroso ritual. En alguna parte tenía que andar su asesino, ese orate poseído por un sentido atroz de la liturgia, ese imbécil con una manía por el sacrificio sacada de los vericuetos de su enfermedad mental. Dondequiera que se escondiera, Rose lo iba a encontrar.

—Entiéndame —me dice—, se trata de una vuelta rara que de golpe pega tu cabeza. La muerte de Cleve se me había convertido en un tormento sin nombre que me estaba comiendo vivo, una culpabilidad permanente y sin explicación. Y de repente eso adquiría nombre, un nombre, uno solo: Sleepy Joe. Por fin había alguien distinto a mí mismo a quien echarle la culpa, alguien distinto a mí mismo en quien descargar la rabia. Recuperar a Cleve no era posible, pero en cambio sí podría reventar a ese Sleepy Joe. Iba lo uno por lo otro. Era algo tan irracional como una necesidad fisiológica, tan apremiante como comer o respirar. En ese momento no me daba cuenta, pero hoy sé que, pasado cierto punto, no me habrían detenido aunque me hubieran presentado las pruebas fehacientes de que Sleepy Joe no había tenido nada que ver con la muerte de Cleve. ¿Me entiende? Esos datos hubieran sido irrelevantes para mí. Cuando el mecanismo de la venganza se dispara, ya nada te detiene. Como le dijera, la venganza no necesita estar segura de lo que hace, sólo necesita un objetivo, cualquier objetivo contra el cual apuntar. Has recibido un golpe mortal, y para seguir viviendo necesitas asestar un golpe equivalente. Ya escogiste tu blanco, y vas tras él. La venganza no es reflexiva ni flexible; es implacable y es ciega. Y no tiene nada que ver con hacer justicia, quien pretenda que hace justicia al vengarse, sólo está engañándose a sí mismo. Se trata de algo más primario, más animal: te has convertido en un toro incendiado en ira, y acaban de ponerte el capote rojo enfrente. En Colombia escuché un dicho que me llamó la atención, «matar y comer del muerto». Estoy que mato y como del muerto, así dicen allá cuando se enfurecen, es apenas un dicho popular, una hipérbole como cualquier otra. Y al mismo tiempo no. A mí esa frase me producía escalofríos porque me sonaba a sabiduría antigua, venida de tiempos ancestrales en que la venganza caníbal era la forma suprema de la venganza. Y cuando ya ni me acordaba de eso, alguien mata a Cleve de manera horrenda. Y a partir del momento en que logré identificar a su asesino, esa frase volvió a resonar en mi memoria: matar y comer del muerto, matar y comer del muerto.

Tuvo pesadillas la noche en que Buttons, después de dejarlo temblando con sus descubrimientos, se quedó a dormir en el sofá de la sala de su casa. Rose se retiró a su cuarto con una desazón horrible y se despertó al amanecer, resentido por dentro y por fuera, como si le hubieran propinado una paliza. Le pareció haber soñado con cuerpos mutilados. En medio de la carnicería, una mujer le soltaba una retahíla de cosas irritantes que él hubiera preferido no escuchar, pero que de alguna manera tenían significado: le revelaban algo. ¿Quién era ella? Alguien conocido pero no cercano, o cercano pero no del todo, más bien alguien que comprende algo en medio de la hecatombe. Más tarde Rose le ofreció desayuno a Buttons, lo llevó en el coche hasta la estación del tren, le pidió un par de días para asimilar lo que le había comunicado y le aseguró que apenas se recuperara un poco del golpe iba a llamarlo, para empezar a buscar juntos a María Paz. Pero no lo hizo, nunca lo llamó, ni contestó sus e-mails o sus telefonazos. Supuso que por órdenes de Pro Bono, el mismo Buttons empezaría a buscarla por su lado y a partir de sus propios contactos.

—Mejor así —me dice Rose—. Cada quien en su casa y Dios en la de todos.

La pesadilla de la noche anterior le había quedado dando vueltas en la cabeza. Al principio pensó que la mujer del sueño era Mandra X, pero después cayó en cuenta de que podía tratarse más bien de Edith, su ex mujer. Y resolvió llamarla, agarrar el teléfono y llamarla, todavía sin tener claro para qué; a esas alturas Edith seguía convencida de que la muerte de Cleve había sido accidental, y Rose no tenía intenciones de sacarla de su error.

—¿Recuerdas el álbum aquel de Roma? ¿Por casualidad lo conservas todavía? —le preguntó, y ella supo enseguida que se refería a las fotos que habían tomado durante un viaje por Italia unos treinta y cinco años atrás, cuando llevaban poco de casados y Cleve no había nacido aún.

Edith le dijo que creía que sí, que en algún lugar de su casa debía de estar, y Rose le rogó que se lo enviara tan pronto pudiera. Ella aceptó sin preguntar para qué, y esa misma noche, hacia las diez, a la casa de las Catskill llegaba la entrega por FedEx SameDay.

—¿Tenía algo que ver ese álbum con la muerte de su hijo? —le pregunto a Rose.

—Mire, mi obsesión en ese momento eran los instrumentos de la Pasión de Cristo. Ahí estaba el meollo. Así lo había intuido yo desde el principio, desde que encontré esa vieja nota de prensa sobre el asesinato del ex policía. Lo había confirmado luego con lo del perro clavado a la pared, y más todavía cuando me dijeron cómo había muerto mi hijo. Pero no tenía el cuadro completo, me urgía saber exactamente cuál era la lista de esos objetos, aparte de los obvios, o sea la cruz, los clavos y la corona de espinas. Y ahí me vino el recuerdo de Roma, de esos días con Edith en Roma, y de un lugar en particular que habíamos visitado aquella vez, el Puente Sant'Angelo, que cruza el Tíber en dirección al Castel Sant'Angelo, el antiguo mausoleo de Adriano. A lo largo de ese puente hay una serie prodigiosa de ángeles esculpidos en mármol por el Bernini, y cada uno de esos ángeles sostiene uno de los instrumentos de la Pasión. En realidad yo hubiera podido encontrar la información que buscaba en cualquier lado, empezando por Google; la representación que hizo Bernini de la Pasión de Cristo es apenas una de las miles que existen sobre el tema. Pero ésa en particular tenía que ver conmigo. El puente Sant'Angelo me traía recuerdos, entrañables y a la vez odiosos, en todo caso muy intensos, tal vez demasiado. Supongo que justamente por eso se me metió entre ceja y ceja que necesitaba ese álbum.

Se había impuesto la tarea de meterse en los zapatos de Sleepy Joe, para entender cómo procedía. Lo primero era dejar de odiarlo, cortar con el odio, que es ciego; no podía permitirse cegueras, tenía que observar y sacar conclusiones. Partiendo de la base de que hasta el más loco o malo de los hombres tiene sus razones para hacer lo que hace, Rose podría llegar a entender cuáles eran las de Sleepy Joe. Quería intercambiar mentes con el victimario, como había visto hacer a Will Graham con el Tooth Fairy en *Red Dragon*. Dicho así suena infantil, reconoce Rose, él metido en ésas, tan ignorante en la materia y guiándose por películas de terror; él, que de criminalística no sabía absolutamente nada, si al fin y al cabo no era ningún detective ni investigador, apenas un padre destrozado por la muerte de su hijo. A lo mejor todo era muy infantil, me dice, salvo una cosa: mi decisión de dar con el criminal. Fuera como fuese, iba a encontrar a ese hombre y lo iba a destruir.

Yo soy Sleepy Joe, empezó Rose a repetirse a sí mismo, allá arriba, en la mansarda de Cleve, el lugar que le pareció propicio. Yo soy Sleepy Joe y voy a matar a este muchacho, Cleve. ¿Qué motivos tengo? ¿Por qué lo hago? Uno, porque se me canta el culo. Soy un matón y voy por la vida haciendo lo que me da la gana, o no haciendo nada, y si mato es porque quiero y puedo. Dos, lo mato porque se está metiendo con mi novia María Paz. (Pro Bono decía que Cleve y María Paz andaban juntos, y si Pro Bono se había enterado, también podía haberse enterado Sleepy Joe.) Cleve y María Paz se quieren, o se gustan, o por lo menos se buscan, y como yo agonizo de celos, lo mato a él y me quedo con ella. Pero ¿cómo lo mato? Fácil. Soy camionero y él anda en moto: llevo las de ganar. El propio Cleve me facilita la tarea al desviarse por una ruta poco transitada. Lo persigo, lo obligo a acelerar, le echo el camión encima, él se desbarranca y se mata. Dicho y hecho. Liquidé al rival y salí impune, porque no hubo testigos. Hasta ahí todo coherente, todo racional. ¿Y luego le clavo espinas en la frente? Es decir, me bajo del camión pese a que llueve, corro pendiente abajo, encuentro el cuerpo... y monto un ritual. Tengo que oficiar un ritual, eso es lo mío, justificar mis crímenes con una vocación mística, o al revés, dejar que mi vocación mística me lleve a matar. Veo que por allí abunda la acacia espinosa y corto algunas ramas, bien cargadas de espinas. En total son diecinueve espinas. ¿Las cuento una por una, o me tiene sin cuidado cuántas sean? Las cuento: son diecinueve. ¿Significa algo ese número? Nada. Sólo me sugiere la sigla M-19, el nombre del movimiento guerrillero que operaba en Colombia mientras viví allá. Nada que ver, paso del diecinueve, me interesan las asociaciones que pueda hacer él, no las mías. Me estoy dispersando, debo volver a meterme en sus zapatos. Escojo esa rama de acacia espinosa, la manipulo con cuidado, tiene espinas grandes y recias que pueden lastimarme. ¿Y si alguien ve mi camión, se detiene y me descubre? Sea, entonces, bien vale la pena correr el riesgo. Formo con la rama una corona para mi víctima. ¿Por descuido me lastimo los dedos con las espinas? No. Uso guantes, estoy protegido y no dejo huellas (que de hecho no quedaron, eso se lo había confirmado Buttons). Soy Sleepy Joe y tengo razones poderosas para hacer lo que hago. ¿Castigo a mi víctima porque estoy celoso? ¿Ésta es mi venganza? No. Los solos celos no explican mi conducta, tiene que haber algo más. No puedo dudar, lo que hago no es grotesco, ni loco, ni ridículo. Muy por el contrario, soy enormemente pedante y pagado de mí mismo y sé que mi acción es trascendental y tiene significado, aunque los demás no lo vean así. Ignorantes ellos, iluminado yo. El momento es sublime, soy el oficiante y he escogido a este joven como chivo expiatorio, él es el objeto de mi ceremonia, ¿el Cristo de esta Pasión que voy a recrear? La figura de la víctima resplandece ante mis ojos con un fulgor sacro que llama al sacrificio. Los Cristos están ahí para morir, me digo, su destino es limpiar con su propia muerte este mundo sucio de pecado. (En ese punto, Rose relee un trozo del escrito de María Paz para confirmar: también ella sabía que su cuñado era un maniático de la limpieza ritual.) Soy de nuevo Sleepy Joe y tiemblo de fervor, tal vez inclusive me excito, experimento una erección, estoy transido y enhiesto, la víctima me llama, me invita, está ahí para mí, se me ofrece con una docilidad y una entrega que me estimula y me enerva. En mis cojones vibra el llamado de Dios, que exige la inmolación del cordero. Obedezco porque soy su profeta, su ejecutor, su ángel exterminador. Yahvé me responde, me hace saber que cuenta conmigo, el castigo divino se cumplirá a través de mí y toda la porquería de este mundo será purificada. ¡A la mierda!, es realmente importante y grande esto que estoy haciendo, siento tal calor que debo refrenarme, el orgasmo no puede llegar antes del instante mismo de la consumación.

Hasta ahí, Sleepy Joe. Pero ¿sucedió el crimen realmente así? En todo caso me falta mucho, piensa Rose, soy torpe para esto, qué lejos estoy de un verdadero estremecimiento, de una convicción ciega, de un rapto tan profundo que me lleve a torturar y a matar, qué enorme ventaja me lleva el camionero, que me derrota con el solo don de su fe. Él es capaz de creer y yo no: eso hace la diferencia, eso voltea el juego a su favor. Él tiene clara la secuencia ritual, vibra con cada una de las estaciones que van llevando a la cima del dolor. Sus actos obedecen a una concatenación milenaria que yo desconozco. Él se cree profeta, mientras yo sé que soy un tipo cualquiera. Él cuenta con la iluminación, mientras yo me atengo a mis pobres razones de ingeniero hidráulico. Por eso no acabo de comprenderlo, sólo logro despreciarlo. En mi cabeza la lava vuelve a hervir, el odio se impone y me impide seguir mirando.

Stay put, se ordena Rose a sí mismo, no te disperses. ¿Con qué oficia, o tortura, Sleepy Joe? En el primer caso, heridas de cuchillo en manos, pies y costado, o sea los estigmas del Cristo en la cruz. Se las inflige a su propio hermano, el ex policía. Los clavos, más viles, los reserva para el perro. A Cleve le adjudica la corona y el escarnio de las espinas. De alguna manera lo corona rey; debe considerarlo su principal víctima, su mayor victoria, al menos hasta ese momento. O a lo mejor no, tal vez improvisa según las circunstancias y escogió espinas simplemente porque las encontró por allí. Arma cortopunzante, clavos, espinas: escalones de un ascenso hacia el sufrimiento máximo. Cada una de las víctimas ha sido sacrificada, o purificada, con uno de estos objetos. ¿Odia Sleepy Joe a sus víctimas? No necesariamente, puede ser lo contrario: al parecer quería a su hermano. ¿Cómo las escoge, de acuerdo a qué criterio? Quizá lo determinante no sea tanto la víctima cuanto la prueba en sí. Pero por otro lado, el denominador común es María Paz, el vínculo entre todas ellas es María Paz. A menos de que el tipo anduviera por ahí, sin que Rose se enterara, imponiéndoles sus ceremonias también a desconocidos que no tenían nada que ver. Buttons y Ming estaban convencidos de su manía sacrificial, y también Corina, la amiga salvadoreña de María Paz. Rose vuelve al manuscrito original, que es su guía, su hoja de ruta, y encuentra y relee los párrafos sobre Corina: «Abre los ojos, María Paz, abre los ojos y ten cuidado, que ese muchacho es enfermo.» Y también esto:

«—Me parece que rezaba —me dijo (Corina) uno de esos días.

»—¿Rezaba? ¿Quién rezaba?

»—Tu cuñado.

»—¿Quieres decir que rezaba esa noche, en tu casa? ¿Antes de hacer lo que te hizo? ¿O después?

»—Al mismo tiempo. Era como una ceremonia.

»—¿Una ceremonia?

»—Lo que él estaba haciendo. Lo que estaba haciéndome. Parecía una ceremonia.»

Pero ¿qué es exactamente lo que hace Sleepy Joe contra ella, contra la propia Corina, por qué la agrede con un palo de escoba? Rose baja a la cocina por una escoba, vuelve a la mansarda y empieza a blandir la escoba contra un enemigo invisible. Se agita con el ejercicio y suda. ¿O será fiebre? Siente que le arde la cabeza, que cruza una raya, que está a punto de zafarse. Si yo fuera Sleepy Joe, ¿qué daño podría hacer con esto?, se pregunta. Podría golpear o esgrimir, y hasta violar, como a Corina. En un palo de escoba podría clavar la cabeza de un adversario, como en una estaca. O atravesar a la víctima. Un palo. ¿Una lanza? Una lanza larga y penetrante, prehistórica, temible. La lanza, arma-reina entre los chinos, blasón de Palas Atenea, con punta afilada de acero, de ámbar, de bronce, de obsidiana, ¿y acaso no atravesaron el costado del Cristo con una lanza? Lanza, jabalina, lance, *spear*, Britney Spears. Si yo fuera Sleepy Joe, ¿acaso no habría penetrado, atravesado, violado, a Britney, a Atenea, a Corina, con esta lanza, jabalina, escoba, lance, *spear*?

Las piezas encajan en un esquema rebuscado, pero sustentable. Y si realmente es así, ¿qué queda por delante? ¿A qué otros aparejos de martirio recurrirá la creatividad de Sleepy Joe? ¿Cuáles no ha utilizado aún, o ha utilizado ya, pero Rose aún no lo sabe? Valga decir, ¿qué les espera a sus próximas víctimas, o qué les hizo ya a otras anónimas? En primer lugar, falta la cruz: el tormento mayúsculo y último, el clímax de la expiación. Y debe haber otros, desde luego; el Cristo tuvo que soportar toda clase de horrores camino al Calvario. Pero ¿cuáles son? Es ahí donde entra a jugar el álbum de fotografías que acaba de enviarle Edith.

Roma, un atardecer de verano, años atrás. Edith y Rose van tomados de la mano y están enamorados, o al menos Rose está enamorado de Edith, que lleva un vestido claro, escotado, por donde asoman sus pechos bronceados por el sol mediterráneo. Van cruzando el Tíber por el puente de Bernini y la presencia imponente de los ángeles los inquieta: su violenta belleza, andrógina y sombría; sus alas improbables desde el punto de vista aerodinámico; su compasión agónica ante el sufrimiento del Hijo de Dios. Más que criaturas de gloria, son los portavoces de un duelo cósmico, y cada uno de ellos sostiene en las manos un determinado objeto iniciático, o arma mortal, según se lo mire. En el *duty free* del aeropuerto, Rose ha comprado una Canon AE-1, y en su entusiasmo por estrenarla le toma muchas fotos a Edith, de las cuales se han conservado sólo nueve en el álbum, una frente a cada ángel, sin contar una décima que en algún momento se despegó y de la que sólo quedan los rastros de goma. Volver a mirar aquello después de tantos años marea a Rose, o habrá que decir que lo trasporta. Me asegura que revivió simultáneamente el abandono por parte de su mujer y la muerte de su hijo, y que el abrazo brutal de esa doble pérdida lo fue arrastrando sin que él supiera hacia dónde, amenazando con reventarlo. Hasta que optó por soltar las riendas, aflojar la resistencia y dejarse llevar, dócilmente, en un viaje alucinado por un torrente de imágenes violentas. Ahora que lo ve en perspectiva, lo siente como una inmersión honda, que por poco lo ahoga dentro de su propia cabeza.

Empezó a mirar las fotos detenidamente, una por una, tratando de concentrarse en los ángeles y haciendo abstracción de la figura de su ex mujer, hazte a un lado, Edith, me dice que le decía, quítate de ahí, que esto no es contigo. De puño y letra de ella estaban registrados la fecha del viaje, el nombre del lugar, las aclaraciones pertinentes. Así es Edith, me dice Rose, todo tiene que documentarlo y especificarlo; también los libros que lee quedan llenos de anotaciones en los márgenes.

El primer ángel sostiene una columna pequeña, más bien la versión reducida de una verdadera, y la leyenda que le corresponde es *«Tronus meus in columna»*, mi trono sobre una columna, según las traducciones que como pie de foto ha anotado Edith. Bravo, Edith, le dice Rose, siempre fuiste tan sistemática y organizada, con todo menos con nuestro matrimonio, a mí me archivaste como a un trasto viejo y ni siquiera sabes en dónde. Pero hay que concentrarse. Se trata de la columna de la flagelación. Rose lo sabe bien, recuerda que en esa misma visita a Roma vieron el original, o sea la propia columna, en Santa Prassede, a la sombra de la basílica de Santa María Maggiore. Al igual que la réplica que sostiene el ángel del puente, la reliquia original es chata y corta, como si el Cristo que ataron a ella hubiera sido pigmeo. «*Tronus*», escribe Rose con un marcador sobre la cabeza del ángel, *Tronus meus in columna*, tú te llamas Tronus, le dice, y tú hiciste mal, sumamente mal, azotando a ese pigmeo.

El siguiente ángel sostiene un látigo y su inscripción reza «*In flagella paratum*», preparado para el látigo. Rose agarra el marcador y escribe encima la palabra «*flagella*» con letras de imprenta. Flagella, ése será tu nombre, le dice al ángel. Reventar a la víctima, al Cristo de turno, con una azotaina de látigo de siete colas, porque eso es lo tuyo, atar al elegido a una columna y darle hasta reventarlo a fuete.

Aparece otro ángel con un par de clavos en la mano, grandes clavos, pesados. «*Quem confixerunt*», los que me han perforado. Rose le pone un nombre y se lo escribe encima: «Clavus.» Clava al ángel con su nombre: Clavus. Clavar a la víctima a la pared, atravesarla, perforarla, así se trate de un perro: dejarlo ahí crucificado hasta que muera. Agarrar a un pobre perro y convertirlo en Dios, o agarrar a un Dios y tratarlo como a un perro.

El ángel de la página siguiente sostiene la cruz: «*... a sanguinis ligno*», desde el árbol que sangra. Cruz, cruces, cruzar, crucero. La cabeza de Rose se dispara hacia el crucero que tomó con Edith por las islas griegas —¿esa noche en Santorini me querías, Edith, o ni siquiera entonces?—, pero enseguida corrige el rumbo y abandona ese recuerdo. Volvamos al grano, se ordena a sí mismo, hay que seguir adelante. Este ángel poderoso y levemente estrábico sostiene en sus brazos la cruz, ése es su Fragmenta Passionis, o al menos eso aclara Edith, vaya, vaya, Edith, qué de latinajos. El gran bizco alado sostiene la cruz sin esfuerzo, como si no pesara, como si fuera alada también la propia cruz, el madero de la muerte, que curiosamente viene siendo el mismo árbol de la vida, la confluencia de los cuatro puntos cardinales, la rosa de los vientos, *rosa rosa rosam rosae rosae*, cómo no, *a rose is a rose* y así se llama él, justamente Rose, Rosacruz, la rosa que abraza a la Cruz, que es intersección, desvío; cruzar los dedos para cambiar a favor la suerte. Cruz: lugar de peligro y riesgo; puerta hacia mundos diferentes al nuestro; encuentro vertiginoso de realidades enfrentadas, la vida y la muerte, el día y la noche, el cielo y el infierno, el hombre y el Dios. Punto donde se hace delgada la frontera entre la cima y el abismo. ¿No era eso, más o menos, lo que decía la vieja Ismaela Ayé, allá entre los muros de Manninpox? Y si Ismaela Ayé podía decirlo, también podía Rose, que toma el marcador y a ese ángel lo bautiza Crux. Hola, Crux, le dice, tú te llamas Crux, allá tú con tu nombre.

La inscripción del ángel que sostiene la lanza que clavaron en el costado del Cristo reza *«Vulnerasti cor meum»*, has herido mi corazón. Buena frase, hay que reconocerlo, el señor Cristo no era mal poeta. O habría que darle el crédito más bien a Bernini. Rose decide que a ese ángel va a llamarlo Cor, el propio ángel le ha revelado su nombre, *cor, cordis*, corazón, y además se ven bien esas tres letras, C, O, R, así colocadas a lo ancho de la foto, y hasta un poco de risa le da a Rose porque con la O ha encerrado la cara de Edith, que aparece en la foto parada al lado del pedestal. A ver cómo te escapas de esa, le dice a Edith, muéstrame cómo te zafas y te vuelas con Ned para Sri Lanka. ¡Fuera, Cor!, le ordena Rose a ese ángel, ahí te dejo con Edith que es una chica mala, hazte cargo de ella. Y ahora sigamos, que todo va marchando, empecé jalando la punta del hilo y ahora el ovillo se desenrolla a toda mecha. Cor: el nombre vale también por Corina. ¿Te atravesaron el corazón con esa lanza, Cori? No. Te atravesaron la entrepierna, o sea el axis mundi: el corazón del corazón.

Viene una fotografía difícil, porque el ángel siguiente sostiene en la mano una esponja. Muy raro, una esponja, algo tan prosaico y carente de inspiración. ¿Qué mal puedes hacerle a alguien con una esponja? Aparte de cosquillas en las axilas, a Rose no se le ocurre nada. Pero basta con leer, idiota, se dice a sí mismo, la inscripción te lo revela todo: «*Portaverunt me ace-to*», me dieron vinagre; qué metódica era Edith y qué pulcra, que bien tradujo todo. Ya veo, ya veo, dice Rose, el Cristo ago-nizante tenía sed, debió pedir agua y en cambio le dieron vina-gre. *Well, that's gross.* Lo que se dice retorcido. Entraparon en vinagre esa esponja y le quemaron los labios, le pringaron la garganta, se rieron de él. Mal, le dice Rose al ángel, muy mal, pao, pao en la manita, como castigo te vas a llamar Bob Espon-ja. Le retiñe el nombre con el marcador: Bob Esponja. Claro que Edith asegura otra cosa; como siempre, ella lleva la con-traria. Posca: Edith ha anotado al pie de la foto esa palabra desconocida para Rose, cuidándose de añadir al lado la aclara-ción: «Posca, bebida popular en la antigua Roma, mezcla de agua, vinagre y hierbas aromáticas.» ¿Será verdad? ¿Algún ser caritativo acercó una esponja entrapada en posca a la boca se-dienta del moribundo? De acuerdo, Edith, entonces a este án-gel lo llamaremos Posca. Posca Esponja. Lo que pasa es que ahí no para el asunto, hay algo más, en la foto no eres tú, Edith, quien está parada al pie de Posca, sino yo, Ian Rose, y llevo puesta una camiseta James Dean; la cara de James Dean está impresa en mi camiseta, bien visible. En cambio al ángel no se le alcanza a ver el rostro porque al tomar la foto, tú, Edith, se la dejaste fuera del marco. Decapitaste a Posca con esa Canon AE-1. No importa. Ángel Decapitado, ya no te llamarás Bob Esponja, ni tampoco Posca, has tenido una suerte loca, ahora te llamas James Dean.

—Foto tras foto, la fiebre me iba subiendo —me dice Rose—, era como si el cerebro me ardiera. Mire, yo soy una persona simple, no conozco mucho de esos estados alterados. Pero ese día del álbum yo volaba. Y al mismo tiempo todo era tan real, cómo explicarle, los ángeles, Edith, la ausencia de Edith, Cleve, la muerte de Cleve, su asesino, la sombra de su asesino, yo mismo, Roma, las Catskill, Bernini, todo adquiría la misma realidad, el mismo peso, todo existía por igual y al mismo tiempo; la fiebre lo mezclaba todo y lo ponía justo ante mis ojos, al alcance de mi mano.

A continuación hace su aparición el ángel que Rose más teme, el que ha estado esperando, el que de verdad le atañe, el de la corona de espinas. Éste es el ángel de Cleve, piensa Rose y se estremece. Su leyenda le resulta atroz: «*Dum configitur spina*», mientras las espinas penetran. Edith, sin saber que un día su hijo va a sufrir las espinas, Edith, sin saber siquiera que un día va a tener un hijo, Edith ha anotado en un pie de foto que ese ángel tiene la particularidad de haber sido esculpido por el propio Bernini, quien dejó la ejecución de los demás en manos de sus discípulos. Gracias por la aclaración, Edith, le dice Rose, tú, que siempre fuiste tan estudiosa. Este ángel atrapa a Rose como ninguno de los anteriores; no puede parar de mirarlo, o al revés, la criatura no para de mirarlo a él. Es un ángel terrible, comprende Rose. Cleve, hijo mío, qué clase de padre soy, que no estuve allí para protegerte de su arremetida. Es al mismo tiempo el más afligido de los ángeles: Bernini ha logrado que un grito ahogado se adivine en su boca entreabierta. Eso, más la tormenta que amenaza desde el fondo de sus ojos, lo convierten en una presencia macabra. Tú te llamas Spina, le dice Rose con una rabia sin fondo, y le escribe el nombre encima muchas veces, Spina, Spina, Spina, lo apuñala con el nombre, lo raya con el nombre, raya toda la foto hasta que ya no se ve nada. Sólo rayones. Desaparece el puente, sólo quedan rayones. Desaparece el Tíber, desaparecen Roma, el ángel y la corona, y sobre todo Edith. Sólo quedan rayones de arriba abajo; con un millón de rayas cortopunzantes, o sea de espinas, Rose ha atravesado a Spina.

La página siguiente trae una figura casi femenina que exhibe con dulzura un lienzo: «*Respice faciem*», mírale el rostro. ¿Cómo debo llamar a este ángel?, se pregunta Rose, ya menos exaltado, menos agresivo, recuperando el aliento. Facies, por supuesto, así te vas a llamar, mira cómo escribo tu nuevo nombre delicadamente, en una esquina y con letra gótica. Se trata del ángel que sostiene el paño de la Verónica, o pañuelo en que quedó estampado el rostro de Jesús cuando una mujer llamada Verónica quiso enjugarle la sangre y el sudor. Pero en letra de Edith aparece clara la advertencia, basta con fijarse en la etimología, aconseja Edith, para deducir que no existió la tal Verónica, que no es más que Vero Icono, verdadera imagen del Cristo estampada en el paño de la Verónica, o sea el paño de la verdadera imagen. ¡Coño, qué inteligente y sabihonda eres, Edith! Pero ahí no termina la cosa con este ángel tampoco, por el contrario, ahí comienza. Uno: con un lienzo, o trozo de tela, alguien le limpia el rostro a un hombre. Dos: el rostro de ese hombre queda allí registrado, como en una fotografía. El rostro. Un rostro. Un rostro en un lienzo. ¿En un trapo? ¿Un trapo rojo? ¿John Eagles, el vendedor de comida para perros, con su cara arrancada y pegada a un trapo? ¿El crimen inexplicable de John Eagles por fin resuelto? Pero si nada tiene que ver John Eagles con Sleepy Joe, a quien no conocía y con quien nunca en su vida se habría cruzado. ¿O acaso sí?

Rose está exhausto, su cerebro recalentado ya no da más y exige reposo. Pero todavía falta, la tarea no está terminada, queda uno más. El último ángel del álbum sostiene en una mano la túnica que le arrancan a Cristo antes de crucificarlo, y en la otra mano guarda los dados con que los soldados romanos la rifan entre ellos. «*Miserunt sortem*», echaron la suerte. Hijos de puta centuriones, se rifaron la camisola de Dios. Te llamas Alea, le dice Rose a ese ángel y escribe la palabra: «Alea.» ¿*Alea jacta est*? Pues ya está. Tampoco aquí brilla el sentido común, no acaba Rose de entender quién querría alzarse con unos harapos ensangrentados. En *La túnica sagrada*, una película que vio de adolescente, superaron la incongruencia cambiando la túnica tosca por un paño púrpura más presentable, evidentemente costoso, y Richard Burton, el afortunado centurión que se lo ganó a los dados, se alejó de allí satisfecho luciendo flamante manto, porque no hacía falta ser Richard Burton para saber que el púrpura era el color imperial, exclusivo y suntuoso. Eso vaya y pase.

¿Pero rifarse un triste trapo, tejido en telar por algún artesano pobre de Galilea, y luego arrastrado montaña arriba, rasgado por las piedras y los azotes, vuelto miseria, todo embarrado y manchado? No tiene sentido. No importa. No hay que perderse en debates teológicos, ahí no está la urgencia, lo que importa es atar cabos, quemarse la cabeza atando cabos, buscarle la comba al palo, sumar dos más dos. La balanza se inclina hacia el lado de Maraya, la amante *number two* de Sleepy

Joe. Un Rose borracho de revelaciones consulta el manuscrito de María Paz. Quiere encontrar lo que allí dice sobre Maraya, teibolera de Chiki Charmers, la que hirvió en un jacuzzi hasta que la carne se le desprendió de los huesos, la pobre Maraya, que cuando fue cadáver tuvo que llevar un dado encajado en cada una de las cuencas de los ojos mientras sus amigas se peleaban por su ropa, y todo por lo maniático y obsesivo que es este Sleepy Joe, un desgraciado con unas fijaciones del carajo.

Demasiado obvio, piensa de repente Rose. Todo esto, todo, demasiado fácil. Qué asco, dice, y siente que crece en él un gran fastidio frente a ese asesino tan predecible en sus cosas. Hijo de puta, Sleepy Joe, le dice, armas tus enigmas leyendo a Paulo Coelho y a Dan Brown, eres un místico de pacotilla, qué repugnante, vas siguiendo el patrón al pie de la letra, hasta ahí te llega la audacia, vas matando gente con los instrumentos de la Pasión del Cristo, uno tras otro, como quien sube unas gradas. Ése es tu gran invento. No eres más que asesino rutinario, al fin y al cabo.

Rose pasa de la alucinación al hastío, de la conmoción al desencanto, del ardor al frío. Ya terminó todo, ya sabe de qué va el asunto, al menos más o menos, forzando la mano aquí y allá, es cierto, trayendo de los pelos algunos elementos de juicio, eso debe reconocerlo, pero en todo caso armando un cuadro general con suficiente apoyo en la realidad como para sentir que básicamente ha logrado desenmarañar el enredo. Se le ha aplacado la fiebre y con ella el estado de exaltación. Ya ha pasado el parto, y ahora quieren caerle encima los *maternity blues*. Huyendo de ellos se dirige a la cocina para prepararse un té, pero no encuentra leche y tiene que resignarse a tomarlo sin nube, *sorry, mother*, le dice, *no cloud this time*. Busca el Effexor y está a punto de bajárselo con un trago de té para darle mate a la crisis, pero se arrepiente. No más paliativos, dice, al demonio el Effexor, de aquí en adelante necesito todas mis herramientas, incluyendo el dolor, la ansiedad y el pánico, todo lo que haga parte de mi sistema de alertas. Entierra los antiansiolíticos entre los helechos de una maceta, sube de nuevo al ático y se deja caer, agotado, sobre la cama que fuera de su hijo.

—Me hago el detective, me hago el vengador, me hago la víctima y el verdugo... Perdóname, hijo, qué montón de pendejadas hago para darle sentido al sinsentido feroz de tu muerte —le dice en voz alta ya no tanto a Cleve como al montón de objetos de Cleve que llenan el ático.

Dos días más tarde, el invierno ya había tomado posesión de los alrededores. No había parado de nevar en las últimas veinticuatro horas y Rose se dejaba llevar por una sensación aletargada de ingravidez, mientras miraba por la ventana cómo la nieve iba cayendo con suave lentitud de seda. Vista así, desde el calor de la chimenea y a través de los ventanales, parecía bella e inofensiva, y hasta cariñosa, pensaba Rose, que sin embargo la conocía demasiado bien como para no saber que esta vez no iba a detenerse hasta no cubrir personas, animales y cosas, apagando todos los sonidos, borrando los colores, nivelando los volúmenes y dejando a la tierra convertida en una bola blanca, inhumana y luminosa, como la luna. Estático ante la serenidad congelada del paisaje, Rose apenas apretaba las manos contra la tibieza del tazón de té, cuando Empera irrumpió como una tromba para entregarle el teléfono inalámbrico.

—Conteste, le interesa —le dijo.

—Llamo por lo de las rejas. —Al otro lado de la línea sonó una voz femenina.

—¿Cuáles rejas? —dijo Rose, que no acababa de aterrizar.

—Usted sabe cuáles rejas. Las que encargó.

—No he encargado ningunas rejas —dijo Rose, molesto con la insistencia, pero Empera lo fulminó con una mirada que le hizo comprender que podía tratarse del enlace, de algo que tendría que ver con María Paz, a lo mejor «rejas» era una especie de clave, ¿por aquello de cárcel? Rose se quedó mudo y vino un silencio tenso que luego no hallaba cómo romper; tampoco era cosa de soltar un ¿eres tú, María Paz?, cuando esto bien podía ser un contacto clandestino a través de teléfonos intervenidos, con grabadoras y ese tipo de cosas.

—Las rejas, ya sabe cuáles rejas —dijo la voz.

—¿Usted es la amiga de las rejas?

—No, yo soy una amiga de esa amiga.

—¿Y está en contacto con ella?

—Por eso lo llamo, para decirle que ella ya le tiene el catálogo.

—El catálogo de rejas para el jardín...

—Exacto, de rejas para el jardín.

—¿Y cuándo puedo verla?

—Ella manda preguntar si pueden encontrarse hoy mismo, hacia las tres de la tarde, en el *food court* de un centro comercial, su *housekeeper* le dice cuál, ella sabe. Si usted no puede hoy, hablamos más adelante para cuadrar otra cita, para mañana o pasado.

—Dígale que voy a estar ahí, tomándome una Coca-Cola light —dijo Rose, enfatizando lo de Coca-Cola light porque le pareció un aporte, si María Paz y él no se conocían, cómo iban a reconocerse entre el gentío.

—No debería.

—Qué cosa.

—Tomar Coca-Cola light. Si no puede evitar la Coca-Cola, por lo menos evite la light, que es puro veneno —dijo la voz, y él no supo si se trataba de un dato decisivo, o si sólo le estaban dando un consejo saludable.

—De acuerdo, dígale entonces que estaré tomando Coca-Cola normal.

—Como todos los que estén ahí.

—Tiene razón. Dígale que van a ser tres latas de Coca-Cola normal. Dígale que las tendré colocadas en triángulo sobre la mesa —dijo, y se sintió ridículo, como jugando a los espías.

—Entonces qué prefiere.

—La Coca-Cola normal, ya le dije.

—Me refiero a la cita para hoy o para más adelante.

—Claro, perdón, no le entendí. Dígale que hoy mismo. Y que traiga las muestras.

—¿Qué cosa?

—Nada, las muestras de las rejas, dígale que las traiga. Dígale por favor que es urgente, sumamente urgente —dijo Rose, e iba a añadir que de vida o muerte, pero se contuvo para que quienes pinchaban la línea no lo tomaran por terrorista. Vida o muerte, patria o muerte, vencer o morir, muerte

434

al infiel: ante todo evitar el tipo de cosa que sonara a consigna extremista.

Hacia el mediodía, Rose ya estaba colocándole las cadenas antideslizantes a las llantas de su coche, y luego se puso a palear la nieve de la entrada para poder sacarlo. Iba perdiendo el aliento con el esfuerzo y a media tarea se detuvo, tieso y sudoroso, como un Santa Claus, bajo sus varias capas de ropa. Desde lejos los tres perros lo observaban resignados e inmóviles, sentados en fila de mayor a menor, como hacían siempre que lo veían partir. Al terminar con la pala, Rose se despidió de ellos muy cariñosamente, como siempre, o como siempre no, más que siempre, dándoles a cada uno su salchicha Scheiner's y un abrazo apretado, sentido, casi definitivo, como si fuera a emprender un viaje sin regreso. Empera le había completado el dato que el contacto había omitido por teléfono: el centro comercial donde se daría el encuentro era el Roosevelt Field Mall, en East Garden City, con acceso por la Meadowbrook State Parkway. O sea que al fin y al cabo Empera estaba colaborando, tal vez agradecida por el aumento de salario, y además aceptó quedarse de planta en la casa hasta que Rose estuviera de vuelta, para cuidar el lugar y hacerse cargo de los perros.

En el momento en que encendió su Ford Fiesta, Rose se confesó a sí mismo que hubiera preferido mil veces acudir a la cita en el *food court* acompañado por Ming, y se arrepintió de no haber aceptado su ofrecimiento. No era agradable la idea de que a María Paz la persiguieran la justicia, los cazafortunas y el criminal del cuñado, y desde luego a Rose le daba flojera meterse en líos con tanta gente, al fin de cuentas él no era ningún héroe de epopeya, o para ponerlo en los términos de Cleve, el *epic wind* no soplaba para él. Pero ya no había nada que hacer, no podía dejar pasar esta oportunidad, porque seguramente no se presentaría otra. Había un embotellamiento exasperante en el *parkway* y además Rose iba tan nervioso que se salió dos veces por la *exit* equivocada, pero aun así alcanzó a llegar al Roosevelt Field Mall con tiempo de sobra.

El *food court* está atiborrado de gente, de adornos y luces, de olores y músicas: la humanidad se prepara para la Navidad.

A Rose, que desde hace meses vive encerrado en la penumbra solitaria de su duelo, lo toma por sorpresa este bazar multitudinario que lo envuelve en su agitación y su gritería. Es extraño, piensa él, ahora festejamos el nacimiento de Dios en un pesebre, pero más adelante en el año vamos a celebrar su muerte en una cruz. Pobre humanidad perpleja, que inventa tanta monería para ocultar el hecho de que no entiende nada, pero ¿por qué mi hijo, qué tiene que ver Cleve con todo esto, quién pretende aclararse cosas a sí mismo confundiendo a Cleve con ese rey que nace para morir coronado de espinas?

Alrededor de Rose se mueven docenas de mujeres jóvenes con ojos y pelo color *coffee*, y a juzgar por el parecido con la foto del expediente, varias de ellas podrían ser ella. Faltan quince minutos para la hora convenida, y Rose compra las tres Cola-Colas normales. Se le dificulta conseguir mesa pero por fin lo logra, y el siguiente paso es sentarse y colocar las tres latas en triángulo. Pero qué estupidez ha sido mandar semejante indicación, ahora cae en cuenta por la vía experimental de que no hay manera de colocar tres latas como no sea en triángulo, como quiera que las muevas siempre forman un triángulo; para que el dato hubiera sido relevante habría tenido que especificar qué tipo de triángulo, si equilátero, isósceles o escaleno, según la longitud de sus lados, o rectángulo, obtusángulo o acutángulo, según los grados de sus ángulos. Coloca los tres tarros de cualquier manera, total esas tres gotas de Coca-Cola son invisibles en medio del mar de ese producto que corre por el lugar. Qué tontería, realmente, con lo práctico que hubiera sido enviar especificaciones sensatas, mandar decir, por ejemplo, que vendría de abrigo gris y bufanda negra. Pero en fin, no había sido del todo culpa suya, aún no se publica *Tácticas conspirativas para tontos*.

Ya son las tres y cuarto y la chica de las rejas nada que llega. Y si ya llegó, es difícil que pueda localizarlo entre esa chichonera. Rose empieza a presentir el fracaso y no sabe qué hacer, salvo esperar y golpetear la mesa con uno de los tarros. ¿Y si todo esto no es más que una trampa, y acaba él mismo encerrado en una Manninpox para hombres? El ruido del lugar lo aturde y para colmo atruena también la música ambiental: tienen a Pavarotti desgañitándose por los altoparlantes con *Holy Night* y *White Christmas*. A Rose lo hace sonreír el recuerdo de Cleve, que de chico llamaba *Pajarotti* a Pavarotti; a mí me gustan mucho los discos de Pajarotti, decía, como si se tratara de un gran pajarraco panzón y cantor. Mientras espera, Rose medita un poco en eso que ha oído comentar tantas veces, que Plácido Domingo era el tenor de valía mientras Pavarotti fracasaba en Milán con las notas altas del segundo acto del *Don Carlos*. A lo mejor la cagaste en La Scala, le dice Rose a Pavarotti, pero lo que es aquí, en este *food court*, el triunfo es todo tuyo, gordo magnífico, que en paz descanses; tú solito gritas más que todos nosotros juntos. Pero ya son las tres y media y María Paz nada que aparece.

Rose se pone de pie, para hacerse más visible, y observa con disimulo a las mujeres que circulan por ahí, cargadas de hijos y paquetes. ¿Sería María Paz esa flaca melancólica que espera algo, o a alguien, sentada sola en su mesa frente a un vaso desechable? Es morena, más o menos bonita, tiene el pelo oscuro y largo..., pero al rato llega su galán, la besa y se sienta a su lado. Entonces no, no puede ser ésa. ¿Se habrá pintado María Paz el pelo de rubio para huir de la justicia? ¿Será esa rubia que lleva rato ensimismada en su celular, apretando las teclitas con una agilidad demoníaca? *Wrong again*. Sin dejar de textear, la rubia se para y se va. Atención, alguien se acerca. Es una anciana vestida de diva invernal, con abrigo color rosa, botas blancas y un exceso de maquillaje que se adhiere a su cara como una máscara. La anciana sólo quiere saber si los cupones imprimibles que lleva en la mano le servirán para las rebajas de Macy's, Rose se disculpa diciendo que no sabe y ya ni le pregunta por las rejas de jardín; está claro que ésta no es su chica.

Siendo las cuatro y media de la tarde, se da por vencido y desiste. Lleva noventa minutos esperando; a estas alturas se puede deducir que se frustró el encuentro. O Empera le pasó mal el dato, y él vino a parar donde no era, o algo le sucedió a María Paz y no pudo presentarse. *Maktub*, como decía ella misma. Qué se va a hacer. Rose empieza a retirarse, más aliviado que contrariado. Casi que huyendo se aleja del pabellón de comidas y resuelve que por el momento va a relajarse y a desentenderse del problema; ya ha tenido suficiente actividad clandestina por hoy. Chao, María Paz, hasta la próxima será, por ahora vas a tener que arreglártelas sola con tu pinza, *sorry*, yo cumplí con mi parte, más no puedo hacer por ti. La distensión trae consigo un apetito feroz, al fin de cuentas afuera ya oscurece y Rose aún no ha almorzado, así que pregunta en información por un restaurante más o menos de verdad. Nada de *food court* ni *junk food*; desde la muerte de Cleve lleva meses alimentándose mal y poco y repente le han entrado deseos de comer bien y mucho. Le indican dónde está el Legal Sea Foods, allá se dirige y se transa por un *clam chowder* y unos *wonton* de langostino. Bien, ya puede regresar a casa; sus perros estarán esperándolo. Paga la comida y sale de nuevo al camellón central, donde Pajarotti sigue atinándole a esos Do de pecho que según sus detractores no puede dar. Unos minutos después, Rose ve que viene rápidamente hacia él una mujer con un embarazo avanzado, que lleva puesto un absurdo gorro multicolor y bufanda *matchy-match*. Rose quiere sacarle el quite, temiendo que si chocan la chica va a parirle encima, pero ella se le planta delante con los brazos en jarra y lo encara.

—¿Usted es el padre de míster Rose?

—Y tú... ¿la de las rejas?

—Supongo que sí. Y usted, el otro míster Rose. El padre de míster Rose.

—¿Cómo supiste?

—Eh, avemaría, si yo a usted lo conozco desde hace rato —dice María Paz.

—También yo a ti, más de lo que crees —dice Rose, y en ese momento comprende que es cierto, que de tanto leer el manuscrito de esa muchacha, una y otra vez en la soledad de las noches, se ha familiarizado con el personaje más de lo que él mismo creía, y ahora de golpe la tiene ahí, de cuerpo presente, y ella le resulta conocida, más que eso, casi cercana. Además hay algo amable en ella que lo hace bajar la guardia, su sonrisa desprevenida, tal vez, o su mirada alegre. O será más bien compasión lo que siente ante ella, ante la panza enorme que sobresale del abrigo; en todo caso una compasión más bien incómoda ante el gorro extravagante, la bufanda compañera, el desparpajo con que la muchacha maneja su presencia vistosa y fuera de lugar. Pero el revoltijo de sentimientos encontrados cede de pronto ante una emoción más fuerte, y el corazón de Rose se dispara al ritmo de una insensata ilusión que se le enciende en el pecho. ¿Será acaso el hijo de Cleve? ¿Lleva esa muchacha en las entrañas un hijo de su hijo? ¿Será posible semejante prodigio?

—¿Es mi nieto? —pregunta con la voz entrecortada por la emoción.

—Pero cómo se le ocurre, señor Rose, no darían las cuentas, hubiera sido muy bonito pero no, ni los embriones de dragón incuban tan largo —se ríe María Paz.

—Entonces es grande esa pinza que llevas adentro —dice Rose, intentando un chiste para disimular el viaje de sentimentalismo interplanetario del que acaba de aterrizar en plancha, y apresurándose a secarse las lágrimas con la manga del abrigo.

—¿Este embarazo? —pregunta María Paz, a quien la palabra «pinza» todavía no le dice nada—. Este embarazo es más falso que billete de tres.

—Un disfraz... —suspira Rose—. Pero se te fue la mano, muchacha, parece que fueras a reventar, en cualquier momento vienen por ti en ambulancia.

Ella le pide que la espere y se retira al baño de mujeres, se encierra en un WC, se deshace de parte del relleno y regresa con un par de meses menos de preñez. Rose le pregunta si la están siguiendo y ella responde que cree que no, que ha tomado precauciones.

—Nos vamos de aquí, ya mismo —dice él—, tengo el carro en el parqueadero, huyamos de aquí, tenemos que hablar de un asunto de una pinza.

—¿Una pinza?

—Es complicado.

—¿Y si más bien vamos al cine?

—¿Cine? ¿Estás loca?

—Hace mucho no voy al cine, de veras me gustaría. Hay varios cines aquí mismo...

—No entiendes, tienes a toda la Policía detrás y además llevas una pinza adentro, hay que extraer esa pinza, es lo más urgente, me lo dijo tu amiga Mandra X, ella vio la radiografía...

—Hay mucho ruido y no le oigo bien. Anímese, señor Rose, vamos al cine, no pasa nada.

Rose creía ver enemigos por todos lados y andaba con la paranoia disparada, pero la chica insistía en lo del cine con tal entusiasmo desprevenido y adolescente que él empezó a ceder, no sabía bien por qué, quizá porque no le quedaba más remedio, al menos en un cine iban a estar más escondidos, cualquier cosa era mejor que seguir ahí, expuestos, en ese lugar tan concurrido.

—Pero a qué película... —hizo la pregunta más tonta.

—Qué importa, la que estén dando. Vamos.

Así que ahí van, atraviesan de punta a punta el inmenso *mall* en busca de los teatros y ella lo toma del brazo; lo hace con la naturalidad de una hija con su padre, y ese gesto acaba de limar la distancia y la desconfianza que pudieran quedar en él. Va muy nervioso pero ahí va, aguanta, de alguna manera se siente respaldado, acompañado por primera vez en meses, y hasta se diría que logra sonreír pese a la carga de tensión. Para calibrar qué tan sospechosos parecen, busca en el reflejo de las vidrieras la imagen que deben estar presentando ante los demás. ¿Y qué es lo que ve? Me dice que se vio a sí mismo con una mujer joven, más o menos de la edad que tendría su hijo, o sea una muchacha que podría ser su hija, bueno, si Edith hubiera sido de otra raza, ahí tendría que haber habido un cruce racial medio raro para justificar un padre tan blanco y una hija tan morena, esa parte no quedaba clara, en cualquier caso podría pensarse que había sido adoptada, si el padre era ingeniero y había trabajado en Colombia habría podido adoptar allá una huerfanita pobre y traérsela consigo. Supongo que parezco un padre que ama a su hija adoptada y la lleva al *mall* aprovechando los últimos días antes del parto para hacer un par de compras navideñas, pensó Rose, quienes nos miran deben pensar que vamos a comprar ropita para el niño, que si es varón tendrá que llamarse Jesús, porque así como va nace el 25, como el Niño del pesebre, y ya se sabe que los hispanos hacen cosas como ésa, bautizar a un hijo con el nombre de Dios, que es como si un griego le pusiera Zeus, o un musulmán le pusiera Alá.

—Deberíamos cargar al menos un paquete —sugirió—. Todos llevan paquetes, menos nosotros.

—Buena idea —dijo ella—, si quiere, puede comprarme un regalo de Navidad.

—Qué tal unos chocolates, mira, en aquella chocolatería.

—De acuerdo, rellenos de cereza, mis favoritos. Para comer en el cine.

Todo tan normal, en realidad, en medio de la anormalidad rampante. En medio del desquicie, todo tan asombrosamente estándar, Rose muy su padre, ella muy su hija y el bebé por nacer totalmente su nieto, hasta ternura podrían inspirar. Tal vez así hubiera podido ser algún día la vida mía si no me hubieran arrebatado a Cleve, pensó Rose.

Como estaban agotadas las entradas para lo demás, se metieron a una de terror, *El rito,* con la coactuación de Anthony Hopkins y varios demonios, y ahí, a oscuras y en susurros, en medio de un teatro casi vacío, Rose hacía esfuerzos por convencer a María Paz de que tenía que hacerse operar de una pinza, mientras ella, más interesada en la película, gritaba cada vez que Asmodeus o Belcebú poseían a Hopkins en su caracterización de *father* Lucas. No había manera. A María Paz todo el lío de la pinza le sonaba a cuento chino, simplemente no podía creerlo, o no le convenía, no quería ni oír hablar de una operación que se iba a atravesar como vaca muerta en el camino de su gran escape. Ya tenía el plan diseñado y decidido, estaba dispuesta a cumplir con su propósito a como diera lugar, le susurró a Rose que estaba hasta el gorro de andar escondiéndose y que lo único que quería era recoger a su hermana Violeta, volarse de Estados Unidos y llegar juntas a Sevilla, a tiempo para ver florecer los azahares. Para María Paz estaba claro que a este míster Rose no iba a volver a verlo una vez salieran del centro comercial, porque en cualquier momento, a partir de esa noche, ella y su hermana se irían por su cuenta a jugarse el todo por el todo.

—La suerte está echada, míster Rose —le dijo.

—Ya sé. *Maktub.*

—Eso mismo, totalmente *maktub*.

—Pero para dónde te vas... —le preguntó Rose, que no podía imaginar qué clase de país querría recibir a una criatura como ella, sin dinero y sin papeles, y en cambio cargada de problemas y enemigos, y para colmo con una hermana perturbada. Para no mencionar la pinza.

—Me voy al carajo, míster Rose. Hasta aquí llegó mi *American dream* —le dijo ella, y le contó que ya tenía el contacto con el coyote que iba a cruzar con ellas la frontera norte, para sacarlas al otro lado.

—¿A cuál otro lado, María Paz?

—Al otro lado del mundo. A la tierra prometida, *milk and honey on the other side*. Le estoy hablando de esa clase de otro lado.

—Se supone que eso es América...

—Creo que *not any more*.

—¿Y quién es el Caronte?

—¿Quién?

—El bribón que te asegura que puede pasarte al otro lado.

—Un coyote que contraté, míster Rose, un súper profesional de la vaina, cómo será que le dicen Cibercoyote, porque trabaja todos sus contactos por Blackberry.

—Estás loca, María Paz.

—Tan loca y llena de sueños como mi mamita linda cuando se vino de Colombia para acá.

—No puedes irte así no más, primero tienes que operarte de la pinza y apenas te repongas, tienes que ayudarme a encontrar a Sleepy Joe.

—¡A Sleepy Joe! ¿Para qué a Sleepy Joe? Sleepy Joe es un canalla, señor Rose, guácala, gas cuchifó, lo mejor es olvidarse de ese tipo. Además no tengo idea de dónde pueda estar, vengo huyendo también de él.

—De eso hablamos después. Por lo pronto hay que arreglar lo de tu operación.

—Olvídese, señor Rose, no va a haber operación —dijo María Paz, tajante.

Cibercoyote no le ha dado fecha fija, le ha dicho que arrancan hacia Canadá en cualquier momento y que tiene que estar pendiente, disponible a toda hora, los cinco sentidos alertas, listo el morral, botas para la nieve, ropa interior térmica, calcetines de snowboard, guantes forrados North Face y ski jackets, aparte de los tres mil quinientos dólares por cabeza que tendrán que entregarle a él personalmente por sus servicios.

—¿Ya tienes el dinero? —pregunta Rose.

—Ya tengo todo, los amigos son generosos, me prestaron para el peaje y la vestimenta, ya veré cómo les pago cuando salga del aprieto. Sólo me falta pasar por el colegio de mi hermana, recogerla y seguir camino con ella. Vamos a ir vestidas como para las Olimpíadas de Invierno —se ríe María Paz—, ya tengo listo todo por partida doble, para ella y para mí, y por eso dentro de un rato tengo que despedirme de usted, señor Rose, no puedo quedarme más, hubiera querido quedarme pero no, todo esto es muy complicado, sumamente atropellado, ya sabe, circunstancias de vida o muerte. Lo bueno es que a Violeta le va a gustar Sevilla, si al fin y al cabo fue ella, mi hermana Violeta, la que dice que Sevilla en primavera huele a naranjos en flor. Y no me diga que no debo hacerme ilusiones, señor, ya sé que no debo, yo sé que no va a ser fácil, eso lo tengo muy claro. De aquí a esa primavera se atraviesa un invierno el hijueputa. *Winter is coming*, así dice la divisa de la Casa Stark en *Game of Thrones*, ¿sí ha visto esa serie, cierto? Diga si no es lo máximo. *Winter is coming*. Supongo que es mi divisa también. La cosa va a estar berraca, eso ya lo sé, mucho el frío y mucho el miedo, y mucho el hijo de perra pisándonos los talones. De todas formas quise venir a agradecerle, señor Rose, y a decirle que la muerte de su hijo me dolió mucho, no sabe cuánto, su hijo fue la persona más linda que conocí en la vida, y hoy vine hasta acá sólo para decírselo.

—Cómo te enteraste de su muerte...

—Yo estaba en su casa cuando el accidente, señor Rose, y me enteré por los perros, que empezaron a portarse muy raro, subiendo y bajando esas escaleras como locos, y yo pensé, qué les pasó a estos animales, que andan en este desquicie. Entonces me quité los audífonos, porque en ese momento serían las nueve o diez de la noche y yo estaba viendo televisión con audífonos y no oía nada más, mejor dicho yo estaba allá arriba,

443

en la mansarda de su hijo, a escondidas suyas, señor Rose, le
pido disculpas atrasadas por ese detalle, hemos debido avisarle
y no hacer la cosa a sus espaldas, ya le digo, perdóneme por
eso, y su hijo se había ido para Chicago hacia las cuatro de la
tarde y ya era noche cerrada y yo andaba haciendo pereza viendo alguna nadería por tele con los audífonos puestos, su hijo
me los había instalado para que en ausencia de él no se oyera
abajo la televisión prendida y a usted le fuera a dar por subir a
apagarla o algo por el estilo. En todo caso yo que me quito los
audífonos, y que escucho sus gritos. Los suyos de usted, señor
Rose, de pronto usted andaba pegando qué aullidos y yo supe
enseguida que algo horrible había pasado, eran los gritos más
lastimeros que yo haya escuchado nunca. Y me asomé a la escalera para saber qué estaba pasando, porque entiéndame, si a
usted lo estaban matando yo iba a tener que bajar a socorrerlo,
aunque lo rematara del susto con mi presencia. Fui bajando la
escalera despacito, despacito y con el corazón a mil, y alcancé a
escuchar que usted estaba al teléfono con su ex. Ahí supe lo
que le había pasado a su hijo, y se me fue el mundo a los pies.
Me senté en los escalones y quise morirme. Pensé, si dejo de
respirar, me muero aquí mismo y se acaba por fin este peda-
leo. Todo podía pasarme a mí, todo menos eso, que se me ma-
tara míster Rose, mi tabla de salvación, en realidad mi único
amigo. Le juro que esa noche quise morirme, ahí mismo en la
mansarda y que algún día me encontraran momificada allá
arriba. Por poco bajo a darle un abrazo, míster Rose, a decirle
que cómo era posible semejante malparida desgracia y a llorar
con usted, pero claro, al fin de cuentas no me atreví, si usted ni
siquiera sabía quién era yo ni qué coños estaba haciendo en su
casa. Al día siguiente subió Empera y me contó cómo había
sido. Me dijo que usted andaba como loco porque su hijo se
había matado en la moto un poco antes de llegar a Chicago.
Me preguntó qué pensaba hacer yo, y le dije que largarme de
ahí. Ella me subió una agüita de manzanilla para calmarme y
me dijo que me esperara hasta las tres y media, porque ella
trabajaba hasta las tres y media ese día. Luego Empera metió
su carro al garaje, me escondió bien en el asiento de atrás, debajo de unas mantas, y así atravesamos limpio toda esa barrera

de patrullas y policías. No se me olvida la tragedia dentro de ese carro, señor Rose. Después de la muerte de mi madre, ése ha sido el momento más triste y desesperado de mi vida, Empera llorando mientras manejaba, y yo llorando ahí acurrucada debajo de esas mantas, esperando a que parara el carro para bajarme, a saber en qué esquina de qué pueblo o en qué vuelta de la carretera, otra vez yo como perro realengo, ahí tirada a la buena de Dios y en semejante peligro. En los días que siguieron no hice más que llorar, extrañaba tanto a su hijo, y también a sus perros, sobre todo al chiquitín, Skunko, qué perrito más amoroso, si viera cómo pegamos la hebra porque a mí se me parecía mucho a Hero, a veces hasta me olvidaba de que no era Hero y me extrañaba verlo salir corriendo sin el carrito, yo a Skunko lo llamaba Hero y él como que se acostumbró a ese nombre, porque venía corriendo cuando yo lo llamaba así. Y hasta a usted mismo me dio por extrañarlo también, señor Rose, aunque no me crea yo a usted le había cogido cariño, sin que usted me viera yo lo veía a usted por la ventana cuando bajaba al jardín a jugar con sus perros, o a sacarlos a pasear, y me inspiraba ternura, yo lo veía en ésas y yo pensaba, un hombre que quiere tanto a sus perros tiene que ser un hombre bueno, cómo me hubiera gustado tener un padre así. Pero ahora otra vez, señor Rose, ya se llegó otra vez la hora de la despedida, así va la vida, de adiós en adiós, qué quiere que le haga.

—Por ahora no va a haber adiós, María Paz. No puedes irte —le dice Rose, y en el timbre de su voz hay una orden—. No te vas antes de que te saquen la pinza. Y luego vas a ayudarme a encontrar al asesino de Cleve. Dime quién mató a Cleve.

—Nadie lo mató, señor. —Una María Paz sorprendida ante el giro indeseable que están tomando las cosas empieza a caminar en reversa, alejándose de Rose—. Cleve se mató solo, señor, lo mató su moto... Adiós, señor Rose, tal vez algún día volvamos a vernos.

—¿Necesitas dinero? —le pregunta Rose, como recurso para retenerla—. Puedo darte dinero, si te hace falta...

—No, señor Rose, muchas gracias, no me hace falta nada —empieza a decir ella, alejándose cada vez más pero todavía volteada hacia él y sosteniéndole la mirada.

445

Justo en ésas se crispa el aire en el pabellón y la gente se aparta hacia los lados, intuyendo la conmoción que se avecina. Al principio es apenas una percepción burda y sin detalles: inunda el lugar un olor ácido a estampida y a violencia en ciernes, aún no precisada. Segundos después, María Paz ve aparecer varios policías que vienen hacia acá como una exhalación, abriéndose paso a empujones. ¿Vienen por ella? Se desata el golpeteo loco de tambores en su pecho. Sí, vienen por ella, y esta vez está atrapada. Cuántas veces durante estos últimos meses no ha experimentado esa misma sensación de haber llegado al final del camino. Después de tanta inmovilidad forzada y bajo llave en Manninpox, desde que está afuera no ha podido dejar de correr. Y ahora tiene a la Policía encima, el miedo la paraliza y por un instante cruza por su mente la imagen de Violeta, no va a alcanzar a ver a su hermana Violeta, justo ahora tenía que joderse todo, cuando sólo faltaban días. Pero ¿vienen realmente por ella? María Paz no va a quedarse esperando hasta comprobarlo: se sobrepone al pánico y se dispone a sobrevivir. Se dispara su sistema de alerta y en cuestión de segundos se transforma su anatomía en un vehículo de huida, reforzando su capacidad cardíaca, aumentando la presión arterial, intensificando del metabolismo, acelerando la actividad mental e incrementando la glucosa en la sangre, que fluye hacia sus músculos mayores, en particular las piernas, que quedan irrigadas y listas para echar a correr. María Paz está a punto de hacerlo cuando algo la detiene, una mano que la agarra fuerte por el brazo, como una tenaza que la inmoviliza.

—No corras, es un error —escucha que le dice Rose, apretándola contra sí.

Así, abrazada, protegida, Rose la va llevando hasta que se colocan ambos en primera fila, entre el gentío que se amontona para presenciar la acción de la Policía como si se tratara de televisión en vivo, espectáculo de domingo para una masa sedienta de excitación, que mira alrededor tratando de descubrir cuál será el perseguido —¿un *shoplifter*? ¿un *child molester*? ¿un ladrón de tarjetas de crédito?— que en cualquier momento va a recibir el bolillazo que le rompa la crisma, o el tiro en la pierna que lo derribe, para ser conducido luego maniatado y humillado ante las miradas de todos, ante las videograbadoras de los celulares y las cámaras de seguridad, a lo largo de ese corredor de la infamia que se ha formado allí. Y en primera fila, como en platea, se han colocado Rose y María Paz, alineados con los espectadores, los que se gozan el *show*. Desde tiempos de Greg, o de Cleve, no había vuelto a contar ella con un brazo protector de hombre blanco que le sirva de refugio, la sustraiga de la zona de riesgo y la coloque del lado seguro de la sociedad.

—Quítate ese gorro —le susurra Rose, sin aflojar el abrazo—, es demasiado vistoso.

Ella le hace caso y enseguida él se arrepiente de habérselo pedido: salta libre la mata indómita de pelo, todavía más vistosa que el gorro variopinto.

—Vas a tener que cortártelo —le dice Rose al oído—. O teñírtelo.

—Eso nunca —dice ella—. Antes muerta.

Los policías pasan corriendo de largo y se pierden de vista. Se ha frustrado el espectáculo y el gentío se dispersa. Tras comprobar que no venían por ella, María Paz sufre un bajonazo de adrenalina que la deja desmadejada y dócil como muñeca de trapo, y Rose aprovecha para ir conduciéndola hacia los parqueaderos.

—De ahora en adelante vas a estar mejor conmigo —le dice cuando ya los dos se alejan de allí en el Ford Fiesta.

—Se me murieron las lombrices del susto ahí en ese *mall*, cuando vi que los policías se acercaban corriendo —me confiesa Rose—. Pero saqué fuerzas de donde no tenía y abracé a María Paz para protegerla, sabiendo que ante los ojos de la ley ese gesto podía mandarme al muere. Y no que ella me agradeciera mucho después; en realidad ni siquiera me dijo nada. Pero ahí cambiaron las cosas, porque a partir de ese momento me aceptó como aliado. Al fin y al cabo yo acababa de demostrarle lo que era capaz de hacer por ella.

Huyen de Garden City y como María Paz se queja de hambre, paran en un restaurante anodino y más o menos escondido por Deer Park, del tipo «todo lo que puedas comer por sólo...», donde Rose se toma apenas un café, porque ha almorzado poco antes, mientras ella devora huevos fritos con bacon, ensalada verde y papas con queso derretido, más una tajada obscena de pastel de chocolate y dos Coca-Colas light.

—Qué bárbara, muchacha, estabas famélica —le dice Rose cuando les retiran los platos.

—Más vale aprovechar, nunca sabes cuándo vuelves a comer.

—¿Quedaste satisfecha?

—Pues sí, satisfecha, si eso quiere decir llena a reventar.

—Entonces vamos a hablar en serio. Tienes que entender que te dejaron adentro una pinza, y que esa pinza es la causante de la hemorragia.

—No se preocupe por la hemorragia, ha disminuido mucho, a lo mejor porque ya no me queda más sangre por dentro. Además, no hay pinza que no aguante hasta Sevilla.

—¿No me crees? —Rose saca un bolígrafo y dibuja sobre el mantel de papel un croquis similar al que le ha visto trazar a la Muñeca sobre la mesa del Conference Hall, allá en Manninpox—. Aquí tienes. Éste es tu útero, y ésta es la pinza. Mírala. Es metálica, y te está haciendo mucho mal.

—Pero si es chirriquitica... —dice María Paz—. Una mierdita de pinza. La verdad, señor Rose, de todos los problemas que tengo, esa pincita me parece el menor.

—Pero no lo es, y vamos a sacarla. Tú no te preocupes por nada, yo ya lo tengo todo planeado, sólo dame una semana para la recuperación. Tu Cibercoyote que espere, llámalo enseguida a su Blackberry desde aquel teléfono público y dile que hay que aplazar. ¿Le pagaste ya todo el dinero?

—Sólo la mitad.

—Entonces no problema. Por la plata baila el perro.

María Paz va hasta el teléfono público, que se encuentra al lado de los baños, y desde la mesa Rose la ve marcar, y luego discutir y gesticular.

—Dice que nos da ocho días —le informa María Paz a Rose al regresar a la mesa—. Me quedo ocho días, míster Rose, y pase lo que pase, dentro de ocho días *I'm out*.

Es cierto que Rose lo tiene todo previsto. Dentro del coche lleva los documentos de identidad de su ex mujer, Edith, y la libreta del seguro médico de ella, misma que mantiene al día, ni un mes de demora en el pago de las cuotas, en realidad no sabe bien para qué; fijación enfermiza, si se quiere, eso de seguir pagándole año tras año el seguro médico a la mujer que lo abandonó, será tal vez porque todavía cree que el día menos pensado esa mujer puede volver y va a necesitar el seguro médico, a lo mejor ésa es la razón, o más simple todavía, dejar de pagar esas cuotas equivaldría a despedirse definitivamente de Edith, en cierto modo como enterrarla. Cualquiera que sea la explicación, lo bueno es que ahora ese esfuerzo inútil va a tener utilidad, le va a servir para operar a María Paz, total Edith estaba joven cuando le sacaron la foto del carné y las dos tienen el pelo y los ojos oscuros, más pronunciada la nariz de Edith, más redonda y morena la cara de Paz, pero borrando la fecha de nacimiento con cualquier mancha de café, y forzando en general un poco la mano, podrían hacerlas pasar por la misma persona. Y no es que Rose no quiera pagar la operación, eso lo haría de buen grado; se trata más bien de motivos de seguridad. Cubierta por la identidad de Edith, ¿quién va a dar con María Paz en la sala de operaciones de un buen hospital privado?

Rose le comunica su plan maestro, y ella se muestra rabiosamente en desacuerdo. Que es una idea loca y absurda, le dice, que es un riesgo que por ningún motivo va a correr, que la van a pillar y a delatar, que ella no se parece para nada a esa mujer de la foto, que no hay ni la menor posibilidad.

—Deje y verá, señor Rose. Yo me conozco una manera mejor. ¿Nunca se ha preguntado cómo van al médico los miles de ilegales que hay en este país? —le pregunta a Rose, y él tiene que reconocer que no—. ¿Cree que no nos enfermamos?

—Supongo que sí.

Al día siguiente, tras pasar esa noche en Nueva York, en el estudio de Saint Mark's, María Paz y Rose entran a un edificio al parecer de oficinas en una cierta calle de Queens. No se ve nada demasiado raro por ahí, un par de porteros mal encarados y sin uniforme, gente que entra y sale, un cierto olor a frío, o a mezcla de cloro con vinagre. Rose ve básicamente inmigrantes a su alrededor, ésa es quizá la única nota discordante, la excesiva proporción de gente oscura, aunque también circula por allí uno que otro blanco. En un *lobby* medio sombrío hay un cajero ATM, un dispensario de refrescos enlatados, baños para hombres y mujeres al fondo, nada que llame la atención.

—¡Comadre! —le dice María Paz a la recepcionista, y las dos se abrazan y son muy efusivas a la hora de expresar lo mucho que hace que no se ven, y qué hubo de tu hermana, ¿y tu marido, todavía desempleado?, y te acuerdas de Rosa, la veracruzana esa, no sabes la tragedia, y que esto y lo otro, y bla bla bla, hasta que la recepcionista conecta a María Paz con otra comadre, que también la abraza y le hace llenar un cuestionario, y qué fue lo que te pasó, le pregunta, y María Paz explica lo de la pinza, siempre evitando mencionar a Manninpox, pues figúrate que me hicieron un legrado y tal y tal. Y el gringo que te acompaña quién es, quieren saber otras dos enfermeras, o secretarias, o comadres que revuelan por allí. Se podría decir que es mi suegro, les informa María Paz. Ah, bueno, OK, ¿de total confianza, entonces? Sí, tranquilas, es muy buena gente, me ha colaborado en todo, por él no hay bonche. Ah, bueno, listos, entonces no hay moros en la costa. No, ningún moro, todo OK.

A María Paz ya se la va llevando la patota de comadres y a Rose lo sientan en una sala de espera que tiene un viejo televisor de imagen difusa y una alfombra gris muy percudida. Todo está arreglado, míster, le aseguran, usted no se preocupe que a ella la vamos a tratar como a una reina, entre amigos no hay problema, ella es como de la casa, haga de cuenta hermana nuestra. Y sumercé, María Paz, esté tranquilita, mija, fresca mi niña, que el doctorcito Huidobro te opera eso en un dos por tres. ¿El doctorcito Huidobro?, pregunta ella. Es nuevo, no lo conoces, un uruguayo que está buenísimo, vas a ver qué bombón.

Vámonos de aquí antes de que sea tarde, alcanza a decirle Rose a María Paz, o más bien se lo suplica, todo el asunto le suscita una desconfianza horrible, al fin de cuentas qué clase de lugar es éste, ¿una clínica clandestina en plena Nueva York? Mejor salir corriendo de ahí, le están sumando una ilegalidad más a las muchas que ya llevan encima. Pero a ella ya le han quitado la ropa, le han puesto una bata verde amarrada atrás que le deja las nalgas al aire, y se la llevan a radiología. Rose permanece ahí sentado, incómodo y asustado, los ojos clavados en las manchas de la alfombra, sin saber qué terreno pisa y sintiendo que sus aprensiones se multiplican como conejos. Nunca en su vida ha estado en un hueco más sospechoso. Santo Dios, piensa, esto sí es el tercer mundo en su apogeo, yo qué diablos hago aquí metido. Y en ese dilema está cuando regresa María Paz acompañada por un tipo alto y afilado, un guapetón de telenovela que lleva saco, corbata y gorra blanca de cirujano, que habla español y que se presenta como doctor Huidobro. A juzgar por el acento, debe venir del Cono Sur.

—¿Usted es argentino? —le pregunta Rose, y María Paz le abre mucho los ojos para indicarle que está metiendo la pata, porque ahí no se hace ese tipo de preguntas.

—Más o menos —dice el hombre, que con la izquierda le aprieta la mano a ella, mientras con la derecha sostiene en alto una radiografía.

Sin soltarle la mano a María Paz, este Huidobro les señala la pinza, que en la radiografía se ve claramente y justo en el lugar donde ha indicado la Muñeca, y les comunica que al día siguiente a las 7:30 de la mañana harán la intervención, que es indispensable pero sencilla; se hará con anestesia local y aunque no podrá ser ambulatoria, a la paciente se la dará de baja al cabo de veinticuatro horas.

—¿La va a operar usted? —le pregunta Rose con tonito agresivo, porque lo que en realidad quiere decirle es suéltele la mano, hijo de puta, quién demonios es usted.

—Yo mismo la opero, cómo no, no se preocupe, lo voy a hacer yo personalmente —le asegura Huidobro sin darse por aludido, y acto seguido le cobra 2.500 dólares, que Rose se ve obligado a sacar con tarjeta del cajero automático y apoquinar ahí mismo y de contado. Sin entregar siquiera un recibo a cambio, Huidobro agarra el fajo de billetes y en un abrir y cerrar de ojos lo desaparece en el bolsillo de su pantalón.

Cerdo, piensa Rose aunque no dice nada, dos veces cerdo, al menos lávate esas manos sucias de dinero antes de operar, y a ver si eres tan rápido con el bisturí como con la lana. Rose no confía para nada en ese tipo, que tiene más pinta de cantante de tango o de futbolista que de cirujano. Pero no hay nada que hacer, María Paz ya ha tomado la decisión de ponerse incondicionalmente en sus manos y se comporta con docilidad de vaca que va al matadero.

—Vas a estar bien, te vamos a cuidar —le dice Huidobro a ella, todavía sosteniendo su mano, y ordena que le pongan suero, le tomen la presión, le saquen sangre.

—No se preocupe, señor Rose —le dice María Paz a Rose, a manera de despedida, cuando por fin los dejan solos—, el doctor Huidobro es muy bueno.

—¿Muy bueno? ¿Muy bueno ese futbolista con gorro de panadero? Escúchame, María Paz, esto es un antro. No tienen las mínimas condiciones de asepsia, por ningún lado veo equipo médico apropiado, estamos cometiendo un error gravísimo, por aquí zumba el estafilococo dorado, te vas a agarrar una infección que te va a matar. Cuál doctor Huidobro, este tipo es un impostor, un abusador de mujeres, te lo pido por última vez, vamos a un hospital decente, un lugar para seres humanos, atendido por profesionales.

—El doctor Huidobro tiene todos los títulos y las especializaciones, señor Rose, no se preocupe, lo que pasa es que como es suramericano, no le dan licencia para ejercer en este país. Fresco, señor Rose, de veras se lo digo, aquí acude también mucho gringo, vienen cada vez más ciudadanos americanos a hacerse operar, más de los que usted sospecha, inclusive blancos como usted, sólo que sin seguro ni dinero para pagarse un médico normal.

Rose no se atreve a alejarse hasta el East Village, tiene que permanecer a mano, por si acaso, así que pernocta en un hotel contiguo al supuesto hospital. Pero no logra pegar el ojo, hora tras hora dándole vueltas y más vueltas a toda clase de elucubraciones tenebrosas, ¿y si allana la Policía y se los lleva a todos, con él incluido? ¿Y si María Paz se les muere en la mesa de operaciones, que en realidad no debe pasar de mesa de cocina? ¿Qué hacer en ese caso con el cadáver? ¿Qué garantías iban a ofrecer en ese hueco, qué seguros ni permisos? No entendía Rose cómo había aceptado aquello, cómo había venido a parar tan bajo, y lo peor era que iba a hundirse todavía más si algo llegaba a pasarle a ella, lo harían corresponsable de su muerte y ya se veía a sí mismo compartiendo *death row* con el impostor uruguayo y con Sleepy Joe. Muy de madrugada se viste sin bañarse y se presenta al lugar aquel resuelto a sacar de allí, sí o sí, a su presunta hija, o esposa, o nuera; en realidad no tiene cómo demostrar parentesco con ella, ¿a título de qué va a ordenar que la dejen salir?

—Si quiere puede pasar a acompañarla, la operación salió muy bien, ella está tranquilita y ya en recuperación —le anuncia una de las comadres del día anterior, que va vestida de secretaria pero que en realidad debe ser enfermera, y un Rose retrechero y desconfiado la sigue por un corredor estrecho, llevándole a la convaleciente un *macchiato* y unas *cookies* de Starbucks.

Al traspasar la puerta del fondo desaparecen las oficinas, los escritorios y la alfombra gris. Los muros divisorios han sido suprimidos, y de repente Rose se encuentra en medio de un espacio amplio con aspecto de cocina o baño, blanco y limpio y bien iluminado, con una hilera de camillas tras sendas mamparas. Todo un hospital clandestino en plena ciudad de Nueva York. Cielo santo, piensa Rose. Quién lo creyera, el país se les había ido convirtiendo en un gran pastel milhojas con capas y capas escondidas bajo la superficie; no era sino escarbar un poco para descubrir las realidades más insospechadas. ¿Adónde habían ido a parar? La sociedad americana, hasta ayer sólida e incuestionable, era ahora una viga carcomida por el gorgojo. Rose se acerca a María Paz, que descansa en una de las camillas. Todavía lleva batola verde desechable y está un poco pálida, pero sonriente.

—¡Mírela, señor Rose! ¡Aquí está! —le dice ella, haciendo sonar dentro de un frasco la pinza que acababan de extraerle, y mostrándosela con orgullo de niño que exhibe un insecto raro.

Rose me cuenta que se llevó a María Paz a su montaña para que se recuperara de la operación, y que cuando entraron, Empera la recibió con un abrazo y los perros dieron brincos y le hicieron fiestas, y cómo no, si la conocían de sobra. Mire cómo es la vida, me dice Rose, yo buscándola a ella, y ella ya me había encontrado a mí; yo creyéndola perdida en algún lugar del planeta, sin saber que había estado dentro de mi propia casa. Tan pronto entramos, quiso conocer la planta baja y me pidió que prendiera la chimenea. Dijo que se daba cuenta cada vez que yo la prendía en la sala, durante las semanas en que permaneció escondida arriba, porque hasta sus narices llegaba el olor del pino que ardía. Entonces la acompañé a que caminara, con sus pasitos de conveleciente, hasta el lugar donde habían estado enterradas las cenizas de su perro Hero, y ahí le confesé que yo las había encontrado y desenterrado. Enseguida nos pusimos de acuerdo en que debíamos enterrarlas otra vez, en el mismo lugar, y así lo hicimos. Para que ella no tuviera que andar subiendo y bajando escaleras, le propuse que se instalara en mi cuarto, y que yo me mudaría al de Cleve, pero no aceptó. Dijo que prefería arriba, porque allá tenía atesorados muchos recuerdos.

Así pasaron juntos unos días sin mayores contratiempos, él cuidándola y ella dejándose cuidar, los dos solos en la casa con los perros, porque Empera había emprendido su peregrinación anual a Santo Domingo para pasar las fiestas con la familia, confiada en que podría regresar a Estados Unidos en los últimos días de enero, seguramente violando por enésima vez en su vida los rígidos controles de frontera contra los indocumentados. Además cayeron en la región unas nevadas tan fuertes que los aislaron casi por completo; nadie hubiera podido entran ni salir de la casa de las Catskill sin correr un riesgo considerable por la carretera. En ese sentido María Paz se sentía segura y pudo descansar, serenarse y recuperarse. Para la Navidad propuso preparar un ajiaco colombiano y se alegró al saber que Rose lo había probado ya durante la estadía en su país, y que le gustaba suficientemente como para animarse a desafiar los elementos y salir a conseguir los ingredientes. Al menos en la medida de lo posible, porque el maíz local resultaba demasiado dulce, y ni soñar con las tres clases de papa andina, que tuvieron que reemplazar por la papa Chieftain, la Dakota Rose y la pálida de Idaho. Tampoco había manera de conseguir esa maleza que llaman guascas, y usaron en cambio hojas de marihuana, de las plantas ya macilentas y amarillas que Cleve cultivaba en el garaje y que desde su muerte nadie cuidaba.

—Por alguna razón, hacer esa sopa fue muy importante para ella —me dice Rose—. No quedó como la original bogotana, apenas remotamente parecida, pero a María Paz no le importó. La vi realmente contenta cuando la servimos a la mesa la noche de Navidad.

Fueron unos días por lo general apacibles, me dice Rose, y hasta agradables, porque la chica era en realidad inteligente y encantadora, y tenían un tema en común que hacía de puente, y ese tema era Cleve. A Rose lo conmovía hasta las lágrimas la admiración y el afecto con los que María Paz se refería a Cleve. Pero había otro tema que los desunía, que los colocaba en polos opuestos y no permitía que ninguno de los dos acabara de bajar definitivamente la guardia, generando entre los dos una especie de juego doble, por momentos atenuado pero nunca resuelto, que llevaba a cada uno a oscilar frente al otro de la familiaridad a la desconfianza, y viceversa. Y ese otro tema era Sleepy Joe. Cualquier insinuación sobre su naturaleza criminal se le volteaba en contra a Rose; María Paz se cerraba a la banda, defendiendo a su cuñado con una terquedad irracional que él no lograba comprender. De muchas maneras había intentado hacerle ver que Sleepy Joe era el responsable de la muerte de Cleve, pero no tenía pruebas contundentes y ella se negaba a aceptar siquiera la posibilidad; cuando mucho llamaba al cuñado canalla, o malandro, eufemismos que descomponían y herían a Rose, porque lo hacían entrever una solidaridad en el fondo intacta de parte de María Paz hacia Sleepy Joe, que se parecía demasiado a una traición.

Rose se daba cuenta de que ella hacía sus contactos, con mucho susurro y misterio, en llamadas raras y breves por un celular que traía, de esos impersonales de prepago. Rose la vigilaba, puede decirse que la espiaba, y por esas llamadas se enteraba de que si bien ella había aplazado su viaje, de ninguna manera lo había cancelado, y a través del celular prepago se mantenía vinculada a los tipos que la ayudarían a escapar del país por la frontera con el Canadá. Rose no le preguntaba nada, la dejaba hacer, pero ella de vez en cuando le soltaba algún dato, que a él le sonaba a cual peor de delirante y disparatado, como que en pleno invierno cruzarían los bosques por territorio indio, que se colarían en lancha por los lagos, que los aborígenes de la zona las guiarían y les darían comida y alojamiento. De todas maneras Rose se mantenía pendiente, confiando en que tarde o temprano ella lo llevaría hasta la persona que a él le interesaba: Sleepy Joe. Estaba seguro de que el tipo estaba siguiéndoles los pasos; podía presentir su cercanía y adivinar su acechanza.

—A todas éstas Pro Bono volvió de París —me cuenta Rose—, y empezó a llamarme para saber si yo tenía noticias de María Paz. Yo lo despachaba con la zurda, haciéndome el disgustado con su deserción. Le mentía, le aseguraba que de María Paz no sabía nada ni quería saber. Verá, yo tenía mis planes en mente, mis propios planes. Yo iba siguiendo mi propia hoja de ruta, bastante incierta, desde luego, pero en todo caso empecinada, y no me convenía que Pro Bono se me atravesara. Mejor despistarlo y mantenerlo a distancia. En una de esas llamadas, Pro Bono me contó que hacía algunos días habían matado en Nueva York a un ex policía, por la Calle 188 con Union Turnpike. Lo interesante, según Pro Bono, era que el muerto había pertenecido a la misma unidad de Greg, el marido de María Paz, y estaba siendo investigado por supuesta participación en una cadena de tráfico de armas dentro de la institución. Algo debía tener que ver el caso con el asesinato de Greg, eso parecía más que evidente, pero Pro Bono no sabía exactamente qué. Le pregunté cómo había sido el crimen, si presentaba características especiales, o sea, si parecía una cosa ritual. Me dijo que creía que no; el informe hablaba de dos tiros en la cabeza desde una moto, nada que sonara muy particular. No le dije nada a María Paz acerca de la reaparición de Pro Bono y sus llamadas, en particular de esa última, no le dije nada. No sé si me entiende, cada día le tomaba más cariño a la chica, y seguramente ella a mí también. Pero no acababa de ser de mi confianza; no la sentía propiamente como una cómplice.

El día de la partida llegó rápidamente y María Paz ya parecía recuperada para entonces, o al menos eso les dijo Huidobro, el cirujano pirata, a quien acudieron para que la revisara. Pero antes de abandonar Estados Unidos, ella debía pasar por Vermont a recoger a su hermana, y le pidió a Rose un nuevo favor, el último, según le aseguró: que la llevara hasta allá. De ahí en adelante, las dos hermanas seguirían por su cuenta, ya en manos del Cibercoyote, y Rose regresaría a casa. Eso, según los planes de María Paz; los de Rose corrían por otro lado. Mientras se mantuviera al lado de ella, pensaba, tenía posibilidades de dar con el paradero de Sleepy Joe. A como diera lugar quería encontrar al tipo; ante todo necesitaba saldar cuentas con él. Y sin embargo, algo le decía que no era el momento para emprenderla con aventuras, justo ahora, cuando empezaba a serenarse y a hacer las paces con su memoria. El dolor por la muerte del hijo, ese cuchillito hiriente de metal bruñido, había ido perdiendo filo de tanto punzarle la carne y cortarle los huesos, y en cambio había ido ganando terreno una presencia menos intensa pero más verdadera: el recuerdo de Cleve cuando Cleve estaba vivo. Cada día lo lloraba un poco menos y lo recordaba un poco más, como si por fin fuera recuperándolo. Cleve de ocho años con un viejo suéter de Edith que le quedaba enorme; Cleve de quince, montando en camello durante un paseo por el Valle del Nilo; Cleve saliendo para su primer baile en compañía de Ana Clara, una vecinita hija de portugueses; Cleve leyendo el Zaratustra de Nietzsche en una hamaca, durante un día muy caluroso; Cleve muy pequeño, jugando en un rincón de la sala con sus muñecos Skeletor y He-Man; Cleve en la primera adolescencia con la cara empastada de crema Clearasil contra el acné; Cleve de tres años, escabulléndose milagrosamente ileso de un escaparate que se le venía encima; Cleve lanzándose en snowboard por los despeñaderos de Aspen Highlands; Cleve escapando en bicicleta de la casa de su madre después de una pelea con Ned. Y sobre todo Cleve dormido en su cama con su perro, y lo que había dicho Edith al verlos: este muchacho nunca va a ser tan feliz como en este momento. Por la memoria de Rose volvían en tropel esas y otras escenas de la vida de su hijo, todas con un elemento decisivo en común: en ellas Cleve estaba limpio de su propia muerte; la muerte de Cleve todavía no tenía nada que ver con el propio Cleve. Inclusive el episodio aquel del salto a la piscina vacía había empezado a tomar para Rose un acento más benévolo, el de la tragedia que pudo haber sido pero no fue. No, definitivamente no era un buen momento, precisamente éste no era buen momento para acompañar a María Paz en su loca aventura, aunque ésa fuera la puerta hacia una retaliación que Rose creía necesaria.

—Lo que le habían hecho a mi hijo me hacía hervir la sangre y no veía la hora de ponerle las manos encima al culpable. Pero al mismo tiempo no tanto, no tanto, no sé si me explico, como que no me cuadraba pensar en mí mismo persiguiendo a un asesino con la pistolita esa del guardaespaldas de Pancho Villa, no sé, cada día que pasaba veía el cuadro más contradictorio, y desde luego yo no era ningún vengador profesional, al respecto sufría mis *ups and downs*. Tengo que confesárselo, aunque me temo que eso no sea lo que usted anda buscando. A lo mejor usted está esperando obtener de todo esto una tremenda historia de asesinos en serie y superdetectives, como esas que aguantan cinco temporadas en la televisión, donde cada quien tiene claro su papel y el resto es pura acción. A lo mejor eso es lo que usted espera, y yo la voy a decepcionar. Ésta es una historia real, de gente común y corriente, llena de dudas, de errores, de improvisaciones. Aquí hay fechas que no cuadran y cabos sueltos que no llegan a empatar. Un pobre padre y un pobre asesino: no hay mucho más. A cambio de eso, ésta no es una historia fría; los que hacemos parte de ella hemos ido dejando la vida en cada paso.

Rose sacó a relucir ante María Paz un inconveniente insalvable para partir hacia Vermont: los tres perros. ¿Cómo dejarlos en casa, si Empera andaba por su tierra y no había quien cuidara de ellos?

—Muy fácil —le dijo María Paz—, los llevamos con nosotros, será como un paseo con todo y perros.

—¿Estás mal de la cabeza? —dijo Rose—. ¿En pleno invierno?

—Va a ser bien bonito, con toda esa nieve.

—Imposible, ni de coñas caben en un Ford Fiesta dos personas y tres animales.

—Eh, avemaría, señor Rose, usted sí tiene un problema

para cada solución. No cabremos en el carro chiquito, pero en el jeep sí.

—¿El Toyota? ¡No! El Toyota es de Edith.

—Era de Edith. Y en cualquier caso ella nos lo presta.

—Pero si ese carro es un vejestorio...

—A los perros y a mí nos da igual.

Nada que hacer contra la testarudez de esa mujer. Rose acabó llevando el Toyota al taller para ponerle batería y llantas nuevas, revisarle el líquido de frenos y cambiarle el aceite, y se pusieron en marcha un sábado de madrugada, llevando consigo un bulto de Eukanuba, unos garrafones de agua y unas mantas gruesas sobre las que Otto, Dix y Skunko pudieran dormir en la parte de atrás. Y, por supuesto, la Glock 17 del abuelo de Ming, escondida dentro de un maletín con ropa. El colegio de Violeta quedaba casi sobre la frontera con Canadá, en las cercanías de Montpelier, Vermont, y aunque María Paz tenía prisa por llegar, Rose en realidad no tanto, así que aprovechó para llevarla hasta allá por los bosques de las montañas Adirondack, en una travesía hacia el norte por el país de la nieve, entre las alturas y los lagos de un paisaje que la bruma volvía azul, parando de tanto en tanto para contemplar el prodigio, caminar por ahí un rato y dejar que los perros corrieran a sus anchas, como cimarrones por territorio originario.

Imposible no conversar, no soltar la lengua y caer en la confesión, así como iban, María Paz y Rose, sentados el uno al lado del otro y protegidos de las inmensidades heladas por el vaho tibio y oloroso que despedían humanos y perros y que se condensaba dentro del jeep, motivando a María Paz a trazar con el dedo iniciales en los vidrios empañados.

—Y qué iniciales eran ésas —le averiguo a Rose; es una pregunta demasiado tentadora como para dejarla pasar.

—Bueno, eran más bien tres letras que formaban una palabra, o al menos eso me dijo ella, porque yo también le pregunté. Lo recuerdo porque me fijé en eso y me entró curiosidad, igual que a usted. La palabra era AIX. María Paz dijo que se trataba de algo entre ella y Cleve, una especie de clave entre los dos. No me dijo más.

Rose quiso saber qué clase de destino creía ella que le esperaba en Canadá. Son temibles, los canadienses, le dijo; los de la Real Policía Montada tienen fama de ser unos reales cabrones, todavía más bestias que los caballos que montan. Que no se preocupara, le contestó María Paz, que para ellas Canadá iba a ser apenas un lugar de paso, lo importante era entrar allá sin papeles, de indocumentadas totales, ningún rastro de su verdadera identidad ni de su historial en USA. Que no se supiera que Violeta era loca y ella *bail jumper*.

—¿Y si las atrapan? —preguntó Rose.

—Precisamente, la idea es hacerse atrapar, pero ya en Toronto o en Otawa, cuando estemos cero kilómetros y nos hayamos librado del pasado. Antes de eso no, ni de fundas. La cosa es así, mire y verá, Canadá se atiene a unas convenciones de Naciones Unidas, el coyote me lo explicó todo divinamente, y según esas convenciones, a los refugiados deben darles protección, techo y comida.

—¿Y si no cumplen? —preguntó Rose.

—Mejor que mejor, porque entonces nos deportan. Que nos deporten no estaría mal, a cualquier lado podemos ir a parar, eso es lo de menos, de ahí seguimos camino hasta Sevilla y ya está. Mejor dicho todo vale, siempre y cuando no me devuelvan para acá, porque acá sí voy al muere.

—¿Y si se enteran de quién eres realmente?

—No se van a enterar, vamos a poner cara de pobres latinas que no hablan inglés y que sueñan con colarse a USA, va a ser fácil, de antemano están convencidos de que todo latino da la vida por eso, y lo contrario no les cabe en la cabeza. Andan a la caza de gente desesperada por entrar, no desesperada por salir.

Una vez parqueados en las afueras del colegio, María Paz le dio instrucciones a Rose. Tendría que ser él quien entrara a preguntar por Violeta; ella misma no se atrevía, qué tal que en el colegio se hubieran enterado de sus líos con la justicia y la delataran, o le impidieran llevarse a su hermana, quién sabe qué podía pasar. Dijo que mejor no arriesgarse. Era un internado de régimen semiabierto y a quienes vivían allí no se los consideraba pacientes sino huéspedes, y como huéspedes que eran, tenían libertad de recibir visita de quien quisieran, y aun salir hasta el pueblo vecino a pasear. Manejaban su propio dinero de bolsillo y podían comprar sus cosas en el Drugstore o el Seven Eleven, o almorzar en alguno de los restaurantes locales. Podían dejar el colegio para pasar fines de semana y vacaciones con sus familiares, siempre y cuando avisaran. La tarea de Rose consistía en preguntar por Violeta en recepción y traerla.

—Pero si no me conoce —objetó él—. Es una idea absurda, como todas las tuyas. Ella no va a querer venir conmigo...

—Muéstrele esto —dijo María Paz, quitándose del cuello la cadena con la coscoja y entregándosela—, será como un santo y seña. Ella tiene una igual y sabe de qué se trata. Dígale que afuera la estoy esperando.

—Ni siquiera sé cómo tengo que tratarla, entiendo que es un poco rara...

—Un poco no, más rara que un perro a cuadros. Usted hágale con maña. No le hable mucho, y ante todo no la toque. A veces muerde cuando la tocan.

—Igual que Dix; a eso estoy acostumbrado. Pero vamos a ver. Explícame bien cuál es la enfermedad que padece tu hermana.

—Autismo, según parece, pero en realidad no sé. Nadie sabe, ni siquiera ella misma. Y si lo sabe, se lo oculta a los médicos. Siempre anda jugando a confundirlos, no es culpa de ellos si no le atinan con el diagnóstico. ¿Qué enfermedad mental padece mi hermana Violeta? Todas y ninguna. A veces todas, a veces ninguna.

—Háblame más de ella. Dime cosas que me ayuden a no equivocarme.

—Qué quiere que le cuente. A Violeta le gusta tender su cama perfecta, que no le quede ni una arruguita en las sábanas, haga de cuenta en el ejército, y de noche ni se mueve para que no se le desarreglen. Tiene la piel muy sensible, y por eso detesta la ropa que pique o que apriete. Sólo come comida blanca, o sea leche, pasta, pan y esas cosas, y se vomita si la hacen probar comida de cualquier otro color. Háblele suave, mejor dicho no le suba la voz, porque también es hipersensible al ruido. Ella me dice a mí Big Sis, y yo a ella Little Sis. A

461

ver..., a ver... Qué más le dijera. No trate de hacerse el simpático con ella ni le eche chistes, porque nunca los entiende. No le diga cosas exageradas, como por ejemplo me estoy muriendo de hambre, porque ella piensa que usted de verdad se está muriendo. No le pregunte cosas como qué has hecho últimamente, porque ella se siente en la obligación de contárselo todo, todo lo que ha hecho todos los días, de la mañana a la noche, durante los últimos meses. Si ella se suelta a hablarle, no le pida que se calle, ni le diga, por ejemplo, estás hablando hasta por los codos, porque se va a quedar perpleja, tratando de entender cómo puede alguien hablar por los codos. Una vez mi mamá la estaba llamando para que viniera a comer, y ella no hacía caso. Mi mamá llamaba y llamaba pero nada, así que dijo, esta niñita está sorda como una tapia. Entonces Violeta contestó ofendida, las tapias no tienen orejas. ¿Entiende a qué me refiero?

—Más o menos. Ya sé qué no debo hacer, pero todavía no sé qué debo hacer.

—No haga mucho, ésa es la mejor fórmula con ella. Sólo muéstrele la medalla que le di y dígale que yo la estoy esperando afuera.

Rose aceptó a regañadientes cumplir con la misión encomendada, o al menos intentarlo, pero cuando ya se iba a bajar del jeep, María Paz lo retuvo por el brazo.

—Espere, señor Rose. Espere un minuto —le rogó ella—. Déjeme tomar aire. Hace mucho que no veo a Violeta, ¿se da cuenta? Desde antes de Manninpox. Tengo el corazón a mil, deje que me serene un poco. Espere, necesito un poco de agua. Así está mejor. Ayúdame, mamacita linda, ayúdame Bolivia, tú que estás en el cielo, haz que hoy todo salga bien, te lo ruego, te lo ruego, por el amor de Dios te lo ruego. Bueno, ya. —Suspiró, tras dejar pasar unos minutos con los ojos cerrados—. Ya estoy lista. Vaya, señor Rose. Vaya por ella y tráigamela.

Rose quedó sorprendido con la primera visión del colegio. Lo había imaginado deprimente y gris, y se encontró en cambio con una casa de estilo georgiano en medio de un bosque de arces y coníferas, con techo holandés coronado por el buitrón de la chimenea, fachada de tablón de pino pintado de blanco, doble hilera de ventanas de guillotina y portón centrado. No se veía nadie en el exterior, como era de esperarse por el frío que hacía, pero Rose pudo imaginar que, en climas más suaves, por los alrededores podrían pasear amablemente visitados y visitantes. El interior era amplio y limpio, más bien vacío salvo lo indispensable: se había privilegiado lo funcional. Todo bien, pensó Rose; sin duda un buen lugar, debe costar un ojo de la cara mantener a alguien aquí. Todo bien. Aunque desde luego no del todo. Había algo que no daba de sí, como si la promesa del exterior no acabara de cumplirse adentro, donde pesaba un ambiente de expectativa frustrada. Cada detalle denotaba un esfuerzo por dar la apariencia de familiaridad y normalidad, pero por alguna razón ese propósito no se lograba. Pese a la estupenda construcción, adentro se respiraba un vacío como de escuela pública después del horario de clases; daba la sensación de que el mundo se hubiera quedado afuera, mientras que un tiempo estancado se enseñoreaba adentro.

Lo atendieron enseguida, con cordialidad, y le ofrecieron una silla y algunos folletos por si quería sentarse a leer mientras esperaba a la persona solicitada. Así pudo enterarse de los programas de rehabilitación que manejaban en el lugar, las terapias de invierno y verano, los cursos especiales para familiares de muchachos y muchachas autistas. Todo esto parece muy civilizado, pensó Rose. Y sin embargo no dejaba de ser una suerte de encierro. Un Manninpox benigno, un resguardo, un gueto, un orfelinato. Un sanatorio. El par de hermanas colombianas, María Paz y Violeta, no parecían destinadas al privilegio de los espacios libres y abiertos, por lo menos no aquí, en América. Mientras permaneció en la recepción, Rose hizo el esfuerzo por mantenerse sumido en las lecturas y por no levantar la cabeza de los folletos, para no tener que mirar a quienes se movían en torno suyo. No quería parecer entrometido ni curioso, pero no podía dejar de percibir el aire agitado que acompañaba el paso de los niños enfermos, la sensación de extrañeza y rota armonía, el timbre metálico e impersonal de sus voces, el olor ácido de sus miedos. Rose permanecía derecho y rígido en su silla, intimidado como quien ha entrado al templo de una religión ajena, cuando la encargada de recepción le anunció que ya estaba ahí Violeta.

—Una presencia muy impactante, la de esa niña —me dice Rose—. Creo que ni siquiera se fijó en mí. No me miró a los ojos, mejor dicho eludía mi mirada, y no respondía a mi saludo ni me decía nada. Pero al ver la medalla que le mostré, inmediatamente comprendió que se trataba de su hermana. Ahí no tuvo dudas, enseguida salió del colegio para dirigirse al carro, sin que yo tuviera que pedírselo dos veces. Ni siquiera se cubrió con un buen abrigo para lanzarse al frío; salió así no más, tal como estaba, en *jeans* y suéter de lana. En realidad no demostró mayor emoción al saber que María Paz había venido a buscarla. Mejor dicho ninguna. Ninguna emoción, ni buena ni mala, nada. En mi vida he visto una cara tan bella pero tan inexpresiva como la suya.

—¿Puede describírmela? —le pido a Rose—. A Violeta. ¿Puede decirme cómo es, cómo la vio usted en ese primer momento?

—María Paz me había hablado de su pelo largo, casi hasta la cintura, pero no lo tenía así, todo lo contrario, más bien retadoramente corto, casi a ras, o en todo caso de una media pulgada de largo. Haga de cuenta un recluta. Pero eso no la afeaba, quizá más bien al contrario, porque ponía brutalmente de presente la perfección de sus facciones y el tremendo tamaño de sus ojos verdes. Realmente grandes y realmente verdes, como de gato, o en todo caso no muy humanos. Enormes y verdes pero no profundos, no sé si me explico, esa niña tiene más bien una mirada plana, yo diría que interrumpida, si es que hace sentido ese término. Una mirada sin eco. Eso mismo. Sin retroalimentación, o sin eco. No sabría decirle cómo son sus narices, o su boca, porque en realidad pude verla poco. Es alta y esbelta, eso sí, y no morena, como María Paz, sino de piel clara; en un primer momento uno no diría que son hermanas, sólo al rato empiezas a captar el parecido, el aire de familia. Si quiere puedo hablarle más de sus ojos, porque me fijé bien en eso. Su esclerótica es de un blanco muy limpio, un blanco puro y líquido, y sus iris están hechos de círculos concéntricos que giran del limón al verde y del verde al oro; un par de botones psicodélicos, dolorosamente inexpresivos y sin embargo muy hermosos, como de muñeca antigua. Yo diría que es una muchacha de una belleza perturbadora, pero también perturbada. Sensual, eso sí; lo noté hasta yo, que para nada quería mirarla bajo ese ángulo. Una virgen lúbrica, tal vez, o más bien un hada joven y un poco mala, por ahí va la cosa, y algo me decía que ésa era una criatura perdida para el mundo, pero lúcida más allá o más acá de la inteligencia de los demás mortales.

Rose no quiso acercarse a las hermanas en el momento del reencuentro, le pareció demasiado íntimo, demasiado emocional como para entrometerse. Estaba claro que en ese momento María Paz se estaba jugando el todo por el todo, que lo decisivo para ella se estaba decidiendo ahí, en esa escena que, desde una distancia prudencial, él veía desenfocada a través de la viscosidad del aire helado. Me cuenta que no hubo abrazos entre ellas, ningún contacto físico; Violeta no miraba de frente ni siquiera a su propia hermana, y María Paz parecía cuidarse de no acercársele demasiado, ni siquiera para ponerle sobre los hombros la manta que sacó del carro al verla tan desabrigada. Trató más bien de entregarle la manta, me dice Rose, pero Violeta no se la recibió, y en cambio se jalaba las mangas del suéter para cubrirse las manos, que se le debían de estar congelando. María Paz lloraba, de eso pudo darse cuenta Rose más adelante, y en cambio Violeta parecía hipnotizada más bien con los perros, toda su atención se centraba en los tres perros. Entonces María Paz le dio una bolsa con unos regalos que le traía, en realidad bastante desatinados, porque se trataba de unos juegos de hebillas para el pelo, de ésos que vienen montados en un cartoncito y se compran en farmacia. Pero cuál pelo, si Violeta se lo había cortado y no quiso saber nada de hebillas, volvió a meterlas dentro de la bolsa después de mirarlas apenas, y se las devolvió a la hermana.

—Mira, Violeta, te presento al señor Rose —le dijo María Paz, haciéndole a él señas de que se acercara—, es un amigo querido, nos va a ayudar en todo, salúdalo, cuéntale cómo te llamas.

—Es tu novio —dijo Violeta.

—No es mi novio, te juro que no, es un buen amigo pero no va a vivir con nosotras, no Violeta, no te preocupes que no es mi novio.

—Es tu novio viejo. Como Greg, viejo.

—No, Violeta —le dijo Rose—, puedes estar tranquila, yo me voy dentro de un rato, y tú te quedas con tu hermana. Las dos solas.

Entonces Violeta pareció registrarlo por fin y le soltó una frase que sonó aprendida; sin mirarlo directamente pero dirigiéndose a él, recitó algo así como una retahíla de memoria.

—Soy autista —dijo—. A veces parezco grosera, pero sólo soy autista. No tiro patadas ni le escupo a la gente, sólo tengo autismo. Autismo. En el colegio me están enseñando a manejar mi enfermedad. A reírme cuando toca. Me enseñan también música y matemáticas. Música y matemáticas.

—Ve por tus cosas y vuelves —le dijo entonces María Paz, porque creyó llegado el momento.

—Ve por tus cosas y vuelves —repitió Violeta.

—Sólo una maleta chiquita, muy chiquita, y tiene que ser rápido.

—Y tiene que ser rápido.

—Nos vamos, mi amor, ¿me entiendes? Te llevo conmigo. Te lo prometí y te estoy cumpliendo. ¡Nos vamos juntas! Solas las dos, sin Greg, sin este señor, sin nadie. Tú y yo, nada más: Big Sis y Little Sis. Ya no vamos a estar solas, ninguna de las dos. ¿Me entiendes, Violeta?

—No me caben mis cosas en una maleta chiquita.

—Trae sólo lo que más te guste, que aquí tengo ropa para ti. Ropa nueva, vas a ver, te va a quedar muy bien.

—No me va a quedar muy bien la ropa nueva.

—Corre, Violeta, que apenas tenemos tiempo. Trae tus cosas, que aquí te espero.

—Era todo muy raro —me dice Rose—, una escena difícil, surrealista, de máxima tensión, y yo ahí, metido en medio. Violeta se demoró más o menos un cuarto de hora en salir de nuevo, pero cuando lo hizo no traía ningún bolso ni maleta, sólo un muñeco de peluche. Algo semejante a una jirafa. María Paz me explicó después que era la misma jirafa que Violeta se había traído, de bebé, en el avión hacia América, cuando su madre había mandado por ellas.

—¡Bien, Little Sis! —felicitó María Paz a la niña—. ¡Trajiste tu jirafa! Y ahora móntate al carro, que nos vamos de paseo con los perros.

—De paseo con los perros —repitió Violeta, pero no se movió de donde estaba.

—Vamos, Little Sis —la apuraba María Paz—, ven, que vamos a estar juntas de aquí en adelante. Te lo prometo. Siempre juntas.

—Siempre juntas.

—¿No te hice mucha falta, todo este tiempo?

—¿Todo este tiempo?

—Escúchame, Violeta, te lo ruego.

—Escúchame, Violeta, te lo ruego.

—¡Vine por ti, Violeta! Ven, súbete al carro que nos vamos.

—Big Sis se va —dijo la niña—. Little Sis se queda.

—¿Acaso no quieres ir a Sevilla?

—¿Acaso no quieres ir a Sevilla?

—Nos vamos juntas, vida mía, juntas para siempre, ¿no es eso lo que quieres?

—Big Sis se va a Sevilla. Big Sis se va a Sevilla. Little Sis se queda aquí. Little Sis está bien aquí —dijo, con una voz metálica y entrecortada que sonaba a tableteo de máquina de escribir. Luego le entregó la jirafa a la hermana, echó a correr hacia el colegio y desapareció por la puerta de entrada, sin voltear siquiera a mirar hacia atrás.

—Yo nunca había visto a María Paz derrotada —me dice Rose—. Hasta ese día. Era como si le hubieran dado un mazazo por la cabeza, como si todas las luces se hubieran apagado para ella. Yo trataba de consolarla, diciéndole que al día siguiente sería domingo, también día de visita, y podríamos volver a intentarlo. Pero según ella no había caso, Violeta era el ser más empecinado del planeta, una vez que se le metía algo en la cabeza, no había quien se lo sacara de ahí. Ella ya tomó su decisión y eso no tiene vuelta atrás, me decía, y yo sabía que era cierto. Entonces intenté decirle lo que yo realmente pensaba, lo que había estado pensando todo ese rato, lo que para mí era más que obvio. Intenté hablarle honestamente y le dije que creía que Violeta tenía razón, que desde luego iba a estar mejor ahí, en el colegio, un lugar apropiado para ella, donde sabían cuidarla y protegerla y hacerla sentir bien, que dando vueltas por el mundo con una hermana fugitiva y librada a todos los vientos. Le pregunté si Violeta tenía la pensión asegurada en ese internado, que debía de ser caro como el demonio, y me respondió que sí, que Socorro de Salmon se ocupaba de eso, que había adquirido el compromiso con su madre de responder por una pensión vitalicia para la niña, y hasta ahora lo venía cumpliendo. Entonces le prometí que si en algún momento Socorro de Salmon dejaba de cumplir, yo estaba dispuesto a responder por Violeta: yo pagaría su pensión puntualmente todos los meses, por eso María Paz no tendría que preocuparse. Le insistí en lo bien que estaba su hermana en esa institución, protegida del dolor que el cambio le ocasiona a la gente con ese síndrome, y de la confianza en sí mismos que adquieren con una buena rutina, y de su desasosiego y descontrol ante las situaciones nuevas e imprevistas.

—A la mierda —le dijo María Paz—, y de dónde sacó todo eso, señor Rose, si esta mañana usted ni siquiera sabía que esa enfermedad existiera...

—Ya ves. Me leí los folletos que me entregaron en recepción. Hasta te traje uno, tómalo —le dijo Rose, entregándole un librito de tapa amarilla, llamado *Interested in learning and sharing about Autism?*, reiterándole que por la pensión de Violeta no tendría que preocuparse.

—Gracias, pero no. —María Paz fue tajante—. A mi hermanita no puedo dejarla atrás, porque Sleepy Joe le va a hacer daño.

A partir de ese momento volvieron a caer en la eterna discusión entre ellos, quién era realmente Sleepy Joe y qué tanto daño podría hacerle a Violeta.

—¿No asegurabas que es inofensivo? —la puyó Rose.

—Nunca dije que fuera inofensivo, dije que no era asesino; es distinto. Pero está ardido porque cree que le quité ese dinero, ¿usted no puede entender eso, señor Rose? Sleepy Joe se va a poner frenético, más frenético todavía, cuando sepa que me le volé, según él con el dinero. Y si no me encuentra a mí, se va a desquitar con Violeta, a eso póngale la firma. Hoy me di cuenta desde el principio. De que las cosas no iban a funcionar, me di cuenta desde el puro principio de que no podía contar con Violeta. Ella siempre arma escándalo por todo, ¿me entiende? Siempre. Un escándalo infernal por cualquier cosa. Le dan unos berrinches insoportables cada vez que algo la contraría o la angustia, o cuando siente que la fuerzan a hacer algo que no quiere. Y esta vez no, esta vez permaneció serena. Pésimo síntoma. No protestó, no gritó, no se soltó a hacer ese montón de preguntas enloquecedoras que siempre hace, una y otra vez, una y otra vez, hasta que crees que se te va a reventar la cabeza. Esta vez no hizo nada de eso, porque su decisión estaba tomada. Y ya le digo, no hay nadie en este mundo tan testarudo como ella. Sólo me dio la jirafa. La jirafa, que es su posesión más querida, su polo a tierra. Como la cobijita para Linus, que no puede desprenderse de ella; así es esta jirafa para mi hermana. Y sin embargo me la dio, y eso quería decir que iba en serio, que tenía muy claro lo que estaba haciendo. Se la pensó bien, la condenada Violeta, y decidió no venir conmigo. No crea que no la comprendo, tan ciega no soy. Es verdad lo que dicen sus folletos, señor Rose; ella le tiene pánico a lo desconocido, se refugia en sus rutinas, y yo le estaba ofreciendo la aventura más incierta y azarosa. Lo peor para ella. Sólo que pensé que se animaría con tal de estar conmigo. Yo creía que para Violeta el bienestar era andar conmigo, tenerme a su lado. Hasta hoy, eso era lo que yo sentía. Siempre fue así, desde pequeña Violeta estaba bien mientras estuviera con su hermana grande, su Big Sis. Pero por lo visto ya no. Y no puedo dejarla aquí, entienda eso, señor Rose. Tengo que llevarla conmigo, así me toque secuestrarla.

Rose trató de insinuarle que ésa no era la mejor idea, pero la desesperación de María Paz era una muralla sin fisuras donde el sentido común no penetraba. Al menos logró convencerla de que tomaran un par de cuartos en un motelito escondido por los alrededores, donde los recibieron pese a tanta mascota y sin exigirles documentos para el registro. Pese a su humildad, el lugar ostentaba un nombre cósmico, North Star Shine Lodge, Rose lo recuerda bien; de Pro Bono aprendió la importancia del nombre de los moteles. Se sentaron en la cafetería, María Paz y él, donde llamaban demasiado la atención de los escasos presentes, por los tres perros, echados alrededor y/o debajo de la mesa, y porque María Paz no paraba de llorarle encima a la jirafa de peluche. De todas maneras ahí la concurrencia era sospechosa, me dice Rose, se notaba que estaban en el centro de operaciones de vaya a saber qué ilegalidades. Sin ir más lejos, al otro extremo se sentaron tres orientales vestidos de negro, con gafas oscuras y corbatas delgadas y resbalosas, que traían unas tiras de billetes forrados en plástico que colocaron sobre la mesa, ahí sin más, a la vista.

—Deben ser yakuzos —le susurró Rose a María Paz, pero ella no tenía cabeza para nada que no fuera su propia tragedia, el obstáculo inesperado e insalvable que echaba por tierra todo su proyecto de supervivencia.

Lamentablemente en ese momento sí estábamos de acuerdo, me dice Rose; también él sabía que Violeta sería papita para Sleepy Joe, que ya le había caído a Cleve y ahora le caería a la niña, eso estaba más claro que el agua. Pero tampoco Rose le encontraba salida al atolladero, ni manera de consolar a María Paz. Lo mejor sería dejarla descansar, sola en su cuarto, para que pudiera serenarse y echarle cabeza a la cosa. En ésas estaban cuando se le acercó el administrador del motel, un gordo solitario y de cachucha, a invitarlo a una partida de golfito cubierto, la única entretención por esos lados, aparte del bar y el billar del caserío vecino.

—No, gracias —dijo Rose—, voy a darle una vuelta a mis perros.

—Ni se le ocurra —le dijo el tipo—, afuera se van cagar de frío, no aguantan ni diez minutos, la nariz se hiela y la garganta se congela por dentro. Anímese con el golfito, amigo, no voy a cobrarle alquiler por los zapatos. ¿Nunca le ha hecho al golfito? Es mejor de lo que parece. Si se queda más tiempo por aquí se aficiona, póngale la firma.

—Insistió tanto que acepté —me dice Rose—, mejor eso que encerrarme a ver televisión, y ahí iba yo detrás del gordo, con mi taco de juguete. Eso no era ni mini golf, era apenas mini-mini. El gordo dijo que podíamos echarnos medio redondo, nueve hoyos completos.

—Sólo hay tres hoyos —dijo Rose.

—Pero le hacemos tres veces cada uno —dijo el gordo.

Como el tipo era conversador, al rato Rose le preguntó por los orientales de la cafetería.

—¿Qué con ellos? —dijo el gordo, quitándose la cachucha para secarse el sudor de la cabeza y la cara.

—¿No serán de la Yakuza? —preguntó Rose.

—Pregúnteles usted. Y ojo con esa muchacha bonita que trae. Yo me hago el loco, ya sabe, ni indago ni pregunto, pero se le nota lo indocumentada. Que esos orientales no la enganchen para trata de blancas.

—¿Mucho negocio raro por acá?

De hoyo en hoyo, uno, dos y tres y empezando de nuevo, el gordo le fue contando a Rose que el tráfico global de migrantes era uno de los negocios más millonarios del mundo, y le habló de los Nandarogas, de la reserva de Hawkondone, tipos claves en la movida, capaces de pasar ilegalmente por la frontera hasta un rebaño de elefantes. A través del Saint Lawrence River, en barco. En lo más cerrado de la noche, en lo más crudo del invierno. Ahí es cuando mejor les sale, dijo, porque está más despejado. Como eran buenos remeros, los Nandarogas no prendían motor para evitar el ruido, pero eso no quería decir que no estuvieran tecnificados, hasta con binoculares de visión nocturna. En el fondo del bote hacinaban ilegales chinos, pakistaníes, y hasta musulmanes que besaban el suelo. De todas partes llegaba gente a brincarse la frontera, y ahí estaban los Nandarogas, esperando, con su reserva justo en la línea divisoria, treinta hectáreas de islas y ensenadas escondidas en medio del bosque. Antes eran capos del comercio de pieles, luego del contrabando de cigarrillos, y ahora utilizaban esas mismas rutas para traficar con humanos. Haga la cuenta y verá, le dijo el gordo a Rose, dos mil dólares por cabeza y pasan hasta seis cabezas de un solo golpe. Al North Star iba a veces uno de ellos, a echarse sus tragos. Se llamaba, o se hacía llamar, Elijah, y era tan vivo que le había armado piso falso al Buick LeSabre de su tía, para acomodar ahí hasta seis humanos.

—No caben seis humanos en el piso falso de un Buick LeSabre —dijo Rose.

—Caben, si son orientales. Los orientales no son gente muy grande.

—Y cómo mete el Buick por las trochas, con tanta nieve.

—Si hay mucha nieve, saca el *snowmobile*. Ahí el problema viene siendo el frío, todos sus clientes vienen del calor, vestidos de algodón. Pero él tiene todo previsto y los envuelve en mantas, para que no se le mueran. Y ya de este lado los tira al frío y se lava las manos. Es tremendo *snakehead*, el hombre.

—¿*Snakehead*?

—De este lado, coyotes. De ese lado, *snakeheads*.

—*Cibersnakeheads* —dijo Rose.

—Si viera esa gentecita que se cuela a este país. Atraviesan el arco del McDonalds y tocan el cielo con las manos.

Rose está ya cansado, tan aburrido de golfito como de cuentos de Nandarogas, y todavía faltan demasiadas rondas para completar los nueve hoyos. No halla cómo zafarse del compromiso con ese amigo sudoroso, que si suda tanto en inverno, qué deja para el verano, y además que manera de hablar, ése sí hasta por los codos. En ésas está Rose cuando ve a María Paz, que viene corriendo y blandiendo la jirafa de peluche.

—¡Pasó algo, señor Rose! ¡Venga a ver lo que pasó! —grita ella.

—¡Shhhhh! —Rose la llama a la discreción, pero ella está demasiado agitada para hacer caso, un estado de excitación realmente notable—. ¡Venga, Rose! Al hotel, venga, venga, ¡pero rápido, hombre, no se duerma!

—A ver, le explico —me dice Rose—, para que entienda lo que estaba pasando, ahí en ese motel miserable.

Un par de horas antes, María Paz, desconsolada, se echaba vestida sobre la cama, abrazada a ese peluche que acababa de darle su hermana frente al colegio. Ahora sí, la vida se la ponía imposible. Encrucijada insalvable. Tanto aguantar, tanto pedalear, sólo para llegar a esto. Si no sale ya mismo de USA, la atrapan; si se va, deja a su hermana atrás, a merced de Sleepy

Joe. Ninguna de las dos cosas sirve, y no se vislumbran salidas intermedias. María Paz ni siquiera puede llorar, ya ni ese recurso le queda, porque se llora de corazón roto y aquí en cambio no hay nada, ni siquiera eso, apenas un corazón seco, una falta de respuestas y una desesperanza. A oscuras, porque no le ha dado el ánimo para encender la luz, se enrosca como caracol en esa cama de motel, esa cama por la que tantos pasan y ninguno se queda, qué idea tan bonita y tan triste, piensa, esa cama por la que tantos pasan y ninguno se queda, en momentos así uno se vuelve poeta. Y aprieta contra el pecho la jirafa, que a propósito, qué feo huele, a puros meados; se nota que Violeta sigue haciéndose pipí y agarra a la jirafa de esponja. María Paz lamenta que su vida dé vueltas, se muerda la cola, vuelva a colocarla ahora en el punto de partida, por qué será que no la deja avanzar, otra vez tiene en sus manos la jirafa aquella, tal como hace años, en el vuelo a América, cuando se la arrebató a Violeta que acababa de orinarla. Sólo que ya ni jirafa parece ese juguete de tan desteñido, tan mugroso y manoseado, pesado y amorfo por el relleno apelmazado, sin ojos ni orejas, apenas un bicho pelado, medio descosido y patilargo, y eso sí, tan apestoso como antes.

Asombrosa coincidencia, o más bien aterradora: ese muñeco de peluche que antes marcó el viaje que hicieron juntas, el de llegada, vuelve a asomar justo ahora, en vísperas de otro viaje, el de partida, que va a ser el del adiós. Hasta miedo le produce de repente a María Paz ese objeto que se da maña para aparecer y reaparecer en los momentos críticos: fetiche será, o cosa de magia. Algo quiere decir todo esto, piensa María Paz, pero ¿qué? Algún mensaje le está mandando el destino, pero cuál. No puede ser que el pan se le queme en la puerta del horno, tanto planear el escape, para que todo se joda a unos pasos del Canadá. Y no hay nada que hacer, el jodido pan ya se quemó, está vuelto carbón, achucharrado, y no habrá ningún viaje, ni hacia adelante ni hacia atrás, ni sola ni acompañada, ni hacia el norte ni hacia el sur, y sólo queda estar así, quieta y a oscuras, abrazada a esa jirafa mugrienta.

Y pensar que Violeta le ha entregado el objeto que más quiere, el que siempre lleva consigo desde que era un bebé, su *security blanket* como hubiera dicho Linus, su más fuerte vínculo emocional, al punto de sentir mareos cada vez que alguien se la quita, como le pasa a Linus cuando su hermana Lucy le arrebata la cobija. Y pese a todo, Violeta le ha dado su jirafa. A ella, a María Paz, en una declaración de amor que no se le había conocido y que no se volverá a repetir. Y ya luego vino esa separación sin abrazos, porque a Violeta no le gusta que la toquen, y ese hasta luego que sonó tan definitivo y tan largo, más bien como un hasta nunca.

Afuera ya es noche cerrada, y la habitación sigue a oscuras, cuando María Paz se levanta para ir hasta el baño, a ver si al menos le echa una lavada a la jirafa. Si todo este episodio es realmente una especie de rito, si eso ha querido sugerir Violeta, si el tiempo de sus vidas es en efecto circular y Violeta de alguna manera lo sabe, y ha querido expresar mediante ese regalo lo que no pudo decir con palabras, si eso es así, entonces María Paz va a hacer un esfuerzo, y va a comportarse a la altura de las circunstancias. El North Star Shine es un hotel opaco y despojado, sin ninguna estrella que brille en su letrero, ni frasquitos de champú en el baño, apenas una pasta rosada de jabón rígido, sin marca ni envoltorio, de esas que no sueltan espuma. Pero el agua sale tibia por el grifo y María Paz tapa el sifón del lavamanos para sumergir la jirafa y darle una buena restregada.

—Ahí mismo dejé al gordo en el golfito y corrí detrás de María Paz, esperando lo peor —me dice Rose—. Y ahora voy a tratar de describirle la sorpresa que me llevé, ahí, en ese cuarto de motel de cuarta, en el invierno más crudo de los últimos cinco años, a 99 millas de Montreal y 250 de Nueva York. Adentro estaba oscuro, salvo el foco del baño. Quiero decir que la luz estaba apagada cuando María Paz me hizo entrar, y cuando quise encenderla, ella me lo impidió. Fue lo primero que se me ocurrió, encender la luz, dígame si usted no haría lo mismo, encender la luz, es lo de cajón. Pero ella no me dejó. Y sin embargo lo que había allí brillaba. Se lo juro. Brillaba como un fuego fatuo, o sea, despedía el resplandor que despiden los tesoros, desde los pectorales de Moctezuma hasta la Cámara de Ámbar de Catalina la Grande, pasando por el Arca de la Alianza y la cueva de Alí Babá. Así brillaba también lo que yo vi allí, con mis propios ojos, sobre la cama de María Paz. Aquello encandilaba, ya le digo, como un nido de salamandras o una pila de monedas de oro. Al menos así lo veo hoy, cuando lo rememoro. No sé si de veras brillaba ese día, pero en todo caso así brilla en mi recuerdo.

—Cuántos cree que hay —le preguntó María Paz a Rose, asegurándose de que las persianas del cuarto estuvieran bien cerradas, y echándole llave por dentro a la puerta—. Dígame, Rose, ¿cuántos cree que hay?

Era imposible calcular, me dice Rose. ¿Cuánto podrían sumar todos esos billetes de cien, ahí amontonados sobre la cama, algunos arrugados, otros apilados, otros apretados en zurullos? Y todos húmedos, eso sí.

Rose no pudo decir nada, ni una palabra, ni siquiera un gruñido; la sorpresa lo había dejado sin habla. Entonces María Paz respondió por él.

—Son ciento cincuenta mil —le dijo muy bajito, que nadie fuera a escuchar—. ¿Puede creerlo? Son ciento cincuenta mil dólares, señor Rose, CIENTO CINCUENTA MIL, ya los conté uno por uno. Venían dentro de la jirafa de Violeta. Ahí embutidos en la jirafa. Los encontré cuando quise lavarla.

—Ciento cincuenta mil, ¿eh? —atinó a decir Rose.

—Tienen que ser los que anda buscando Sleepy Joe —dijo María Paz.

—Pues la cifra coincide, pero ¿cómo fueron a parar ahí?

—La niña los encontró, no hay otra explicación. Ella lo escarba todo. Rebusca entre los cajones y esconde cosas. Muchas veces hubo broncas por eso, Greg se emputaba porque ella le escondía las cosas, o se las quitaba. Sleepy Joe jura que había ciento cincuenta mil dólares en mi casa, y que yo los encontré y los cogí. Pero mire, Rose, mire, fue la niña, la niña los encontró y los escondió dentro de su jirafa. No hay otra explicación.

—Dicen que las mujeres son impredecibles —me dice Rose—, y que un hombre no puede con la lógica que manejan ellas. No sé si eso será cierto, así puesto en general, pero una cosa sí le aseguro, nada tan endemoniado como la lógica de María Paz. Cuando me llevó a su cuarto para mostrarme el montón de billetes, ya lo tenía todo pensado, perfectamente resuelto, por allá adentro, en el laberinto de su cabeza. Haga de cuenta de cemento armado, así era la conclusión que ella había sacado, y ni Dios iba a hacerla cambiar de opinión.

»Usted sabe lo que es un silogismo, ¿cierto? —me pregunta Rose, y responde por mí—. Claro que sabe, si es escritora debe saberlo. Bueno, pues yo también lo sé, lo aprendí en clases de lógica, en la universidad. Pues vea le cuento el jodido silogismo que ya había armado María Paz. Como le digo, no sé a qué hora, porque cuando me llevó a su cuarto, ya lo tenía todo muy claro. Aquí le va. No me eche la culpa si no suena aristotélico, es la manera de pensar de ella, no la mía.

Primera premisa: Si Sleepy Joe mata, mata por esa plata.

Segunda premisa: Si María Paz tiene en su poder esa plata, puede entregársela a Sleepy Joe.

Conclusión: Si Sleepy Joe tiene esa plata, no va a hacerle daño a Violeta.

De ahí se desprendían suavemente, como las notas de un vals, otra serie de conclusiones igualmente disparatadas, a saber: Si Sleepy Joe no iba a hacerle daño a Violeta, entonces María Paz podría irse para el Canadá, segura de que Violeta quedaría bien y segura, ahí en su colegio, donde prefería estar, según ella misma había expresado con toda claridad. ¿Conclusión? Bastaba con hacerle llegar el dinero a Sleepy Joe, y quedaban resueltos los dramas de la humanidad. Rose me dice que la escena que siguió fue de locos, ellos dos ahí, a oscuras en ese cuarto de hotel, acurrucados al lado de la cama, hablando muy bajo para que los de la Yakuza no irrumpieran con sus pistolas a quitarles el dinero. Ahí toda la noche, ellos dos, en ese cuarto de hotel, secando el dinero con secador de pelo, contándolo y volviéndolo a contar, embutiéndolo en el Gucci de María Paz, que por fortuna era de los grandes, y al mismo tiempo engarzados en su eterna discusión sobre si Sleepy Joe era asesino, o sólo andaba descontrolado porque le habían quitado un dinero.

—Escúcheme, señor Rose —le decía María Paz—, qué desesperación con usted, pero si es más terco que una mula. Yo conozco a Sleepy Joe y usted no, yo sé más que usted: Sleepy Joe no mata. Es un tipo malo, pero no mata. Enfermo de la cabeza sí, eso es seguro, superenfermo de la cabeza, no se lo discuto. Pero no mata.

—Mató a mi hijo Cleve.

—Eso es apenas una suposición.

—¿Y acaso no mató a tu perro, María Paz? —Ya había indignación y rabia en la voz de Rose—. ¿Acaso no te consta que mató a tu perro? Y eso qué es, ¿otra suposición?

—Shhhh —le dijo ella—, no se sulfure. Sí, a mi perro sí lo mató. Y yo adoraba a mi perro. Y yo sé que usted adora a los suyos, señor Rose, pero perdóneme que le diga, un perro no es gente. Matar a un perro es una hijueputez que se paga con el infierno, pero matar a un perro no es lo mismo que matar gente.

—Bien. Entonces el caso del perro no te basta. Aquí va otro más grave. Para mí que Sleepy Joe tuvo que ver con la muerte de su hermano Greg. Todavía no sé cómo, pero estoy seguro de que tuvo algo que ver.

—Y por qué iba a hacer semejante cosa, si adoraba a su hermano Greg.

—Pues para qué crees, María Paz, para deshacerse de él. Así se quedaba con el dinero y de paso también contigo, ¿no ves?

—No estoy segura.

—¿No estás segura de que no haya sido él?

—Quien sabe, a lo mejor sí.

—¿Estás diciendo que sí fue él?

—Estoy diciendo que no creo. Él me dijo que no había tenido nada que ver.

—Quién te dijo eso.

—El propio Sleepy Joe.

—¿Y tú le creíste?

—A la gente hay que creerla.

Era imposible, me dice Rose. Razonar con María Paz era directamente imposible, empezando porque ella no demostraba ningún interés por conocer la opinión que él pudiera tener al respecto. Ya tenía su propia idea hecha en la cabeza, se aferraba a ella con patas y manos y Rose no iba a poder moverla de ahí. Lo único que la preocupaba en ese momento era no saber el paradero de Sleepy Joe. Si María Paz no sabía dónde andaba Sleepy Joe, no iba a poder entregarle el dinero.

Rose me dice que él siempre había sospechado que ella mentía con respecto al paradero del tipo; debía de conocerlo perfectamente aunque asegurara lo contrario.

—En ese momento me di cuenta de que realmente no lo sabía —me dice Rose—, ahí me quedó claro que ella no estaba mintiendo, al menos en ese punto. ¿Y qué se proponía entonces, cuál era su plan maestro? Pues encontrar a Sleepy Joe. Encontrarlo para entregarle el dinero y neutralizarlo. Ése era su plan. A mí me parecía una estupidez del tamaño del mundo, pero de alguna manera me convenía. En medio de todo por fin íbamos bien, curiosamente, al menos desde el punto de vista de mis intereses: ahora sí, nos enfilaríamos directamente tras la pista de Sleepy Joe.

Al día siguiente, Rose madruga y se adentra en el campo. Quiere aprovechar la soledad de esas tierras de nadie para dejar correr un buen rato a los perros, pero sobre todo para practicar un poco el tiro al blanco, ahí en medio del bosque, donde nadie lo escucha. ¡Adelante, Claro Hurtado, éste será tu desquite!, grita al aire y descerraja unos cuantos tiros contra los troncos de los árboles, ¡buena arma, esta Glock, excelente! Clarito, *my friend*, tú despreocúpate, tu Derringer era basura pero mi Glock es lo máximo, ahora sí vamos a darle en la madre a los malos.

Ahora sí, le va llegando a Rose la hora de saldar cuentas con el asesino de su hijo. Ahora sí, y la adrenalina se le dispara hasta el cielo, y lo va agarrando una como euforia vengadora, una excitación con el olor de la pólvora, y le da por repletar de plomo a un pobre árbol haciendo de cuenta que es Sleepy Joe. Ahora sí, tenete de atrás, criminalito de mierda, playboy de los cojones, ¡ahora sí te llegó la pálida! Tenete de atrás, hijo de la gran puta, y pum, pum, pum, ahí va Rose a tiros contra el árbol.

Me cuenta que después tuvo que ponerse a buscar y a llamar a los perros hasta recuperarlos, porque a todas éstas Otto, Dix y Skunko habían huido en estampida, cada cual por su lado, aterrados con el tiroteo. Esa misma mañana, unas horas más tarde, Rose emprendía con María Paz y los tres perros una travesía por el norte del estado de Nueva York. Llevaban consigo una novedad: ciento cincuenta mil dólares dentro del Toyota rojo.

—Este coche está como la famosa berlina de Napoleón —le comentó Rose a María Paz y enseguida se arrepintió, no era la clase de cosa que pudiera mencionársele a ella sin desatar una andanada de preguntas, en eso se parecía más a su hermana Violeta de lo que ella misma reconocía, qué cosa es una berlina, y por qué Napoleón, y quién ganó en Waterloo, y así, sin dar tregua, hasta que Rose se puso en plan didáctico y le contó la historia de cómo, ante la ofensiva prusiana, Napoleón había tenido que batirse en franca retirada a lomo de su caballo, dejando abandonada la berlina en la que siempre viajaba, o sea su carroza personal, que momentos después era confiscada y saqueada por los prusianos, que encontraron en ella el más preciado botín de guerra, entre otras cosas el mítico sombrero de tres picos de Napoleón, su característico capote gris, la platería que utilizaba para comer y sus muchas condecoraciones, que eran piezas en oro y piedras muy preciosísimas y magníficas.

—O sea, tremendo tesoro en esa berlina —suspiró María Paz—. Y otro dentro de este Toyota. Usted está metido en un lío, señor Rose, rodando por los caminos con una criminal buscada y un tesoro robado...

—Hasta risa daba —me dice Rose—, cuando querías lavarte los dientes, el dentífrico salía del Gucci entre un puñado de billetes.

—Volvían al estado de Nueva York... ¿Regresaban a las Catskill? —le pregunto.

—No. Por disposición de María Paz, íbamos en busca de un bar de striptease llamado Chiki Charmers, donde había trabajado una novia de Sleepy Joe. Una que había muerto desleída en un jacuzzi.

—Maraya —digo—. La del cuerpo flaco donde no conviene engordar, y lleno donde no conviene adelgazar.

—Sí, bueno, eso había sido antes, según vine a enterarme allá. Al final de sus días ya andaba flaca como una gata. Era adicta, la mujer.

—¿Cocaína? —pregunto.

—Heroína. Parece que enloquecía de rasquiña y sólo encontraba alivio en el jacuzzi.

—Como Marat.

—María Paz suponía que las compañeras de trabajo de esa Maraya podían saber del paradero de Sleepy Joe, y por eso nos encaminamos hacia allá. Buscando información, ya sabe. Ella, para entregarle la plata al tipo. Yo, para reventarle el hígado de una patada.

Entre tanto, las relaciones con el Cibercoyote se habían ido enredando. Cada vez que María Paz le aplazaba la salida, el hombre le encajaba un sermón de las siete palabras y la penalizaba con cuatrocientos dólares adicionales, por nueva modificación del plan inicial. Cada tanto, en plena carretera, María Paz le pedía a Rose que pararan, y se bajaba a captar la señal. Rose la veía discutir por el celular fantasma mientras caminaba por la orilla hacia arriba y hacia abajo, para regresar al carro enfurecida, o deprimida, porque había vuelto a pelearse con el tipo.

—Debe de ser cierto lo que dicen del coyote —refunfuñaba María Paz—, que es un bicho misterioso pero pendejo.

—¿Y si no te resulta tan pendejo? ¿Si tu Cibercoyote te sale cazarrecompensas? —preguntaba Rose—. ¿Si ya averiguó quién eres, y quiere echarte la mano encima para entregarte?

—Cazarrecompensas quién sabe —suspiraba ella—, pero ladrón sí. ¿Se imagina? ¡Ahora pretende que le dé cuatrocientos dólares más!

—Dentro del bolso tienes de sobra para pagarle.

—Cómo se le ocurre, ese dinero es de Sleepy Joe.

—De Sleepy Joe, *my ass*. Ahora esa plata es tuya, y antes era de tu hermana, y todavía antes de tu marido, y antes de eso, de la Policía, y antes del Estado, y en últimas de los pobres contribuyentes, o sea mía y de otros millones de imbéciles como yo. ¿De Sleepy Joe? *My ass*. A Sleepy Joe no lo veo por ninguna parte en esa cadena. Me enferma tu fidelidad con él, María Paz, me hace sospechar de tu tabla de valores.

—¡Mi tabla de valores! ¡Mi tabla de valores! Si a duras penas puedo con las tablas de multiplicar. ¿Quién se cree usted, señor Rose, para venir a echarme sermones, mi papá?

—Pues en cierto modo sí.

El Chiki Charmers debía de estar ubicado en algún punto de la Route 68 entre Ashbourne y Buxton; Rose había precisado por internet los datos que María Paz creía recordar. Pero acalorados como estaban por la discutidera, pasaron más de una vez por enfrente sin verlo, y antes de encontrarlo debieron echarse por lo menos una hora yendo y viniendo por un mismo trecho de veinte millas, de acá para allá peleándose, y de allá para acá también.

A juzgar por su apariencia exterior, se trataba de un bar para camioneros, más bien un moridero con parqueadero al frente, cuatro veces más grande el parqueadero que la propia construcción. Como llegaron de día, aquello estaba cerrado y desierto y obviamente no pudieron entrevistar a sus empleadas, apenas contentarse con la información que suministraba el letrero de neón apagado, donde las siluetas de un par de danzarinas desnudas, pero con botas, anunciaban lo siguiente:

CHIKI CHARMERS, CUERPOS EXÓTICOS EN MOVIMIENTO. ABIERTO 8 p.m.-3 a.m. PROHIBIDO TOCAR A LAS BAILARINAS. NO ALCOHOL. NO FUMAR. NO CELULARES, CÁMARAS O EQUIPO DE VÍDEO. OBLIGATORIA PROPINA EN LA TARIMA. SI LO OFENDE LA DESNUDEZ O NO ESTÁ DE ACUERDO CON NUESTRAS REGLAS NO ENTRE. TRASGRESORES SERÁN DENUNCIADOS O ECHADOS A PATADAS O AMBAS. GRACIAS POR SU APOYO.

A Rose y a María Paz se les venía por delante todo un largo día invernal sin mucho que hacer más que esperar de ahí hasta que dieran las siete o siete y media de la noche, cuando ya el personal estuviera llegando al Chiki Charmers para preparar el show, y ellos con suerte pudieran entrar y preguntar por alguien que hubiera conocido a Maraya, y más específicamente al novio de Maraya, un tal Sleepy Joe, un rubio alto y guapo, aunque un poco gastado, que solía mascar caramelos picantes y usar una chaqueta retro de nylon satinado con parches de Castrol y Pennzoil en las mangas. Así diría María Paz, haciéndose la loca para sonsacar información. Y si le preguntaban para qué lo quería, diría que venía a pagarle un dinero, cosa de saldar una antigua deuda. Así les diría para que le pasaran la voz, y el hombre sacara enseguida la cabeza del agujero.

Por allí ya no veían bosques, aunque se encontraran en zona rural, y casi ni siquiera árboles, sólo tráileres medio tragados por la nieve, campos pauperizados, cercas caídas, míseras fincas abandonadas a la crudeza del invierno. De tanto en tanto algún establo de madera podrida, todavía con huellas de haber alojado alguna vez vacas y de haber estado pintado de rojo.

—Antes pintaban los establos con sangre animal —le dijo Rose a María Paz, y ella hizo una mueca de disgusto.

Vieron una cafetería y decidieron bajarse allí para almorzar, pero a Rose le bastó con observar un poco para saber que estaban pisando territorio enemigo. Desde que notó tanta *pickup* vuelta mierda estacionada a la entrada, y oyó la música country que salía de la rocola, y vio escenas de caza en los cuadros baratos que adornaban el interior del local, desde ese momento se puso en guardia. Reconocía el ambiente. Enseguida olfateó la tensión que la presencia de María Paz había desatado entre los *rednecks* que se agrupaban adentro, haciéndolos disparar chorros de adrenalina racista hasta por las orejas. Eran típicos blancos pobres, trabajadores del campo con la nuca ardida de sol por tantas horas a la intemperie, ultraconservadores y odiadores de inmigrantes: Rose conocía bien a esa clase de individuos, no era la primera vez que trataba con ellos y sabía que son gentes que no te miran a los ojos cuando les hablas, sino directo a la boca, como advirtiéndole de entrada que cuides tus palabras. Cualquiera de esos hombres que se congregaban allí, doblados en silencio sobre su jarro de cerveza, sus platos de salchichas y su mazamorra de avena, cualquiera de ellos, pensó Rose, estaría más que dispuesto a denunciarlo ante las autoridades por andar con una ilegal, *alien*, frijolera, *beaner*, mojada, *wetback, fucking brown bitch*. Si es que no optaban por la agresión directa, que también podía suceder; les bastaba una chispa para desatar un infierno. De ahí que Rose le sugiriera a María Paz que mejor regresara al jeep, para evitar líos; él pediría unos *hotdogs* para llevar y podrían comérselos lejos de allí, donde los aires soplaran más frescos. Además no sobraba que ella vigilara el Gucci; no era cosa de dejar ese billetal librado a una asonada blanca.

—O prusiana —dijo ella.

—Bajé conmigo a los perros, eso sí —me cuenta Rose—, y en la puerta del antro les di la orden de *stay*. Por si acaso. La presencia de mis perros es muy intimidante, no crea que no, no son propiamente mascotitas de salón, más bien tienen un aspecto pandillero y ruin, sobre todo Dix, que puede ser muy simpática pero también tenebrosa, así, fuerte y negra como es, y cruzada por cicatrices que son trofeos de combate. Saben mirar feo, mis tres perros, eso se lo aseguro, y si alguien llega a tocarme, se le tiran encima y lo destrozan. Esos *rednecks* no eran tontos y enseguida captaron el mensaje, o de plano no estaban interesados en buscar pleito. Quizá fuera sólo mi aprensión, que me estaba jugando una mala pasada. La verdad, no sé cuál habrá sido la razón. En todo caso no se metieron con nosotros y pudimos alejarnos.

Tomaron un cuarto en un Budget Inn que les ofreció descuento de promoción más recargo por cada perro. Rose había insistido en que fueran dos cuartos separados, como en el motel anterior, pero a María Paz le pareció una perdedera de plata y dijo que más práctico uno solo con dos camas sencillas; al fin de cuentas ellos eran equipo, iban en misión y debían afianzarse en una actitud más ágil y guerrera. Ahí se refugiaron durante toda la tarde contra las tormentas de nieve, que según el Weather Channel andaban desatadas, azotando las carreteras con vientos huracanados y visibilidad cero. María Paz aprovechó para lavarse el pelo y hacerse el *blower*, los perros husmearon cada rincón y Rose ocupó un escritorio esquinero con viejos quemones de colilla en los bordes, donde colocó concienzudamente sus notas, los artículos de Google que traía impresos, un número de la revista *Muy Interesante* que acababa de comprar en una farmacia, una Biblia y demás textos que había recopilado. Su intención era unificar todo lo que venía dilucidando sobre el comportamiento criminal de Sleepy Joe, para tratar de llegar a algunas conclusiones generales. A ello se aplicó esa tarde, pese al ruido del secador de pelo y al alboroto de los perros, a los que les dio por ladrar como locos. Con letra nítida de hombre organizado, lógica de ingeniero, redacción impecable, esfuerzo de objetividad, sabiduría popular y fórmulas de manual de criminología, Rose había logrado aterrizar ese primer *insight* producido por las fotos del Pont Sant'Angelo, hasta dejarlo convertido en algo parecido a un informe técnico sobre resistencia de materiales. Había registrado sus observaciones en un bloc de papel amarillo, que me prestó para que yo pudiera transcribirlas:

Primera constante: ¿cómo mata Sleepy Joe? Se atiene a un canon estricto. Por equis razones, él sabrá cuáles, va cumpliendo con las estaciones del Vía Crucis del Cristo en su camino al martirio. Es de suponer que eligió ese patrón ritual como hubiera podido elegir otro cualquiera, desde los entrenamientos para las Guerras Floridas de los pueblos mesoamericanos, hasta los signos del Helter Skelter de Charles Manson y La Familia. Cualquier secuencia prefijada le resultaría igualmente funcional, siempre y cuando significara para él una imposición secuencial, una especie de escalera que le permitiera emprender el ascenso por lo que podría llamarse peldaños conductores. Sleepy Joe debe verse a sí mismo como el ejecutor de un mandato organizado que lo lleva a matar. Ahora, que no siempre mata, a veces le basta con mortificar a la víctima, caso Corina. De vez en cuando, como en el caso de mi hijo Cleve, la víctima se le muere sin que él se lo proponga; digamos que se le va la mano al martirizarla, o que ya está muerta cuando lo hace.

Segunda constante: ¿cómo escoge a sus víctimas? Cuando siente que necesita matar, u ofrendar en sacrificio, busca alrededor y escoge los eslabones más débiles de la cadena: lisiados (Hero); violadas (Corina); individuos insignificantes (John Eagles); drogadictas (Maraya). Los inválidos y los débiles se vuelven su blanco predilecto, porque exacerban sus instintos criminales y aguzan su perversión.

Pero ojo, que aquí se da un cruce, o plano paralelo, que hay que considerar, porque sus víctimas cumplen con un doble requisito. Además de lo anterior, están relacionadas de una u otra forma con María Paz. Puede decirse que son personas que se interponen en su camino para alcanzarla a ella, y por tanto necesita eliminarlas. Por eso combina el sacrificio a la antigua con el exterminio de un contrario. O sea, de un adversario, como debió haber sido para él mi hijo Cleve, un macho rival que despertaba sus celos.

Tercera constante: ¿qué armas utiliza? Varias. También en esto se guía por el Vía Crucis, pero se da libertades para improvisar. Es creativo, se muestra recursivo. Echa mano de puñales (Greg), clavos (Hero), palos de escoba (Corina), espinas (Cleve). Puede ahogar a la víctima en un jacuzzi (Maraya).

Cuarta constante: ¿por qué lo hace? Posible respuesta: Para sentirse Dios. Al menos eso dice Edward Norton en *Red Dragon.*

Hasta ahí, las notas de Rose en el bloc amarillo. Me cuenta que esa tarde quiso centrarse particularmente en Maraya, según él una de las primeras víctimas, a quien, de acuerdo con su esquema, le habría tocado en suerte el ritual de la Túnica Santa. Quiso informarse más sobre esta reliquia para llegar esa noche al Chiki Charmers mejor preparado, pero aparte de mucha polémica sobre la autenticidad de la prenda, a la hora de la verdad no encontró nada nuevo, como no fuera la cita directa del Evangelio según Juan, que hasta ese momento desconocía y que decía textualmente: «Cuando los soldados hubieron crucificado a Jesús, tomaron sus vestidos e hicieron cuatro partes, una para cada soldado. Tomaron también su túnica, la cual era sin costura. Entonces dijeron entre sí, no la partamos sino echemos suertes sobre ella, a ver de quién será.»

Cuando se acercaba la hora, Rose sacudió por el hombro a María Paz, que ya con el pelo en forma había escogido cama para caer como un tronco, en desquite por la desvelada de la noche anterior. Y como ella seguía túmbila, o aún no despierta del todo, a él le quedó fácil convencerla de que las averiguaciones del Chiki Charmers tendría que hacerlas solo.

—¿Sabes cuál va a ser el público en ese lugar? —le advirtió—. Pues esos mismos tipos que vimos hoy en la cafetería, ésos u otros iguales a ésos, sólo que ahora arrechos y borrachos. Y además no creo que asistan mujeres. Tu presencia sería un escándalo, créeme que no ayudaría para nada.

Pese a la recomendación de los noticieros locales de no

transitar debido al clima, Rose se aventuró en el Toyota por la carretera barnizada en hielo. Pero como su motel quedaba cerca al bar, sólo pasaron unos minutos antes de que avistara, en algún punto entre la cerrazón de niebla, el anuncio de neón del Chiki Charmers, ya con sus letras iluminadas en rosa y verde y con el par de danzarinas, antes estáticas, ahora animadas por la electricidad y batiendo espasmódicamente brazos y caderas. Tres horas más tarde, Rose regresaba a la habitación del Budget Inn, y tan pronto abrió la puerta se quejó del olor a perro que se reconcentraba adentro.

—¿Y qué quería? —le preguntó María Paz, que andaba viendo por la tele *Doctor Zhivago*, justo en la escena en que Pasha recibe en el rostro una herida de sable—. ¿Quería que yo dejara a los perros afuera, y que se congelaran? Mire al pobre Omar Sharif, cómo trae escarcha hasta en las pestañas. Además usted viene con un tufo a trago que tumba, así que de olores ni hable.

—Hoy tocaba Noche Oriental —dijo Rose desde el baño, lavándose con furia la boca y las manos.

—Madre mía —dijo ella, sin apartar los ojos de la pantalla—. ¿Noche Oriental? ¿Ahí, en el Chiki Charmers? Y qué traían las *charmers*, ¿siete velos?

—Pues sí, justamente. Siete velos. Eran cinco mujeres, cada una enroscada en siete velos. Tuve que aflojar un dólar por cada velo que se quitaron en tarima, más las cinco *table-dances* que contraté después, para poder tener a las chicas cerca.

—Cristo Jesús, nuestra vida está llena de *teiboleras*.

—Ya sabes, un *table-dance* por cada una. Para poder hablar con ellas, tener una pequeña conversación cara a cara.

—Coño a cara.

—Pero el dinero no fue lo grave, sino el descuento que me hicieron. Me rebajaron el 20 por ciento por tercera edad, ¿puedes creer? Demasiado humillante.

—¿Y? ¿Consiguió la dirección de Sleepy Joe? ¿O su teléfono?

—Básicamente me bailaron encima, eso fue todo. Ninguna de ellas sabía nada del paradero del tipo. De las cinco, sólo tres conocieron a Maraya. El personal rota mucho, ya no son las mismas bailarinas de antes. De esas tres que conocieron a

Maraya, sólo dos la vieron alguna vez con Sleepy Joe. De esas dos, una me dijo que ella no estaba ahí para charlar con viejos, y la otra me contó algunas cosas.

—¿Qué cosas?

—Se llama Olga y es de origen ruso, creo, o en todo caso hace un número de cosaca.

—¿No era noche oriental?

—Hoy sí, y Olga andaba en velos igual que las otras. Sólo los sábados hace de cosaca. Ella sí conoció a Sleepy Joe, y opina que está loco. Que es un hijo de puta más loco que una puta cabra, eso dijo, y yo estoy totalmente de acuerdo. Nunca volvió a verlo después de la muerte de Maraya, eso dice Olga, y jura que no sabe nada de él. Yo la creo, porque está claro que lo detesta. Le pregunté por la rifa de la ropa, ya sabes, la ropa de la difunta, y por el asunto de los dados en las cuencas de los ojos, todo ese jaleo que organizó Sleepy Joe durante el velorio. Olga dice que fue un fiasco. Primero, porque la ropa nadie la quería, esas cosas pasadas de moda en lycra y spandex, que además a nadie le cabían porque Maraya estaba hecha un angarrio. Y segundo, porque en el Chiki Charmers ya no hay número de años setenta. Lo eliminaron por falta de acogida, y además porque la recesión los obligó a bajarle a los disfraces. Olga dice que Sleepy Joe se empeñó en su ceremonia muy contra su voluntad, o sea contra la voluntad de Olga, que se opuso por respeto a la difunta, y sobre todo contra la voluntad del dueño del establecimiento, que sólo quería enterrar a Maraya lo más rápidamente posible, porque la pobre había quedado en pésimas condiciones después de lo del jacuzzi. O sea, no presentable en absoluto. Lo que quería el jefe era salir de una buena vez de ese episodio de mal agüero, que iba a desprestigiar su local y a generar mucho chisme. Pero no pudieron impedir que Sleepy Joe se saliera con la suya, al fin de cuentas era el único familiar, o allegado, que se había presentado cuando difundieron la noticia de la muerte. Yo le pregunté a Olga si ella creía que Sleepy Joe había tenido que ver con eso, quiero decir, con la muerte de ella.

—¿Qué me estás preguntando, papi, que si él la mató? —le había dicho Olga, parada sobre la mesa con sus taconazos y acurrucándose enfrente a él hasta ponerle el ombligo a la altura de las narices, mientras hacía revolotear los velos que se iba quitando—. No, abuelito, eso no. A ella la mató el vicio, mi rey, se metió un cóctel de tecata, *booze* y coca que la fritó como a un pollo. Smack, abuelito, smack, a ver si te pellizcas, ¿no? Caballo, mi bien, caballo. Caballo a todo galope. Eso fue un domingo a la mañana, el domingo a la noche ella no cubría turno, y como este local está cerrado los lunes, hasta el martes a la noche no notamos su ausencia. Hasta el miércoles al mediodía no fui yo a buscarla, y todavía hubo que esperar hasta esa tarde para que la Policía hiciera levantamiento del cadáver, o mejor dicho sacara a Maraya del jacuzzi. No, papi, no, el novio ese que tenía Maraya era un patán de lo peor, un bicho oscurón, de esos tiránicos, lo que llaman un tiniebло. Por aquí se dejaba caer cada tanto, cada vez en un camión distinto, a darle vuelta a Maraya y a sacarle plata. Lo de rutina con esos chulos. Hasta que le salió competencia. No me refiero a otro hombre, me refiero al caballo. El caballo de galope largo, ¿me entiendes, *old man*? Me refiero a la tecata balinera, la dama blanca, mi rey, la de los colmillos largos y el mordisco al cuello. Placeres que tú desconoces, abuelito asaltacunas, mi pobre viejo. Por ahí iba el agua al molino: al novio de Maraya no le gustaba la dama blanca. Es más, la aborrecía y le tenía a Maraya terminantemente prohibido acercarse a ella, pero no por puritano, eso no, ni por moralista, sino porque el caballo le estaba robando el dinero, ¿me explico? La lana que la difunta debía entregarle a él se la estaba gastando en droga. Cuando el hombre llegaba a recoger lo suyo, no le tocaban ni las sobras. A esa mujer la mató el vicio, abuelo, el detonante de profundidad, no sé si me sigue. El aporte del novio fue apenas la payasada final, la última basureada, con los dados en las cuencas y esas profanaciones del cadáver. Pero, que yo sepa, él no tuvo que ver con su muerte. Pero quién eres tú, papi, ¿un policía? ¿Por qué preguntas tanto?

—¿No le digo, señor Rose? —le dijo María Paz, más tarde esa misma noche y en el cuarto del motel—. No mata.

—Hace cuánto lo de Maraya, ¿dos años? ¿Tres? —contrapreguntó Rose a manera de respuesta.

—Tres, tal vez.

—De acuerdo, tres. Sleepy Joe estaba empezando. Apenas calentando motores. Hoy la cosa es a otro precio.

—Ya voy viendo, señor Rose, ya voy viendo —le dijo María Paz con un gesto displicente de la mano, mientras clavaba la mirada de nuevo en la pantalla—. En síntesis, no sirvió de nada venir hasta acá.

—Bueno, Olga dice que si queremos, mañana nos lleva a la tumba de Maraya...

—Increíble, ¿será verdad que alguien puede suicidarse con yodo?

—¿Cómo dices?

—La mamá de Lara —dijo María Paz, señalando lo que estaba ocurriendo en la tele—, mírela, se va a suicidar dizque tomando yodo porque su hija Lara se volvió amante de Komachosky, o Komarosky, como se llame el abogado ese...

—Así es imposible conversar. Además es un vejestorio de película, un dramonón sin rigor histórico, apaga eso ya, María Paz, y hablemos.

—No puedo apagarlo, es pague-por-ver, costó siete dólares. Además es de médicos.

—Ojalá me dijeras qué sigue. Digo, me gustaría saber qué nos espera. A ti, y a mí, y a estos tres perros. ¿Se puede saber qué tienes ahora en mente?

—Wendy Mellons. Así se llama otra novia de Sleepy Joe, a lo mejor ella sí sabe. Vamos buscarla para preguntarle. Lo malo es que vive en Colorado.

—¡¿Colorado?! ¿Estás loca? ¿Sabes dónde queda Colorado? ¡En la otra punta, coño! Este país no es Mónaco, niña, ¡no se recorre de lado a lado en una hora!

10

Entrevista con Ian Rose

—El capítulo de Colorado fue directamente demencial —me dice Rose, cuando ya llevamos más de tres horas de entrevista—. Millas y millas de carretera y vueltas y vueltas por el último infierno, en el sur profundo del estado, con la nieve cayendo en diagonal, como golpes de moneda contra el parabrisas. Los tres perros atrás, ya borrachos de tanto dormir, y yo al timón siguiendo instrucciones de María Paz, que a su vez se guiaba por los chismes que Sleepy Joe le había echado sobre sus otros amores.

Se trataba de confidencias a veces truculentas y a veces pornográficas, unas reales y otras inventadas, que enganchaban a María Paz en una espiral de celos y ganas de saber más. Uno de los personajes recurrentes en esas historias de alcoba era una tal Wendy Mellons, dueña de una taberna llamada The Terrible Espinosas. Buscando a esa mujer, Rose y María se habían ido de bar en bar por los caseríos de Cangilones, sobre el viejo lecho del Huérfano River: Ánimas, Santo Acacio, Ojito de Caballo, Purgatorio y García Mesa, poco más que pueblos fantasmas bañados por un río seco, hasta llegar a la hondonada donde alguna vez se asentó el mítico Chavez Town.

De Chavez Town sólo encontraron cenizas, unos cuantos platos rotos y un silencio helado. Silencio helado pero sonoro, según María Paz, que enseguida percibió que por allí resonaban cosas, y aunque no supiera qué cosas, sí supo a las claras que le ponían la piel de gallina y le sacaban lágrimas. ¿Ecos?, pensó. Más bien un hilo de humo que venía de lejos y le llegaba al corazón.

—Aquí dan ganas de rezar —dijo.

—Lo que nos faltaba —dijo Rose.

Las pocas personas que se cruzaban por el camino les advertían que en esos lados iba a ser difícil encontrar a alguien, porque los muertos eran los únicos que no se habían largado hacía rato. Y junto con los muertos, rondaban las sombras de los Penitente Brothers, que en otro tiempo se habían molido las propias espaldas a vergajazos, en su ascenso al Vía Crucis por esas lomas sembradas de piedras que ellos mismos habían bautizado Serranías del Sangre de Cristo. A María Paz le dio por suspirar. Decía que le gustaban mucho esos nombres tan viejos y tan hispanos, Alamosa, ¡qué bonito!, y Bonanza, ¡como en la tele!, y Río Navajo, Candelaria, Lejanías, Ánimas Perdidas y Culebra Creek. Le dio por decir que cuando tuviera un hijo iba a bautizarlo Íñigo o Blas. Rose la escuchaba y recordaba la predicción de la Muñeca, según la cual María Paz no podría tener hijos por los daños que en la cárcel le habían hecho por dentro. No hay mal que por bien no venga, pensaba Rose, si ese niño no nace, al menos no tendrá que llevar nombre de espadachín.

De aquí es Sleepy Joe, decía María Paz, parada sobre un promontorio y mirando hacia la nada. Su melena al viento, que atrapaba los copos de nieve como una red, le daba aspecto de cerezo florecido en la estación equivocada. Ésta es la tierra de él, decía, la tierra de Sleepy Joe. Por aquí nació y creció. Con razón es así.

—Cuál con razón —preguntaba Rose golpeando la voz, como siempre que ella mencionaba al cuñado con tonito nostalgioso—. Cuál con razón, María Paz.

—Con razón él es como es, siempre persiguiendo ecos.

Ya después caía la noche sobre los picos de Sangre de Cristo y ellos se veían a gatas para atinarle a un motel que los recibiera con todo y perros, aunque en realidad caer, la noche no caía, eso hubiera sido cosa de un solo golpe de guillotina, y en cambio la oscuridad se dejaba venir poco a poco y desde temprano. Según Sleepy Joe, la fama de The Terrible Espinosas era tan extendida que llegaba hasta New Mexico, porque no había taberna más increíble y superalegre, ni mejor juerga en todo

San Luis Valley, con música en vivo de Los Tigres del Desierto y ya de madrugada, serenata del trío de antaño Los Inolvidables. Montada en esas historias, María Paz alentaba a Rose a no desfallecer, semejante lugar tan prestigioso y famoso no se les podía escapar, era cosa de seguir preguntando hasta que alguien les diera razón.

—Un burdel exclusivísimo según María Paz, pero nadie había oído hablar de él —me dice Rose—. En cambio vinimos a dar con Wendy Mellons en el consultorio de una facilitadora de reiki, donde esperaba entre otras pacientes a que la atendieran. Según nos explicó después, asistía a ese lugar cada quince días, para una alineación energética y una aplicación de manos en sus piernas hinchadas.

En sus tiempos debía de haber sido guapa, pero ya traía la vejez a la vuelta de la esquina y venía acolchada dentro de un abrigo de invierno que hacía imposible adivinarle el físico, como no fuera al bulto, un bulto voluminoso y todavía consistente que en sus buenos tiempos debió hacer estragos; no por nada su nombre de guerra había sido Wendy Mellons. Pero los años pasan, la ley de gravedad se impone y cuando empezó el derrumbe, Wendy Mellons abandonó ese apodo para retomar su nombre verdadero y cambiar, aparentemente, de costumbres: se retiró del oficio y se mudó a Cañon City, donde vivió durante años de vender boletos en la taquilla el teatro Rex. Rose opina que con razón Sleepy Joe se apegaba tanto a esa mujer, que debía de ser para él como una segunda madre. La segunda madre, la apetecida teta, el terruño, la infancia, los días idos, los recuerdos, el primer paisaje, posiblemente también el primer coito; a la larga el único arraigo. De hecho, la propia Wendy Mellons les confesó que tenía la edad que habría tenido la madre de Sleepy Joe, si no hubiera muerto ya. Los recibió en su vivienda actual, en los extramuros del caserío de Santo Acacio, todo él extramuros ya de por sí.

—Yo pensé que iba a entrar a una especie de bulín de madama, pero aquello era más bien un cementerio de llantas —me dice Rose.

Por entre pilas de neumáticos, se entraba a un cuarto habitable con un cobertizo anexo, al que se le colaba la nieve por una tronera en el techo, y a un patio trasero con un pequeño horno de fundición, una que otra jeringa desechable por ahí tirada, y un par de perros flacos que correteaban ratas. Wendy Mellons vivía con un hijo, Bubba, presunto drogadicto y ladrón de tapas de alcantarilla, mismas que fundía para fabricar unas ollas de hierro que después martillaba, aporreaba, encenizaba y vendía como antigüedades a los turistas. Una estufa de leña ardía en la parte habitable de la construcción. La ropa se amontonaba sobre una mecedora desvencijada, platos con restos de comida se apilaban sobre una mesa, y un rifle de cerrojo colgaba a la cabecera de un catre de bronce. Por los rincones se veían arrumados objetos viejos y variados, como amasados con humo y grasa, y entre ellos Rose detectó un par de trampas para cazar ciervos, un triciclo, una lavadora sin puerta, una caja llena de limpiaparabrisas usados, un mazo de herrero y otras herramientas.

Como Wendy Mellons los recibió en camisola, ahora sí pudieron observarla al detalle: ojos reteñidos con khol, como puta babilónica; argollas tan incrustadas en los dedos que ya no debían de salir ni con jabón; uñas esmaltadas de un rojo descascarado; piel aceituna y cuerpo *heavy duty*. No había en ella resequedades por desuso, más bien una maceración oleosa, olorosa a incienso, que hacía pensar en misas solemnes. Rose no podía quitar los ojos de las ondulaciones de su piel, que formaban pliegues antiguos y nutritivos donde el musgo podría germinar. Imposible no hacer la asociación con Mandra X. Según Rose, ambas eran pesos pesados, cada una en su estilo, y si se colocaran frente a frente en un cuadrilátero, habría que apostarle al empate.

Las paredes de la vivienda estaban recubiertas de papel de periódico, seguramente para conservar el calor, y de unos clavos pendían fotografías.

—La familia de mi comadre —les dijo Wendy Mellons señalando una pequeña, desteñida por los años y la luz.

—Se trataba del clan eslovaco de Sleepy Joe —me dice Rose—. Ahí, en medio del grupo familiar, en esa vieja fotografía, ahí estaba él, Sleepy Joe, el tipo que había matado a mi hijo. Era la primera vez que yo lo veía retratado. Es un golpe

494

fuerte, créame, eso de conocer por fin la cara del hombre que mató a tu hijo. Pero había algo incongruente: lo que vi allí no era un hombre, sino un niño, de hecho el más pequeño de siete hermanos. No me pregunte por qué, pero la imagen de ese niño se confundía en mi mente con la del propio Cleve, cuando Cleve era un niño. Una amalgama emocional muy perturbadora para mí. No lograba dirigir contra ese niño de la fotografía todo el odio y la urgencia de venganza que desde hacía meses llevaba por dentro. No sé si me explico. Mi odio rebotaba contra ese niño y se me devolvía, como un bumerán, obligándome a tragar buches de mi propia hiel. Entonces desprendí la mirada de la figura del niño y la centré en la del padre, que se hallaba detrás. Un tipo sombrío, de mirada intoxicada y nariz de coliflor. Y a ese hombre sí lo odié, y quise que estuviera muerto. En ese hombre sí pude descargar mi ira, quizá porque vi en él a un Sleepy Joe ya adulto. Es más, en ese momento pude desear también la muerte del propio Sleepy Joe niño, con el solo fin de hacerle el daño al padre. A mí me habían dejado sin mi hijo, y desde el fondo del alma yo quise dejarlo sin hijo a él.

A espaldas de María Paz y de Wendy Mellons, Rose le había tomado una foto a esa foto, y ahora me la muestra. La sostengo en la mano y la observo detenidamente, sabiendo que encierra el inicio de todo lo que sucedería después: el germen de esta historia. La foto de la foto muestra una familia grande, campesina, de raza aria, sumida en la pobreza y ajena a la alegría. El padre domina al grupo con la anchura de sus hombros y la dureza de su expresión. Lleva una camisa de cuello ruso y una barba bíblica, como decir un León Tolstoi, pero a lo bestia y de malas pulgas. La madre está sentada en el primer plano. El pañuelo oscuro que le oculta pelo y cuello la convierte en una figura casi monacal. Alrededor de la pareja y sin contar a Sleepy Joe, se agrupan seis niños ya vividos, endurecidos por el trabajo. Más que niños, son adultos bajitos; la infancia no se hizo para ellos. Tienen la mirada esquiva y el pelo pajizo con raya al medio, las niñas de trenzas y los muchachos con corte a la taza.

Dos personas destacan en el grupo. Se trata de la madre y el hijo menor, que parecen aislados, como si una burbuja invisible los acogiera. Hay un toque de belleza en ellos, tanto en la mujer como en el niño: eso los aparta del resto. ¿En qué radica la diferencia? Casi en nada, o en algún detalle ínfimo; apenas el arco de las cejas, un poco más elevado; o los pómulos, un ápice más marcados; o unos milímetros más de frente y unos menos de mentón. O quizá lo que se percibe como belleza sea sólo cuestión de contraste. Incompatibilidad con los rostros planos y sin gracia de los demás, que no logran enmascarar el vacío interior; un fósil iracundo el padre, los hijos fósiles derrotados.

Otro detalle sugerente, que apunta en la misma dirección. Para poder salir todos en la foto, los miembros de la familia se han concentrado. Y sin embargo no se tocan entre sí; una distancia de unos centímetros entre figura y figura trasmite una dura sensación de soledad. Con excepción, nuevamente, del niño Joe, que se apoya con confianza en las rodillas maternas. Ese niño no le teme a su madre, más bien al contrario, se diría que se refugia en ella contra los demás.

—Parece ser que esa mujer era bonita —me dice Rose—. Bonita pero acabada. El marido la reventaba a golpes, lo mismo que a los hijos.

Según María Paz, la mujer era apenas alguien que siempre andaba rezando y nunca se bañaba, pero su perfil se enriquece a la luz de los datos suministrados por Wendy Mellons. Ahora se sabe que se llamaba Danika Draha, que tenía una trenza recia como una cuerda, y que vivía en la añoranza de las montañas que había dejado atrás, en su tierra natal, y que según ella eran bosques que llegaban al cielo. No se tiene noticia de que hubiera echado de menos a sus padres o hermanos, y en cambio la falta de sus montañas la hacía llorar, impidiéndole arraigarse en la geografía de Colorado. Desde que llegó al Nuevo Mundo, todo en su vida había sido rudo, triste y feo. Todo, salvo su hijo menor, ese niño claro y hermoso a quien ella no bautizó Joe (ese sobrenombre vendría después y ella nunca lo aprobó), sino Jaromil, que en su lengua quería decir primavera. En esa criatura depositó todos sus afectos y complacencias. Según Wendy Mellons, el pequeño Jaromil era la única rama verde del árbol seco en que se convirtió Danika Draha.

—Jaromil. Así se llamaba en realidad Sleepy Joe —me dice Rose—. Y así debía de figurar en archivos y documentos de identidad.

Madre e hijo rezaban juntos, visitaban a diario la iglesia, ayunaban, en Pascua pintaban huevos, en diciembre montaban el Nacimiento y en Semana Santa se paraban en primera fila ante la Crucifixión en vivo que la población hispana representaba. Y así, de liturgia en liturgia, fueron haciendo de la religión una suerte de patria en común, al margen del resto de la tribu; un mundo propio hecho de cirios, silicios, sotanas, confesionarios, santos prodigiosos, sacrificio y redención, sangre y milagros, limosnas y cánticos. Tan apegada estaba la madre a ese hijo, que le dio pecho hasta que el niño tuvo nueve años. ¡La estás secando!, le gritaba el padre al pobre Primavera cada vez que lo veía colgado de la teta, y lo apartaba a pescozones. A la muerte de la madre, el padre hizo recaer la toda culpa en el niño consentido, el favorito, el malcriado. El benjamín. La secó, le decía a quien quisiera escucharlo, este desgraciado niño fue secando a mi esposa hasta que la mató.

—La tragedia para Jaromil empezó con la muerte de ella —le dijo Wendy Mellons a Rose—. Imagínese la soledad de ese niño, pasar de ser la luz de los ojos de la madre, a ser el más insignificante de la casa. Que ya ni casa era, porque ahí nadie volvió a proveer, ni de comida ni de nada. Los hijos se fueron yendo, uno por uno, a trabajar afuera o a correr mundo: ninguno siguió aguantando las borracheras y las iras del padre. Las hijas también desertaron a medida que se fueron casando, trabajo no les costó, a ninguna de ellas, porque la carne recia y blanca era apetecida y tenía demanda. Se quedó Greg, el mayor, y cuidó del pequeño, hasta que también Greg se marchó. Se metió de policía y durante años no volvió aparecer. ¿Y Jaromil? Debajo de la cama, en una zanja, en la copa de algún árbol. Aprendió a esconderse cada vez que el padre regresaba a casa, para evitarse las burlas y las patadas.

En algún momento de su infancia, Sleepy Joe entendió que podía sacarle partido a hacerse el místico, o a lo mejor se volvió místico de verdad, en todo caso quedaba como privado cada vez que elevaban la hostia en la misa. Esos arrebatos de amor por Dios le dejaban los ojos en blanco. Durante varios minutos no volvía en sí, por más que lo llamaran o lo pellizcaran, y de ahí el apodo de Sleepy Joe. Y de desmayo en desmayo, fue construyendo su fama. Le ayudaba el físico. Desde chico había sido bonito y bien formado, igualito a Jesús, según decía la gente, sobre todo por los rizos rubios que le caían hasta los hombros. A su padre, en cambio, esos rizos no lo impresionaban; por cuenta de ellos le hacía la vida imposible, tratándolo como a una mujercita. El pueblo empezó a tener reacciones encontradas. A unos les dio por decir que era un niño santo, a otros que era un niño enfermo. Pero los más lo fueron aislando, porque creían que traía mal fario.

—Una cosa es segura —le dijo Wendy Mellons a Rose—, si a ese muchacho no le hubieran frustrado la carrera religiosa, seguro hubiera llegado a papa, porque fervor y vocación sí tenía. Y sigue teniendo. Pero le bloquearon el destino y lo desgraciaron. Cuando los blancos lo dejaron de lado, quiso arrimarse a los hispanos, que tampoco lo acogieron. A la larga sólo le quedamos nosotras, las putas, y creció a nuestro lado.

El burdel se convierte en su refugio, y ahí dentro vuelve a ser el rey. Como es lindo las chicas se lo pelean, lo peinan, le dan de comer en la boca, en la cama no le cobran y hasta le pasan dinero para sus gastos, porque él es su minino, su muñeco, su noviecito bonito. ¿El resultado? Joe se acostumbra a vivir de ellas, a lisonjearlas para que cumplan su voluntad, a montar en cólera si no lo hacen, siempre sabiendo que a la larga todo le toleran. Según explicó Wendy Mellons, el don de Sleepy Joe consistía en coger como si se fuera a morir mañana.

Pero con el tiempo las cosas se van complicando. Las muchachas empiezan a quejarse de su brutalidad y de sus bromas crueles, se cansan de que las llame zorras y puercas, perras podridas. Él las acusa de vivir en pecado, y las odia porque lo hacen pecar. Las ama y las abomina, y resuelve a golpes la mezcla de sentimientos. El punto de no retorno llega cuando le acerca un fósforo al batón traslúcido y sintético de una que se hace llamar Tinker Bell, y no la quema viva porque Dios es grande, pero le deja cicatrices para siempre.

—Es un muchacho malo y al mismo tiempo muy arrepentido —trató de explicarle Wendy Mellons a Rose—. Él no quisiera pecar, pero no por amor al prójimo, sino por terror al
castigo eterno. Muy rabioso siempre, eso sí, contra todo y contra todos. Tiene su ladito enfermo. Perturbado desde pequeño. Así y todo, yo lo quiero como a un hijo.

—Pero ustedes, ¿siguen siendo cercanos? —tanteó terreno
Rose, como para asegurarse de que aquella mujer efectivamente pudiera servirles de puente.

—¿Cercanos? Pues sí —dijo ella—. Cercanos en la medida
en que él deja que uno se le acerque.

—¿Pero mantienen contacto? —insistió María Paz, a lo mejor por celos.

—¿Se refiere a contacto físico? —contraatacó Wendy Mellons, y para lucirse con la prueba reina, sacó de un cajón una
foto, muy reciente según dijo.

Había sido tomada con Polaroid y debía de ser reciente, en
efecto, porque Wendy Mellons no parecía más joven que ahora, aunque en la foto llevara una pamela floreada tipo realeza
británica. Se la veía de cuerpo entero, abrazada a un camaján
de *jeans*, camiseta esqueleto y media cara oculta bajo unas Ray-
Ban Aviator y un sombrero diez-galones. La otra media cara
mostraba unos labios amorcillados y un fiero mentón cuadra-
do. Rose no lograba asociar al pequeño Sleepy Joe que le habían mostrado minutos antes con este maniquí jetón, gafine-
gro y ensombrerado que le sacaban ahora. En cambio, María
Paz dijo enseguida: es él. La pareja aparecía recostada contra
el capó de un camión amarillo, mediano, posiblemente un
Dodge Fargo o un Chevrolet Apache, con una leyenda en letras tornasoladas en la parte superior del parabrisas, que rezaba «Regalo de Dios».

Es la demostración que Rose y María Paz necesitan. Todavía no le confiesan a Wendy Mellons el propósito de su visita,
quieren ir poco a poco, no precipitarse. Ya que van a tirar ese
montón de plata, lo menos que pueden hacer es asegurarse de
que llegue a manos de Sleepy Joe. Por lo pronto, observan a la
mujer y le hacen preguntas, averiguándole vida y obra, dirección, nombre y apellido verdaderos, datos del hijo. Necesitan

tiempo para discutir la cosa, los dos a solas, así que se despiden y avisan de que regresarán al día siguiente.

—Imposible una situación más absurda —me dice Rose—. Yo jamás me hubiera imaginado que iba a terminar en ésas. Asombrosa mujer, María Paz. Creo que ahí fue cuando empecé a admirarla de veras. Qué claridad de propósitos, delirantes en mi opinión, pero con qué firmeza los perseguía. Estaba segura de que así garantizaba la seguridad de su hermana, y nada iba a detenerla. Y no estamos hablando de una millonaria, visualice la situación, sino de una prófuga de la justicia, a punto de atravesar la frontera más custodiada del mundo para lanzarse a lo desconocido sin un peso en el bolsillo. Admirable, a su manera. Supongo que admirable, no sé.

Bajando al pueblo para conseguir algo de comer, María Paz se detuvo ante un cartel pegado a un muro. «CONCIERTO DE MOLOTOV, ESTA NOCHE, EN MONTE VISTA», leyó. Genial. Y no parece lejos.

Se fueron desierto adentro hasta Monte Vista, Colorado, y estacionaron frente a una carpa grande que para la ocasión había sido montada en las afueras. Desde el momento en que nos bajamos del coche, me dice Rose, no volvimos a ver un blanco ni a oír hablar en inglés. Como de debajo de las piedras fueron saliendo racimos de gente morena, lo que se dice raza de bronce a paladas, fuéramos pocos y parió la abuela, casi todos hombres entre los presentes, casi todos chaparrones, macizos, tatuados, con el cabellote reciotote y renegro bien parado con gel, proletos, pogueros, en chamarra de mezclilla y aún en mangas de camisa pese al reputísimo frío, aztecas, nahuas, tepehuanos, mayas, chilangos, poblanos, mejor dicho la Raza, mano, la de Benito Juárez, la de Cuauhtémoc, toda la chingona raza en convocatoria general, mi racita de broncita en montonera de chinga tu madres, *one hundred* por ciento chicanos, camioneros, macheteros, ni de aquís ni de allás, meshikas, chikos pelo liso, espaldas mojadas, supercuates, chamacos, mazahuas, maquilas, mariachis, chavos banda, no manches, comanches, a toda madres, vale madres, mafufos, padrísimos, encabronados y pedos, güeyes, mamones, peones de campo, netas y chido liros. La raza, pues, toda ella, ahí mero, en esa carpa, ¡Viva la Virgen Morena y viva México, cabrones!

María Paz y Rose compran sus entradas y se apretujan con el chingo de gente, que viene en el agite y en el exalte, cargados para tigre, y ténganse de atrás porque empieza el pogo de todos contra todos, a chipotazo limpio, hombro contra hombro y en pura risotada, y se suelta imparable la rechifla contra los teloneros hasta que irrumpen en el escenario los meros meros petateros, los reyes del albur y del humor lacra, los chicos malos de la frontera, con fusión explosivo-expansiva de alterlatino, rock, cumbia, rap, funk y todo lo que la receta requiera, y ahora sí, con ustedes, ¡Molotov! Y ellos que aparecen bajo un bombardeo de aplausos y rayos láser, y para empezar a abrir, sueltan el abracadabra: «¡Hola, bola de indocumentados!» Abajo la raza ruge. La respuesta al saludo son puros aullidos: la manada se crece. Y la carpa reverbera de calor y de tensión, y atruena como si todos los tímpanos se fueran a reventar, y todas las libidos a liberar y todas las gargantas a grito herido, y allá arriba Gringo Loco aporrea la percusión, y Miky Huidobro el bajo, y Paco Ayala el otro bajo, y Tito Fuentes la voz, y ahora sí todos de pie, que aquí viene el himno patrio: *«Yo ya estoy hasta la madre de que me pongan sombrero, no me digas frijolero pinche gringo puñetero.»* Y también: *«Don't call me gringo, you fucking beaner, stay on your side of that goddamm river»*, y María Paz fundida con la masa, despelucada, marinada en adrenalina, zarandeada en el pogueo, chingadazo va, chingadazo viene, y ella estremecida de *power* mexicano. ¡Que se sienta!, ¡Que se sienta! ¡Todos juntos como hermanos!, mientras que Rose no acaba de entender ni puede creer lo que ven sus ojos. María Paz, que le adivina el susto, le pega un codazo y le grita al oído, tranquilo, mi míster, no se me empanique, que aquí usted no es el único blanco, ¡mire al baterista! Y allá arriba está, y es rubio y rosadito, nacido en Houston, Texas, y apodado Gringo Loco, autor de la célebre aria *Gúacala qué rico*: y la fanaticada latina lo ama. Ya va calentando y va tomando cuerpo esta sopa indigesta, ritual de pelados, bautizo de mojados, los que allá afuera aguantan y agachan la cabeza mientras que aquí andan montados en el reventón y en la revuelta, *«dame dame*

dame todo el power *para que te demos en la madre, gimi gimi gimi todo el poder»,* y desde el escenario Tito Fuentes agarra el micrófono y grita, pero en joda, ¡Al suelo, que viene la Migra!, y la muchedumbre va a parar al piso cagada de risa, se esconden debajo de las sillas jugando como niños, porque aquí sólo cabe la raza insurrecta, burletera, poderosa. ¡Esto es territorio libre y cielito lindo! Ya no hay quien pare esta misa endemoniada, ni hay mejor consigna que estos mantras chabacanos, y aquí llegan muy alto los que nunca llegan a nada, aquí se disparan más allá del Alien Registration Number. El Migration Control, los Border Patrol, los Minute Men y toda laya de racistas, que se vayan yendo muchísimo al carajo, y junto con ellos toda la melcocha políticamente correcta. Y abajo los muros: ya lo dijo Pink Floyd. El Muro de Berlín, la muralla china, el muro en Palestina y el muro de Tijuana. «¡Y abajo también los muros de Manninpox!», grita María Paz, aunque no la escuche nadie en medio del ruidajón, y sin dejar de brincar se echa una lágrima por Mandra X y sus demás compañeras de cautiverio. ¡Porque esto sí es vida, muchachas, y esta noche están todas ustedes conmigo!

Afuera, el desierto brillaba bajo la luna llena.

—¿Se imagina un golpe maestro craneado por Los Tres Chiflados? —me pregunta Rose—. Bueno, pues haga de cuenta, en ésas estuvimos María Paz, Wendy Mellons y yo dos días enteros, bregando a planear la entrega del dinero a Sleepy Joe. Que si sí, que si no, que dónde, quién y cómo.

No parecía un operativo complicado, más bien una lotería: estaban convocando a un tipo para entregarle 150.000 dólares a cambio de nada. Pero como dice Rose, la baraja era una sola, pero cada quien le apostaba a su propia carta. Finalmente Wendy Mellons logra contactar a Sleepy Joe, hace el puente y María Paz se comunica con él por un teléfono público, para ofrecerle el dinero con la condición tácita, sobrentendida, de que no le haga daño a su hermana Violeta. Sleepy Joe, que no tiene por qué entender el sobrentendido, entra a sospechar que se trata de una trampa, pone toda suerte de condiciones y exige ante todo ver a María Paz: quiere el dinero y la chica. En dos ocasiones consecutivas, María Paz se ve obligada a colgarle sin haber llegado a acuerdos. En un nuevo intercambio, corto y tajante, lo pone contra la pared con respecto al dinero: como las lentejas, le dice, lo tomas o lo dejas. Él prefiere tomarlo, ni bobo que fuera. Sucumbe ante el tintineo de monedas: vengan pacá esas lentejas. Si es necesario renuncia a María Paz, y se conforma con que sea Wendy Mellons quien le haga la entrega. No problema, dice, confío a ojos cerrados en ella, Wendy Mellons es mi alma gemela. Al escuchar eso, María Paz siente una punzada de despecho. Pero se contiene, no está ahí para flirtear, es mucho lo que está en juego. Acuerdan un último punto: Sleepy Joe debe escanear y enviarle a María Paz por e-mail un recibo escrito y firmado de su puño y letra, como reaseguro de que Wendy Mellons en efecto ha cumplido con la entrega.

—¿Cómo quieres que se llame el correo? —le pregunta Rose a María Paz.

—¿Cuál correo...?

—¿El que vamos a abrir, para que te escriba el tipo ese..., algunacosa@gmail.com...?

—Bueno, pues póngale así.

—¿Cómo?

—Así, algunacosa@gmail.com —dice ella, sin pensarlo mucho porque tiene prisa, necesita ir al pueblo a comprar algo.

—No me jodas —se altera Rose—, ¿justo en este momento quieres ir a comprar? ¿Y qué diablos quires comprar?

—Una cosa.

—Y por qué ahora, ¿estás loca? Éste sí que no es momento ni lugar para compras...

Pero ella se rancha, se sale con la suya y se va en el Toyota a hacer su diligencia, dejando a Rose, durante media hora, solo en ese antro con Wendy Mellons. Lo cual a él no le resulta tan mal al fin de cuentas, porque ahí se entera de mucha cosa que más adelante va a serle útil.

—Una experiencia fuerte para mí —me dice, durante nuestra entrevista—. Ese acercamiento por etapas al asesino de mi hijo. Muy duro, muy difícil, ir conociendo a la gente que rodeaba al tipo, luego verlo en fotos, saberlo al otro lado de la línea de teléfono, ya casi al alcance de la mano...

Cuando ya van solos otra vez en el carro, Rose le pregunta a María Paz qué fue ese escándalo, qué diablos tenía que comprar con tanta urgencia en semejante momento.

—Un morralito barato, cualquier chuspa, algo así por el estilo. Y conseguí lo preciso, un morralito rojo. O usted sí creyó que yo iba a soltarle mi Gucci a esa vieja. ¡Ni loca! Le dejé el dinero en el morralito rojo, y aquí traigo mi Gucci.

¿Qué espera sacar Wendy Mellons de todo esto? Básicamente hacerle el favor a un amigo íntimo, y quizá obtener de éste alguna comisión a cambio de sus servicios. En cuanto a Rose, su propósito, inconfesable, es utilizar el dinero como carnada para barrer a tiros a Sleepy Joe. Hasta el momento ha seguido dócilmente a María Paz, cediéndole la iniciativa y haciéndose el tonto, el «pinche gringo puñetero» de la canción de Molotov. Pero ese papel ya se le agotó. Ahora debe afianzarse en lo suyo y dar pasos en firme. Para empezar, se lleva a María Paz a escondidas de Wendy Mellons para Monarch Mountain, a una distancia prudencial de allí, un centro de esquí que él ya conoce porque lo frecuentó en el pasado, con Edith y con Cleve.

—Por varias razones escogí ese lugar, Monarch Mountain —me explica Rose—. Primera, estaba hasta el gorro de manejar todo el día y pasar las noches en pésimos hoteles. Muy interesante la problemática de los indocumentados y de las clases bajas, pero yo de eso ya había tenido bastante. Ahora me apetecía descansar, dormir a mis anchas, comer bien, disfrutar del paisaje. Me entraron deseos de pasar en grande esos últimos días, algo tan sencillo como eso.

—No entiendo —le digo—. Usted estaba a punto de matar a un hombre...

—Precisamente.

—¿Precisamente?

—Vamos por partes. Usted me preguntó por qué Monarch Mountain, y ya le di una primera razón. Segunda: necesitaba mantener a María Paz entretenida y despistada mientras yo hacía lo mío. Varias veces me había dicho que soñaba con esquiar, y yo iba a cumplirle ese sueño; que no se fuera de América sin un buen recuerdo, al menos uno. Tercera razón: siempre estás más protegido y guarecido en un hotel cinco estrellas que por ahí expuesto en cualquier antro de carretera.

Se instalan a todo trapo en el San Luis Ski Resort, un gran hotel de ambiente alpino con todo y fondue de queso y relojes de cucú; chimenea de leña en los chalets individuales; yodelei y acordeón para amenizar la noche del sábado. Cuentan con microbús hasta las pistas, que están a quince minutos de distancia. Vista estupenda desde la propia cama sobre la serranía de Sangre de Cristo, y bosque circundante cruzado de caminos, que les permite salir a pasear con Otto, Dix y Skunko. Ahí, en ese remedo de rincón alpino, María Paz y Rose quedan pendientes del momento de la entrega del dinero, que se dará no saben cuándo; tendrán que esperar a que Sleepy Joe llegue a Colorado, desde dondequiera que se encuentre.

—El hotel ofrecía servicio de guardería canina —me dice Rose—. Detalle clave para mí, porque me permitía dejar en buenas manos a mis animales mientras despachaba mis asuntos.

Rose alquila para María Paz traje completo y equipo de esquí, le pone clases con instructor particular, y mientras ella hace sus pinitos en la Alfombra Mágica, entre niños de cuatro a siete años, él la observa desde la terraza de Los Amigos Cantina, sentado al lado de un brasero, echándose una cerveza michelada y picando quesadillas de chorizo con salsa roja, porque si el hotel es suizo, el *mall* de la estación de esquí, en cambio, es *totally american-mex*. (*«How fake can we get»*, habría dicho Cleve.)

—Nunca había visto tan feliz a María Paz —me dice Rose—. En esos espacios sin límite y con el pelo al viento, debía de sentirse en las antípodas de Manninpox.

—Y usted, ¿también se sentía bien? —le pregunto—. ¿Acaso había desistido de liquidar a Sleepy Joe?

—No he dicho eso. Lo que pasa es que los aspectos prácticos ya estaban resueltos, y era cosa de esperar.

—¿No estaba retorciéndose de temor, de escrúpulos, de dudas?

—Nada de eso. En realidad nada de nada. Más bien una calma sospechosa, ahí sí que pasmosa, como decían los diarios de Mandra X cuando cometió el filicidio.

Rose vuelve a asegurarme que aquellos días transcurrían tranquilos para él. Ojeaba los diarios, se divertía con las maromas que María Paz hacía allá abajo entre los principiantes, disfrutaba sorbo a sorbo sus micheladas. Hoy, un par de años después, mientras lo entrevisto en la cafetería del Washington Square Hotel, en la ciudad de Nueva York, le pido que por favor me explique eso de su calma pasmosa, porque es una afirmación gruesa que me cuesta creer. Me responde que la cosa era simple: Sleepy Joe tenía que morir, iba a morir, y el propio Rose no sentía nada al respecto. Nada que no fuera alivio, como si el aire se hubiera vuelto leve. Incluso llegó a la conclusión de que lo engorroso de matar estaba en el acto físico, no en el hecho moral. A la hora de la verdad, resultaba casi natural matar al prójimo, casi intrascendente: unos días antes él mismo no lo hubiera sospechado, en realidad fue todo un descubrimiento. A pesar del frío, los cielos de Colorado eran radiantes. Sobre su cabeza se elevaba una bóveda espléndida, de un azul purísimo, y me dice que recuerda haber pensado, ahí en la placidez de esa terraza sobre las pistas de esquí, que si bastara con apretar un botón rojo para eliminar a todo el que te fastidie, ya se habría acabado la raza humana.

Yo trato de seguir su razonamiento, anotando textualmente cada frase suya en mi bloc, para no tergiversarlo. Me está costando cara su petición de no usar grabadora; ya me duele la mano y la tengo entumecida de tanto garrapatear. Pero no puedo detenerme, no quiero dejar escapar ni una sola de sus palabras. Estamos entrando en terrenos sensibles por comprometedores, y aunque Rose sabe que en este libro no aparecerán nombres propios ni datos delatores, empieza a mostrarse evasivo e inquieto. Sus respuestas, hasta ahora generosas y fluidas, salen con cuentagotas. Tengo que extraérselas con fórceps. Casi que se invierten los papeles, él pregunta y yo contesto; es la fórmula que encontramos para que pueda decir sin tener que decir.

—Vamos a ver —vuelvo al punto—. Usted había decidido matar a un hombre, había dado con un método que consideraba eficaz, y era como si su conciencia no tuviera que ver con ello. ¿Voy bien? Ahora falta saber cuál era ese método eficaz.

Supongo que planeaba dispararle a bocajarro en el momento del encuentro...

—Eso no era tan fácil. Ya le digo, la parte física es la enredada. ¿Cómo hacía yo para saber dónde y cuándo se iban a encontrar Sleepy Joe y Wendy Mellons? Y aun en el caso de que me enterara, ¿cómo llegaba hasta allá sin que lo notaran?

—Qué tal escondido dentro del baúl del carro de ella...

—Al principio estuve fantaseando con esa posibilidad. Me montaba películas en las que me metía subrepticiamente en su coche, o me camuflaba entre la basura amontonada en su patio trasero y pegaba un salto de superhéroe, con la pistola de Ming en la mano, para barrer a tiros al individuo. Imaginé docenas de variantes, todas igual de infantiles. Hasta que me dejé de tontear y le aposté a lo seguro, que en este caso coincidía con lo más fácil.

—Le apostó al botón rojo —le digo—. ¿Por ahí va la cosa? No me diga que... ¡Usted sobornó a Wendy Mellons!

—Son sus palabras —me responde.

—Eso fue, ¿cierto? Wendy Mellons no es persona a la que le tiemble la mano. La idea de sobornarla no parece descabellada...

—No, no parece descabelladla.

—Puedo imaginar que a espaldas de María Paz, usted le dice a Wendy Mellons, oiga, Wendy, elimine a ese tipo y quédese con el dinero, ciento cincuenta mil dólares para usted sola...

—Los ciento cincuenta mil iniciales no iban completos —me aclara Rose—. María Paz había dejado sólo ciento treinta y tres mil quinientos en el maletín.

De los dieciséis mil quinientos que retiró, lo menos era para ella misma, y lo más para el Coyote. Ya le había aplazado fecha en sucesivas ocasiones, y ahora lo ponía en el pereque de desmontar el paso por Canadá e improvisarlo por México; con razón el hombre andaba cabreado y cobrando a lo loco penalizaciones adicionales. Los seis mil restantes eran para compensarle a Rose lo que había gastado de su propio bolsillo para ayudarla, pero él se negó a aceptarlos.

—Vale —le digo a Rose—. Ya no serían ciento cincuenta

mil, pero ciento treinta y tres mil quinientos tampoco estaba mal. Wendy Mellons no iba a negarse...

—Se equivoca. Wendy Mellons tenía temple. Se hubiera negado.

—En un primer momento, tal vez. Tal vez al principio se habría inclusive indignado, y le habría gritado a usted, ¡pero cómo se le ocurre! ¿Matar yo a Sleepy Joe? ¿Está loco? ¡A ese muchacho lo quiero como a mi hijo! ¿Voy bien, señor Rose?

—Usted sabrá —me dice—, usted es la novelista.

—Entonces sigo. Usted habría invitado a Wendy Mellons a meditarlo, a no negarse de plano, mire, Wendy, le habría dicho, su verdadero hijo es este muchacho Bubba. Sleepy Joe es más bien su amante, a las cosas por su nombre. Y cuánta tapa de alcantarilla no tendría que robar Bubba para juntar semejante suma, y cuánta olla antigua no tendría que falsificar. Para no mencionar que su pequeño Bubba podía acabar en la cárcel por robar y falsificar...

—Wendy Mellons hubiera sido sensible a ese argumento —acepta Rose.

—Cualquiera es sensible ante la dolariza caída del cielo. Pero me queda sin resolver un detalle, señor Rose. El detalle del recibo, el que exigía María Paz como constancia de entrega. Si Wendy Mellons mata a Sleepy Joe, ¿cómo le saca el recibo?

—Buen punto.

—Yo diría que usted le prestó a Wendy Mellons la Glock de Ming, diciéndole tome, Wendy, haga con esto lo que tenga que hacer, pero antes asegúrese de que ese hombre suelte la rúbrica. Y luego me trae el recibo junto con la pistola, pero eso sí, por favor, ni una palabra a María Paz sobre nuestro acuerdo.

—¿Quiere verlo? —me dice Rose, y me entrega un papel.

—¿Qué es? —pregunto.

—Pues el recibo. Bueno, es más que un recibo. Léalo, si puede descifrarlo. Vale la pena. En realidad aclara muchas cosas.

A continuación va la transcripción del famoso recibo. Para hacerlo comprensible, se corrigió la ortografía, se intercaló un mínimo de puntuación y se omitieron renglones en los que la letra resultaba directamente imposible. Culo Lindo es el apelativo que Sleepy Joe le da a María Paz, y Cuchi-Cuchi el que se da a sí mismo.

Amado Culo Lindo:

Yo no quería matar a tu canijo perro enteco aunque merecía morir de veras yo no quería matarlo sólo quería hacerlo chillar un poco para que tú confesaras dónde carajos guardabas ese dinero que hoy atentamente me haces llegar por intermedio de nuestra común amiga Wendy Mellons pero que antes de manera arbitraria te negabas a compartir conmigo sin razón para ello y sin comprender que hay suficiente cantidad para ambos con eso podríamos vivir juntos en un lugar seguro si tú no fueras tan cruel y resentida. Qué felices seríamos si tú supieras perdonar en cambio eres una zorra traicionera, prefieres a otros en vez de aceptar la promesa que te hago de irnos juntos a donde sabemos a vivir juntos como merecemos y el amor nos espera aunque no podrá ser hoy ni mañana porque tengo pendientes por estos lados. Lo cual sólo será posible si tú me perdonas, para lo cual debes saber que yo no maté a mi hermano, tú sabes bien que yo a mi hermano lo quería y tenía con él una deuda pues fue la única persona que se ocupó de mí durante mi dura infancia con una madre muerta y un padre que no supo darme afecto.

Yo vi a los asesinos de Greg los vi con estos ojos que Dios me dio debes creerme y tener fe en mí yo los reconocí porque ya los conocía. Ellos eran ex policías lo mismo que Greg mejor dicho eran sus socios en el negocio de las armas y se enteraron quién sabe cómo de que él los iba a entregar, seguramente les pasó el dato el propio FBI ya sabes cómo son esos cabrones que no guardan fidelidad con nada ni con su propia madre, dicho en otras palabras unos hijos de puta. Lo que quiero decirte es que cuando los socios de Greg se enteraron de que Greg les estaba jugando doble ahí mismo resolvieron saltarle largo y yo vi cuando lo mataron Culo Lindo yo los vi porque esa noche yo iba a encontrarme con él, era la noche de su cumpleaños tú lo sabes bien que él salió a encontrarse conmigo esa noche y yo hasta le llevaba de regalo un cuchillo Blackhawk Garra II que le había conseguido de segunda pero que parecía nuevo, se lo llevaba de regalo y cuando vi que los tipos iban a dispararle a mi hermano querido enseguida pensé en impedirlo no iba a dejar que cometieran un vil asesinato contra mi propia sangre y menos contra un hombre desarmado como estaba Greg en ese momento como tú bien sabes mejor que nadie. Pero se me adelantaron, ellos iban bien armados y eran tres yo era uno solo y apenas tenía ese cuchillito Blackhawk Garra II que era apenas un juguete motivo por el cual no lo logré o se puede decir que fallé dolorosamente y en mis propias narices los malparidos mataron a mi propio hermano, motivo por el cual esperé hasta que se fueran, salí de mi escondite y me acerqué a mi hermano, al menos quise impedir que muriera como un perro pero ya estaba bien muerto y sólo alcancé a honrar su muerte y permitirle que muriera en Cristo como él hubiera deseado y le cerré los ojos y le deparé la extremaunción al estilo de nosotros antes de alejarme de allí. Todo eso quise contártelo la noche de nuestro reencuentro después de que saliste de prisión, para que tú estuvieras al tanto y no me echaras culpas quise contártelo todo aquella noche que empezó siendo tan bella, una noche de amor que lamentablemente terminó en la innecesaria muerte del perrito. Todo por tu terquedad Culo Lindo porque uno te pide una cosa y haces otra, así es como sacas lo peor de mí y acabas con mi paciencia y es imposible que las cosas terminen de manera correcta, más por el contrario todo se va a la mierda motivo por el cual respetuosamente te pido que rectifiques tu conducta.

Los cabrones que mataron a mi hermano Greg quedaron debiéndome lágrimas de sangre, y a lo mejor te enteraste de que dos ya lo pagaron bien caro. Pero por ahí quedan algunas alimañas que se andan escondiendo como cobardes, o sea que tengo pendientes que debo cumplir antes de que nos vayamos juntos con este dinero tú y yo juntos a donde sabemos si es que acaso aún me amas. Pero debes saber que ese sueño todavía no será posible porque ya te digo que tengo asuntos pendientes. Yo sabía que tú habías encontrado ese dinero ahí entre los ladrillos de la parrilla en la azotea donde lo manteníamos escondido Greg y yo, recuerdas Culo Lindo cuando mi hermano y yo te dijimos que necesitábamos ladrillos y cemento para agrandar la parrilla y que pudiéramos hacer más hamburguesas y asar más mazorcas los domingos en familia, pues en verdad lo que queríamos era armar el escondite en la parrilla para esconder el dinero y al domingo siguiente todavía me acuerdo y me da risa tú quisiste que hiciéramos un asado y por poco quemas el dinero, creíamos que tú lo hacías de inocente porque no estabas al tanto pero ahora veo que no era cierto, tú te habías dado cuenta de dónde escondimos el dinero y te quedaste callada, por qué serás tan zorra y taimada

Culo Lindo y la noche del asesinato de Greg yo quise sacar el dinero de la parrilla para escapar contigo a vivir la vida hermosa que nos esperaba juntos pero tú te me habías adelantado perra o sea que me traicionaste y ya no estaban ahí los ciento cincuenta mil, aunque ya habías vuelto a colocar los ladrillos como si nada maldita perra bastarda, y luego cayeron los del FBI y ahí se jodió todo. Menos mal te arrepentiste de tu mala conducta y tu ingratitud conmigo y mediante la presente acuso recibo por la suma de ciento treinta y tres mil quinientos dólares ($133.500) mismos que acabo de recibir por intermedio de Wendy Mellons. Ha sido un detalle generoso de tu parte Culo Lindo, mismo que no ignoro y tendré en cuenta aunque siempre fue que me tumbaste los 16.500 que faltan. Todo lo cual no significa que me olvide de ti mi amada Culo Lindo ni de los bellos momentos que a pesar de todo hemos pasado juntos y que han sido los más bellos de mi vida, aunque reconozco que ha habido otros momentos no tan bellos y si te he hecho sufrir debes perdonarme y me disculpo por ello, qué le vamos a hacer si la vida es así a ratos dulce y a ratos amarga. De nuevo gracias por el detalle pero no olvides que el dinero no lo es todo en esta vida y el amor está primero. Ahora cuento con lo necesario para acabar de arreglar cuentas con los que me hicieron el daño, darles una lección que nunca olvidarán, ya van cayendo uno a uno pero por ahí quedan pajaritos volando. Según dicen hasta en el infierno te persiguen los recuerdos y te juro por mi madre Culo Lindo que hasta allá van a atormentarlos eternamente las repercusiones de sus actos. Y en cuanto a ti respecta, ya sabes lo que pasa si no te vienes conmigo, amado Culo Lindo, no frustres todos mis sueños y mis aspiraciones, te he entregado mi corazón y no te saldrás con la tuya si lo desprecias, si hay algo que no va conmigo es la traición, tú lo sabes, Culo Lindo, ya lo has experimentado, recuerda que conozco bien tus puntos flacos y también los no tan flacos, añoro mucho tus besos y todas tus delicias de hembra en la cama. Ya estás advertida, no te niegues al amor que te espera en mis brazos.

Yours forever, Cuchi-Cuchi.

P. D. Perdón otra vez Culo Lindo por lo del perro de veras no era mi intención, cuando estemos juntos donde sabemos te compro otra mascota mejor y más bonita *yours forever*, atte. Cuchi-Cuchi. Todo esto hubiera preferido decírtelo en persona pero por tu ingratitud lo anterior no ha sido posible.

—Mi hipótesis no funciona —le digo a Rose, al terminar de leer esa pieza de antología—. Lo de la complicidad de Wendy Mellons, no funciona. Nadie se jala esa epístola con un arma en la sien. La verdad, estoy perdida. ¿Alguna pista?

—Wendy Mellons no vive sola.

—¡Bubba! No hay que ignorar a Bubba. En algún momento se asoma Bubba por la covacha. O anda escondido entre el arrume de llantas, chuzándose con las jeringas. Usted lo ve, y se dice a sí mismo, éste es mi hombre.

—No es mala hipótesis —me alienta Rose.

—Usted necesita saber cuándo y dónde van a encontrarse Wendy Mellons y Sleepy Joe. Por eso lleva aparte a Bubba y le ofrece dinero a cambio del dato. Doscientos dólares. Hasta quinientos.

—Bubba sabe que Sleepy Joe siempre regresa a esa casa.

—Que es como su casa materna. Tarea fácil para Bubba. Usted concierta con él algún mecanismo de comunicación, una cita diaria, o cada dos días, a una cierta hora, en un cierto billar, o bar, o inclusive esquina.

Dos días después, Rose se hace presente a la hora acordada en ese billar, o bar, o esquina. También Bubba llega puntual, pero no trae noticias; por lo pronto no sabe nada de Sleepy Joe, ni tampoco de su propia madre, que ha salido de casa y no regresa. Perfecto, Wendy Mellons y Sleepy Joe ya están juntos, deduce Rose. La fiera se acerca; ya se escucha su respiración.

—No subestime a Bubba —me advierte Rose—. Será drogadicto, pero no menso.

—¿No es menso Bubba? Bien, eso quiere decir que es perspicaz. Se da cuenta de las cosas. ¿De qué cosa se da cuenta Bubba? Déjeme pensar. Ya sé. Es de bola a bola, se pilla que usted quiere matar a Sleepy Joe; de no ser así, no se entiende por qué anda asediándolo de esa manera.

—Bubba es perspicaz, pero también drogadicto.

—Y haría cualquier cosa a cambio de un billete. Así que durante esa primera cita de control, Bubba le dice a usted, ahórrese el trámite, míster, por X dólares más, yo liquido al tipo. Usted agarra la oferta al vuelo, y deja la ejecución en manos de Bubba. Quizá le presta la pistola de Ming para facilitarle la tarea... No, espere; paso en falso. Rebobino. Usted no le presta la pistola de Ming, eso sería una torpeza, y además para qué, si Bubba vive entre objetos homicidas, como mínimo una carabina, dos trampas para ciervos, un mazo, varias herramientas...

—Bubba convertía tapas de alcantarilla en ollas —me recuerda Rose.

—Correcto, tiene brazo de herrero. Un mazazo de Bubba puede ser temible. Suficiente para que usted se desentienda y disfrute sus micheladas.

Disfrutar las micheladas, sí, pero no por mucho tiempo. Rose tiene que atender también un segundo punto de vigilancia, el Business Center de su hotel, donde revisa dos, tres y hasta cuatro veces al día un cierto correo electrónico, el que ha abierto María Paz con el solo fin de recibir la constancia que Sleepy Joe ha quedado de enviarle, y que efectivamente le envía: es la famosa Epístola a Culo Lindo, que Rose imprime y lleva al chalet, para que ella la lea. Primera meta: superada. Sleepy Joe ya tiene su dinero, y María Paz ya tiene su recibo. Ahora tendrán que suceder dos cosas: que el Cibercoyote dé luz verde para el cruce de frontera, y que Bubba atine con el mazo. Rose empieza a acudir diariamente al billar, ansioso por conocer el desenlace y llevando en el bolsillo los seis mil dólares que le ha ofrecido a su socio por finiquitar el trabajito. Pero pasa una semana y Bubba no aparece. Semana y media, y nada.

Entre tanto, María Paz ha hecho progresos en su entrenamiento como esquiadora. Ha logrado superar el nivel párvulos, cosa que Rose no se esperaba, y ahora se lanza sin agüero por las pistas verdes desde las nueve de la mañana hasta las cinco de la tarde, hora en que apagan la telesilla. Con un arrojo nada elegante y más bien suicida, se tira en picada una y otra vez, como la hormiga atómica, o como si viniera huyendo de algo; tiene el estilo frenético de quien de veras huye de todo y de todos. Al filo de la noche regresa al hotel, radiante y agotada. Se libera de los guantes, de una bota, de la otra, se saca el enterizo, el suéter, los interiores térmicos, y deja todo eso tirado en el rincón, como deben hacer los astronautas cuando por fin aterrizan. Enseguida se toma la taza de chocolate caliente que le ofrece Rose, se pega un duchazo oceánico, se aplica linimento en los moretones que los porrazos le han dejado por todo el cuerpo, se empaca dos aspirinas, se tira derrengada en la cama y duerme sin sueños hasta el día siguiente, apenas a tiempo para estar en las pistas otra vez a las nueve.

—Qué bien, María Paz, ¡se ve que esquiar te gusta mucho! —tantea terreno Rose, sospechando que la hiperkinesia en ella es apenas camuflaje para el río de aguas revueltas que lleva por dentro—. De veras, te felicito, es increíble lo que has avanzado.

—Sí —dice ella—. Ya sé bajar a toda mierda.

El Cibercoyote, por su parte, se ha hecho a la idea de que esta María Paz es una clienta peleonera, insoportable e impredecible, más pesada que aplanadora a pedal. Se desquita cobrándole sin asco la reprogramación del cruce de frontera, y le hace saber que está reuniendo a su rebaño en algún punto cercano a Sunland Park, New Mexico, USA, vis a vis Ciudad Juárez, Chihuahua, México. Allá deberá presentarse ella dentro de poco, tan pronto reciba la señal. Va a intentar la travesía junto con otros forajidos y fugitivos como ella, y como casi todos los que atraviesan clandestinamente la frontera ya no de sur a norte, sino de norte a sur.

—¿Qué sabes tú realmente de ese tal Cibercoyote? —le pregunta Rose a María Paz.

—¿Realmente? —le responde ella—. Realmente no sé nada. Que es evangelista y que maneja Blackberry.

—¿Y sin embargo te pones en sus manos?

Hay que ser caradura para pronunciar esa última frase. ¿Qué sabe el propio Rose de Bubba, en quien ha depositado toda su confianza? Nada, o peor que nada: sabe lo peor. Que es una sabandija taimada y temblorosa, que por dinero hace lo que sea. Y que no se ha presentado a las últimas citas. Algo muy raro tiene que estar sucediendo. La preocupación le quita a Rose el sueño y el apetito, lo vuelve hosco y callado, le crispa el genio. Por andar de cabeza en lo *physical*, María Paz no registra sutilezas como un cambio de ánimo, pero los perros sí, y se muestran inquietos. Sondean al amo con la mirada y le lamen las manos como si quisieran consolarlo: también ellos olfatean que algo anda horriblemente mal. Rose visita una vez más el billar, de nuevo sin resultados, y a la madrugada siguiente, después de horas de insomnio, recuerda que no ha borrado el mensaje electrónico de Sleepy Joe. Error imperdonable, ha dejado flotando en el ciberespacio esa prueba comprometedora. ¿Cómo es posible semejante descuido? Sin esperar a que el cielo aclarare, se viste sobre la piyama y corre al Business Center, para hacer desaparecer el cuerpo del delito con un golpe de tecla. Al abrir el e-mail, encuentra que ha entrado un segundo mensaje de Sleepy Joe. Vacila unos segundos, dándole tiempo a su corazón para aquietarse, y se atreve a mirarlo.

Esta vez se trata sólo de una imagen. En una difusa fotografía instantánea, unas llantas amontonadas arden en torno a un poste. Las llamas son apenas un pequeño relumbrón que el viento inclina hacia la izquierda. En cambio la humareda es grande, y sube tan espesa y negra que empaña el resto de la foto, obligando a Rose a ponerse sus gafas de aumento y a acercarse más a la pantalla. Atada al poste y en medio de las llantas, distingue la figura de un hombre desnudo y a medio quemar, quizá todavía vivo.

Rose logra dominar el beriberi de su mano suficientemente como para ampliar la imagen. La piel renegrida y ampollada desfigura las facciones, pero no hay duda de que se trata de Bubba. El lugar de ejecución es el patio trasero de su casa. En un trozo de tabla, clavada al poste una cuarta más arriba de la cabeza, han trazado las iniciales *INRI*.

Una oleada de fiebre baña en sudor a Rose. Sleepy Joe está vivo. No sólo está vivo, además ya sabe que pretendían matarlo. De sólo pensar en la magnitud del desastre que él mismo ha desatado, Rose se hunde dentro de su propio cuerpo. Se le nublan los ojos, la sangre escapa de su cerebro y se le aflojan los músculos. Me voy a morir, piensa, y esa sensación lo aletarga, envolviéndolo en alivio. Pero no muere; queda suspendido y consciente en una zona intolerable. El sufrimiento extremo de ese hombre que agoniza se convierte en un timbre que quiere reventar los oídos de Rose. Siente que Bubba arde como gas mostaza en todas sus terminales nerviosas. La culpa lo anonada. Lo priva de pensamiento el saberse responsable del horror que ocurrió, y del horror que vendrá. Cegado por la estupidez, ingenuo como un niño, se ha puesto a torear a la fiera, a clavarle banderillas, y ahora la fiera responde. Rose se aprieta la cara con las manos para no ver: necesita ponerse a salvo de su propia angustia. Pero el martirio de Bubba se le ha metido adentro y ahora asume la forma de otros: los que están en fila esperando turno. Esa muchacha Violeta, que será la próxima. Y María Paz. Y también él mismo, el propio Rose, aunque esa última posibilidad no lo inquieta, más bien por el contrario.

Pero están las muchachas. Por culpa de Rose han quedado expuestas y ahora él necesita hacer un esfuerzo sobrehumano para pensar, pensar bien y a fondo, actuar, tratar de impedir que siga la cadena de atrocidades. ¿Cómo, si no logra recuperar control de sí mismo? Si ni siquiera puede pararse de esa silla. No consigue digerir y expulsar de sí a ese ser calcinado que irradia pánico y dolor con una intensidad insoportable, obligando a Rose a cruzar los límites de su propio aguante. La víctima sacrificial está cruda, en carne viva, es venenosa y contagiosa. Y ya no se encarna en el miserable Bubba. Ahora es Cleve, coronado de espinas, quien se ha pegado a la membrana interna de los párpados de Rose, impidiéndole abrirlos. La niebla ahoga sus pensamientos antes de que nazcan.

—Tengo que pensar —dice en voz alta, y la frase le llega de fuera, como un eco—. Tengo que pensar —vuelve a decir, pero siente que se duerme.

No sabe cómo lo logra, pero ya está frente a su chalet. Tiene la llave en la mano. Está a punto de abrir, pero no se atreve. Los perros, que siguen encerrados, se percatan de su presencia y enloquecen, raspan por dentro la puerta, quieren que los deje salir. Pero Rose no se atreve. Tiene que alertar a María Paz, pero no sabe cómo. Es culpa mía, piensa. Sólo en eso piensa, en su propia culpa. Pasó lo que pasó por su culpa, y también lo que va a pasar. Y él tendría que impedirlo, ya mismo, regresar a Vermont para proteger a la niña. Pero antes debe enfrentar a María Paz, mostrarle la foto del hombre que arde, explicárselo todo; ella tiene que saber. Pero ¿cómo puede Rose confesarle algo inconfesable como que mandó matar a Sleepy Joe a espaldas de ella, y que para colmo el asesino falló? Tendría que poner al descubierto su error, su manipulación, su engaño sistemático, sus planes egoístas, su estupidez infinita, su ingenuidad de pobre viejo imbécil, su lamentable inutilidad, su papelón de vengador burlado. Sleepy Joe no conoce el paradero de María Paz, por más que la busque para matarla tardaría en encontrarla, si es que la encuentra. Pero en cambio Violeta está regalada y al alcance de su garra. En ese mismo momento tendrían que estar partiendo hacia Vermont, pero Rose siente las piernas muertas, la voluntad muerta, el alma enterrada. Los perros van a destrozar la puerta si siguen arañándola, y Rose la entreabre. Desde adentro ellos la empujan y salen en tropel, brincándole encima para saludarlo. Luego se detienen, todos tres al tiempo, como deslumbrados por la blancura absoluta que durante la noche se ha esparcido sobre el campo. Luego se alejan despacio, cada cual por su lado, husmeando y orinando por aquí y por allá. Sin entrar al chalet, Rose vuelve a dejar la puerta cerrada. Se recarga en el muro y queda absorto en las líneas divergentes, entorchadas, luego entreveradas, que las huellas de sus perros van dejando en la nieve.

—A veces uno hace cosas —me dice Rose—. Cuando no sabe qué hacer, hace cosas raras. Reconozco que alcancé a escuchar que en el interior del chalet María Paz cerraba el agua de la ducha. Luego escuché sus pasos, para un lado y para el otro; el piso era de madera y las tablas rechinaban. En ese momento yo tenía que haberle dado la cara. Y en cambio me alejé de allí. Me refugié en el cuarto de la lavandería; prácticamente me escondí entre las máquinas. Me senté en el suelo, al lado de una secadora que alguien había puesto a andar. Todavía recuerdo el calor y la vibración contra mi antebrazo. Creo que ahí no pensaba en nada, o sólo en las pastillas de Effexor. Hacía mucho las había dejado, pero en ese momento hubiera querido tomarme dos, tres, todo el frasco.

Rose logra sobreaguar en su pozo de angustia y regresar al chalet, pero ya no encuentra a nadie. El servicio de guardería ha dejado una nota anunciando que se lleva a los perros, y María Paz ha partido con su equipo de esquí a cuestas. ¿Ya estará en las pistas? No puede ser, aún no las abren. La busca en el comedor y ahí la encuentra, pero ella desayuna con unas amistades que ha ido haciendo, y Rose no se atreve a interrumpirla. Por más prisa que tengan, no conviene armar escándalo, ni siquiera llamar la atención; que no salte la liebre, que nadie sospeche, que la Policía se mantenga a raya. Rose decide esperar a que María Paz salga del comedor. La tomará del brazo, la llevará aparte, y ahí le dirá lo que pasa. Aunque quizá no le diga todo, al menos por ahora. Sólo lo esencial: le anunciará que algo sumamente grave ha pasado y que después le explica, por ahora a volar, tienen diez minutos para recoger bártulos, pagar la cuenta del hotel y lanzarse a la carretera.

Al fondo del comedor, inocente de todo, María Paz se ríe con sus nuevas amigas. Rose alcanza a ver que toma jugo de naranja, unta pan con mantequilla, se lleva los cubiertos a la boca. De pronto ella se para, y camina hacia el buffet. Es el momento, se dice Rose, y se dispone a abordarla, pero sus amigas también se han levantado y ya están con ella. María Paz se sirve un tazón de granola en leche, y regresa a la mesa. Esto va para largo, piensa Rose, Dios mío santísimo, los horrores que pueden pasar mientras esta mujer acaba de masticar toda esa granola. Mejor ir ganando tiempo, decide, y busca al conserje para preguntarle por el cuidador de perros.

—No se preocupe, señor, se los traen a mediodía —le dicen—. Hoy se los llevaron a hacer mushing.

—¿A hacer qué?

—Mushing, señor.

—Y qué cosa es mushing.

—Un deporte con trineos, señor.

—¿¡Pusieron a mis perros a jalar trineo!?

—No, señor, cómo se le ocurre, ellos van corriendo al lado del trineo...

Mientras Rose averigua hasta dónde tiene que ir para recuperar a sus animales, María Paz sale del comedor con sus amigas, y se encarama con ellas en el microbús que las llevará a las pistas. Rose corre detrás, en vano: el microbús se aleja por el camino y se pierde de vista.

Rose regresa al chalet. No se ocupa de su barba hirsuta ni de su aliento de ultratumba, no se percata de la piyama que asoma debajo de la ropa, apenas tiene cabeza para cambiarse los zapatos por las botas, meterse al bolsillo la billetera, las llaves del carro, los documentos, y embutir en el bolso lo que encuentra a mano. Vuela a la recepción. Que le entregue la cuenta, le suplica a una recepcionista parsimoniosa. Que se le ha presentado un inconveniente mayor y es imperativo devolver hoy mismo el chalet, le dice; por favor, señorita, por lo que más quiera, entienda que tengo afán. Por no cancelar con anticipación, le cobran un día extra. Él paga sin chistar, y devuelve la llave. Tira los maletines dentro del Toyota de cualquier manera y ya va a arrancar, cuando se acuerda de la pistola de Ming. La ha dejado escondida en el chalet, entre una de las vigas del techo y el cielorraso. Vuelve a recepción, pide la llave, espera eternidades a que se la entreguen, recupera la pistola, y ahora sí, maneja como despepitado hasta el centro de esquí. Recogerá a María Paz, tendrán que regresar por los perros y sin darse un respiro se jalarán de un tirón, pero en sentido inverso, el viaje maratónico que hicieron de venida. Sólo que entonces se permitieron el lujo de dedicarle cinco días a la travesía, y en cambio ahora tienen los minutos contados.

Rose corre a la cantina Los Amigos y sale a la terraza: desde ahí domina el panorama y podrá ubicar a María Paz. Pero pasan los minutos, y nada que la ve. El que sí aparece es el mesero que lo ha estado atendiendo estos días, y que ahora se le viene encima blandiendo la carta.

—Nada, gracias —trata de disuadirlo Rose.

—*Sorry, sir*, si no consume no puede sentarse en estas mesas.

—Entonces un café. —El mesero se le ha parado enfrente y le obstaculiza la visión.

—¿Desea acompañarlo con algo de comer?

—Cualquier cosa.

—¿Le traigo su quesadilla de chorizo?

—Está bien.

—¿En salsa roja?

—Como quiera.

La cinta sin fin que forman los esquiadores se desliza montaña abajo acompasadamente, sin gravedad y en silencio, con una suave ondulación lunar. Luego asciende por el aire y vuelve a bajar, porque no es cinta lineal, sino de Moebius, y todos avanzan por ella como en procesión eterna. Todos menos María Paz, que en algún momento se salió del circuito y no aparece. Y van a dar las diez y media de la mañana.

—Me estaba deshidratando de angustia —me dice Rose—, sentía que perdía peso a cada minuto. Descarté la posibilidad de solicitar que salieran a buscarla con perros, o en las motonieves de los paramédicos, porque no debía hacer recaer la atención sobre ella. Hasta el momento íbamos pasando limpio, ningún indicio de persecución, ni siquiera de sospechas, y era vital mantenerse así. Y al mismo tiempo, cada hora que pasara podría ser mortal.

Rose quiere calcular cuánto toma subir por la telesilla y volver a bajar, así que sigue con la mirada a una señora, a las claras novata en el esquí, que lleva puesto un traje naranja particularmente vistoso. La toma como parámetro y la cronometra. La mujer de naranja le pasa por enfrente, gira en redondo al cabo de la pista, toma la telesilla, se pierde en lo alto, y a los doce minutos exactos entra de nuevo en el ángulo de visión de Rose. Vuelve y juega: esta vez la de naranja tarda un poco menos haciendo su periplo. Rose promedia, y calcula que en la hora que lleva esperando, María Paz tendría que haber pasado unas cinco o seis veces. Y sin embargo nada. Debe de haber una explicación, y a Rose sólo se le ocurren las peores. ¿Y si se partió una pierna y la tienen hospitalizada? ¿Si se estampó contra un árbol y se rajó el cráneo? ¡La detectó la Policía y la detuvo! Calma, se dice Rose a sí mismo, respirar hondo, o al menos respirar, y ante todo un mínimo de calma. Ante todo no desesperar, aunque la situación sea desesperada.

Para acallar la máquina de predecir desastres que se le ha disparado en la cabeza, extiende una servilleta de papel, saca un bolígrafo, traza un mapa a mano alzada y trata de concentrarse en la planificación del viaje relámpago hasta el colegio de Violeta. Hay unas dos mil millas entre el lugar donde están y Montpelier, Vermont: treinta y seis horas al volante. María Paz maneja mal, ya lo ha comprobado Rose, y van al muere si el *highway patrol* le pide la licencia. Y aun así tendrán que turnarse. Cada uno ocho horas, mientras el otro reclina el asiento y duerme. Forzosamente hay que programar paradas para ir al baño, echar gasolina, pegarse un buen *shot* de *espresso* y dejar que los perros se desentumezcan un poco, y Rose marca en su mapa escalas técnicas de una o dos horas en Winona, Kansas; Topika, Kansas; Caseyville, Illinois; Dayton, Ohio; Harborcreek, Pensilvania. Y una última antes de llegar, en Wells, estado de Nueva York. Y aun así, exigiéndose al máximo y contando con que no surja ningún inconveniente, van a tardar dos días con sus noches. Y hasta tres, si en algún momento los vence el cansancio. Ni pensar en todo lo que podría sucederle a Violeta durante dos o tres días con sus largas noches. Imposible correr ese riesgo. ¿Y si María Paz se adelantara en avión? Tendría que presentar documentos ante las autoridades. ¿Y si se adelanta Rose? Tampoco sirve, no puede dejar tirados a María Paz y a los perros.

Como ella sigue perdida, Rose toma una decisión. Temeraria, pero al menos decisión: llamará a la Policía, avisará del peligro, dirá que un *serial killer* ronda por Montpelier. Pedirá que pongan vigilancia las veinticuatro horas en torno al colegio, alertará sobre una muchacha enferma, horriblemente expuesta, que se llama Violeta y que corre un riesgo mortal. ¿Violeta qué?, es lo primero que van a querer saber. Y Rose ni siquiera conoce el apellido, para no hablar de todo lo que tendría que callar, o justificar, si llegaran a interrogarlo. Pero sobre todo, ¿quién le va a hacer caso? ¿Por qué le van a creer? Y si llegaran a creerle, todavía peor; con la zona sembrada de Policía, María Paz no podría ni acercarse a su hermana.

¿Pero es que acaso no aprendes, pendejo?, Rose se reprende a sí mismo. Por ningún motivo debe seguir tomando decisiones por su cuenta, imponiendo su criterio, pegando timonazos sin consultar. Así lo ha venido haciendo, y el resultado es infantil, criminal, imperdonable. No. No puede imponer un giro así a espaldas de María Paz, y menos que menos uno de esa envergadura, que podría salvarlos, pero también acabar de hundirlos. En ese punto, a la mesa de Los Amigos vuelve a acercarse el mesero, que a esas alturas ya es casi actor de reparto por lo mucho que interrumpe en la escena. Esta vez le alcanza a Rose la prensa: ya sabe que el señor acostumbra a leer el *New York Times* y se lo entrega, aunque no la edición de ese día, que aún no ha llegado hasta estos confines de Colorado. Y Rose, que desde luego no está en ánimo de ponerse a leer nada, hace el ademán de ojear ese diario trasnochado, pasa descuidadamente las páginas, y lo hace más que nada por condescendencia con ese buen hombre que se empeña en atenderlo, y que ahora le ofrece otro poco de café.

—No —le dice Rose—, ahora sí, de veras no, ya no quiero nada más.

Y ahí es cuando ve la noticia, en grandes titulares. ASESINADO DE MANERA BRUTAL UN PROMINENTE ABOGADO EN BROOKLYN. Desde una fotografía desplegada a dos columnas, Pro Bono lo mira directo a los ojos, muy vivo aún y con aire burletero. No es una foto del crimen, sino una de estudio, y debió ser tomada años atrás, enfocándolo sólo del cuello hacia arriba. Nadie diría que es jorobado, piensa Rose, y pierde la vista en un punto blanco y vacío, que la mujer de naranja atraviesa una vez, y luego otra, y otra más, y quizá una cuarta, antes de que Rose emerja desde muy hondo, quiebre la capa de hielo que lo encierra en su ensimismamiento y deje escapar dos hilos de lágrimas, que seca con la servilleta en la que ha pintado el mapa. Adiós, bacán, le dice al amigo.

Después de hablar con Buttons, el ayudante de Pro Bono, a quien ha llamado por el teléfono público, Rose regresa paso a paso a su mesa en la terraza, y vuelve a sentarse. Y usted dónde demonios andaba, le ha reprochado Buttons, y él le ha mentido: lejos, le ha dicho, lejos de todo. El mesero se le acerca, a preguntarle si se encuentra bien. Él responde que sí, pero sabe que lleva encima cincuenta años más de los que tenía cincuenta minutos antes. De pronto el aire quieto se enrarece, y unas manos enguantadas le caen encima, agarrándolo desde atrás.

—Ni me sorprendí, ni me asusté —me dice—. Simplemente pensé que también a mí me había llegado la hora. Y me pareció apenas lógico.

—¿Dónde se había metido? ¡Llevo rato buscándolo! —La

voz es de María Paz, que de juguetona y sin que él se dé cuenta, se le ha parado detrás y le tapa los ojos con sus mitones de esquí. Acto seguido se deja caer a su lado en una silla, se quita a los jalones el gorro, la bufanda y los mitones, se abre hasta la cintura la cremallera del enterizo para bajarle al sofoco, se suelta la melena y la sacude, y con cara radiante y voz chillona de pura alegría, le pide al mesero una Cola-Cola con muchísimo hielo, y se larga a parlotear sobre las pistas nuevas que esa mañana ha estado explorando con sus amigas.

—¡Imagínese, señor Rose! —le dice, tironeándolo de la manga—, me tiré por una azul, yo, María Paz, el Putas de Aguadas. ¿Oyó lo que le dije? Pero qué le pasa hoy, que anda tan ahuevado. Acabo de tirarme por una pista azul, y usted como si nada, ¿sabe el precipicio tan berraco que es eso? ¡Eso es la muerte, Rose, la muerte en patineta!

—...

—Ey, ¿hay alguien ahí? Eh, avemaría, señor Rose, y a usted qué le pasó, qué bicho lo picó... ¡Espabile!

Rose deja un billete sobre la mesa y arranca a caminar hacia la zona de parqueo. Que tienen que irse inmediatamente de Colorado, que después le explica, es lo único que le dice a María Paz, sin voltear a mirarla siquiera.

—¡Oiga, menso! —le grita ella, que viene corriendo detrás, sin entender un cuerno y cargando con sus esquís, sus botas y sus bastones—. ¿Y es que no vamos a devolver estas vainas? ¿Y el traje? Espéreme, hombre, ayúdeme con todo esto...

Recogieron en el hotel a los perros, que estaban exhaustos después de correr toda la mañana detrás de un trineo, y arrancaron hacia el norte con Rose al volante, a unas velocidades absurdas que traían a María Paz colgada del asidero, a Otto, Dix y Skunko dando tumbos unos sobre otros a cada curva, y al viejo Toyota vibrando al límite de la desintegración.

—Pare, Rose —pedía ella—. Pare y me explica qué está pasando, por qué vamos como locos.

—Ahora no, más adelante.

—Dígame adónde vamos...

—A Vermont, por tu hermana, antes de que la mate el bestia de tu novio —explotó Rose, y sin dar excusas ni intentar atenuantes, le pasó a María Paz la hoja impresa con la foto de Bubba en la pira, y la página del *New York Times* con la noticia del asesinato de Pro Bono.

No le importó hacerlo así, sin miramientos. Por el contrario, se sintió bien: la muerte de Pro Bono había derretido su montaña de culpa transformándola en ira, y no se conmovió ante la estupefacción horrorizada de ella, ni su palidez cadavérica, ni su crisis de llanto, porque lo único que Rose sentía en ese momento era rabia. Rabia contra ella.

—La muerte de Pro Bono era la demostración atroz de que yo tenía razón, ese novio de ella era un monstruo, un asesino asqueroso, y eso yo siempre lo había sabido —me dice—, y en cambio ella no, ella ranchada en que no, en que el tipo en el fondo era inofensivo, Dios mío, cómo podía ser tan ciega, y a mí la muerte de Pro Bono me tenía mal, de verdad mal, descompuesto, y lo que sentía por dentro era ira.

—¿La ira, el reverso de la culpa? —le pregunto—. ¿Dejar de odiarse a sí mismo y pasar a odiarla a ella?

—Puede ser —me dice—, pero sobre todo ganas de apabullarla con un «te lo dije» del tamaño del mundo.

—Ahí tienes. Mira bien. Abre los ojos de una buena vez —le decía Rose a María Paz, golpeteando con el índice los papeles que acababa de entregarle—. Aterriza, niña. Esto lo hizo tu novio, ¿entiendes? El tal Sleepy Joe. El lobito que no muerde, el pobrecito tan bueno que hasta plata hay que mandarle, porque pobrecito. ¿Ya miraste bien? A éste lo quemó vivo, y a este otro lo mató a azotes. A tu abogado. A azotes, al pobre viejo, el que tanto te ayudó. Y a mi hijo Cleve lo desbarrancó y le ensartó una corona de espinas. ¿Ves algo en común entre ellos, eh? Te estoy hablando, María Paz, respóndeme. ¿Ves algo en común entre esta pobre gente? Tú, niña. Tú. Tú eres lo único que tienen en común estas personas, aparte de haber sido torturadas hasta la muerte por tu galán. ¿Así que no mata, tu machucante? ¿No mata, eh?

—Y quién es el quemado, y yo qué tengo que ver con él —intentó protestar María Paz.

Pero Rose ni siquiera la escuchó, tan ocupado estaba en lastimarla. Se daba cuenta del daño que le causaba con sus palabras y si embargo no podía parar, las llevaba guardadas desde hacía demasiado tiempo, y en ese momento le salían de adentro con un rencor que él mismo no sabía hasta qué punto había ido acumulando.

—¿Un justo desquite? —le pregunto a Rose.

—Es posible, sí —me responde—. Tal vez le estaba cobrando a ella el haber querido más a ese engendro que a mi hijo. O quién sabe. No puedo decirle exactamente. Sólo sé que me dio por hablarle así, como castigándola. Veía que a ella se le había secado la boca, y notaba las palpitaciones en sus sienes, y sentía que temblaba como si la hubiera atacado un frío muy intenso. Y sin embargo yo seguía, como si lo disfrutara.

—¿Así que Sleepy Joe maltrata sólo por dinero, ésa es tu teoría? —le gritaba—. Pues a Pro Bono lo asesinó ayer, niña, ayer, más de una semana después de que le entregaran el dinero que tú le enviaste, o a lo mejor con el dinero que tú le enviaste, quién quita que lo haya utilizado para eso.

—¿Eso lo hizo Sleepy Joe? —preguntó María Paz con un hilo de voz, que a Rose lo enardeció más todavía.

—Ay, Dios mío, niña, ¿y todavía preguntas? Bájate del carro, maldita sea. Ya, bájate, no quiero ni verte.

Al rato las cosas se habían calmado un poco, no tenía sentido semejante garrotera entre ellos dos, cuando la vida de Violeta estaba en juego. De nada iba a servirles matarse el uno al otro, cuando el verdadero asesino andaba suelto.

—¿Quién es este hombre? —preguntó María Paz, ahora con más energía—. El quemado. ¿Por qué lo quemaron?

—Ese hombre es Bubba, el hijo de Wendy Mellons. ¿No lo reconoces? No, claro que no, está tan quemado que es imposible reconocerlo, ¿sabes de algún jodido pirómano que haya querido hacer eso?

—¿Lo quemó Sleepy Joe? —insiste en preguntar María Paz—. ¿Y a usted qué le hace pensar eso?

—Qué me hace pensar, qué me hace pensar. No empecemos de nuevo. ¿Acaso eres imbécil? Sleepy Joe lo quemó y te mandó la foto a tu e-mail. Un mensajito para que sepas lo que va a hacerte a ti, y a tu hermana. Y a mí, por supuesto. ¿Y por qué lo quemó? Vaya pregunta. ¿Por qué mató a Pro Bono?

¿Por qué mató a Cleve? ¿Por qué mató a tu perro? Yo no tengo la respuesta, pero seguramente tú sí.

—Cálmese, Rose, y respóndame —dice ella.

—Sleepy Joe quemó vivo a ese hombre porque ese hombre iba a matar a Sleepy Joe. Y ese hombre iba a matar a Sleepy Joe porque yo le pagué para que lo hiciera. Pero las cosas me salieron mal. Lo único malo fue eso, lo mal que me salió todo, y ahora Sleepy Joe anda energúmeno en vez de estar muerto. Y hay que dejar de hablar, ¿me oyes? A callar, María Paz, ahora mismo. No más discutir, no más preguntar. Deja de llorar y de abrazarte a ese bolso. Concéntrate en el mapa, y yo me concentro en conducir. Lo único que hay que hacer es llegar a Vermont antes que él.

El asesinato de Pro Bono había sucedido de noche, a partir de las once, hora en que el abogado todavía andaba hecho un figurín, como era su costumbre, pese a estar solo y en ropa de entrecasa. Y a punto de lavarse los dientes: ese dato se conoce porque encontraron sobre el mesón del baño el cepillo con dentífrico. Es de suponer que Pro Bono llevaba puesta una bata de terciopelo tres cuartos con cordón a la cintura, piyama blanca con monograma en el bolsillo del pecho, fular de seda al cuello, a lo mejor clavel en el ojal: ese tipo de elegancia rimbombante, a lo Oscar Wilde, bajo la cual ocultaba su tara de nacimiento.

¿Cómo logró Sleepy Joe colarse a esas horas en el apartamento de Pro Bono? Buttons se lo ha dicho a Rose.

—¿Quieres saber cómo fue? —le pregunta Rose a María Paz, otra vez con la ira urticándole la garganta—. No te va a gustar escucharlo, porque también en eso tienes que ver. Buttons me dijo que Pro Bono llevaba días buscándote. El viaje a París no había salido muy bien que digamos. *Le nozze di Figaro* medio se aguaron, porque Pro Bono no tenía cabeza para ningún Mozart, y se pasó su segunda y última luna de miel llamando a larga distancia para preguntar por ti. Quería saber si ya habían podido avisarte lo de la pinza. Y al llegar a Nueva York, volvió a ponerse sobre la pista.

Tan pendiente de ella estaba, que esa noche no tuvo reparos en abrirle la puerta a un absoluto extraño, pese a que ya era casi medianoche. El portero del edificio declaró después que había tenido dudas; no eran horas para estar fastidiando a los propietarios, y menos tratándose de un tipo como ése, de aspecto sospechoso, que llegaba exigiendo ver al abogado con tonito arrogante, dígale que aquí está Ricky Toro y que necesito verlo, dígale que soy primo de Paz, él sabe de qué se trata. Rarísimo todo el asunto. Pero el portero había aprendido a ser discreto, no por nada llevaba años en el oficio, y sabía que a veces los habitantes de los edificios tienen contacto con gentes raras, un distribuidor de droga, por ejemplo, o alguna prostituta, y quién era él, el portero, para erigirse en árbitro. Así que le timbró a Pro Bono, *excuse me, sir,* le dijo con timidez, porque temía haberlo despertado.

—Dígale que suba a mi despacho —le había ordenado Pro Bono—. Mejor no. Espere.

El apartamento de Pro Bono estaba ubicado en el mismo edificio de su despacho, y él solía quedarse a dormir ahí, solo, cuando terminaba de trabajar demasiado tarde como para ensillar su Lamborghini y galopar en él hasta su casa de los suburbios. En esos casos, le echaba una llamadita a su esposa Gunnora. *Sorry, darling,* le decía, no alcanzo a llegar esta noche, me quedo aquí en Brooklyn, si quieres mañana almorzamos juntos en Manhattan, te propongo el Oyster Bar de Grand Central.

Por alguna razón, Pro Bono se arrepintió de atender al recién llegado en su despacho, pese a que quedaba apenas un piso más arriba; no le habría parecido apropiado presentarse ahí en bata y pantuflas, por simple cuestión de principios, porque en realidad en las oficinas ya no había nadie; hacía horas el personal las había abandonado. O quizá Pro Bono no quería resfriarse, o no encontró la llave: uno de esos cambalaches del destino, mínimos en sí mismos, pero de grandes consecuencias. Cualquiera que haya sido la razón, Pro Bono no quiso subir hasta el despacho; debió pensar que mejor atendía al hombre en la puerta de su casa, total sería cosa de unos minutos, y podría preguntarle por María Paz. A eso debía de venir el tipo, a traerle noticias de ella.

—Mejor mándemelo aquí, a mi apartamento. —Pro Bono le dio la contraorden al portero.

Si el visitante hubiera subido al despacho, y no a la vivienda particular del señor, el portero le habría exigido documento de identidad, y ahí hubiera confirmado sus sospechas. Pero consideró que se trataba de una visita privada y lo dejó seguir sin preguntarle mucho. La imagen de Sleepy Joe quedó grabada en las cámaras de seguridad, y a pesar de que venía abrigado para invierno, en el registro se ve con nitidez su rostro, y se nota a las claras que se trata de un varón de raza blanca, joven, de aproximadamente 6,1 pies de alto, que entra a las 23:05 y abandona el edificio veintiocho minutos más tarde.

En el ínterin, penetra en el apartamento. Sin pérdida de tiempo, le sella a Pro Bono la boca con cinta plateada y lo obliga a desnudarse: a exhibir lo que jamás exhibe, ni siquiera ante sí mismo. Lo despoja de su coraza, lo deja tan expuesto como cuando vino al mundo y hace que se mire en el gran espejo antiguo con marco de plata que preside el *hall* de entrada. O tal vez no. En ese *hall* no debe haber ningún espejo. Pro Bono no hubiera querido someterse a la tiranía cotidiana de ese objeto siempre ahí, como un agujero negro, esperándolo a la llegada, despidiéndolo a la salida, jalándolo hacia el vacío al confrontarlo con la verdad desnuda de su anatomía rosada y retorcida, y desmoronando así la perfecta imagen que de sí mismo había logrado construir a lo largo de su vida, como defensor de causas justas, como amante esposo, como hombre culto, rico, elegante y viajado.

El introito a la ceremonia se lleva a cabo más bien en el baño que utiliza Gunnora, donde sí hay espejos, que al estar enfrentados multiplican el escarnio. Y eso, no lo que vino después, debió ser la peor parte para Pro Bono; esa puesta en evidencia, ante los ojos de un extraño, de que su monstruosidad no estaba en la distorsión del espejo, ni en los ojos del observador, sino dolorosamente incrustada en su propia naturaleza, desde el día en que nació y hasta esta noche, que sería la de su muerte. Ése fue el verdadero golpe de gracia. En la verdad de su desnudez, Pro Bono sucumbió ante el victimario. De donde se deduce que a Sleepy Joe le faltó sutileza en su crueldad; no comprendió que Pro Bono ya no era Pro Bono, apenas su sombra, cuando lo doblegó y lo amarró a una columna, se pitorreó de su giba y de sus extravagancias, se puso al cuello su fular de seda, brincó por ahí, agachado como un simio, para remedarlo, y ya luego se cansó de monerías y sacó el látigo que traía escondido bajo el abrigo.

Lo demás fue predecible: el procedimiento al fin de cuentas rutinario de azotar a un pobre viejo, dele que dele, una y otra vez, llevándolo más allá del dolor y hasta la muerte. El verdadero destello sagrado, la epifanía, la chispa mística, estuvo más bien en el propio látigo, ese fetiche con vida propia que silba como un pájaro cuando quiebra el aire al restallar, siendo, como es, el primer objeto creado por el hombre que rompe la barrera del sonido. Ian Rose conocía bien, por habérselo escuchado a Wendy Mellons, un dato que los investigadores del caso jamás descubrirían: desde hacía años el asesino venía explorando las infinitas posibilidades rituales de ese instrumento, que había utilizado por primera vez, siendo muy niño, en la Morada de los Penitentes, en esa ocasión sobre sí mismo. Para oficiar sobre la persona de Pro Bono, Sleepy Joe no recurrió a un látigo cualquiera, sino al único y quintaesencial, el llamado *fragrum* romano, que fuera utilizado en Judea, en el cuartel de Poncio Pilatos, para azotar al Hijo de Dios. El *fragrum* romano consta de tres correas terminadas en uñas de metal y desgaja la piel a cada golpe, o sea, la abre en gajos, o si se prefiere en surcos, según se hizo de conocimiento universal el día en que Mel Gibson estrenó su película, *La Pasión de Cristo*.

El cuerpo de Pro Bono, todavía amordazado y atado a la columna pero ya exangüe, lo encuentra al día siguiente la mujer de la limpieza.

—Pare en la primera área de servicio que vea —le pide María Paz a Rose, cuando llevan apenas una hora de viaje desalado hacia Vermont.

Rose protesta, no está de acuerdo, ese receso no está programado, no pueden andar deteniéndose a cada nada, tienen que esperar por lo menos hasta Kansas, ¿qué es, pipí? ¿Acaso María Paz no puede aguantar?

—Ahí, a una milla: área de servicio —ordena ella—. Mire el letrero, Rose. Ahí debe haber teléfono. Hay que llamar a Violeta para advertirle.

En el Food Mart ojean los diarios del día y escuchan las noticias que un televisor difunde. Por todos lados estalla, como reguero de pólvora, la conmoción frente al criminal del momento, a quien los periodistas han tenido el cabezazo mediático de bautizar The Passion Killer. Y no por pasión de amor, ni siquiera amor a María Paz, quien al parecer todavía no ha salido a relucir en las investigaciones. Ni tampoco amor a Maraya, ni a Wendy Mellons, ni a nadie. Más bien Pasión con mayúscula, como en lo de Mel Gibson. Y mientras Rose baja a los perros del carro para que orinen, y María Paz hace lo propio en el baño, el mundo se sorprende ante la imagen de Sleepy Joe, ese serial killer tan guapo, increíble, cómo puede ser tan malo alguien tan rubio y tan alto.

—Mira, María Paz —Rose le señala uno de los diarios—, parece que tu Hero no fue el único.

—No me diga que ese hijo de puta mató más perros.

—No que se sepa, pero en cambio clavó más gente.

Al Passion Killer le andan atribuyendo por lo menos nueve asesinatos en cadena, perpetrados en distintos puntos del país pero con similares métodos, y la mayoría de esas víctimas son personas que ni María Paz ni Rose conocen, ni siquiera de nombre. Dos de ellas han sido clavadas a lo largo de ese año, una a una puerta y la otra a un armario, con toda la parafernalia de inciensos y cirios que ya se considera marca de fábrica.

Desde el teléfono público, María Paz llama al colegio de su hermana. Va a ser una comunicación difícil, definitiva, de la que puede depender la vida de la niña. María Paz tendrá que decir las palabras precisas, para que Violeta las comprenda y actúe en consecuencia. No puede asustarla con generalidades, ni crearle inquietudes abstractas, ni pretender que ella interprete. Cada frase tiene que ser breve y justa. Y ya está ahí Violeta, al otro lado de la línea.

—Little Sis, soy yo, Big Sis —le dice María Paz.

—No es Big Sis, es la voz de Big Sis.

—Escúchame, Violeta.

—Escúchame, Violeta. Ya vi a Sleepy Joe y me asusté. Sleepy Joe. Si se acerca, lo muerdo.

—¡No salgas de tu colegio, nena! —A María Paz se le congela la sangre en las venas—. NO VAYAS CON SLEEPY JOE. ¿Me oyes, Violeta? Con Sleepy Joe NO. Sleepy Joe hace cosas malas, muy malas, y Violeta no debe ir con él.

—Sleepy Joe salió en el noticiero.

—Piensa bien, Little Sis. Piensa lo que vas a responderme. Viste a Sleepy Joe, o viste la imagen de Sleepy Joe en el noticiero...

—En el noticiero.

—¡Bien, Violeta, bien! —A María Paz le vuelve el alma al cuerpo; Sleepy Joe aún no está allá, y además Violeta ya está enterada, no será necesario entrar en explicaciones que no llevarían a nada, salvo a una terrible confusión—. Ya escuchaste las cosas malas que hace Sleepy Joe. Por eso no debes salir del colegio. NO SALGAS DEL COLEGIO. Espérame allá, Little Sis, que voy por ti.

—No vengas, Big Sis. La Policía vino a preguntar por ti. Yo no le dije nada a la Policía. La directora no dejó que me preguntaran.

Mierda, piensa María Paz. Mierda, mierda, mierda. Lo único que faltaba.

—Ahora vas a quedarte al lado del teléfono —le pide a Violeta, después de sopesar con cuidado qué debe hacer—. Violeta, no te alejes del teléfono. Big Sis te llama en cinco minutos.

—Para qué dos veces.

—Hazme caso. Tú te quedas ahí. Yo te vuelvo a llamar.

María Paz cuelga, y enseguida empieza a aleccionar a Rose en el mismo tono que ha utilizado con Violeta. Le da instrucciones cortas y precisas, acentuando mucho cada sílaba.

—Óigame bien, Rose. ¿Usted conoce en Nueva York, o en los alrededores, a alguien de su absoluta confianza? —le pregunta.

—¿Cómo?

—Lo que oyó. Un amigo, o amiga. Tiene que ser inteligente, hábil y buena persona. Y de su absoluta confianza.

—Déjeme pensar... Creo que sí. Conozco a alguien así.

—Bien. ¿Tiene aquí su número?

Rose le dice que se trata de Ming, y María Paz ya sabe más o menos quién es; varias veces se lo oyó mencionar a Cleve.

—¿Y Ming sí podrá lidiar con Violeta? —le pregunta a Rose.

—Ming lidia consigo mismo, o sea que puede lidiar con cualquiera.

—Bien —María Paz aprueba—. Entonces llámelo. Llame ya mismo a Ming, que también habrá oído las noticias, no van a hacer falta explicaciones con él tampoco. Dígale que se presente hoy mismo en la escuela de Violeta. Dele las señas de la escuela. Indíquele cómo llegar. Hoy es sábado, día de visitas, no habrá problema. ¿Dónde vive Ming?

—Pues en Nueva York.

—Bien. ¿Cuánto tiempo hay de Nueva York a Montpelier?

—¿Cuatro horas y media, cinco?

—Ya es la una y media. Más cinco, seis y media. Perfecto. Adviértale a Ming de que tiene que estar por ella a las seis y media en punto. Dígale que pregunte en recepción por Violeta, que ella va a estar advertida. Dígale que se la lleve enseguida, y que nos espere dos días, tres, lo que sea necesario, en ese motel en el que usted y yo nos alojamos cuando estuvimos en Vermont, el North alguna cosa...

—El North Star Shine Lodge —dice Rose, que desde que hizo amistad con Pro Bono, se graba los nombres de todos los hoteles y moteles en los que se hospeda.

—Ése mismo. ¿Puede indicarle a Ming dónde queda?

—A mano derecha por la I-89, yendo hacia Montpelier, unos quince minutos antes de Montpelier. Lo va a ver anunciado en un cartel grande, que indica el desvío. A partir de ahí, sólo tiene que seguir las señales, no tiene pierde.

—¡Bien, Rose! —María Paz lo abraza—. Y yo sí quise a su hijo, ¿oyó? Lo quise mucho. Y a usted también lo quiero, cuando no me grita. Y ahora, llame a ese Ming. Dele las instrucciones, y sea muy escueto en sus explicaciones.

—Ming no es autista, María Paz, y yo tampoco.

—Todos somos un poco autistas. Dígale a su amigo que le hable suave a Violeta, que mantenga distancia, que no ponga música en el carro porque ella es muy sensible al ruido, que no le haga chistes porque ella no los entiende, y que en cambio se ría de los chistes que ella le haga. Adviértale de que tenga cuidado, porque la niña muerde. Y muy importante: que de entrada le diga: yo soy Ming. Así, bien clarito, YO SOY MING. Adviértale que no debe mostrarse angustiado ni apurado, porque ella se bloquea. Dele, háblele ya a su amigo.

Rose hace su llamada y Ming acepta el encargo sin chistar, contento de saber que Ian Rose está vivo. Enseguida María Paz marca nuevamente al colegio.

—Es la una de la tarde, Violeta —le dice.

—No, es la una de la tarde y diez minutos.

—Tienes razón. A las seis y treinta de hoy, va a recogerte en su coche un señor que se llama Ming.

—Se llama Ming.

—Muy bien. ¿Cómo se llama?

—Se llama Violeta.

—Escúchame, Violeta, que no es chiste. El señor que va a ir por ti. ¿Cómo se llama?

—Se llama Ming.

—Bien, Little Sis. Ming es una buena persona. Tú te vas con él. Ming llega por ti a las seis y treinta de la tarde. Ming te va a cuidar.

—Qué cantaleta, ya no repitas más. Ming cuida a Violeta, Ming cuida a Violeta, ya lo sé de memoria.

—De acuerdo, perdón, Little Sis. Perdón por repetir. Sólo una vez más, la última: Ming cuida a Violeta, y Violeta se va con Ming.

—Ya, María Paz, no hables como Tarzán. Viene Sleepy Joe y no me voy con él.

—¡No! Con Sleepy Joe no, ¡por Dios, Violeta!

—Eso dije, con Sleepy Joe no.

—Con Sleepy Joe no, Violeta. Sleepy Joe hace cosas malas. ¿Con quién te vas?

—Con Sleepy Joe —dice Violeta y se ríe.

—¿Estás jugando, cierto? Te estás burlando de tu hermana. Te vas con Ming. A las seis y treinta. Y no lo muerdes.

—Ya no más, Big Sis. Ya entendí —dice Violeta, y cuelga.

Hacia el final del tercer día de viaje, María Paz y Rose llegan por fin al North Star Shine, para comprobar que en medio del descontrol general todo está más o menos bajo control. Ming ha cumplido con su tarea al pie de la letra; Sleepy Joe no ha atacado, ni siquiera ha asomado, y Violeta se ha comportado bien, dentro de lo que cabe. Y ahora se abre un compás de espera.

Ahí, en ese motel, los hilos de esta historia desembocan en un punto más o menos muerto, más o menos vivo, pero definitivamente quieto, o falsamente quieto, como ese *winter* de su *discontent* por el que atraviesan. María Paz, Ming y Rose se entretienen compitiendo entre ellos en un torneo de golfito enano, dándole a la bola con los taquitos y haciéndola rodar por el sucio pasto de fieltro, mientras Violeta corre detrás de ella, agarrándola para meterla con la mano en el hoyo. Y ya luego comen Kentucky Fried Chicken, qué más van a hacer, no es como que el abanico de posibilidades esté muy abierto, si afuera ruge el frío y la Policía anda por toda parte; hasta ellos llega el ulular de sirenas, pese a que el motel queda retirado y más bien enmontado, en la misma coordenada del colegio, pero en la falda opuesta de la montaña. Y ellos sin saber a qué exactamente se debe el agite, detrás de cuál de ellos están las autoridades, a quién le van siguiendo la huella. Si a Sleepy Joe, ya universalmente buscado. O a María Paz, por prófuga. O incluso a la niña, que se ha salido del colegio sin avisar que pasaría esas noches por fuera.

Parece ser que la vida los ha empujado al límite, sin dejarles más salida que el golfito, episodios viejos de *Friends* y pollo apanado. Ming anda preocupado por Wan-Sow, ese prima donna con aletas de bailarina y dientes de piraña, que se pone nervioso si cada doce horas no le están sirviendo sus larvas de mosquito, y al mismo tiempo cómo podría regresar a sus cómics *noir* y sus bettas, si tendría que dejar al papá de su amigo en semejante brete. Violeta, por su parte, anda en un ataque obsesivo-compulsivo de amor por el golf enano, y se descompone cada vez que alguno de los otros se atreve a insinuar que sería conveniente ponerle fin al juego. Y los tres perros ahí, sencillamente, contentos de ser perros y de estar así, tal como están, o al menos ignorantes de que sería posible estar de otra manera.

A Ian Rose le da por pensar en las tuberías de su casa de las Catskill, que pueden haberse congelado y reventado, como le ha sucedido ya en otros inviernos, y mientras tanto él por aquí, tan lejos y sin poder hacer nada al respecto, porque cómo dejar libradas a su suerte a este par de mujeres, que al fin de cuentas y a estas alturas ya vienen siendo el único arraigo, aparte de sus perros, que le va quedando.

A María Paz se la ve desorientada y perpleja, en sándwich entre la nada y la nada, sin poder quedarse en USA, y sin poder llamar al Cibercoyote para un nuevo cambio de plan de escape. Porque cómo va a largarse por siempre jamás, dejando a Violeta en ese colegio que tanto le gusta, pero que la pone a merced del asesino. Y al mismo tiempo qué puede hacer con él, con el Passion Killer, si después del fiasco de Rose como Vigilante ya no tienen esperanzas de constituirse en Comando y salir por ahí a perseguirlo, con la Glock de Ming por todo armamento.

Podrían describir su situación actual con las mismas palabras que Pancho Villa debió decirle a Claro Hurtado, en aquella noche de El Parral, Chihuahua: «Estamos acorralados.» A María Paz le da por pensar en Cleve, por echarlo muchísimo de menos, y hasta se ríe al recordar el consejo que él le dio, siendo su profesor de *creative writing*, cuando ella le preguntó qué final podría ponerle a una historia que estaba escribiendo, casi tan enmarañada como ésta que vive ahora. Pon «y se murieron todos», le había dicho Cleve, y sales del enredo.

En pocas palabras: éste es un momento subidamente dramático, y al mismo tiempo estancado, en que se encuentran con el agua al cuello. Suspendidos en el ojo del huracán, como quien dice, o flotando en una calma chicha, mientras a su alrededor soplan vientos asesinos. Parece que nada de lo que han hecho hasta ahora ha servido para nada, y ya no hallan qué más hacer. Así que no hacen nada.

Deciden no decidir. Se pegan un buen baño y se quitan el reloj, dejando la cosa en manos del destino, con el brillo del North Star por toda estrella. Simplemente están. Ahí. Y se acompañan entre ellos, tratando de pasar amablemente el rato: ese rato, el que les queda, mientras buenamente dure.

—Al día siguiente me levanté de madrugada, todavía a oscuras, para sacar a mis perros —me dice Rose.

Los trae desde hace días en ese coche como sardinas en lata, todos tres han aguantado como valientes, y ya es hora de darles el premio que se merecen. Pase lo que pase, Rose no va a aplazar el paseo por el bosque. María Paz, Violeta y Ming siguen dormidos en el North Star, y Rose calcula que podrá regresar a tiempo para desayunar con ellos y tomar decisiones. Aunque quién sabe qué decisiones, eso no está tan claro. Por lo pronto, no quiere pensar en nada y coge camino hacia la zona deshabitada que recorrió semanas antes, cuando estrenó la Glock contra los árboles. La temperatura ha subido unos cuantos grados y está tolerable, mucha de la nieve se ha derretido y un resplandor ultramundano y azul envuelve la montaña. El mundo estrena olor a pino y goteo de estalactitas desde las ramas, y Rose se encuentra a sus anchas en el silencio de su soledad recién recuperada. Hasta que le llega de lejos el ulular de una sirena, recordándole que la cosa no es tan idílica. Más bien al contrario, hay patrullaje intenso allá abajo y esta vez se armaría la grande si Rose llegara a disparar. Y a propósito, se ha traído la pistola en el morral, grave error en estas circunstancias, mejor devolverse para dejarla. Pero los perros ya van loma arriba, felices y liberados, y Rose opta por seguirlos; al fin y al cabo el ajetreo es allá abajo y hasta aquí no va a llegar.

Llevan cosa de una hora trepando por una carreterita no transitada, respirando a todo pulmón y devolviendo bocanadas de aire convertido en vapor, los cuatro amigos de siempre, el antiguo clan, y Rose calcula que ya va siendo hora de emprender el regreso, cuando se lo topa: Regalo de Dios.

—Regalo del diablo, más bien —me dice—. Le juro que lo único que pensé, fue ¡ay, no, por favor, no!

Era un camioncito amarillo, ya viejón, orillado a la derecha, nadie en su interior. Cero llamativo: pasaría desapercibido para cualquiera que no fuera Rose, que hace poco ha visto la foto de la vieja prostituta abrazada a su chulo, recostados ambos contra la trompa de un camión amarillo, como éste, con la misma leyenda en letras tornasoladas sobre el parabrisas: Regalo de Dios.

—Tenía que ser el mismo —me dice Rose—. Cuando lo vi, supe que el destino te sale al encuentro dondequiera que estés.

Ahí están las huellas en la nieve, unas pisadas de bota grande que van subiendo por entre la vegetación despojada; no hace falta ser ningún *basset hound* para rastrear al dueño del camión, y Otto, Dix y Skunko arrancan enseguida, agachados, zigzagueantes, con la nariz pegada al suelo, tensos como cuerdas de violín.

—Yo no quería seguirlos —me dice Rose—. No quería meterme en nada de eso, mejor dicho en nada de nada, mi fracaso como *avenger* ya estaba comprobado y en ese momento se me aflojaron las piernas ante la sola posibilidad de un encontronazo cara a cara con ese señor. Y al mismo tiempo, volvió a chispear en mí la ira contra la alimaña, le eché mano a la Glock, y seguí a los perros. Y es que he comprobado que la venganza es algo así como una hormona, que te irrita y te envalentona y te hace creer que tienes unos cojones grandes como una casa.

Las huellas van bordeando la falda de la colina, se pierden por un buen trecho, reaparecen al otro lado de un arroyo, serpentean, se adentran cada vez más en el tejido de troncos, alcanzan una cima que domina el área circundante, y luego descienden hacia una hondonada, donde el bosque se despeja. Y ahí está él. Tiene que ser él; Rose puede verlo con claridad desde la altura en que se encuentra. Está desnudo en medio de la nieve, salvo los calzoncillos y unas botas amarillas. Está de espaldas y está hincado, sobre unos trapos, o telas, que probablemente sean la ropa que se ha quitado.

—Un tipo enorme, en realidad —me dice Rose.

Lo que se dice un camaján. Y muy blanco, demasiado. Más bien de piel azulada, como la nieve de ese día. Rose lo reconoce enseguida. Sabe que es él, Sleepy Joe, aunque no le vea la cara. El ángulo es irrelevante, en realidad, primero porque quién más va a ser, con ese camión y en ese trance, y segundo porque tampoco es como que Rose le conozca la cara, de no ser en fotos de niño, o de gafa oscura. El hombre debe llevar algún tiempo ahí, al descampado, preparando su *mise-en-scène*. Le ha sacado una muesca alta al tronco de un árbol grande, y sobre esa muesca ha atravesado un tronco más delgado, encajándolos y atándolos bien con soga. Y ha pintado toda esa cosa de blanco, haciéndola esperpéntica; a Rose le vuelve a la memoria uno de los cuentos de María Paz, sobre el niño eslovaco que se desvela ante un cuadro de otro niño, el de Nazaret, que carga una cruz blanca, fabricada a su tamaño y especialmente para él. Mierda, piensa Rose, a quién querrá crucificar esta bestia. La cruz es blanca, como para un niño, o una niña. ¿Para Violeta? Tendría lógica que fuera así; la han fabricado y clavado a buena distancia, camuflada entre la espesura, justo detrás del colegio de ella. Pero aparte de blanca, la cruz es resistente y grande: aguantaría perfectamente el peso y la estatura de un adulto. ¿Del propio Jaromil?

Sleepy Joe permanece de espaldas a ellos, entregado a un mece-mece que va in crescendo, como ad portas de alguna revelación. Algo así como el aura que precede a la epilepsia, con la espina dorsal doblada hacia atrás en un arco imposible, los ojos al cielo, el cuerpo estremecido de amor a Dios, o será más bien de frío. Rose trata de explicarme que aquello era peor, más impresionante de lo que había imaginado a partir de las descripciones de María Paz, porque caía de lleno en lo grotesco; era más grotesco que temible, o en cualquier caso una buena mezcla de ambas cosas.

Así que éste es, por fin, Sleepy Joe. O Jaromil. El Passion Killer. El hombre que torturó y mató a Cleve. Y a Pro Bono, y a tantos más. Un gigantón solitario y desnudo, de bota amarilla, morado del frío, sacudido por mímicas histéricas en la mitad del bosque. Rose no sabe si soltarse a reír o a llorar. Cleve, hijo mío, piensa, cuánto daño nos ha hecho este payaso.

Sleepy Joe reza. O al menos dice cosas, repite frases, tal vez en latín, o en una jerigonza inventada; a oídos de Rose llega una como letanía de nombres de demonios, Canthon, Canthon, Sisyphus, Sisyphus, Scarabaeus, Scarabaeus, así en pareja, la primera vez grave y la segunda aguda, todo muy teatral. Pavoroso, en realidad, aunque cuanto más oye Rose, más sospecha que no son nombres de demonios, sino de escarabajos peloteros.

—Lo que siguió fue todo muy rápido —me dice Rose—, no se espere un *grand finale* bien orquestado y premeditado, porque en realidad fue un episodio gratuito y caótico. Caótico, sin duda. Aunque gratuito quién sabe, a lo mejor no, no crea que yo era ajeno al espectáculo que montaba Sleepy Joe, había una fuerza ahí para mí casi imposible de soportar. Tenga en cuenta que ese sacerdote, o ese mamarracho, había matado a mi hijo, en un ritual seguramente igual a éste de ahora, o parecido. Y yo no era inmune. El duelo, o la sensibilidad a flor de piel, me obligaban a conectarme con eso. Lo que quiero decirle es que yo era consciente de que esa ceremonia oscura tenía que ver conmigo. En últimas, era a mí a quien ese hombre estaba esperando, a mí a quien convocaba, y tal vez yo no había hecho más que acudir a su llamado.

Cuando Rose logró asumir que estaba ahí por voluntad propia y para un propósito definido, abrió el morral y sacó la Glock. Antes no; sólo en ese momento. Sacrificio es sacrificio, dijo casi en voz alta, si la cosa es matando, pues vamos a matar. El arma estaba cargada y el objetivo regalado, ahí sí que el propio Regalo de Dios, abstraído, de espaldas, desnudo por más señas, como pidiendo a gritos un tiro limpio en la nuca. Pero la mano de Rose empezó a temblar como una hoja, y su convicción también. Y no porque temiera las consecuencias de sus actos, en el sentido de silla eléctrica o este tipo de aprensiones.

—Hay cosas que un hombre no puede vivir —me dice—. La muerte de un hijo es una de ellas. Tal vez sobrevivas, pero no quedas vivo. O sea que ese día, en el monte, me tenía sin cuidado lo que pudiera pasarme a mí. La traba era de otra índole.

Si a Rose le tiembla la mano es porque una cosa es la decisión de matar y otra distinta es ponerla en práctica. Ahí viene lo complicado. Rose ya lo ha experimentado antes; no va a ser la primera vez que su incapacidad de ejecutar le impida acabar con Sleepy Joe. Simplemente no puede apretar el gatillo, es superior a sus fuerzas, su dedo no obedece la orden que envía su cabeza. ¿Dar entonces media vuelta, alejarse cobardemente por donde vino, dejando que la nieve mate el ruido de sus pasos? ¿Indultar? ¿O simplemente olvidar y hacerse el loco? Quizá eso hubiera sucedido, dadas las limitaciones humanas. Pero otra cosa son las caninas. Rose está pensando seriamente en desertar, cuando sus perros parecen ponerse de acuerdo para tomar la decisión contraria, y se lanzan montaña abajo, como jauría, a cercar al hombre arrodillado. Rose, que presenció desde arriba lo que estaba pasando, se refiere a aquello como a «una monstruosa escena de caza». Son sus palabras textuales.

Las tres fieras le caen a la presa desprevenida, y la acorralan, fríos y contenidos en el esplendor de su rabia. Pelan los dientes hasta la encía inyectada, la mirada clavada en los ojos de la víctima, como leyéndole el pensamiento; las orejas enhiestas, registrando hasta el más leve de sus gestos; más lobos que perros y más dioses que lobos, ni un movimiento en falso, ni un aspaviento, ni un ladrido: la sola amenaza letal de su gruñido ronco, sostenido, salido de adentro.

—Suena raro lo que voy a decirle —me advierte Rose—, pero en medio de todo, los perros habían salvado a Sleepy Joe hacía un momento, al obligarme a bajar definitivamente el arma. Con esta puntería de mierda, si se me hubiera ocurrido disparar, no le hubiera dado a él, sino alguno de ellos.

El siguiente movimiento fue equivocado por parte de Sleepy Joe, y más que equivocado, pavorosamente equivocado. Porque intentó salir corriendo. Se sabe que desde niño le tenía pánico a esos animales, y ante esta jauría dispuesta a destrozarlo, Sleepy Joe quiso correr. Y los perros, que hasta ese momento lo cercaban sin morderlo, entonces sí se le echaron encima con las peores intenciones.

A cuerpo gentil como estaba, el hombre le ofrecía en bandeja toda esa carne blanca a los colmillos. Lo iban masacrando, sobre todo Dix, la perra. Mientras Otto lo sujetaba contra el suelo y Skunko le mordía el cuello, Dix le agarró una pierna por la pantorrilla y se la retorcía, queriendo arrancársela. Porque hay mordiscos de perro y hay mordiscos de perro. Unos que sólo son por morder, y otros carniceros, ensañados, que no aflojan hasta despresar. Los de Dix pertenecían a esa segunda categoría, y en cosa de minutos la pierna quedó reducida a jirones.

Rose cree escuchar crujir de huesos y de cartílagos, y podría jurar que hasta él llega el olor del miedo que paraliza a Sleepy Joe, haciendo que se orine encima. Así que de eso se trata, comprende Rose. Quién te ha visto y quién te ve, jodido Sleepy Joe, mírate ahí, sometido a tu propio juego, el que le aplicas a tus víctimas, haciendo que el dolor del cuerpo, la carne rota, la sangre derramada, no sean nada en comparación con ese desgarrado grito hacia adentro que es el pánico.

Aquello fue una escena casi mítica, de una violencia sobrehumana y una belleza infernal, a la altura de Acteón devorado por sus perros, de la triple cabeza del Cancerbero vomitando fuego, o la saga de *Nastagio degli Onesti* pintada por Botticelli. Desde su palco de honor, como César en el circo, Rose participó de los efectos reveladores del sacrificio humano, de la clarividencia que emana del terror, de la verdad que se esconde en la muerte, o lo que es lo mismo, de la lucidez monstruosa del dolor, y creyó entender también qué buscaba Sleepy Joe al abrir una asquerosa puerta hacia lo sagrado, o al revés, una puerta hacia lo asqueroso a través de lo sagrado. Y lo incomprensible tomó para Rose otro color, como si de repente y por un instante hubiera podido mirar desde adentro, o traspasar un umbral para captar ciertas cosas.

—No me pregunte cuáles, porque no tienen nombre —me dice—. Cosas que me golpearon como una descarga eléctrica y después se disolvieron, como las imágenes de un sueño.

Le pregunto a Rose si les ordenó a sus perros que pararan, que soltaran a ese hombre que estaban a punto de matar. Me contesta con una evasiva, no sé, dice, dudo que pasado cierto punto me hubieran obedecido. Insisto en la pregunta, y entonces sí, reconoce que no, que ni siquiera intentó detenerlos. Se detuvieron ellos solos, cuando el tipo se dio por vencido y se quedó inmóvil. Y entonces Rose, que había permanecido a distancia, ahí sí, se animó a acercarse, apuntándole siempre a Sleepy Joe la cabeza.

—Usted dirá que soy un cobarde —me dice—, y no la voy a desmentir. Aun así, herido y desplomado como estaba, el tipo era una amenaza. Todavía infundía miedo, quizá hasta más que antes, todo ensangrentado como estaba, y con esa pierna en el hueso.

Los perros han renunciado a su presa y retroceden un poco, sin disolver el círculo ni guardar los dientes, y un como gorgoteo sale de la garganta de Sleepy Joe. ¿Está pidiendo algo? Quizá clemencia, o quizá agua. Rose se la piensa dos veces. ¿Darle agua a esa alimaña? No le nace. ¿Y acaso no es vinagre lo que se estila en estos casos?

—Tengo café —le dice, y le tira el termo.

Sleepy Joe toma un par de sorbos y voltea a mirar a Rose; como quien dice, busca sus ojos con la mirada y trata de decir algo, pero a punta de gruñidos los perros ahogan sus palabras. Rose no sabe cuánto tiempo dura el diálogo, si es que lo hay, ni qué cosas se dicen. Puras nimiedades, en realidad, mientras al tipo la sangre se le va por la pierna, y los perros lo asedian, y el arma lo encañona. Tampoco Rose tiene todas las de ganar: no se atreve a darle mate al enemigo, y aquello se está alargando más de la cuenta. Sleepy Joe ahí, herido pero vivo, y los minutos que pasan, y Rose matando tiempo porque no se atreve a matar a Sleepy Joe. En un momento dado está a punto de decirle que es el padre de Cleve, tiene la frase en la punta de la lengua, pero al fin no lo hace, le da asco, para qué rebajarse con un reclamo, el nombre de su hijo es intocable, y pronunciarlo delante de su asesino sería ensuciarlo. Mejor darle de una buena vez el tiro de gracia a este despojo, y salir de eso. Pero Rose no se decide.

El silencio de la montaña, hasta entonces absoluto, se rompe de pronto con ruido de sirenas. Viene de lejos pero a Rose lo estremece, porque lo obliga a encarar su verdadera situación. Un disparo se oiría claramente abajo, llamando la atención de la Policía.

—Como si no fuera suficiente con mi cobardía natural —me dice—, ahora tenía un nuevo motivo para no disparar: atraería a la Policía. Pero enseguida caí en cuenta de que ese factor tenía tanto de ancho como de largo; iba tanto en mi contra como a mi favor. Y tomé una decisión.

La decisión es maniobrar para que sean otros los que despachen a Sleepy Joe. Rose va a echar unos cuantos tiros al aire, y a partir de ahí, la clave estará en un manejo impecable del *timing*: con la Glock y la ayuda de los perros, mantendrá inmovilizado a Sleepy Joe hasta que la Policía esté prácticamente encima, y luego se hará a un lado para dejarla proceder. No parece un plan demasiado rebuscado, así que dispara una vez, dos, tres.

Y ahí empiezan los imprevistos y las improvisaciones. Primero: con las detonaciones, los perros salen a perderse. Otto, Dix y Skunko son buenos guerrilleros, pero a diferencia del perrito lisiado de Greg, estos tres no la logran como héroes de guerra. Segundo: Rose cae en cuenta de un detalle. Hay algo que le falta por hacer.

Se le va acercando a Sleepy Joe, con la pistola bien agarrada en la derecha y apuntándole siempre a la frente. Se siente horriblemente inseguro sin el respaldo de sus perros, pero al menos cuenta con la Glock. Da un paso, y otro más, retrocediendo de un salto cada vez que el caído se agita, y luego volviendo a avanzar. Las sirenas suenan cada vez más cerca, Rose vacila, pero se arriesga de todas maneras. Ahora estira la mano izquierda, con la delicadeza de quien juega palitos chinos. La extiende otro poco, casi hasta tocar al tipo, y enseguida acomete la parte más difícil de la empresa, que es agacharse sin que el otro aproveche para golpearlo. Un par de centímetros más, y ya la mano de Rose puede escarbar entre la ropa que Sleepy Joe ha dejado en el suelo. Ve que el chaquetón de invierno está aprisionado por el peso del hombre. ¡A un lado, canalla!, le grita, amagando con disparar, y como Sleepy Joe se rebulle, Rose logra apartar la prenda de una patada. Y ahora sí, aparece lo que está buscando: un cacho de lona roja. Ya Rose la está rozando, ahora la agarra... y pega el tirón. La tiene en su poder.

Es el morral rojo que María Paz ha comprado a última hora en Colorado, para meter los dólares.

—¿Y usted cómo se acordó de semejante cosa, justo en ese momento? —le pregunto.

—Bueno, no era como que este tipo Sleepy Joe hubiera andado en condiciones de invertir en Wall Street —me dice—, ni tampoco de ir a depositar en el banco. O sea que debía de llevar encima los ciento y pico mil... Y tal cual, ahí estaban, o al menos ahí estaba el morral rojo. Y a juzgar por su peso, no debía de ser mucho lo que le habían sacado.

Y ahora sí, a emprender la retirada, sin darle la espalda en ningún momento al hombre, y sin dejarse amedrentar por las sirenas que se acercan. Bien. Hasta ahí va muy bien: tan bien como quien se tira de un piso diecisiete cuando va por el quinto. Un pasito tun tun, otro pasito tun tun, para atrás, para atrás. Ya a prudente distancia, conviene empezar a medio limpiar la Glock con la falda de la camisa, para borrarle sus huellas, en una maniobra delicada, porque al mismo tiempo tiene que seguir apuntándole al otro. Y luego, a tirar la Glock lo más lejos posible, entre la espesura; no sea cosa de que la Policía lo encuentre armado y lo agarre a bala más bien a él.

Y otra vez la sirena, esta vez es más de una, y ya están encima: las patrullas deben haber llegado a la altura de Regalo de Dios. Rose sabe que en unos minutos va a tener que largarse a correr. Ésa es la consigna, contar hasta cien, y correr por su vida.

Tercer y más grave imprevisto: en un grave error de caracterización, Rose no ha contado con que Sleepy Joe pueda contraatacar a pesar del lamentable estado en que se encuentra. Y en cambio sí que puede. No sólo se ha levantado, sino que avanza, en pie de guerra, como un Hulk: un gran quelonio en calzoncillos, erguido y herido, con los brazos masivos separados del cuerpo, la cabeza más bien pequeñaja al cabo de un cuello grueso que sale del caparazón, entendiendo por caparazón el torso abombado por la musculatura a la altura de los hombros. Realmente no es gratuito el símil, esta mole tiene su parecido a Hulk, sólo que no en verde sino en azul. Arrastra penosamente la pierna deshecha, pero pese a ese *handicap* y a andar desarmado, la diferencia de edad, de tamaño, entrenamiento y disposición juega toda a su favor. Y Rose, que ya no tiene veinte años, y ya no cuenta con perros, ni tampoco con pistola, empieza a verla negra.

—¡Jaromil! —le grita como un último recurso, bastante desesperado.

Al escuchar su verdadero nombre, Sleepy Joe se retuerce como un gusano al que le echan sal. Quién sabe cuántos años habrán pasado sin que nadie lo llame así.

—¿Dónde está Danika Draha, Jaromil? Tú la secaste, Jaromil, tú, tan grande ya y prendido a su teta...

Mandoble de Rose, pequeño pero certero, casi como la pedrada de David en la frente de Goliat. Ha ganado unos segundos con la estupefacción que produce en Sleepy Joe, que hasta ese momento ni se debe haber preguntado quién será ese homúnculo insignificante que le tira a los perros encima, lo mismo le da que sea gnomo o guardabosques. En cambio, ahora queda atónito ante ese ser misterioso, que conoce hasta el nombre de su santa madre.

—Debió de pensar que ya se había muerto y que yo era Dios —me dice Rose.

Pero reconoce que su ventaja relativa duró un suspiro, porque Sleepy Joe enseguida ató cabos y lo reconoció.

—*I know who you are* —le gritó—, usted es el viejo pendejo de los perros, el de las Catskill.

A posteriori, Rose ha ido haciendo la composición de lugar. Cree que en últimas no fue directamente a él a quien Sleepy Joe reconoció, sino a sus perros, y que previamente sus perros tenían que haber reconocido a Sleepy Joe, quien antes de matar a Cleve, por esos días, habría merodeado por la casa de las Catskill, a lo mejor sin poder penetrar en ella precisamente porque los perros se lo impedían, y de ahí que hubiera agarrado más bien a John Eagles, que andaba cerca, y le arrancara la cara. Después habría esperado a que Cleve se alejara de casa en su moto, para perseguirlo hasta matarlo.

—Tiene sentido —le digo a Rose—. Pero volvamos a Hulk.

—Ahora son voces de hombre lo que se escucha, cada vez más cerca. Sleepy Joe avanza, tambaleante, con los brazos abiertos, cegado por la sangre que le escurre de la frente, y se viene, se viene, hasta donde me encuentro. Los policías ya vienen bajando y yo intento correr hacia ellos, gritando ¡está armado!, ¡está armado!, con lo cual los tipos me hacen señas de que me abra y me ponga a salvo del fuego supuestamente cruzado. Y entran disparando, en emboscada desde distintos puntos. Sleepy Joe sigue avanzando, pero oh, sorpresa, no viene hacia mí; al parecer yo no era su objetivo, porque pasa de largo, así, dando tumbos, ciego y cojo, como borracho, como suicida, los brazos abiertos y el pecho expuesto, derecho hacia la tropa que lo barre a tiros.

Y eso es todo. Sleepy Joe cae, y no pasa nada. No se oscurece el cielo, no se suelta una lluvia torrencial, la tierra no se estremece ni lloran los astros. Nada.

Los policías han visto la cruz blanca, por supuesto, es imposible no verla, y ya sospechan que ha caído en sus manos el criminal que desde hace días vienen buscando, el celebérrimo Passion Killer, el mayor trofeo de caza en todos los *Yu Es Ei.* Diez o veinte minutos después, Rose, de nuevo rodeado por sus perros, pone cara de buen vecino que ha salido a caminar desprevenidamente por el monte y ha sido atacado a tiros por ese hombre, al que sus mascotas han mordido en defensa del amo. Y luego responde el par de preguntas de rutina que le hace un teniente amable, y más que amable, eufórico. Hay varias inconsistencias en la versión de Rose, que hubieran salido a luz en una indagación meticulosa, pero las fuerzas del orden están demasiado entusiasmadas con su propio protagonismo en el caso como para preocuparse por el de los demás. Gracias, mi teniente, le dice Rose, apretándole la mano entre las suyas, ustedes me salvaron, gracias.

—Hubiera querido decirle otra cosa —me confiesa Rose—. Decirle, por ejemplo, no se vanaglorie, teniente, ustedes remataron al hombre, pero mis perros derrotaron al dios. En cambio le dije eso otro, apretándole la mano, y creo que sirvió para que me dejara ir así no más. Al fin y al cabo me salió bien, la frasecita esa, como de *CSI.*

—Todo lo demás hubiera podido salirle realmente mal —le digo yo.

—Sí —se ríe él—. Hubiera podido salir fatal. Pero salió bien, ya ve. Una cadena de equivocaciones que llevan a un gran acierto final.

Durante toda esa semana y la siguiente, las noticias sólo van a hablar del final del Passion Killer y de los valientes hombres de ley que lo abatieron en un operativo magistral. Entre unos matorrales ha aparecido la Glock, gente de los alrededores ha atestiguado haber escuchado los tres tiros iniciales, y dentro de Regalo de Dios se ha encontrado mucho aparejo de muerte, crucifixión y martirio, así que las autoridades aducen defensa propia y no tienen problema para justificar el haber dejado el cuerpo del *super serial killer* más agujereado que una coladera.

—Ya era casi mediodía cuando por fin pude regresar al *North Star* —me dice Rose—, y por poco no encuentro a nadie ahí.

Sólo Ming se ha quedado para esperarlo, ya volando de los nervios por la demora del viejo, pero qué le pasó, señor Rose, Ming sale a recibirlo con reclamos y aspavientos, me tenía con los pelos de punta, señor, me imaginé que le había pasado lo peor, cómo es posible que se presente a estas horas, por aquí vino la Policía, el ambiente está superpesado, cómo será la cosa, que se aculilló el dueño del motel, entró en pánico por andar albergando tanta gente rara, nos pidió que por favor le devolviéramos las llaves y prácticamente nos echó a la calle, no lo dijo de mala manera, pero igual nos sacó cagando.

María Paz y Violeta se han adelantado para no seguir arriesgándose, y los están esperando en un campamento de tráileres sobre el lago Champlain, por los lados de Tinderoga, a unos cuarenta minutos de allí.

—Salieron de aquí justo a tiempo —le dice Ming a Rose—, María Paz y Violeta, justo a tiempo, por un pelo la embarramos, diez minutos más y se joden, ellas que se van, y la Policía que cae a hacer averiguaciones en recepción. Esto está al rojo, señor Rose, el crimen de Pro Bono alborotó el avispero y andan desatadas la Estatal y la Federal, todos corriendo detrás del Passion Killer. Parece que desde Brooklyn le siguen los pasos, y están convencidos de que ya llegó por acá, a Vermont.

—No les falta razón —dice Rose—. Pero no entiendo, Ming, cómo así que las dos muchachas se fueron... Y acaso con quién se fueron...

—En un rato las vamos a ver —le dice Ming—, después le explico todo, ahora no, y sobre todo aquí no.

—Espera, Ming, tengo que pedirte disculpas por una cosa...

—Después, señor Rose, después —dice Ming, mientras arrastra a Rose hacia el Toyota.

—Tengo que decírtelo de una vez, perdí la pistola de tu abuelo.

—¿La perdió? Bueno, pues qué se va a hacer. Es lo de menos, señor Rose. Ya nos fuimos, ¡ya, ya, ya!

—Mi desayuno, por lo menos —protesta Rose—, si quieres no me baño, aunque un bañito me caería muy bien, pero ¿y mi desayuno? ¿Y el de los perros?

—Después —dice Ming—. Yo voy adelante en mi carro, y usted me sigue.

—Vámonos los dos en el mío —le pide Rose—, luego volvemos por el tuyo.

—Haga lo que le digo, siga detrás de mí.

Los vientos, que van arreciando a medida que se acercan al lugar que buscan, van empujando al Toyota de costado, y Rose debe esforzarse por mantenerse en la carretera. Y con el cansancio que trae encima. Hubiera preferido mil veces que manejara Ming, total sabía adónde iban y él no, Rose no sabía para dónde ni para qué, y sobre todo estaba exhausto, con urgencia casi médica de volver a su casa y descansar una semana, todo un mes. Ya no veía la hora de escapar de ese invierno de fin del mundo, y volver a mirar el paisaje más bien desde su ventana, junto a la chimenea prendida, una buena taza de Earl Grey con nube en la mano, y sus tres perros echados a los pies. Estaba de verdad exhausto, y sobre todo viejo. Ya soy un anciano, piensa mientras lucha por mantener encarrilado el coche, ahora sí, nada que hacer, me envejecí. En el compartimento de atrás los perros duermen como piedras, derrengados ellos también: al fin y al cabo son veteranos de una batalla tremenda. Y eso nadie lo sabe, ni lo va a saber, salvo ellos mismos y Rose.

—¡Por poco no llega, maldita sea, señor Rose, me tenía con el credo en la boca, habrase visto tamaño irresponsable, perderse así, en el peor momento! —le grita María Paz, mientras va hacia él por la orilla del lago Champlain, tratando de abrirse camino a través del vendaval, que la zarandea y la hace trastabillar—. Pero mire qué cara trae, señor Rose, ni que viniera de la guerra...

—Pues más o menos. ¿Y Violeta?

—¿Cómo dice?

La conversación no se facilita, el viento les azota la cara y les hace ondular la piel de los cachetes, se les mete en la boca y se lleva sus palabras, y por cada paso que avanzan, los hace retroceder dos. María Paz viene embutida en su *hard shell outfit*, ya lista y ataviada para la travesía por los dominios del hielo, toda ella tapada salvo los ojos y la mata de pelo, negrísima, que ondea locamente como bandera corsaria.

—¡Que dónde está Violeta! —vuelve a preguntar Rose a los alaridos.

Ya María Paz se encuentra a su lado y se aferra a su brazo, pero es tal el zumbido de las ráfagas, que a pesar de la cercanía sólo se escuchan entre ellos si se hablan a gritos.

—Es Bóreas —dice Rose.

—¿Quién?

—Bóreas, el viento del norte, ¡sopla como un maldito pichón de huracán!

—Escuche, señor Rose, que estamos de afancito. Violeta nos espera por allí, más adelante, en un 4 × 4 —grita María Paz—. A que no sabe la noticia, ¡Violeta viene con nosotros! ¡Cómo le parece, señor Rose! Esta mañana dijo que quería venir. Ella sola lo decidió, sin que yo se lo planteara siquiera, se lo juro, yo no la presioné, ni le dije nada, ella sola decidió. No quiso volver al colegio, y aquí está. ¡Me la traje conmigo y me la voy a llevar!

—Entonces pudiste arreglar con el Coyote...

—¿Qué cosa?

—¡Con el Coyote! Pregunto si pudiste hablar con el Coyote...

—Qué coyote ni qué coyote, yo no hablé con ningún Coyote, él me cagó a gritos a mí. Insultó a mi mamá, me puso hasta atrás a puteadas. Le ofrecí doblarle la tarifa, contando con la generosidad suya, eso sí, señor Rose, discúlpeme la confianza. Pero el tipo ni por ésas, le rogué y le rogué hasta que me mandó al diablo y me colgó.

—¿Y entonces?

—¡Nos va a llevar Elijah!

—¿Quién?

—Elijah, el de los nandarogas...

—Y ése de dónde salió.

—El hombre de la cachucha nos hizo el contacto, o sea, el administrador del motel. No se preocupe, señor Rose, que ya tenemos todo arreglado, ¡es buenísima gente, este Elijah!

—¿Y cómo sabes?

—Qué cosa.

—Que es buena gente Elijah.

—¡Se le nota en la cara! Pero apúrese, Rose, camine ya, que Elijah dice que no puede esperar más.

—Y adónde crees que vas, con todo este viento...

—¡Elijah dice que ya pronto para!

—Por fin salimos de Cibercoyote y ahora caemos en manos de Elijah...

—¿Qué dice?

—Pregunto qué vas a hacer con Violeta, ella no va a dejar que la embutas en el piso falso de un Buick LeSabre...

—¿Un Buick qué cosa? ¡Ay! Aguarde, señor Rose, se me vuela la bufanda. ¿Qué cosa con Violeta?

—¿Cómo vas a hacer con ella?

—Muy fácil, ¿no ve que Violeta es gringa? Tiene su pasaporte en regla, no problema por ese lado. Y usted también, así que yo me voy escondida en la 4 × 4 de Elijah y Violeta se va con usted.

—¡¿Con quién?!

—Con usted, menso, ¡con quién va a ser!

—¿Conmigo? Y hasta dónde...

—Primero hasta Canadá, y después hasta Sevilla.

—Estás loca, María Paz, yo no puedo ir a ningún lado...

—Está loco usted, ¿cree que voy a dejarlo aquí, para que lo haga picadillo Sleepy Joe?

—Sleepy Joe ya no existe.

—¿Cómo?

—Lo que oyes. Sleepy Joe: *kaput, finí.*

—Pero qué me está diciendo...

—Acaba de abalearlo la Policía. Lo dejaron como una coladera.

—No lo puedo creer... Y usted cómo sabe, ¿lo oyó en la radio?

—Más o menos.

—¿En una balacera? Pero si a ese hombre no le entra el plomo. ¿Seguro los tiros sí lo mataron?

—Peor que a John F. Kennedy.

—Madre mía. Pues hasta mejor. Pero camine, Rose, después me cuenta. Ándele. Ya sabe, usted en el Toyota, con Violeta y los perros, siempre detrás de Elijah. ¡Pero ya, hombre de dios, que es para antier!

—Yo me quedo, María Paz. No puedo irme...

—¡Cómo que no! ¿Y por qué no?

—Estoy cansado, quiero volver a casa...

—Cuál casa, si no le queda ni perro que le ladre... Bueno, eso es lo único que le queda. Pero su familia somos nosotras. Venga conmigo, señor Rose, yo lo voy a consentir, y a cuidarlo de aquí en adelante como usted ha tenido que cuidarme a mí. No se me quede, no sea flojo, venga conmigo, que hacemos muy buen equipo...

—Te alcanzo más adelante, María Paz. Te lo juro. Más adelante las busco, a ti y a tu hermana, y las encuentro dondequiera que estén.

—¿Me lo jura?

—Te lo juro.

—Por quién me lo jura...

—Te lo juro por Cleve.

—Así sea y amén. Entonces adiós, señor Rose, hasta muy pronto, lo quiero mucho, no se le olvide, y muchas gracias por todo, por todo todito, usted ha sido mi bendición. ¿Seguro no quiere venir? Ya está todo arreglado con estos nandarogas, o nondaragas, ellos no tienen ningún problema con llevarnos a los tres, con todo y perros... Anímese, hombre, otro poquito y estamos al otro lado, mire estos árboles, ¡los del sirope!, quiere decir que esto ya casi es Canadá...

—Corre, María Paz, corre...

—Espere, que tengo que despedirme de Ming, de Otto, de Dix, ¡de Skunko!. Y de otros cuantos que se me quedan por aquí.

El viento del norte nace en el lago, patina sobre el agua, baila en la superficie y empuja a las olas contra la orilla, donde las rompe en abanicos blancos. Después sale del lago y sube hacia el cielo, ya convertido en viento planetario, llega hasta las nubes, las persigue, se arremolina entre ellas y vuelve a bajar, envuelto en niebla.

María Paz se aleja unos pasos de Rose, se para de espaldas a él, mirando hacia el lago y con el ventarrón de frente, tan fuerte que le deja los ojos orientales y el pelo disparado hacia atrás. Adiós a mis muertos, dice. Adiós Bolivia, mamacita linda, ya aquí te dejo, mami, cuídate tú sola, que yo no puedo volver. Chao, mamita, ya ves cómo salieron las cosas, a ti te tocó el sueño y a mí la pesadilla, y ahora sí, adiós, mamita, adiós, me llevo a Violeta y la voy a cuidar siempre, eso te lo prometo, tú no te preocupes, descansa mucho en paz. Y adiós a mi Greg, que al fin y al cabo fue buena persona y que allá arriba estará donde debe estar, tomándose su *kapustnica* con la Virgencita de Medjugorge. Y adiós, mi bello Pro Bono, el mejor de los hombres y el más guapísimo entre los ángeles. Y adiós a mi profesor de *creative writing*, mi míster Rose del alma, mi amigo y mi amor, de usted mejor no me despido, porque me suelto a llorar. Y bueno, pues. Ya está. ¡Ah, un momento! Que se me está olvidando despedirme de Holly, Holly mi fascinación, mi bella Holly con su vestidito negro, tan perdida en el mundo como yo. A lo mejor en algún punto nos cruzamos, Holly Golightly, ¡pero por ahora adiós! Ay, Diosito Santo, y me falta Sleepy Joe. Cómo le voy a hacer para despedirme de ése. Quisiera decirle adiós para siempre jamás, hasta nunca, hasta no haberte conocido ni volver a verte. Pero no puedo, sería mentira, cómo voy a poder, si Sleepy Joe es mi pesadilla, la que siempre llevaré adentro. Así sea muerto y contra mi voluntad, a Sleepy Joe me lo llevo conmigo, y bueno, pues, qué le voy a hacer, no todo podía ser ganancia. Ahora sí. Ya quedaron despedidos casi todos mis fantasmas, y ahora a decirle adiós a mis vivos. Adiós, compañeras mías de trabajo, adiós, amigas, les deseo una buena vida a todas. Adiós a Mandra y mis hermanas de Manninpox, a ustedes les deseo nada menos que la libertad. Y adiós también a América. Chaíto, América, me voy para no volver. Ya ni sé, la verdad, si es que me voy, o si en realidad nunca llegué.

Ahora María Paz se vuelve hacia Rose.

—De usted tampoco me despido, señor —le dice—, porque más adelante nos vamos a encontrar, ya me lo prometió y yo le creo, porque a la gente hay que creerle. Pero voy a dejarle un regalo, para que lo acompañe. Tome, señor Rose, esto lo vengo cuidando hasta hoy, de ahora en adelante cuídelo usted.

—¿Qué es...?

—El cuaderno de apuntes de Cleve. Aquí está escrito lo que vivió en sus últimos días. Desde hace mucho usted quiere saberlo, señor Rose, tome, lea, deje que sea su hijo quien se lo cuente.

Rose toma el cuaderno, le acaricia el lomo con delicadeza, y lo guarda en el bolsillo. Luego se arrebuja en su abrigo para protegerse de la piel helada del viento, y se pasa la mano por la cabeza en un intento vano de devolver a su lugar el pelo blanco, que lleva todo revuelto.

—Yo también tengo algo para ti —dice.

Y como Perseo al ofrendarle a Atenea la cabeza recién cortada de Medusa, el viejo Ian Rose, ceremonioso y conmovido, le entrega a María Paz el morral rojo.

AGRADECIMIENTOS

A Carlos Payán, Thomas Colchie, Pedro Saboulard, Helena
Casabianca, Antonia Kerrigan, Patricio Garza Bandala, Anette
Passapera, Gustavo Mejía, Juan Marchena, Antonio Navarro,
Patricia Lara, Pablo Ramos, Juan González, Carlos Lemoine,
Ángeles Aguilera.
Y a mi hermana Carmen Restrepo.

Planeta

España
Av. Diagonal, 662-664
08034 Barcelona (España)
Tel. (34) 93 492 80 36
Fax (34) 93 496 70 58
Mail: info@planetaint.com
www.planeta.es

Argentina
Av. Independencia, 1668
C1100 ABQ Buenos Aires
(Argentina)
Tel. (5411) 4382 40 43/45
Fax (5411) 4383 37 93
Mail: info@eplaneta.com.ar
www.editorialplaneta.com.ar

Brasil
Rua Ministro Rocha Azevedo, 346 -
8º andar
Bairro Cerqueira César
01410-000 São Paulo, SP (Brasil)
Tel. (5511) 3088 25 88
Fax (5511) 3898 20 39
Mail: info@editoraplaneta.com.br

Chile
Av. 11 de Septiembre, 2353,
piso 16
Torre San Ramón, Providencia
Santiago (Chile)
Tel. (562) 652 29 00
Fax (562) 652 29 12
Mail: info@planeta.cl
www.planeta.cl

Colombia
Calle 73, 7-60, pisos 7 al 11
Santafé de Bogotá, D.C.
(Colombia)
Tel. (571) 607 99 97
Fax (571) 607 99 76
Mail: info@planeta.com.co
www.editorialplaneta.com.co

Ecuador
Whymper, 27-166 y Av. Orellana
Quito (Ecuador)
Tel. (5932) 290 89 99
Fax (5932) 250 72 34
Mail: planeta@access.net.ec
www.editorialplaneta.com.ec

México
Presidente Masaryk 111, 2º piso
Col. Chapultepec Morales
Deleg. Miguel Hidalgo
11570 México, D.F.
Tel. (52 55) 3000 6200
Fax (52 55) 3000 6257 Mail:
info@planeta.com.mx
www.editorialplaneta.com.mx
www.planeta.com.mx

Perú
Grupo Editor
Jirón Talara, 223
Jesús María, Lima (Perú)
Tel. (511) 424 56 57
Fax (511) 424 51 49
www.editorialplaneta.com.co

Uruguay
Cuareim, 1647
11100 Montevideo (Uruguay)
Tel. (5982) 901 40 26
Fax (5982) 902 25 50
Mail: info@planeta.com.uy
www.editorialplaneta.com.uy

Grupo  Planeta